Buch

Babylon zur Zeit Hammurabis (um 1700 v. Chr.). Die Stadt ist ein blühendes Gemeinwesen, doch die Macht Hammurabis ist bedroht. Im Mittelpunkt der Handlung steht Daduschu, der seine Eltern bei einem Nomadenüberfall verliert. Shindurrul, ein Getreidehändler und Freund des Vaters, nimmt sich des Jungen an und sorgt für seine Ausbildung. Er schmiedet einen abenteuerlichen Plan: Daduschu soll mit zwei Handelsschiffen bis ans Ende der (damals bekannten) Welt segeln.
Neben der schweren Aufgabe, de Kauf und Tausch der Waren zu überwachen, hat Daduschu eine besondere Mission: Er bekommt das Siegel des Hammurabi ausgehändigt, mit dem Auftrag zu erkunden, ob andernorts bessere Kanäle gebaut werden – man hat erkannt, daß Babylons Boden allmählich versalzt.
Noch bevor die Schiffe ablegen können, werden Mordanschläge auf Daduschu verübt – seine privilegierte Stellung hat ihm Feinde geschaffen. Der junge Mann entgeht den Gefahren, darüber hinaus hilft er eine Verschwörung der Priesterschaft gegen Hammurabi aufzudecken.
Die Reise führt Daduschu über stürmische Meere in fremde Städte wie Magan und Moensh'tar; er lernt die Liebe kennen, wird in Intrigen verwickelt und gewinnt Einblick in Machtverhältnisse und politische Machenschaften. Und er wird immer wieder daran erinnert, wie gefährlich es ist, ein Liebling der Götter zu sein.

Autor

Hanns Kneifel, geboren 1936 in Oberschlesien, lebt in München. Seine schriftstellerische Laufbahn begann er mit Science-fiction. Er schrieb Romane und Sachbücher, die in einer Gesamtauflage von 2,8 Millionen Exemplaren verbreitet sind. Außer dem vorliegenden Band ist von ihm als Goldmann-Taschenbuch erschienen:

Der Bronzehändler. Roman (42557)

HANNS KNEIFEL

BABYLON
DAS SIEGEL DES HAMMURABI

Roman

GOLDMANN VERLAG

Ungekürzte Ausgabe

Umwelthinweis:
Alle bedruckten Materialien dieses Taschenbuches
sind chlorfrei und umweltschonend.

Der Goldmann Verlag
ist ein Unternehmen der Verlagsgruppe Bertelsmann

Genehmigte Taschenbuchausgabe 4/96
Copyright © 1994 by Franz Schneekluth Verlag, München
Umschlagentwurf: Design Team München
Satz: IBV Satz- und Datentechnik GmbH, Berlin
Druck: Presse-Druck Augsburg
Verlagsnummer: 42555
MV · Herstellung: Sebastian Strohmaier
Made in Germany
ISBN 3-442-42555-7

3 5 7 9 10 8 6 4 2

Mit tiefem Dank meinen Freunden:
Für Bert, Bruno, Gisbert, Harald, Lutz,
Michael und Thomas

Inhalt

1. König der Gerechtigkeit 11
2. Tod am Kanal 24
3. Im Haus des Handelsherrn 37
4. Babyla, das Tor Gottes 51
5. Shindurruls Waage 66
6. Verschiedene Spiegelbilder 76
7. Nacht der Kapitäne 89
8. Die Knoten des Netzes 105
9. Der Bauch des Schiffes 116
10. In der Strömung des Buranun 124
11. Das Schilfmeer 139
12. Insel der Perlen 149
13. Magan: Kupfer und Öde 177
14. Im Unendlichen Ozean 190
15. Der Wüstenhafen 208
16. Der Biß der Giftspinne 225
17. In Tiamats gutem Wind 238
18. Moensh'tar: Die Untere Stadt 256
19. Moensh'tar: Die Obere Stadt 276
20. Kinthara 294
21. Die fremden Götter 319
22. Die Bucht der Sturmvögel 345
23. Im Palmenwäldchen 356
24. Die Brücke über den Sirrh 361
25. Nacht in Magan 372
26. Die Herrin der Ufer 387
27. Siegelträger des Königs 407
28. Sonnenfinsternis 441
Erläuterungen 461

Karten:
Größte Ausdehnung von Hammurabis
Herrschaftsgebiet 470/471
Daduschus Fahrt 472/473

»Ich, Hammurabi, der Vollkommene, war für die Schwarzköpfe, die mir Enlil und Marduk wie einem Hirten übergeben und anvertraut, niemals säumig; nie ruhte ich, ihnen friedlich Stätten zu schaffen. Drückende Nöte hielt ich von ihnen fern, ihr Leben machte ich licht. Mit starken Waffen, mir von Zababa und Ishtar verliehen, mit der Weisheit, die Enlil mir gab, und mit Marduks Macht tilgte ich im Norden und Süden, oben und unten, die Feinde aus, machte ein Ende mit den Kriegen, schuf dem Land Wohlfahrt, schenkte den Menschen friedliches Wohnen und vernichtete diejenigen, die uns stören wollten. Mich beriefen die Großen Götter, ich ward der Hirte mit kräftigem, geradem Stab. Mein milder Schatten breitet sich über die Stadt; die Menschen Akkads und Sumers ruhen in meinem Schoß, auf daß ihr Wohl gedeihe. Ich behüte sie in Frieden und schirme sie in meiner Weisheit. Der Starke bedrücke nicht den Schwachen; Witwen und Waisen wird Gerechtigkeit. Zu Babyla, der Stadt, die Anu und Enlil erhöhten, im Esangila, dessen Grundfesten ewig sind, habe ich das Recht des Landes geordnet und die Gerichtsentscheidungen gesichert, um den Unterdrückten Gerechtigkeit zu verschaffen. Meine kostbaren Worte wurden in Kudurru-Steine gemeißelt und vor mir, dem König der Gerechtigkeit, aufgestellt.«

Aus dem Vorspruch des Kodex Hammurabi

1. König der Gerechtigkeit

Flammen züngelten aus dem Stroh der Dächer; vom Sog der Schleudersteine durchfurcht, quoll schwarzer Rauch über Mauern und aus Türöffnungen. Das Krachen der Schwerter und Streitkolben auf die Schilde und die Anfeuerungsschreie der Soldaten vermischten sich mit Waffenklirren, sirrenden Pfeilen, gellenden Signalhörnern und dem Wimmern der Verwundeten. Grau, blutrot kollerte die Sonnenscheibe durch Staubwolken, Rauch und Gestank: heißes Blut, Kot, schweißnasses Leder, vom Feuer zersprengter Stein, verbranntes Gefieder. Die Stadttore barsten in einem Wirbel aus Funken, Splittern und Bronzebeschlägen. Babylas Krieger stürmten die bröckelnden, rußgeschwärzten Mauern von Rapiqum, und die engen Gassen waren erfüllt von den Schreien und dem Kreischen der panisch Flüchtenden. Inmitten einer Schar Krieger, Anführer und Palastgardisten, blutbespritzt und mit triefendem Schwert, rannte Hammurabi auf den Palast zu. Zahllose Leichen, von Pfeilen gespickt, von Schleudersteinen zerschmettert, lagen zwischen Mauern und schmorenden Dattelpalmen.

Blutüberströmt wankte ein Mann vorbei. Er preßte beide Hände über die klaffende Wunde unter der Brust und stierte die Soldaten aus leeren Augen an. Als seine Eingeweide hervorquollen, brach er zuckend zusammen und kreischte wie ein Kind. Junge Frauen, Säuglinge an sich gepreßt, stolperten rechts und links in den Qualm.

In der verwüsteten Palasthalle erwachte der König von Babyla aus der dumpfen Raserei, die alle Empfindungen verschluckt hatte: Wut, Todesfurcht, Schmerz. Leichen lagen auf den Stufen, den Boden bedeckten Blutlachen, zerbrochene Waffen und zerschmetterte Schalen und Krüge, Verwundete zuckten im Todeskampf. Roter Wein tropfte von Tischen und färbte die Tücher. Ein Schwert steckte in der Armlehne des Thronsessels. In den besudelten Decken und Fellen lag eine Frau mit weit offenen Augen, den Mund im lautlosen Schrei aufgerissen. Sie war nackt bis auf goldene Ketten und Armreife. Ein Anführer packte sie an den Hüften und zwang sie fluchend, vor dem Thron zu knien. Er drang in wilden Stößen ein zweitesmal in sie ein und riß ihren Kopf nach hinten.

Eine Brandung aus Wimmern, Kreischen, Jaulen und Winseln schäumte zwischen Säulen und Wänden. Die Soldaten weideten die Palasthunde aus und hackten Schwänze und Läufe mit schartigen Schwertern ab.

Hammurabi stand zwischen dem zersplitterten Portal und einem Wall toter Verteidiger. Der Rand seines blutverkrusteten Schildes berührte den Boden. Um die Schwertspitze bildete sich eine rote Lache. Schweiß tropfte unter dem Leder und den Bronzeplatten des Helms in den geflochtenen Bart. Der Schädel dröhnte, die Lippen waren rissig vor Durst, und auf der Zunge schmeckte er Salz und Staub. Er warf einen Blick auf die mißhandelte Frau, drehte sich um und ging hinaus in die Helligkeit. Seine Finger krampften sich um die Griffe von Schwert und Schild.

Ein Trupp Soldaten näherte sich. Hammurabi erkannte Redûm Utuchengal am Silberband des Helmes. Gesichter, Arme und Schilde waren unkenntlich unter der Schicht aus Staub, Ruß und Blut. Utuchengal nahm den Helm ab, klemmte ihn unter die Achsel und schlug mit dem Schwertgriff gegen den Brustharnisch.

»Die letzten, die sich wehrten, sind tot«, sagte er. Er hustete und wischte über die Stirn. »Die Beute, König, wird nicht gering sein. Einen Teil siehst du dort.«

Die Soldaten umringten den König und den Anführer seiner Sturmsoldaten. Utuchengal winkte. Ein Soldat riß eine junge Frau an dem Lederseil um ihren Hals näher. Etwa einem Dutzend hellhäutiger junger Frauen, mit schwerem Schmuck behängt, waren die Handgelenke im Nacken gefesselt worden. Ein Soldat knurrte:

»Palastsklavinnen. Hockten im Frauenhaus und haben Wein getrunken.«

Hammurabi blickte in schreckensstarre Gesichter. Die Schminke war zerlaufen und zeichnete schwarze und silberne Muster.

»Wir bleiben eine Zeitlang in der Stadt.« Hammurabi legte Utuchengal die Hand auf die Schulter. »Nehmt euch, was ihr braucht. Macht es ihnen nicht zu schwer; sie führen keinen Krieg gegen mich.«

»Ich hab's nicht vor.« Utuchengal ließ den zerhauenen Schild sinken. »Wir besetzen den Palast und sichern ihn für dich, König.«

Er zeigte auf den nächsten Torbogen. Seine Bewaffneten schleppten sich darauf zu und zogen die Frauen hinter sich her. Hammurabi ging zur ummauerten Umrandung des Teiches, schöpfte Wasser und kühlte sein Gesicht. Über der Umfassungsmauer lagen Erschlagene, ein Körper trieb im Wasser, in dem sich rötliche Schlieren auseinanderzogen. Hammurabi säuberte das Schwert und schob es in die Scheide zurück.

Als er sich zwang, seine Fäuste zu öffnen, spürte er schweißfeuchtes Tuch unter den Fingerkuppen.

Er schlug die Augen auf. Sein erster schlaftrunkener Blick fiel auf die Zedernbalken der Decke.

Er wartete regungslos, holte tief Luft und schluckte. Es roch wie an jedem Morgen: heißes Lampenöl, Wein, der in goldenen Bechern verdunstete, kalter Schweiß, die Miasmen nächtlicher Leidenschaft und Asche in der Feuerstelle. Hammurabi richtete sich auf, stützte sich auf die Ellbogen und spürte die Last seiner Jahre. Mühsam bahnten sich seine Gedanken in den Tag. Narudadja schlief und atmete leise. Ohne Muster und Bilder wirklich zu erkennen, starrte er die Wandteppiche an. Kein Sonnenstrahl drang in den Raum. Er lauschte in die Korridore und Säle des Palastes, dieser gewaltigen Masse aus Mauern, Säulen, Dächern und Steinen – das Lärmen der Diener, Sklavinnen und Heerführer, Bartscherer, Ratgeber, Schreiber und Handwerker hatte noch nicht begonnen. Langsam schwang er die Beine über den Rand des großen Lagers, bemüht, die Beischläferin nicht zu wecken. Er warf sich einen Mantel um und tappte über Teppiche, dickes Strohgeflecht und Felle, zum Abtritt. Er gähnte, als er sein Wasser abschlug und sich erleichterte. Als er sich gegen die glatten Mosaikkacheln abstützte, war es, als greife er in groben Sand.

Er stieg, zwei Dutzend Schritte weiter, ins warme Wasser des Beckens, schob die Wasserlilien auseinander, genoß die Stille und schloß einige Atemzüge lang die Augen. In beschlagenen Silberspiegeln tanzten Flammen; Harzrauch und Duftwässer tränkten die Luft. Der Geruch der warmen Tücher erinnerte Hammurabi an sommerliche Blüten. Er seufzte, als er aus dem Bad stieg und vier Krüge kalten Wassers über Kopf und Nacken schüttete und nicht merkte, daß die Färbung seines Bartes gelitten hatte. Er trocknete sich ab; ihm graute vor dem Tag.

Malereien und Mosaiken – Ranken, Götterbildnisse, Fabelwesen in leuchtenden Farben, mit silbernen und goldenen Augen und solchen aus Edelsteinen – sprangen ihn von den Wänden an. Ölflammen zitterten auf Silber und Gold. Weißglasierte Tonschalen, von Bronzearmen gehalten, ragten ins staubige Halbdunkel. Als tröffen sie vor Nässe, hingen Vorhänge auf den spiegelnden Boden. Die wuchtigen Palastwände schluckten das Geräusch seiner Schritte, die Decken der Korridore verloren sich in dämmeriger Höhe. Es gab Tage, an denen sich Hammurabi nicht als Herr, sondern als Gefangener in den Mauern dieses Palastes fühlte; es war einer dieser Tage, die als Drohung über ihm hingen.

Er schob einen weiteren Vorhang zur Seite und ging zum Bett. Eine Sklavin hatte Holzscheite auf die Glut getürmt, ohne Narudadja zu wecken. Sie reckte unter dem Leinen die Hüften und hatte die Arme gestreckt. Ihr Haar breitete sich blauschwarz über das Laken aus. Hammurabi betrachtete schweigend die hellbraune Haut, die dunklen Spitzen der Brüste, die langen

Wimpern. Er legte seine Hand an den Hals Narudadjas, als wolle er sie würgen, dann ließ er sie in die Furche zwischen den Brüsten gleiten. Die Frau öffnete die Augen, leckte über die Lippen und stieß ein langgezogenes Summen aus. Sie legte die Hände unter die Brüste und flüsterte:

»Bin ich der Grund, Herr, für deine starre Miene?«

Er schüttelte den Kopf. »Nein. Du nicht. Die Träume waren schwarz, voll Tod und Gewalt. Der Tag wird nicht besser sein.«

Hammurabi starrte über ihre Schulter. Die farbigen Bilder der Wände zeigten Motive seiner Macht und seiner Triumphe über allzu ehrgeizige Fürsten. Narudadja legte die Hände auf Hammurabis Schultern und wartete, bis er in ihre Augen blickte.

»Deine Gedanken werden klar, Herr der Gerechtigkeit; du bist zäh wie der Löwe und verschlossen wie das Grab. Du bist kräftiger als ein Jüngerer. Deine Gegner überragst du wie eine Zikkurat – nicht nur ich weiß das, Herr. Deine Leidenschaft hat mich in der Nacht erschöpft. Jetzt zeige ich dir, wie du den Tag fröhlich anfangen kannst.«

Ihre Finger strichen den feuchten Bart unter der Lippe glatt und glitten durch das schwarze Gekräusel unter dem Kinn, seit dem Bad von hellem Grau durchsträhnt. Hammurabi atmete schwer, als ihre Hände über die Innenseiten seiner Schenkel glitten. Er sank auf den Rücken und verschränkte die Arme hinter dem Kopf. Narudadja kauerte auf seinen Knien und beugte sich ihm entgegen. Die Haarflut fiel vor ihr Gesicht.

»König der vier Weltgegenden.« Sie berührte ihn unter den Achseln, an den Rippen und am Nacken. »Du wirst lächeln, wenn dich die Diener ankleiden, und jeder Ärger flieht dich, bis tief in die Nacht.«

Hammurabi zwinkerte. Seine Stimme war heiser. »Du bist schön und voll Leidenschaft. Und du redest bisweilen kluge Worte, Schwester Inannas.«

Sie antwortete nicht, lächelte nur. Hammurabi schloß die Augen und überließ sich ihren erfahrenen Fingern.

Der helle Raum, in dem würzige Dämpfe brodelten und Stimmen murmelten, bedeutete für Hammurabi den ersten Schritt in das Gewebe des Tages; ein Dutzend Sklavinnen und Diener hantierten an seinem Körper und besorgten Handreichungen in seiner Nähe. Haupthaar und Bart wurden gekämmt, angefeuchtet, geschnitten, mit schwärzenden Salbölen gebürstet und zu Locken gedreht, Finger und Arme mit warmen, feuchten Tüchern gereinigt. Behutsam schoben Diener jene Ringe auf die Finger, die Hammurabi schweigend aus Dutzenden prunkvoller Kleinode in den Fächern eines Kästchens aus Zedernholz und Gold wählte. Ein Hemd aus Leinen fiel federleicht über die Schultern, Mädchen schnürten die Stiefel an Hammurabis Füßen. Bevor der Halsschmuck geknotet wurde, schob der König seinen linken Arm durch die Öffnung des Wollmantels, fühlte Duftöl im Nakken, an den Unterarmen und Knien. Man brachte honigsüßen heißen Kräutersud, Brot, Braten, Milch und Fisch. Während er aß und trank, legte der älteste Diener den Gürtel um Hammurabis Hüften und die Armbänder um die Handgelenke. Hammurabis Blick glitt gleichmütig über das Durcheinander und ruhte lange auf den Bildwerken Apilsins und Sinmuballits, des Großvaters und des Vaters, in einer Nische, zwischen Säulen, Blumen und Opfergaben. Gott Marduk überragte sie und schien Hammurabis Blick zu erwidern. Hammurabi winkte die Diener zur Seite und näherte sich dem Vorhang, der von unsichtbaren Händen geöffnet wurde. Diener verbeugten sich tief. Die Stille des Morgens endete für ihn jenseits des goldbestickten Vorhanges.

Am anderen Ende des Korridors, in der Tageshelle, stand Awelninurta. Hinter ihm verneigten sich die Schreiber. Der Oberste Suqqalmach legte die Linke auf die Brust und senkte den Kopf.
»Babyla und das Land am Buranun und Idiglat warten, Herrscher der Himmelsrichtungen. Dein Schlaf war tief und gut?«
Hammurabi hob die Schultern. Awelninurta verstand den Blick und ging schweigend an Hammurabis rechter Seite bis zur

Mitte eines großen Tisches aus Zedernbrettern. Im Morgenlicht, von weißen Vorhängen gefiltert, tanzten die Stäubchen. Die Schreiber setzten sich an ihre Tischchen.

»Das siebenundzwanzigste Jahr deiner Herrschaft, Jahr der rotgoldenen Feldzeichen. Auch im achtundzwanzigsten wird sich, meine ich, nicht allzuviel ändern am Lauf der Tage.«

Die Tontäfelchen klapperten. Die gemalten Tiere und Pflanzen des Bodens glänzten, als schwämmen sie in Öl.

»Deine Worte sind ein wahrer Trost, Awel.« Hammurabi lächelte. »Zähl also die Katastrophen auf und sag, welche mißlichen Zustände ich aus der Welt schaffen kann.«

Awelninurta lachte leise. Sie setzten sich in hochlehnige Stühle mit weichen Polstern. In Flechtkörben standen Hunderte trockener Lehmtäfelchen. Awelninurta deutete auf den ersten Schreiber. Er begann vorzulesen. Nach kurzer Beratung sprach entweder Hammurabi oder Awelninurta. Die Schreiber stichelten: Briefe an die Rabinum kleiner und größerer Siedlungen. Boten und Späher wurden aufgerufen, verneigten sich vor Hammurabi, berichteten und eilten hinaus. Im Klappern trockener und Klatschen feuchter Tontafeln arbeiteten Hammurabi und Awelninurta weiter an dem schwierigen Geflecht der Babyla-Macht; Anordnungen an Priester; Hinweise auf die Gesetze der Kudurru-Steine; Anweisungen für Kanalbaumeister, nachdrückliche, unmißverständliche Befehle an Vasallen und Tributpflichtige, Bitten an jene Fürsten, »die hinter mir, Hammurabi, einhergehen«; Einträge in die Archive des Handels, der Landschenkungen, der königlichen Rinderherden. Wie lauteten die Botschaften der Soldaten, die entlang der westlichen Grenzen die gewalttätigen Nomaden zurücktreiben sollten? Welche Gesandtschaft, aus welcher Stadt, war zu erwarten? Neue Königspächter? Auf welchem Stück Kronland? Und immer wieder drängende Bitten: es wurden Vorgesetzte und Wasserbaumeister gebraucht, dringender als Steine von Akkad, als Grassamen und Erdpech. Streit mit dem Hohen Priester Iturashdum um das Eigentum der Tempel?

»Schicke Jarimlin, den Anführer der Palastwachen, zu ihm. Er soll ihm die Schwelle zeigen, an der meine Nachsicht endet.«
Awelninurta schnippte mit den Fingern. Ein Bote rannte davon. Nach fünfeinhalb Stunden waren die Körbe auf der linken Seite des Tisches leer. Hammurabi stützte das Kinn in die Handfläche und gab dem Sklaven neben der Säule durch einen Blick seinen Wunsch zu verstehen. Schweigend glitt der Schwarzgekleidete um die Säule herum und brachte zwei Pokale. Awelninurta schwieg und sah zu, wie die Schreiber feuchte Tücher über die Tafeln breiteten.
»Laßt uns allein«, sagte er und hob die Hand. »Bereitet euch vor; morgen geht's weiter. Wie alle Tage.«
Die Schreiber verließen erschöpft den Raum, schnell und lautlos. Awelninurta wartete, bis der Herrscher den Pokal hob und trank, vier Atemzüge lang. Er deutete auf die vielen Tontäfelchen auf der rechten Tischseite.
»Und immer wieder erstaunst du mich, Bruder des göttlichen Marduk. Was weißt du nicht? Entgeht dir etwas, das im Land zwischen Assur und Larsa geschieht?«
Hammurabi seufzte und legte die Hände auf die Tischplatte.
»Ich weiß nicht, was an der nordwestlichen Grenze geschieht. Ich kenne nicht die Spinnwebfäden zwischen den Priestern Babylas, denen aus Malgium am Idiglat und im Tempel zu Mari. Weiß ich, was König Zimrilim denkt?«
»Nichts, was dir Freude bereiten würde, wenn du's wüßtest«, sagte Awelninurta. »Es sind keine Spione gefaßt worden. Die Priester schweigen lächelnd und bedeutungsvoll, wie immer.«
Hammurabi massierte mit Daumen und Zeigefinger die Kerbe und die fleischige Kuppe seiner Nase, musterte Awelninurta über den Rand des Pokals und grinste. Sein Blick blieb gelassen. »Samsuiluna mit dem stolzen Namen ›unser Gott, die Sonne‹ – mit viel Glück und zu Recht – soll als achter Fürst meines Geschlechtes ein wohlgeordnetes Reich mit sicheren Grenzen beherrschen. Dafür lohnt sich alles Wissen und jede Verschlagenheit.«

Awelninurta nahm einen langen Schluck und senkte den Blick auf die Maserung des Zedernholzes.

»Schamasch und Marduk mögen noch ein halbes Jahrhundert ihre schützenden Hände über dich halten, siebenter Fürst. Wäre es jetzt nicht Zeit, sich zu vergewissern, daß die Sonne an einem wolkenlosen, kalten Addaru-Himmel steht, trotz Alpträumen, Müdigkeit, Narudadja und schwierigem Kanalbau?«

Hammurabi stellte den leeren Pokal hart ab, lachte und stand auf. »Bei Marduk! Du hast recht. Wo sind die Tage und die Nächte? Erinnerst du dich? Damals? im Schilf, auf Entenjagd? Zwischen den Palmen, am Kanal, als keine Sklavin vor uns sicher war?«

Die Diener rissen die Vorhänge zur Seite. Die Sonne blendete den Herrscher und den Suqqalmach. Sie hielten die Hände vor die Augen.

Als habe er seine Antwort wohl überlegt und die Bedeutung mehrfach geprüft, sagte Awelninurta: »Das war, mein königlicher Freund, als Vater Sinmuballit, der alte ›König der Gerechtigkeit‹, an deiner Stelle dort am Tisch saß.«

Der Palasthof, leer und im Windschatten, verschluckte das Geräusch ihrer Schritte. Zwei Diener liefen hinter ihnen her und legten schwere rote Mäntel auf ihre Schultern. Am Ende der Rampe, vor der Dachbrüstung, drehte sich Hammurabi um.

»Diese Frau, Narudadja… was weißt du?«

»Eine Naditum-Priesterin aus Sippar, durch brüderliche Willkür verarmt und vertrieben. Wenn die Gnade deiner nächtlichen Leidenschaft versiegt, wäre sie mit einem königlichen Lehen nahe eines Kanals zufrieden. Wird sie ihrem Ruf gerecht?«

Sie gingen neben trocken raschelnden Palmwedeln durch die Schatten gemauerter Dachverzierungen, die Bäume waren erst vor ein paar Jahren gepflanzt worden. Aus den Gärten hinter den Ställen gellten Pfauenschreie. Hammurabi sah sich um.

»Niemand hört zu, königlicher Ratgeber«, sagte er. »Sie erfreut nicht nur mein Herz. Laß sie wissen, daß sie ein herrliches Stück Land erhalten wird, flußab, am Kanal, der ›Reichtum des

Volkes‹ heißen soll – wenn die Gnade meiner Leidenschaft zu tropfen aufhört. Stößt mir etwas zu, von Samsuiluna oder anderen, die meine Gesetze brechen werden, ist sie dort in Sicherheit.«

Awelninurtas Augen glitten über Hammurabis Gesicht. Er schob die Hände in die weiten Mantelarme. Plötzlich schien er zu frösteln. Er deutete vage in die Richtung des Unteren Meeres. »Was mich zu der Überlegung bringt, die wie ein Dämon durch meine Träume kriecht. Nicht nur für diese Wasserbauwerke brauchst du einige tausend Arbeiter. Sie sind, weil mit Silber zu bezahlen, leichter zu finden als gute Baumeister. Alle Edubba-Lehrer tun mehr als ihre Pflicht und lehren die Jungen die Kunst des Wasserbauens. Bedenke: wenn im Süden Ruhe an den Grenzen herrschen soll, müssen viele Männer mit scharfer Waffe ihren Besitz, deine königliche Landschenkung, verteidigen. Ich soll – später – dafür sorgen, daß Narudadja entsprechend belohnt wird?«

»Ja. Im Simanui, nach dem Hochwasser, nach etlichen Alpträumen, wissen wir mehr. Man wird neue Wasserbaumeister in der Edubba finden.«

Sie gingen weiter und blickten in einen größeren Hof hinein. Große Karren waren aufgebockt; Bronze funkelte von breiten Scheibenrädern. Palastsoldaten übten in Zweikämpfen, Peitschen knallten, fluchende Wagenlenker zerrten an den Zügeln von Onagergespannen, deren stämmige Tiere schäumten und schwitzten. Awelninurta machte eine weitausholende Geste.

»Natürlich wissen es auch die Spione Zimrilims und aus Larsa: Tausend kampferprobte Soldaten leben in den Mauern des Palastes und der Stadt. Die Waffen sind scharf, die Pfeile treffen.« Er deutete auf stoffumwickelte Strohpuppen, die dort von Pfeilen starrten, wo Wunden tödlich waren. »Unsere Speicher sind voll, die Herden zahlreich, die Tiere fett. Und da die Straßen zwischen Ost und West ebenso sicher sind wie die Flüsse, ist Hammurabis Stadt reich vom Tribut, Zoll und dem Geschick der Kaufmannschaft. Ein Grund mehr, ruhig zu schlafen – abgesehen von Narudadjas überströmender Leidenschaftlichkeit.«

Hammurabi hob eine dürre Palmrispe auf. Er deutete auf den Mittelpunkt eines alten Spinnennetzes. Ausgetrocknete Fliegen zitterten im kalten Wind. Awelninurta erschrak, als er Hammurabis Blicke deutete.

»Das ist es, was ich fürchte.« Es war, als sähe der König gleichzeitig nach innen und in unbestimmbare Ferne. »Die kleinen Herrscher und die Priester! Mit der kleineren Hälfte dienen sie den Göttern, die größere gehört ihnen und ihrem Ehrgeiz. So sehe ich es: wie dieses verfluchte Netz, Awel.«

»Du hast Angst, Freund?«

Hammurabi senkte den Kopf. Er nahm seinen Blick nicht von dem Mittelpunkt des Netzes, das an den langen Fäden wippte.

»Nicht um mich. Ich, Hammurabi, halte das Reich in meinen Händen. Mein Vater konnte es besser, mein Sohn wird's vielleicht lernen. Sie spinnen ihre Fäden, jene Kreaturen mit haarlosen Köpfen. Und sie sprechen mit den Ehrgeizlingen von Schallibi, Rapiqum und Eschnunna, denen ich mühsam beigebracht habe, daß es dem dümmsten Eseltreiber besser geht, wenn das Land groß und mächtig ist. Und reich. Warum kamen wir denn sonst mit Schwert und Feuer über Eschnunna und Mari?« Awelninurtas Lächeln war kälter als der Wind auf dem Palastdach.

»Ich weiß es. Ich war neben dir, Freund und König, als die Mauern niederbrachen.«

Mit einer einzigen Handbewegung zerfetzte Hammurabi das Spinnennetz.

»Bei Marduk, meinem Freund!« Er flüsterte; heiser und gerade laut genug, um den Wind zu übertönen. »Ich hasse Krieg, Blut, Tod und Brand. Ich bin zu alt für das Schwert. Sag: was soll ich tun, um das Land zwischen den Flüssen friedlich und fruchtbar zu halten? Ist es nicht genug, wenn die Nomaden meine Bauern schlachten? Muß ich, damit du und ich und alle, denen wir Sumers Wohlergehen danken, gut schlafen können – muß ich jetzt die Priester schlachten?«

Awelninurta legte die Hand auf Hammurabis Unterarm.

»In Assur, Elam und Larsa habe ich meine Augen und Ohren. Es sind zierliche Ohren und große schwarze Augen darunter.« Hammurabi starrte ihn schweigend an, zwinkerte und drehte das Gesicht aus dem Wind. »In Dilmun, beispielsweise, hört man mehr Gerüchte als in Babyla. Laß mich nachdenken, Hammurabi. Wenn in Babyla die eine oder andere priesterliche Spinne lauert – ich erfahre es. Nur brauche ich ein wenig länger. Ich weiß, was zu tun ist. Du erfährst, wann der König zu handeln hat. Da ich von Priestern verschieden mächtiger Gottheiten erzogen wurde, kenne ich ihre Gedanken. Hab Geduld.«

Hammurabi sah zur Marduk-Zikkurat hinüber. Sonnenlicht verströmte auf dem Blau der Kacheln.

»Du weißt, was zu tun ist, Awel?«

»Ja. Erwarte gewisse Erfolge, aber keine schnellen Antworten auf uralte Fragen.«

»Eine Verschwörung?«

Awelninurtas Hand stieß zum Netz in der Mauerkante. »Noch nicht. Ein möglicher Anfang davon. Du thronst ganz oben. Meine Ohren heben sich, sozusagen, gerade erst aus dem Kanalschlamm.«

Hammurabis Blicke hefteten sich wieder auf die Palasthöfe, Mauern und Soldaten. Er zog die Hände aus den Ärmeln. Sein Zeigefinger berührte Awelninurtas Schlüsselbein.

»Gut. Richtig. Nichts überstürzen. Wir wissen, worum es geht.«

»Zumindest wir wissen's.« Awelninurta lachte laut und, wie es schien, voll Freude. »Und außer uns viele andere.« Er kicherte und schob die Hände ineinander. »Der eine oder andere fällt mir gerade ein. Morgen sind's schon viel mehr. Glaub's mir, König.«

»Dir glaube ich, fast, alles.«

Vom Tempel des Marduk wehten Trommelschläge und dumpfe Gesänge über die kantigen Gebirge der Mauern. Schatten zogen über Gesichter und Körper der Götterstandbilder und zeichneten massige Konturen grellweißer Pfeiler und Säulen. Inanna lächelte, Enlil blickte stumpf, Schamasch blinzelte, und Marduks Körper schien zu zittern. Von den Kacheln der Zikkurat blitzte ein breites Lichtband über die Stadt. Ein großer Schwarm Tauben mit lauten Flügelschlägen durchquerte die Strahlenbündel. Die Sonne schien zu flackern; die Männer in den Palasthöfen hoben die Köpfe, erstarrten und sahen hinauf zu Hammurabi und Awelninurta, gerade als ein Adlerpaar die Tauben auseinanderjagte.

Der Suqqalmach hatte Mühe, die Stimme des Herrschers zu erkennen. Hammurabi drehte sich herum und preßte die Hände über die Augen.

»Welch ein Vorzeichen! Und du sprichst ›gute Worte‹ von der Ruhe meines Herzens!«

Aus Nordost fegte ein Shamal-Windstoß winselnd über leere Felder und wischte den Glanz von den Kanälen. Staubwolken brodelten auf; schneidende Kälte griff nach den Gestalten auf dem Dach.

2. Tod am Kanal

Ein Löwe brüllte im Westen; die Drohung zitterte in der kühlen Luft. Im Laub des Weinstocks raschelten Eidechsen. Die Kälte hatte den Hof noch nicht erreicht, die dicken Lehmziegelmauern strahlten die Hitze des Nisannu-Tages in das Viereck hinein. Sharmadu entzündete zu Ehren des Gastes ein Dutzend Öllämpchen und stellte sie in die Nischen zwischen knorrige Äste. Ihr Schatten verschwand im Muster des zitternden Weinlaubes auf dem körnigen Kalkanstrich. Seit Daduschu denken konnte, wuchs und grünte der Wein; der Vater pflegte Weinstock und Trauben mit mehr Hingabe als andere Pflanzen.

Endlich brannte der Docht des letzten Tonlämpchens. Vor der flackernden Flamme wirbelten Staubkörner. Daduschu gähnte, hob den Kopf und reckte sich. Wohliger Schmerz zog durch alle Muskeln. Er war die Feldarbeit noch nicht wieder gewöhnt. Sharmadu lächelte ihm zu, ein Versprechen für eine Stunde am frühen Morgen, und huschte ins Haus. In die Stille des Gevierts drangen Geräusche, die Daduschu lange vermißt hatte: Ratten zischelten im Kanalschilf, Frösche lärmten schnarrend, und Mücken sirrten durch die warme Luft vor den kleinen Fenstern. Wind raschelte mit Palmwedeln. Daduschu stand auf, als er die Stimmen Shindurruls und des Vaters hörte.

»Der junge Herr hat die Palastschule schwänzen dürfen?« Shindurrul packte Daduschus Handgelenk. »Ungewohnt, wie, wenn man die Hacke schwingt, statt mit dem Stichel zu zittern?«

Daduschu erwiderte den Gruß und verbeugte sich. Der Kaufmann im feinen Leinengewand verströmte eine Wolke süßlichen Wohlgeruchs. Daduschu verbiß sich ein Lachen.

»Die Lehrer haben erlaubt, daß ich helfe. Nachts muß ich trotzdem lernen, Damgar Shindurrul. Alle Muskeln tun weh. Und der Rücken wird nicht mehr gerade.«

Hinter den Mauern steigerte sich das Zirpen der Grillen zu ohrenbetäubendem Lärm. Wieder donnerte das Löwengebrüll im Tum Martu-Südwest, dem Wind der Göttin. Der Kaufmann tätschelte Daduschus Wange und setzte sich auf die gemauerte Bank.

»Daduschu ist fleißig. Sonst vergißt er in der Stadt, wieviel Mühe das Geldverdienen macht. Er braucht seine ganze Kraft. Nicht wahr, Usch?« Vater Utuchengal stupfte den ausgestreckten Zeigefinger gegen Daduschus Oberarm. »Unsere Felder sind groß; sechs Bur hat das Lehen, mehr als hundertfünfzig Morgen.«

Vaters kurze Finger, hart wie Kupfer, waren rauh, die schwärzlichen Nägel abgesplittert. Vom Morgengrauen an hatten er, zwei Sklaven und Daduschu die Kanäle zwischen den Gerstenfeldern gesäubert, den schmutziggelben Schlamm auf die Böschungen geschichtet und aus dem zwei Ellen breiten Wasserlauf die Felder bewässert.

»Schließlich soll aus ihm ein reicher und mächtiger Mann werden, ein Suqqalmach aus dem Ekallum. Stimmt's, Usch?«

Daduschu nickte und lächelte müde. Der Kaufmann stemmte die Arme in die Seiten und sah sich um. An fast allen Fingern blitzten Ringe; rot glühende und blau leuchtende Steine tranken das Licht der Ölfunzeln und funkelten es zurück.

»Recht so, Bruder Utuch.« Shindurruls Blick entging nichts. Das Kreuzmuster der dunkelrot gebrannten Agurru-Bodenziegel und das Weinlaub, von der Nacht schwarz gefärbt, verschluckten das Licht. Utuchengal sah seinen Sohn nicht ohne Stolz an, dann deutete er auf Siachu, die ein Tablett aus Binsengeflecht mit Krug und Bechern brachte. Der erste kühle Windhauch sank lautlos über die Mauerkanten. Der Kaufmann grinste.

»Kraft im Hirn und im Arm. Beides braucht dein Sohn reichlich, sage ich, bis er rechts vom Mächtigen sitzt und Klugheit verströmt wie ein Felsenquell.«

Utuchengal nickte und schwieg. Siachu lächelte den breitschultrigen Händler an und senkte den Kopf.

»Willkommen, Herr. Mutter schickt Bier.«

»Recht so. Danke.«

Daduschu teilte die Becher aus und füllte sie, bis bräunlicher Schaum über die Ränder tropfte.

»Du wirst sehen, Herr, wie die Palmen stehen, die Pistazien und die Granatäpfel.«

»Morgen früh.« Shindurrul nahm einen langen Schluck. Der kahle Fleck auf seinem Hinterkopf war in diesem Frühling schon größer als eine Faust. »Ich will gute Ware, dein Vater einen guten Preis; gutes Geld wollen wir verdienen, er und ich.« Grinsend zeigte er seine weißen Zähne. »Du sollst nicht ewig der arme Shub-lugala-Junge in der Edubba bleiben; jeder Sekel, jede Mine zählen, junger Mann!«

Shindurrul, seit sieben Jahren Aufkäufer des besten Teils der Ernte, besuchte sie ein dutzendmal im Jahr und war ein lauter, doch gerngesehener Gast, dessen Erzählungen dafür sorgten, daß die Lampen nicht erloschen. Ein Drittel des Landes gehörte Vater, zwei Drittel blieben Königspacht. Niemals betrog Shindurrul, nie stellte er unsinnige Forderungen. Daduschu, todmüde, setzte sich wieder. Seine Gedanken tropften wie Honig. Die harte Zucht der Schule, die sengende Sonne, die Arbeit auf den Feldern, an den Hebebrunnen und im brackigen Kanalwasser waren fast zuviel gewesen. Ihm schmeckte nicht einmal das herbe Bier.

Trank er weiter, würde er wahrscheinlich noch am Tisch einschlafen. Trotzdem war er unruhig. Er wußte nicht, aus welchem Grund. Etwas störte ihn; wie ein Splitter unter der Fingerkuppe.

Der stille Raum zwischen weißen Mauern war viel zu schlicht für den schwarzbärtigen Kaufmann, der über Königspacht, Geld, die unsäglichen Preise der Händler im Basar sprach, über abgabefreie Lehen und den Hunger von Hammurabis Priesterschaft nach mehr Macht und Wohlleben. Daduschu fühlte, daß er in den Schlaf zu gleiten drohte. Leicht wie ein Vogel lehnte sich Siachu an ihn.

»Schlaf dich aus, Usch.« Sie flüsterte fast. »Geh ins Haus. Vater und Shindurrul reden wieder die ganze Nacht und trinken, wie jedesmal.«

Daduschu zwinkerte gähnend. Noch war Siachu – »ein Lächeln« – mehr dünn als schlank; in einer Handvoll Jahren würde sie eine dunkle Schönheit sein, eine der Frauen, denen man in Babylas Gassen nachstarrte. Er rieb und wischte die Müdigkeit aus seinen Augen.

»Ich bin eure Arbeit wirklich nicht mehr gewöhnt.«

Shindurrul und Utuchengal lachten laut und drehten sich um, als Mutter Shushuna den Vorhang aus Holzperlen und Knochenzylinderchen zur Seite schob.

»Trinkt nicht zu schnell«, sagte sie. »Der Tisch ist gedeckt. Die Nacht wird kalt werden; ihr holt euch den Bluthusten.«

»Der Herr des Weinstockhauses hat gerufen.« Shindurrul deutete schmunzelnd eine Verbeugung an. »Gehorchen wir. Sonst wird dein gutes Essen kalt, Shushuna.« Shindurrul schwenkte den Becher und schob, die fleischige Hand auf der Schulter Utuchengals, den Gastgeber durch den Rundbogen. Daduschu massierte seine Augen mit den Handballen. Zwischen den Schulterblättern nistete dumpfer Schmerz. Wieder fuhr das wütende Grollen des Löwen über den Rand der Wüste; dreimal – ein Omen! Daduschu unterdrückte sein Erschrecken. Ein feuchtkalter Windstoß winselte über die doppelt mannshohe Mauer.

Siachu nahm seine Hand, hob den schmalen Kopf und flüsterte: »Was ist das? Dieses Knistern?«

»Ich höre nur den Wind und das Schilf.«

Daduschu blickte in die Sterne. Palmenstämme und Granatapfelbäume zertrennten den vollen Mond in Streifen aus Licht und Dunkelheit.

»Da waren Schritte.« Siachu fröstelte; Daduschu legte den Arm um ihre Schultern und schob sie in die Wärme des schilfgedeckten Hauses. Er holte eine Lampe aus der Nische, schirmte die Flamme mit der flachen Hand und verließ den Hof. Jede Stunde entdeckte er Einzelheiten aus der Kindheit in der flachen Welt des Elternhauses wieder. Er stand auf der Böschung, die zu Feldern, Kanälen und Hebebrunnen hinunterführte. Alle Gebäude am Schnittpunkt breiter Kanäle waren in sicherer Höhe vor Überschwemmungen gebaut. Er überblickte fast zwei Große Sar. Kleine Brücken, meist nur eine Elle breit, überspannten die Wasserläufe. Mondlicht lag molkig auf unbewegtem Wasser.

Viereckige und rechteckige Felder, in denen Gerste, Hirse und Weizen keimten, tiefe Schatten unter Palmwedeln, Schilfränder wie Zäune, die nichts anderes schützten als unzählige Libellen, Fische und Frösche: aneinandergeduckte Häuser, der strenge Geruch des Lauchs und der Riesenmond schufen miteinander das Gefühl von Sicherheit und Geborgenheit, das Daduschu wiederfand. Er lächelte. Seine Hände waren rot, die Haut spröde vom scharfen Kalkbrei, und es half nicht viel, daß Sharmadu sie mit warmem Sesamöl massierte.

»Es ist der Wind.« Er ging zurück zum Wohnhaus. Um die Mauern wirbelte Staub. Die zitternden Ölflämmchen färbten sich rötlich. Als Daduschu den Kopf unter dem dicken Vorhang aus Wolle und Leder wieder hob, saßen der Kaufmann und die Familie am Tisch. Utuchengal pochte mit dem Zeigefinger auf die Tischplatte. Ihm gegenüber, am Kopfende, saß Shindurrul.

»Alles ruhig, Usch?«

Daduschu nickte.

»Schöpf deine Schüssel voll, Junge, sonst fällst du vor Schwäche in den Kanal.«

»Ja, Vater.« Daduschu tunkte Schweinebraten in Bohnenbrei. Die Kruste glänzte dunkel und roch nach Honig. Salzkörner knirschten zwischen seinen Zähnen. Fast gleichzeitig erstarrten sie alle. Wildes Geschrei und wüster Radau näherten sich dem Haus.

Sharmadu ließ eine Schüssel fallen, ein berstendes Klirren in einer plötzlichen Flut erschreckender Geräusche. Die Grillen hörten sie nicht mehr, aber Esel und Maultiere brüllten. Aus dem Stall kamen polternde Schläge. Heisere Schreie und kehlige Rufe vermischten sich überall mit dem hellen Krachen von Holz. Shindurrul und Utuchengal sprangen auf, ihre Blicke gingen umher und richteten sich auf die Eingänge. Jetzt kam Daduschu auf die Füße, würgte den Fleischbrocken herunter und war mit drei Sprüngen am Durchgang zum Korridor. Seine Gedanken überschlugen sich. Drei Löwenschreie, und jetzt gellten die Gefahren um die Häuser. Schafe blökten jämmerlich laut, die Ziegen meckerten wie rasend. Der Hund grollte und knurrte in heiserer Angriffslust. Sein Gebell endete in schmerzlichem Winseln. Die Muttersau kreischte langgezogen, bis auch ihr Geschrei abriß. Daduschu löste sich aus der Lähmung des Erschreckens und tastete über der Tür des Zimmerchens nach seiner Waffe.

Durch den Korridor heulte ein Pfeil, aus nächster Nähe abgeschossen. Schatten wischten über die Mauern. Zitternd stand Daduschu im Winkel. Schweißnaß schlossen sich die Finger um den Schaft des zweischneidigen Bronzebeils; Shindurruls Geschenk. Eindrücke, die ihn ängstigten, lösten einander in verwirrender Eile ab, überschlugen sich. Mutter schrie auf, der Vater fluchte. Von rechts kam das Krachen schwerer Schläge. Aus dem Chaos kreischte die Sklavin, die sich gegen etwas wehrte, das Daduschu nicht begreifen konnte. Daduschu wagte sich ins Licht hinaus. Er zitterte vor Schrecken, Verwunderung und Zorn und hob das Beil über seinen Kopf. Ein heller Schatten sprang an ihm vorbei, sein Blick erhaschte ein braunes Gesicht, einen wehenden Umhang und zwei blitzende Dolche.

Das Beil sauste herunter, beschrieb einen Viertelkreis und traf den Mann, der versuchte, Siachu einzuholen. Sie rannte in Panik ins Dunkel. Die Schneide zerfetzte das Ohr des Nomaden. Daduschu hörte sich einen seltsamen Laut ausstoßen, als die Klinge Schulter und Oberarm bis zum Gelenk spaltete. Der Körper wurde gegen die Wand geschmettert, aus zerfetzten Adern pumpten dünne Blutstrahlen und zeichneten wirre Muster auf den Kalk. Der Nomade stieß ein trillerndes Kreischen aus und brach zusammen.

Daduschu handelte, ohne zu denken. Jeder Augenblick dieser Nacht grub sich unauslöschlich in seine Erinnerungen wie in eine Tontafel, die im Feuer härtete. Er riß am Beil, wirbelte herum und führte den nächsten Schlag gegen einen zweiten Schatten, der ihn mit funkelndem Dolch ansprang. Die Schneide zerschnitt die Nase, schlitzte die Wangen auf und blendete den Angreifer. Als der Oberkörper nach hinten geschleudert wurde, gellte ein Schrei, der im Blut erstickte. Mit dem Schädel schlug der Braunhäutige gegen die Steinbank. Mutters Hilferufe endeten in blasigem Gurgeln.

Siachu war verschwunden. Links krachten Hiebe auf Metall. Das Schwein schrie wieder wie ein geschundenes Kind. Daduschu sprang vorwärts und wandte sich nach links; er dachte an Flucht in die Felder. Die Doppelaxt schlenkerte an seinem rechten Arm, der ihm nicht zu gehören schien, die Schneide zischte neben dem Knöchel durchs Gras. Er rannte zum Hauptraum: Shindurrul war nicht mehr hier. Ein Nomade zerrte einen Dolch aus einem Körper und sprang, als er Daduschu mit der blutigen Axt sah, in den Innenhof hinaus. Mutter lag rücklings halb über dem Tisch, zwischen zerbrochenen Schalen und Essensresten. Bier lief über die Platte und tropfte schäumend auf den Boden.

Daduschu rannte hinter dem Flüchtenden her. Die Klinge schmetterte gegen die Wand. Im Halbdunkel außerhalb der Mauern ertönten unverständliche Rufe; Schritte raschelten überall. Ein Angreifer im wehenden Mantel kletterte über die Äste und Ranken des Weinstocks. Das Holz splitterte, die Pflöcke brachen aus der Wand, und der Weinstock sackte zusammen. Daduschu setzte dem Nomaden nach, aber als er das Beil hochriß, sprang der Fremde über die Mauerkrone zurück in die Dunkelheit. Daduschu rannte aus dem Eingang und duckte sich. Lärm und rote Flammen kamen von rechts. Binsenstapel brannten qualmend, an einigen Stellen züngelten Flammen aus zerbrochenen Öllampen an Wänden und Boden. Daduschu merkte nicht, daß Tränen über seine Wangen liefen. Zwischen Bäumen und Mauerkanten hasteten Gestalten hin und her. Hinter dem Wohnhaus, in Richtung auf Babyla, erschollen Kampflärm, Keuchen, Flüche und Schreie und das Bersten trockenen Holzes.

Böen sprangen auf und winselten in die Nacht hinaus, die Sandschleier waren dichter geworden, und feiner Staub sank zu Boden. Daduschu lief in die Richtung des Lärms, schlug nach Schatten und verteidigte sich gegen vorbeihuschende Schemen. Blinde Wut hatte ihn gepackt; als er am Stall vorbeirannte, stolperte er und rutschte im Blut eines zuckenden Schafes aus. Dünnes Wimmern drang aus dem Stall. Es stank nach Kot und brennender Wolle. Träge brodelte Rauch ins Freie, von Flammen durchglüht. Der Wind trieb den zerfaserten Rauch hinter Daduschu her. Er sah aus den Augenwinkeln, wie Nomaden Ziegen mit sich zerrten. Männer kletterten und sprangen durch den tiefschwarzen Schatten im wasserleeren Kanal, trampelten über das Bohnenfeld und verschwanden aus dem Bereich des roten Flakkerscheins.

Zwei Pfeile heulten über Daduschu hinweg. Er spürte den Luftzug und hörte das pfeifende Schnarren. Hinter ihm: ein würgender Schrei. Überall waren Blutlachen. Als er vor sich eine Gestalt im Leinenmantel sah, schlug er blind und mit äußerster Kraft zu. Die Klinge zerschnitt Fleisch und blieb in Knochen stecken. Die Gestalt schrie und drehte sich ächzend. Die Bewegung riß das geschliffene Metall zwischen den Rippen heraus. Einen Augenblick sprangen Daduschu große Augen in einem gelb überpuderten Gesicht an, ein Schrei erstickte, dann sackte der Bärtige in sich zusammen. Daduschu fror, gleichzeitig schwitzte er aus allen Poren. Er sprang über das gurgelnde und heulende Etwas und blickte zum brennenden Stall. Aus dem Dach wirbelten Rauch und Flammen, in roten Staubschleiern stoben Funken zum Himmel. Aus Daduschus Kehle kam ein langgezogenes, rasselndes Keuchen. Vor ihm rannten Gestalten zwischen windgepeitschten Binsen auf dem Kanaldamm nach Westen.

Ein Schlag traf ihn zwischen die Schulterblätter. Als er nach vorn sackte, den Arm mit der Waffe hochgerissen, hörte er hohles Dröhnen und spürte gleichzeitig stechenden Schmerz im Nakken und am Hinterkopf. Betäubt ließ er die Waffe los, sie wirbelte davon. Daduschu fiel, schlug gegen einen Palmenstamm und rollte die Böschung hinunter, zwischen das Schilf, dessen Halme knisternd brachen. Er klatschte ins kalte Wasser und versank. Die schwache Strömung zog ihn mit sich.

Kälte riß ihn aus der Bewußtlosigkeit. Der Schmerz wurde dumpf und nebensächlich. Daduschu schlug um sich, dann beruhigte er sich und ließ sich treiben. Zwischen dem ratternden Schilf und der zuckenden Helligkeit tauchte ein Bogenschütze auf, blickte sich um und spannte mit selbstverständlichem, gleitendem Zug die Sehne. Ein Pfeil zischte durchs Schilf und fuhr ins Wasser. Daduschu hielt die Luft an und versuchte unterzutauchen, ohne die Beine zu bewegen.

Der nächste Pfeil, den er weder sah noch hörte, schnitt durch seine Schulter und bohrte sich in den Schlammgrund. Der Bogenschütze drehte sich herum und folgte den Nomaden, deren Schatten in den Sandschleiern ins Riesenhafte wuchsen und im Dunkel verschwanden.

Daduschu schwamm zum Ufer, stand im Schlick und taumelte durch die Binsen die Böschung hinauf. Dort verlor er die Besinnung und stürzte zu Boden. Alles um ihn herum wurde zu undurchdringlicher Schwärze.

Die Kälte hatte ihn fast gelähmt, trotzdem zitterte Daduschu am ganzen Körper. Seine Zähne schlugen aufeinander, er blinzelte, hustete und spuckte bitteren Schleim aus Sand, lehmigem Speichel und Grasfetzen in die Binsen. Die Schulterwunde blutete nicht mehr. Die Gewißheit, ganz langsam aus einem Traum schwarzer Gewalttätigkeit aufzutauchen, wich der Erkenntnis: die Nacht war voller Raub gewesen und Tod. Daduschu schob die lehmverkrusteten Hände in die Achselhöhlen und drehte sich herum. Hinter dem Morgennebel, blutrot vom Staub, schob sich die erste Dämmerung über die Mauern der fernen Stadt.

Kalter Rauch und verbranntes Horn stanken. Knackend

schwelten und rauchten Reste der Dächer und des Stalles. Daduschu atmete tief ein und aus. Sein Blick klärte sich. Alle sind tot. Das Weinstockhaus zerstört wie alles andere, kein Tier war verschont worden; nichts gibt es mehr. Ich weiß nicht... Er näherte sich den Mauern voller Rußzungen und fingerbreiter Sprünge. Verzweiflung schüttelte ihn. Ein harter Klumpen hatte sich im Magen gebildet, die kalte Angst vor dem, was er sehen würde, schnürte seine Kehle zu, in der es gallebitter brannte. Er machte, schwer atmend, einige unsichere Schritte und blickte ins Sklavenquartier.

Quer über der Schwelle lag Gariasu mit eingeschlagenem Schädel. Blut, Haar und Hirnmasse bildeten Lachen und fahlfarbige Klumpen. Eine Hand vor den Augen, rauhes Würgen in der Kehle, wagte sich Daduschu in die halbdunkle Höhlung hinein. Er hörte sich sagen: »Alle sind tot. Alles haben sie gestohlen.« Er erkannte seine eigene Stimme nicht mehr.

Blind vor Entsetzen stolperte er die Mauer entlang, wich den zusammengekrümmten Leichen aus, fing zu rennen an. Die ersten Sonnenstrahlen fuhren über die Ebene und ließen die Mauern überscharf hervortreten. Fenster und Türen wurden zu schwarzen Löchern, aus denen Schrecken und Zerstörung starrten. Daduschu flüsterte eine Litanei.

»Mutter, Vater, Siachu, Sharmadu – Shindurrul. Wo seid ihr?«

Er fand Sharmadu im Stall. Stroh, Tierkot, Kleiderfetzen, Stricke und leere Gestelle, in denen Häute ausgespannt waren, zeigten, daß die Räuber gewußt hatten, was es zu stehlen gab. Licht kroch um die Pfosten des Tores. Sharmadu lag auf dem Rücken, die langen Beine gespreizt und abgewinkelt, geronnenes Blut auf der Scham und den Schenkeln. Sie war nackt, in der Haut klafften Schnitte, Spuren von Fingernägeln und Schlägen. Um den Hals war ein Strick aus dem Eselsgeschirr so festgezurrt, daß aus der Haut Blutstropfen gesickert waren. Zwei Ellen neben Sharmadus Kopf im Mist neben dem Wassertrog lag ein Körper im wüstengelben Umhang. Im Hinterkopf des Nomaden steckte Vaters Hacke fast eine Handbreit tief.

Sharmadus Arm war ausgestreckt, die Finger schienen im unhörbaren Hilferuf nach Daduschu zu tasten. Er schüttelte sich. Schmerz wollte seine Brust zerreißen. Er verstand, was er sah, und fürchtete sich noch mehr vor dem, was er sehen würde.

Aus dem Gewirr niedergebrochener und schwelender Dächer, aus Palmholzbalken und grauen Schilfresten stieg beißender Rauch in dicken Fäden auf. Die Sonne kroch feuerrot über den Horizont, aber sie wärmte noch nicht. Dunst hing über den Feldern und zwischen Büschen und Bäumen. Er verbarg die breite Schneise der zertrampelten Böschungen und Saaten, das niedergelegte Schilf und die Eindrücke vieler Hufe. Daduschu schleppte sich in den Wohnraum.

Seine Mutter war vom Tisch auf die gemauerte Bank gerutscht. Ihr Gesicht, schmal und blutleer, starrte ihn an. Das Haar hatte sich gelöst und hing wie nasses schwarzes Tuch zu Boden. Überall waren Scherben und Essensreste. Eine Hand, die Finger gespreizt, berührte den Dolch in der Fuge zwischen Herd und Holzstapel. Ringe, Armbänder, der Halsschmuck aus Silber, Kupfer und Steinen – sie fehlten. Daduschu lehnte am Tisch und versuchte, aus dem starren Blick etwas herauszulesen – irgend etwas, das erklärte, warum der Dolch, der aus der Kehle ragte, bis zum Heft hineingerammt war. Sein Flüstern war rauh.

»Vater? Siachu?«

Im Innenhof fand er seine Erinnerungen an blitzartige Eindrücke bestätigt. Der Weinstock war aus der Mauer gerissen, die knorrigen Äste zerbrochen. In der zerbröckelten Kalkputzfläche, drei Hohe Rohre breit, klafften die Löcher der Knochenpflöcke. Mitten in der Masse losgerissener und zerfetzter Blätter lag Utuchengal auf dem Rücken. Aus der rechten Wange, dem Hals und zwei Stellen der Brust ragten zersplitterte Pfeilschäfte, aus großer Nähe abgeschossen und tief eingedrungen. Hinter der Mauer schlurften schwere Schritte.

Daduschu zuckte zusammen und rannte hinaus. Er suchte ratlos seine Waffe oder etwas, das er als Waffe gebrauchen konnte. Eine Gestalt, halb fremd und halb vertraut, stapfte aus dem Palmenwäldchen heraus und auf die Böschung zu, von Kopf bis Fuß lehmverschmiert. Getrockneter Lehm löste sich aus den Kleidern und von der Haut. Daduschu schrie auf.

»Shindurrul!«

Seine Erstarrung löste sich. Er rannte auf den Kaufmann zu, der überrascht den Kopf hob und im Sonnenlicht zwinkerte. Sein Gesicht, eine staubige Maske aus hilflosem Zorn und Trauer, war zerschnitten von Furchen aus Schweiß, Tränen und Blut.

»Dieser ziegenschänderische Abschaum!« Shindurrul stieß die Worte mit einer Wut aus, daß sie wie ein Peitschenhieb klangen. »Da. Schau, was sie gemacht haben.«

Er hob die linke Hand, die er mit der rechten umklammert hielt. Sämtliche Ringe fehlten; es fehlten auch die ersten Glieder von Ring- und Mittelfinger. Shindurrul hatte mit Lederbändchen aus dem Gürtel die Stümpfe abgebunden. Er erreichte die Plattform, starrte Daduschu an, legte den Kopf schräg und zog die Brauen hoch. Sand rieselte von der Stirn.

»Mich wollten sie verschleppen. Hab mich losgerissen, bei Marduks Wut, und dann bin ich gerannt. Beim Nachbarn vorbei, aufs Feuer zu. Die Familie...?«

»Sie sind alle tot.« Daduschu starrte auf seine Zehen. »Wo ist Siachu? Ich hab' sie nicht gefunden.«

»Alle?« Shindurrul zog Daduschu an sich und preßte ihn an seine Brust. Beide zitterten vor Erschöpfung. Nach einer Weile murmelte der Kaufmann in Daduschus Ohr:

»Siachu haben sie mitgenommen. Entführt. Sie lebt, aber ich hab' ihr nicht helfen können. Zu spät, die Bastarde zu verfolgen. Nicht einmal euer Nachbar hat sie gehört. Ich weiß nicht, wie wir helfen können.«

Daduschus Wangen rieben am abblätternden Schlamm und am Stoff von Shindurruls Obergewand. Der Kaufmann faßte ihn an den Schultern und schob ihn auf Armeslänge von sich weg.

»Die Nachbarn kümmern sich ums Haus. Wir lassen uns übersetzen und sagen den Wachen, was passiert ist. Ich muß zum Wundarzt. Morgen wird getan, wäs nötig ist – hier und bei mir.

Keine Angst mehr, Kleiner. Du wohnst bei mir. Ich sorge für alles. Komm jetzt.«

Daduschu nickte. Der Kaufmann starrte auf seine blutverkrusteten Fingerstümpfe, packte Daduschu mit der unversehrten Hand und zog ihn an den geschwärzten Mauern vorbei, in die honigfarbene Sonnenscheibe hinein. Daduschu wagte nicht, sich umzudrehen. Oberhalb des Bodennebels sammelte sich ein Taubenschwarm und flatterte über die frisch eingesäten Felder. Daduschus Augen brannten; er konnte nicht mehr weinen. Er stützte sich an einen Palmenstamm und übergab sich; fünf Schritt vor ihm wartete mit abgewandtem Gesicht der Kaufmann.

3. Im Haus des Handelsherrn

Die Dammstraße, von großen Dattelpalmen gesäumt, schien geradewegs ins blendende Licht zu führen. Daduschu rieb sein Gesicht und folgte Shindurrul. Am Ende des Dammes, zwischen großen Wehranlagen, floß träge und mit Niedrigwasser der Buranun nach Süden, eine breite, spiegelnde, fast unbewegte Wasserfläche, in der sich die mächtigen Mauern und die Sonne verdoppelten, dreißig Mannshöhen aus stumpfem Weiß, mit kantigen Mauerkronen, wuchtigen Vorsprüngen und schmalen Rampen. Daduschu war nicht fähig, das gewaltige Bild zu bewundern: wie durch das Rauschen von Gewitterregen hörte er das Glucksen der Uferwellen, das Knarren schaukelnder Stämme und das Rascheln staubbedeckter Palmwedel. Shindurruls Stimme war undeutlich vor Schmerz und Müdigkeit.

»Komm, Söhnchen. Da ist der Fährmann. Wir müssen übersetzen.« Er krächzte und hustete. »Die Hand tut scheußlich weh.«

Daduschu folgte ihm zum Ende der Dammstraße. Der Himmel trug fahle Farben; Schleier und Vorhänge bewegten sich jenseits der Stadt in schweren Falten. Durch den Staub des vergangenen Sturms leuchtete das Gestirn des Sonnengottes Shamash, davor stiegen Hunderte dünner Rauchsäulen auf und vergingen über der Stadt. Der Fährmann schlief in dem flachen Kelekboot aus Zweigen, Leder und Palmholz. Shindurrul rief:

»Bring uns rüber, Gurusch Fährmann. Mach schnell. Ich halt's nicht mehr aus.«

Er hielt die Hand in die Höhe. Wieder sickerte Blut durch den Dreck. Unter dem Staub war Shindurruls Gesicht grau und verfallen. Der Fährmann kam gähnend auf die Beine, wankte und starrte sie an, ohne etwas zu sagen, dann griff er nach dem langen Stab und knotete die Fangschnur ums Handgelenk. Er winkte Daduschu.

»Hilf mir.«

Sie schoben das Boot ins Wasser. Grober Sand kratzte über das geölte Leder. Der Kaufmann watete zum Bug, hielt sich am Flechtrand fest und schwang sich stöhnend auf den Sitz. Der Fährmann wartete, bis Daduschu im Heck saß, grunzte und stemmte mit dem Stab das Boot in die schwache Uferströmung. Als das Boot genügend Fahrt hatte, packte er die Griffe der Ruder. Er schwieg, bis er ein Drittel der Strecke keuchend hinter sich gebracht hatte.

»Dich, Gurusch, hab ich gestern übergesetzt.«

»Ja.« Shindurrul schöpfte Wasser und reinigte sein Gesicht. »Und die verfluchten Amurrum haben mir die Finger abgeschnitten. Wegen der Ringe. Ihm haben sie die Eltern totgeschlagen und das Haus niedergebrannt.«

Er deutete mit einer Kopfbewegung auf Daduschu, der zur Stadt hinüberstarrte, sich umdrehte und Schilf und Palmen vor den Durchlässen der Kanäle schrumpfen sah, ebenso wie die Balken der Hebebrunnen im Dunst.

»Ihn hab ich auch gerudert. Vor einem halben Mond.«

»Ja.« Daduschu fühlte eine kalte Leere, die bis zu den Schläfen hochkroch und sich mit der Mattigkeit vermischte.

Nach einer Weile streckte der Fährmann den Oberkörper und sagte: »Nomaden, wie? Ungewaschene Wüstenpest. Auswurf.«

»Sie kommen immer wieder.« Shindurrul stützte seine Ellbogen schwer auf die Knie. »Man wird sie verfolgen und bestrafen. Das macht aber keinen wieder lebendig.«

»Ein ganzer Stamm, wie? Eine Sippe.«

»Es waren Dutzende.« Daduschu starrte blind auf die Palastdächer und die Zikkurat. Sie stießen wie kantig gefaltete Felsen in das Farbgemenge des Himmels und warfen riesige Schatten bis auf den Fluß. Der Fährmann spuckte über Bord.

»Hammurabi wird seinen Zorn über sie ausgießen und viele Soldaten schicken.«

Das Boot glitt ins ruhige Wasser der Flußbiegung, und der Fährmann setzte den Stab in den seichten Grund. Die vierfache Baumreihe und die grasbewachsenen Schrägufer waren nur einen halben Bogenschuß entfernt. Über den Dammweg mahlten die Felgen eines schweren Ochsengespanns und knirschten als Echos vom Fuß der Mauern. Ein Hund sprang um die Schafe herum, die auf dem Damm weideten; sein Kläffen zerschnitt den Morgen wie ein schartiges Messer. Ein Windhauch kräuselte die Wasseroberfläche vor dem Anlegeplatz und schleppte Gerüche aus der Stadt. Das Boot war, wie immer, weit abgetrieben und glitt in den toten Winkel hinter dem Wellenbrecher und dem Kagal-Mach, dem Erhabenen-Tor. Die kümmerlichen Schilfhalme raschelten, mit einem Ruck schob der Fährmann den Bug auf den Sand des Hiritum-Wallgrabens. Shindurrul versenkte zwei Finger seiner unverletzten Hand in den Stiefelschaft und gab dem Fährmann ein Kupferplättchen.

»Danke, Gurusch. Ich muß morgen oder übermorgen wieder ans andere Ufer.« Er deutete mit der Rechten nach Nordwest.

Der Fährmann rüttelte Daduschu an der Schulter.

»Ich bin hier oder drüben. Wach auf, Junge.«

Der Kaufmann und Daduschu wichen einem Kampfwagen aus, der von hinten heranrasselte. Die Onager dampften, der Lenker zerrte an den Lederzügeln; in den Gesichtern der Soldaten hockte Erschöpfung. Zweihundert Schritt weiter schoben sie sich durch den Strom der Frühaufsteher der Stadt. Sklavinnen balancierten Wäschekörbe auf den Köpfen, Fischer schleppten Ausrüstung zu den Booten, und Gerber trugen stinkende Felle in dickbäuchigen Tonkrügen. Korbmacher wässerten die geschälten Ruten, und flußabwärts ragten die Schiffsmasten in die Höhe. Die nassen Sohlen klatschten auf dem Straßenpflaster. Shindurrul zog einen Torwächter am Ärmel.

»Du bist der Redûm hier?«

Der Mann im zerschrammten Lederwams deutete auf einen Gardisten in glänzender Rüstung.

»Der dort, Hyarush, ist der Baírum.«

»Ich sag's ihm.« Shindurrul legte seinen Arm um Daduschus Schulter, ging zum rechten Torflügel und stieß Hyarush mit der flachen Hand vor die Schulter.

»Jeder kennt mich: ich bin Kaufmann Shindurrul.« Seine Stimme wurde hart. »Dem Jungen, dem Besten in der Palastschule, Sohn des Königspächters Utuchengal, haben sie die Familie umgebracht, und ihr seid gemütlich in der Wachstube gehockt. Ich bin entkommen. Um einen schlimmen Preis.«

»Warum schreist du mich an?« Der Hauptmann versenkte seine Daumen in den Gürtel. »Ich hab' Dienst am Tor, nicht in der Wüste.«

»Geh zu deinem verschlafenen Hauptmann!« Shindurrul machte ein paar Schritte, drehte sich um und fluchte. »Dann erfährt's wohl auch der Herr im Palast. Sie sind geflüchtet, nach Westen natürlich, und haben seine Schwester entführt. Wenn ihr Fragen habt: Shindurruls Haus. Straße der Wohlgerüche.«

»Verlaß dich drauf, Kaufmann. Der Bote rennt schon. Hierher, Adasi!«

»Wenigstens haben sie das Schmalz aus den Ohren gebohrt. Zum Haus, Usch.«

Nach fünfzig Schritten gingen sie nach links, bogen im rechten Winkel ab, durch schmale Gassen zwischen weißen oder erdfarbenen Mauern, in deren Tiefe schmale Türen verborgen waren. Teilnahmslos las Daduschu die Schrift auf glasierten Großziegeln an Mauerecken. Sie hasteten weiter, bis Shindurrul einen alten Mann zur Seite schob, der die metallenen Türbeschläge putzte.

»Schnell, Chassir. Lauf zum Arzt. Bachdilim soll sofort herkommen. Siehst du?«

Als der Alte die Verstümmelung sah, ließ er den Lappen fallen, nickte und rannte davon. Hinter Shindurrul krachte die Tür zu. Dämmerige Kühle umgab den Kaufmann, der Daduschu weiterschob und laut stöhnte.

»Buriasch! Belanim! – hierher! Wein, Essen, ein Bad. Bei Marduks Haß. Wo steckt ihr Faulpelze, während ich verblute?« Er sprach nicht besonders laut, aber seine Stimme ließ Daduschu zusammenzucken, und hinter schmalen Türen und dicken Vorhängen wachten die Bewohner auf. Aus dem Innenhof sprangen kläffende Hunde. Sie knurrten Daduschu an und drängten sich um Shindurruls Beine. Von allen Seiten rannten Sklavinnen und Diener auf den Hausherrn zu, eine Frau kam die Stufen vom Dach herunter. Während trockener Lehm aus dem Bart und dem Rock rieselte, stand Shindurrul in der aufgeregten Menge, schimpfte, verlangte und befahl, er deutete auf Daduschu, der jedes Wort hörte, aber kaum verstand, was um ihn herum vorging.

Zwei Mädchen nahmen vorsichtig seine Arme und führten ihn in einen Raum, der nach Salben und Gewürzen roch. Unter einem Kupferkessel brannte weiß die Glut des Holzkohlenfeuers. Ein halbnacktes Mädchen zündete mit einem langen Span Dochte in Öllampen an, die anderen schöpften heißes und kaltes Wasser in ein Viereck im Boden. Ein kahlköpfiger, runzliger Mann mit Knopfaugen trug in beiden Händen eine Tonschale. Er lächelte und sagte leise: »Trink, Junge. Wird dir gut tun. Wirst lange schlafen.«

»Danke.«

Der warme Wein, mit Kräutern gemischt und mit Honig gesüßt, machte schläfrig. Gleichzeitig merkte Daduschu, daß sein Verstand ebenso klar wurde wie der Blick. Seine Finger zitterten, als er die leere Schale absetzte; sein Herz schien schneller und kräftiger zu schlagen, eine unklare Kraft erfüllte ihn. Die Mädchen zogen ihn aus, führten ihn die Stufen hinunter ins warme, duftende Wasser. Er folgte gehorsam den nachdrücklichen Fingern der Mädchen und setzte sich. Wasser lief über seinen Kopf, spülte Schmutz und Schweiß weg, er spürte kratzige Bürsten auf der Haut, seifigen Schaum, weiche Tücher. Die Pfeilwunde brach auf und blutete; ein trockenes Tuch und Salbe stillten den Schmerz.

Zwischen den Knien breiteten sich brauner Schmutz und blasiger Schaum aus. Nachdem die Mädchen kaltes Wasser über seinen Nacken geschüttet und ihn an den Achseln hochgezogen hatten, kam die schwarzhaarige Frau und faltete ein weißes Tuch auf. Sie breitete die Arme aus, legte das Tuch um ihn und zog ihn an sich. Sie faltete die Säume in seinem Rücken zusammen; ein glühender Stich der Erinnerung trieb Tränen in seine Augen. Sie besaß entfernte Ähnlichkeit mit seiner Mutter. Es waren die gleichen Gesten und Bewegungen. Er blickte zu Boden.

»Ist schon gut.« Sie sprach besänftigend, mit dunkler Stimme. »Du wirst schlafen und vergessen, mein Kleiner.«

»Ich...«, er schluckte und sah in ihre großen Augen. Ihr Gesicht zerfloß wie ein Spiegelbild im Wasser. »Alle sind tot. Meine Schwester wurde entführt.«

»Hier bist du sicher. Du wirst ganz müde werden. Inanna bewacht deinen Schlaf. Komm.«

Sie schob ihren Arm um seine Hüfte, führte ihn aus dem Baderaum über kühlen Boden und weiche Felle, hinaus in den hellen Innenhof und wieder zurück ins Dämmerlicht einer Kammer mit hohen Wänden und einem winzigen Fenster unter den Dachbalken. Sie nahm das Tuch von seinen Schultern, drückte ihn auf die Kissen und zog Leintücher und Decken bis an sein Kinn. Er blinzelte sie an, und sie legte lächelnd die Hand auf seine Stirn.

»Schlaf jetzt. Shindurrul tut, was nötig ist. Morgen ist es nicht mehr so schlimm. Unsere Götter sind manchmal grausam, mein Junge.«

Daduschu fühlte, wie seine Augen zufielen; dann nichts mehr.

Ein dreifarbiger Lichtstrahl spannte sich waagrecht unter der Decke, traf die gegenüberliegende Wand und leuchtete rot, gelb und blau. Daduschus Augen gewöhnten sich ans Licht, er sah die handtellergroßen Glasstücke in der Lehmziegelwand. Alle Dinge und Gegenstände glühten und schimmerten in diesem seltsamen Licht. In Nischen standen zierlich geschnitzte Schiffe, daneben Schalen, Becher und Krüge mit fremdartigen Mustern. Kleine Statuen unbekannter Götter schienen ebensolche Geschichten aus fremden Ländern zu wispern wie die Truhen aus glänzendem Holz voller Schnitzereien und die Figuren aus Elfenbein und verschiedenen Metallen.

An Wandhaken aus gemasertem Wacholderbaumholz hingen zwischen kostbar verzierten und bestickten Gewändern seine eigenen Kleider. Sie waren frisch gewaschen. An den Wänden, unter einem Bilderfries, standen breite Sitze, Tischchen und Hocker aus Holz und kunstvoll geflochtenen Binsen, gekalkt und gewachst. Zwischen zwei Linien glasierter Kacheln waren in Schwarz, Rot und Braun Figuren gemalt, von Zierat und Ranken umgeben. Zwischen Ornamenten stolzierten Fabeltiere: geflügelte Löwen, Gestalten mit Vogelköpfen und Löwenpranken, Stiere mit riesigem Gehörn. Einzelne Szenen schilderten Begebenheiten aus dem Kaufmannsleben.

Daduschu stand auf und stellte seine Fußsohlen auf die weichen Teppiche, die über den Schilfmatten lagen. Er wickelte den Schurz um die Hüften, knotete den Gurt und schlüpfte in den runden Hemdausschnitt. Das Leinen roch wie Blumen nach dem Regen. In der Stille zwischen den zwei oder drei Ellen dicken Mauern hörte Daduschu seinen Magen knurren. Die Tür aus Holzlatten und Rohrgeflecht schwang knarzend auf. Eines der Mädchen streckte den Kopf durch den Spalt und lächelte.

»Ich bin Shinkasi, Daduschu. Du sollst dich waschen und zum Herrn kommen. Frühstück. Du mußt hungrig sein.«

»Ist jetzt... Morgen?« Er suchte seine Sandalen, während Shinkasi kicherte.

»Schon seit einer Stunde.« Sie winkte mit vier Fingern und lief vor ihm her. Er fand im Baderaum eine Tonschüssel, einen Krug und Tücher, und während er die Reste des langen Schlafs mit kaltem Wasser aus dem Gesicht wusch, die Unterarme tief in die Schale tauchte, bewunderte er die gebrannten Kacheln, die in farbigen Mustern auch den Boden bedeckten und nur das Abflußloch freiließen. Er schlug sein Wasser ab und schüttete das Waschwasser hinterher. Mit einem Elfenbeinkamm fuhr er durch sein Haar; nur Hammurabis Palast konnte prächtiger sein als das Haus Shindurruls! Er holte tief Luft und blieb unter der breiten Holzgalerie stehen. Als er das Agurru-Zickzackmuster des gepflasterten Innenhofes sah, zuckte er zusammen. Alles, was gestern geschehen war, fiel ihm plötzlich ein, und es war wie ein Schlag auf den Kopf.

»Komm hierher«, rief die Sklavin. »Hier ist das Arbeitszimmer. Herr Shindurrul wartet.«

Wieder knurrte der Magen. Bis auf ihn, die Sklavin und Shindurrul, meinte Daduschu, schliefen noch alle. Shinkasi öffnete eine Tür neben dem Eingangsraum und deutete in den Raum.

»Danke.« Daduschu schob sich in den Raum, der dreimal so groß war wie seine Schlafkammer. Von der Decke bis zur Mitte der Nordwand erstreckte sich ein Halbkreis aus silber- und goldfarbenen Glasurkacheln. Shindurrul saß an der breiten Seite eines Tisches von riesigen Ausmaßen. Daduschu sagte leise:

»Guten Morgen, Damgar, ich habe lange geschlafen. Jetzt weiß ich nicht, was ich tun soll.«

Shindurrul deutete auf einen Hocker, Schalen, Schüsseln und Brettchen auf einem Leinentuch.

»Iß, Söhnchen.« Seine Stimme war noch immer rauh. Unter buschigen Brauen starrte er, als suche er etwas Bestimmtes, in Daduschus Augen. »Iß und hör gut zu. Wir müssen uns unterhalten. Warum, das weißt du; beim Schwert Marduks – alles hat sich geändert.«

Daduschu merkte, als er die Brotfladen und die in Öl gebratenen Fischstücke, Käse, Lauch, dünne Bratenscheiben und Becher sah, wie hungrig er war. Shindurrul hatte schon gegessen. Vor ihm war der Tisch von Bröseln und Resten bedeckt. Er fischte eine Bratenscheibe vom Brett, wickelte sie um ein fingergroßes Stück Käse, streute Salz darauf und schob die Rolle zwischen die Zähne.

»Wie alt bist du, Usch? Sechzehn Sommer, stimmt's?«

»Ja, mein Vater.« Nur zögernd kam die Anrede, die Ehrfurcht vor einem wichtigen Mann ausdrückte, über Daduschus Lippen.

»Dann hast du noch – laß mich rechnen – neunzehneinhalb Monde, fünfhundertfünfzig Tage fast. Du kannst Akkadisch, die

Sprache der Kunst, und Sprache und Schrift des Landes Sumer. Deine Lehrer sind zufrieden.« Er hob die Schultern. »Nur mit dem Rechnen steht's nicht zum besten.«

Daduschu goß Beerensaft in den Tonbecher. »Ich hab' seit dem ersten Jahr keine Stockschläge mehr bekommen.«

Shindurrul verzog das Gesicht. »Hartes Leben, das.« Er klaubte einen Käsekrümel aus dem frischgelockten, duftenden Bart. »Von früh bis spät, vom sechsten Jahr an, nur sechs freie Tage, dann noch die Arbeit beim Vater... ihr habt nicht viel zu lachen in der Edubba. Traust du dir zu, eine dritte Sprache schreiben zu lernen? Wie man sie spricht, lernst du später, woanders.«

Warme Milch, mit Honig gemischt, stand vor Shindurrul. Daduschu sagte:

»Ich kann beide Sprachen schreiben und lesen. Warum nicht eine dritte? Ich kenne auch die Listen der wilden und zahmen Tiere, die Tafeln, auf denen alles über Fische, Vögel, Pflanzen, Bäume und die Körperteile geschrieben ist. Ich habe fast alles auswendig gelernt, auch die Bedeutung aller Vorzeichen.«

»Ein paar Sachen wirst du auch vergessen haben.« Shindurruls dunkle Augen waren auf ihn geheftet. »Du kennst auch die Städteverzeichnisse, die Kanäle, die Wichtigkeit der Dinge des Lebens, vom Adler bis zum Zedernholz?«

»Das müssen wir lernen, Damgar.«

Der kühle Raum war voll wundersamer Dinge. Je mehr er sich umsah, desto verwirrender wurde für Daduschu die Szene. Shindurrul klopfte mit dem Zeigefinger auf das Tuch, das voller Würzölflecken war. Seine Hand, mit weißen Binden umwickelt, wurde an einer Schlinge vor der Brust gehalten. Schmerz hockte noch in den Augen, die tief in den Höhlen lagen, zwischen fahlen, grauen Falten. Der Kaufmann sprach, als ob er mit Vater über die Ernte und die Preise feilschte.

»Kannst du gut rechnen, Usch? Du rechnest mit der Sechzig? Rechnest mit Brüchen? Die Wurzeln der Zahlen? Rechnen mit zehn, mit zwölf? Wieviel Ziegel man für eine Mauer braucht?

Vom Umfang auf den Durchmesser und umgekehrt? Und du kannst mit dem Kalender, dem Mond und der Sonne rechnen?«

Daduschu strich salzige Butter auf den Brotfladen und lächelte hilflos. Er wußte nicht, warum Shindurrul ihn das alles fragte, und warum er so ernst dabei war. »All das lernen wir, was du auch lernen mußtest, mein Vater.«

Daduschu spießte mit dem Messer einen Käsewürfel auf. Shindurrul spielte mit dem zylindrischen Siegel, das an einer Schnur aus Gold und Leder senkrecht vor seiner Brust baumelte. Daduschu kaute und spülte die Bissen abwechselnd mit Saft und Milch herunter.

»Ich habe jene Sprache nie gelernt. Zwölfmal zwölf mal sechzig Wörter und die Anwendungen. Überaus wichtig, Usch. Lernst du das in neunzehn Monden?«

»Ich weiß es nicht. Aber wenn ich Zeit habe, versuche ich es, Herr Shindurrul.«

»Auch nicht schwerer als deine anderen Schriften, die Rechtsvorschriften, das Wissen der Ärzte. Hör gut zu, Usch! Ein kluger Junge wie du kann das schaffen. Ich weiß, es klingt seltsam: auf dem Feld mußt du nicht mehr arbeiten. Ich zahle für alles. Daß es seinen Preis wert ist, wissen wir beide.«

Daduschu nickte; er war verwirrt. Seine Gedanken überschlugen sich: das Arbeitszimmer des Kaufherrn, die Schule, die dritte Sprache. An die Toten am Inanna-ist-schön-Kanal dachte er nicht. Vielleicht wollte es Shindurrul genau so.

Der Alte ließ den Becher sinken.

»Das Geld, Herr Shindurrul...«

Shindurruls Lächeln glich dem eines müden Wüstenfuchses. Seine Augen funkelten plötzlich.

»Ich kann auch mit acht Fingern bis zwölf zählen, Söhnchen.« Er sprach lauter und in einem Tonfall, als habe er über das, was er ausführte, nächtelang gegrübelt und sich alles dreimal überlegt. »Schließlich bin ich ein ehrenwerter Kaufmann.« Er hob die Hand; mit sechs neuen Ringen an den Fingern. »Ich habe Sklaven und Aufseher gemietet. Sie kosten mein Geld: Sechs Gran Silber pro Nase und Tag. Sie bewirtschaften das Land deiner Eltern und das Königslehen. Ich kaufe die Ernte, und daran verdiene ich. Ein paar Tiere hat man schon zum Weinstockhaus getrieben.« Shindurrul langte über den Tisch, schob den Bierkrug zur Seite und packte Daduschus Handgelenk.

»Der Suqqalmach im Palast erfuhr von diesem verfluchten Überfall. Sie haben Soldaten über den Fluß geschickt, weiter oben durch die Furt. Die Martu-Schlächter werden verfolgt. Holt man sie ein, kommt auch Siachu frei. Setz aber nicht zuviel Hoffnung darauf, Söhnchen.«

Mit der gesunden Hand stützte er sich schwer zwischen Honigschale und Bohnenmus. Sein Gesicht rötete sich, er redete, ohne viel zu erklären. Daduschu schwirrte der Kopf, aber er aß weiter.

»In ein paar Tagen holst du aus dem Weinstockhaus, was dir gehört. Du wohnst in der Schule? Wenn's dir langweilig wird oder du Hunger bekommst, schläfst du im Gastzimmerchen. Das Schicksal hat über deine Eltern bestimmt; wir können nichts mehr tun. Aber, du und ich – wir können uns bemühen. Was kann unser Ziel sein? Ein Leben in Würde, voller Abenteuer und in Zufriedenheit. Richtig?«

Daduschu nickte wieder, den Mund voller Brot, Butter und Fisch. Wenn der Wichtige Mann zur Rechten Hammurabis, Suqqalmach Awelninurta, bisher nichts von ihm gewußt hatte, so war dies jetzt anders. Die anderen Schüler würden ihn beneiden. Nach einer Weile sagte er: »Warum sagst du das? Warum tust du das alles, mein Vater?

Der Kaufmann zuckte mit den Schultern. Seine Stimme klang schneidend.

»Ingurakschak wird alt. Meine Schiffe, meine Kapitäne machen weite Reisen. Sie werfen den Ankerstein an überaus gefährlichen Küsten. Ich brauche einen, der für mich denkt, handelt und spricht. Nicht morgen, nicht in einem Mond. Aber in zwei Jahren. Wenn du nicht ganz dumm bist, kannst du mit Jarimadad und Gimilmarduk reisen. Wenn du dir nicht vorher das Leben aus dem Leib spuckst.«

Er machte eine Pause und starrte ein Schiffsmodell lange an.

»Ich habe viele Töchter, keinen Sohn. Deine Familie, dich, kenne ich seit neun Jahren. Dir könnte ich trauen.«

Daduschu wußte keine Antwort. Er goß Bier in den Rest Milch, leerte den Becher und schüttelte sich.

»Damgar, ich verstehe nicht, was du willst.«

»In einem Jahr wirst du's verstanden haben. Wenn nicht, vergessen wir alles, und du wirst Palastschreiber oder Statthalter von irgendeinem Kaff an einem ausgetrockneten Nebenfluß. Ein vertrockneter Schreiberling. Beim alten Shindurrul kannst du erleben, wie die Welt an anderen Küsten aussieht, hinter den Hügeln. Dilmun, Meluchha, fremde Inseln. Hast du schon bei einer Frau gelegen?«

Das Blut schoß in Daduschus Gesicht. Er nickte und flüsterte: »Sharmadu.«

Shindurrul stieß ein kehliges Lachen aus und wurde schlagartig wieder ernst. »Hab ich mir immer gedacht – na, war längst Zeit. In deinem Alter haben andere schon Söhne und belagern Städte. Ich kümmere mich um dich. Du gehst in deine düstere Palastschule, lernst wie ein geprügelter Awarum und kommst in zehn Tagen wieder. Dann sind die Toten unter der Erde und sorgen für eine gute Ernte.«

Er schlug mit der flachen Hand auf die Tischplatte. Schüsseln und Schalen tanzten mit dumpfem Klirren. Hinter Daduschus Stirn wirbelten Gedanken und Überlegungen noch wilder durcheinander. Langsam begriff er, daß er sich in die zupackenden Finger des Kaufmanns begeben hatte. Wie sein Leben verlief, würde Shindurrul bestimmen. Die Lehrer hatten solche Geschichten als Beispiele diktiert: über ihn hatten die Götter entschieden. Die nächsten Worte sagten ihm, daß er sich nicht geirrt hatte. Shindurrul zielte mit dem Zeigefinger zwischen seine Augen. Sein Ton ließ keinen Widerspruch zu:

»Das ist, wenn du zustimmst, ein Vertrag zwischen mir und dir. Zu keinem anderen Menschen ein Wort darüber. Versprochen?«

Er streckte die Hand aus. Daduschu zögerte. Er fragte:

»Wann muß ich mich entschieden haben, Damgar Shindurrul?«

»In zwölf Monden. Noch einmal – kein Wort. Du wirst bald verstehen, warum.«

Die Finger des Kaufmannes umfaßten Daduschus Handgelenk mit bronzehartem Griff. Der Händedruck zeigte, daß sich hinter kostbaren Gewändern, weichen Lederstiefeln und duftendem Bart jemand verbarg, der hart war wie Utuchengals Finger. Shindurrul hauchte seine Ringe dreimal an und polierte sie am dunkelroten Hemd. Als er wieder sprach, klang seine Stimme zweifelnd und nicht mehr so sicher.

»Besonnen und doch erfindungsreich sind wir Schwarzköpfe von Babyla. Die Priester sagen, wir sind Sklaven und Diener der Götter. Mag sein. Gerecht oder ungerecht – Enlil und seine Kinder, die in jedem Strauch sind, befinden über uns. Wer bin ich, daß ich den Priestern widersprechen könnte?«

Stirnrunzelnd, die Angen in die Ferne gerichtet, schwieg er und holte Luft. »Widerspruch? Ich bin so fern davon, wie der Intu fern von Babyla. Aber ich bin geneigt, nach allem, was ich aus anderen Teilen der Welt kenne, mich an meine Tüchtigkeit, Vorsicht und die Rechenkunst zu halten. Habe ich Hilfe von Enlil, Inanna, Anu oder Marduk? Mag sein; ich kann's nicht recht glauben. Wo Glaube ist, fehlt oft Wissen, und umgekehrt. Wir haben Zeit, darüber zu sprechen und über vieles andere – fast zwanzig Monde. Mittags erwartet man dich in der Edubba, Sibaru.«

Daduschu hielt den prüfenden Blick aus. »Sperling« nannte ihn der Kaufmann. Hatte er wirklich einen Mann gefunden, der Fragen beantwortete? Fragen, die er den Priesterlehrern und Vater nicht zu stellen gewagt hatte? Daduschu fühlte sich, als stünde er auf der untersten Stufe der Zikkurat.

»Es werden schwere Jahre werden, mein Vater.«

»Gute Jahre! Hilfe, Ordnung und Ruhe erwarten dich hier, Usch.«

»Ich werde sie brauchen, Herr Shindurrul. Noch weiß ich

nicht, wie mein Leben in einem Mond aussieht.« Er hob den Blick. »Bitte, sei geduldig. Lach nicht, wenn ich viele dumme Fragen stelle. Zu viele.«

Shindurrul ließ seinen Blick über die Kostbarkeiten in den Wandnischen gleiten und stand auf.

»Damals«, er flüsterte fast, »als ich so jung war, hat auch keiner gelacht, wenn ich fragte. Geh jetzt in deine Schule. Alles ist geklärt. Fast alles.«

Er kam um den Tisch herum, legte seine Hand auf Daduschus Schulter und schob ihn zur Tür.

4. Babyla, das Tor Gottes

Über die Platten des Palasthofes huschten die langen Schatten eiliger Priester. Zehn Ellen dicke Mauern, der Boden und die großen Becken, in denen zwei Ellen tief das Wasser stand, hauchten nächtliche Kälte aus. Der Schatten der Zikkurat tauchte diagonal eine Hälfte des Platzes und die Ostwand des Hammurabi-Palastes in stumpfe Schwärze. Daduschu lauschte dem Echo seiner Schritte; er kam sich verloren vor. Er wickelte den dunkelroten Mantel enger um die Schultern und blinzelte in die Sonne. Morgenkälte biß in seine Zehen. Aus den Nischen musterten ihn hoheitsvoll geflügelte Löwengötter, aufgerichtete Vögel mit starren Menschengesichtern und die Bildnisse Enlils, Anus, Marduks, Utus und anderer Götter.

Daduschu kannte die Plätze und Bauwerke im Fackellicht, in schwarzer, tiefer Nacht, wenn die Mauern Palastgeheimnisse wisperten, in greller Sonne, in Staubstürmen, die über Mauerkronen und Dächer wirbelten, oder wenn knisternd an den leuchtenden Friesen die Heuschrecken übereinander krabbelten. Heute fühlte er sein Herz schneller schlagen. Er bog nach rechts ab, an den lärmenden königlichen Werkstätten und deren vertrauten Gerüchen vorbei, nahm die flachen Stufen zur Palastschule; brüchiger Kalkstein mit gebrannten Ziegeln im Erdpech verlegt. Stimmen der Ummia-Schulmeister und das Klatschen des Stocks auf die Schultern eines Schülers hallten ihm entgegen.

Jarlaganda, Vorsteher im Haus der Tafeln, lehnte an den speckigen Kacheln der Eingangsmauer und preßte die Hände vor der Brust zusammen. Daduschu kannte ihn nicht anders.

»Lehrer Nammatum wartet«, sagte er heiser. »Ich habe gehört, was Enlil zugelassen hat. Es trifft dich hart, Usch.«

»Weil ich nichts tun konnte; weil es zu viele waren.« Daduschu hatte eine andere Antwort geben wollen, beherrschte sich aber. Zum erstenmal empfand er die kühle Düsternis der Schule wie eine Drohung; die Erinnerung an die Nacht der Schrecken war noch frisch. Es war, als ob Mauern und Dächer, so langsam, daß es das Auge nicht wahrnahm, sich zusammenschieben und auf ihn herunterstürzen wollten.

»Wir haben noch am selben Morgen alles erfahren. Wir trauern mit dir und werden für das Leben deiner Schwester opfern und beten.«

Jarlaganda lächelte ihm aufmunternd zu. Daduschu senkte den Kopf und hörte aus den Korridoren und Sälen das verschlafene Murmeln, mit dem die jüngeren Schüler ein Verzeichnis auswendig lernten. Der Lehrer deutete ins Innere des Irrgartens.

»Achte das Wort der Lehrer, als sei es Gottes Wort.« Mit einem gemurmelten Gruß entließ er Daduschu. Am liebsten wäre Daduschu weggelaufen, zu Shindurrul oder zurück ins Elternhaus, wo die Sklaven die Toten begruben und die Dächer neu eindeckten. Er setzte sich an seinen Platz, an dem schon feuchte Tontafeln lagen. Er hatte nie wirklich herausfinden können, was Ummia Nammatum wirklich dachte. Der Lehrer der Sinnsprüche vergrub die Hand im gefärbten Bart und stützte das Kinn, als sei der Kopf schwer von Sorgen. Sein Gesicht verzog sich in unzählige Falten, als er Daduschu musterte.

»Hast du viel Silber, magst du glücklich sein. Viel Gerste in den Speichern verspricht Reichtum. Doch wer nichts mehr hat, schläft ruhig, Daduschu. Mit Damgar Shindurrul und dem Vorsteher der Edubba wurde gesprochen.«

Daduschu rutschte nervös auf dem knarrenden Rohrgeflechtstuhl hin und her; er kannte mehr als zwölf Dutzend ähnlicher Sinnsprüche. Awelshammash drehte sich um, starrte Daduschu an und grinste.

»Ein gutes Wort ist jedermanns Freund. Was ist beschlossen worden, Herr Nammatum?«

»Du darfst bleiben, bis zum letzten Schultag, bis wir und der Kaufmann zufrieden sind. Wenn es Geld kostet – er zahlt's. Er sagt: bist du nicht fleißig, soll man den Stock auf deinen Schultern zerschlagen.«

Awelshammash pfiff durch die Zähne und machte die Geste des Zählens. Daduschu winkte ab und zeigte ihm die Faust.

»Herr!« Daduschu hob das Tontäfelchen hoch und schob es auf der narbigen Tischplatte hin und her. Die Stichel klapperten. »Ihr habt bei mir noch nie den Stock gebraucht. Das wissen alle Lehrer. Oder nur ein paarmal, im ersten Jahr.«

»Und weil wir's wissen, haben wir gelacht. Mir scheint, Damgar Shindurrul will dir Lehrmeister, Vater und Mutter sein.«

Daduschu zuckte mit den Schultern. »Wenn ich das wüßte? Wer kennt die Zukunft?«

»Die Götter entscheiden, was gut für uns ist. Nach der Zeit, sagt Shindurrul, sollst du mehr gelernt haben als jeder andere, der die Edubba verlassen darf.«

»Ich bin hier, seit ich sechs war.« Der Wortwechsel verstärkte Daduschus Unsicherheit, Awelshammash grinste noch immer. »Ich bin fleißig wie immer. Ob ich die Lehrer zufrieden machen kann... ich hoff's.«

Der Lehrer nickte ihm zu. Daduschu erinnerte sich an die Aufgabe dieses Tages: die Vermessung eines Kanals und wie das Gefälle festgestellt wurde. Er ordnete die feuergehärteten Vorlagen und wartete auf die weichen Platten, die der halbblinde Sklave mit dem Bronzedraht auseinanderschnitt. Die Arbeit in der Schule, sagte er sich, würde ihm vielleicht helfen, sein Schicksal zu deuten; noch immer erfaßte er nicht, was sich alles ändern würde.

Die Stimme des Lehrers war noch immer geduldig. »Am Ende des Ajjaru-Mondes erhältst du fünf statt drei Tage frei. Dann sollst du zum Weinstockhaus am Inanna-ist-schön-Kanal gehen und alles ausrechnen, niederschreiben und siegeln: *siatias*, für immerdar.«

»*Siatias*.« So war es. Was er von heute an denken, planen und tun würde, war für immerdar in seinem Leben. Er hob den Kopf. Zwischen seinen Augen, tief in seinem Kopf, nistete etwas Fremdes. Es war plötzlich da; es schmerzte. Daduschu konnte nicht erkennen, was es war. Noch nicht.

Der Lehmanstrich war feucht und roch, als Daduschu den grasbewachsenen Hügel betrat. Am breiten Kanal raschelten Enten und Gänse im Schilf. Der Nachbar lenkte und trieb das Ochsengespann vor der blitzenden Bronzepflugschar und hob grüßend den Arm. Die wenigen Möbel – der alte Tisch mit der Kante aus Ornamenten von Utuchengals Hand, die Stühle, Hocker, die Holztruhe und die halb zerbrochenen aus Ton – standen in der Sonne. Über dem frischen Kalkanstrich summten Fliegenschwärme. Das Land war grün und duftete nach Mittag und Wachstum. Drei Ziegelschläger hatten guten Lehm mit Sand gemischt und kneteten gehacktes Stroh und getrocknetes Binsenhäcksel in den Brei. Sie starrten Daduschu schweigend an.
  Der Verwalter, vom Palast und Shindurrul eingesetzt, kam aus dem Hof und verbeugte sich.
  »Junger Gurusch Daduschu.« Er sprach halblaut und verlegen und verstand nicht, warum Daduschu Schmerz und Trauer verbarg. »Willst du allein bleiben?«
  Daduschu schüttelte den Kopf. Er war zwei Handbreit größer als Schulme.
  »Ich will wissen, ob alles richtig und würdevoll ausgeführt wurde.«
  Unter den langen Rechtecken im festgestampften Lehm des Bodens lagen seine Eltern und Sharmadu. Daduschu hörte sich mit fremder Stimme sprechen. Schulme legte die Fingerspitzen gegeneinander.
  »Gurusch«, sagte er, »wir mußten schnell arbeiten. Es war heiß, es gab unglaublich viele Fliegen. Wir haben tief gegraben, die Leintücher aus den Truhen genommen und die Körper darin eingeschlagen. Die Priester sangen viel und lange; du weißt, was sie beschwören, wenn einer tot ist. Die rechte Hand zur Totenspeise, die linke ausgestreckt am Körper, und, denke dir, sie blicken zum Unteren Meer, zur aufgehenden Sonne.«

»So sagt man. Aber die Sonne geht dort auf.« Daduschu wies nach Osten. »Ich denke, ihr habt wenig Wertvolles gefunden?«

Der Mann zog die Schultern hoch, als fröstle er. »Alles, was wir fanden – bis auf das Beil, von dem Shindurrul sprach –, ist bei denen, die nicht mehr sind.«

»Die Priester haben alles geweiht? Ich konnte nicht kommen... hab in der Edubba gelernt und geschrieben. Nein. Ich wollte nicht. Es hätte mein Herz zerrissen.«

Schulme starrte verständnislos. »Alles war, wie es richtig ist.«

»Ich danke euch, Gurusch Schulme.« Daduschu fühlte nichts mehr. Als sein Blick auf den winzigen Hausaltar fiel, ging er auf dem trockenen Teil des Bodens hinüber und hob die Statuette aus bemaltem Ton auf. »Mein Schutzgott.« Er steckte sie in die aufgenähte Hemdtasche. »Marduks Sohn Nabu von Borsippa, Gott der Schreibkunst.«

»Ich kenne ihn nicht, junger Herr.«

Ein Sklave brachte die zweischneidige Bronzeaxt, deren Stiel zerbrochen, die Schneiden stumpf, fleckig und schartig waren. Schulme scheuchte ihn mit aufgeregten Handbewegungen fort.

»Junger Herr. Im Innenhof; dort ist alles bereit. Mit Shindurrul haben wir viel gerechnet.«

»Ich komme.«

Der Hof und der größte Teil der Dächer waren in Ordnung gebracht worden. Erst auf den zweiten Blick sah Daduschu, daß die Pflöcke sorgfältig eingesetzt, frischer Putz aus Lehm und Kalk aufgebracht und die Äste des Weinstocks wieder festgebunden waren. Die Stellen, an denen das Holz gebrochen war, waren sauber gesägt; braunes Harz verschloß die Schnittflächen. Die großen Blätter waren tiefgrün, die Erde feucht, und an einigen Stellen trieb der Stock winzige Blättchen. Vor Daduschus Augen fingen Weinreben und Mauern zu kreisen an. Er setzte sich schwer auf die Bank. Schulme ließ Bier bringen und legte die Tafeln auf dem Tisch aus.

»Damgar Shindurrul befahl: wann immer du willst, kannst du kommen, schlafen oder helfen. Aber du habest viel in der

Edubba zu tun, sagte er. Wir laden dich ein, Gurusch, komm und bleibe, wann und solange du magst.«

Daduschu blickte auf eine Eidechse, die bewegungslos neben dem Weinstock in der Sonne saß mit pochender Kehle. Er hob den Blick über den Becher. Kühler Schaum lief über die Finger. Er starrte in Schulmes Gesicht; ihm war, als redete er in unverständlicher Sprache. Daduschu nahm einen Schluck durch den dicken Strohhalm. Wieder hörte er eine fremde Stimme:

»Mann! Gurusch Schulme. Ich danke für das Angebot.« Seine Stimme brach, er konnte erst nach einigen Atemzügen weitersprechen. »Ich werde nicht kommen. Vielleicht wenn ich sehr alt bin. Wo unterschreibe ich?«

Er las nicht, welche Zahlen aufgeführt waren und wofür sie galten. Seine Unterschrift war ihm ebenso fremd wie vieles andere. Er drückte den Griffel ein und schrieb: dies bezeugt Mushkenum Daduschu, Sohn von Gurusch Utuchengal und Shushuna, am Dritten des Ajjaru, im Weinstockhaus am Inanna-ist-schön-Kanal, im siebenundzwanzigsten Jahr des Königs Hammurabi von Babyla.

Er trank, sog geschrotete Gerstenkörner zwischen die Zähne und spuckte aus. Dann stand er auf.

»Warum, Schulme, soll ich kommen, grübeln und weinen? Macht es sie wieder lebendig? Bringt es Siachu aus der Sklaverei zurück? Ich weiß nicht, was ich tun werde, wohin ich gehe. Nicht mehr hierher – die Götter haben entschieden: gegen Vater, Mutter und mich.«

Er packte das Handgelenk Schulmes, der sich vor Unsicherheit wand. »Enlil und Schamasch mit dir. Wirtschafte gut, Shindurrul ist ein harter Rechner.«

»Man wird ihn nicht betrügen.«

Daduschu ging unter den gemauerten Rundbögen durch und glaubte, was Schulme ihm versicherte. Dort, wo der Brand Spuren hinterlassen hatte, waren die Mauern frisch gekalkt. Die meisten Balken der Namtar-Hebelschöpfen bewegten sich im Takt.

»Inanna wird dich begleiten, Daduschu.«

»*Shaduq!*« Daduschu umfaßte den großen, grünen Besitz mit einem letzten Blick. Alles, was Utuchengal gesät und angesetzt hatte, gedieh.

Er ging auf einem Dammweg bis zur Palmenstraße, ließ sich übersetzen und entlohnte den Fährmann; einen anderen als den, der sie damals gerudert hatte, an jenem kalten, nebligen Morgen. Erst als er sicher war, daß die Dächer des Weinstockhauses hinter Palmen, Tamarisken und hohem Schilf verschwunden waren, drehte er den Kopf. Er wußte nicht, warum er versuchte, alle Erinnerungen zu vergessen, ohne weinen zu müssen. Er wollte eine hohe, dicke Mauer zwischen sich und der Vergangenheit aufrichten.

Lushtamar und Daduschu blickten die Reihen der Palmen bis zum Ende der Palaststraße entlang, wo sich die Schatten trafen. Der Mond Simanui endete in drei Tagen; Daduschu und seinem Freund schwirrten die Köpfe. Sie hatten die Regeln der Weissagekunst auswendig lernen müssen. Lushtamar blickte zwei Sklavinnen aus Gutium nach, deren helle Haut sich im Licht der Mittagssonne rötete. Lushtamar lachte.

»Wenn schwarze Ameisen über Mauern krabbeln, gibt es eine Überschwemmung«, sagte er. »Und wenn ich Verwalter von Malgium bin, kauf ich ein paar solcher Mädchen. Und andere dazu.«

»Willst du etwa als Wahrsager im Palast wohnen? Sie peitschen dich aus, wenn du dich geirrt hast«, sagte Daduschu. »Außerdem – ich hab' gehört, daß Suqqalmach Awelninurta vielleicht diesen blöden Awelshammash einsetzen will.«

»Der Halbsohn von Sibit Nigalli? Von dem alle sagen, daß ihn ein Priester im Rausch gezeugt hat? Den will doch keiner.«

Daduschu lachte spöttisch. Er war in die Eindrücke der Prachtstraße versunken. Zwei hochbeladene Fuhrwerke, von schulterschaukelnden Ochsen gezogen, knirschten vorbei. Esel, die unter Binsenbündeln kaum zu erkennen waren, trippelten über das Pflaster.

»Keiner kann ihn leiden. Obwohl ihn die Lehrer loben.« Lushtamar warf Steinchen nach Sperlingen, die im Eselskot pickten. Daduschu sagte:

»Er rechnet besser als ich.«

»Wenn er wirklich der Sohn von Iturashdum ist, wird er bald irgendwo Suqqalmach sein, der Blödling. In Mari oder im tiefen Süden.«

Daduschu zuckte mit den Schultern. Die Sonne vergoldete die massigen Wände und wuchtigen Scheinpfeiler und die gelbbestaubten Palmwedel. Hunderte Menschen drängten sich aus den schmalen Gassen, überquerten die Plätze und verkrochen sich vor der Hitze in den Häusern. Grillen zirpten in den Fugen. Die fensterlosen Mauern, deren schmale Eingänge im Schatten lagen, dünsteten Tageshitze aus und die Feuchtigkeit eines kurzen Regengusses am Mittag. Das Brunnenwasser roch nach schwefligem Lehm; auch Lushtamar roch ziemlich streng und säuerlich.

»Ich lerne alles, bis zum letzten Tag«, sagte Daduschu. »Das eine gern, das andere nicht. Vielleicht kann ich's irgendwann mal gebrauchen. Wenn nicht, weiß ich wenigstens, was es alles gibt auf der runden Weltscheibe.«

»Seit die Martu-Amurrim deine Leute erschlagen haben, sagst du merkwürdige Dinge. Die Lehrer sollten es besser nicht hören.« Lushtamar warf einen Stein nach einem fetten Hund.

»Wenn du's nicht weitererzählst ...«

»Das tut höchstens Awelshammash.«

Mit lautem Flügelschlag zogen zwei Ketten Wildenten über die Palasttürme, vorbei an den Stufen der Zikkurat.

»Ich ganz bestimmt nicht. Was hab ich davon, wenn sie dich prügeln?«

»Kein Wein mehr vom Kaufmann Shindurrul.« Daduschu blickte der Rauchsäule hinterher, die aus der Zikkurat aufstieg. »Weißt du, warum? Weil ich seit der Nacht allein darüber nachdenken muß, was ich in vierzehn Monden tun werde.«

»Und dein reicher Kaufmann? Braucht er keinen Gehilfen?«

»Kann sein. Er sagt nichts. Vielleicht muß ich für ihn die anderen Sprachen schreiben. Ich bin genauso froh wie du, wenn ich nicht mehr in der Schule schlafen muß.«

»Und wo willst du wohnen?«

Daduschu lachte. »Keine Ahnung. Du kannst ja meine Zukunft aus den Sternen berechnen, Lush.« Er schubste ihn zur Seite und lief die Stufen hinunter. »Ich geh zu Shindurrul, bade mich und hole frisches Zeug. Vielleicht gibt er mir ein paar Sche Silber. Kommst du mit?«

»Ich geh zurück in die mardukverdammte Schule und lern für morgen. Sonst haut mich wieder der alte Puzurmana. *Shaduq*. Bis morgen.«

»*Shaduq*. Oder heut nacht im Schlafsaal.«

Daduschu tauchte in die Schatten, die über die Straße krochen wie die erste Welle einer Überschwemmung. Mitten im Lärmen vieler Stimmen, durch ein Gemenge aus Gerüchen, Dampf und Rauch von den Kochstellen, im Schatten des Irrgartens aus Lehmziegelmauern ließ er sich in die Richtung des Kagal Shula, des Großen Flußhafentores, treiben, im weiten Bogen von der schmalen Gasse der Wohlgerüche weg. Aus einem Hauseingang, aus dem es nach Weihrauch und frischem Brot roch, schauten zwei junge Frauen hinter ihm her und kicherten. Er tat, als sähe und hörte er nichts.

Die Lederstickerin Tiriqan lehnte im Ladeneingang und schob die Hüften vor, als Daduschu stehenblieb. Sie roch schwach nach Surwa-Balsam. Sie lächelte, aber ihre Stimme klang ernst, fast ärgerlich. »Was soll ich dir anbieten, Usch, damit ich dich länger als Augenblicke sehe? Und nicht nur mitten am Tag?«

Daduschu nahm ihre Hände, musterte das schmale Gesicht und blickte in hellbraune Gazellenaugen. »Du weißt, Schönste, wie es in der Edubba ist.« Er zog die Schultern hoch. »Ich habe freibekommen, damit ich zu Shindurrul gehe. In elf Tagen habe ich wieder frei. Ich muß die Lehrer anlügen. Wahrscheinlich hat mich Awelshammash schon verraten.«

Tiriqan führte den winzigen Basarladen und zog den zweijährigen Sohn auf, seit ihr Mann am Fieber gestorben war. Er hatte sie das Handwerk gelehrt; jetzt half ihr ein alter Sklave, breite Gürtel mit Ornamenten und Figuren zu besticken, Taschen für Zahlmetall einzunähen und Schließen aus Kupfer, Bronze oder Silber einzunieten. Daduschu kannte sie einen Monat und ein paar Tage. Sie lächelte mit mehr Wärme.

»Was treibt dich heute zum Basar? Die Sehnsucht? Willst du mich sehen?«

Der Argwohn schwand aus ihren Augen. Ihr langes braunes Haar, straff zurückgekämmt, wurde im Nacken von einer perlenbestickten Ledertülle zusammengerafft.

»Ich durfte in die Sonne. Ich muß zu Shindurrul, frische Kleider holen und essen. So ist's billiger. Natürlich will ich mit dir sprechen. Aber ich hab' nicht viel Zeit.«

Lange Wimpern senkten sich und machten ihren Blick unergründlich. Ihr Gesicht aber verriet sie; kindliche Hilflosigkeit lag in ihren Zügen. Sie seufzte und verschränkte ihre Finger mit seinen, dann drückte sie schmerzhaft zu.

»Wenn du kommst, Usch, dann nicht zu spät. Ich will dich länger als eine Stunde. Ich verlang ja nicht mehr.«

»Ich hab' auch nicht mehr«, sagte er und meinte es ehrlich. Er liebte sie, obwohl sie älter war als er; sie war zärtlich und leidenschaftlich. Natürlich wußte sie, daß er viel lieber in den winzigen Kammern über der Werkstatt wäre als in der Edubba. Sie hörte schweigend zu, wenn er ihr erzählte, was er geschrieben und gelernt hatte, ihr, der ehemaligen Sklavin aus Nippur. Als ihre Finger an seinen Armen hochkletterten, sagte er:

»Es soll bei den Händlern der Siegel und Figuren seltsame Tiere geben. Die will ich sehen.«

Ihre Fingernägel bohrten sich in seine Haut, sie drückte die Brüste gegen ihn.

»Ja. In der Steinschneidergasse. Ich hab' sie gesehen. Fabeltiere.« Ihre Zunge glitt über die Lippen. »Heut nacht, Usch?«

Er schob sie sanft zurück und berührte ihre Hände mit den Lippen.

»In elf Tagen, Tiriqan. So früh, wie es geht.«

Er lächelte ihr zu und verschwand im Gewimmel der Basargasse. Sonnenlicht fing sich in Segeln, auf denen Schatten tanzten. Wände, Scheinpfeiler und Vorsprünge schienen aufeinander zuzustürzen. Dampf und Staub wirbelten in trägen Schwaden zwischen den Leinwandvierecken hoch. Stimmen und Geräusche verdichteten sich in der Enge zu einem Gemenge unbestimmbarer Laute. Achtlos trampelten die Sohlen der Händler, Käufer und Sklaven mit schweren Lasten über Tonscherben, morsche Knochen, Kürbis- und Melonenkerne. Ratten wühlten im Abfall dunkler Winkel, struppige Köter stöberten nach den Nagern und schleuderten Lehmstaub hinter sich, wenn sie im Boden scharrten. Asche und Holzkohle, Wasser und Kot zerliefen stinkend zu Flecken. Salpeter ätzte aus Mauersockeln und Räumen tief unter der Ebene von Gassen und Rampen. Winterregen wusch Lehm aus, und jedes Jahr wuchs der Boden zwischen den Häusern einen Fingerbreit in die Höhe.

Daduschu fing Gesprächsfetzen auf; der Basar war ein Quell von Gerüchten und Neuigkeiten. Er hob den Kopf und wurde von einer Dienerin, die einen Krug auf der Schulter trug, zur Seite gestoßen. Er blickte in die Käfige aus Ried, die sich neben- und übereinander an den Mauern stapelten. Bunte Vögel zwitscherten und zeterten in den Kasten, von Falbkatzen beobachtet. Nur die Schwanzspitzen der Tiere zuckten und manchmal die Ohren. Kinder umschwärmten einen Wasserträger, der wie ein blinder Ochse durch das Gemenge trottete. Der nächste Windhauch wirbelte den Geruch sumerischer Suppe in Daduschus Nase. Hinter einem Onager sprang er vier Stufen hinauf und wartete, bis sich das Tier beruhigt hatte. Die Hufe hatten einen Berg Gurken vor dem nächsten Eingang in Stücke geschlagen.

Auf dem kleinen Platz, wo unter einem Sonnensegel der Dattelhändler seine Tonkrüge wie einen Wall vor dem Durchgang aufgebaut hatte, sah Daduschu einen Priester.

Daduschu trank Dattelwein und drehte sich um, als ihn jemand an der Schulter berührte. Awelshammash. Gleichzeitig erinnerte sich Daduschu an den Namen des Priesters; es war Iturashdum, der höchste Mittler zwischen Marduk und den Sterblichen. Awelshammash grinste und schob die Unterlippe vor.

»Ist aufregender als die Edubba, nicht wahr? Im Basar muß man nicht viel lernen.«

»Hätt ich gewußt, daß ich dich treffe, wär ich zum Fluß gegangen.« Daduschu zuckte mit den Schultern. »Hier lern ich, was ich fürs Leben brauch, Awel.«

Awelshammash winkte zur engsten Stelle der Gasse.

»Ich weiß. Bei der Ledersklavin aus Nippur. Der Kaufmann weiß wohl nicht, wofür er dir das Silber gibt?«

Daduschus Hände langten nach Awelshammashs Hals, aber bevor er ihn erreichte, duckte sich der Junge, sprang hinter einen dicken Händler und rannte nach rechts davon. Daduschu sah am Ende der Gasse den hageren Priester warten. Awelshammash ließ, als er Iturashdum erreichte, keinerlei ehrfürchtige Haltung erkennen; nach einem erregten Wortwechsel, von dem Daduschu kein Wort verstand, rannte der Junge, offensichtlich zornig, weg und ließ den Priester stehen.

Daduschu atmete tief durch und lehnte sich an eine Mauer. Er sah und roch Datteln mit und ohne Kerne, Krüge voll Dattelwein, gewürzte Datteln, in Öl eingelegt, gehackt, getrocknet, Datteln in zwei Dutzend oder mehr Arten. Gegenüber, wo Sesamöl und Leinöl verkauft wurden, troffen die Unterarme des Händlers. Selbst Wände und Boden waren ölversiegelt.

Iturashdum, dessen kahlgeschorener Kopf glänzte wie die Arme des Ölhändlers, kam an Daduschu vorbei, ohne ihn zu sehen. Sein Gesicht war bleich; er schien tief in düstere Gedanken versunken. Daduschu ging ohne Eile weiter. Seit zwölf Jahren kannte er fast jeden Ziegel im Basar. Er kam in eine Wolke aus Staub und Spelzen, durch die honigfarbene Lichtbalken zuckten. Aus mannshohen Tonbehältern wurde Weizen, Gerste und Hirse geschöpft, zehn Schritt weiter stanken Zwiebeln und Lauch, zu

Zöpfen geflochten, um die Wette. Melonensaft und zehntausende Kerne lockten Fliegen, Wespen und Bienen an, die zwischen den Käufern herumschwirrten.

Daduschu duckte sich unter Balken, die von Mauer zu Mauer die Gasse überspannten. Kürbisse pendelten dort; ausgehöhlte, getrocknete Kürbisse; Wasser- und Ölbehälter hingen in Netzen wie Trauben herunter. Daduschus Sandalen rutschten in Blut. Unter feuchten Tüchern lagen Ziegenfleisch und Schaffleisch, am nächsten Stand bebten Fische in Körben. Aus der Geruchswolke rettete sich Daduschu in die nächste Quergasse, tauchte seine Nase in frischen Kümmel, dann in den Gestank der Gerbereien, selbst die bestickten Lederstiefel rochen nicht viel besser. Die Läden, in denen alles verkauft wurde, was aus der Haut von Ochsen, Eseln oder Wild geschabt und geschnitten werden konnte, blieben zurück, mitsamt der keifenden Kundschaft. Rüben kollerten aus Körben, Koriandergeruch legte sich scharf über die Würze getrockneter Weinbeeren am Stand nebenan. Eine brodelnde Wolke wehte aus der Backstube; Sauerteig, unter Mehl gemischt, Hitze aus dem Tonnengewölbe des Ofens und heißer Rauch. Fünfzehn Dutzend Mauerhöhlen und Stände, alles, was die Bewohner der Stadt brauchten: nur an einem Punkt in Daduschus Welt war es auf solch engem Raum versammelt. Rohes, Gesottenes, Gebratenes und Gebackenes, Früchte und Flüssigkeiten – er bekam Hunger und machte größere Schritte; er war nicht wegen des Essens an den Ort gekommen, an dem Rang und Reichtum wenig galten. Er kam aus der Gasse der Steinschneider in die Gasse des Wertvollen. Vor dem vierten Laden blieb er stehen.

Nur wenige Besucher waren zu sehen. Als sein Blick über die Gebrauchsgegenstände, die Statuetten und die Kostbarkeiten glitt, traf es ihn wie ein Schlag. Er zeigte auf eine Reihe seltsamer Wesen, keines größer als seine Faust, aus einem Kupfermetall, aus Ton, glasiert oder danach ein zweitesmal gebrannt, aus Steatit und verschiedenem Steinzeug.

»Darf ich?« fragte er. Der kahle Händler musterte ihn aufmerksam. Ein Nicken war die Antwort. Behutsam nahm Daduschu eine Figurine in die Finger. »Was ist das, Gurusch?«

»Eine Tänzerin. Hab' ich dich nicht schon oft gesehen?«

»Zwölf Jahre bin ich in Babyla«, sagte Daduschu und starrte die zierliche Frauengestalt an. »Ich war schon oft hier. Erst heute weiß ich, daß du solche Schätze hast. Woher sind sie?«

»Von weither. Ich hab' sie aus Dilmun. Aber der Künstler soll eine Jahresreise weit von Dilmun entfernt arbeiten.«

Als Daduschu die Tänzerin mit größter Vorsicht zurückstellte, schien sie ihren schlanken, großbrüstigen Körper zu bewegen und ihn aus grünen Augen zu locken. Andere Figuren: ein bärtiger Priester mit entrücktem Blick, ein Bronzestier, so groß wie ein Daumen; Schenkel und Hals des Tieres strahlten drängende Lebendigkeit aus. Er deutete auf andere Statuetten.

»Sind das Tiere? Oder Fabelgötzen?«

»Man sagt, diese Tiere gibt es in großen Herden. Sie sollen groß wie Häuser sein, aber das glaube ich nicht.«

Eine graue Figur, fast erschreckend: wie ein Stier ohne Hörner, in einer Rüstung wie aus Leder und Kupferschuppen. Auf der Schnauze trug das Tier ein Horn wie ein aufwärts gekrümmter Dolch. Das andere Wesen hatte zwischen langen, spitz zulaufenden Hauern eine Nase, die wie ein Schwanz bis zu den Vorderfüßen hing. Der Händler versuchte eine Erklärung.

»Man sagt, auf dem Rücken sitzen Männer und richten das Tier zur Arbeit ab.«

»Das kann ich auch nicht glauben.« Daduschu schüttelte den Kopf. »Ich muß Shindurrul fragen. Ich bin aus der Edubba, die Pause ist vorbei. Ich komm wieder, ja?«

Der Händler nickte und rang sich ein gequältes Lächeln ab. »Das sagt jeder, der nichts kauft, junger Gurusch.«

Daduschu wählte einen anderen Weg zurück zur Tempelstraße. Er hörte das Rascheln der Bohnen, Linsen und Erbsen, die der Händler aus seinen Gefäßen schöpfte und zurückrinnen ließ wie Sand, roch die Minze und Kresse, über die ein Mädchen mit dünnen Fingern Wasser spritzte, schlug nach den Mückenschwärmen, sah die schnarchende alte Frau, die, eine Katze im Schoß, Barsche und Karpfen bewachte; am Morgen gefangen, lang wie ein Unterarm, deren Mäuler sich in Totenküssen öffneten und schlossen. Von der Mauer sank ein Vorhang aus silbernen Fischschuppen herunter und legte sich auf abgehäutete Hasen an einer Stange über Daduschus Kopf. Er rannte zwischen den Palmen auf den Palast zu und kam zu spät. Kein Ummia schimpfte, aber Daduschu merkte es gar nicht. Den Rest des Tages verbrachten er und seine Mitschüler mit der Deutung akkadischer, sumerischer und fremder Wörter: sie sprachen und schrieben über Samsuiluma, Hammurabis Sohn, über Sinmuballit, den Vater, und Apilsin, den Großvater des Königs, über den Kanal »Hammurabi ist Überfluß«, der im Jahr Zehn von unzähligen Sklaven und Arbeitern ausgehoben, befestigt und mit Schleusen versehen worden war, von den vielen Namen, die das »Tor der Götter« kennzeichneten – Babyla, einst Bab-ili, Bab-ilani oder Bab-illum, von Urudu, Uruttu und Buranun; Puzurmana lehrte, wenn er schläfrig wurde, am liebsten Geschichte.

5. Shindurruls Waage

Im kühlen Schatten der Zikkurat des Marduk, Stadtgott und Gott des Kissatum, des gesamten Hammurabi-Reiches, ging Daduschu entlang der äußeren Mauer auf den staubigen Stamm der Palme zu, bog unter dem Torbogen-Halbrund in die Gasse der Sägespäne ein und nickte den Holzarbeitern zu; er kannte die meisten Handwerker rund um den Palast. Die Häuser klebten an der Mauer wie kantige Schwalbennester. Daduschu duckte sich unter trocknenden Brettern, sog den strengen Harzgeruch ein und dachte an fremde Länder und an die Figuren des Basarhändlers. Aus winzigen Fenstern und Türen klang Holzklappern, Sägen knirschten, dumpf pochten Hammerschläge und begleiteten das Rascheln von Schleifsteinen und Poliersand. Sand war auch unter Daduschus Sohlen, bis er die Werkstatt des alten Kuddu erreicht hatte; schwer zu finden in einem halbvergessenen Teil des Labyrinths aus Mauern, Kanten und Winkeln.

Vom Arbeitstisch brodelten unter glühenden Kupferwerkzeugen beißende Rauchwolken. Kuddu blickte auf; Daduschu versperrte das wenige Tageslicht.

»Ach, du bist's.« Das runzlige Gesicht drehte sich ihm zu und zerknitterte in einem Lächeln. »Fertig ist der Schaft. Hab' ihn besonders schön gemacht, wie's sich gehört für einen jungen Herrn.«

Daduschu begrüßte den Alten, der viele Holzarbeiten für den Palast, die Wachen und Hammurabis Haushalt schnitzte und ausbesserte. Sägemehl lag auf dem spärlichen Haarkranz, Kuddus Gesicht schien wie vom Rauch seiner Werkstücke gebeizt zu sein.

»Ich bin kein junger Herr, Kuddu.« Daduschu schob Holzstücke und Hobelspäne zur Seite und setzte sich auf den rissigen

Tisch. »Ich bin kein Bauernsohn mehr, kein Kaufmannsgehilfe und bald nicht mehr in der Edubba. Schwierig zu sagen, was ich bin.«

Kuddu strich mit krummen, hornigen Fingern liebevoll über den eineinhalb Ellen langen Schaft. »Einer, der so gut redet und schreibt wie du, leicht wird er's haben im Leben. Zedernholz, von altem Ruder; sollte gut sein für ein, zwei Jahre, Usch.«

»Danke. Wunderschön, Kuddu. Und Tiriqan hat auch die Bronze schleifen und polieren lassen.«

»Wie Gold glänzt's. Weißt nicht, wer du bist, Usch?«

Daduschu betrachtete die fein eingebrannten Verzierungen, die winzigen Vierecke am Griff, das Loch und Tiriqans geflochtene Lederschlinge.

»Was ich tun werde, wenn die Schule vorbei ist.«

»In dreizehn Monden, nicht wahr?«

»Ja. In den Monden Ululu oder Tashritu, wenn's am kältesten ist, wird meine Klasse entlassen.«

Der alte Holzmeister legte die Hand auf Daduschus Knie.

»Fragst deinen reichen Kaufmann, Usch. Hat's noch viel Zeit, zum Nachdenken und Entscheiden.«

»Stimmt, Kuddu.« Daduschu zog die dünne Tasche aus dem Ledergürtel und lockerte die Schnur. »Was schulde ich, Gurusch Kuddu?«

»Drei Gran Silber. Oder zwanzig Kupfer.«

»Die Hälfte kriegt der Palast.« Daduschu zählte dünne Silberplättchen zwischen Harzflecken, Sägemehl und Erdpechspritzer in Kuddus Handfläche. »Ich geh' jetzt zu Shindurrul und frag' ihn. Es gibt nur zwei Möglichkeiten.«

»Welche?«

Daduschu ging ein paar Schritte hin und her. Überall stieß er gegen gestapeltes Holz oder Werkstücke. Ein verirrter Sonnenstrahl ließ von der Doppelschneide Lichtblitze durch die dämmerige Werkstatt flirren.

»Entweder ich arbeite für König Hammurabi oder ich gehe ganz weit weg.«

Die dunklen Augen musterten ihn lange, dann lächelte Kuddu. »Was es in Babyla gibt, hat's auch anderswo; dasselbe und doch ganz anders. Wird's überall weit bringen, ein gescheiter Kopf wie du.« Er schlug Daduschu auf die Schulter und schob ihn zur Tür. »Macht überall sein Glück, ein hübscher Bursche. Helle Augen, braunes Haar: paßt wenig zu uns Schwarzköpfen.«

»Von meiner Mutter.« Daduschu schob das Beil über seinem rechten Schenkel in den Gurt. »Hat Vater Utuchengal gesagt.« Er packte die Hand des Alten. »Danke, Gurusch Kuddu. Vielleicht bin ich abends ein bißchen klüger.«

Vor dem Eingang drehte sich Daduschu um, winkte und ging nach rechts durch die Gasse der Rädermacher, am Häusergewirr der Stallknechte und Eselstreiber und am Badehaus vorbei, der Menge auf der Prunkstraße ausweichend und hinüber in den westlichen Teil der Stadt, zur Gasse der Wohlgerüche.

An diesem Tag sah er zum erstenmal das trichterförmige Loch in der Südwand, dicht unterhalb der Dachbrüstung. Buriasch, der knopfäugige Sklave, öffnete die Tür. Daduschu grüßte ihn lächelnd, verbeugte sich vor Shindurruls Hausaltar links in der Nische und noch tiefer vor Maschkani, Shindurruls zweiter Frau und Mutter der zwölfjährigen Uttupishtim. Maschkani deutete zum Innenhof.

»Er wartet. Er ist allein. Ich bringe gleich zu trinken.«

»Danke, Herrin«, sagte Daduschu. »Ist Damgar Shindurrul in wohlgerundeter Stimmung?«

Ihr dunkles Gesicht mit den hohen Wangenknochen blühte auf; sie lächelte und bewegte ihre Hände wie Waagschalen auf und nieder. »Wenn du kommst, wird seine Laune besser, denke ich. Seine Sorgen mit dem Handel werden durchs Rechnen nicht kleiner.«

»Dabei kann ich ihm nicht helfen.« Daduschu wich im Hof den beiden Katzen aus und klopfte an die Tür des Arbeitszimmers. Die Stimme des Hausherrn war laut und ärgerlich.

»Maschkani!« Daduschu schob die Tür einen Spalt auf. »Immer soll ich deine Töchter unterhalten. Spielt mit Chassir oder den Hunden. Die haben mehr Geduld.« Daduschu wartete, bis das Geschrei aufgehört hatte, dann sagte er:

»Ich bin's, Damgar Shindurrul.«

»Herein mit dir, Sibaru.«

Shindurruls Poltern hörte auf. Daduschu verbeugte sich und lehnte an der Tür. Shindurrul funkelte ihn unter frisch gefärbten Brauen an und grinste flüchtig. Mit dem rechten Unterarm schob er alles, was vor ihm die Tischplatte in wildem Durcheinander bedeckte, klappernd und rasselnd zur Seite.

»Setz dich, Usch.« Hinter Shindurrul, dessen Kopf einen Teil der Kacheln verdeckte, ragte der halbe Kreisring wie ein monströses Gehörn zur Decke. »So. Schluß für heute. Verdammte Händler. Jeder versucht, mich zu betrügen. Alles wird teurer – nicht mit mir, meine Awilim Kaufleute.«

»Als mich die Lehrer das letztemal gehen ließen«, Daduschu sprach schneller, »hast du mir versprochen, Damgar, ein paar Stunden lang meine Fragen zu beantworten. Deswegen bin ich heute da.«

Er zog die Axt aus dem Gürtel, Shindurrul warf einen langen Blick darauf und nickte anerkennend. Daduschu lehnte die Waffe an den Tischsockel.

»Für dich, Söhnchen, hab ich immer Zeit. Naja, fast immer. Ich seh's an deinem Gesicht, daß es ernst ist. Was willst du wissen?«

Obwohl etwa zehn Menschen zwei ganze und ein halbes Stockwerk bevölkerten, dazu zwei Hunde und einige Katzen, war es in diesem Raum still. Daduschu verlor ein wenig von der Unruhe, die er auf dem Weg hierher verspürt hatte. Er berichtete Shindurrul von Iturashdum, dem jungen Awelshammash – was der Kaufherr schweigend, aber mit Stirnfalten und hochgezogenen Brauen zur Kenntnis nahm –, von den seltsamen Statuetten und Fabeltieren im Basar, von den Auskünften des Händlers und den Fortschritten in der Edubba. Shindurrul schwieg lange; schließlich sagte er:

»Du denkst über dich nach; sehr gut. Ob du Babyla oder Hammurabis Reich verlassen solltest? Nicht schlecht. Du stellst dir vor, dich in fremden Ländern umzusehen? Du hast, wenigstens in Gedanken, keine Angst vor weiten Reisen, bis dorthin, wo dieses seltsame Viehzeug herumläuft, wo man die Sprache spricht, die du nachts lernst. Übrigens, wie geht es voran?«

»Recht gut.« Daduschu brauchte nicht zu schwindeln. »Ich muß nicht mehr oft nachsehen.« Der Kaufherr wußte, welche Gedanken ihn umtrieben. Ahnungen und Überlegungen in Daduschus Kopf setzten sich wie Sand im Wasserwirbel. »Das alles kann ich mir vorstellen. Aber ich weiß nicht, ob ich der Richtige für Abenteuer bin, die starke Männer vielleicht nicht überleben. Ich weiß aber, daß ich nicht geduldig im Palast hocke, endlos rechne und Steuern zusammenzähle.«

Shindurrul stand auf und entfernte das wächserne Siegel von einem schlanken Tonkrug, der in einer Nische neben anderen Gefäßen stand. Er schüttelte eine Rolle aus gelblichem Material heraus, das aussah wie hauchdünnes, geflochtenes Stroh. Er strich das Blatt, drei Hände breit und zwei Ellen lang, auf dem Tisch aus und stellte Gewichte auf die Ecken, die sich aufkrümmten.

»Sieh genau hin. Überlege. Sag mir, was du erkennst.«

Er drehte das Blatt um hundertachtzig Grad. Daduschu suchte zwischen Punkten, Schriftreihen, Strichen und unterschiedlichen Farbflächen nach einem Sinn. Während er las und sein Zeigefinger die Linien nachfuhr, hörte er die Erklärung.

»Ich hab das Blatt von einem Kaufmann aus dem Hapiland, von den Apiru-Leuten, die sich Romêt nennen; ›Menschen‹ soll das heißen. Die Blätter nennen sich Shafadu oder ähnlich. Sollen aus Binsen hergestellt werden. Wahrscheinlich völliger Unsinn – Leinwand ist's, gebleichte. Die Romêt geben sich geheimnisvoll, weil ihnen diese Blätter keiner nachmachen soll. Niemand verkauft das Zeug außer ihnen, natürlich zu einem Preis, den ihnen auch keiner nachmacht.«

Daduschu sagte zögernd: »Kann das eine Karte sein? Ein Land, und Wasser, wie es ein Geier oder Adler sehen würde, aus großer Höhe?«

»Ich hab die Karte nur wenigen Leuten gezeigt. Jeder hat dasselbe gesagt. Hier oben, das ist Kaptara, eine Insel, die Kupfer und Bronze verkauft; Keft oder Keftiu nennen sie die Romêt. Sie haben auch unregelmäßigen Schiffsverkehr mit den Keft-Leuten. In der Mitte: Straßen, die in unser Land führen. Wo sich Idiglat und Buranun am nächsten kommen, wo der Kanal mit der Brücke ist, liegt Babyla.«

Ohne daß die Männer es merkten, öffnete Uppurkuna, die älteste Sklavin, die Tür und stellte Krüge, in denen Trinkhalme steckten, auf den Tisch. Sie lächelte Daduschu an und schlich hinaus. Der Kaufmann unterbrach die Stille.

»Wie du weißt, habe ich zwei Schiffe. Sie sollten zurück sein, wenn deine Schule vorbei ist.«

Daduschu glaubte zu verstehen, daß vor ihm eine Art Rechenformel oder Grammatik lag, die sein Leben verändern konnte. Er hob den Kopf.

»Das *Auge des Zwielichts* und die *Geliebte des Adad*.« Er lächelte trotz der fast fiebrigen Bemühungen, die Zeichen der Karte zu verstehen. »Mit den Kapitänen Jarimadad und Gimilmarduk.«

»Tüchtige Männer, die beiden.« Shindurrul deutete auf einen Punkt. Über den vernarbten Fingern steckten schlanke Silberhülsen. Die Spitzen fuhren über eine lapislazulifarbene Fläche. »Sie fahren mit Martus gutem Wind im Rücken bis Dilmun. Dort wird getauscht und gehandelt, dorther kommen Dattelpalmenschößlinge. Fast alles, was man so braucht: Sklaven, Basaltblöcke, Straußenfedern, Gold.«

»Das Untere Meer. Links ist Dilmun, eine Insel von vielen, vor einem Land, das wie eine Vogelschwinge aussieht.«

»Richtig. Bei Marduks Knie. Dilmun, das bedeutet Wasser und Proviant. Wenn sie keinen Wind haben, rudern sie nach Osten, hinüber nach Magan.« Die blitzende Silberspitze klopfte auf einen Punkt des rechten Randes, gegenüber einem Vorsprung wie einer Dolchschneide, am engsten Punkt des Meeres, das hier aufhörte und in eine blaue Farbfläche mündete, die bis zum unteren Rand des Shafadu-Blattes reichte. Shindurrul berührte die rechte Schale der zierlichen Waage, die sich auf die hölzerne Unterlage senkte. Er flüsterte:

»Auf dem Weg nach Sonnenaufgang erreichen sie Meluchha. Ganz anderes Land mit braunhäutigen Menschen und fremdartigen Gebräuchen. Auch dort wird gehandelt. Die Ware wird kleiner, seltener, also teurer, und die Schiffe sind schwer und liegen tief im Wasser.«

Daduschu riß sich von der Zeichnung los und nahm einen Schluck Bier. Seine Augen begegneten dem prüfenden Blick Shindurruls. Der Kaufmann tippte grinsend auf die linke Waagschale. Die rechte Schale hob sich.

»Bist du schon dorthin gesegelt?« Der Kaufmann legte seine Finger um den Bierkrug, trank und blies durch die Lippen. »Einmal und nie wieder. Bei Marduk! Ich würde es nochmal tun, wenn ich so jung wäre wie du. In diesem Haus hängt an jedem Finger einer, der mich ruiniert, wenn ich die Brut allein lasse. Sie verhungern, wenn ich beraubt oder ertrinken oder vom Schiff fallen würde.«

Daduschu sah auf der rechten Seite der Karte eine blaue Schlangenlinie, die nach Nordost zog, und am Ufer dieses Flusses zwei Namen, nachträglich in Keilschrift hinzugefügt.

»Intu? Moensh'tar und Arap?«

»Zwei Intu-Städte. Dort gibt es deine Fabeltiere, in großer Menge. Das hier ist aus dem Stoßzahn des großen Tieres, das sie ›Elefant‹ nennen.«

Ein Stab, acht Finger lang und zwei im Durchmesser, rollte über die Karte. Schriftkerben und Verzierungen an beiden Enden waren in glänzendem Schwarz ausgeführt; der Stab war nicht ganz so schwer, als ob er aus Metall bestünde, und er fühlte sich gleichermaßen hart und kühl an. Shindurrul hielt seine Waage im Gleichgewicht und legte aus einer großen Schale abwechselnd halb daumengroße, geschliffene Steine in die Schalen.

Daduschu lehnte sich zurück, seine Finger zitterten, als er den Krug hob. Während er über die fremde Karte nachsann, fragte er heiser: »Was erzählen die Guruschim Jarimadad und Gimilmarduk von Arap und Moensh'tar?«

»Nach Arap kommen sie nur, wenn der Intu nicht wild ist und viel Wasser führt. Moensh'tar ist kleiner, prächtiger als Babyla. Sie kennen erstaunliche Erfindungen. Schöne Frauen verwöhnen die Seefahrer. Handel mit ihnen ist wie unter guten Freunden. Meine Schiffe sind beliebt. Ihre Götter sind mild und gerecht.«

»Wie weit ist Moensh'tar von uns entfernt?«

»Bis Dilmun sind's hundertzwanzigmal hundertachtzig Seile Biru.«

Mit Daumen und letztem Finger griff Daduschu die Entfernungen ab und rechnete: vierundzwanzig Finger waren eine Elle, sechs davon ein Hohes Rohr, ein Dutzend Ellen entsprachen einem Gar oder Doppelrohr, und tausendachthundert Gar ergaben hundertachtzig Seile Biru.

»Damgar! Siebenhundertmal hundertachtzig Seile Biru bis zum Intu!«

Daduschu breitete die Arme aus und fuchtelte mit den Händen. Shindurrul lachte dröhnend. »Deswegen brauchen sie auch so lange. Hab ich dich erschreckt, Sperling?«

»Nein. Ja. Das hab ich nicht einmal träumen können. Deshalb wartest du so unruhig auf deine Schiffe.«

Ein Silberfinger klopfte auf Moensh'tar. »Tausend Wenn und Aber: wenn wir Tashritu haben oder den zehnten Mond, Arachsamnu, bläst dort der Wind aus Nordost und Ost, der die Schiffe nach Magan treibt. Im Meer des Südens wechseln die Winde, blasen gegenan oder kommen von achtern. Dann warten meine Schiffe in einer Bucht oder segeln weiter. Durchs Schilfmeer hierher, zurück.«

Er lachte und nahm die Gewichte von den rechten Ecken des Blattes, das sich raschelnd zusammenrollte, packte die Rolle und knotete das Lederbändchen darum. Als er den Wachsverschluß des Kruges festdrückte, sagte er, zufrieden wie eine satte Katze:

»In Babyla kennen jetzt fünf Männer die Karte. Einer davon bist du. Mein Angebot steht. Du würdest mit meinem Siegel handeln. Ehrlich, klug, vielleicht gerissen. Wann wirst du dich entscheiden können, Usch?«

Seit einer Stunde wartete Daduschu auf diese Frage. »Am Tag, nachdem ich aus der Edubba draußen bin. Oder wenn das *Auge* und die *Geliebte* zurück sind. Einverstanden?«

Shindurrul hob den Zeigefinger. »Es paßt mir nicht, aber du brauchst jeden Tag zum Überlegen. Soll ich lügen? Nein. Andere junge Männer würden meine Zehen küssen, wenn sie erfahren, was ich vorschlage. Ich kenne ein paar, die würden alles – wahrlich alles! – tun, um mitsegeln zu dürfen.« Er tat, als wischte er Staubkörner aus seinen Augen. »Aber der arme, alte Shindurrul glaubt an seinen eigenen gesunden Verstand. Hör gut zu; gewisse Dinge sage ich nur einmal, auch zu dir, Söhnchen.«

Während er weitersprach, versuchte er die Waage auszugleichen, indem er Halbedelsteine wegnahm, umtauschte oder hinzufügte. Er sah Daduschu nicht an.

»Du bist weiter fleißig in der Edubba, jeden Tag, bis zum bitteren Ende. Du wohnst dort, aber« – er deutete mit dem Daumen über die Schulter – »ich hab das halbe Haus nebenan gekauft. Wenn wir's eingerichtet haben, kannst du im oberen Geschoß wohnen. Die Sklavinnen sorgen auch für dich. Wenn wir Jarlaganda und Nammatum etwas Silber in die Hand drücken, wenn's keiner sieht, mußt du nicht mehr im Schlafsaal frieren und schwitzen. Geld und Gutschriften aus dem Weinstockhaus verwalte ich weiter, ich arbeite damit; du bekommst, was nötig ist, und das bestimme ich. Nach der ersten Reise bist du ohnehin reich. Wenn du nicht ganz blöde bist, und das bist du nicht.«

Er hob die eine Waagschale, winkte ab und trank Bier. Die Rede schien ihn zu erschöpfen.

»Wenn die Schiffe kommen, lernst du alles, was man im Hafen lernen kann, von den Kapitänen und den Steuermännern. Wenn dein Entschluß feststeht, ist er endgültig. Sagst du mir aber, bevor die Schiffe kommen: Herr, ich will lieber die Schafe der Königspächter zählen, dann fährt ein anderer nach Osten. Dann wäre der alte Shindurrul enttäuscht und wütend über sich selbst, weil er begreifen müßte, daß er die Menschen nicht kennt.«

»Mein Vater«, sagte Daduschu leise. »Ich würde dir lieber heute als morgen sagen, daß ich mit deinem Siegel auf deinen Schiffen segle. Aber, verzeih mir – ich weiß es nicht. Im Gegensatz zu deinen Waagschalen haftet eine Schale schwer auf dem Boden Babylas und, denk dir, auch noch im Weinstockhaus.«

»Das ist eine ehrliche Antwort, und wegen dieser Ehrlichkeit möchte ich, daß du für mich arbeitest, Sibaru. Geht das in deinen Bauern- und Schreiberschädel hinein?«

»Es ist schon drin, mein Vater.« Daduschu sah förmlich, wie sich unzählige kleine Bilder seit der Schreckensnacht, aus dem Bereich der Schule ebenso wie aus allen Teilen seiner Umgebung, einzeln scheinbar unbedeutend, zu einem farbigen Fries wie an der Palastmauer gliederten. Er sah die vielen kostbaren Beweise für Shindurruls Gewerbe in den Fächern und Wandnischen, und plötzlich lachte der Kaufmann laut.

»Wann mußt du wieder in der Schule sein?«

»Morgen früh. Nammatum weiß, wo ich bin.«

»Du ißt heute mit uns. Und schlafen kannst du, wie immer, im Gastzimmerchen. Oder – willst du zur schönen Lederstickerin?«

»Was weißt du nicht, Damgar Shindurrul?« Daduschu grinste. Der Kaufmann lächelte und zeigte auf die Waage. Beide Schalen hingen ruhig in gleicher Höhe.

»Alles im Leben und zwischen uns soll ausgewogen sein und bleiben. Ja?«

Nachdenklich leerte Daduschu den Bierkrug. Schule, Weinstockhaus, Eltern, Tod und Shindurrul. Sharmadu und Tiriqan: die festen Punkte im Leben glitten vorbei wie das Ufer am treibenden Boot. Der Bug des Lebensbootes aber schwenkte herum und richtete sich auf ein Ziel. Als er, früh am Morgen, zwischen Leintüchern und Decken lag und ins Ölflämmchen blinzelte, ahnte er vor dem Bug die goldenen Intu-Städte. Obwohl sein Herz aufgeregt schlug, schlief er zufrieden ein.

6. Verschiedene Spiegelbilder

Von den wenigen Zahlplättchen, die ihm Shindurrul scheinbar widerwillig, aber stets pünktlich gab – gegen schriftliche Bescheinigung des Empfangs –, hatte er einen Zwei-Sila-Krug guten Weins gekauft. Daduschu lehnte an den Fellen, und unter seinen Schenkeln knirschte der Hocker aus Binsengeflecht und Buchsbaumholz. Im Flackerlicht der Lämpchen strahlten Tiriqans Augen wie poliertes Kupfer. Im Haar, feucht, aufgelöst und über die Schultern gekämmt, versickerte der Widerschein der Flammen. Tiriqans Hand legte sich auf seinen Unterarm.

»Seit du, damals, eine Nacht bei mir warst, ich meine, ganz bis zum Morgen, bist du anders, Usch.«

»Viele Monde älter«, sagte er. »Du weißt, daß fast zuviel geschehen ist.«

Der Raum, eine stille Höhle im Tebutu-Nordoststurm, umschloß sie mit farbigen Teppichen an den Wänden und auf dem Boden, mit Wärme aus dem Kaminfeuer und Lichtern von winzigen Lampen. Weißes Leinen lag über Decken und Fellen des Bettes; der Duft des Weines überlagerte den Ledergeruch. Aus dem weißen Stoff sah die Haut Tiriqans hervor wie heller, matt glasierter Ton. Nie war sie schöner als in solchen Stunden. Sturmböen jaulten vieltönig durch die Gassen, und in der Herdnische, die man durch den Türbogen der dicken Mauer sah, riß er tanzende Funken und Aschewirbel aus roter Glut. Der kleine Namatum erzählte etwas aus seinen Träumen.

»Und du mußt soviel lernen.« Tiriqan lächelte vorwurfsvoll und schob den Becher über den Tisch. Vorsichtig goß Daduschu nach. »Du wirst ein mächtiger Mann im Palast, ein Tempelschreiber, und dann hast du kein Auge mehr für die dumme Fremde aus Nippur.«

Sie ahnte seine Entscheidung, forderte ihn aber immer wieder heraus. Ihre Zehen krochen seine nackten Schienbeine hinauf. Er hob den Becher.

»Schönste und liebste Tiriqan, Inanna liebt auch dich. Und deswegen ist in meinem Herzen und meinem Leben nur für dich Platz.«

»Wenn du weggehst, werde ich lange weinen.«

»Wenn ich weggehe, und ich wüßte nicht, wann und warum, wirst du wieder zur Witwe, oder ich bitte dich mitzugehen. Was die Götter über unsere Tage beschließen, ahnen wir nicht einmal. Du bist meine einzige Geliebte – nur Narren versprechen mehr, als sie geben können. Ich gebe dir alles.«

Manchmal wunderte er sich selbst darüber, wie leicht es fiel, zu sprechen, ohne lang nachzudenken, wie wenig schwer es war, von einer Sprache in die andere zu wechseln; hin und wieder träumte er in der Edubba mit offenen Augen von der Intu-Sprache und stellte sich vor, wie sie wirklich klang. Wenn er Tiriqan die Wahrheit sagte und anderes, Wichtiges, band er sie noch mehr an sich. Auch an Shindurruls Warnungen dachte er. Hoffentlich wurde sie nicht schwanger. War sie klug genug, ihn nicht auf diese Weise binden zu wollen? Shindurrul dachte anders darüber. Er seufzte, schob die Haarsträhne aus ihrer Stirn und legte die Handfläche an ihre Wange. Sie schmiegte sich hinein und biß ihn in den Daumen.

»Ich will nicht dahocken und warten wie die Frau aus Hapiland, Kapitän Jarimadads Sklavin. Oder wie Sibit Nigalli, die Zweitfrau von Sinbelaplim, dem Steuermann.«

»Müssen wir uns gegenseitig das Herz schwer machen?«

Sie lehnte sich zurück, ihr Haar und ihre Wange glitten aus seinen Fingern. Sie stand auf und zog Daduschu zum Bett.

»Nein, Geliebter, der so viele Geschichten kennt, du bist hier, damit wir ein wenig glücklich sind. Daß uns ein paar Götter beneiden.«

Sie kniete vor ihm und kreuzte die Arme, zog mit schlanken Fingern die Nadeln der Spangen aus dem Stoff und legte die Stirn gegen seine Schläfe. Ihre Finger glitten über sein Gesicht, tasteten über den Hals und blieben auf den Schultern. Sie gurrte wie eine junge Taube.

»Die vielen Nächte, die ich auf dich warte, Usch, sie sind traurig.«

»Auch für mich, Liebste.« Ihre Zunge berührte seine Lippen, ihr Atem blies heiß in sein Ohr; er zog sie an sich und sank langsam auf den Rücken. Sie streifte Daduschus Wollkleid über die Knie und die Schultern und preßte ihren warmen Körper an seine Haut. Daduschu schloß die Augen und spürte ihre Finger überall. Haar wehte über Gesicht und Brust und half, Streicheln und Zärtlichkeit zur Lust zu wecken. Tiriqan stöhnte und wand sich auf ihm, neben ihm und unter ihm wie ein schnurrendes Kätzchen, und aus ihrem Flüstern lösten sich spitze Vogelschreie. Jeder Fingerbreit ihrer Körper drängte sich dem anderen entgegen, wollte mit ihm verschmelzen, bewegte sich in Leidenschaft und ersehnte den Höhepunkt. Das Licht verwandelte Tiriqans Haut in glänzenden Honig, und die Schatten zeichneten Arme, Köpfe und Schenkel an die Wand; ineinander geglitten, auseinander wachsend wie Rätselwesen, die zuckten, sich trennten.

Daduschu hörte sich keuchen. Herzschlag und Schweiß mischten sich mit dem Balsam auf Tiriqans Haut, und die viel zu kurze Leidenschaft, atemlos, wortkarg, nahm ihnen den Atem und ließ die erregten Muskeln erschlaffen. Tiriqan schlang die Arme um ihn und hielt ihn fest.

»Nur so kann ich dich halten, Liebster«, flüsterte sie. »Bleib. Bleib bei Tiriqan.«

»Ich bin bei dir. Wo sonst«, flüsterte er. Als er den Kopf heben konnte, waren ihre Augen nur eine Handbreit über ihm. Er versank in ihrem Blick, seine Ellbogen schoben das Laken zusammen, als die Finger ihr Haar durchkämmten. Langsam trocknete der Schweiß ihrer Körper; die Süße des Weins verband sich mit den Spuren von Duftwasser.

»Wenn du denken und fühlen würdest wie eine Frau« – Tiriqan bewegte sich schlangengleich unter ihm –, »dann würdest du's wissen.«

»Ich weiß vieles.« Seine Stimme versagte, er setzte neu an. »Es ist noch immer zu wenig. Was würde ich wissen?«

»Daß ich glücklich bin mit dir. Niemals zuvor war es so, und nachher wird es auch nicht mehr so sein.«

Er glitt neben sie und zog die Decke höher. Ihr Kopf ruhte in der Grube zwischen Schulter und Hals, seine Finger liebkosten ihre Brust; ihr Herzschlag beruhigte sich ebenso wie seine Gedanken. Tiriqans Gesichtszüge verloren sich im Halbdunkel. Nur die Augen blieben schimmernde Lichtflecken. Wieder erzitterte eine Flamme und verlöschte lautlos. Flüchtig richtete Daduschu träge Gedanken auf die vergangene Zeit: Sharmadu, vergewaltigt und getötet in der Schreckensnacht, hatte kaum mit ihm gesprochen, wenn sie sich im weichen Heu geliebt hatten, auf der rauhen Decke im Schafstall oder unter den leuchtenden Sternen im Schilfboot. Die letzten drei Sommer hatte sie auf ihn gewartet, mit in sich gekehrtem Lächeln, gelöstem Haar, das nach Duftöl roch, mit großen schwarzen Augen und Schwielen an den Fingern, die sie bürstete und wusch, bis sie rot waren. Sie fürchtete den Vater und Mutters Besorgtheit, und als seine Gedanken in weitem Bogen zurückgeschwungen waren, stand Daduschu auf.

Er füllte die Weinbecher und setzte sich neben Tiriqan. Sie richtete sich lächelnd auf, legte den Arm um ihn und ergriff den Becher.

»Bleibst du bis zum Morgen?« Er nickte. Scharfe Nägel zogen Spuren über sein Rückgrat. »Ja? Auch länger?«

»Ich muß in die Schule – aber nichts treibt mich in die kalte Nacht des Winterhochwassers.« Er streichelte ihren schmalen Nacken. »Ich leg ein paar Scheite aufs Feuer.«

Als er den Durchgang passierte, erlosch das nächste Lampenflämmchen. Der Kleine schlief ruhig; sein rundes Gesicht lugte aus den Decken. Flammen züngelten schnell aus den handgroßen, trockenen Kloben. Als Daduschu wieder zu Tiriqan zurückging, drehte sie sich halb herum, starrte ihn mit großen Augen an und hob in einer furchtsamen Geste beide Hände, die Finger gespreizt. Sie atmete erregt, ihre Brüste hoben und senkten sich: er sah, daß sein Körper an der hellen Wand einen Schatten warf, von roten und weißen Flammen umzuckt. Die Wärme des Feuers traf seinen Rücken, er kniete sich vor Tiriqan hin, nahm ihre Schultern und schüttelte sie leicht. Ihre Haut wurde rauh, die Härchen ihrer Arme stellten sich auf.

»Erschrick nicht. Es ist nur das Feuer. Sieh!«

Er deutete zur Wand. Dort spielte der Widerschein der Flammen innerhalb des Rahmens der Schatten. »Feuer und Schattenspiel. Ich bin bei dir, ganz lebendig.«

»Du hast ausgesehen wie Marduk, Schamasch, Enlil...« Sie keuchte und schüttelte sich. »Wie ein Gott. Ich bin erschrocken. Die Götter haben uns ein Zeichen gegeben. Was bedeutet es? Du weißt es, Daduschu!«

»Nichts. Es ist Mitternacht. Die Götter schlafen und kümmern sich nicht um uns.«

Er streckte sich aus und zog sie an seine Brust. Als sie sich an ihn klammerte und langsam die Starre des Schreckens, mit jedem Atemzug mehr, aus ihren Gliedern schwand, dachte er: wenn einer der unzähligen Götter Sumers Grund dazu hatte, Tiriqan zu erschrecken – aber er spürte nicht einmal einen Hauch des Schreckens –, dann zeugte es davon, daß sie voller Neid und mißgünstig waren. Er strich über Tiriqans Rücken und flüsterte ihr ins Ohr:

»Du bist wichtig für mich. Für die Götter sind wir unwichtig. Vergiß den Schrecken. Es war das Feuer, das uns wärmte.«

Sie grub die Zähne in seine Lippen und stöhnte. Es war wie im Rausch: der Moment der Furcht ging vorbei. Tiriqan preßte ihn an sich.

Undeutliche Furcht davor, die unsichtbaren Herrscher zwischen den Sternen könnten seinen Weg beeinflussen oder verändern, bestimmten einen Augenblick lang Daduschus Empfindungen. Er dachte an fremde Götter, die am Intu herrschten, und küßte Tiriqan.

Daduschu drückte mit dem Span die Dochte der Lampen ins heiße Öl, die Flammen erloschen – bis auf eine. Er tastete sich die schmale Treppe hinunter und hinaus ins kalte Morgengrauen. Scharfer Wind fauchte durch die Gasse wie durch eine krumme Schlucht. Unter den Stiefelsohlen knirschten Knochen, Scherben und grober Sand. Daduschu hielt den Mantel vor der Brust zusammen und schlug den Weg zu den Palastmauern ein.

Der fünfzehnte Morgen, im Mond Sabatu, brachte kalten Wind aus Südwest. Daduschu atmete schwer, der Wind trocknete den Schweiß und fuhr durch die weiten Ärmel bis in die Achselhöhlen. Die Beinmuskeln schmerzten; es waren viele hundert Stufen zur Verbotenen Plattform.

Er setzte sich auf die oberste Stufe, lehnte sich an das Band blauglasierter Ziegel und blickte zwischen den Zinnen der Brüstung ins flache Umland. Sein Herz pochte laut; er spürte es bis in die Schläfen und keuchte.

Er hob die Hand über die Augen, raffte den schwarzen Wollmantel zusammen und sah nach Nordost, in die Richtung, in der Kish lag. Die Morgendämmerung hellte den Horizont zwei Fingerbreit auf, schmutziger Rauch schien aus dem Boden zu steigen. Der Wind kräuselte die Spiegel der breiten Kanäle, die mit ihren Abzweigungen die Landschaft wie ein schlecht gezeichnetes Netz einteilten. Palmen mit rostigbraunen Wedeln spiegelten sich an manchen Stellen. Brunnenschwengel schienen zu zittern, die Hausdächer auf den künstlichen Inseln sahen aus wie sinkende Boote.

Daduschu kannte die Nachbarstädte Kish, Nippur und Barsippa nur von wenigen, kurzen Besuchen. In Babyla und der Umgebung, bis hinaus zu den feuchten und schmalsten Kanälen, die in Sand oder verfilztem Halbwüstengestrüpp endeten, war er zu Hause. Seit Hammurabi herrschte, war alles gewachsen und schöner, sauberer und mächtiger geworden: die Anzahl weißgekalkter Häuser, der Palast, die Zikkurat und die unbezwingbaren Stadtmauern, unzählige Kanäle und die Gehöfte, die Babyla umgaben wie Sterne den Mond, das Gestirn Sins. Seit Hammurabi seine Gesetze in Dutzende schwarzer Kudurrutafeln hatte meißeln lassen – jeder Schüler kannte sie halbwegs auswendig –, achteten fünfundneunzig von hundert Menschen das Gesetz, und von Jahr zu Jahr stiegen Wohlstand und Ordnung. Was Awelshammash, Lushtamar und Daduschu aus eigenem Erleben kannten, gehörte zu ihrem Leben, war Teil der Gewißheit, daß König Hammurabis gesetzmäßige Ordnung die nächsten Jahrhunderte gelten sollte.

Daduschu wickelte den Mantel um seine Füße und schüttelte sich. Alle Vorschläge seines neuen Ziehvaters zielten darauf, daß Daduschu seine Heimat auf unbestimmte Zeit verlassen sollte. Verließ das Schiff das ruhige Wasser des Buranun, stieß es in Länder vor, in denen man vielleicht von Hammurabi wußte, dessen wohlgefügte, bequeme Ordnung aber nicht kannte. Jene Ordnung, aus der mächtige Männer wie steinerne Inseln oder Pfeiler herausragten: sein Vater, Shindurrul, der Suqqalmach des Herrschers, Hammurabi selbst, die Obersten Priester. Verlor Daduschu, wenn er die Stätte aller seiner Erinnerungen verließ, die Selbstsicherheit, die ihn in den engen Gassen, dem Basar voller Waren, Farben, Gerüchten und Gerüchen, Vertrautem und Fremdartigem oder im Schatten unzähliger Dattelpalmen gedankenlos ruhig bleiben ließ? Verlor er diese Ruhe? Gab es in Dilmun, Meluchha oder Magan jene unbekannten Frauen und Männer, die umherstreiften, scheinbar alles sahen und, weil sie ihr geheimes Wissen in die Ohren der richtigen Männer flüsterten, mithalfen, die schützende und stützende Ordnung zu erhalten? Konnte – und würde – Shindurrul seine tausend Fragen beantworten? An wen wandte sich sein junger Ziehsohn, wenn die Wurzeln, die Daduschu mit Babyla verbanden, und durch die er alle Nahrung für Körper, Herz und Verstand sog, zerschnitten wurden oder rissen? Gewann oder verlor er, wenn man ihn in einigen Jahren vielleicht zum Statthalter in elenden Großdörfern wie Dur-Ili oder Arba-Ilu machte, am Rand von Babylas Welt?

Er hob den Kopf und blinzelte nach Osten, wo angeblich dieses schrundige Dur-Ili liegen sollte. Er fror, schüttelte sich und versuchte die Gedanken zu verscheuchen, die ihn umsummten wie zornige Bienen.

Die ersten Sonnenstrahlen trafen die Spitze der Marduk-Zikkurat. Vogelschwärme fanden sich zu schwirrenden Punktmustern zusammen; Lerchen stiegen auf, Trappen kreisten in der kühlen Luft, Feldhühner strichen in langen Zügen über abgeerntete Äcker. Der Atemhauch wurde zu dünnem Dunst. Daduschu schüttelte sich; aber der kalte Wind klärte seine Gedanken und trennte das Gewölle des Unwesentlichen vom Wichtigen. Noch einundvierzig Tage. Er würde einer der besten Schüler sein, das sagte selbst Nammatu.

»Ich wünschte, ich könnte die Zukunft sehen so wie jetzt unter mir die Stadt und das Land.«

Sein Blick richtete sich auf die erwachende Stadt, die zu gähnen schien. Im frühen Sonnenlicht, das über die Flanken der Zikkurat herabsickerte, lebten die Kolosse der Mauern auf; das verschachtelte Wirrwarr der Häuser und krummen Gassen erhielt weiße und braune Konturen, und aus rötlichem Licht und nachtschwarzen Schatten stiegen Hunderte grauer Rauchsäulen auf und neigten sich wie Schilfhalme gleichmäßig nach Südost. Fast unsichtbar blieben die winzigen Gestalten, die über die Plätze, vor den Palastmauern und auf der breiten Straße hasteten. Nur ihre grotesken Schatten kletterten die Mauern hinauf und hinunter. Über Nippur, Tiriqans Heimat, schob sich jetzt die Halbscheibe der Sonne. Er war zweimal dort gewesen; die Stadt hatte ihn seltsam unberührt gelassen. Es gab wenig Bedeutendes dort – in seinen Augen. Das Tagesgestirn schoß weißgelbe Lichtpfeile auf die Wasserstraßen, und schmerzhaft grelle Lichtblitze veränderten die Bilder. Daduschu kniff die Lider zusammen. Nicht größer oder bedeutender als ein Insekt, saß er auf der Zikkurat, mit Wissen und Kenntnissen vollgesogen wie eine Lehmmauer mit Regen. Aus dem Dunst über dem Buranun schienen riesige Wellen aufzutauchen, goldene Städte hinter weißen Meeresstränden, fremde Gewächse unter fremdem Himmel. Noch wenige Tage, und dann war er für sein Leben selbst verantwortlich. Ihn schwindelte, er zwinkerte und verscheuchte pralle Segel und Märchenstädte.

»Shindurrul wird sich freuen.« Der Wind riß die Worte von den Lippen. »Und wenn ich mich falsch entschieden habe?«

Der Entschluß war in winzigen Schritten auf ihn zugekommen, wie die Ameise an der Spitze eines langen Zuges. Gestern nacht hatte ihn die Erkenntnis erreicht. Er blickte nach Westen: unscharf gegen die Linie der Wüste glaubte er das Weinstockhaus zu erkennen. Er verfolgte Rauchsäulen zurück bis zu den Dächern, aus denen sie aufstiegen. Auch seine Stimme schien ihm fremd zu sein.

»Nein. Die Grenzen sollen nicht Kisch, Nippur oder Isin heißen. Weiter als bis zum Wüstenrand. Shindurrul hat recht.«

Seit er sich entschlossen hatte, waren viele Gedanken leichter geworden. Awelshammash hatte ihn säuerlich gefragt, ob er sich schon als Rabianu von Eridu fühle. Schwachkopf! Auf dem Kupferfluß ruderten und segelten unzählige Boote, Fähren und Lastschiffe. Die zungenförmige Hafenbucht lag im Schatten des Inanna-Tores. Die Sonne zeichnete die Zacken der Zinnen, Mauerscharten und Türme spiegelflirrend auf die dunkle Fläche, und die Boote krochen wie Wasserkäfer ins Licht. Daduschu fröstelte nicht mehr. Warmer Wind blies aus Süd. Schon diesseits der Grenze, an der das Auge versagte, sah Daduschu zwei auffallend große pralle Segel. Ein Dutzend Atemzüge später sah er darunter die Schiffe; hochgeschwungene Buge, Tauwerk, riesige halbblinde Augen an den Seiten und weit ausragende Vorsteven. In geringem Abstand zueinander versetzt, lagen sie tief im Wasser und warfen kleine Bugwellen auf. Daduschu verglich die Schiffe in Shindurruls Arbeitszimmer und –

»*Auge des Zwielichts!*« flüsterte er. »Und die *Geliebte des Adad!*« Shindurruls Schiffe. Sie hatten die endlosen Schilfwälder bei Ur, im schlammigen Mündungsdreieck der beiden Flüsse überwunden.

»Die Zeichen mehren sich, Daduschu. Marduk ist groß oder wie auch immer.«

Er eilte die Stufen hinunter und zum Treppenturm. Die Schiffe würden unter dem Kagal Shula anlegen, dem Großen Tor. Er kam an die Treppe der Windrichtungen und lief zu der zehn Ellen breiten Mauerkrone zum Inanna-Tor. Die Wachen kannten ihn, wie fast jeden, der irgendwo in den Häusern entlang der Palastmauern wohnte und arbeitete. Sie nickten ihm zu und ließen ihn, ohne daß er aufgehalten wurde, auch über die Passagen der mächtigen Torbogen laufen. Jedesmal, wenn er über die Brüstung eines Mauerpfeilers blickte, sah er, daß die Schiffe gegen die Strömung ein kleines Stück nähergekommen waren. Niemand stand über dem Kagal Shula, als er den Doppelturm erreichte und, hinter einer langen Reihe trocknender Großziegel, auf die kleinen Boote hinunterblickte. Schon versammelten sich Fischer, Sklaven und Arbeiter.

Die Schiffe Shindurruls bogen weit in den Fluß hinaus. Die Steuermänner zogen an den Pinnen des Doppelruders und stemmten sich dagegen. Mit träge flappenden Segeln steuerte das erste Schiff aus der Strömung, in die Gegenströmung hinter dem Wellenbrecher hinein und auf die Landeplattform am Fuß der schräg aufsteigenden Mauern zu. Daduschu verschwand in der Tiefe der Treppenrampe und tappte im Halbdunkel zahllose Stufen hinunter.

Das zweite Schiff bog um den Sockel der Doppelmauer, die Rah kratzte am Erdpech in den Fugen der Ziegelblöcke. Daduschu entdeckte Shindurrul, der die Treppe vom Nebentor zur Plattform hinunterlief, aufgeregt, ungeduldig. Daduschu holte ihn ein, faßte ihn am Unterarm und rief: »Damgar Shindurrul! Ich hab sie von der Zikkurat gesehen.«

Nebeneinander liefen sie auf dem Halbkreis, der vierzig Ellen breit das innere Hafenbecken umschloß, zu den Pollern.

»Was tust du auf dem Turm?« Shindurrul wandte die Augen nicht von seinen Schiffen, deren schwere Segel aufgezogen wurden.

»Ich hab zum letztenmal Babyla und das Umland von oben angeschaut.« Daduschu holte Atem und machte zwischen jedem Wort eine deutliche Pause. »Weil ich mich nämlich entschlossen habe, mit diesen Schiffen zu den goldenen Intu-Städten zu fahren.«

Ruckartig blieb Shindurrul stehen, drehte sich herum und starrte in Daduschus Gesicht. Er schien die Bartstoppeln zu zählen, schließlich krächzte er:

»Endgültig? Entschlossen? Ganz sicher?«

Er schlug Daduschu mit der Faust hart gegen die Schulter. Daduschu nickte, senkte den Kopf.

»Ich wollte es dir heute abend sagen. Aber dann hab ich die Schiffe gesehen, und...«

»Ein mardukgesegneter Tag, Sibaru! Mir fehlen die Worte... auf die Stunde hab ich so lange gewartet. Eine größere Freude konntest du mir nicht... ach was: zu den Schiffen. Unser Vertrag gilt also?«

»Ja, mein Vater. Er gilt. So, wie du ihn wolltest.«

»Der arme, alte Shindurrul wird wieder schlecht schlafen und viel zu viel trinken müssen.« Er zog ihn auf das erste Schiff zu, dessen Auge unter dem Bug zerschrammt, verschmiert und ausgebleicht war. »Verstehst du jetzt, warum ich so lange gezittert hab, Söhnchen?«

»Ich glaube, ich versteh's.«

Shindurrul lief weiter, stöhnte und lachte dröhnend, breitete die Arme aus und schlug dabei einer Sklavin den Tonkrug unter dem Arm heraus. Krachend zerbarst das leere Gefäß. Shindurrul holte Silber oder Kupfer aus der Stiefelschafttasche.

»Dort schwimmen tausend Talente in Gold«, schrie er. Mit müden Ruderschlägen trieben jeweils vier Mann die Schiffe zu den Festmachern, bis sie längsseits an den Steinblöcken schrammten. Während er achtlos der Sklavin den Schaden zahlte, belebte sich der gepflasterte Kreisring mit Neugierigen, Lastenträgern und Soldaten der Wache.

Daduschu wich dem Gedränge aus und setzte sich auf eine

Stufe der Treppe, die zu Hammurabis Tafel der Gesetze hinaufführte. Die zweihundertachtzig Gesetzessprüche, eingemeißelt im Dioritstein des Originals im Esangila-Tempel, vor Marduks Standbild, hatte er dreimal abgeschrieben und auswendig gelernt; er wandte Relief und Zeichen den Rücken zu und sah, wie Tauschlingen auf die ausgetretenen Ziegel klatschten. Shindurrul schrie die Namen der Kapitäne zum Heck der Schiffe hinauf, dann brüllte er Unverständliches. Vom zweiten Schiff ratterte eine Planke an Land.

Als Shindurrul sich nach einer Weile auf die schwankende Holzplatte wagte, stand Daduschu auf und überlegte, ob er gerade jetzt hier sein sollte. Er trat auf die unterste Stufe. Etwas berührte das Haar in seinem Nacken, der Lederkragen riß, und ein Hieb fuhr von oben nach unten, brennend wie Feuer, über seinen Rücken. Ein Schlag traf seine Füße, und mitten im Bersten, im Hagel prasselnder Steinbrocken, riß es seine Füße nach vorn, er hob die Arme und fiel auf den Rücken, mit Schultern, Kopf und Armen auf Steintrümmer, die seine Haut aufrissen. Glühender Schmerz raste über seinen Rücken. Große und kleine Ziegelbrokken polterten nach allen Seiten über das Pflaster. Sein Hinterkopf dröhnte, und als vor seinen Augen die Mauerkanten zu wirbeln begannen, glaubte er, zwischen zwei Zinnen, schattenhaft und blitzschnell zurücknickend, eine Gestalt gesehen zu haben.

Er kam zu sich: in salzig stinkenden Decken lag er auf dem Bauch. Unter sich ertastete er die Planken des Achterdecks. Grobe Hände verrieben Salben und strichen Binden auf seine Haut. Shindurruls Stimme war schrill, als er zu fluchen aufhörte und sagte:

»Vor meinen Augen! Neben meinen Schiffen! Und wo sind unsere blinden Blödmänner, die Mauerwachen? Marduk ist gnädig – es sieht schlimmer aus, als es ist. Hast du Schmerzen, Söhnchen?«

Daduschu tastete nach seinem Hinterkopf, sah kein Blut an seinen Fingern und drehte den Kopf, so daß er Shindurrul sehen konnte, der neben ihm kniete.

»Ich kann's aushalten. Habt ihr – jemanden gesehen?«

Shindurrul schüttelte den Kopf. Bevor ihn die Erleichterung schwindlig machte, dachte Daduschu: war der Versuch, ihn mit einem Lehmziegelstapel von der Mauerkrone zu erschlagen, ein Zeichen Marduks?

7. Nacht der Kapitäne

Der Elfenbeinpflock steckte im Loch des zweiten Tages im Mond Arachsamnu. Daduschu blickte auf die trapezförmigen Kacheln des seltsamen Wandschmucks, mit haarfeinen Fugen, weiß, silbern, kupfern und golden, als oben offener Kreisring in der frisch geweißten Wand verlegt.

»Damgar. Das Muster dort, bedeutet es etwas?«

In Shindurruls Gesicht erschien wieder das Lächeln, das Daduschu noch immer nicht deuten konnte. Er zeigte auf die Südwand.

»Was siehst du?«

»Einen Teppich, farbig gemustert, aus der Werkstatt von Meister Jamutbal. Kein Meisterstück.«

»Zieh an der Schnur.« Shindurrul lehnte sich zurück. Als der breite Teppich in gleichmäßigen Falten nach oben glitt, zuckte ein doppelt handgroßer Sonnenstrahl aus der Wand, traf die Kacheln, und plötzlich erfüllte Licht wie ein Blitzgewitter, funkelnd, flirrend und gespiegelt von den aufleuchtenden Kacheln, den Raum. Shindurrul freute sich über Daduschus Verblüffung und lachte dröhnend.

»Das hast du nicht erwartet, Söhnchen, wie?« Er schlug auf den Tisch. »Ich hab's machen lassen. Kapitän Jarimadad hat's in Arap gesehen, und die Palasthandwerker konnten es mauern. Gut, nicht wahr? So was hat nicht einmal Hammurabi.«

Daduschu freute sich über das Leuchten in Shindurruls Augen. »Wunderschön. Ich verstehe: Sonne, ein Stück Glas, wie in der Gastkammer, und die Sonne beschreibt einen Halbkreis nach oben, ein bißchen Berechnung, und sie spiegelt sich im umgedrehten Halbkreis. Aber es ist nicht an allen Tagen des Jahres so hell.«

Shindurrul hielt die Hand an den Mund und murmelte: »Merk's dir. Ein paar Sachen, die kennt nur der dumme, alte Shindurrul.«

»Ich brauche etwas länger für meine Erkenntnisse.« Daduschu nickte und setzte sich. »Nun begreif' ich, daß es kein schlechtes Schicksal ist, Gast in deinem Haus und deine zukünftige rechte Hand zu sein.«

»Endlich – du hast es verstanden.« Shindurrul grinste, dann lachte er polternd. Er war seit der Ankunft der Schiffe, trotz vieler Arbeit, nicht eine Stunde lang grämlich gewesen. Er breitete ein feuchtes Tuch über die Tontafeln.

»Wann trägt man euch in die Verzeichnisse von Hammurabis klugen jungen Männern ein?«

»In elf Tagen.«

»Du hast dein Beil immer bei dir?«

»Ja. Jetzt nicht; es hängt im Korridor.«

»Vergiß nicht, daß in Babyla schnell getötet wird, wenn es keine Zeugen gibt. Geh jetzt zu deiner gazellenäugigen Händlerin. Bring sie mit. Zwei Stunden nach Sonnenuntergang wirst du alle wichtigen Männer kennenlernen. Ich werde ihnen sagen, wer du bist. Du kennst ›Marduk in der Mauer‹? Dort treffen wir uns, und wieder einmal wird der arme Shindurrul die Zeche zahlen; und zwar reichlich, wie ich fürchte.«

Daduschu platzte fast vor Lachen, aber er nahm sich zusammen und sagte leise: »Danke. Ich werde alles tun, Damgar, damit endlich deine bittere Armut endet.«

Er wartete darauf, daß Shindurrul ihm ein weniger kostbares Warenmuster nachwarf. Er schloß die Tür und schob das Beil in den Gürtel, ehe er zu Tiriqans Wohnung ging.

Würfelförmige Hohlräume waren wie Teile eines zerstörten Wespennestes ineinander geschoben, übereinander und nebeneinander getürmt. Das Dach des obersten Würfels, aus Binsen und Palmwedeln, lag nur vier Ellen unterhalb der Straße zwischen den Brüstungen der Stadtmauer, von schräg vorspringenden, gekalkten Zypressenästen gestützt. In zwei Dutzend Nischen und auf Terrassen brannten Ölflammen. Die Schenke »Marduk in der Mauer« sah nachts aus wie ein zusammenbrechender Tempel. Schatten geisterten über die schartigen Mauern, als Tiriqan und Daduschu sich im Eingang unter dem feuchten Webstoff bückten; ein Stein im Saum schlug gegen den Knöchel im weichen Stiefel. Ibalpi'el nickte gemessen.

»Dort hinauf, junger Herr.« Er krümmte die Schultern hinter dem Wirbel von kalter Luft, Rauch, Rußfäden und Gerüchen aus Küche und Schankstube. Tiriqans bestickter Wollmantel blähte sich. »Es sind noch nicht alle am Tisch. Damgar Shindurrul wartet.«

Seine Augen verschlangen die junge Frau. Daduschu nahm ihre Hand und zog sie zur breiten Treppe. Ein paar Basarhändler saßen beim Hütchenspiel und blickten kurz von ihren umgedrehten Bechern auf.

»Danke«, sagte Daduschu. »Hast du hier schon einmal gegessen?«

»Zwei-, dreimal, als mein Mann noch lebte.« Tiriqan hatte ihren gesamten Schmuck angelegt, die schönsten Kleider und den prächtigsten Gürtel ihres Ladens. Die Sohlen der hohen Lederstiefel knirschten, als sie vor Daduschu die Stufen nahm und den dunkelroten Mantelsaum raffte. »Ibalpi'el kauft Ledersachen bei mir.«

Shindurrul thronte am Kopfende eines Dutzendtisches, links neben Frau Maschkani. Links neben ihm hatte Gimilmarduk vom *Auge des Zwielichts* Platz genommen. Die beiden anderen Männer kannte Daduschu nicht.

»Daduschu«, der Kaufherr schwenkte den Becher, »und die schöne Tiriqan. Setzt euch zu uns Hungernden.«

Tiriqan hatte ihr Haar in verwirrenden Strähnen in die Höhe geflochten. Ihr Gesicht wirkte dadurch schmaler und jünger. Aus der Silbertülle hing ein langer Schopf, in den farbige Tonperlen eingeflochten waren. »Das ist also der große Damgar Shindurrul, dein Herbergsvater und Ratgeber.« Tiriqan begrüßte Maschkani und Shindurrul, der so tat, als kenne er sie nur flüchtig. »Du hast prächtige Schiffe, Damgar.«

»Jeder kennt sie.« Maschkanis Blicke gingen zwischen Daduschu und Tiriqan hin und her. Sie lächelte und schien zufrieden. Daduschu nahm Tiriqans Mantel ab und faltete seinen eigenen über dem Arm. »Aber dich sehe ich heut zum erstenmal.«

Tiriqan setzte sich neben Maschkani. Gimilmarduk lehnte an der Wand, drehte den leeren Becher in den Fingern und wandte sich an den Weißhaarigen. So laut, daß Daduschu es hören mußte, sagte er:

»Ihr seid sicher, daß er dich ersetzen kann, Ingurakschak?«

Daduschu hängte die Mäntel an die Wandhaken und zwängte sich zwischen den Rechnungsführer und Tiriqan in die Mauernische. Auf der Sitzbank lagen stachelige Wollkissen und Felle.

»Niemand kann mich ersetzen«, sagte der alte Schreiber der Rechnungstafeln scheinbar mürrisch. »Aber ich kann mich selbst absetzen.«

Er betrachtete Daduschu nicht ohne Freundlichkeit und ordnete die Locken des blauschwarzen Bartes. Der Kaufmann sah Tiriqan an, lächelte und deutete mit der silbernen Fingerspitze auf den Unbekannten.

»Iturashdum aus dem Enliltempel. Heute ist Daduschu nicht als Edubba-Schüler eingeladen, sondern als Nachfolger unseres Freundes, der sich nunmehr zur Seßhaftigkeit entschlossen hat. Ich hörte – nicht von dir, Priester –, er ist der Beste der Edubba?«

»Man sagt es.« Daduschu und Tiriqan verbeugten sich höflich. Der Priester nickte; sein Gesicht zeigte wenig Ausdruck. Er vermied es, Daduschu lange in die Augen zu sehen, und starrte auf Tiriqans Brustschmuck. Eine schwitzende Schanksklavin trat an den Tisch und tauschte die leeren Weinbecher gegen volle aus. Iturashdum verschlang sie mit den Augen.

»Wein vom Oberen Meer.« Shindurrul tat, als habe er ihn selbst gekeltert. »Hat mir Ibalpi'el jedenfalls zugesichert.«

Sie vergossen einige Tropfen als Trankopfer und hoben die

Becher. Maschkani strahlte in die Runde. »Auf eine fröhliche Nacht.«

Shindurrul sagte sehr laut: »Auf die Nacht der Kapitäne.«

Aus der großen Nische, über deren Rückwand ein dünner Teppich gespannt war, konnten sie über die Treppenstufen hinweg das Podium sehen, auf dem ein paar Hocker standen. Weitere Gäste betraten die Schänke; feuchte Luft fauchte durch den Kamin und die winzigen Fenster. Kapitän Jarimadad, an dessen Arm eine hochgewachsene, schwarzhaarige Frau ging, stapfte die Stufen herauf. Gimilmarduk packte Daduschus Oberarm und legte seine Stirn in Falten. Die Brauen schoben sich zusammen.

»Ist der Entschluß des jungen Awilum schon gefaßt? Hast du genug Mut, Daduschu?«

»Ich dachte, das wüßten alle.« Daduschu griff nach dem Becher. Er fing einen langen, kalten Blick des Priesters auf und dachte an Awelshammash und das Gerede in der Edubba. »Ob mein Mut groß genug ist, wird sich zeigen, Kapitän. Ich hab's Shindurrul versprochen. Daß ich faul und schwach bin, wird keiner behaupten können.«

»Aber man sagt auch, daß Awelshammash der beste Rechner von allen ist.« Der Priester sprach leise, aber mit scharfer Stimme. Daduschu war, als setze man ihm eine Dolchklinge an den Hals. »Darüber hinaus ehrt er, erkanntermaßen, die Götter und ist überaus fleißig. Nie sieht man ihn im Basar.«

»Überaus seltsam.« Daduschu legte die Hände auf den Tisch. »Vor nicht allzu vielen Tagen sah ich ihn genau dort. Wahrscheinlich irre ich mich, aber mir war, als hättest du, Herr Iturashdum, im Zorn mit ihm gesprochen.«

Shindurrul fiel ihm ins Wort. »Übertriebener Fleiß kann Mangel an Begabung oder anderen wünschenswerten Eigenschaften übertünchen, Mittler zwischen Göttern und Sterblichen«, sagte Shindurrul mit einer Stimme, die Daduschu fürchten gelernt hatte. »Warum sprichst du nicht mit Usch, der sich vor Verlegenheit krümmt, über dein Ansinnen – oder, genauer, das Ansinnen deiner Priesterschaft?«

»Später.«

»Ingurakschak wird nicht mehr mit uns fahren«, sagte Gimilmarduk. Er hätte ein jüngerer Bruder Shindurruls sein können, nur war er doppelt so stark und dreimal beweglicher. »Er wohnt im Haus unter dir, Usch, und bleibt beim Damgar in Babyla. Er wird dir erklären, was du zu tun hast.«

Sie nickten einander zu. Der Druck von Tiriqans Fingern verstärkte sich. Gimilmarduks Blick richtete sich über Iturashdums Schulter auf Jarimadad und Ti-Tefnacht.

»Wir haben noch Zeit genug.« Gimilmarduks Finger furchten den Bart, der gestutzt, gedreht, gefärbt und wohlriechend war. »Aha. Die Schöne vom Hapiland, die Apiru.«

Ti-Tefnacht, jünger als Maschkani und älter als Tiriqan, setzte sich neben Jarimadad und lächelte jedem zu. Ihr Gesicht, meisterhaft geschminkt, schien nur aus dunklen Augen zu bestehen. Die Männer hatten sich mit wenig Worten und harten Griffen um die Handgelenke begrüßt. Shindurrul trat Daduschu gegen das Schienbein und richtete seinen Blick auf den Oberpriester. Daduschu nickte kaum merklich.

»Die Steuermänner und der wohlmögende Suqqalmach aus dem Palast lassen sich Zeit«, sagte Shindurrul halblaut. »Wie gewohnt.«

Ti-Tefnacht strich ihr schulterlanges, blauschwarzes Haar aus der Stirn. Im Flackerschein der Ölflammen glomm metallischer Schimmer darüber. Tiriqan starrte ihr Gegenüber voller Bewunderung an. Die schöne Romêt sagte:

»Jarimadad sagt, die Kapitäne-Nacht, sie fängt an spät und hört auf früh oder nie.«

Shindurrul und Gimilmarduk brachen in lautes Gelächter aus, selbst Maschkani lächelte. Der Priester zog die Mundwinkel hinunter und betrachtete die Schanksklavin, die frisch gefüllte Becher brachte, mit den Blicken einer hungrigen Schlange. Ein schmalschultriger Mann stieg auf das Podium, setzte sich zurecht und schlug auf einer Mesi-Handtrommel einige schnelle, trockene Wirbel.

Shindurrul hob die Hände; die Ringe blitzten. »Eigentlich habe ich euch eingeladen, damit jeder sich ein Bild vom jungen Awilum Daduschu machen kann.«

Während die dünnen Töne einer Naj-Rohrflöte heraufklangen, fauchte wieder ein kalter Windwirbel durch die Gaststube und trug den Brodem der Küche bis unters Dach. Daduschu hörte seinen Magen knurren und schaute, leicht verlegen, in die Gesichter ringsum. Shindurrul wählte seine Worte überaus sorgfältig. »Jeder weiß, wie schwer es ist, Ingurakschak zu ersetzen. Ingu, mein zuverlässiger alter Freund, du sollst auf festem Land von salzigen Wellen träumen. Keine Sorge: auch an den stürmischen Ufern des Buranun gibt's für uns beide genug zu tun.«

Der Weißhaarige mit dem gefärbten Bart nickte bei jedem zweiten Wort. Auch an seinen Fingern funkelten etliche Ringe mit fremdartigen Steinen, aus Werkstätten fremder Künstler.

»Er soll, naja, er muß viel lernen wenn er überleben will, der junge Sperling. Er hat schon zwei Siebentage in der Werft überstanden. Zufrieden, Gimilmarduk?«

»Er schuftet wie ein Bauer, und das ist ein großes Lob«, sagte der Kapitän. »In Dilmun wissen wir mehr. Da hat sich's gezeigt, was er kann, was er aushält.«

»Du machst mir schon wieder angst, Kapitän.« Daduschu lehnte sich gegen den Teppich an der warmen Wand. Ingurakschak beugte seinen weißhaarigen Schädel.

»Nur Narren haben keine Angst, draußen, in den mardukverfluchten Riesenwellen.« Er blickte den Priester herausfordernd an. »Du scheinst kein Narr zu sein, Sibaru. Du mußt ab und zu Angst haben, dann lebst du bewußter und leichter, wenn du festes Land nicht nur unter den Zehen hast.«

»Ich will auch das lernen.« Daduschu antwortete leise. Tiriqan war stolz auf die Aufmerksamkeit, die sich auf Usch und sie richtete. Sie rieb ihr Knie an seinem Schenkel und blickte hoch, als drei Männer hinter den leeren Hockern ihre feuchten Mäntel abnahmen.

»Suqqalmach Maschkan-Schabrim.« Shindurrul stand auf und

verbeugte sich würdevoll, aber eine Handbreit zu tief. »Und die nicht minder wichtigsten Männer meiner Schiffe.« Er grinste. »Nach den Herren Kapitänen, selbstredend. Sinischmeani vom *Auge* und Sinbelaplim, im Heck der *Geliebten*. Willkommen! Endlich können wir essen, dank eurer großmütigen Pünktlichkeit.«

Daduschu faßte Sinbelaplim ins Auge. Während der Arbeit war er schweigsam und kühl gewesen und hatte sich um sein Schiff gekümmert. Jetzt erschien er entspannt und fröhlich. Daduschu dachte an Sibit Nigalli und Awelshammash und an den Ziegel von der Hafenmauer. Noch heute schmerzte der letzte Schorf auf den Schnitten. Er schwieg und wartete, faßte nach Tiriqans Hand. Die Seefahrer unterhielten sich auf gänzlich andere Weise als die Stadtbewohner; sie waren Meister einer Arbeit, die jene nicht kannten, und für Daduschu verkörperten sie Gestalten aus wahrgewordenen Träumen. Der Suqqalmach war sich seiner Bedeutung als Vorsteher der Schiffshändler bewußt, schob die Brust vor und grüßte mit angemessenen Gesten.

»Es gab Wichtiges im Palast. Und dann hatten meine Brüder Steuermänner schwierige Gespräche über Mondaufgänge.«

»Utu! Blicke gnädig auf die Wollüstlinge.« Shindurrul schlug mit der flachen Hand auf den Tisch. »Mädchen! Bei Marduks krachendem Magen. Schlepp die Schüsseln her. Wein oder Bier?«

»Zuerst Bier, wenn's genehm ist«, sagte Sinischmeani, der mit Daduschu das meiste gesprochen hatte bei der Arbeit an Planken, Deck und Kiel. Er zwinkerte ihm zu; der Steuermann sah ihn an, dann Tiriqan und zwinkerte zurück. Daduschu wußte, daß er den äußeren Kreis schon durchbrochen hatte.

»Bier ist gut. *Shaduq*.« Der Wichtige Mann aus dem Palast nickte dem Kaufmann zu. »Tamkarum Shindurrul! Gruß von unserem König Hammurabi, er dankt für die Kostbarkeiten und wünscht Glück für die nächste Fahrt. Aber jetzt wollen wir Shiqlumin, Minen und Talente vergessen und fröhlich sein.«

»Das, Maschkan-Schabrim, sind wir schon seit einer Stunde, und deshalb knurren unsere Mägen.«

Shindurrul beherrschte den Tisch ebenso selbstverständlich wie jeden Winkel seines Hauses. Daduschu wollte als Jüngster in dieser Runde nicht auffallen. Er lehnte neben Tiriqans Schulter und schob ihr Knie zur Seite. Noch war Wein in den Bechern. Körbe voller Weizenbrotfladen, mit Öl getränkt, gesalzen und glühend heiß kamen auf den Tisch, große Schalen mit eingelegten Wachteleiern, Melonenfleischwürfel, solche aus Schafs- und Ziegenkäse, in Öl geröstete Zwiebelscheiben und Gurkenscheiben, die in sahniger Milch schwammen und mit Kümmel, Minze und Kresse gewürzt waren. Mit Fingern und dünnen Holzstäbchen pickten sie nach den Leckerbissen. Eine Knoblauchwolke fuhr in dampfenden Schleiern durch Nischen, Kammern und Durchgänge der Schänke. In die Trommelschläge und die Triller der Flöte mischten sich zitternde Harfenakkorde.

Große Krüge wurden zwischen die Schalen und Becher gestellt: Wasser, Milch, Saft verschiedener Früchte, Bier und Wein. Die Tischplatte füllte sich noch mehr; farbige Näpfe, Schalen, Schüsseln, Löffel und Messer. Der Platz wurde knapp. Die Männer redeten wild durcheinander, und Daduschu hörte ebenso aufmerksam zu wie die hellhäutige Apiru mit dem langen Hals und wie Tiriqan. Als gebratene Entenbrüste, Gänsebrüste, Keulen und Flügel den fetttriefenden Hammelbraten ablösten, flüsterte Tiriqan in Daduschus Ohr:

»Du weißt, warum uns Tamkarum Shindurrul alle eingeladen hat?«

Sie verwendete bewußt den altertümlichen Begriff, statt ihn »Damgar« zu nennen. Daduschu sah kopfschüttelnd in ihre hellen Augen. Sie glänzten, riesengroß, in fröhlicher Erregung; Tiriqan schwankte zwischen Stolz auf Daduschus Stellung bei Shindurrul und der Angst, ihn dadurch zu verlieren.

»Sie sollen dich kennenlernen. Sollen sehen, daß du der Mann an seiner rechten Seite sein wirst.«

Das Blut stieg in sein Gesicht. »Wirklich? Hat er das gesagt?«

»Er war in meinem Laden. Er hat nicht alles gesagt. Aber eine Basarhändlerin hört auch immer zwischen den Worten.«

Die Ubs-Trommeln tickten und ratterten bei einem plötzlichen Taktwechsel. Von den drei Saiten der Leier zirpten, metallhart, schneidende Laute durch das Stimmengewirr. Die beiden Najflöten hauchten traurige Laute, wie Wind in Baumhöhlungen. Daduschu beugte sich über eine Schale mit Schweinefleischstücken, deren Geruch in seiner Nase kitzelte.

Auf dem Podium saßen zwei Männer und drei junge Frauen, und noch während er versuchte, mehr zu erkennen, winkte Shindurrul eine schweißüberströmte Sklavin herbei und hielt ihr den schweren Bierkrug entgegen.

»Bring's den Musikern. Sie sollen spielen; von Schiffen, Wasser, Wellen, von der Ferne und von breithüftigen Frauen. Für den alten, tauben Shindurrul.«

»Mein Herr möge beruhigt sein«, sagte das junge Mädchen und schob das Silberplättchen zwischen ihre Brüste. »Ich werde es ihnen sagen.«

Daduschu war fast satt. Er aß kleine Stücke Gazellenbraten und wartete auf Datteln, Nüsse, aufs warme Wasser und auf Tücher. Er verrieb einen Tropfen Sesamöl auf der Haut unter dem Ohr; beim besonders gründlichen Bartschaben hatte er sich geschnitten. Er fühlte immer wieder den kalten Blick Iturashdums, der sich mit Ingurakschak über die Tempel in Moensh'tar unterhielt. Als die Mägde einen Teil der fetttropfenden Reste auf der Tischplatte beseitigt hatten, deutete der Priester auf Daduschu.

»Höre!« sagte er im Befehlston. »Lange habe ich, als Oberer der Priester unserer Götter, mit Kapitän Gimilmarduk und Steuermann Sinbelaplim gesprochen. Sie sagen, daß sie Männer der Schiffe und des Handels sind, und sie haben wenig Mühe darauf verschwendet, uns alles über die mächtigen Götter zu berichten. Du sollst, Daduschu, fragen, zuhören und aufschreiben. Welche Götter herrschen dort über die Menschen? Wie sind ihre Namen? Welchen Opfern sind sie geneigt?«

Je länger er sprach, desto ruhiger wurde es am Tisch. Daduschu nickte; er wußte nicht, was er von diesem Befehl halten sollte. Die Musik schien lauter zu werden.

»Frage die Priester. Merke dir alles. Berichte ihnen von Enlil und Inanna und von deren Herrlichkeit. Wir erwarten im Tempel deinen Bericht, sofort nachdem die Schiffe wieder angelegt haben. Und, halte dich an Steuermann Sinbelaplim, der nicht bedrückt oder gelangweilt ist, wenn die Mittler zwischen Göttern« – er machte eine Demutsgeste – »und uns bedeutungslosen Menschen ihr großes Wissen vertiefen wollen. Du wirst alles aufschreiben?« Es war keine Frage, sondern ein Befehl.

Daduschu nickte. »So, Herr, wie du es mir vor vielen Zeugen aufgetragen hast. Gilt das auch für die Götter in Dilmun, Magan und Meluchha?«

»Ebenso.«

Shindurrul klatschte in die Hände und rief: »Freund der Weiheopfer! Alle Götter, hier und dort, bestimmen über uns. Und in anderen Ländern halten sie's nicht anders. Trink Wein, Iturashdum, und sieh ein, daß die Götter uns heute eine fröhliche Nacht gönnen.«

Auch die Romêt versuchte, die unbehagliche Stimmung zu vertreiben. Sie fing an, über die Schiffe ihres Landes zu sprechen, die den Hapi befuhren. Als Daduschu hörte, daß die Planken zusammengesteckt, mit wenig Erdpech gedichtet, mit Schnüren und Leder zusammengebunden wurden, lächelte er ebenso ungläubig wie die Kapitäne und Shindurrul. Ti-Tefnacht spreizte die Finger und ließ ihre Ringe funkeln:

»Nur so können die Schiffe, in zahllose Teile zerlegt, auf den Schultern der Ruderer und Soldaten um die Stromschnellen und ins Land Wawat und ins elende Kusch getragen werden.«

»Sie hat recht. So weiß ich es von Händlern, die zwischen Kaptara und der Stadt des Ptah segeln.« Shindurrul nickte bestätigend.

»Zwischen Kefti und Menefru-Mirê!« rief die Romêt. Jeder verstand die Worte, denn die Musiker hatten zu spielen aufgehört. Die Balag-Harfenistin mit lohfarbenem Haar und Katzenaugen rief laut:

»Dank Damgar Shindurrul für den Krug! Nach der Pause singen unsere Kehlen, die nicht mehr trocken sein müssen, für ihn und seine Gäste.«

Viele Gäste klopften auffordernd auf die Tische, einige klatschten; Betrunkene riefen derbe Scherze. Maschkani trank Shindurrul zu, dessen Lippen und Bart von Fett troffen. Der Priester hob den Becher.

»Es wird wohl eine lange Nacht. Bevor ich aber zum Tempeldienst zurückgehe, noch einmal: Wir erwarten einen Bericht, der eines der Besten der Edubba würdig ist.«

»Mein Vater«, sagte Daduschu ernsthaft, »ich höre zu wie ein Stummer und sehe alles mit Falkenblicken.«

»Genau so, Schüler Daduschu.«

Die Musiker kamen zurück, spielten zur Einstimmung eine schwermütige Weise, dann sang ein Mann, und es klang wie eine Beschwörung im Tempel.

> *Sie warten, die Häfen der Fremden*
> *Dilmun, Magan, Meluchha und Moensh'tar,*
> *Das Schiff, im Auge des Zwielichts, es kommt*
> *und das Segel fällt*
> *Und leicht sind die Träume der Tage*
> *Utu – schenk ihnen den Schatten.*

Iturashdum erhob sich halb von seinem Sitz und schien gehen zu wollen. Als die Sklavin auf einem großen Tablett die Süßigkeiten brachte, setzte er sich wieder. Die Gesichter der Männer schienen von innen heraus zu leuchten; ihre Züge wurden weich. Keiner sprach. Rührung ergriff Daduschu; als er nach Tiriqans Fingern suchte, merkte er, wie still es in der Schänke geworden war.

> *Die Tage, die Nächte, die Wellen und Monde*
> *kommen und gehen in endloser Folge.*
> *Das Zittern derer, die warten,*
> *hat niemals ein Ende.*

Wie lang sind zwölf Monde?
Zwölf Monde sind lang wie zwei Jahr'.
Von Marduks Turm aber späht man nach Süden

Die Erinnerungen der Frauen verschmolzen mit den Worten. Maschkani senkte den Kopf und schob den Arm unter den Shindurruls. Die Lidstriche Ti-Tefnachts verschwammen.

Stromab segeln die Schiffe,
schwer und mit leuchtenden Segeln.
Endlos fern sind die Ziele,
und heiß die Sonne, furchtbar die Wellen.
Und schwer sind die Herzen der Männer.
O Schamasch, bring bald sie zurück!

Den letzten Satz sangen sie fünfstimmig. Selbst die Betrunkenen lauschten. Mit heller, durchdringender Stimme sang die Flötenspielerin weiter.

Gewaltige Wellen des Meeres
gischtend, und voll des bitteren Salzes
Endlos lang sind die Küsten, leer
und von furchtbarer Ödnis.
Einsam die Nächte, tröstlich die Sterne
Und voll sind die Bäuche der Schiffe.
Inanna, dein Morgenrot tröstet und strahlt.

Stromauf segeln die Schiffe
Voll Salz sind Segel und Planken
kalt sind die Wellen, der Strom,
bald schon erkennt er euch wieder.
Leicht sind die Herzen geworden!
Dank und Heil Marduk!
Denn sie bringen die Schätze des Intu!

Die Sänger schwiegen, die Rohrflöten ließen lange Triller erklingen; niemand sprach.

Ein leerer Krug zerklirrte auf den Kacheln. Dann klopften, klatschten und schrien die Seeleute. Auch von anderen Tischen kamen Beifall und Lob. Shindurrul schnaufte tief und winkte der Dienerin. Er tuschelte mit ihr, und sie rannte die Stufen hinunter und redete auf Ibalpi'el ein. Der Wirt nickte. Iturashdum leerte den Becher und stand auf. Er verbeugte sich knapp vor Shindurrul.

»Ich bin sicher, daß die Seeleute alles wagen«, sagte er zu Daduschu. »Bist du sicher, der richtige Mann auf der *Zwielicht* für die weite Fahrt zu sein? Danke, Damgar, für dieses Gastmahl.«

»Ich bin sicher, mein Vater«, sagte Daduschu. »Sonst säße ich nicht hier.«

»Marduk, Enlil und Schamasch mögen dich beschützen. Bete, daß sie nur auf dich blicken.«

»Ich hoffe, unsere Herzen bleiben leicht, Wakil Iturashdum.« Daduschu stand ebenfalls auf.

Ein schräger Blick streifte ihn, dann verabschiedete sich der Priester von Shindurrul. Als er außer Hörweite war, zischte Tiriqan: »Heuchler!«

Der Wirt legte dem Priester den Mantel aus Wolle, Gazellenleder, mit schmalen Streifen Leopardenfell an den Ärmeln und der Lammfellkapuze, um die Schultern. Würdevoll schritt Iturashdum zum Ausgang. Abermals heulten Rauch, Funkenschauer und Dampf aus den Kesseln durch den Kamin und die Luftgitter. Shindurruls gute Laune hatte nicht gelitten.

»Ich weiß, daß ihr bleibt.« Daduschu hatte ihn noch nie so erlebt. »Mehr Wein! Keine Tränen, Ti-Tefnacht. Er bleibt ja bei dir. Gefällt's dir, Söhnchen? Zufrieden, schönste Tiriqan? Ist es gut, Maschkani, ja? Ihr habt noch kein Süßzeug gegessen. Wird eine lange Nacht, Freunde, wie immer.«

Die Stunde der Rührung verging schnell. Weniger schwermütige Lieder und viele Musikstücke lösten das »Lied der

Schiffer« ab. Daduschu erkannte einige Auszüge aus dem schier endlos langen Lied von Gilgamesch. Wein und Bier flossen reichlich. Als ein Paar nach dem anderen aufbrach, hatte jeder das Zeitgefühl verloren – aber die Morgendämmerung war noch fern.

Daduschu hatte seinen Arm um Tiriqans Schulter gelegt. Kalter Nachtwind zerrte an den Kapuzen. Eine Weile lang folgten sie Jarimadad und Ti-Tefnacht, dann dem Kaufmann und Maschkani, und als Daduschu den Riegel der Tür zurückschob, nahm er zum erstenmal die Hand vom Griff der Waffe. Er schob die dikken Vorhänge zusammen und half Tiriqan die steile Treppe zu seinen Zimmerchen hinauf. Im zugigen Durchgang hängte er die Mäntel auf, legte Holz auf die aschebedeckte Glut und setzte sich schwer vor die Schreibplatte. Uppurkana hatte, den Hausherrn erwartend, die Öllämpchen versorgt. Tiriqan ließ sich rückwärts aufs Bett fallen.

»Mein Laden bleibt bis Mittag geschlossen. Sie sagen alle, Usch, daß du zu ihnen paßt. Ich hab alles gehört. Auch der steife Maschkan-Schabrim, der nur Minen und Talente im Kopf hat.« Sie wickelte langsam den Schal von Hals, Schultern und Armen, bückte sich und schnürte ihre Stiefel auf. »Iturashdum – er will, daß Awelshammash an deiner Stelle ist. Ich mag Sinbelaplim nicht. Er mag dich auch nicht. Abumakim paßt auf den Kleinen auf. Und auf den Laden. Ich bleibe bei dir, ja?«

Daduschu breitete lächelnd die Arme aus und mischte viel Wasser in den Wein. Sie rochen nach allem, was in Ibalpi'els Schänke gekocht und gebraten wurde. Er sammelte die meisten Kleidungsstücke ein, und während die Flammen aus den Scheiten prasselten, hängte er sie auf der winzigen Galerie in den Wind.

Schlotternd kroch er zu Tiriqan unter die warmen Tücher und Decken. Sie flüsterte, die Unterarme auf seiner Brust:

»Wir haben noch viel Zeit, bis eure Schiffe stromab segeln. Aber ich werde weinen, wenn du weg bist.«

»Ich auch, Tiri.« Er schloß zufrieden die Augen. Nein – mehr noch: glücklich. Er war froh, daß er sich für Shindurrul entschieden hatte. Er freute sich auf jede Stunde, die da folgen würde. Tiriqan flocht langsam ihr Haar auf, summte vor sich hin und küßte ihn, während sie die Perlen in ein Schälchen klirren ließ.

8. Die Knoten des Netzes

Zwischen stumpfgrünlichen Kupfervierecken glänzten die neuen Platten, von Bronzenägeln und Erdpech gehalten, entlang der Wasserlinie und unter den leuchtenden Götteraugen am Bug. Die *Geliebte des Adad* war schon zu Wasser gelassen worden und wurde beladen. Daduschu wich der stinkenden Wolke aus, die aus dem Feuer und vom letzten Erdpechkessel dicht über dem Boden herantrieb. Der kühle Schatten der Mauer endete weit draußen auf dem Fluß, unzählige Geräusche ergaben einen Brei mißtönender Echos. Meißel klirrten auf Steinblöcken, die vom Oberlauf auf Kelekbooten geliefert und jetzt, bei Niedrigwasser, in die bröckelige Mole und die Mauersockel eingefügt wurden. Ein Trupp Sklaven verlegte gebrannte Ziegel im Bett aus heißem Pech. Ein Teil der gestapelten Steinblöcke stammte aus dem Ballast der Schiffe, aus Dilmun. Eineinhalb Dutzend Shupshum, gemietete Helfer, kletterten über den Stützbalken aus Palmholz, schliffen die Außenplanken, tränkten sie mit Wachs und altem Öl. Sie würden heute abend fertig sein.

Sinbelaplim winkte Daduschu. »Wir brauchen Nägel. Dort drüben.«

»Ich komme.« Beide Steuermänner arbeiteten im Heck der *Zwielicht*. Ein Seil kreischte in den Blöcken, als das Backbordruder hochgezogen wurde. Fast jede Handbreit Holz glänzte; abgeschliffen, versiegelt oder erneuert. Tagelang hatten sie die Planken abgeklopft. Daduschu packte den Ledersack und kletterte die Leiter hinauf. Die Steuermänner hatten das Steuerbordruder quer über dem Heck aufgebockt, bestrichen breite Kupferbleche mit Erdpech und bogen sie als Bänder um die Stellen, die sich in Führungen drehten und besonders beansprucht wurden. Sinbelaplim nahm Daduschu die Nägel ab und schwang den Hammer.

»Hast du schon nachgesehen?« Er knurrte und deutete nach unten. »Nur ein trockenes, dichtes Schiff ist ein gutes Schiff. Denk dran: du ersäufst mit uns.«

»Bruder der Wellen«, sagte Daduschu, »alles ist trocken. Hier habe ich den Verschluß.«

Er zog aus einer Tasche des Rockes einen Holzstopfen, drei Finger im Durchmesser, eine Handbreit und einen Finger lang. Der Steuermann starrte ihn fast drohend an.

»Dann schlag ihn hinein. Das Blech besorgen wir.«

»Sofort, Sin.«

Der Wind fegte raschelnd die Kalkreste ins Wasser, die von Würmergehäusen unterhalb der Wasserlinie stammten. Neben dem Kiel, an der tiefsten Stelle, fand Daduschu das Loch, aus dem stinkendes Bilgewasser ausgelaufen war. Häufiger Regen und Güsse mit Flußwasser hatten die Ballaststeine, die grauenhaft gestunken hatten, weiß gewaschen. Mit einem Kupferhammer, ein dünnes Holzstück als Schutz über dem Verschluß, schlug Daduschu, bis der Stopfen im Loch der Planke verschwunden war. Überall lagen Taurollen, Seile, Lederbänder und Holzabschnitte. Hobelspäne wirbelten umher. Zwischen dem Tor und der Planke der *Geliebten* bewegte sich seit Sonnenaufgang ein endloser Zug Lastträger. Die Kapitäne und die Ruderer verstauten die Ladung nach Regeln, die Daduschu noch nicht begriff. Er ging daran zu sortieren, was zum Schiff gehörte.

Ein breitschultriger Mann blieb vor Daduschu stehen, sah sich um und tippte ihm auf die Brust.

»Dreißig Binsenkörbe. Voll gebrannter Kacheln, verschiedene Farben und Bilder. Wohin?«

Daduschu hob die Hand, überlegte, an welcher Stelle sie die *Zwielicht* festmachen würden und winkte dem Aufseher.

»Hier. Mach zwei Reihen. Morgen früh fangen wir mit dem Laden an; du sorgst für Bewachung. Ich denke, sie kommen über den Ballast.«

»Soviel ich weiß, sind sie Ballast. Kann ich sie bringen?«
»Bring sie. Ich schreib's auf.«
»In zwei Stunden sind wir da. Sieh zu, daß der Platz frei ist.«
»Jawohl, Vater des Schweißes.« Daduschu grinste. »Verlaß dich drauf.«
Er biß auf einen Holzsplitter, der tief im Handballen steckte, zog ihn mit den Zähnen heraus und spuckte ihn aus. Seine Hände schmerzten und sahen aus, als habe er an der *Zwielicht* mitgebaut. Je länger er die Warenverzeichnisse las und schrieb, desto deutlicher sah er das Netz der Kaufleute, dessen Knoten andere Händler in anderen Häfen bildeten: die Kacheln waren für Dilmun bestimmt, dort wurden sie durch gemeißelte Steinstücke ersetzt, die in Meluchha ausgeladen wurden. Als Daduschu ein Viereck von etwa dreißig Schritt am Rand des Kais aufgeräumt, sauber gefegt und den Abfall zum Feuer getragen hatte, schrie Sinbelaplim:

»Usch. Hilf uns bei den Rudern.«

Sie wuchteten mit fünf Shupshums die langen, flachen Seitenruder hoch, führten sie in die Gabelungen ein, zurrten die dicken Tauschlingen darum und holten die Enden der gerundeten, bronzebeschlagenen Bretter auf, bis sie vom Heck wegstanden wie Vogelflügel. Danach bestrich Sinbelaplim eine handgroße Kupferplatte, die dicker war als die anderen, mit Erdpech, paßte sie sorgfältig über Loch und Pfropfen und hämmerte ebenso achtsam Bronzenägel in die Planken.

»Jeder muß wissen, wie man mit dem Schiff umgeht.« Er klopfte mit den Knöcheln gegen die Bordwand. »Auf dem Wasser kommen wir nicht an diese Stellen heran.«

»Ich hab's begriffen.« Daduschu zog den Fuß zurück, damit nicht der Hammer seine Zehen traf. »Aber zum Schiffsbaumeister wirst du mich nicht machen.«

»Das will ich nicht. Aber spätestens im Schilfmeer verstehst du von allem genug.«

»Damit rechne ich fest. Die Kacheln für Dilmun – dort hinten, ja?«

»Ja, das ist der richtige Platz. He, Wakil Shupshum! Wenn ihr mit dem Holz fertig seid, macht ihr Pause. Zwei Stunden nach Mittag fangen wir an, das Boot zu wassern.«

»Ich merk's mir. In einer Stunde glänzt dein Schiff wie neu.«

»Dafür hat Shindurrul bezahlt.«

Geschrei lenkte sie ab: ein Ziegelarbeiter hatte sich den Arm mit kochendem Erdpech verbrannt, brüllte vor Schmerz und rannte zum Wassertrog. Sinbelaplim strich über die glatten Kupferplatten.

»Nun, Sibaru, wie gefällt dir das Schiffsleben auf dem Trockenen? Enttäuscht? Angst vor dem Wasser?«

Daduschu schüttelte den Kopf und grinste. »Ehrlich. Es gibt Schöneres. Aber es muß sein. Ich sage mir: arbeite hart im Mißvergnügen, dann holt dich rasch das Wohlleben ein.«

Der Steuermann verzog das Gesicht und spuckte auf den Haufen der Ballastkiesel aus Magan. Der Haufen war vom wenigen Regen und durch unzählige Wassergüsse saubergespült worden. An den ersten Tagen war eine gelbbraune Brühe von den Steinen abgelaufen.

»Klingt gut, was du sagst, Kleiner. Aber noch sind wir nicht auf dem Großen Wasser. Vielleicht bist du zu gescheit für die Seefahrt.«

Daduschu fing einen kalten Blick auf.

»Wie immer entscheiden die mächtigen Götter über unser Schicksal – auch über meines.«

Mit dem Messer schabte Sinbelaplim einige Tränen erkaltetes Pech aus den Fugen des Kupferbeschlages und der Planken. Er musterte sein Gesicht in einer der wenigen Platten, die noch spiegelten.

»So ist es. Du packst wenigstens an. Arbeiten, das kannst du. Du machst alles.«

»Ich hab's auf den Feldern zwischen den Kanälen gelernt, mit der Hacke und dem Pflug.« Daduschu verfolgte mit den Augen einen Müßiggänger, der die Ankersteine, Rahen, Segelballen und Tauwerksbündel betrachtete. Sie waren im Windschatten eines

Mauervorsprunges nebeneinander am Kai gestapelt. »Legen wir eine Pause ein?«

»Ja. Wir liegen gut in der Zeit.«

Am ersten Tag des Ajjaru wollten sie ablegen. Obwohl die Schiffe nur sechzig Ellen lang waren, gab es tausenderlei Dinge, die für das reibungslose Zusammenspiel notwendig waren, um die Seefahrt möglich zu machen. Die Hälfte dieser Dinge lag, repariert, erneuert oder gänzlich neu, auf dem Kai. Auf der *Geliebten* kamen die Ankersteine an Deck, wurden Taue gespannt und lange Ruder mit Lederschnüren an der Bordwand festgezurrt. Jedes Ding hatte seinen Platz, dies war unverzichtbar für das Überleben. Daduschu begann, auch sich als Teil einer Ganzheit zu fühlen, die er noch nicht völlig begreifen konnte.

»*Malu*«, sagte er. »Das sieht gut aus.«

»*Malu* ist erst, wenn wir Dilmun anlaufen.« Sinbelaplim hob zwei dicke Hartholzblöcke auf, durch die fingerdicke Seile liefen. »Die Arbeit kommt noch, Sibaru.«

»Nenn mich nicht ›Sperling‹.« Daduschu winkte der Verkäuferin, die heißen Kräutersud anbot. »In Wirklichkeit bin ich ein Geier.«

»Und genauso häßlich«, rief Sinbelaplim.

Sonnenlicht erreichte die Hafenbucht, fiel auf gluckernde Wellen und auf Gerber, die wie die Wäscherinnen ihr Zeug in Sicherheit brachten. Rauch und kochendes Pech stanken. Die Fischer zogen ihre Boote vom Kai weg, als die *Zwielicht*, deren Kiel runde Palmholzbohlen zusammendrückte, bewegt werden sollte. Rötliche Blitze spiegelten von den Kupferplatten gegen die Mauern.

Der erste Balken der Abstützung kippte, versank, tauchte auf und polterte gegen die Heckplanken. Handbreit um Handbreit, von mehr als sechzig Männern gestützt, glitt das Schiff über die Rampe ins Wasser. Die Stempel flogen zur Seite. Taue kreischten in Blöcken und drohten zu reißen. Sechs Ochsen wurden von den Treibern rückwärts geschoben; Flüche, Stockschläge, Peitschenknallen und schrille Kommandos des Kapitäns schallten durch den Hafen. Eine Elle nach der anderen rutschte die *Zwielicht* ins Hafenwasser. Taue wirbelten durch die Luft. Männer nahmen sie auf und rannten. Eine Palmholzrolle unter dem Kiel brach krachend. Als der Bug versank und wieder hochkam, rannte Chassir durch die aufgeregte Menge und schrie:

»Daduschu! Usch! Komm sofort zu Shindurrul!«

Der alte Hausdiener blickte sich aufgeregt um, seine Augen suchten Daduschu. Daduschu zerrte die unterarmdicke Tauschlinge um den Poller, sprang zurück und rief:

»Hier bin ich, Chassir. Was ist los?«

»Shindurrul muß in den Palast. Du mußt mit ihm kommen. Schnell – es eilt.«

Sinbelaplin warf ihm einen finsteren Blick zu. Daduschu hob die Schultern und sagte:

»Du hast es gehört. Ich bin so schnell zurück, wie es geht. Shindurrul ruft.«

»Geh schon. Palast! Das Schiff hier ist wichtig.«

Daduschu folgte Chassir bis zum Haus. Shindurrul sagte aufgeregt:

»Awelninurta, Hammurabis rechte Hand, hat nach dir und mir gerufen. Nach dir, zuerst, und nach mir. Das kann nichts Gutes bedeuten, Sibaru. Aber – gehen wir.«

Während sie durch die Stadt liefen, die wie ausgestorben wirkte, versuchte sich Daduschu auf ein Ereignis vorzubereiten, dessen Bedeutung er kaum erahnen konnte. Shindurrul, der neben ihm durch die Gassen keuchte, war ein »Obmann« über fünf Händler; über ihm, vor dem Vertrauten Hammurabis, stand Maschkan-Schabrim, jener Wakil tamkari, der dem Suqqalmach-Statthalter Awelninurta verantwortlich war.

»Weißt du, was das bedeutet?« Daduschu hob die Hand und grüßte die Posten des Palasttores. Shindurrul keuchte.

»Nein. Jedenfalls nichts Gutes.«

Sie überquerten Plätze, hasteten zwischen Säulen hindurch, kamen durch Tore und Türen, wurden im Dämmerlicht der Palastkorridore über Stufen und Rampen gewiesen und betraten schließlich, atemlos und schwitzend, eine lichterfüllte Halle. Wachen standen regungslos neben Pfeilern, zwischen denen Bahnen aus Stoff und Leder hingen. Hinter einem steinernen Tisch stand ein Kahlköpfiger mit graugesträhntem Kinn- und Backenbart auf.

»Mein Vater möge verzeihen«, stieß Shindurrul hervor. »Wozu diese Eile in heißer Mittagszeit? Gegen welches Gesetz habe ich verstoßen?«

Awelninurta grinste, machte beschwichtigende Gesten, kam um den Tisch herum und deutete auf zwei Hocker.

»Eile deshalb, weil deine Schiffe bald ablegen. Unserem König ist etwas eingefallen, von dem Hammurabi glaubt, daß es sehr wichtig ist. Bruder Shindurrul möge den hastigen Wunsch verstehen und entschuldigen.«

»Alles wird entschuldbar, wenn man den wahren Grund der eiligen Zusammenkunft kennt, mein Bruder«, sagte Shindurrul. Als er saß, setzte sich auch Dadduschu. »Was treibt dich, Bruder, und unseren Herrscher zu solcher Eile?«

Awelninurta holte Luft: »Von deinen Kapitänen, Steuermännern und Ruderern erfahren wir viel. Sie wurden von den Priestern befragt. Auch ich ließ mir berichten. Viele Schiffe segeln nur nach Dilmun; deine Männer wagen die lange Strecke. Unser Herrscher weiß nunmehr, daß auch die Städte am Intu in ebenem Land liegen. Wie unsere Stadt. Zwischen Idiglat oder Indigna und Buranun erstrecken sich viele Kanäle. Müßig, meinem Bruder zu sagen, welche Schwierigkeiten es mit salzigen Böden, dem Wasser aus der Tiefe und in den Kanälen hat. Kurzum: Hammurabi will wissen, wie jene Menschen ihr Land bebauen.«

»Es soll fruchtbarer sein als unseres.«

»Sie haben also Kanalbauer, Rechner, Zeichner, Handwerker der Schleusen und Wasserkünste?«

»Es kann nicht anders sein.«

Dadduschu nahm den Eindruck des hohen Raumes in sich auf und wurde an Shindurruls Arbeitszimmer erinnert; aber hier war alles zehnmal so groß und zweimal so schön. Die Stimme seines Gegenübers riß ihn aus seinen Gedanken.

»So muß es sein. Hammurabi will, daß alle diese Dinge genau geprüft werden.«

»Mein Herrscher möge wissen, daß nicht ich, sondern mein junger... nun, Ziehsohn, die weite Reise machen wird.«

Der Statthalter nickte. »Weiß ich. Aber Shindurrul ist sein Herr und Vater. Hammurabi will, daß zwischen ihm und dem Herrscher am Intu – den wir nicht kennen – ein Vertrag geschlossen wird. Babyla schickt Gold oder was sie dort im fernen Süden brauchen. Und die Intu-Städte schicken uns Männer, die alles wissen über Kanäle, Hochwasser, Überschwemmungen und derlei.«

Shindurrul streckte seinen Rücken und deutete auf Daduschu. Seinen Augen entging keine Einzelheit der kostbaren Einrichtung.

»Mein Herr möge mit ihm sprechen.«

»Das tue ich. Du, Daduschu, bist in aller Munde. Nur drei der Besten in der Edubba sind Söhne einfacher Eltern. Dein Vater Utuchengal war ein zuverlässiger Kämpfer, als Hammurabi jung war und sein Reich festigte. Auch Awelshammash kommt aus einer Handwerkerfamilie, und, fürwahr, ihr habt viel erreicht. Du wirst am Intu sehen, fragen, beobachten und aufschreiben?«

»Das ist meine Aufgabe«, sagte Daduschu. »Mein Vater möge mir sagen, was zu tun ist.«

Awelninurta griff, ohne hinzusehen, hinter sich und nahm einen handgroßen Lederbeutel vom Tisch. Er nickte; seine Stimme wurde freundlicher. »Wenn du – versichere dich des Rates kluger Männer! – sicher bist, daß die Menschen am Intu mehr Wissen haben, Dinge kennen, die in unserem Land noch unbekannt sind, dann schließe einen Vertrag, aber mit Bedingungen, die vertretbar sind.«

Das Ledersäckchen pendelte von seinen ringgeschmückten Fingern. Daduschu stand zögernd auf. Shindurruls Atem pfiff zwischen den Lippen; mit zitternder Stimme sagte Daduschu:

»Ich, Herr? Einen Vertrag? Wer bin ich, daß ich dies dürfte?«

Awelninurta lächelte kühl und hob die Hand. »Du bist, obwohl Awelshammash besser rechnet als du, einer der Besten. Utuchengal hatte einen guten Namen, die Lehrer sind zufrieden. Mein großer Bruder Shindurrul, der stets darauf drängte, daß du in der Edubba lernen durftest, der auch Geld dafür gab, bürgt für dich. Es wäre mir lieber, wir beide würden als junge Männer zum Intu segeln. Vorbei. Zu alt, zu viele Pflichten im Reich. Du wirst dort sein, und du mußt entscheiden.«

Er machte einen Schritt und gab Daduschu den Beutel. »Öffne.«

Daduschu zog die Lederschnur auf, holte eine lederne Tülle hervor, aus der er einen Siegelzylinder schüttelte. Die nächsten Worte Awelninurtas beendeten seine Unsicherheit.

»Dies ist das Siegel des Hammurabi, mit seinem Namen und Symbol. Wenn du einen Vertrag abschließt, geschieht dies im Namen Hammurabis. Wenn es so ist, dann sollen die Kanalhandwerker mit euch zurücksegeln; mit Shindurrul, der dadurch weniger verdienen mag, wird unser Herr und König wohl zurechtkommen.«

Shindurrul und Daduschu wechselten einen Blick. Darüber würde noch lange gesprochen werden müssen. Daduschu schloß den Beutel. »Herr Awelninurta. Ich habe keine Worte. Mögest du versichert sein, daß ich die Bedeutung erkenne, die Ehre, die Verantwortung. Denkst du, daß meine Erfahrung genügt?«

Awelninurta hob beide Hände. Sein Blick richtete sich auf Shindurrul, dann auf Daduschu. »Vielleicht reicht sie nicht. Du wirst, wenn du dich lange genug am Intu umgesehen hast, in einem halben Jahr, viel vom Kanalbau erfahren. Dann kannst du selbst entscheiden.«

Daduschu senkte den Kopf. Sein Leben schien von Tag zu Tag schwieriger zu werden. Er schlang die Schnur des Beutels ums Handgelenk und flüsterte: »Das Siegel des Hammurabi! Mir fehlen die Worte. Aber... Tamkaru Shindurrul wird mich beraten, bis die Schiffe ablegen.«

»Das wissen wir, und deswegen kannst du wenig falsch machen.« Er winkte Daduschu mit drei Fingern, lächelte Shindurrul zu und ging zur Querwand. Er wartete, bis Daduschu neben ihm auf der Rampe zum Dach stand. Shindurrul hob die Schultern und machte eine ratlose Geste.

»Was du jetzt hörst, habe ich noch nie jemandem gesagt. In Dilmun wirst du eine schöne, kluge Frau treffen. Sie schreibt, wie du, Listen für einen Händler. Du wirst ihre Nähe suchen.«

Daduschu hob den Kopf. Er setzte zu einer Antwort an; Awelninurta legte den Finger an die Unterlippe.

»Sprich mit ihr über Spinnennetze, Perlen und ein Haus am Kanal im Dattelwald. Sie ist mein Ohr und Auge. Was sie sagt, merke dir: zu niemandem außer mir ein Wort. Auch nicht zu meinem Freund Shindurrul. Wissen kann tödlich sein.«

Daduschu schluckte und flüsterte: »Was wird sie mir sagen?«

Awelninurta schloß die Augen. Zwischen Nase und Kinn entstanden scharfe Falten. »Wahrscheinlich weiß sie von Spinnen und ihren Netzen, von Skorpionen, Vipern und Kreaturen, die abends unter feuchten Steinen hervorkommen. Du darfst diese Frau nicht in Gefahr bringen.«

»Ihr Name, mein Vater?«

»Unwichtig. Sag ihr, daß ich sie schütze und belohne. Und: Du berichtest nur mir oder unserem König. Nichts Geschriebenes, kein Wort zu anderen. Es geht um unendlich Wichtiges, Sohn des Utuchengal. Geh jetzt.«

Awelninurta grinste Shindurrul an, ergriff die Handgelenke der beiden Männer und winkte einer Wache. »Bring sie zum Tor. Merk dir die Gesichter; sie tun viel für das reiche, goldene und große Babyla.«

Im Palasthof atmete Daduschu tief durch. Aus den Ställen hinter der Mauer waren Eselsschreie zu hören. Pferde wieherten, jemand fluchte.

»Habe ich geträumt?« Er hielt den Beutel in die Höhe. »Hammurabis Siegel? In meiner Hand? Meint unser Herrscher wirklich, daß ich am Intu Männer finden kann, die bessere Kanäle bauen als unsere?«

»Er meint es. Sonst hättest du das Siegel nicht. Edubba-Ausbildung, ein Dutzend Jahre Arbeit an Kanälen, Erfahrung als Bauernsohn, und man wird dich in Moensh'tar beraten. Ich sage: die Ehre ist groß. Hammurabi weiß, warum er dich ausgesucht hat.« Er schlug ihm lachend auf die Schulter. »Was wollte Awelninurta von dir?«

Daduschu blieb stehen. Er räusperte sich; seine Stimme schwankte. »Er hat nichts gesagt. Ich habe nichts gehört, nichts verstanden. Bitte, Shindurrul, bring mich nicht in Verlegenheit.«

Shindurrul kaute auf der Unterlippe, legte den Kopf schräg, dann nickte er und grinste. »Bevor du denkst, du könntest fliegen, darfst du wieder zu Damgar Kapitän Gimilmarduk gehen und Steine in die Bilge schichten.« Er nahm Daduschu den Beutel ab. Erst jetzt, als sie aus der Grelle des Hofes ins Torgewölbe kamen, sahen sie die Silberstickerei im Leder. »Ich bewahre es für dich auf.«

Am Ende der Prachtstraße, die Babyla in zwei Hälften teilte, blieb Shindurrul stehen und zeigte auf den Schatten eines Stützholzes in einer Mauer.

»Noch vier Stunden, Usch. Seht zu, daß ihr die *Zwielicht* ausrüstet und beladet.«

»Mein Vater möge dessen sicher sein.« Daduschu lachte und lief zum Hafen. Neben den Schiffen stapelten sich noch immer die Bronzebarren.

9. Der Bauch des Schiffes

Die Mauern umrahmten ein offenes Viereck mit gespreizten Seiten. Der halbkreisförmige Karum, die Hafenplattform, und die Kais waren ausgebessert. Das Frühjahrshochwasser der letzten Nissannutage zerrte an den Schiffen. Daduschu schob sich aus der Heckluke hoch, stützte sich aufs Süll und strich das schweißnasse Haar aus der Stirn. Ein Staubwirbel drehte sich vor den Toren und über dem Ladegut. Die Shupshum-Träger zogen Tücher vor die Gesichter. Gimilmarduk schob das wachsbeschichtete Schreibbrett unter den Arm und hustete.

»Weiter mit der Bronze, Männer«, rief er. Die Träger packten die Barren, kamen über die Planken an Bord, bildeten eine Kette bis hinunter in den Kielraum. Daduschu rief:

»Sollen wir sie genauso laden wie die ersten Barren, Kapitän?«
»Ja, das stimmt schon so.«

Sinischmeani und seine Ruderer arbeiteten am Mast, am Tauwerk, an den Rahen und am durchhängenden Segel, gegen das Sand und Staub prasselten. Daduschu kletterte wieder ins Halbdunkel. In einer Schicht aus pechüberzogenem Flechtwerk lagen die sauberen Ballaststeine. Am Bug stapelten sich neben dem Kielbalken die Bronzebarren in den Zwischenräumen der Spanten. Daduschu nahm dem letzten Shupshum den Barren ab und wuchtete ihn an seinen Platz.

Die Doppelreihe wuchs, Barren um Barren, nach achtern. Daduschu sparte die tiefste Stelle der Bilge aus, an der sich Wasser in einem flachen Kupfergefäß sammelte. Die *Zwielicht*, trocken und so gut wie leer, dröhnte und hallte wie eine Trommel. Als Daduschu und ein stämmiger Helfer mit den Metallziegeln fast die Trennwand zum Heck erreicht hatten, kam der Kapitän und zündete eine Lampe an.

»Gute Arbeit«, sagte er nach der Kontrolle. »Noch zwei Dutzend.«

Der größte Teil der Ladung und der gesamte Proviant waren noch nicht an Bord. Die letzten Barren wurden nebeneinander gestapelt, dann rief Gimilmarduk zum Karum hinüber: »Bringt die Wasserkrüge nach unten, Leute.«

Daduschu verstand inzwischen, daß es auch fürs Beladen eines Schiffes Regeln gab, die von Männern mit der tiefen Erfahrung langer Meerfahrten aufgestellt worden waren; Gesetzmäßigkeiten, die über Leben und Tod, über ein jähes Ende von Mannschaft und Schiff oder sichere Landung entschieden. Diese Regeln galten für alle Teile der Ladung. Die leeren Tongefäße, die beinahe ein Gur faßten, wurden in breite Ringe aus armdicken, weichen Tauen und Rohrgeflecht um den Mast gesetzt und mit Leinentüchern verschlossen, die ein Lederband festhielt. Daduschu blickte aus der Luke und sah, daß sich der Himmel dunkel färbte. Als der letzte Krug sicher befestigt war, kletterte Daduschu aufs Achterdeck. Die Ruderer zurrten das Segel an der Rah fest; zwei Mann schossen Tauwerk auf und hängten die Schlingen an Pflöcke der Bordwand. Gimilmarduk stand am Kai und zog einen Strich auf seiner Schreibtafel.

»Schluß für heute. Du weißt, was du morgen aus dem Magazin holen mußt, Sharimmu?«

Der Aufseher klatschte in die Hände und winkte seinen Männern. »Alles aufgeschrieben. Halbe Stunde nach Sonnenaufgang?«

»Wir sind hier«, sagte der Kapitän. »Gilt auch für dich, Usch. Übermorgen muß alles an seinem Platz sein.«

Daduschu konnte diesen Satz schon nicht mehr hören; für die Schiffe schien diese Vorschrift wichtiger als Wind und Wasser. Er winkte den Ruderern und Steuermännern, verbeugte sich vor Gimilmarduk und lief die Treppe zum kleinen Tor hinauf. Kalter Schweiß, Geruch nach Rauch, Pech und brackigem Wasser sammelten sich unter dem Mantel. Die Sonne berührte in seinem Rücken die randvollen Kanäle, Stauwerke und den Fluß, der sein

Bett bis eine Handbreit unterhalb der Dämme ausfüllte. Vor dem Haus stieß Daduschu auf Shindurrul, der mit einem Magazinverwalter stritt. Er zeigte zur Zikkurat, deren Blau mit dem dunkelroten Licht der Abendsonne kämpfte.

»Und ich sage dir, Qunnuk, daß ich übermorgen nach Sonnenaufgang alle diese feinen Kästchen hole. Wie es Awelninurta angeordnet hat. Willst du ihn verärgern?«

»Schon gut. Dann werde ich Handwerker aus dem Palast bitten müssen.«

»Tu, was du kannst. Aber die Wertsachen gehören zur Ladung der Schiffe, die wie junge Maultiere an den Leinen zerren. Marduk mit dir.«

Er wandte sich an Daduschu. »Du stinkst nach Arbeit. Seid ihr weit genug mit der Ladung? Wir essen bei mir, ja?«

»Tiriqan kommt. Ich glaube, sie bringt mir ein Geschenk. Es wird wohl das letzte sein.«

»Bring sie mit. Ich erzähl ein paar Schnurren; das wird sie aufheitern.«

Daduschu rieb ein Sandkorn aus dem rechten Auge. »Danke. Sie weiß nichts von dem Siegel?«

»Nicht von mir. Jetzt geh und wasch dich. Gut, daß ich für solche Arbeit zu alt bin. Abschiedsgeschenk – du bist ja bald zurück. Älter, klüger, reicher und mächtiger. Ungefähr in einem Jahr.«

Shindurrul schloß kräftig die Tür hinter sich, und Daduschu kletterte in seine Wohnung hinauf. Auf dem Boden des eckigen Korbes lagen gefaltet die Kleidungsstücke. Daduschu murmelte: »Jedes Ding an seinem Platz.« und schob mit einem Scheit die Asche von der Glut.

Der alte Diener hatte für warmes Wasser gesorgt. Als Daduschu, das Tuch um die Hüften geknotet, sein Haar trockenrieb, hörte er jemanden auf der Treppe. Uppurkana, der gute Hausgeist, rief:

»Ich bin's. Ich bringe Bier. Und die Listen.«

Daduschu schob den Vorhang zur Seite und räumte die Arbeitsplatte ab. Ein Stapel dünner, etwa drei Handbreit großer Brettchen klapperte gegen den Krug.

»Danke. Zündest du die Lampen an?«

»Ja. Kommt deine schöne Freundin?«

»Ich warte auf Tiriqan.«

Er gab Uppurkana die Näpfe, nachdem er den Inhalt ins Tonrohr geschüttet hatte; Wasser und Haargewöll. Er verrieb ein paar Tropfen Duftöl auf Gesicht, Hals und Nacken.

»Ihr sollt mit dem Herrn essen. Er wird warten.«

»Wir kommen.«

Uppurkana verteilte vier Lämpchen in Nischen und Fächern, Daduschu sah flüchtig die Frachtlisten durch und dachte, ebenso flüchtig, daran, wieviel Unterschiedliches noch in den Schiffen Platz finden mußte. Er lehnte sich zurück, nahm einen Schluck Bier und nickte der Sklavin dankend zu, die seine schmutzige Kleidung mitnahm. Als er angezogen war und die Füße an den Rand der Feuerfläche legte, hörte er die Tür knarren. Er schlüpfte in die Fellsandalen und leuchtete Tiriqan, die im langen Mantel die Stufen heraufkam. Sie lächelte.

»Bin ich zu spät? Chassir hat gesagt, daß wir bei Shindurrul essen.«

In einem Wirbel aus Licht, wehendem Mantel und Schatten kam sie zwischen Wandmalereien, Kacheln und Teppichen ins Zimmer. Als Daduschu ihren Mantel abnahm, lehnte sie sich schwer gegen ihn. In der Hand hielt sie ein lederumwickeltes Päckchen.

»Du bist nicht zu spät. Setz dich, Liebste.«

Sie setzte sich aufs Bett und kreuzte die Füße auf dem knarrenden Hocker. Daduschu füllte den letzten Wein in einen Becher.

»Hast du eingekauft?«

»Ein Geschenk beim Steinschneider abgeholt.« Ihre Schultern berührten sich. Tiriqan roch nach Surwa-Öl, Daduschus Geschenk. Ihre Augen über dem Becher blieben ernst. Ihr Haar, in drei breite Zöpfe geflochten, war über dem Scheitel mit einem Lederband und einem Kupferschmetterling zusammengefaßt.

Sie schüttelte den Kopf. Die großen Ohrringe funkelten. Daduschu streckte die Hand nach dem Päckchen aus. Sie schlug auf seine Finger und schob es außer Reichweite. »Nachher. Oder sprecht ihr wieder die ganze Nacht über eure Geschäfte?«

»Nein. Ein Geschenk für mich?«

»Ja.« In der Stille stoben Funken aus knackenden Scheiten im Feuer. Daduschu hob den Mantel auf und griff nach der ärmellosen Jacke mit weit überstehenden Schulterstücken und hohem Kragen aus geöltem Leder, deren Stoff noch glänzte, nachdem er drei Lämpchen gelöscht hatte. Er hielt Tiriqan an den Schultern fest.

»Eine Seefahrerjacke. Ich kenne den Näher. Bist du schon Steuermann, Usch?«

»Bah! Ich bin an Bord weniger wert als der Ruderer Tatarru. Mein Magen brüllt. Gehen wir?«

»Du wirst bald lernen, das Schiff zu steuern.«

»Ach, Tiriqan«, sagte er, als sie ums Haus herumgingen, »das Lernen hört nicht auf. Jetzt lerne ich auch Befehle, Sprüche und die Namen für tausend Dinge auf dem Schiff.«

In der rauchigen Wärme des Flurs nahm ihnen Chassir die Mäntel ab, und Maschkani, von Tiriqan fast ehrfürchtig begrüßt, führte sie zum Eßtisch. Shindurrul war guter Laune, aber nicht redselig. Sein Gesicht hellte sich auf, als Tiriqan aus der Gürteltasche zwei Päckchen zog, in fast weiße Eselshaut eingeschlagen. Sie lächelte in die Runde.

»Für Kunkama-Ni und Uppurkana. Aus meiner Werkstatt. Weil sie das Zimmer vom schlampigen Usch so gut aufräumen.«

Die älteste Tochter und die Sklavin bedankten sich kichernd für die dünnen Lederschnüre, in die schimmernde Perlen aus Opal, Amethyst, Achat und akkadischem Alabaster, unterbrochen von dünnen Kupferringen, eingeflochten waren. Die Mädchen hängten sich den Schmuck gegenseitig um den Hals.

Shindurrul zog die Brauen zusammen. »Viel zu teuer. Du sollst dich nicht ruinieren, bloß weil dein Geliebter keine Ordnung halten kann. Wenn er zurück ist, wird er's gelernt haben, verlaß dich drauf... die Listen?«

»Du bekommst sie morgen«, sagte Daduschu. »Mir ist eingefallen, Damgar, was alle Aufzeichnungen auf dem nassen Schiff unauslöschbar machen würde. Brettchen mit Löchern links, Bronzedrahtringe, und das Holz dünn mit schwarzem Erdpech bestrichen. Dann kommen die Zeichen hell heraus. Wenn Pech für die Planken gut ist, warum nicht für die Schrift?«

»Hört sich brauchbar an. Ich spreche mit den Handwerkern.«

Auf den Tafeln standen unter den Zielorten Händlernamen. In zwei Kolonnen darunter war aufgeführt, was sie brauchten und was man bei ihnen am preiswertesten kaufte. Sie waren die Knoten des Netzes aus Guthaben und Schulden. Shindurrul sagte, zwischen Hauptgang und Nachtisch:

»Dieser Orgos Ksmar in Magan – bei ihm kannst du dein Gesellenstück versuchen. Mit solchem Schmuck und allerlei feinem Leder.« Er nickte Tiriqan zu. »Sie bringt morgen ein Paket, von dem niemand außer uns dreien zu wissen hat. Verkauf's gut, denn es kommt ihr zugute.«

»Ich kenne nur einen Kaufmann.« Daduschu strahlte und verschluckte sich fast am Wein. »Würde ich mehr kennen, müßte ich sagen, du bist der Beste von allen.«

»Das ist so Brauch. Es mindert das Risiko. Nicht bei einem Sack Linsen, aber bei wertvolleren Gütern wird alles aufgeschrieben. Jeder Händler ist immer gleichzeitig Schuldner und Gläubiger eines anderen. Endlos viel Schreiberei; deine Arbeit.« Shindurruls silberne Fingerspitzen schlugen einen Wirbel. »Was bedeutet, daß ein Kaufmann, der seine Verträge nicht einhält, bald keine Geschäfte mehr macht. Gerüchte sind schneller als Schiffe. Ein Dutzend nicht eingelöster Verpflichtungen, und wir schlafen alle am Fuß der Vormauer. Oder im Engurellil-Graben, wo's noch dreckiger ist. Deswegen doppelte, dreifache Sorgfalt. Gewissenhaftigkeit auch bei kleinsten Dingen.«

»Alles an seinem Platz«, murmelte Daduschu. Nun wußte er auch, warum Shindurrul, sonst die Würde selbst, bei der Ankunft der Schiffe wie ein Trunkener getanzt hatte. »Ich werde es nicht vergessen, Damgar.«

Er nahm Tiriqans Hand und sah zu, wie Uppurkana die Süßigkeiten brachte.

Tiriqan hielt die Decke über den Schultern fest und wartete schweigend, bis Daduschu das Päckchen geöffnet hatte.

Im Licht beider Öllampen und des Feuers wickelte er ein Lederband aus, in einen Bronzering geknotet, an dem eine Türkisperle hing. Darunter, drei Finger lang, zwei Finger Durchmesser, ein Rollsiegel aus Speckstein, durch dessen Loch das Lederbändchen führte, an dessen Ende eine Elfenbeinperle und eine vergoldete Adular-Bronzeperle vom Knoten gehalten wurden.

»Tiriqan, Liebste.« Von der Art des Geschenks mehr überwältigt als von Schönheit und Wert, sah Daduschu in Tiriqans Augen. Sie war unsicher. »Das ist... wunderschön. Ich weiß nicht, was ich sagen soll.«

»Vergoldet. Gold für unsere Liebe«, sagte sie. »Türkis für deinen Schutz. Für Beständigkeit, damit du an mich denkst.«

Er küßte sie; ihre Augen waren feucht.

Er flüsterte: »Ich hab' nie etwas so Schönes bekommen. Danke, Tiri. Ich werd's nie verlieren.«

»Elfenbein. Unzerstörbar. Dir soll nichts zustoßen, Usch.«

Sie erklärte die Abbildungen des Siegels: Utu, Gott der Schreiber, der einen Schreibenden lobte; Wellen; ein Schiff mit gebläht em Segel; die Zikkurat; ein schwingenschlagendes Fabelwesen; Palmen und Schriftzeichen. Daduschu wagte nicht, laut zu atmen. Eine Welle von Zärtlichkeit, fast schmerzend, überwältigte ihn. Schweigend zog er Tiriqan an sich und streichelte ihren Rükken.

»Deine Finger zittern.« Sie flüsterte. Er wischte Tränen von ihren Wangen. »Freut es dich? Gefällt's dir?«

Er schob ihre Schultern zurück, die Stimme, die ihm nicht ganz gehorchte, wurde beschwörend.

»Tiriqan. Belit – Herrin meines Herzens, Gefährtin meiner

Träume... wenn die Götter uns nicht beneiden und ich zurückkomme, dann komme ich nur zu dir. Das ist das zweite Siegel. Denk dir, ich trage auch das Siegel Hammurabis, um einen Vertrag zu siegeln, in Moensh'tar. Dein Siegel aber trage ich Tag und Nacht.«

»Komm zurück, Usch. Ich will nichts anderes.«

Sie streckte die Arme aus. Daduschu legte das Siegel neben das Lämpchen. Er kniete vor Tiriqan und legte die Hände an ihre Wangen. Sein Blick versank in ihren Augen. Er blinzelte; ein Stechen war in seiner Brust. Er fühlte sich gefangen, gebannt; Tiriqan umgab ihn mit einem weichen, warmen Wall aus Liebe, Zuneigung, Zärtlichkeit und zitternder Sehnsucht nach dem einfachen Glück, das sie erhoffte und an das sie glaubte – er war der Angelstern, um den ihr Leben und alle Erwartungen an die Zukunft – an eine einfache, sichere, liebevolle Reihe glücklicher Jahre – kreisten: er hatte länger als ein Jahr gebraucht, um ihre unschuldige Absicht zu begreifen. Er schloß die Augen, atmete tief und sagte, stockend:

»Zwölf oder dreizehn Monde, Tiri, aber jede Nacht werde ich an dich denken.«

»O Daduschu.« Sie ließ sich zurücksinken und zog ihn mit. »Ich will nicht viel. Aber das Wenige will ich ganz.« Sie atmete schwer, die Gazellenaugen wurden dunkel. »Wenn es die Götter erlauben.«

10. In der Strömung des Buranun

Behutsam schloß Daduschu die schmale Tür und trat auf die Gasse hinaus. Tiriqan schlief fest. Er wandte sich nach links. Trockener Nachtwind sog Basargerüche durch die gekrümmte Gasse der Korbflechter. Zwischen den Dachbrüstungen strahlten die Frühlingssterne. Schräg über Daduschu kreischten Katzen, hinter ihm, irgendwo unweit Tiriqans Haus, schlug ein Hund an und knurrte. Ratten raschelten und pfiffen vor Daduschus Stiefeln ins Dunkel, seine linke Hand lag an der Doppelschneide der Waffe. Er näherte sich dem Platz der Tamarisken und machte lange Schritte. Vollmondlicht und Schatten, eine Lampe, die in einer Mauernische blakte, und das gelbe Viereck eines Fensters schufen eine Stimmung, die Daduschu wieder an Shindurruls Warnungen denken ließ und an die Versuche des Ruderers Hashmar, ihn den richtigen Kampf mit Messer und Dolch zu lehren. Als er die Waffe aus dem Gürtel zog, roch er Tiriqans Duftöl an den Armen.

Die Eule, die von rechts durch einen Spalt der Hausmauern segelte, flatterte steil aufwärts. Ihre Schwingen rauschten, sie klapperte mit dem Schnabel. Daduschu zuckte zusammen, duckte sich und sprang nach links. Ein Pfeil schrammte an der Hausmauer entlang.

Der Schlag der Bogensehne kam dorther, wo die Krümmung der Gasse endete. Daduschu sprang hinter eine Treppe: der zweite Pfeil heulte an ihm vorbei und schlug in den Tamariskenstamm. Von links, aus der Flußtorgasse, näherten sich leise Schritte. Ein langer Schatten bewegte sich. Daduschu sprang im Zickzack auf den Platz hinaus, hielt das Beil waagrecht und spannte die Muskeln. Aus dem Treppenabgang eines Hauses schnellte eine Gestalt in schwarzer Jacke, ein Messer blitzte. Daduschu tänzelte zur Seite und schlug zu. Der Bogenschütze keuchte durch die Korbflechtergasse heran, und als die Schneide die Schulter des Angreifers traf, Stoff und Haut bis zum Magen aufschlitzte, stieß der Mann, der einen halben Kopf kleiner als Daduschu war und sein Gesicht geschwärzt hatte, einen keuchenden Schrei aus, der in ein heulendes Wimmern überging. Er kreuzte die Arme über der Brust und rannte stolpernd davon.

Daduschu wirbelte herum, erwartete den Schmerz einer Pfeilspitze, stieß hart mit der Schulter gegen den Tamariskenast. Die Doppelschneide beschrieb blitzend einen Halbkreis, und als er über sich lautes Atmen und brechende Zweige hörte, zog er den Schlag von links zurück, aufwärts in einen Körper hinein, der sich überschlug und vor ihm zu Boden krachte. Aus den Zweigen schien dunkles Blut zu tropfen. Daduschu riß das Doppelbeil aus einem Unterarm, tauchte unter dem Ast hindurch und prallte gegen die Mauer. Der stöhnende Angreifer kam auf die Beine, dann stieß der lange Dolch in seiner Linken nach Daduschus Bauch. Daduschu krümmte sich zur Seite, sah flatternde Schatten und ein paar Eulenflügel, schlug zu und duckte sich. Der Pfeil, auf seine Brust gezielt, traf seinen Gegner, der schreiend das Handgelenk umklammert hielt und auf den Bogenschützen zurannte. Aus dem Armstumpf spritzte Blut.

Ein paar Türen öffneten sich. Über die Mauerkanten blickten Gesichter, flackerten Kienspäne und Ölflammen.

»Holt die Wachen!« brüllte Daduschu. »Es waren drei. Sie wollten mich umbringen.«

Der Angreifer, den Bogen über der Schulter, hatte den kleinen Mann am Oberarm gepackt. Beide rannten durch die Korbflechtergasse davon. Eine breite Blutspur führte ins Dunkel. Durch flackerndes Licht und Geschrei aus den Häusern verfolgte Daduschu die Männer. Er glitt in einer Blutlache aus, stolperte und fing sich an Treppenstufen. Nach einem weiteren Dutzend Schritten sah er ein, daß es sinnlos war, erfahren zu wollen, wer die Meuchler angestiftet hatte. Langsam ging er zum Platz zurück. Einige Männer warteten vor den Tamarisken. Öllampen, deren große

Flammen aufgeregt flackerten, standen in Nischen, auf Treppenstufen. In der Blutlache lagen eine Sandale und ein handlanges Messer neben zwei zerfetzten Fingern und einem Daumen.

»Ich bin Hammurabis Siegelträger.« Daduschu nannte seinen Namen. »Shindurruls Rechnungsführer. Die feigen Hunde sind geflohen. Habt ihr die Wachen...?«

Zwei Lanzenträger drängten sich ins Licht. Daduschu reinigte die Schneiden mit Sand vom Fuß der Mauer. Er wiederholte, was er Shindurruls Nachbarn gesagt hatte, und wunderte sich, daß seine Hände ruhig blieben.

»Bist du verletzt? Hast du sie erkannt? Ich bin Redûm Panushu, von der Torwache.«

»Ich bin unverletzt. Zwei der mardukverdammten Schufte hatten die Gesichter geschwärzt. Einer hat eine zerschnittene Brust, der andere ein halb abgeschlagenes Handgelenk. Das linke. Irgendwo muß noch ein langer Dolch liegen.«

Kalter Schweiß lief über Daduschus Brust und Schultern. Er erkannte Gesichter; die Männer sah er jeden zweiten Tag.

»Kann ich gehen? Ihr wißt, wo ich wohne.«

»Wir werden morgen die Wundärzte fragen. Vielleicht wirst du bald wissen, wer dich zu Schamasch schicken will.«

Daduschu schob die Axt in den Gürtel, lief zu seiner Wohnung und riß kopfschüttelnd die Axt wieder in die Höhe, als seine Finger vor dem hölzernen Türriegel zurückzuckten. Aber niemand lauerte auf der Treppe, auf dem Dach oder in einem dunklen Winkel. Daduschu schob den Riegel vor, ließ sich aufs Bett fallen und sah ohne jede Überraschung, daß seine Stiefel, der Rock und das Hemd, bis hinauf zu den Schultern, voll trocknendem Blut waren. Er dachte an den Morgen nach dem Gemetzel im Weinstockhaus, an die Steine von der Stadtmauer, an Hammurabis Siegel, die Schiffe und Shindurruls Warnungen. Langsam wusch er sich, suchte frische Kleidung und schlief zu seinem Erstaunen fast drei Stunden lang.

Shindurrul schwieg lange, schlug mit den silbernen Fingerkuppen einen langsamen, nervtötenden Takt und sagte, mit tiefen Kerben über der Nase: »Es war nicht voraussehbar. Hammurabis Siegel, deine Erfolge in der Edubba, die weite Fahrt; in der Stadt hast du Neider, die nicht davor zurückschrecken, dich zu töten. Wem würdest du tot nützlich sein?«

Daduschus Gegenfrage klang beherrscht. »Wen würdest du zu deiner rechten Hand machen, wenn sie mir die Kehle aufgeschlitzt hätten?« Ebenso kühl und beherrscht war Shindurruls Antwort. »Wenn ich dich nicht schon so lange gekannt hätte, Usch, würde vielleicht Awelshammash zum Intu fahren.«

Über Tontafeln, Becher, Schreibzeug und Warenproben auf der Tischplatte schauten sie sich schweigend in die Augen. Daduschu war froh, daß er in zwei Tagen an Bord der *Zwielicht* sein würde.

Mehr als zwei Dutzend knisternde und rußende Fackelflammen, im Halbkreis um das *Auge des Zwielichts* und die *Geliebte des Adad* in sandgefüllte Krüge gesteckt, ließen die Schalchu-Vormauern grau in den Himmel wachsen. Hände und Gesichter tauchten aus düsterem Halbdunkel des einundzwanzigsten Nissannumorgens auf. Schmuckstücke, Gürtelschnallen und Augen funkelten und leuchteten, ebenso die fast kahlrasierten Köpfe der Seeleute. Daduschu fragte sich, ob er nicht noch einmal Teile der Waren und des Proviants kontrollieren sollte; er entschied, daß eine vierte Überprüfung sinnlos sei. Haussklave Chassir goß Wein in Becher, die Shesianna und Uppurkana austeilten.

»Adad, der Gott der Winde, Chanish, Gottherold, der uns Händler schützt, und der Wassergott Enki-Ea mögen freundlich auf uns sehen.« Shindurruls Stimme brach sich an den Schilden der Stadtwächter und an Mauervorsprüngen. Er sprach halblaut, zurückhaltend. Tiriqan schob ihre Hand unter Daduschus Arm und bemühte sich, den Wein nicht zu verschütten. »Wir opfern. Auf eine schnelle, gute Fahrt, reichen Handel und Rückkehr ohne schlimme Nachricht.«

Zwölf Ruderer, zwei Steuermänner, zwei Kapitäne und alle anderen neben den Schiffen neigten die Becher und träufelten Wein auf den Karum und ins Wasser. Über Tiriqans Wangen liefen Tränen. Daduschus Mund war trocken, sein Magen wie ein kalter, hohler Klumpen. Shindurrul senkte den Kopf, schwieg einige Atemzüge lang und zwang sich, ruhig und gelassen zu erscheinen.

»Bei Marduks Wohlwollen. Ihr alle wißt besser als ich, was zu tun ist. Macht dem Sperling das Flüggewerden nicht allzu schwer. Trinkt! Die Winde mögen günstig bleiben. Kommt wohlbehalten zurück; und bald. Der alte Kaufmann zittert jetzt ein Jahr lang.«

Gimilmarduk lachte dröhnend. Ingurakschak nahm Sinischmeani am Arm und flüsterte ins Ohr des Steuermannes, dann kicherten beide. Ein schneller Blick traf Daduschu, der im Flackerlicht Tiriqan anstarrte. Graues Morgenlicht kroch über die Mauern und färbte den Buranun; er sah aus wie kochendes Blei. Der Wein feuchtete Lippen und Kehle, aber Daduschus Stimme blieb rauh.

»Nicht weinen, Tiri. Ich möchte dich lächeln sehen, wenn wir ablegen.« Er schluckte. Tiriqan schnaufte und fuhr mit dem Hemdsärmel durch ihr Gesicht. Plötzlich lachten beide. Daduschu küßte sie, nahm ihre Hand und ging zu Ingurakschak, der mit hochgezogenen Brauen Schiffe und Mannschaft beäugte.

»Ich werde immer daran denken, wie du es gemacht hättest, Awilum Ingurakschak. Dank für deine Unterweisungen.«

»Schon gut. Mach's besser als ich, Sibaru. *Shaduq?*«

»*Shaduq!*« Daduschu verbeugte sich vor Shindurrul. »Wenn Tiriqan sich einsam fühlt, darf sie dein Haus besuchen und mit Maschkani sprechen?«

»Sie weiß es.« Shindurrul trank, aus dem Mundwinkel tropfte Wein in den Bart, und seine Blicke wanderten fast kalt und durchdringend von einem Gesicht zum anderen, kehrten zu Daduschu zurück. Er flüsterte: »Sie weiß es und wird sich mein Geschwätz über ihren sturmerfahrenen Geliebten anhören. Kapitän, Steuermann und Mannschaft der *Zwielicht* sind, glaube ich, nicht vom gefährlichen Neid auf dich angefressen. Aufs Schiff, Söhnchen!«

»Bis zum nächsten Nissannu oder Ajjaru. Tiriqan, du mußt lächeln und winken.«

Er küßte sie, drückte den leeren Becher in ihre Hand und lief zu den Trossenschlingen am Bug. Ruderer und Steuermänner gingen an Bord, Kapitän Gimilmarduk packte das Backbordruder.

»Trossen los, Usch.«

Daduschu hob das schwere Tau vom Poller, rannte zum Heck, wuchtete die Schlinge vom rissigen Bohlenbündel und sprang über die Planke. Am Blatt des Ruders, das ihm Hashmar entgegenstreckte, hielt er sich fest. Zwei Shupshum zerrten die Planke an Seilen auf den Kai. Das Schiff driftete langsam von der Kaimauer weg. Die Backbordriemen schlugen rückwärts. Als der Steuermann den Holzschaft gegen den Kai stemmte, drehte sich die *Zwielicht* im Hafenbecken, die *Geliebte* folgte. Acht Riemen knarrten in den Dollen; Gimilmarduk zog die Pinne des Steuerruders bis zum äußersten Punkt des Hecks und rief leise den Takt aus. Daduschu, der hinter Sharishu auf einem Decksbalken saß, blickte ins Gesicht des Kapitäns und zog den Riemengriff langsam, aber mit aller Kraft durch. Der Hafen, die Mauern, Tore, Zinnen und Treppen drehten sich ums Schiff, die Gruppe um Shindurrul schien sich enger zusammenzuschließen, und alle winkten und riefen. Hinter der Mauerkante, flußauf, jenseits des Wellenbrechers, wartete graurötliches Morgenlicht. Schiffe, Flußtor und Schilf tauchten langsam aus der staubigen Flachheit des Bildes heraus, gewannen allmählich Farben, und als das Schiff von der Strömung gepackt und das Rudern plötzlich viel leichter wurde, kamen die Winkenden, seltsam verloren vor den kippenden Senkrechten der Mauern, wieder in Sicht.

»Die hinteren drei Riemenpaare an Deck!«

»Riemen an Deck«, rief Talkam, zog den Riemen ein und legte ihn neben der Bordwand ab. Er lief über den breiten Mittelsteg, löste Sinbelaplim ab und blieb wachsam im Bug stehen. Das

Schiff glitt, schneller und schneller, in die Strommitte. Kapitän und Steuermann standen an den Pinnen der Seitenruder. Daduschu wartete ab, was Hashmar tun würde.

»Zieht das Segel auf«, rief Gimilmarduk.

»*Shaduq*, das Segel.«

Fünf Ruderer und Daduschu lösten die Knoten von vier Tauen, riefen den Takt und zogen die geteilte Rah auf. Tauwerk knirschte auf Bronzebeschlägen. Die Schnüre, mit denen das Segel am Holz festgezurrt gewesen war, legten sich flach an den gewachsten und geölten Stoff; Schlingen baumelten am unteren Saum. Der Tum Martu aus Nordwest blähte das Segel, ließ es erschlaffen, füllte es wieder.

»Schottleinen nach achtern und belegen.«

»Washur und Kimmu.«

Beide Ruderer packten die Leinen an den untersten, äußersten Enden des Segels, zogen sie straff und belegten sie auf wichtigen Klampen vor dem Achterdeck. Zusätzliche Steuer- und Sicherungsleinen wurden gelöst, neu belegt, nachgespannt und ihre Enden zu Tauschlingen zusammengefaßt. Jede Schlinge hatte ihren Platz. Daduschu sah, daß fast im gleichen Augenblick die gleichen Handgriffe auf der *Geliebten* ausgeführt wurden: die senkrechten braunen und weißen Streifen, das dunkle Holz und die Gestalten an Bord blieben im tiefgrauen Schatten der Stadt. Sein Blick richtete sich auf den Hafen; er verschwand hinter der südlichen Landmauer, die fast in voller Länge zu sehen war. Jetzt glitt das zweite Schiff ins grelle Licht der Sonnenstrahlen. Farben glühten und loderten auf, und als die *Geliebte* an dem Palmenwald des geraden Ufers vorbeitrieb, schloß Daduschu geblendet die Augen. Feuer strahlte aus dem Segel, und jeder Belag sprühte Funkengarben.

»Wir sind im Strom.« Gimilmarduk zeigte weder Aufregung noch Ergriffenheit. »Bis zum Unteren Meer, durchs Schilfmeer und die Schlammflächen sind's mehr als... mindestens sieben Tage, Usch, wenn's gut geht.«

»Ich weiß. Was soll ich tun, Kapitän Gimil?«

»Hilf Hashmar und Sheheru. Ihr setzt die Decksplatten ein.«
»*Shaduq.*«

Im Bug lehnten quadratische Holztafeln. Sie trugen auf der Oberseite ein Riffelmuster, auf der Unterseite hielten Reihen von Bronzenägeln wuchtige Führungsleisten. Je ein Paar wurde auf die Decksbalken gelegt; zwei von ihnen enthielten Lukenöffnungen, zweieinhalb auf drei Ellen groß. Acht Paare bildeten ein durchgehendes Deck und waren an mehreren Stellen um die Decksbalken gesichert, indem man durch sieben Löcherpaare Holzstäbe trieb. Ein doppeltes Futter aus Binsengeflecht und Schnüren sollte das Aneinanderreiben und Durchscheuern verhindern.

»Die Luken bleiben offen, vielleicht auch noch auf dem Unteren Meer.«

»Verstanden.«

Entlang der Bordwand wurden die Riemen in Aussparungen gelegt und an vier Stellen mit dünnem Tau gesichert. Das Riemenpaar im Bug, hochgekippt und außenbords belegt, diente zum zusätzlichen Steuern während gefährlicher Manöver. Nachdem das Deck geschlossen war, stieg Daduschu in den Bug, um sich an das Heben und Senken des tiefliegenden Schiffes zu gewöhnen.

Hinter den Dämmen, über dem Schilf der Ufer, neben Schleusen und Hochwasserbecken rüttelte der Wind an Palmwedeln, bewegten sich die Arme der Schöpfbrunnen, schüttelten Tamarisken ihre Blätter. Fischer holten ihre Reusen aus dem Strom, ein Adlerpärchen jagte Flugenten. Daduschu versuchte zu schätzen, wie schnell das Schiff war; mehr als doppelt so schnell wie ein kräftiger, langbeiniger Wanderer. Keleks voll Bruchsteinen und mit je einem Mann besetzt, kreiselten flußabwärts. Die Schiffe fuhren mit kräftigem Wind in der Mitte des Buranun, und jeder Fischer, Binsenschneider oder Deichwärter winkte.

»Nur Narren und Weise staunen über Selbstverständliches, Usch«, rief der Steuermann. »Opferst du das Frühstück noch immer nicht den Flußgöttern?«

»Nein. Und ich behalt's auch bis zum Abend.«

Eine Stunde lang ließ Daduschu die Landschaft, eine riesige Ebene unter dem Kessel des Himmels, in dem die Sonne hing wie flüssige Bronze, an sich vorbeiziehen, versunken in wechselnde Bilder und Stimmungen. Einmal hoben alle Tiere eines Gazellenrudels die Köpfe und äugten herüber. Blüten von Rankengewächsen im Schilf öffneten sich, Schafe und Ziegen weideten im Gras der Dammböschungen. Fische schnellten in die Luft und tauchten klatschend ein. Weiße Wolken aus der Westlichen Wüste lösten sich auf, während die Sonne stieg. Die *Geliebte* wiegte sich leicht in murmelnden Wellen.

Daduschu fühlte, daß, zugleich mit der Großen Stadt hinter der vierten oder fünften Windung des Buranun, auch jene Zeit verschwand, in der ihm jeder sagen durfte, was er zu tun hatte. Was vor ihm lag, nach so wenigen Stunden, ahnte er kaum. Er freute sich auf jeden neuen Tag, obwohl er wußte, daß diese Empfindung ihn aus der vertrauten Welt hinausführte. Als er zum Kapitän hinaufkletterte, sah Gimilmarduk, daß Daduschus Augen leuchteten. Er deutete auf den Falken, der auf einen Wildtaubenschwarm herunterstieß.

»Sie sehen viel mehr als jeder von uns, weil sie fliegen. Aber – sind sie frei? Freier als du und ich?«

Daduschu zuckte mit den Schultern.

Die tropfenförmigen Ankersteine hatten sich tief in den lehmigen Boden gesenkt, und die Landleinen spannten sich zwischen den Palmstämmen und dem Heck. Beide Schiffe, Seite an Seite, lagen in der strömungsarmen Bucht, einem toten Arm im inneren Ufer der breiten Biegung. Mückenschwärme tanzten um die Laternen im Bug und über dem Heck; im Schilf, zwischen dessen Halmen Libellen wie fliegendes Geschmeide zu sehen gewesen waren, lärmten Frösche. Grillen vollführten an Land ein ohrenbetäubendes Sirren. Fledermäuse zuckten zwischen den Palmen vor dem riesigen Vollmond. Fast lauflos glitten Eulen durch das Gewirr der Stämme.

Der Wind war eingeschlafen. Hin und wieder fuhr eine warme Bö über den Damm und durchs Schilf. Daduschu zog den Zedernholzpflock aus dem Loch des vierundzwanzigsten Nissannu und drehte ihn ins Loch des nächsten Tages ein.

»Durst, Usch?«

Daduschu nickte Sharishu zu und streckte die Hand nach dem Becher aus.

»Vergiß das Öl nicht. Sonst bist du morgen krank.«

»Nach dem Essen, Shari.« Das teure Zedernöl, dessen Geruch Stechmücken und Fliegen vertrieb, linderte das Jucken der Stiche. Noch vertrieb der Rauch vom Kupferkorb der sandgefüllten Schale die surrenden Quälgeister. Im Kessel brodelte Suppe mit Rübenschnitzen, Fleischstücken, Gänseschmalz und Bohnen. Talkam streute langsam vier Handvoll geschrotete Hirse hinein, Sheheru teilte die letzten Melonen auf, und Hashmar knallte eine Schale Datteln auf die Planken. Vom Bug schlug Sinbelaplim sein Wasser ins Ried ab. Das Segel hing, zum Heck gespannt, wie ein weit offenes Zelt über den Männern. Rauch und Gerüche fingen sich darunter. An Steuerbord kletterte Gimilmarduk triefend die Strickleiter herauf und trocknete sich mit einem Tuch ab, das nach Zedernöl roch. Wasser tropfte aus seinem kurzen Bart, dessen Locken längst ihre zierliche Form verloren hatten. Die Männer hockten mundfaul und träge auf den Planken, Stirn, Nacken und Rücken sonnenverbrannt. Ein riesiger, honigsteinfarbener Mond hob sich in den Himmel.

»Ich glaube, morgen sind wir dort, wo sie den Kanal bauen. ›Hammurabi, Reichtum des Volkes.‹ Soll in vier oder drei Jahren fertig sein«, rief Jarimadad vom Heck der *Geliebten* herüber. »Was sagst du, Gimil?«

»Wir können's schaffen.« Gimilmarduk streifte das frische Hemd über. »Hoffentlich müssen wir den Lotsen nicht wieder tagelang suchen.«

»Er hat fest versprochen, daß er bereitsteht.«

Obwohl das Mondlicht hell genug war, wagten die Kapitäne nicht, die schwerbeladenen Schiffe nachts zu steuern. Bisher waren sie, ohne viel loten zu müssen, allen Sandbänken ausgewichen. Schweigend aßen und tranken die Männer; Daduschu kletterte zum Heck des anderen Schiffes und zog im großen Ledereimer Wasser an Bord, das er zum Spülen der Löffel, Messer, Näpfe und Becher brauchte; mit dem Rest säuberte er den Kessel. Als er das Wasser ins Schilf schüttete, schienen tausend winzige Lebewesen um die Abfälle zu kämpfen. Er setzte sich auf die Bordwand, hielt sich an den Planken fest und sagte:

»Die erste Wache übernehme ich, ja?«

»Meinetwegen.« Sinischmeani gähnte. »Bis Mitternacht. Dann ist Kimmu dran.«

Kimmu drehte den Kopf und nickte. Seine Dilmun-Ohrperle funkelte seidig. »Und dann einer von drüben.«

»Das werde ich sein«, sagte der Steuermann der *Geliebten*. Daduschu holte aus der Kammer unter dem Achterdeck den Mückenschleier, den Zedernölkrug und sein Beil, faltete die Decke zusammen und setzte sich, den Rücken gegen die Bordwand, auf die Planken. Washur löschte die Buglaterne.

An den Rändern des Segels vorbei starrte Daduschu in den Nachthimmel, erinnerte sich an die Erlebnisse des Tages und versuchte sie in Einklang zu bringen mit dem, was man ihn über die Welt gelehrt hatte, über Sternbilder und herrschsüchtige, zänkische und unachtsame Götter, über das riesige Land, durch das sich der Kupferfluß träge schlängelte. Der narbige Vollmond wanderte auf die Mastspitze zu; ereignislos verging die erste Hälfte der Nacht im Rascheln und Knistern des Schilfs, in der zweiten Hälfte fiel Daduschu in traumlosen Schlaf.

Ungefähr drei Stunden nach Mittag, inmitten einer baumlosen Ebene, in der nur Schilf und kümmerliche Gräser wuchsen, sah Daduschu die ersten grauen Rauchsäulen. Er wandte sich an Gimilmarduk, der auf der Pinne des Steuerbordruders saß.

»Die Kanalbauwerke, Kapitän?«

Gimilmarduk nickte. »Ein Tag dahinter fängt das Schilfmeer an.« Er musterte Daduschu, der seit sechs Stunden am Backbordruder stand. »Bevor Nadinakhe kommt und uns die Ohren vollschwätzt – seit Mittag willst du Fragen stellen. Bevor du platzt wie ein Frosch – also?«

Daduschu erschlug zwei Stechmücken auf dem Oberschenkel. Die dunkelbraunen Augen des Kapitäns lagen in einem Netz von Falten, die jetzt, da er nicht lächelte, viel zu weiß von den sonnengebräunten Schläfen zusammenliefen.

»Ja. Das ist so: Weil ich Shindurrul nicht enttäuschen will...« Er zwang sich, überlegt zu sprechen. »Der Kaufherr hält mich, sozusagen, an Sohnesstatt. Jeder weiß das. Und seit ich aus der Edubba draußen bin, sehe ich, was andere Männer tun, nicht älter als ich. Sie haben Familie, opfern im Tempel, wissen, wie man Kanäle anlegt, steuern Schiffe nach Moensh'tar. Ich weiß mehr als unsere Ruderer; sie sind sicherer, mit jedem Handgriff. Sie haben keine Zweifel, glaube ich zu wissen. Ist ihre Sicherheit besser als das, was ich in zwölf Jahren gelernt habe? Ihr nennt mich Sibaru; bin ich dümmer? Stelle ich falsche Fragen? Oder würde ich, wenn es sein muß, ebenso richtig handeln wie ihr? Bin ich aus der Art geschlagen? – Warum, bei Marduk, frage ich, was ich falsch mache, obwohl ich ahne, daß es einigermaßen richtig ist?«

Gimilmarduk seufzte tief. Er richtete seinen Blick unter dem gewölbten Segel auf graugrüne Unterbrechungen des Horizonts. Als er antwortete, war seine Stimme ähnlich der Shindurruls, als der Kaufmann mit den Waagschalen gespielt hatte.

»Du wirst Shindurrul nicht enttäuschen; er erwartet keine Wunder. Zuerst tatest du ihm leid. Jetzt meint er, du könntest der Sohn sein, den er noch immer nicht gezeugt hat. Möglich, daß er von dir zuviel verlangt: ich glaub's nicht. Warum? Weil ich dir zugesehen habe, seit dem Entladen, Ausbessern und Beladen der Schiffe. Du hast bisher noch keine Fehler gemacht. Natürlich bist du noch ein plattfüßiger Lehmtreter, aber das gibt sich bis Meluchha, wenn du nicht nachts beim Wasserabschlagen über Bord gehst. Schamasch! Fällt mir gerade ein – kannst du schwimmen?«

Daduschu schluckte und grinste. »Nicht besonders gut.«

»Hashmar schwimmt wie ein Fisch. Er bringt's dir bei. Im wirklichen Meer. Also weiter: was andere tun, tun sie, nicht du. Sie sind sicherer, weil ihre Welt kleiner ist als deine. Möglicherweise wirst du in einer größeren Welt sicherer werden. Du lernst noch – sie glauben, alles zu wissen. Daß du in Dingen irrst, die du nicht kennst, wirft dir niemand vor. Du würdest mir die Fragen nicht gestellt haben, wenn wir, in einem Jahr, vom Intu zurück wären.«

»Ich frage heute, Kapitän Gimil. Weiß ich heute, was ich in einem Jahr bin?«

»Was weißt du von Omen und Vorzeichen?«

Daduschu zuckte mit den Schultern. »Viel. Alles, was ich auswendig lernen mußte.«

»Was siehst du dort?«

Tum Martus günstiger Nordwest trieb Staubwirbel über die Ebene. Drei Geier kreisten im lodernden Himmel, an den Eckpunkten eines Dreiecks. Aus einem Wäldchen halb mannshoher Schößlinge, am Steuerborduferr, wuchsen sieben Palmen in einer Reihe, doppelt so hoch wie der Rest der Pflanzung. Ein Entenschwarm, gestaffelt wie eine Pfeilspitze, fiel rechter Hand in junges Schilf ein. Daduschu sagte zögernd:

»Verdächtig, fast unglaublich viele gute Zeichen. Gesundheit, Reichtum, Wachstum und Götteraugen, die uns fröhlich zublinzeln.«

»Na also. Was willst du mehr?« Gimilmarduk lachte. »Du lernst durch Erfahrung und Wiederholung. Weil du mehr weißt und, vielleicht, einmal klüger sein wirst als wir, verstehst du besser, was du neu erfährst. Und jetzt hol mir einen Becher Bier.«

Er packte die andere Pinne und wies mit dem Kinn zum Mast. Daduschu nickte und verschwand durchs Luk im Laderaum. Nachdem Gimilmarduk den Becher halb geleert hatte, zeigte er zur Rah.

»Mach weiter, wie bisher. Du wirst auch Sicherheit lernen. Wenn du sehen willst, was Hammurabis kluge Kanalbauer erschaffen, steig auf die Rah. Ein Kanal, großartig und gewaltig.«

Als Daduschu an ihm vorbeiging, flüsterte Gimilmarduk mit

herabgezogenen Mundwinkeln: »Derlei solltest du mit Sinbelaplim nicht besprechen. Halt dich fern von ihm. Reize ihn nicht, klar? Weiß man, wer die drei Mistkerle in der Korbflechtergasse waren?«

Daduschu holte tief Luft und schüttelte den Kopf. Der Blick des Kapitäns wurde kalt, abweisend. Er drehte sich herum und sah nach der *Geliebten*. Daduschu kletterte in den Wanten bis zur Rah, stellte sich darauf und hielt sich am Mast fest. Der Geruch des sonnenheißen Zedernholzes stach in seine Nase, aber er achtete nicht darauf: der Blick aus fünfunddreißig Ellen Höhe über dem Wasser war einzigartig.

Lange, gekrümmte Dämme aus Lehmziegeln und Kieseln in pechgetränktem Rohrgeflecht, schräge Bruchsteinpfeiler und leere Kanäle, kaum schmaler als der Stromlauf, erstreckten sich bis zum staubverhüllten und hitzeflirrenden Horizont. Nippur erschien weiß und kantig an den Boden geschmiegt im Nordosten, Isin lag, einen Fingerbreit höher, querab. Böschungen, Schatten und die Hütten und Wollzelte der Amurru-Arbeitskolonnen neben den Feuern ließen große Überlaufbecken ahnen. Zwischen Wellenbrechern ragten die Gerüste der Schleusen und Schieber auf. Das westliche Buranunufer, an Steuerbord, war von einem hohen, grasbewachsenen Damm gesichert, in dem Daduschu mehr als ein Dutzend breite Kanaleinlässe zählte. Dahinter breitete sich ein runder Teich aus, um dessen langsam austrocknende Ufer ein Kreisring schütteren Grüns, von Tamariskensträuchern unterbrochen, mit der graubraunen Wüstenei verschmolz. Auf vielen Teilen der sanft gerundeten Dämme wurzelten Gräser; Frauen und Männer trugen Wasser und begossen diesen Schutz der Oberfläche. Andere Arbeiter pflanzten in feuchten Gräben Schilf, das die reißende Strömung brechen sollte. Daduschu flüsterte, von der Ausdehnung der Wasserbauwerke und der trostlosen Weite überwältigt:

»Hammurabis Kanal. Wasser für sechs Städte. Welch unermeßliche Arbeit.«

An den Schutzdämmen zählte er wenige Menschen und Gespanne. Sie wurden dort gebraucht, wo neu angelegte Felder, Äcker und Weiden schon durch feinverästelte Kanäle die Wassermassen der letzten Flut aufgesaugt hatten. Ende des übernächsten Mondes, im Simanui, kamen Arbeiter, Tagelöhner, Sklaven und Kriegsgefangene wieder an dem riesigen Irrgarten aus Dämmen und Kanälen, Nebenkanälen, schmalen Brücken, Stauteichen und Befestigungspflanzungen zusammen, um während des Ululu und Tashritu das Hochwasser bis nach Eridu und Nippur in sanftem Gefälle abzuleiten. Hammurabi, sagte sich Daduschu, versuchte Unmögliches und erreichte damit sehr viel. Er kletterte an Deck zurück, nickte Sinischmeani an der Pinne zu und ging in den Bug, gerade rechtzeitig. Die *Zwielicht* steuerte auf den breiten Stichkanal zu, in dessen glattem Wasser das Spiegelbild der Mauern Uruks wie Öl auseinanderfloß.

»Und wo schläft dieser verdammte Lotse?«

Daduschu glaubte zu verstehen, daß Gimilmarduk den Aufenthalt nur so lange ausdehnen wollte, bis frischer Proviant unter Deck und der Lotse an Bord waren. Als sie mit schräg ausgestellten Segeln und dem letzten Schwung in den Kanal einbogen und hinter dem Wellenbrecher aus der Strömung gingen, kam aus der Richtung der Stadt ein einzelnes Boot auf die Schiffe zu.

11. Das Schilfmeer

Noch immer, eineinhalb Stunden nach Sonnenaufgang, glitten die Schiffe durch eine unwirkliche Welt des Schweigens. Grauer Nebel reichte bis zur Hälfte der Masten, nur die Spitzen des Schilfgrases, drei Hohe Rohre lang, erhaschten Sonne. Flachwasser, riesige Sumpfflächen, schmale und breite Gassen zwischen starren Schilfmauern, die voneinander abzweigten und sich irgendwo wieder trafen in diesem Irrgarten aus Windungen, kaum spürbarer Strömung, windlosen Zonen und Wasserflächen, die sich plötzlich öffneten, in die der Wind hineinfuhr und Gassen in den Nebel riß: Nadinakhe, der Lotse, schien Eulenaugen, Habichtsblick und die Gabe der Hellsicht zu haben. Sein Boot schwänzelte im Schlepp der *Zwielicht,* und er stand mit dem Peilstab im Bug, deutete nach links oder rechts, und bisher hatten die Schiffe ihren Weg gefunden.

Rinder schrien aus dem Nebel. Hin und wieder blitzte ein Sonnenstrahl über die Mauern aus Schilf. Modergeruch, schlieriges Brackwasser, Brodem aus platzenden Blasen, Fischgestank und Feuchtigkeit machten das Atmen zur Qual. Einen Steinwurf voraus brach eine gelbe Bahn Licht durch den Dunst. Nadinakhe drehte sich herum.

»Jedes Jahr gibt's andere Wege. Wißt ihr, daß der Sumpf jedes Jahr fünfzig Ellen weit ins Meer hinauswächst? Überall. Bis eines Tages Ur und Eridu keinen Hafen mehr haben.«

Seine helle Stimme, das Flappen der Segel und das Knarren der Ruder bei der Kursänderung wurden von der Stille aufgesogen. Gimilmarduk grunzte und rief:

»Nur eines ist wichtig: daß du uns durchs richtige Fahrwasser bringst. Bist du sicher?«

»Seht ihr nicht die roten Wollzöpfe am Schilf?«

»Nicht im Nebel, Mann.« Sharishu wedelte mit der flachen Hand vor den Augen und gähnte. »Und hier leben Menschen? In dieser Brühe?«

Die Ruderer spähten ständig über die Bordwände. Ihre Gesichter blieben voll von Mißtrauen und Unbehagen. Das Wasser, meist tiefschwarz, war von gelblichen Schlieren durchzogen. Schemenhaft erschienen und verschwanden hochschnäblige Boote in der dunstigen Undeutlichkeit. Schatten standen und saßen darin; schweigend, rätselhaft und bedrohlich. Hin und wieder zeigten sich unterschiedlich breite Bänder sauberen Wassers, und wenn es zwischen Schilf und Nebel heller wurde, sah man den Grund – sechs, sieben Ellen tief. Nadinakhes Fröhlichkeit war unzerstörbar.

»Meine Freunde. Sie wohnen auf Schilfinseln; eine Schicht Rinderkot, eine Schicht Binsen, und ich sage euch: ihre geflochtenen Häuser sind kleine Paläste. Sie kennen die Furten und Passagen.«

»Sumpfleute!« Talqam schwankte. Die *Zwielicht* nahm Fahrt auf, als die Enden der Rah und die Kanten des Segels ratternd das Schilf streiften. »Wenigstens melden sie den Lotsen die Schiffe, wenn sie vom Meer kommen.«

Sechsundsechzig Ellen Holz und Ladung schrammten dumpf knirschend über eine Lehmbank. Das Schiff schien sich aufzubäumen, schwankte und rüttelte. Gimilmarduk stieß eine lange Reihe akkadischer Flüche aus. Daduschu hörte still zu; er kannte nicht eines der ausdrucksvollen Wortspiele. Das Schiff stöhnte, kam frei und segelte in strahlenden Sonnenschein hinein. Die Schilfwände entfernten sich zu beiden Seiten, das Wasser klärte sich, und vor dem Bug flatterten Wasservögel auf. Die Beklemmung wich, der Wind raschelte mit dem Schilf. Es gab wieder Geräusche. Die Seefahrer zwinkerten, der Lotse stieß einen trillernden Schrei aus. Er zeigte nach Steuerbord.

»Seht ihr? Jedes Jahr flechte ich solch schöne Dinge.«

Wo die Fahrtrinne sich öffnete, waren die letzten Schilfbündel zu Säulen, Bögen und palmwedelähnlichen Kronen geflochten.

In der Masse des Schilfwaldes konnten selbst scharfe Augen diese Kunstwerke übersehen, aber dem Lotsen reichten die spärlichen Merkmale aus.

»Marduk und noch ein paar andere Götter haben mal wieder kräftig mitgeholfen, Nadinakhe«, sagte Gimilmarduk. »Zahl ihn aus, Usch.«

»*Shaduq*, Kapitän.«

Daduschu holte Kupfer und Silber aus dem Gürtelfach und drückte die Plättchen in die Hand des Lotsen. Washur brachte Bier; sein Gesicht hatte den gewohnten Ausdruck angenommen.

»Danke, Lotse Nadinakhe«, sagte Daduschu. »Wirst du uns wieder flußauf bringen, irgendwann im Sabatu oder Addaru?«

»Deine Kapitäne wissen, was getan werden muß. Euer Bier ist warm, Ruderer.«

Er grinste, leerte den Becher und kletterte, in alle Richtungen winkend und grüßend, die klappernde Strickleiter hinunter. Hashmar hatte das Boot längsseits gezogen. Jetzt sah Daduschu, daß im Bootsinneren mehrere Krüge, Paddel, Seilschlingen und Werkzeug lagen. Der Lotse band den Peilstab zwischen Bug und Heck fest und fing die Leine auf.

»Gute Fahrt.« Er kicherte. »Wie kann man nur auf diesem gewalttätigen Wasser herumsegeln.«

»Viel lieber als im Schilf zu ersticken, Mann.« Sinischmeani drehte sich um und sah dem schmalen Boot nach, das außerhalb der Strömung wieder nach Norden gepaddelt wurde.

Die Strömung packte die Schiffe wie eine Faust. Der Wind kam in schwingenden Böen, die alle Gerüche des Schilfmeeres mitschleppten. Die Segel füllten sich, und zum erstenmal sah Daduschu hinter dem Heck der *Zwielicht* schäumendes, strudelndes Kielwasser. Er hob den Kopf, blickte nach links und langsam hinüber nach rechts. Die Bedeutung des Anblicks traf ihn wie ein Schlag.

Eisige Kälte rieselte zwischen den Schulterblättern hinunter. Dies war, wie er erkannte, der »Große Erhabene Augenblick«, in dem Menschen das Wirken der Götter und aller Geheimnisse spüren konnten: das große Wasser, das Element der Göttin Tiamat, das endlose Wellenwasser, unerklärbar, riesig, bis zum Ende der Welt, wo es herabfloß und alles, was auf ihm und in ihm schwamm, in die endgültige Tiefe riß. Er keuchte und heftete seine Blicke auf eine Mauer aus Schilf, die, halbmondförmig, sich von Osten bis Westen spannte.

»Ein mächtiges Bild der Trostlosigkeit«, flüsterte er, die Hände um die Verkleidung des Hecks verkrampft. »Das Land ohne Bäume.«

Strömung und Wind sogen und schoben die Schiffe in einer Schnelligkeit, die Daduschu als einzigen an Bord überraschte, nach Süd. Das Land war so flach wie das Meer. Schilf, Gräser und dünenartige Lehmanschwemmungen bildeten einen zerklüfteten Halbkreis, dessen Enden im Dunst verschwammen. Die Stadt zeigte sich, geduckt und grauweiß, jenseits der Schilfebene. Auch dieses Bild, graubräunlich, riesenhaft und erschreckend, war nicht in Daduschus Vorstellungen von Goldenen Städten jenseits der Wellen enthalten gewesen. Er stand schweigend da; die unglaubliche Wasserfläche erschreckte ihn ebenso wie das Bewußtsein, daß er – und diese Handvoll Männer – im Mittelpunkt einer nie gekannten Einsamkeit dahinsegelten. Eines war sicher: zitternd erkannte er, daß ab jetzt alles anders sein würde, neu, gefährlich, riesenhaft. Vergiß Babyla, sagte er sich, vergiß die schmalen Kanäle. Dies ist das Wasser aller Wasser, und du bist anders als die, die du kanntest – jetzt segelst du auf dem Unteren Meer. Dilmun, das Paradies, ist nur einen Drittelmond entfernt.

In der Hitze, im gnadenlosen Licht der Sonne, beobachtete Daduschu den Kapitän. Gimilmarduk bewegte sich ruhig, sicher und gleitend: er war mit jeder Bewegung des Schiffes und mit den Decksplanken verwachsen. Daduschu versuchte sich zu erinnern. Er kannte diese kühle Ruhe, die das Wissen über die Schwierigkeiten mit den Dingen des Lebens widerspiegelte, von Vater Utuchengal, Shindurrul oder dem Suqqalmach Awelninurta – Gimilmarduk war vom selben Schlag: ein kluger Mann, der die Ordnung in seiner Umgebung über alles stellte, weil sie überlebenswichtig war. Ein Mann von fünfunddreißig Sommern, der seine Klugheit hinter Wortkargheit verbarg; der Herr beider Schiffe und der gesamten Fahrt. Er besaß Macht, zeigte sie kaum jemals, und deswegen gehorchten ihm alle Männer, selbst wenn er nur die Brauen hob, mit dem Mittelfinger irgendwohin deutete oder mit den Fingern schnippte. Er war, sagte sich Daduschu, der in kleinen Schritten begriff, der kluge und machtvolle Vater von ihnen allen.

Gimilmarduk blieb an der Bordwand im Bug stehen, musterte schweigend jede Einzelheit an Deck, starrte hinüber zum anderen Schiff: der Ausdruck seines Gesichts blieb undeutbar. Er hob den Kopf, sah nach dem Stand der Sonne, deutete auf Daduschu und winkte. Daduschu hob die Hand und ging entlang der Steuerbordwand zum Bug.

Gimilmarduk wartete, bis der Ruderer den Krug und zwei Holzbecher auf die Planken gestellt und sich in die Richtung des Mastes zurückgezogen hatte. Er nahm Daduschus Handgelenk und zog ihn auf die heißen Planken. Seine Stimme war leise, aber scharf. Was er zu sagen hatte, schien überaus wichtig zu sein.

»Der Suqqalmach, Freund Shindurrul, jene Männer, die an der Seite deines Vaters gekämpft haben, andere wichtige Personen – sie reden von dir und über dich, Daduschu.«

Bedächtig goß er dünnes Bier in die Becher. Er musterte Daduschu, als wäre er vor einer Stunde an Bord gekommen. Daduschu ahnte, daß der Kapitän eine Stunde der Ruhe abgewartet hatte, um mit ihm ohne Zuhörer zu sprechen. Er hob die Schultern, kratzte sich am Knie und sagte leise:

»Viele reden über mich, mein Vater. Es macht mich stolz, daß sie's tun. Wenn ich zuhöre oder erfahre, was sie sagen.« Er wartete, bis Gimilmarduk den Becher hob, und packte das Gefäß aus geschliffenem Holz. »Und es macht mich verlegen. Warum? Weil ich, jung und unerfahren, nicht weiß, was an mir so besonders ist.«

Er sah sich um: niemand konnte verstehen, worüber sie sprachen. Gimilmarduk lächelte in sich hinein.

»Du wirst bemerkt haben, daß nur wenige Männer an Bord wichtig sind. Die Ruderer und der Koch zählen nicht dazu. Sie sind zwar ebenso tüchtige Schwarzköpfe wie wir, aber ihnen fehlt, was uns auszeichnet: sie sind weder neugierig noch wißbegierig, können nicht schreiben und lesen und sehen ihr Leben anders als du, ich und Shindurrul. Darüber werden wir an einem anderen Tag sprechen. Zweifellos hast du es bemerkt.«

»Ich hab's bemerkt.« Daduschu trank einen Schluck und griff mit der Linken nach einem Tau. »Was willst du mir sagen, Kapitän?«

»Einige wichtige Dinge. Warte. Langsam. Ich bin ebensowenig wie du der Mann blitzender Gedanken. Dafür bin ich gründlicher.«

»Ich höre, mein Vater.«

Gimilmarduk hob die linke Hand. Er bog mit dem Zeigefinger der rechten den Daumen nach hinten.

»Erstens: Du hast vielleicht verstanden, daß der Auftrag des Obersten Priesters dich verpflichtet, alles über die fremden Götter zu berichten. Wenn du dies tust, könnten sie anklagend schreien: Daduschu versucht, die alten Götter Babylas zu entthronen, weil er uns und dem Volk neue Götter anpreist und sowohl Schammasch, Inanna und Marduk lästert. Das wäre, unter uns, eine Art Todesurteil für dich. Hast du das bedacht, Daduschu?«

Daduschu schüttelte den Kopf. Daran hatte er keinen Atemzug lang gedacht.

»Nein, Kapitän. Jetzt denke ich daran. Würde ich laut darüber sprechen, wäre es schlimm für mich. Man hat lange gesucht und mich gefunden. Ich wäre der Sündenbock. Ich bin eine Steinfigur auf dem Spielbrett des Obersten Priesters. Er würde mich benutzen wie einen Hebel, mit dem man einen Steinblock hochwuchtet. Was immer ich sage oder erzähle – es wäre falsch und würde sich gegen Babylas Götter richten. Meinst du das?«

Der Kapitän nickte.

»Zweitens: Ich, du, Shindurrul und Awelninurta wollen, daß das Reich Hammurabis Bestand haben möge bis in alle Ewigkeit.«

»Ja. Das denke ich.«

»Hammurabis Macht muß erhalten werden, bis er sie an seinen Sohn abgibt. Jede Unsicherheit schwächt den Herrscher. Jeder, der aufmerksam zuhört, wenn du – oder einer von uns, wer auch immer – von den fremden Göttern spricht, ist eine Gefahr für die Männer des Tempels.«

»Vertragen Marduk oder Schammasch, der als Gott der Stadt Babyla langsam an Bedeutung verliert, keine Berichte über fremde Götter?«

»Marduk vertrüge es.« Gimilmarduk lächelte kalt. »Die Macht der Priester verträgt es nicht. Nur wir, die weit herumkommen, sehen, daß es sich andernorts mit anderen Göttern ebenso gut oder schlecht leben läßt wie mit unsren Gottheiten. Drittens: Würden wir dieses Wissen in Babyla verbreiten, würde das Volk einsehen, daß es auch ohne Priester mit den Göttern der sumerischen Schwarzköpfe reden könnte. Und dies würde die Priester ihrer Macht berauben, und da sie den Machtverlust fürchten wie den Tod, ist jede Person, die dieses Wissen besitzt und verbreiten kann, in Lebensgefahr.«

»Sie haben mich ausgesucht, über die fremden Götter zu berichten. Jeder, der mir zuhört, mindert die Bedeutung der Götter Babylas. Er wäre rasch bekannt, und die Priester behielten ihre Macht, wenn sie ihn, irgendwie, mundtot machen würden.«

Gimilmarduk streckte den Arm aus und hob den Becher.

»Kluger Bursche! Genauso ist es. Du bist ihr Opferlamm. Du bist der einzige aus der Palastschule. Weder mich noch andere würden sie angreifen. Du aber wärest der Beweis, daß der Sohn eines Heerführers und alle, die ihm glauben, die Götter beseitigen wollten.«

»Warum gerade ich?«

»Neid. Mißgunst. Enttäuschung. Da du Hammurabis Siegel

trägst, ist Awelshammash, der besser rechnet als du, der Mann hinter dir.«

»Nehme ich ihm etwas weg? Was verliert er?«

»Er ist, so wie du, ein Stein der Priester auf dem Spielbrett.«

»Und ich? Ich bin der Spielstein Shindurruls und des Suqqalmachs? Wo ist der Unterschied?«

»Viertens: Du bist unser Mann. Der Spielstein aller Männer, die für das nächste Jahrhundert die Ordnung Hammurabis wollen, weil es allen gut geht und sie in Ruhe und Frieden leben.«

»Seid ihr mächtiger als die Priester?«

»Vielleicht. Das Gold, das die Händler dem Palast abgeben, ernährt auch die Priester. Denk an Shindurruls Waage: Der Kampf um die Macht spielt sich unter einer Handvoll Männern ab. Das Volk sieht zu, staunt, klagt und wartet.«

»Ich bin entsetzt, Kapitän.« Daduschu blickte in den leeren Becher und griff nach dem Krug. »Es ist ein Kampf zwischen Hammurabis Ordnung und der Gesetzlosigkeit, die Babyla und Sumer verheeren würde, wenn Hammurabis Macht bräche?«

»Ich hätt's nicht klarer ausdrücken können. Du bist für Hammurabis und unsere Art der Ordnung?«

»Ich wäre sonst nicht auf deinem Schiff.«

»Du weißt, daß du mächtige Feinde hast?«

»Bisher hab' ich es geahnt. Jetzt weiß ich es.«

»Wir werden dir helfen, Usch.« Gimilmarduk wirkte kühl und gelassen und so, als wisse er mehr. »Ein unsichtbarer Wall wird dich umgeben. Vielleicht bist du eine Figur auf einem Spielbrett, wir sind Figuren derselben Farbe. Wir, die im Schlamm der Kanäle gespielt haben – um ein Lieblingswort Hammurabis und seines Suqqalmachs zu nennen –, die Ruhe, Frieden und Gesetzmäßigkeiten für alle sichern wollen.«

»Ich bin ein kleiner Knoten in einem Netz geworden, ohne es zu wissen?«

»Wir sind Teile dieses Netzes.«

»Wenn ich versage, wenn ich etwas Falsches tue, dann zahlt auch Tiriqan dafür?«

Gimilmarduk schüttelte ernst den Kopf und hob die Hand. »In vielen Häfen, Usch, wirst du andere Frauen treffen. Solche, die ihre leidenschaftlichen, mehr oder weniger schönen Körper für Gold verleihen. Oder andere, die's für ein Lächeln tun: Witwen, die nicht allein schlafen wollen, einsame Frauen, keine Dirnen. Frauen für Seeleute: sie wissen, daß unsere Schiffe von Hafen zu Hafen segeln. Sie wollen nichts andres als Zärtlichkeit und Leidenschaft und denken nicht an Silber. Sklavinnen, Freigelassene, solche, die deine und meine Schwester sein könnten, andere, die Silber fordern, weil sie davon leben müssen. Sie wissen, daß unsere Schiffe wieder in See gehen. Junge und alte, schüchterne und aufdringliche: sie würden ein anderes Schicksal vorziehen. Fünftens: die Welt ist groß das Schicksal ist rauh und grob, und wir beide werden's nicht ändern.«

Gimilmarduk ballte die gespreizten Finger zur Faust, leerte den Krug in die Becher und lehnte sich zurück. Er lächelte und legte den Kopf schräg.

»Ich hab' dir viel erzählt. Du sollst in Ruhe darüber nachdenken. Wir haben viel, sehr viel Zeit. Was wir jetzt besprochen haben, konnte dir Shindurrul nicht sagen – er ist nur einmal zum Intu gefahren und kein zweitesmal.«

Gimilmarduks Blick suchte jenseits der Wellen das andere Schiff; er atmete tief ein und aus, packte das Spanntau und zog sich in die Höhe.

»Noch etwas: Sinbelaplim will, daß sein Sohn – wenn er es denn wirklich ist – ein großer Mann wird. Ein Statthalter unseres Königs. Oder ein mächtiger Händler, auf dessen Wort Hammurabi hört. Bisher steht er in deinem Schatten, ohne deine Schuld. Noch ein großer, farbiger Stein auf dem Spielbrett: niemand weiß, wie das Spiel ausgeht.«

Daduschu starrte die Maserung der Decksplanken an. Als er viel jünger gewesen war, hatte er in den geschwungenen Linien und den Astknoten seltsam harmonische Formen, phantastische Wesen und verzerrte Gesichter gesehen. Sein Fingernagel fuhr eine kaum spürbare Rille nach. Daduschu hob den Kopf, begegnete dem wohlwollenden Blick des Kapitäns.

»War es falsch, mein Vater, als ich mich entschieden hab', mit euch zum Intu zu segeln, für Shindurrul?«

»Es war richtig.« Gimilmarduk bewegte sich an ihm vorbei, auf die Taubündel am Mast zu. Er schüttelte den Kopf. »Du hättest nichts Besseres tun können. Aber darüber reden wir später. Bis zu diesem Tag – verlaß dich auf mich und auf dein Glück.«

Daduschu trank den letzten Schluck: das Bier war warm und schmeckte schal und bitter. Er hob den Kopf und starrte hinaus auf die riesige, grenzenlose Wasserfläche. Einigen Gefahren Babylas, seiner sicheren Heimat, war er vorläufig entkommen. Vor ihm lagen unbekannte Entfernungen und das Wasser unbekannter Meere: langsam begriff er, daß andere Gefahren innerhalb der Mauern Babylas anscheinend größer und, weil er sie weniger leicht erkannte, tödlicher waren. Wo war der Unterschied?

12. Insel der Perlen

»Niemand wird es erklären können, aber so ist es, Usch.« Kapitän Gimilmarduk beschrieb mit dem rechten Arm eine weitausholende Geste. »Im Ajjaru, im Simanui und Du'uzu, in den Monden der Flußabfahrt, ist das Wasser aller Kanäle und Furten fünf Ellen höher.«

»Höher als was, als wann?«

»Als im Tashritu, Arachsamnu und Kishlimu. Und zweimal am Tag hebt und senkt sich das Wasser um sieben oder acht Ellen.«

»Warum?«

Der Kapitän hob die Schultern. »Eine mächtige Kraft, die wir nicht kennen, läßt die Wasser steigen und fallen, in ewigem Gleichmaß. Alle sechs Stunden ändert's sich.«

»Du bringst mir wirklich neue Dinge in kleinen Schritten bei.« Daduschu begann zu rechnen. »Und wir segeln im salzigen Wasser?«

»In dem du schwimmen lernst, weil es leichter trägt als der Buranun oder der Idiglat.«

»Hier, mitten im Ozean?« Daduschu hob beide Hände und schüttelte den Kopf. »Nicht freiwillig!«

Sinischmeani winkte ab. »Unsinn. Irgendwo in einer Bucht. Vielleicht müssen wir vor Dilmun an Land steuern. Shindurrul hat uns aber nicht verboten, dich zu lehren, wie richtige Seefahrt betrieben wird – oder?«

»War ich faul? Hab ich mich vor irgendeiner Arbeit gefürchtet?«

»Deine Worte, Usch, pflügen das Meer. Klar?« Der Steuermann fuhr sich über die braungebrannte, schweißglänzende Glatze. »Willst du zuhören oder dumm sterben?«

»Sprich, Gurusch Steuermann. Ich schweige und höre.«

Sinischmeani winkte Daduschu auf den Sitz neben sich. Washur grinste, machte eine bezeichnende Geste zur Stirn und stieg vom Achterdeck. Daduschu setzte sich, hinter der Pinne, auf den Deckel der Deckskiste, den eine hohe, bequeme Lehne aus Flechtwerk abschloß. Er legte die Füße auf die Pinne, so wie Sinischmeani, und spürte die Kräfte des Wassers über das Holzgestänge des Backbordruders. Sinischmeani blinzelte, verfolgte mit der flachen Hand über den Augen den Flug eines Vogels zum Schilfgürtel und brummte: »Ich hab' heute meinen geduldigen Vormittag. Also: Tiamat läßt das Wasser sinken – Ebbe, die Strände fallen trocken. Sechs Stunden später gebietet sie dem Wasser zu steigen – Flut. Hier, südlich des Schilfmeeres, steigt die Flut manchmal sechs Ellen hoch; meist weniger. Der Boden des Meeres, geformt wie manches Land, mit Tälern und Bergen, lenkt im steigenden und fallenden Wasser die Strömung, wie ein Damm im Buranun. Wir fahren in einer Stunde in der Strömung ungefähr fünfundneunzig Seile Biru, ohne Segel, ohne Ruderer. Aber an jeder Stelle ist es anders; deswegen braucht das Schiff einen Kapitän und einen Steuermann. Wir segeln« – er zeigte nach Steuerbord, wo die westliche Spitze des Schilfgürtels in nackte Strände, Dünen und verschwimmende Küstenlinien überging – »stets so, daß wir, undeutlich, das Land sehen. Nachts richten wir uns nach den Sternen, aber das erkläre ich dir, wenn's dunkel ist. Ein guter Steuermann, ein erfahrener Kapitän – sie lernen, so wie du die fremde Sprache, Strömungen, Gerüche und Winde auswendig. Spürst du, wie's am Steuerruder zerrt?«

»Natürlich«, sagte Daduschu. »Es wird lange dauern, bis ich ein guter Seemann bin.«

»Hat auch lange gedauert, bis ich ein guter Steuermann war.« Sinischmeani dehnte und reckte sich ächzend. »Hier, bis Magan, über Dilmun hinaus, ist es keine Kunst, kein Wagnis. Es wird härter, wenn wir im Unendlichen Ozean sind, dem großen Witwenmacher. Genug für jetzt, Usch: schau nach rechts. Bis morgen früh sind keine Untiefen voraus. Arbeit gibt's wieder im paradiesischen Dilmun. Alles begriffen, Seemann Sibaru?«

»Jammert der Geköpfte, wenn man ihn schert?« Daduschu sah zu, wie Talqam und Hashmar das Essen und den Kräutersud zubereiteten. »Ich helfe dir beim Steuern, ja?«

Sinischmeani nickte. »Ehe ich's vergesse: die *Geliebte* und die *Zwielicht* segeln bis Moensh'tar. Zwischen Dilmun und Babyla gehen viele Schiffe hin und her. Schreib Shindurrul einen Brief. Es freut ihn.«

Daduschu pfiff leise. »Ihm und Tiriqan. Das ist ein ausgezeichneter Vorschlag, Meani.«

»Hab' ich's doch geahnt.«

Daduschu legte ein Bein über das andere und streckte sich aus. Das Land hinter den Schiffen – sie segelten gleichauf, mit prall gefüllten Segeln und rauschenden Bugwellen – war fast verschwunden. Auf früheren Fahrten war oft gelotet worden: die Tiefe betrug meist um die achtzig Ellen. Die Färbung des Wassers bewies, daß unter dem Kiel sich eine sanft hügelige Landschaft ausbreitete. Das leichte Stampfen der *Zwielicht* in den Wellen und die schwebenden Bewegungen des Steigens und Fallens in der langgezogenen Dünung ließen Daduschu schnell einen Teil der Befürchtungen vergessen; viele ruhige Tage lagen vor ihm.

Zwischen den Steuermannssitzen war in der Deckskiste ein Brett aus Zedernholz befestigt. In der Mitte eines Kreises, in zwölf Felder zu je dreißig Teilstrichen eingeteilt, steckte ein spitzes Holzdreieck und warf wandernde Schatten. Alle Kerben waren mit weißer Farbe ausgelegt. Die Vierteleinteilungen liefen in lange Striche aus, der Holzteller war drehbar. Sinischmeani sah in unregelmäßigen Abständen nach dem Stand der Sonne und richtete die »Süd«-Linie neu aus.

Acht Tage und acht sternklare Nächte: die Stunden krochen langsamer als Gedanken. Wolkentürme wuchsen über dem fernen Land und vergingen über dem Meer. Sonnenaufgänge – die Farben spielten von grau, rosafarben, rauchiggelb in kalte Grelle –, Tau an Deck, im Segel, im Haar, rußschwarze Schatten in der Zeit schwüler oder trockener Hitze, ein Riesenmond, von dem jede Nacht einen Teil fraß, öltriefende Körper und die Staubstürme an Steuerbord, die meist zusammenbrachen, bevor sie die Schiffe erreichten. Kimmu rollte die Strickleiter aus, die Männer knoteten Leinen um Brust und Unterarme und wuschen, halb schwimmend, halb gezogen und tauchend, prustend und hustend, stinkendes Öl und Schweiß von der Haut. Nach dem zweiten Versuch war es Daduschu, der am längsten neben dem Ruder herumplantschte.

Manchmal trieben Schwärme durchsichtiger Halbkugeln pumpend und pulsierend auf die Schwimmer zu. An den ersten Tagen nach dem Verlassen des Schilfgürtels waren jenseits großer, schlammiger Flächen noch Palmen zu sehen gewesen; jetzt flogen Kormorane zwischen den sandigen Stränden und den Schiffen hin und her. Große Stelzvögel mit weißem Gefieder, halb schwarzen und halb roten Flügelhälften und langen gebogenen Hälsen standen, oft auf einem Bein, im Schlamm und wühlten ihn mit Hakenschnäbeln durch. Kimmu fing einen Tintenfisch mit zehn Armen, führte einen absonderlichen Ringkampf mit dem Tier auf und warf das Rätselwesen wieder über Bord.

Einmal sah Daduschu im Schlick – das Schiff saß für drei Stunden auf einer Sandbank fest – schlammbedeckte Fische mit faustgroßen Augen, die niedrige Dämme aufwarfen und ihr winziges Land gegen andere Schlammfische verteidigten. Zwischen ihnen krochen Krabben und große Krebse herum und klapperten mit den Scheren. Die Flut und eine Strömung nach Süden zerrte die *Zwielicht* aus diesem wunderlichen Gebiet heraus und entlang der Küste nach Süden. Niedrige Berge, nur wenig höher als Sanddünen, blieben an Steuerbord zurück.

»Warte, bis du das grüne Wasser und die Inseln um Dilmun siehst«, meinte Gimilmarduk. »Und geh aus dem Wasser, wenn die Quallen kommen. Sie greifen mit den Fadenarmen zu und erzeugen bösen Schmerz, der lang anhält.«

»Ich werd's mir merken.« Daduschu blickte einem Schwarm Kormorane nach, die schwerfällig aus dem Wasser aufflogen.

Die Hitze der Sonne, die durch die Luken strahlte, hielt das Innere der Schiffe trocken. Längst waren Melonen, Kürbisse, Gurken und Lauch verbraucht. Das Wasser in den mächtigen Krügen nahm ab. Nach vier Tagen fand Daduschu heraus, daß es leichter war, den Bart jeden Tag zu rasieren – oder wenigstens alle zwei Tage. Hashmar und er übten, wenn es nicht zu heiß war, schnellen Messerkampf um den Mast und zwischen den Luken mit stumpfen Holzmessern; der Ruderer war unglaublich gewandt und schnell. Schweiß rann aus jeder Pore, und Daduschu rettete sich in den Schatten des Segels.

»Mit dir möchte ich wirklich keinen Streit haben.« Er keuchte. Hashmar warf das Messer hoch, fing es mit der Linken auf und führte einen Stich auf Daduschus Herzgegend. Er grinste.

»Vielleicht wirst du's in den Gassen Dilmuns oder Meluchhas brauchen. Du bist schon viel besser geworden.«

»Du bleibst der Meister. Hast du schon einen Mann töten müssen?«

»Ich wurde nicht so oft angegriffen wie du, Usch. Ja. Ich hab' getötet – aus anderen Gründen.« Er senkte den Dolch. »Zuviel Wein, die falsche Frau, Betrug im Spiel. Nicht in Moensh'tar. Dort sind sie friedlich.«

Daduschu deutete mit dem Daumen über die Schulter: »Ins Wasser? Oder nach dem Deckschrubben?«

»Nachher.«

Wenn er sich genau beobachtete und tief in sich hineinhorchte, merkte Daduschu, daß ihn die Dreiheit Schiff, Wasser und Zeit schrittweise veränderte; das Schiff kannte er bis in den winzigsten Winkel hinein, jedes Tau – »jedes Ding an seinen Platz!« –, jede Handbreit Holz, Stoff oder Flechtwerk. An seinem Körper war kein Sche überflüssiges Fett. Er war von der Nasenspitze bis zu den Zehen tiefbraun, die Haut glatt von Salz, Seewasser und Öl. Ihm war nicht einmal übel geworden, an Deck bewegte er sich ebenso gewandt wie jeder andere. Nachdem sie die Planken gesäubert hatten und Sheheru träge daran ging, das Essen für den Abend zuzubereiten, sicherten sie sich mit langen Leinen und kletterten ins kühle Kielwasser.

Nachts lag Daduschu mit offenen Augen im Bug, verband glühende Sterne mit gedachten Linien und ließ sich von der *Zwielicht* in den Schlaf wiegen.

Zuerst hatte Hashmar weit voraus zwei Untiefen entdeckt und zwischen ihnen durchgesteuert. Als Talqam und Sheheru riefen, das Wasser habe an zwei Stellen deutlich hellere Farbe, hatten Gimilmarduk und Sinischmeani einander mit breitem Grinsen in die Augen geblickt, dann richteten sie sich stolz auf. Das westliche Ufer öffnete sich zu einer großen Bucht, in deren Mitte ein kahler, braungelber Fels hochwuchs. Voraus hoben sich neben einem halben Dutzend unterschiedlich kleiner Felseilande deutlich drei Inseln aus dem Wasser: Backbord voraus eine größere, etwas weiter davon, Steuerbord voraus, eine kleinere, dahinter breitete sich, wie eine umgedrehte flache Schale, das Ziel aus. Über einem Wald, der anscheinend die gesamte Insel bedeckte, erhob sich ein Hügel, dreihundertsechzig Ellen hoch. Gimilmarduk nannte die Zahl, begeistert, aber nicht ehrfürchtig, dann sagte er: »Dilmun. Die Palmenwälder. Die größte Insel von dreiunddreißig, angeblich ohne Krankheit und Tod. Viele Priester treffen sich hier; sie beten um langes, gesundes Leben. Früher hieß es: das Paradies, Usch, in dem Götter leben. Nun, wir wissen es besser.«

Das Festland war so langsam im feuchtheißen Dunst verschwunden, wie die Schiffe sich der Insel näherten. Als die Passage zwischen einem großen und einem kleinen Riff aus Fels, Sand und Korallen, die trockengefallen waren, hinter ihnen lag, sahen die Seeleute zwei kleine Inseln, die Dilmun flankierten. Über dichten Wäldern stiegen Rauchsäulen auf. Fischerboote vor der Küste, neben Riffen und über flachem Wasser, zeigten ihre Segel. Strömung schob die Schiffe auf das große Riff zu; die Segel mußten getrimmt werden, und beide Männer stemmten sich gegen die Pinnen.

»Siehst du die Häuser auf dem Hügel? Genau in der Mitte?« Hashmar zeigte auf weiße Würfel zwischen Palmen. »Davor ist der Hafen. Schlecht bei starkem Nord- und Westwind.«

»Das Meer ist ruhig«, sagte Daduschu. »Sie fischen hier Perlen, nicht wahr?«

»Von denen wir wahrscheinlich die schönsten nach Moensh'tar mitnehmen.« Hashmars Geste des teuren Goldes war bedeutungsvoll. »Und im Hafen stapeln sich schon Shindurruls Freunde. Ich meine die Händler der Steine und Palmschößlinge.« Er spuckte nach Backbord. »In reichlich einer Stunde zittert wieder die Insel.«

Verständnislos erwiderte Daduschu Hashmars Grinsen. Daduschu hatte nicht mehr viel Zeit, Fragen zu stellen: er sah die Gerippe unfertiger Boote am flachen Strand, einen Steinwall, große Lagerhäuser, palmwedelgedeckt, dann entdeckte er Dutzende Schiffsmasten, die über Dächer und Mauern hinaus in den Himmel stachen. Talqam und Sheheru machten die Riemen los, und die *Geliebte* setzte sich ins Kielwasser des führenden Schiffes. Laut, aber bedächtig riefen Gimilmarduk und Sinischmeani die Befehle; die Mannschaft bewegte sich schnell, ohne Hast. Ein Turm aus Quadern und Palmstämmen, am Ende des Wellenbrechers, trug eine Plattform, auf der Daduschu große Krüge, grünspanige Kupferrohre und eine rußige Schale sah: das Leuchtfeuer. Drei Hohe Rohre nach Passieren des Feuers fiel die Rah, die Riemen ratterten durch die Dollen, zischten ins Wasser, und sechs Mann pullten die *Zwielicht* an einen stattlichen Kai. Ein aufgeregter Hafenmeister winkte und schrie die Schiffsnamen. Mit ein paar Schlägen der Backbordruder trieb die *Zwielicht* breitseits auf die schmutzigen Quadern zu.

»Gut so. Die Festmacherleinen.«

Zwei Ledersäckchen voller Kiesel zogen dünne Leinen durch die Luft. Shupshum-Helfer zerrten dicke Tauschlingen daran an Land, Daduschu hängte die Körbe zwischen Bordwand und Stein. Sie verformten sich knisternd, die Helfer zerrten eine Planke heran. Während die Ruder verstaut wurden, beobachteten Daduschu, der Kapitän und der Steuermann die letzten Manöver der *Geliebten*, bis sie mit dem Heck ein Doppel-Rohr vor dem Bug des eigenen Schiffes festgemacht hatte. Gimilmarduks

Stimme hallte über die Decks. »So und nicht anders legen gute Schiffe an, Usch. Merk dir's!«

Daduschu verbeugte sich und grinste in sich hinein. »Ich danke dir, daß ich dabei sein durfte, Käpten.«

Er und seine Gefährten spannten die Segel als Sonnenschutz aus, klarten das Deck auf und schöpften das letzte Wasser aus den Krügen. Die Kapitäne und die Steuermänner gingen wie Betrunkene über die Planke. Ebenso steif und vorsichtig blieben sie auf dem Kai stehen und warteten. Der Hafenmeister begrüßte sie wie seine verlorengeglaubten Brüder. Daduschu stieg unters Achterdeck, holte seine Kleidung, den Gürtel mit den versteckten Fächern und die Tafeln, auf denen die Waren für Dilmun und die Händlernamen verzeichnet waren.

»Marduk!« Daduschu taumelte, schwankte, suchte etwas, woran er sich festklammern konnte. Der Boden bebte und zitterte. Einen Augenblick lang befiel ihn kalter Schrecken. Als er hinter sich das Gelächter der Ruderer hörte, verstand er die Anspielungen. Er drehte sich langsam herum, während die Insel zu festem Land wurde.

»Ist das jedesmal so?« Erleichtert lachte er mit. »Oder nur im Götterparadies?«

Hashmar beugte sich weit über die Bordwand. »Immer. Man gewöhnt sich dran, Sibaru.«

Daduschu schnitt eine Grimasse. »Bin ich jetzt ein Seemann geworden?«

»Noch lange nicht.«

Drei Dutzend Wohnhäuser, Schenken, die Stirnwände der Lagerhäuser, gespannte Sonnensegel, Schilfvordächer, schattige Torbögen, überaus schmale und einige breite Gasseneinmündungen, ein Schiff ohne Mast mit vielen Lecks, Bänke und Tische – im Abstand von drei oder vier Doppel-Rohr vom Kai, hinter staubigen Palmenstämmen, rahmte ein Zweidrittelkreis die Wasserfläche ein. Etwa hundertachtzig Seeleute und Dilmuner bevölkerten die Sandfläche. In den Eingängen der Schenken standen schlanke Mädchen und Frauen, bewegten die Hüften und klimperten mit Schmuck. Es roch anders als in Babyla: Salzwasserfische, brackiges Seewasser, Erdpech, rottende Hölzer, fremde Gewürze, kalter Schweiß, ausblühende ätzende Feuchtigkeit der Mauern, im Sand faulte Tang und Muschelschalen aller Größen trockneten – Daduschu befand: im Hafen des Götterparadieses stinke es beträchtlich.

Sinischmeani und Gimilmarduk sprachen mit einigen Männern im Schatten eines Vordaches. Daduschu sah einige Atemzüge lang den Ruderern zu; sie klarten bedächtig die Schiffe auf. Hashmar ging unsicher über die Planke und hielt sich an einer Palme fest, grinste Daduschu zu, der mit schlappenden Sandalen Gimilmarduk folgte. Aus der Kühle eines Torbogens winkte eine dunkelhäutige Frau und näherte sich Daduschu. Ihr Gesicht war schmal, der Nasenrücken dünn, die Augen mit grüner Malachitpaste und silberfarbenen Strichen geschminkt. Sie lächelte, legte die rechte Hand auf die Brust, und ihre dunklen Augen glitten über Daduschus Gesicht.

»Auch die Nächte, Seemann, sind in Dilmun heiß.« Ihre Worte waren eine Art Singsang, die N-Laute summten. »Meine Kammer ist herrlich kühl. Silali will dir Inannas Liebeskünste zeigen, im Paradies der Götter.« Schwere Ringe glänzten an den schlanken Fingern. Sie deutete zwischen die Brüste. Um den langen Hals lag eine enge, vierfache Kette aus Dilmunperlen. Daduschu musterte sie schweigend, hakte seine Daumen in den Gürtel und trat in den Schatten.

»Schwester« – er lächelte höflich –, »man hat mir viel erzählt über die Schönheit der Frauen Dilmuns und darüber, daß sie ihre glühende Liebe an junge Seeleute verschwenden. Dabei denken sie nicht an Geld, Geschenke oder den Lauf der Stunden. Solch kostbare Gabe kann ich nicht annehmen. Die Schiffe sind zu entladen. Ich muß die Waren zählen und Listen schreiben. Ich bin zu jung für deine Schönheit, Silali.«

Sie zog die Zunge hinter die weißen Zähne zurück. Das breite Lächeln verfiel, als sich Daduschu knapp verbeugte und zum Eingang des Lagerhauses ging. Gimilmarduk schob Daduschu am Oberarm vor seinen Gesprächspartner. Der kahlköpfige Schwarzbärtige neben Sinischmeani hob die Brauen und musterte zuerst Daduschus Gesicht und, länger, dessen Schenkel.

»Daduschu, Ingurakschaks junger Nachfolger.« Der Kapitän schnippte gegen Daduschus Siegel. »Der ehrenwerte Handelsherr Zara Shurri, Herr dieses Warenlagers, unendlich reich, den man ›König der Perlen‹ nennt.«

Daduschu hielt den prüfenden Blick ruhig aus, verbeugte sich und deutete auf die Schiffe.

»Wann werden deine Shupshum die Ladung abholen? Meine Listen sind fertig. Tamkaru Shindurrul hat dich häufig erwähnt, Herr.«

»Spätestens in einer Stunde sind die Träger beim Schiff. Wann soll ich die Waren für Magan und Moensh'tar liefern?«

Gimilmarduk wechselte mit Daduschu einen kurzen Blick und wartete, bis Jarimadad heran war.

»Wie lange werden wir hier liegen, Jari?«

»Zwei, drei Tage, sage ich. Inzaq, euer Stadtgott, hat Dilmun mit vielen Liebesdienerinnen beschenkt, die ihren Preis wert sind.«

»Also – gib mir bitte die Warenliste in einer Stunde oder die Abschrift. Wir könnten übermorgen mittag laden, ehrenwerter Zara Shurri.«

»Höflichkeit hat der junge Mann wohl von einem anderen als dem griesgrämigen Ingurakschak gelernt.« Zara Shurri winkte Daduschu ins Halbdunkel der Stapelhalle. Neben dem Eingang, im flirrenden Staub, standen gemauerte Tische und Bänke. Zara Shurri klapperte mit sonnengetrockneten Schreibplättchen, suchte ein Dutzend aus einem Kastenfach und gab sie Daduschu. »Habt ihr Löwenfelle? Das Bärenfell? Leopardenfelle?«

»Es war überaus schwierig, sie zu bekommen. Leoparden werden hart bejagt, Herr. Und Bären – nicht in zehn Tagesmärschen im Umkreis der Städte. Shindurrul bittet dich durch mich: nimm einen Mehrpreis, zehn vom Hundert, mit Verständnis an und gib ihn, mit geringem Aufschlag, weiter.«

»Und was ist sonst noch teurer geworden im mächtigen Babyla?«

»Nichts, was auf den Listen steht.«

»Damit kann ich leben.« Der Kaufmann wedelte Staub vor seiner Hakennase weg. »Schafft ihr die Packen aus dem Schiff?«

»Selbstverständlich, Tamkaru.« Daduschu sah entlang der Wände zahlreiche Kistenstapel, Rollen, Ballen, Säcke und Krüge aller Größen. Er folgte Shurri ins Sonnenlicht, blinzelte und nieste. Er winkte den Kapitänen zu und stieg aufs schattige Achterdeck der *Zwielicht,* um in Ruhe die Listen zu vergleichen. Hashmar kauerte sich neben ihn.

»Ausladen?«

»Ja. Hebt hinter dem Mast zwei Deckstteile ab. Du weißt, wo es gutes Wasser gibt?«

»Da hinten ist der Brunnen. Wie lange bleiben wir?«

»Jarimadad meint, drei Tage sind genug.«

»Das wird reichen. Hat Silali mit den großen Brüsten mit dir gesprochen?«

»Gesprochen, vieles versprochen und mit Schmuck geklirrt.«

»Das macht sie immer. Muß aus der *Geliebten* auch ausgeladen werden?«

»Eine ganze Menge. Sag's Qamuk oder Tatarrud.«

»*Shaduq.*« Hashmar winkte den Ruderern, die schon Wasser zum Rasieren erhitzten und ihre Körbe ins Sonnenlicht gestellt hatten. Daduschu las den Wert der Felle und war sicher, im Sinn Shindurruls gehandelt zu haben. Flüchtig dachte er an den Auftrag, den ihm Suqqalmach Awelninurta erteilt hatte; sollte etwa die schwerbrüstige Silali jenes Ohr und Auge Awelninurtas sein?

»Fünf Flechtkörbe, je ein Gur, voll Hirschgeweih-Abschnitten!« Zara Shurri nickte Daduschu zu; fünf Träger schleppten sie durch die heiße Sonne zum Lagerhaus. »Weiter.«

»Zwanzig Krüge, je hundertfünfzig Qa, Gänseschmalz mit Fleisch, unversehrte Wachsverschlüsse.«

»Stimmt.« Daduschu hakte die Zeichen auf seiner Liste ab.

»Dreißig Krüge Datteln in Honig eingelegt. Unversehrte Verschlüsse.«

»Zwei Lederbeutel, ein Gur Kupfernägel.«

»Fünf Talente Bronze. Harter Käse, zwei Qa schwer, dreihundert Stück, in zwei Körben. Willst du zählen, Zara Shurri?«

»Ich vertraue Shindurrul.« Die Ruderer wuchteten die Packen aus dem Schiffsbauch, reichten sie weiter an die Shupshum, die eine lange Kette zwischen Schiffen und Lagerhaus bildeten. Daduschu murmelte: »Vertrau besser mir; ich hab' sie selbst gepackt.«

Die teuren Felle waren zuerst weggebracht worden. Es folgten alte Krüge voller Erdpech, zwölf Sack Korn, schwere Krüge Sesamöl, Bronzehacken, drei Pflugscharen, fünfzehn große Wolldecken, vier Sack Erbsen, getrocknete Weinbeeren, sieben Krüge gesalzenes Butteröl, je fünf Sack Bohnen und Linsen. Je zwei große Krüge Kümmel, Hundefett, Melonenkerne, rote, weiße, braune Wolle. Rinderfleisch, in Salzlake und aus dem Schwelrauch. Daduschu blickte dem spreizfüßigen Träger nach und sagte:

»Das war's. Jetzt die wertvollen Dinge. Willst du in den Schatten kommen?«

»Ich halt's aus.« Sie saßen auf den umgedrehten, salzwassergereinigten Wasserkrügen der Schiffe, mitten in der prallen Nachmittagssonne. »Shindurruls Genauigkeit. So groß wie sein sicherer Blick für gute Ware.«

Aus dem Bauch der *Geliebten* kamen die Zedernkästchen, verziert mit Einlagen aus Gold- und Silberdraht, Ebenholz, Bronzescharnieren und vergoldeten Bronzeverschlüssen, gefüllt mit teuren Erzeugnissen der Babyla-Handwerker: Ringe, Ketten, Handgelenkschmuck, Anhänger mit geschliffenen Halbedelsteinen, Perlenschmuck oder winzigen Tonfiguren. Shindurruls Netz – aus fremden Ländern kamen die Bestandteile und wurden von Babylas Handwerkern und Künstlern verarbeitet. Eine Stunde später brachte Ruderer Ikashadd die letzte Schmuckschatulle.

»Hundertvierundvierzig.« Daduschu griff in den Krug, drückte feuchten Ton quer über die Liste und strich ihn mit nassem Daumen glatt. »Dein Siegel, Kaufherr.«

Zara Shurri preßte sein Siegel auf den Ton und rollte es mit der flachen Hand nach rechts. Daduschu stand auf, packte Shurris Handgelenk und tauschte mit dem Kaufherrn einen harten, langen Druck aus. »Hiermit ist besiegelt und beschworen, daß Shindurruls Waren vollzählig und unversehrt in deinem Besitz sind.«

Shurri verbeugte sich steif. »Beschworen und besiegelt. Bis morgen, kurz nach Mittag, Gurusch Daduschu.« Der Kaufherr folgte breitbeinig den Trägern. Aus dem Halbdunkel des Schenkeneinganges winkte eine hellhäutige Frau. Tunakasu winkte zurück, mit einer eindeutigen Geste.

Viele Gärten und Palmenhaine Dilmuns wurden von unterirdischen Kanälen bewässert. Die Insel, auf der Gott Enki mit unzähligen Fruchtbarkeitsgöttinnen unglaubwürdige Liebesspiele getrieben hatte, war dreihundertvierundzwanzig Seile Biru breit und neunhundert Seile lang. In der Nähe einiger Tiefbrunnen, einer davon beim Hafen, standen weiße Tempel neben kleinen Siedlungen. Am Rand einer Hochebene, hundertzwanzig Ellen über dem Meer, umgeben von grünen Weiden und Palmen, breitete sich Rimuns Palast aus. Von Dächern und Terrassen war der Blick aufs Meer so beeindruckend wie vom Tempelhügel. Daduschus Sohlen knirschten im Sand zwischen Palmenwurzeln; hier minderten Seewind und Schatten die brütende Hitze. Warum Zara Shurri ausgerechnet Erdpech, reichlich teuer, aus Babyla bezog, blieb ihm unklar; er hatte drei Stellen gesehen, an denen stinkendes Pech aus der Tiefe hochgedrückt wurde. Zweiunddreißig unbewohnbare Inseln umgaben Dilmun, und unzweifelhaft hatte der Ort etwas Paradiesisches. Auch heute trieben viele Perlenfischerboote vor den Küsten.

Vom Hafen war Daduschu in westsüdwestliche Richtung gegangen, in sicherem Abstand hinter Sinbelaplim her, auf fast unkenntlichen Pfaden durch Gebüsch und unter Palmen. Wohlgenährte, scheckige Ziegen meckerten, Schafe, die in kleinen Herden unter Palmen und zwischen Hecken aus Dornbüschen weideten, blökten, und drei Falken rüttelten über den Bäumen. Am Ende des Weges leuchteten Kalksteinwände und Säulen des Tempels; warum er seit zwei Stunden durch den Norden der Insel kletterte, wußte Daduschu selbst nicht genau.

Er konnte seine Gedanken sammeln und über Sinbelaplim nachdenken, der als erster den Hafen verlassen hatte. Drei Priester schienen ihn erwartet zu haben. Sie verschwanden zwischen Palmstämmen; hin und wieder tauchten ihre hellen Gewänder kurz auf.

Das Tempelchen maß nicht mehr als fünfzehn Schritt im Quadrat, aus dem Inneren schlug Daduschu kühler Geruch von Brunnenwasser entgegen. Gimilmarduk hatte gesagt, daß es nicht schaden könne, stille Gebete an Enki-Ea und Imdugud, den löwenköpfigen Adler, zu richten; zwischen Dilmun und Moensh'tar wäre es doch ziemlich weit und gefahrvoll. Langsam ging Daduschu eine steile Treppe abwärts und sah sich den Statuen der Götter gegenüber; glänzendes Kupferblech über Holz, auf zylindrischen Sockeln. In Nischen, auf umlaufenden Bänken, auf dem Boden und zu Füßen der halb mannsgroßen Statuen lagen, hingen und standen Weihegaben. Daduschu lehnte an den kalten Quadern und blickte kleinen, federigen Wolken nach, die durch den offenen Rahmen der Mauern trieben. Ein Steinblock, von dessen quadratischer Vertiefung eine Rinne zu einer halbrunden Vertiefung in einem kleineren Würfel und von dort zu einem Loch im Boden führte, war überkrustet von Wein, Honig, Blut, Milch, Öl, Wachs und anderen Substanzen; Fliegen, schillernd wie Metall, summten über den Resten der Trankopfer. An Wandhaken hingen Perlenketten, Korallenschnüre, Lederbändchen und Medaillons, in den Nischen häuften sich Vasen und Statuetten.

Daduschu betrachtete Götter und Opfergaben, schlug nach aufdringlichen Fliegen und bedauerte, weder Wein noch Honig oder Milch bei sich zu haben: natürlich wollte er lebend vom Intu zurückkommen. Ob die Götter mit Augen aus Muschelschalen und mit kupferfunkelnden Fingern, die auf ihn zeigten, ihm dabei helfen konnten? Tief in seinem Inneren blitzte die Erkenntnis auf, hell und scharf wie eine mehrfach geschliffene Klinge: wenn er die Fahrt überlebte, dann schwerlich durch der Götter Schutz. Er begann das Geflecht zu durchschauen, das Muster zu erkennen, und er wußte, wer sein Todfeind war. Seine Finger krochen am Schenkel herunter und berührten den Griff des Dolches im Stiefelschaft. Er flüsterte:

»Aber... warum?«

Und was hatten die Priester mit dem Steuermann zu besprechen? Keiner der beiden Götter gab ihm eine verständliche Antwort. Daduschu hob die Schultern; wenn sie ablegten, mochte sich der Schleier vor der Zukunft ein wenig gehoben haben, einen Finger breit oder mehr.

»Zwölf Säcke ausgesuchte Muschelschalen, gewaschen und getrocknet, für die Städte am Intu.« Daduschu nickte, sein Stichel drückte nagelförmige Zeichen hinter das Buchstabenband. »Sechsunddreißig Säckchen aus weißer Ziegenhaut, gefüllt mit Perlen.«

»Bruder!« Zara Shurris Stimme wurde schrill und heiser. »Du weißt, daß ich damit ein Königreich kaufen könnte.«

»Herr unsagbarer Reichtümer«, sagte Daduschu ehrfürchtig. »Weder Kapitän Gimilmarduk noch ich werden eine Perle stehlen. Aber wenn unser rüstiges Schiff untergeht...?«

»Dann werde ich auf diesen Baum« – Shurri deutete auf die größte Palme mit den weitestgespreizten Wedeln – »hinaufklettern und mich mit einer feinen, dünnen Schlinge um den Hals fallen lassen. Es wäre das Ende einer langen Verbindung ehrlicher Kaufleute.«

»Wir tun unser Bestes, Tamkaru«, sagte Daduschu. »Siebzehn

Babylanier sind fest entschlossen, trotz der Sinnenfreuden von Dilmun-Stadt fröhlich und unversehrt zurückzukehren.«

»Enki-Eas Segen über euch und die Schiffe. Du bist, dünkt mir, kein schlechter Ersatz für Ingurak.«

»Auch ich, Tamkaru, versuche mein Bestes. Schließlich will ich, wie mein Ziehvater Shindurrul, in Dilmun, Magan und am Intu einen guten Namen bekommen. *Shaduq?*«

»*Shaduq*, Sibaru.« Shurri grinste breit. Daduschu hatte alles Wertvolle in die *Zwielicht* laden lassen. Während der vergangenen vierundvierzig Stunden hatten sieben Schiffe angelegt, waren entladen und beladen und aus dem Hafen gerudert worden. »Du kommst zum Essen in mein Haus? Heut abend? Alalger, die oft an Shindurrul schreibt, will alles aus dem großen und prächtigen Babyla hören. Vor allem den letzten Klatsch. Wirst du kommen?«

»Ausgeschlafen, hungrig, rasiert und in frischer Kleidung.«

»Gut. Ihr ruht morgen aus und geht dann auf weite Fahrt. Alles in Ordnung? Keine Fragen?«

»Alle Listen sind gesiegelt.« Daduschu stand auf und hörte das Krachen, mit dem die Deckteile eingesetzt wurden. »Wir haben frisches Wasser und alles, was wir bis Meluchha brauchen. Selbst der Wind spielt mit.«

»Wie immer in dieser Zeit. Gimilmarduk kennt mein Haus.«

»Und wird mich bei der Hand nehmen.«

Sie verbeugten sich voreinander, sortierten die Täfelchen, und Daduschu stieg ins Heck der *Zwielicht*. Er rasierte sich, wusch sein verschwitztes Haar und schlief zwei Stunden.

Zara Shurris Knaben, ein schwarzer und zwei hellhäutige aus Gutium, trugen dünne weiße Hemden und viele kostbare Schmuckstücke. Perlen schimmerten an Ohrläppchen und Nasenflügeln. Vom oberen Teil des Tisches schlug den sieben Seeleuten aufdringlicher Wohlgeruch von Balsam und Duftöl entgegen. Daduschu saß neben Hashmar; aus zwei Dutzend kupferner Öllampen strömten Helligkeit und Hitze. Becher, Schüsseln,

Körbchen und Schalen bedeckten die geschliffenen Steinplatten, die auf Lehmziegelzylindern lagen. Durch winzige Fenster klang Musik: jemand blies leise die mehrstimmige Naj-Schilfrohrflöte, und dazu schlug eine Mesi-Trommel den Takt. Daduschu bemühte sich, nicht ständig die hochgewachsene Frau anzustarren, die schräg gegenüber saß, aber ihre Blicke trafen ihn, wenn er den Kopf drehte. Alalger war schön. Schwarzes Haar, blauschattend, fiel auf makellose Schultern. Von den Ohrläppchen tropften Gehänge aus Gold und Dutzenden Perlen. Die Augen waren kaum geschminkt, und im Gegensatz zur allgemeinen Heiterkeit schien sie bedrückt, sprach wenig und sah Daduschu an.

Die Mägde brachten die leeren Schalen in die Küche zurück und füllten die Becher. Gimilmarduk und Sinbelaplim sprachen mit Zara Shurri, lachten von Zeit zu Zeit dröhnend und warfen mißtrauische Blicke auf die glatthäutigen Knaben. Wieder sah Alalger Daduschu mit schwermütigen Blicken an.

»Ihr segelt übermorgen nach Magan, Gurusch Daduschu?«
»So haben wir's geplant.«
Alalger stand auf und drehte den Becher in langen Fingern.
»Und wo bleibst du nachts?«
»Auf dem Achterdeck des *Auges des Zwielichts,* unter den Sternen.«
»Gehen wir zu den Musikern? Im Garten ist es nicht so heiß.«
»Ich hoffe, im Gras sind weder Skorpione noch Spinnen? Perlen sehe ich an deinen schönen Ohren.«
Alalger blieb stehen, sah in seine Augen und flüsterte:
»Mein Haus steht im Palmenwald, Daduschu. Komm!«
Daduschu atmete tief ein und aus. Er folgte ihr durch eine Flucht kostbar ausgestatteter Räume. Nachtwind raschelte in Palmwedeln und spielte mit dem Saum des knielangen Kleides. Alalgers hohe Sandalen versanken im feuchten Gras. Sie lehnte sich, noch im Bereich der Helligkeit, an einen Stamm.
»Ihr segelt nach Meluchha, Daduschu?« Sie blickte den Dolchgriff in seinem Stiefel an. »Und zum Intu? Nach Arap?«

»Nach Moensh'tar. Arap, sagt mein Kapitän, liegt viel zu weit intuaufwärts. Dort ist der Fluß, sagt er, zu reißend und zu seicht.«
»Ich bin dort geboren, weißt du?«
»Dann kannst du mir sagen, wie es am Intu aussieht.«
Sie schüttelte den Kopf. »Vor einem Vierteljahrhundert bin ich nach Meluchha gebracht und verkauft worden, von dort nach Magan, und schließlich hat mich Zara für sein Haus gekauft. Das war, bevor er anfing, Knaben zu lieben. Ich führe in diesem schönen Haus ein unnützes Leben.«

Daduschu starrte sie an. Sie lachte und machte eine Geste der Verlegenheit. »Manchmal«, sagte sie leise, »wird man erst mutig, wenn man keinen Ausweg mehr sieht. Sie streckte den Arm aus. »Komm.«

Er nahm ihre zitternden Finger. Sie gingen an den Musikern vorbei, die ihnen verwundert nachstarrten. »Du hast keinen Ausweg?«

»Ich könnte mich im Hafen verkaufen; Zara würde es nicht einmal merken. Mußt du heute nacht auf dem Schiff bleiben?«
»Nein.«

Sie zog ihn zu einem kleinen Haus, dessen Lehmwände Blumenranken überwucherten. Eine Tür knarrte, der Vorhang schwang in Holzringen. Ein Öllämpchen verbreitete gelbes Licht. Alalger füllte zwei Becher, ihre Stimme sank zu rauhem Flüstern herab.

»Bleib hier. Sprich mit mir. Laß dich ansehen und anfassen.« Sie schob ihn zu einer gemauerten Bank mit vielen Teppichen, Fellen und Kissen. »Was mir am besten gelang, Usch, ist mir zur Falle geworden.« Sie neigte den Kopf; durch das seidige Haar schoben sich die kostbaren Ohrgehänge.

»Ich bemühe mich zu verstehen, was du sagst.« Daduschus Blicke huschten über die Einrichtung. Wenige, liebevoll gefertigte Möbel und Stoffe. »Aber ich sehe nur, daß du traurig bist. Und die schönste Frau, die ich kenne.«

»Ich besorge Zara Shurris Haus, lehre seine Knäblein schreiben und zähle seine Waren. Ich kaufe sogar den Wein, den wir trinken, und wenn Zara einen guten Ruf behält, dann ist es mein Verdienst. Und weil es so ist, sehe ich nur zehnmal tausend Dilmuner und stinkende Ruderer. Du hast das Haus betreten, und da wußte ich, daß ich mit dir sprechen kann. Das ist die Falle, Usch.«

Sie zeigte auf sein rechtes Knie.

»Der Dolch?« Daduschu trank. Der Wein, schwer, fast schwarz, war ungemischt und betäubte Zunge und Lippen. »Es ist sicherer, wenn ich ihn trage. Auch ich bin in einer Falle. Auf den Schiffen lauert ein Feind. Noch zeigt er sich nicht, und ich kann ihn ohne Beweis nicht anklagen. Welches Schicksal glaubst du, haben die Götter für dich ausgesucht?«

Alalger stellte den Becher ab, ihre Schultern sanken nach vorn. Sie schüttelte langsam den Kopf. »Ich weiß es nicht. Noch eine Handvoll Jahre, dann bin ich alt und häßlich. Warum bist du nicht vor sieben Jahren gekommen?«

Sie kniete vor ihm auf Palmstrohmatten und Teppichen, legte den Kopf auf seine Schenkel, ihre Finger trafen sich auf der Haut seines Rückens. Er strich über ihr Haar; es knisterte und war feiner als Spinnwebfäden. Sie sah sein Lächeln nicht, als er murmelte:

»Damals war ich auf der Schule und hackte Kanäle vom Weinstockhaus sauber.«

Alalger nahm die Ohrgehänge ab, stützte, die Perlen zwischen den Fingern, die Ellbogen auf seine Knie und strich mit den Zeigefingern über seine Brauen, Schläfen und Wangen.

»Und plötzlich kommst du. Aus Babyla, mit kurzem Haar und klugen, hellen Augen, glatten Wangen, mit langen, kräftigen Fingern und einem Siegel, schöner als Zaras Stein: bleib. Halt mich fest. Vergiß den Dolch. Niemand wird uns stören.« Sie stand auf, zog ihn hoch, lehnte sich, die Hände auf seinen Schultern, gegen ihn. »Sie spielen, bis deine Freunde gegangen sind.« Die Perlen klickten auf dem Stein einer Wandnische. »Bleibst du?«

Er nickte, strich das Haar aus ihrem Gesicht und küßte sie.

Alalger drehte sich halb herum, nachdem sie das Lämpchen aufgefüllt hatte. Vom Schnabel der Ölkanne löste sich, als flösse die erstarrte Zeit wieder, ein einzelner Tropfen und verwandelte sich im Fallen in eine Topasperle. Sie bemerkte seinen Blick, verstand seine Gedanken und griff nach dem Weinkrug.

»Wir können die Zeit nicht anhalten, Usch, Liebster. Ich... ich wußte nicht, wie schön es sein kann.«

Er verschränkte die Arme im Nacken, sah sie an und stellte den Becher auf seine Brust.

»Ich werde im Morgengrauen gehen und Gimilmarduk sagen, wo ich bin. Dann, wenn es Zara nicht stört, können wir zusammensein, bis wir ablegen. Du wirst mir jetzt, und wenn ich aus Moensh'tar zurück bin, berichten, was ich Awelninurta zu sagen habe. Seine Sorgen um unseren König und das Reich Babylas sind groß.«

Sie lag neben ihm, faßte das Haar im Nacken zusammen; ihr Kopf wurde schmal, der Ausdruck ihres Gesichtes hart und kühl. Ihr Finger strich über seine Lippen.

»Dein größtes Geschenk, Usch. Vierundzwanzig Stunden – Zara ist's gleichgültig. Hast du die Listen und Briefe aus Dilmun gelesen, bei Shindurrul?« Er nickte. Sie ließ Wein vom Finger auf seine Lippen tropfen. »Dann hast du mich schon vorher gekannt. Die Hälfte schrieb ich. Wir gehen im Palmenschatten zum Brunnenteich, schwimmen und liegen im Gras. Wir werden, weit weg von den Schwarzköpfen, zärtlich sein. Ja? Ich erzähle dir vom Intu, aber ich weiß nicht viel, weil ich so klein war, damals.« Sie zeigte eine Elle an. »Aber damals... ich war glücklich. So wie jetzt, Usch.«

Sie starrte ihn an, ihre Augen brannten. Dann flüsterte sie, die Hand zwischen seinen Schenkeln: »Ich rede den ganzen Tag. Aber so wie mit dir... mit niemandem.«

Daduschu schloß die Augen. Finger schoben sich unter seinen Kopf, kühle Haut berührte seine Brust. »Marduk!« sagte er. »Deine Schönheit, Frau, deine Art, jede Geste – es tut weh und ist schön.«

Sie lächelte; tief in sich versunken, schweigend, als sei sie uralt. »Es ist für mich, Geliebter zweier Nächte, zur Kostbarkeit geraten. Ich muß mit der Erinnerung an dich leben, lange Zeit. Bin ich schon langweilig geworden?«

Diesmal schüttelte er lächelnd den Kopf. Sie biß zärtlich in seinen Finger. »Warum küßt du mich nicht?« Sie nahm den Becher aus seinen Fingern und stellte ihn neben das Bett.

Er fröstelte; Feuchtigkeit perlte auf der Haut. Als an der schmalsten Stelle der Hafengasse in seinem Rücken Sandalenleder auf den Boden klatschte und jemand keuchend ausatmete, handelte er, ohne zu denken. Er duckte sich, riß den Dolch aus dem Stiefelschaft und warf sich fast gleichzeitig zur Seite. Ein sehniger Mann sprang ihn an, verfehlte ihn, und eine Messerschneide kratzte gegen die Wand. Daduschu fühlte eine kalte, klare Wut, die schlagartig alle Sinne schärfte. Er bog seinen Körper vor dem Stich zur Seite und fühlte eine Berührung über den Hüften. Seine Linke traf die Nase des Angreifers, sein Dolch beschrieb einen waagrechten Viertelkreis. Der Angreifer – Daduschu sah nur weiße Augen und Zähne – vollführte mit Dolchen oder Messern in beiden Händen eine Reihe ablenkender Bewegungen mit weit schwingenden Armen und dem ganzen Körper, stach mehrmals in die Luft und schnitt in Daduschus linke Schulter. Daduschus Fuß zuckte in die Höhe und traf die linke Messerhand. Der andere stöhnte kehlig, eine Schneide wischte wie ein Blitz schräg über Daduschus Brust. Glühender Schmerz breitete sich, zugleich mit heißem Blut, über Daduschus Körper aus. Er packte das Handgelenk; sein Dolch funkelte im Mondlicht, ehe er hinter den Rippen des Angreifers verschwand.

Der Mann riß sein Handgelenk frei, ächzte auf, wimmerte und traf Daduschus Schläfe. Daduschu zog, ohne Kraftanstrengung, die Waffe aus dem Magen des anderen und rammte sie, als der Körper schwer gegen ihn kippte und der nadelförmige Dolch in der Linken auf seine Augen zuglitt, in den Hals, ehe er zurücksprang. Rasselndes Gurgeln kam aus dem Halbdunkel, dann knickte der Angreifer in den Knien ein. Als sein Hinterkopf gegen eine Stufe schlug, hörte Daduschu ein seltsames, hohles Knacken. Er holte tief Atem; an einem Dutzend Stellen brannte in dicht aufeinanderfolgenden Stößen der Schmerz. Sein linkes Auge wurde durch einen heißen Strom Blut geschlossen: er tastete lange, bis er den Dolch wieder im Stiefelschaft hatte, wobei er zweimal die Haut an der Wade ritzte. Dann taumelte er zurück, wischte sein Auge frei und fand nach einem taumelnden, keuchenden Lauf, halb wie im Alptraum, die Tür zu Alalgers Haus. Er machte vier Schritte und fiel quer über das Bett. Bevor die Schwärze sich um ihn schloß, brannte sich ein Bild unauslöschbar in seine Erinnerung ein: Alalger saß mit untergeschlagenen Beinen am Kopfende des Bettes, hatte die Arme über den Brüsten gekreuzt und sah ihn aus riesigen Augen an, leichenfahl, zu Tode erschreckt und mit undeutbar erstarrtem Lächeln. Eine Ewigkeit später kam er zu sich, nackt, voller Binden und heißer Umschläge auf der Haut. Er hörte sich sagen:

»Einen Boten zu Gimilmarduk. In der Hafengasse mit den drei runden Torbögen liegt ein Toter. Mir ist kalt, Alalger.«

Sie zog die schwere Decke bis zu seinem Kinn und legte die Hand auf seine Stirn.

»Die Wunden sind nicht tief. Viel Blut, Usch. Dein Kapitän wird gleich hier sein. Morgen – heute früh – spürst du keine Schmerzen mehr. Ich bin bei dir.«

Sein Haar war feucht. Eine Magd entfernte die blutige Kleidung und die Stiefel. Gimilmarduk und Hashmar schoben sich durch die Tür. Daduschu grinste Hashmar an und hustete viermal, ehe er die Worte herausbrachte.

»Unsere Messerkämpfe, Hash, sie haben mir das Leben gerettet. Habt ihr den Hurensohn gefunden?«

»Die halbe Stadt ist auf den Beinen, Usch.« Gimilmarduk blickte ihn an, als sähe er ihn zum erstenmal. »Wir haben viel Blut und zwei Messer gefunden. Aber keine Spuren, keine Leiche.«

»Ich schwöre.« Daduschu begriff, wie viele Freunde Sinbelaplim – wer sonst? – in Dilmun-Stadt hatte. »Ich hab den Dolch in seiner Kehle herumgedreht. Er ist tot, wie ein gespeerter Fisch.«

Der Kapitän setzte sich auf den Bettrand und grinste kurz. »Du bist in besten Händen, Usch. Notfalls bleiben wir ein paar Tage länger. Zara ist außer sich. Hashmar sagt, daß Alalger es besser gemacht hat, mit den Wunden, als er es könnte.«

»Dank euch allen.« Daduschu spürte einen Becher an den Lippen und trank einen Sud, der scheußlich schmeckte. »Mir geht's schon viel besser. Morgen abend bin ich auf dem Schiff.«

Gimilmarduk warf Alalger einen Blick zu. Sie ließ Daduschu nicht aus den Augen und hatte die Hände in die weiten Ärmel eines gelben, knöchellangen Kleides mit schwarzen Borten geschoben. Als sie Gimilmarduk am Arm faßte, sah Daduschu, daß ihre Unterarme voller trockner Blutstropfen waren.

»Freund Gimilmarduk.« Sie sprach mit der Stimme der Herrin über eineinhalb Dutzend Haussklaven. »Ich bin hier und tue alles, was nötig ist. Morgen wird sich unser Freund in die Sonne legen, und es wird ihm an nichts fehlen. Geht zum Schiff und schlaft aus. Mir scheint, daß im friedlichen Dilmun die Messerstecher von fremden Küsten kommen; es wird irgendwo ein Mann fehlen, und dann sieht man vielleicht, wie die Dinge miteinander verknüpft sind.«

»Shindurrul entzieht mir die Freundschaft, wenn er erfährt, was passiert ist.« Der Kapitän schnitt eine Grimasse. »Schlaf aus, Usch. Schlaf ist der schnellste Heiler. Ich weiß dich in den besten Händen. Die Männer im Palmengarten: Wachen?«

Alalger nickte stumm. Gimilmarduk verbeugte sich so tief wie selten. »Du bist klug, obwohl du schön bist, Frau. Nimm meinen Dank. Ich bin am Mittag wieder hier, Sibaru. *Shaduq?*«

Daduschu richtete sich auf zitternden Ellbogen halb auf, verbiß die Schmerzen und grinste.

»Morgen mittag bin ich mit der Heilerin meiner Wunden im Quellenteich und esse Datteln in Honigwein.«

»Ich wußte schon, daß du ein Narr bist, der gut schreiben und rechnen kann. Besonders bei seltenen Fellen.«

Gimilmarduk schob Hashmar aus der Tür. Daduschu schloß die Augen und spürte, daß der zweite oder dritte Becher dieses schauerlichen Absuds ihn wachhielt, die Schmerzen verschwinden ließ und ihn auf seltsame Weise trunken machte. Er sprach und flüsterte mit Alalger, bis die dicken Vorhänge in der Morgensonne leuchteten: über Babyla, das Weinstockhaus, Siachu, der blinde Götter ein ungewisses Schicksal beschert hatten, über die Nacht des Todes am Kanal, Shindurrul und die Edubba. Alalger umschwirrte ihn wie eine Vogelmutter, mit dünnem Wein, Kräutersud, einer gräßlichen grauen Salbe, mit Zärtlichkeiten und stiller Besorgtheit; sie genoß jeden Wimpernschlag in seiner Nähe und schlief, völlig erschöpft, neben ihm ein. Gegen Mittag wachte er auf, sein linker Arm unter ihrer Schulter war taub geworden.

Den inneren Teil der Götterinsel bildete ein knapp hundertzwanzig Ellen hohes, bewachsenes Tafelland, dessen Hänge steil zum flachen Küstenland abfielen. Von seinem Platz zwischen Palmen und blühenden Kreuzdornbüschen sah Daduschu diesseits der Brandung einen Teil der Riffe und Untiefen der Ostseite: in unbestimmbarer Ferne versteckte sich Magan. Salbe schmolz in der Sonne des Nachmittags, Hitze breitete sich unter den Binden aus. Alalger kauerte neben ihm, tupfte mit weichen Tüchern Schweiß und geschmolzene Salbe ab und kühlte seine Stirn. Daduschu fühlte förmlich, wie sich die Schnitte schlossen.

»Zufrieden, Usch?« Daduschu spürte massierende Fingerkuppen an den Nackenmuskeln. »In sieben Tagen sieht man nichts mehr. Schmerzen?«

Er kniff die Augen zusammen. »Keine Schmerzen. Deine Tränke und das Salbenzeug sind wunderbar.«

Er lag am Rand des Quellteiches, der an drei Stellen von Sandsteinquadern eingefaßt war. »Was hat dir der Bote gesagt?«

»Ein Ruderer fehlt an Bord eines Babyla-Schiffes. Unauffindbar. Wahrscheinlich haben sie die Leiche zerstückelt und an die Fische verfüttert.« Alalger, den langen Zopf über dem rechten

Ohr, schob sich zwischen die Sonne und seine Augen. »Euer Todesgott Nergal hat Schlechteres zu tun gehabt heute nacht.«

Alalger schloß die Augen, atmete tief und deutete zum Tempelhügel.

»Viele Priester kommen aus Hammurabis Städten. Ich erfahre von Silali und einigen ihrer teuren Schwestern, den Seeschwalben, daß sie sich stets im Tempel von Enki-Ea und Imdugud treffen. Eines Tages wollen sie einen anderen auf den Thron setzen. Die Schwalben haben aber keinen Namen erfahren. Der Skorpion hockt, ohne Zweifel, in Babyla.«

»Unter einem feuchten Stein.« Daduschu wollte nach Iturashdum fragen, preßte die Lippen aufeinander und schüttelte den Kopf. »Awelninurta vermutet ein Netz aus vielen Spinnenfäden. Daß die Giftspinne im Marduktempel sitzt, wird ihm einiges leichter machen. Glaubst du, daß du den Namen erfahren kannst? Oder die Namen?«

Sie legte den Finger an die Nasenspitze.

»Ich weiß nicht. Ich versuch's, natürlich. Vielleicht weiß ich heut nacht mehr. Sechs Priester kamen vom Unterlauf eures Flusses.«

»Mit denen sich mein Steuermann traf.« Daduschu bewegte prüfend Zehen, Finger, Arme und Schenkel. Nur die Brustwunde schmerzte noch. Die Binden waren weiß geblieben. Er grinste. »Meinst du, ich sterbe, wenn ich ins Wasser gehe?«

Ihr Lachen verscheuchte zwei Sperlinge am Teichrand. Sie wischte triefende Salbe aus Daduschus Brauen. »Geh nur. Du riechst wie etwas Verfaultes am Strand.«

Daduschu setzte sich auf die glühendheißen Steine, streckte die Beine ins kühle Wasser und ließ sich langsam hineingleiten. Er watete zu einer tieferen Stelle und schnappte Luft, ehe er untertauchte; die Muskeln entspannten sich, das Jucken der Haut verging. Er tauchte auf, wusch sein Gesicht und winkte. »Jetzt rieche ich nach Dilmun-Wunderwasser. Bist du wasserscheu?«

Sie schüttelte den Kopf, löste die Spange an der rechten Schulter und kam die Steinstufen herunter. Sie umarmte ihn behutsam, ohne die Binden an der Brust zu berühren, und drängte das Bein zwischen seine Knie.

»Ich hab' dir viel erzählt, von den Priestern, von Meluchha und vom Intu. Du weißt alles. Ich weiß, wie wir die Stunden nutzen können, Usch.« Ihr Finger wischte wäßriges Blut aus Schnitten, die sich halb geschlossen hatten. Er schob die Hände in ihre Achselhöhlen.

»Hier, im Schatten oder in deinem Haus?«

Alalger murmelte lächelnd zwischen zärtlichen Küssen: »Nur Seeschwalben, Grillen und Möwen sehen zu.« Sie schlang ihre langen Schenkel um ihn, nachdem er sie zu den Stufen getragen hatte, in den lichtgesprenkelten Schatten der Palmwedel, die dunstiger Wind verschränkte wie Vogelschwingen in weich wiegendem Takt.

Feuchter Sand knirschte, zischelnd schäumte im Mondlicht auslaufende Brandung, ein großer langer Schatten wanderte mit ihnen über den Strand zwischen Hafen und Halbinsel. Schwacher Lichtschimmer kam vom Leuchtfeuer und zwischen den Häusern über bröckelnde Reste einer Mauer. Perlfischerboote lagen auf der Seite, hoch am Strand, wie regungsloses Meeresgetier. Daduschu schob eine Haarsträhne unter dem Rand von Alalgers Mantel heraus.

»Noch nie, schönste Freundin« – er sprach halblaut – »habe ich in so kurzer Zeit so vieles erlebt. Auch öliger Schaum und ölige Reden des Rasierers gehören dazu.« Sie waren langsam, eng aneinandergedrückt, die Finger verschränkt, vom Haus zum Quellteich, durch die Palmenhaine und über weite, leere Strände gewandert. Im Dunst blinkten gelbe Lichtflecke verwaschener Sterne. »Wie kann ich dir danken, Alalger? Ich sollte eigentlich so tun, als läge ich krank in deinem Haus.«

»Wir waren fröhlich, als würden wir einander lang kennen.« Sie legte den Finger auf seine Lippen. »Viele ernste Worte machen den Abschied schwer, Usch. Strömungen, Wind und Schiffe warten. Keiner vergißt, wie schön es war; ich nicht, auch nicht du. In sieben, acht Monden warte ich auf Shindurruls Schiffe. Ich erkenn' sie leichter, weil ich weiß, daß du am Steuer stehst. Wir werden wieder glücklich sein.«

Sie setzten sich auf einen Steinblock. Vor ihren Füßen raschelten und klickten Krebse. Geruch nach Tang, Fisch und nassem Sand wehte in ihre Gesichter. Alalgers Augen waren schwarz im schwindenden Licht von Sins Gestirn. Daduschu hielt ihre Hände, sie lehnte die Schulter an seine Brust und berührte mit den Lippen seine Wange. »Wenn das Meer euch am Leben läßt, Usch – was kannst du tun, damit dich dein Todfeind nicht umbringt?«

Von fern ertönten unverständliche Rufe und das Poltern von Rudern. Daduschu vergrub sein Gesicht in ihr Haar, in seiner Kehle stieg bittere Galle auf.

»Ich bin nur in Häfen und Städten in Gefahr, nicht auf der *Zwielicht*. Hashmar lehrt mich, wie ich gegen zwei oder drei Gegner siege. Ich werde mich von dunklen Gassen fernhalten.«

Schweigend näherten sie sich Häusern, Palmen und einer Werft.

»Wenn dich der Suqqalmach belohnt und wenn ich etwas von ihm fordern kann – es gibt ein Königslehen am Inanna-ist-schön-Kanal.«

»Das... Weinstockhaus?« Sie begriff plötzlich und wurde starr in seinem Arm. »Usch!«

Er nickte. »Darüber sprechen wir, wenn ich vom Intu zurück bin.«

Ihre Finger schlossen sich um seine Hand, dann flüsterte sie Worte einer fremden Sprache. Die Flamme des Hafenfeuers schob sich hinter einer Dachkante hervor. Im stillen Hafenwasser spiegelten sich Schiffslaternen in zerfließenden öligen Zungen. Vor dem Licht im Heck der *Zwielicht* bewegte sich eine Gestalt.

»Sie sind schon wach.« Daduschus Schritte wurden länger. Sie verstärkte den Druck der Finger.

»Gimilmarduk weiß, daß du kommst. Sie legen nicht ohne dich ab, Daduschu.«

Talqam und Hashmar hatten die Tauschlingen gelöst, das Tau um die Festmacher geschlungen und in eine Klampe gehängt. Im Schatten, den das Segel der *Geliebten* warf, legte Daduschu die Handflächen an Alalgers Wangen und flüsterte: »Jeder Fußbreit am Intu wird mich an dich erinnern. Sei nicht traurig.«

Sie schüttelte den Kopf, lächelte matt und grub die Zähne in die Unterlippe. Daduschu berührte ihre Finger mit den Lippen und hob die Schultern. Sie starrte ihn schweigend an, raffte den Mantel am Hals zusammen und ging langsam, mit geradem Rücken, zur Hafengasse und verschwand im Dunkel des Torbogens. Als das schwache Echo der Schritte in den Schiffsgeräuschen unterging, stieg Daduschu auf die Planke und sagte: »Laßt mich helfen, Freunde.«

Gimilmarduk blinzelte, gähnte und deutete zum Heck. »Nimm das Backbordruder. Schmerzen? Traurig? Glücklich?«

»Von allem ein wenig, Kapitän.« Die Planke dröhnte auf den Kai. Das Schiff trieb seitlich davon, die Taue wanderten um die Poller, klatschten gegen die Bordwand und wurden eingezogen. »Stimmt nicht, Kapitän. Sehr viel von allem.«

Der Mond war im Meer verschwunden. Weit vor dem Bug färbten sich Meer und Horizont aschgrau.

13. Magan: Kupfer und Öde

»Du bist jung. Die Narben sind bald verschwunden.« Gimilmarduk zupfte am Schweißband um seine Stirn. »Du siehst, man kann in Dilmun so schnell sterben wie in Babyla.«

»Oder in Magan oder Meluchha oder am Intu. Was soll ich tun, Kapitän?«

Sie standen an den Pinnen und versuchten, durch die Ruder die Wirkung der starken Strömung auszugleichen. Die Rahen, in einem Winkel von fünfundvierzig Grad gesetzt, federten knarrend, das Tuch prall im Nordwestwind. Der Tagespflock steckte seit dem Morgengrauen im vierzehnten Ajjaru. Rundherum gab es nur Himmel, Wasser – und die *Geliebte,* an Steuerbord voraus abgetrieben. Das Erbärmliche Eiland lag zwei Tage und eine Nacht zurück; ein langgestreckter Schemen klippengesäumt, dunkle Hügel hinter kristallenen Riffen. Brandung gischtete lautlos am steilen Uferfels.

»Dich in acht nehmen, bis es Beweise gibt. Wir sollten bald die Magan-Berge sehen.«

»Jetzt schon? Simisch sagt...«

»Wir suchen die Einsame Klippe. An Backbord. Ein felsiger Haufen aus Gras und Gestrüpp. Dahinter, fast in Nord, müssen wir Landsicht haben.«

»Aber noch nicht Magan?«

Der Kapitän betrachtete das schäumende Kielwasser des anderen Schiffes und fuhr in der Aufzählung fort. »Unter dem Land, backbord, fängt eine Gerade an. An der Trostlosen Insel vorbei, auf das Widerwärtige Atoll zu, dann zum Kahlen Riff mit dem kalkweißen Berggipfel in der Mitte, und dahinter ist Magan vor dem Riesenwall der spitzen Berge. Öde Gegend, das sage ich dir.«

Der Bugspriet deutete schwankend nach Osten, auf die unsichtbare Umsteuermarke. Vor dem Kahlen Riff, als letzte Gewißheit, lag an Steuerbord jenes Atoll, dessen Erkennungszeichen ein vierhundertzwanzig Ellen hoher viereckiger Gipfel und ein dreihundert Ellen hoher Berg waren.

»In Magan lockt dich bestimmt keine wie Alalger vom Schiff. Und niemand wird's wagen, mit einem Dolch an Deck zu schleichen.«

Gimilmarduk streute Abfälle am Bug ins Wasser, berechnete die Geschwindigkeit, versenkte sich in Strömung, Wellen, Wind und Wolken, maß halbe Nächte lang die Bewegungen der Sterne.

»Was ist, wenn wir die Einsame Klippe verfehlen?« Daduschu drückte den dreifachen Leinenstreifen an der Brust fest. Gimilmarduk zuckte mit den Schultern.

»Kommt drauf an: sehen wir Land und gehen nach Nordost – gut.« Daduschu las Unsicherheit in Gimils Augen. »Oder die Strömung zieht uns hinaus ins Unendliche. An Magan vorbei.«

»Üble Aussicht, Gimil«, sagte Daduschu. Unter dem Pech, mit dem die Binde angeklebt war, juckte es unerträglich. »Und was ist, wenn wir die Einsame Klippe nachts passieren?«

»Beschwör alle Götter, daß wir sie sehen. Oder die Brandung hören. Der wichtigste Augenblick dieser Fahrt.«

»Ich verstehe.«

Sharishu stieg aufs Achterdeck und schob Daduschu von der Pinne. »Schreib deinen Brief, Usch«, sagte er brummig. »Oder steig auf die Rah. Vielleicht siehst du den Einsamen.«

»*Shaduq.*« Im Bug stank die harngetränkte Erde der zylindrischen Tontöpfe; Dilmun-Palmschößlinge, fast schenkelhoch, wirkten seltsam fremd zwischen den Bordwänden. Bis zur Dunkelheit verglich Daduschu die Listen, stichelte auf erdpechbestrichenen Holzplättchen den Brief an Shindurrul, dachte an Alalger und stieg in die Wanten. Die Sonne, ein ovaler Blutkreis über dem Horizont, färbte die Wellenkämme. Daduschu suchte in der Endlosigkeit nach einem sandkornkleinen Steinklumpen; ein fast aussichtsloser Versuch. Auch aus dem Mast sah er weder ferne

Bergkuppen oder Wolken darüber noch etwas anderes als die spielenden großen Fische und kleine, die dicht über dem Wasser flatterten. Nach dem ersten Becher Kräutersud kletterte er wieder an seinen schwankenden, knarrenden Platz. In der vierten Nachtstunde entdeckte er im grausilbernen Mondlicht den weißen Schaum der Brandung: backbord voraus. Sein Ruf weckte auch die Mannschaft der *Geliebten*.

»Gimil! In einer Stunde ist die Einsame querab. Backbord. Wir haben sie.«

Sinischmeani stand am Steuerbordruder. Das Backbordruder war zum Heck aus dem Wasser genommen und belegt worden. Die Ruderer winkten, Erleichterung in den Gesichtern. Zwei Stunden später – an den Sternen, voraus deutlich zu erkennen – erfaßte stärker drängende Strömung das Schiff von steuerbord. Alle Mann standen an der Bordwand und starrten hinüber zur Einsamen, dem Winzling, der nur hundertzwanzig Ellen hoch war. Einen Tag später, als die Trostlose Insel auftauchte, konnten die Augen die vorgelagerte riesige Insel sehen und dahinter die gewaltigen Berge als schwarzen Wall unter dem Morgenlicht.

Sheheru fluchte, als er den letzten Palmschößling über die Planke schleppte. Daduschu stützte sich mit der Hand gegen den Sockel des Hafenfeuerturms, der wie alles Gestein salzüberkrustet war. Es knisterte unter den Fingerspitzen. Die Trostlose Insel und das Widerwärtige Atoll, aber auch hundertachtzig Seile Biru sandiger Schlick unter fünfundzwanzig Ellen flachem Wasser waren irgendwo, schon halb vergessen im Westen. Vor einem monströsen Wall nackter Felsen voll senkrechter Rillen in kahlen Flanken, in einer Ebene aus Stein, Sand und einem Flußbett breitete sich Magan aus: armselig, ohne erkennbare Ordnung, duckten sich Gebäude auf Steinquadersockeln und Lehmziegelmauern zwischen Felsen. Im Windschatten bräunlicher Mauern kämpften struppige Palmen gegen Seewind und Hitze. Auf dem Hafenweg schlurften die letzten Träger.

Über ihren Köpfen schwankten hellgrüne Jungpalmenwedel. Daduschu balancierte zum Schiff zurück, denn der Weg war schlüpfrig.

»Sand, Steine und Staub, Kapitän.« Gimilmarduk hatte die Schiffe an der besten, innersten Stelle anlegen lassen. »Selbst im Schilfmeer ist es kühler und angenehmer.«

»Hab ich zuwenig versprochen?« Der Kapitän lächelte überlegen. »Die Leute hier müssen noch lernen, wie man Straßen baut. Hinter den Lagerhäusern ist es besser.«

Daduschu schwang sich über die Bordwand und half Kimmu. »Zwei Decksplatten reichen. Wir sind schnell fertig. Das meiste Kupfer laden wir auf dem Rückweg. Im Arachsamnu oder Kishlimu. Zuerst die Wasservogelfedern.«

»*Shaduq.*«

Außer einigen Beuteln Perlen und den Palmsetzlingen entluden sie Kleidungsstücke, in weiches Hirsch- und Gazellenleder eingeschlagen, Wolle in vielen Farben, fünfzig große Krüge Öl, bretterharte Rinderhäute, Eselshäute und Ziegenfelle, eng aufgerollte Schlangenhäute, Werkzeuge und Stifte aus Bronze und einen Teil der Barren aus dem Ballast. Vier schwere Flechtwerktruhen wurden an Deck gestemmt: blaue, dunkelrote, gelbe und mit Göttern und Fabelwesen verzierte Kacheln, ein Drittel so teuer wie Kupfer gleichen Gewichts, trugen die Shupshum an Stangen zum Lagerhaus und keuchten, für Meluchha und Moensh'tar, unter Dutzenden einseitig polierter Steinplatten: weißer Kalk, rosaschimmernder Granit und stumpfschwarzer Basalt, von weit her aus dem Landesinneren. Während Daduschu sein Siegel abrollte, fiel sein Blick auf Tiriqans Truhe. Eine tiefe, heisere Stimme war aus einem Hauseingang zu hören.

»Bist du der Nachfolger Ingurakschaks aus Babyla?«

»Hat Orgos Ksmar Angst vor der Sonne oder den Seeleuten?« Daduschu schob die Tontafeln vorsichtig in den Korb. »Oder hat er sein Gold vergessen?«

Er schulterte die Truhe und drehte sich langsam um. Träger und Müßiggänger deuteten auf See hinaus. Ein klobiges Schiff, tief im Wasser, von matten Riemenschlägen geschoben, bog schwerfällig um die Treppe der Hafenfeuerplattform. Die Rah war gefallen, die Enden des Segels und die Schoten schleiften im Wasser. Jemand schrie: »Die *Marduks Kraft!* Kapitän Abumakim! Aus Meluchha!« Daduschu wußte, an welchem Tisch er heute nacht sitzen würde.

Von Gurusch Gimilmarduks Schiffsjungen,
Tamkaru Shindurruls Schreiber, an Shindurrul
und Tiriqan.

Am 22. Ajjaru, in Magan, mit Kapitän Abumakim und der *Marduks Kraft*, die nach Dilmun segelt, von dort mit einem Babylaschiff oder mit Boten aus Eridu. Nach Babyla, zu Tamkaru Shindurrul in der Gasse der Wohlgerüche und Tiriqan im Basar.

Möge Damgar Shindurrul verstehen: Schiffe, Mannschaft und Ladung sind unversehrt. Nichts ist vergessen worden; wir hatten keine Not, kein Kiel ist zerbrochen. Alle Listen stimmen bis heute. Nichts verdarb. Die seltenen Felle entzückten Zara Shurri. Er verrechnet zu deinen Gunsten, Herr. Von Dilmun nehmen wir viel Perlen nach Moensh'tar mit. Der breite Ledergürtel von Tiriqan fand einen Käufer, wie seine schmalen Brüder. Zwei Nächte blieben wir in Magan, und nun wird der Wind bis zum Unendlichen Ozean weniger günstig sein. Es grüßen Kapitäne, Steuermänner und Ruderer. Noch haben sie kein Heimweh. Auch das Bier in Magan ist nicht so gut wie jenes von Babyla. Kann Tiriqan diese Worte schon lesen? In zehn Monden soll sie es können
– das hofft: Daduschu auf dem *Auge des Zwielichts.*

»Es ist gut so, Usch«, sagte Sinischmeani, nachdem Daduschu vorgelesen hatte, »daß du nichts vom Überfall geschrieben hast. Sie sollen nicht zittern in Babyla. Sollen wir übermorgen ablegen, Gimil?«

»Ja. Zuerst ruhen wir aus. Wir werden rudern müssen. Hoffentlich bleiben wir in guter Strömung. Morgen kommt Trinkwasser.«

»Aber nicht aus der Kloake, die sie ›Fluß Shirr‹ zu nennen wagen!«

»Nein. Aus guten Brunnen.«

Lautlos glitt die Klinge durch den Hals des Opfertieres. Ein heißer Blutstrom spritzte bis an Sinbelaplims Zehen. Der Hammel zuckte, die Augen, weit aufgerissen, richteten sich in stummem Schmerz auf Daduschu. Die Gänse schlugen in rasendem Schrekken mit den Flügeln. Der Priester schlitzte mit der Bronzeklinge den Bauch des Hammels auf. Die Innereien rutschten auf den verkrusteten Opferstein; ein Geschlinge seltsamer Formen und Farben. Niemand sprach; der Wind erstarb, und auf die unzähligen roten und violetten Blüten der Ranken an den Mauern rieselte feiner Staub. Mit der Spitze des Opferdolches schob Paliddina Leber, Magen und Gedärm zu blutigen Mustern auseinander. Er schielte, sein Blick richtete sich nach innen. Die tiefe, rauhe Stimme durchdrang die Stille, scharf wie ein Pfeil.

»Die Zeichen stehen günstig, Schamasch und Marduk sprechen – durch mich, den unbegreifenden Diener – zu euch: Der Wind und der Unendliche Ozean sind euch gnädig.«

Kapitän Gimilmarduk nickte, seine Miene blieb undurchdringlich. Daduschu zuckte zusammen und setzte sich abseits auf einen staubbedeckten Steinwürfel. Die unerschütterliche Ruhe von Shindurruls bestem Mann wurde ihm unheimlich. Wußte er wirklich alles oder schien es nur so? Gimil, von der eigenen Tüchtigkeit ebenso überzeugt wie von der Dicke der Planken, lehnte an einem Türpfeiler und schien gleichzeitig alles zu sehen. Grünlicher Brei aus dem Magen des Hammels quoll zwischen stockendes Blut. Fliegen stürzten summend von allen Seiten auf die Platte vor der Kudurru-Göttersäule.

»Einer will töten. Einer wird getötet; einer gewinnt viel, einer verliert alles. Die Fahrt findet unter günstigsten Zeichen statt, Handel und Reichtum blühen und werfen reiche Frucht.«

Blut, Unverdautes und Kot stanken in der Morgensonne. Zwischen Mauern, Hausfronten, Brunnen und Palmstämmen starrten die Versammelten hohläugig ins Gesicht Paliddinas. »Die Götter erwarten die Rückkehr von zwei Schiffen.«

Er packte mit beiden Händen die Hälse der Gänse und brach sie mit trockenem Knacken. Das Gefieder der Schwingen und Schwänze spreizte sich und erstarrte nach langem Zucken, und während der Priester die Blutgerinnsel aus den Hälsen, die Lage und das Aussehen der Innereien und die Winkel deutete, in denen die langen Federn auseinanderstanden, richtete Daduschu den Blick auf Sinbelaplim, der nachdenklich und finster auf seine Zehen starrte.

Zum erstenmal schien Daduschu den Steuermann richtig zu sehen. Verglich er Sinbelaplims Haltung und Gesichtszüge mit den Tagen in Babylas Hafen, war der Mann gealtert, trotz der Sonnenbräune. Das Haar und der Bart waren grau, voll silberner Strähnen, die Schultern knochiger und eingesunken. Sin massierte sein Gesicht und blickte auf den Priester; die Augen waren dunkel, fast fiebrig. Eine unsichtbare Krankheit fraß an ihm, sagte sich Daduschu. Fürchtete der Steuermann, daß er als Bote einer priesterlichen Verschwörung entdeckt wurde – bei einem ebensolchen Verrat überführt wie Lugalanda, dem Ensi aus Lagash, vor siebenhundert Jahren, von dem Lehrer erzählten? Von ihm, Daduschu, oder von seinem »Sohn« Awelshammash?

Im Gegensatz zu Sinischmeani und Gimilmarduk verhielt er sich wie ein Mann, der schreien, toben und um sich schlagen wollte und seine gesamte Kraft für den letzten Rest seiner Beherrschung brauchte. Der Steuermann drehte den Kopf, rasch sah Daduschu hinüber zu den zuckenden Opfertieren.

»Viele Vorzeichen und Erlebnisse, die sich wie die Stunden vieler Tage aneinanderreihen, zeigen am Ende die Wahrheit...«

Eine Folge greller Bilder blitzte durch Daduschus Gedanken: Wasser und Wogen in metallischem Glanz, kugelige Dinge aus Gespinst, unter klaren Wellen, durchsichtig wie Eihäutchen, die sich verkrampften und lösten. Tiriqans Gazellenaugen inmitten rotstaubiger Wirbel. Durch mondbeschienenes Wasser zuckten silberne Fischschwärme. Trostlos kahle Inseln und seidige Strähnen zwischen unsicheren Fingern; Alalgers Haar, Blicke aus Augen wie von einer Antilopenhindin, voll bitterer Wehmut. Riffe dicht unter den Wellen; wie schartige Steinmesser. Daduschu dachte an Alalger; jeder Gedanke war wie eine glühende Nadel, jeder Stich wie ein Lächeln.

Sieben Vögel mit fremdartigem Gefieder zogen nach Osten über die schrundigen Mauern und Steine. Daduschu holte tief Luft und verstand:

»...auch unter dem Himmel fremder Götter wird euch wenig Übel zustoßen. Für heutiges und morgiges Glück zahlt jeder am Ende des Weges.«

Gimilmarduks Miene blieb unergründlich. Die Händler, Seefahrer und Anwohner des Platzes drückten sich scheu und schweigend an die Mauern und verschwanden unter staubigen Dächern. Daduschu, eine unentwirrbare Bilderfolge vor den geschlossenen Augen – seine Fußsohlen schmerzten auf Kieseln, in Lehm verlegt, Staub ließ die Augen tränen, Talqams Finger an seinen vernarbenden Wunden und strenger Harzgeruch aus den Krügen voll Öl- und Kräutergemisch –, holte tief Luft und wachte aus dem Halbtraum auf. Der Priester blinzelte, ein listiger Blick traf Daduschu. Sein Glaube an die blutigen Götterzeichen wankte wieder einmal. Er fragte:

»Und was, Paliddina, lassen dich unsere Götter in Moensh'tar erkennen?« Aus Sinbelaplims Augen zuckte ein dunkler Blick. »Böses, Alltägliches oder Gutes?«

Der Priester unterbrach sein Taumeln und erwiderte streng: »Frage die heiligen Männer in Meluchha, Ruderer. Falls du dort welche findest, was ich bezweifle. Inzaq wache über dich.«

Daduschu verbeugte sich tief und meinte, um Hashmars und Gimilmarduks Mund ein schwer deutbares Lächeln zu sehen. Er streifte die Schnur über seinen Hals und gab Kapitän Abumakim die Holzplättchen. Sie steckten in einem Umschlag aus gewachstem Wollstoff. Möwen flatterten über den Mauern und warteten darauf, daß sich die Menschen vom Opferstein zurückzogen.

»Versprochen, Kapitän? Du sorgst dafür, daß Damgar Shindurrul den Brief beider Kapitäne bekommt?«

Der Graubart, über dessen Stirn, durchs linke Auge unterbrochen, eine scharfe Narbe bis neben das wuchtige Kinn zog, nickte. »Ich tu, was ich kann. Gute Fahrt, euch allen.«

»Danke. Auch dir und deinen Männern.«

Plötzlich verzog Gimilmarduk genüßlich sein Gesicht, als sähe er die Wasser des Intu hinter dem Irrgarten des Mündungsgebietes. Chamazil, deren Silberketten klirrten, kam vom Badehaus, warf die stumpfen Blitze ihres Lächelns nach rechts und links und bewegte sich mit schwingenden Hüften durch die Menge. Die Mutter des Fünfgestirns lustvoller Magannächte lächelte jedermann mit gleicher Freundlichkeit zu. Hashmar kicherte, die Hand zwischen den Schenkeln.

»Mutter der Ketten«, sagte er. »Dein Anblick krönt das Gekröse. Heil deinen Schwestern.«

Ihr Finger, dann ihre Hand formten eindeutige Gesten. Sie grinste still und zufrieden. »Dank dir, deinen Brüdern und eurem Kupfer, Steuermann.«

In ihrem Kielwasser schwemmte Wohlgeruch durch den Gestank der Innereien, die unter der Schicht durstiger Fliegen zu zucken schienen. Silberketten, die zwischen silberbraunen Zöpfchen über Schultern und Brüste zum Rücken schwangen, klirrten leise, als sie Sheheru zulächelte und sich unter den schweren Falten eines Vorhanges duckte, im Eingang eines Hauses mit vielen Räumen.

Daduschu berührte Hashmar an der Schulter. »Mir ist nach einem Schlaf auf der *Zwielicht*. Ja?«

Die Finger des Heilers beider Schiffe strichen über die weiße Narbe schräg über Daduschus Brust. Er nickte. »In Magan, zu dieser Stunde, gibt's nichts Besseres.«

Kreischend stürzten sich die Möwen auf Innereien, Gedärme und gestocktes Blut.

Shindurrul fühlte, wie die Hitze der Platten durch die Sandalen drang und die Fußsohlen erreichte. Über die Mauern des Tempelplatzes wehte trockener Wind aus der westlichen Wüste, die Wedel der Dattelpalmen knarrten und raschelten. Schatten bewegten sich über die viereckigen gelben Addurru-Ziegel; die Besucher gingen einzeln und in kleinen Gruppen auf den Fuß der Haupttreppe zu und standen auf den Stufen, die zum Tor der untersten Plattform Etemenankis, des Schamasch- und Marduk-Tempels, hinaufführten; eine gewaltige Menge brauner Ziegel, deren Ende sich im Halbdunkel des Tores verlor und sich dort mit den schmalen Seitenaufgängen traf. Dünne Wolken Weihrauch stiegen hinter den Brüstungen der Terrasse in die Höhe, und der Fuß des Bauwerks dünstete den Geruch feuchten Lehms aus. Shindurrul hörte, wie jemand seinen Namen rief, blieb stehen und sah sich um.

Awelninurta kam auf ihn zu und streckte den Arm aus.

»Es treibt dich zu den Göttern, Kaufherr?« Der Suqqalmach zeigte auf das Haus der obersten Plattform, dessen blauglasierte Kacheln in der Sonne leuchteten. »Die Sorge um deine Schiffe? Oder hast du zuviel Gold eingesetzt für die Dilmun-Waren?«

Sie packten einander an den Handgelenken. Awelninurta zog Shindurrul zur Seite, als zwei Schamaschpriester sich vom Haupttor näherten. Im Schatten der westlichen Mauer, hinter zweijährigen Palmen, saßen Schüler aus der Edubba und lernten Wörter von Tontäfelchen.

»Du kennst mich besser, Awel.« Shindurrul betrachtete ihn aufmerksam. »Übergroße Frömmigkeit hast du mir noch nie vorgeworfen. Ich bin hier, weil ich Ruhe brauche und weil ich über dies und jenes nachdenken muß. Über meine Schiffe, wahr gesprochen, und auch über den jungen Daduschu.«

»Du nennst zuerst seinen Namen«, sagte Awelninurta. »Das gibt mir Gelegenheit, dich zu fragen – über ihn und darüber, was wir erwarten. Du denkst über ihn nach, also sorgst du dich um ihn. Utuchengal war einer der Treuesten und Zuverlässigsten, außer mir, versteht sich, und deswegen – und weil du Daduschu angenommen hast – hab ich ihm das Siegel gegeben. Ist er zuverlässig wie unser toter Freund, sein Vater?«

»Er hat verstanden, daß ich ihm vertraue«, sagte Shindurrul, »und er wird alles tun, um dein Vertrauen nicht zu enttäuschen. Die Ehre, Hammurabis Siegel zu tragen, weiß er zu würdigen. Du zögerst, mir zuzustimmen, weil du denkst, er ist zu jung für diese Aufgabe?«

Awelninurta nickte. Die Schatten der Westmauer krochen über den Boden, auf den Fuß der Treppe zu. Das abendliche Sonnenlicht übergoß das kolossale Bauwerk, höher als achtzig Männer, mit rötlichgoldenem Glanz. Der Suqqalmach wartete ruhig, bis Awelninurta weitersprach.

»Ist er zu jung dafür?« fragte er, als sie die Palmenreihe erreicht hatten. »Wie kommt es, daß er so anders aussieht als einer von uns Schwarzköpfen? Braunes Haar, hellbraune Augen und einen schlankeren Körper als unsereiner?«

»Seine Mutter war eine Schönheit. Utuchengal holte sie aus den Zelten der Nomaden, und sie schien einen Hellhäutigen aus Gutium zum Großvater oder Vater gehabt zu haben. Von ihr hat er den schlanken Hals ebenso wie die schmalen, kräftigen Hände... wie dem auch sei: Wir sprechen nicht über sein Aussehen, sondern darüber, daß er für Hammurabi und dich Augen und Ohren weit offen und den Mund fest geschlossen hält.«

»So ist es.« Awelninurta sah drei Tempelpriesterinnen nach und versenkte die Finger im Bart. »Als ich mit ihm gesprochen habe, war er halb unbeteiligt, scheinbar kalt im Inneren, zur anderen Hälfte aber vom Eifer eines Palastschülers.«

»Er denkt länger als jeder andere nach und redet erst dann.« Shindurrul hauchte die silbernen Fingertüllen an und polierte sie am Hemdsärmel. »Ich bin nicht sicher, ob er überhaupt weiß, wie oft sein Vater Hammurabis beste Kämpfer gegen Stadtmauern und die Krieger geführt hat. Utuch hat nicht oft davon gesprochen.«

Awelninurta seufzte. Er blickte an der schrägen Außenmauer der Zikkurat hinauf, verfolgte die Linie des Zierbandes aus andersfarbigen Ziegeln und schien die Tropfen zu zählen, die aus den Entwässerungstraufen fielen.

»Wir brauchen nicht mit vielen Worten, die wenig bedeuten, zu spielen, Freund Shindurrul. Jeder Verdacht, den wir auf jemanden werfen, sagt uns: man will unseren Herrscher stürzen. Verbünden sich zu viele kleine Stadtkönige gegen Hammurabi, Babyla und das Land Sumer, dann wird es mit meinem und deinem guten Leben schnell vorbei sein und mit dem vieler anderer guter Männer auch.« Jetzt hob sich der Schatten an Mauern und Treppen des Etemenanki. Vereinzelte Fackeln schienen hinter den Brüstungen zu schweben; man sah den Rauch deutlicher als die Flammen. »Spricht Daduschu über das, was er erfährt, mit dem falschen Mann oder im Rausch jugendlicher Leidenschaft mit der falschen Frau, stirbt er. Da macht es wenig Unterschied, ob wir ihn bedauern.«

»Er weiß es, Awel. Ich hab's ihm tausendmal gesagt. Und ich glaube nicht, daß er auf den Laken der Leidenschaft viel spricht. Mit der Magd hat er nicht viel zu sprechen gehabt, und Tiriqan ist eine kluge Frau; von ihr hat er gelernt, im rechten Augenblick zu schweigen.«

»Bei Schamasch und der wachsenden Macht Marduks!« Awelninurtas Faust schlug in die linke Handfläche. Sein kurzes Lachen klang bitter. »Sollten wir wirklich dem richtigen Mann das Siegel überlassen haben? Einem bartlosen Jungen, der nach Moensh'tar segelt?«

»Einem gehorsamen und ehrlichen Jungen, den ich liebend gern als Sohn oder Eidam hätte; jeder, der ihn länger kennt, spricht gut von ihm. Mißtraue mir, Awel, nicht ihm, denn ich bürge für ihn. So gut oder schlecht, wie man für einen anderen Mann zu bürgen vermag.«

In Awelninurtas Blick lagen Anerkennung und ein Rest ratlosen Unbehagens. Er hob die Hand, deutete auf die Fackel in der Hand eines Tempelschülers. Der Junge erkannte den Suqqalmach, verneigte sich und fragte ratlos:

»Willst du die Fackel selbst tragen, Herr?«

»Nein. Bleib, wo du stehst. Und besorg einen zweiten Fackelträger für den ehrenwerten Kaufmann.«

Er schob Shindurrul bis zum Rand des fleckigen Lichtkreises und sagte drängend:

»Ich werde versuchen, nicht daran zu denken, daß unsere Feinde von seiner Bedeutung erfahren. So wartet, wohl zum erstenmal, der mächtige Hammurabi auf die Rückkehr eines, nun, vielleicht Achtzehnjährigen: möge Marduk ihm beistehen, Schu und Schamasch müssen ihn beschützen, und vielleicht gelingt es ihm, nicht zu ertrinken.«

Das Lächeln Shindurruls, das Awelninurta im zuckenden Licht gerade noch erkannte, war schwer zu deuten. Er sagte:

»Nun weißt du, worüber ich in der Stille und in Marduks Gegenwart nachdenken wollte. Ungestört, versteht sich. Dein Schlaf, Rechte Hand des Herrschers, möge besser sein als meiner.«

Awelninurta winkte den Fackelträgern. Die blutrote Sonne war hinter dem Rand der Welt verschwunden. Die Schüler gingen sieben Schritt vor den beiden Männern, die Marduks »Gründungshaus des Himmels und der Erde« umrundet hatten und langsam auf das Tor zuschritten.

»Mein Schlaf, Freund, hängt von der Leidenschaftlichkeit Buadadrs ab, und noch haben wir die Geduld aneinander nicht verloren.« Sie traten durch das Tor und zwischen die Palmenstämme der Prozessionsstraße. Awelninurta griff nach Shindurruls Handgelenk. »Es war ein gutes Gespräch, und du hast mich beruhigt, Shin. Grüße an jeden in deinem Haus.«

»Friede im Palast.« Shindurrul lachte. »Und wohligen Zwist zwischen den Laken.«

Sie nickten einander zu. Shindurrul ging nach links, Awelninurta zu einem Palasttor. Erst jetzt sah Shindurrul die Palastgardisten um Awelninurta; vor ihm, hinter ihm und an seinen Seiten, die Hände an den Schwertgriffen.

14. Im Unendlichen Ozean

Gimilmarduk weckte Daduschu und die Ruderer eine Stunde vor Tagesanbruch. Winzige Wellen schmatzten zwischen den Steinen des Dammes. Ablandiger Wind fuhr, wie sie es erwartet hatten, von den Bergen herab.

Träge öffneten sich die Falten der taufeuchten Segel, Kommandos flogen hin und her, dann knarrten sechzehn Riemen. Washur gab singend den Takt aus. Einige Atemzüge nachdem das Kahle Riff schwarz aus dunkelgrauen Wellen auftauchte, bogen die Schiffe nach Süd in eine ungewisse Strömung. Daduschu fröstelte unter dem Wams aus Wolle und Leder und blinzelte, während Kimmu den Kessel füllte und Sharishu den letzten Riemen festknotete. Die Schatten der Küstenberge lagen an Backbord auf dem Meer, als die Sterne verschwanden und sich der Himmel fahlblau zu färben begann. Dann wurde das Firmament grau, und die schartigen Gipfel der Berge zeichneten sich klar und scharf ab. Als Gimilmarduk zur Mannschaft hinunterging, übernahm Daduschu die Backbordpinne.

»Wenn wir viel Glück haben, sind's nur acht Tage und Nächte bis Meluchha.« Sinischmeani schob die linke Hand unter die Achsel. »Unregelmäßige Winde, viel Rudern, wechselnde Strömungen, auch gegenan, uns entgegen. Wir werden uns nicht verirren. Bis zum Intu haben wir Land an Backbord.«

Daduschu wußte, an welcher Markierung von Shindurruls Shafadu-Karte die Schiffe segelten: für eine genaue Bestimmung oder gar eine Berechnung der Fahrtstrecke war diese Zeichnung unbrauchbar.

»Spürst du, wie die Strömung zerrt?« sagte der Steuermann. Die Tonbecher wärmten die Finger. Das Deck war schwarz von nächtlicher Feuchtigkeit. Über den Bergen schien fernes Feuer zu lodern; winzige Wolken über dem Mast glühten auf.

Daduschu versuchte, jetzt auch an Steuerbord jene Küstenberge zu sehen, die sie während der Fahrt nach Magan lange zur rechten Hand gehabt hatten. Im Dunst über dem grauen Wasser, der jede Farbe brach und veränderte, konnte er nichts erkennen.

»Sie zieht uns nach Süd«, sagte er und drehte die Scheibe. »Die Sonne versteckt sich dort?«

»Zwei Handbreit südlich davon. Merk dir die Berge. Sage dir: die Spitze ist Hammurabis Nase, diese dort eine Frauenbrust, die andere eine Säge, der ein Zahn fehlt. Meist ist die Strömung gegen uns.«

»Und wann« – Daduschu unterdrückte sein Unbehagen bei der Vorstellung von riesigen Wellen – »sind wir im Ozean ohne Ende?«

»Heute noch nicht.«

Der Wind kam aus West und frischte auf. Die Ruderer zerrten die Segel in einen günstigeren Winkel, und der Druck auf die Steuerruder nahm zu. Die Sonne schob sich über die Berge; kurze Zeit später begann sie zu wärmen. Daduschu hatte zwei Dutzend Sonnenaufgänge an Deck erlebt und sagte sich, daß jeder ein wenig anders war, obwohl stets das gleiche geschah. Er blickte geradeaus und meinte, die großen Wellen erkennen zu können. Aber da war nichts außer dem dunstigen Horizont.

Quälend langsam zogen die gelbbraunen, rötlichen, schwarzen Berge an Backbord vorbei. Die Schiffe bewegten sich mit der Geschwindigkeit eines langsamen Läufers, und die Weise, wie sich ihre bauchigen Körper hoben und senkten, veränderte sich fast unmerklich. Als Daduschu nach Mittag aufwachte, weil der Schatten des Segels gewandert war und die Sonne in seine Augen brannte, warf ihm Gimilmarduk ein kleines Stoffbündel zu. Daduschu stand auf, blinzelte, schloß die Augen und sah wirre Muster wirbeln. Er wartete, dann blickte er aufs Meer hinaus. Der Kapitän rief:

»Tu das Band um den Kopf, Sperling. So wie wir.«

Das Sonnenlicht brannte grell und tauchte das Schiff in stechende Hitze. Daduschu sah, daß Gimilmarduk um die Stirn ein breites Band trug, von dem ein dünnes Leinengespinst bis zur Nasenspitze hing. Daduschu knotete den Stoff auf, befestigte das Band, und als der milchige Vorhang vor seinen Augen hing, sah er zwar ebenso gut, aber die Lichtflut und die Spiegelung der Wellen, von der die Augen tränten, wurden erträglicher. Das Band aus Leinen und Wolle sog den Schweiß auf.

»Und jetzt? Besser, wie?« Bis auf Hashmar trugen alle diesen seltsamen Sonnenschutz. Daduschu nickte und entdeckte, daß die schroffen Berge an Backbord im Sonnenlicht ihr Aussehen verändert hatten. Die Schiffe segelten noch immer in der gleichen Entfernung vom Land.

»Sehr viel besser, Kapitän.« Daduschus Körper war schweißüberströmt, seine Kehle ausgedörrt. Er versuchte klar zu denken, ging unsicher zum Achterdeck und schüttelte den Kopf. »Zu lange in der Hitze geschlafen. Gibt es Arbeit für mich?«

Washur unterbrach sein Summen, rieb die Dilmunperlen in seinem Ohrläppchen und deutete auf die offene Luke. »Später kannst du Kimmu beim Essenmachen helfen. Geh ins Wasser, wenn du willst.«

»Hier?« Daduschu hob abwehrend die Arme. »Soll ich mich umbringen?«

»Es ist dasselbe Wasser, Usch. Hier oder woanders.«

Er schüttelte den Kopf und stützte sich auf die Bordwand. Es war, als wären sie noch immer im Unteren Meer. Er blickte zur *Geliebten* und beobachtete Segel und Bugwelle. Er glaubte zu erkennen, daß sich der Bug weiter hob und tiefer senkte und daß die Welle stärker und viel lauter gischtete. Er zuckte mit den Schultern, ging zum Bug, in den Schatten des Segels und schüttete drei Ledereimer kühles Seewasser über Kopf und Oberkörper. Er fühlte, daß er zum zweitenmal aufwachte. Über dem Schiff flatterten Seeschwalben; sie beobachteten jede Einzelheit an Deck und schienen auf Abfälle zu warten.

Tage später, drei Stunden nach Mitternacht, klopfte Kapitän Gimilmarduk auf Daduschus Oberschenkel und beugte sich zu ihm hinüber.

»Nun sind auch die Narben fast verschwunden, Usch. Hast du das Muster im Netz und die Knoten erkannt? Ich nehme Shindurruls Bitte ernst, deswegen ruht mein Auge auf dir, mehr als auf anderen. Hast du inzwischen erkannt, wessen Haß dich verfolgt?«

Das *Auge des Zwielichts* segelte in das große, weiße Gestirn des Mondgottes hinein. Gelblichgrün schimmerte der Schaum des Kielwassers. Eine rissige Straße aus Mondlicht zeigte den Schiffen den Weg. Daduschu hatte diese oder eine ähnliche Frage erwartet, von einem Ruderer oder dem Steuermann – die sich mitunter das »Siebengestirn« nannten –, aber nicht von Gimilmarduk. Seine Empfindungen vollführten einen schnellen Wirbel; auch Gimilmarduk würde sein Vertrauen nicht mißbrauchen. Er holte tief Luft; er war Shindurruls rechte Hand, und daher würde Gimil nicht einmal im Rausch Vertraulichkeiten preisgeben.

»Mögest du, mein Vater, sagen, wenn ich rede, wovon ich nichts verstehe.« Er verlagerte sein Gewicht auf der Kiste. Das Riedgeflecht und die Halteleinen knirschten. »Awelshammash, einer aus der Edubba, ›der besser rechnet als ich‹, ist der Sohn der schönen, breitbrüstigen Frau Sibit Nigalli. Vielleicht auch der Sohn von Iturashdum; jedenfalls ist er ein arger Dummkopf. Das sagten alle in der Edubba. Ich sah die beiden im Basar. Wenn er wirklich Iturashdums Sohn ist, benimmt er sich wenig ehrerbietig gegen seinen heiligmäßigen Vater.«

»Der dir einen Auftrag gab, der schwer zu erfüllen ist«, murmelte der Kapitän.

»Ich werd's trotzdem versuchen.«

Das Segel war bis zum Zerreißen gespannt. Die *Zwielicht* schob sich, schneller als im letzten Mond, durch kleine Wellen, die in der langgezogenen Dünung aufsprangen. Um den Mast schliefen die Ruderer und schnarchten, am lautesten röchelte

Hashmar. Daduschu und Gimilmarduk hielten die Pinnen ohne große Mühe; der Wind war erfrischend, weder heiß noch feucht.

»Und die priesterliche Weisheit Iturashdums, hörte ich in Babyla, wird mitunter angezweifelt.« Der Kapitän sah auf die Wellen.

»Nicht von mir. Wer bin ich?« Daduschu blickte zur *Geliebten* hinüber, die an Steuerbord achtern ebenso schnell segelte. »Eigentlich hätten wir früher darüber sprechen sollen... ich glaube, jetzt ist die beste Stunde. Nun: Sibit Nigalli ist, was jedermann weiß, die Geliebte von Sinbelaplim. Also ist Awelshammash sein Halbsohn oder Stiefsohn. Shindurrul hat mir gesagt, daß für den Platz, auf dem ich sitze, andere Männer betrügen, töten und morden würden. Dreimal haben sie's versucht bei mir. Daß der Steuermann drüben mich nicht mag, weiß ich längst. Warum? Ich benehme mich ihm gegenüber so, als wäre er Jarimadad, Sinischmeani oder du, mein Vater. Ich wollte nie Rabianum in Mari oder einer anderen Stadt Hammurabis werden. Die Fahrt zum Intu, du weißt – Shindurrul wollte es. Und Hammurabi gab mir sein Siegel.«

Der vage Schatten des Segels zerschnitt Gimilmarduks Gesicht in einen hellen und einen dunklen Teil. Das kurze Lachen des Kapitäns klang, als bräche ein Krug.

»Shindurruls Waage. Ich kenn' sie auch. Deine Schale, Usch, kann nicht mehr tiefer sinken. Manche Männer sind klug, andere voller Ehrgeiz, die meisten, indes, sind schlicht und einfach blöde. Du bist, wenn ich's recht erkenne, ehrgeizig und klug.«

»Bliebe mir etwas anderes, Kapitän? Meine Eltern sind tot, und Shindurrul...«

Gimilmarduks Handbewegung schnitt die Erwiderung ab. Er kniff die Augen zusammen, starrte einige Atemzüge lang in den vollen Mond und sprach weiter, leiser und in schärferem Ton. »Kurz und schlecht: ich meine, daß Sinbelaplim an sein Alter denkt. Als Vater des Suqqalmachs in Mari oder wo auch immer, oder als Mann, der neben Shindurrul reich werden kann und geachtet ist, hätte er ein Alter ohne Sorgen. Shindurrul wählte dich:

Der Plan von Sibit Nigalli, Sinbelaplim und Awelshammash ist wertlos geworden. Durch dich, Daduschu. Stirbst du, fährt vielleicht Awelshammash mit uns, oder der Suqqalmach hat...«

»...der ehrenwerte Awelninurta...« Daduschu entsann sich des Schweigegebotes und zog die Schultern hoch.

»Richtig. Er schlüge den besseren Rechner vor; als Rabianum einer Stadt, als Person von Hammurabis Vertrauen.«

Sie starrten einander lange in die Augen. Eisige Kälte kroch Daduschus Rückgrat entlang. Er flüsterte: »Ich habe Awelshammash nichts getan. Den Priester kenne ich kaum. Was geht mich Sibit Nigalli an? Und der Haß des Steuermanns? Weißt du: ein Stein in einem Brettspiel, das andere spielen.«

Gimilmarduk richtete sich auf, lehnte sich gegen das knarrende Flechtwerk und sagte mit kühler Stimme, aus der die Überlegenheit des Alters und der Erfahrung klang:

»Du kennst nun deine Gegner. Du kannst ihnen nichts beweisen. Noch nicht. Halte dich fern von den Gefahren. Tu, was richtig ist. Vertraue deinen Freunden, schlag einen großen Bogen um jene, denen du mißtraust. Einige Menschen hassen dich, weil du anders bist. Weil deine Augen zeigen, daß du ein gutes Herz hast. Warum sonst, Usch, hat Alalger angefangen zu schielen, als sie mit dir sprach?«

»Ich weiß es nicht.«

»Da bist du der einzige auf diesem schönen Schiff.« Der Mond war nach Steuerbord weitergewandert und stand höher. Das Achterdeck lag im milchigen Licht. Daduschu blickte schweigend in Gimilmarduks Gesicht und spürte undeutliche Furcht vor den nächsten Tagen und Monden. Obwohl Gimilmarduk ihn beschützte, hatte er das gleiche Gefühl wie am Morgen nach dem Überfall am Kanal: trotz der Freunde war er allein mit seinem kümmerlichen Verstand. Er holte Luft und senkte den Kopf.

»Jetzt sehe ich vieles in einem anderen Licht. Danke, Kapitän, daß du mit mir gesprochen hast.«

Gimilmarduk lachte in sich hinein und wies auf die Decksplanken.

»Ein voller Becher Wein ist genauso kostbar wie mein Rat, Sibaru. Los, hol uns etwas zu trinken.«

Daduschu stand unsicher auf. »Ich fliege, Kapitän.«

Während er, die winzige Öllampe in der Linken, im Bauch der *Zwielicht* herumkramte, dachte er an das Ziel. Dort, sagte er sich, würde auch Sinbelaplim vorübergehend seinen Haß vergessen. Er trank einen großen Schluck und turnte mit dem handgroßen Krug zurück zum Achterdeck. Gimilmarduk nickte und schwieg. Seine Miene verriet, daß er es Daduschu überließ, sich weitere Gedanken zu machen; wenigstens bis zum Sonnenaufgang.

Die Sonne versank genau hinter dem Heck zwischen feuerfarbigen Wolken – riesengroß und flachgedrückt. Seit Sonnenaufgang, als das Gestirn drei Handbreit rechts vom Bug aufgetaucht war, wußte Daduschu, daß sie nach Osten segelten, obwohl sich der Abstand zum Land nicht verändert hatte. Sinischmeani hatte zufrieden, aber verwundert gesagt, daß der Wind noch immer Freund der Schiffe sei, denn seit fünf Tagen und Nächten kam er fast immer aus Westen, ohne daß ihn bisher Stürme und Regenfälle abgelöst hatten. Die Strömungen hatten zweimal mit unsichtbarer Kraft versucht, die Schiffe aus dem Kurs zu bringen, aber der Wechsel der Gezeiten sog die *Geliebte* und die *Zwielicht* wieder schneller nach Ost. Die Küste blieb verlassen und felsig; über den Ufern, deren Aussehen an niedergebrochene, durch Brand und Schlagregen verwüstete Mauern erinnerte, standen kegelförmige Berge, unerreichbar weit im Land. Es war fast unmöglich, die Entfernung zu schätzen. Zwischen dem ausgewaschenen, durchglühten Gesteinswall schüttelten, in weiten Abständen, Palmen die zerzausten Wedel. Große Sanddünen breiteten sich zwischen Wasser und Ödnis aus; dann fuhren die Schiffe eine halbe Stunde lang an einem halb verdorrten Wald entlang. Vogelschwärme kreisten über den Kronen seltsamer Gewächse, deren verknotete Wurzeln und Stämme im Sumpf standen. Vorübergehend nahm das Meer eine andere Farbe an und roch faulig. Einmal kamen sie an einer niedrigen Sandzunge neben einer seichten Bucht vorbei, eine der wenigen Stellen, an denen kümmerliche Bäume und Binsengewächse zu sehen waren, eine Ansammlung erbärmlicher Pflanzen, in denen Hunderte großer Vögel hausten und kreischend auf die Schiffe zuflogen. Die leeren Wasserkrüge wurden an Deck gewuchtet, am Mast festgebunden und mit Seewasser ausgeputzt; die Sonne dörrte den Ton aus. Obwohl nur noch etwas mehr als ein halbes Gur Süßwasser im letzten Vorratsgefäß schwappte, blieben die Männer ruhig. Die Brandung schäumte gegen rostfarbene Steilhänge, nachts hörten die Männer schwachen Donner und sahen im Mondlicht den weißen Gischt.

Über den Bergzügen bildeten sich manchmal Wolken und verschwanden, bevor sie das Ufer erreichten. Gimilmarduk und Jarimadad steuerten näher zum Land, als sich das Meer abermals verfärbte. Die Kiele glitten durch seichteres Wasser, bis sich ein auffälliger Einschnitt in der Küste zeigte. In der ersten Stunde nach Sonnenaufgang segelten sie an der Einfahrt zu einer großen Lagune vorbei, die durch ein Riff versperrt war. Jetzt, bei niedrigem Wasser, gurgelten und schäumten die Wellen über kantige Steine, Geröll und dunklen Sand oder Fels. Hinter Stränden und niedrigen Sanddünen hoben sich Palmwedel in sattem Grün. Kurz darauf fing Sheheru zu schreien an.

»Dort hinten! Der Fluß mit gutem Wasser... und der Palmenwald! Lang genug haben wir darauf gewartet!«

Gimilmarduk und Sinischmeani lachten laut und schlugen sich auf die Knie. Daduschu hob die Schultern und spähte über die Länge des Decks, unter dem Viertelkreis des geschwollenen Segels hindurch und sah endlich die Flußmündung, einige Fischerboote und die Palmen an beiden Ufern des Flüßchens. Der Kapitän hob die Hände an den Mund und schrie zur *Geliebten* hinüber:

»Segel aufziehen! Rudern! Wir haben den Fluß. Und gutes Wasser!«

Jarimadad winkte und zeigte zum Land.

»Haben wir's wieder geschafft! Bei Marduk! Wir bleiben hinter euch.«

Kimmu, Hashmar und Shanshu machten die langen Ruder los, während Daduschu den anderen half, das Segel zur Rah hochzuziehen. Als die Sonne ihren höchsten Stand erreicht hatte, ruderten die Männer die Schiffe in nördliche Richtung, gegen die schwache Strömung des Flusses. Die Fischer paddelten zu den Hütten, und die wenigen Dörfler rannten auf den Bug der *Zwielicht* zu, als er über die Kieselsteine schrammte.

Doch zwei Tage und eine halbe Nacht nach dem Landfall zeigte das Meer ein anderes Gesicht; der feuchte Sturm erreichte die Schiffe und ließ sie taumeln und schwanken.

Und einen weiteren Tag später waren sie mitten im Sturm. Welle um Welle, eine mächtiger als die andere, schmetterte gegen das Heck, stieg steil in die Höhe und brach über die durchnäßten Männer. Die *Zwielicht* legte weit nach Backbord über und schoß den Hang der Dünungswelle hinunter. Der Wind heulte, riß Gischtkämme von den Wellen, füllte das Segel und winselte im Tauwerk. Die nächste schwere Woge prallte gegen den Vordersteven, teilte sich dröhnend und schlug mit zwei Fontänen über die Bordwand und ins Segel. Zischend und schäumend schoß das Wasser über Deck, rann aus den kantigen Aussparungen der Bordwand und lief in den Kielraum. Gimilmarduk und Sinischmeani klammerten sich an die zitternden Pinnen. Zwischen ihnen hatte sich Daduschu mit einem dünnen Seil durch den Gürtel am Heck festgebunden. Die *Zwielicht* richtete sich wieder auf, schwang unter dem tiefhängenden Himmel zitternd den Hang der Dünung hinauf, rammte eine Welle und schien untertauchen zu wollen. Wasser flutete zischend über die Decksplanken. Die Männer hielten den Atem an; einen Augenblick lang schien der Sturm nachzulassen. Das Schiff fiel in die unergründliche Dunkelheit, wurde von den Wellen aufgefangen und verschwand in der Tiefe.

Daduschus Gedanken drehten sich in Schlingen der Angst, die sich in unregelmäßigen Abständen zuzogen und trügerisch lokkerten. Er konnte seit zwei Nächten und einem Tag nicht mehr klar denken; der Im-Gig, der dunkle Sturmwind, herrschte über Wogen und Schiffe. Sie waren, mit frischem Wasser und Vorräten ausgerüstet, gerade weit genug vom Land gesegelt, zufrieden und ausgeschlafen, als Hashmar und Gimilmarduk sich mit Gesten und Blicken verständigten, die Daduschu schwer deuten konnte. Als er den Himmel sah und, am westlichen Horizont, die Abendwolken und den seltsamen Glanz auf den Wellen, ahnte er kommende Gefahren. Die Stimme des Kapitäns schien die schlimmsten Befürchtungen zu bestätigen. Gimilmarduk winkte ihn aufs Achterdeck.

»Es wird Sturm geben«, sagte er. »Du hast Im-Gigs Wüten noch nicht erlebt; wir schon ein paarmal. Es gibt keine Bucht, in die wir flüchten können. Geh unter Deck und binde alles fest, was sich losreißen kann. Achte auf die Glut. Die Männer wissen, was zu tun ist. Zwei Stunden nach Sonnenuntergang geht's los.«

Er senkte den Blick in Daduschus Augen und versuchte ihn zu beruhigen.

»Dich wird's erschrecken, Usch. Aber es gehört zur Reise. Bisher, der milde Wind, das war ein Geschenk der Götter. Wir sind schneller in Meluchha, als du denkst. Hashmar sagt dir, was du tun mußt.« Er grinste. »Wir stehen das durch, Sibaru!«

Endlose Stunden, durch nasse Finsternis und einen heulenden Tag, im Krachen der Wellen aufs Deck, hoch auf der großen Welle oder tief in ihrem Tal, mit einer Sicht, so klar, daß jede Geringfügigkeit an Land doppelt deutlich schien, ohne Mondlicht und Sterne, in unbekannter Entfernung von der Küste: sie hatten nur Wasser getrunken, das salzig schmeckte, und ein paar durchweichte Brotfladen gegessen. Der Kapitän oder der Steuermann, zusammen mit einem Ruderer, wagten nicht einen Herzschlag lang, die Ruderpinne loszulassen. Daduschu half ihnen und stemmte sich, wenn sie die Griffe wechselten, gegen eine der Pinnen. Bei jedem dröhnenden Schlag der Wasserberge bebte das Schiff, und Daduschu spürte die Erschütterung bis unter seine Schädeldecke. Dabei hatte er nur einen Gedanken: Wo war die *Geliebte des Adad?*

Unter triefenden Decken, mit Leinen am Mast gesichert, hockten Kimmu, Sharishu und Talqam. Sie wurden ebenso durchgeschüttelt, in die Höhe gerissen und aufs Deck zurückgestaucht wie die drei an den Pinnen. Jeder klammerte sich fest – so gut es ging und wo immer es möglich war. Wieder schlug eine mächtige Welle an Steuerbord gegen die Planken, steilte senkrecht und weiß und hämmerte gegen die Rücken der Steuermänner. Salz rann aus dem Haar, biß in den Augen und in jeder kleinen Wunde. Daduschu glaubte sich jenseits von Furcht und Angst. Hin und wieder, wenn ein fahler Lichtschein aus der Luke die Gesichter traf, ahnte er Gimilmarduks Lächeln und einen aufmunternden Blick aus unnatürlich weißen Augen. Die volle Wucht des Wassers traf ihn zwischen die Schulterblätter, riß ihn von den Füßen und schleuderte ihn gegen die Enden der Pinnen. Der Ärmel des Wamses riß, Daduschu wurde von einem harten Hieb in den Magen getroffen und spürte, wie Gimilmarduk ihn um die Schultern faßte und festhielt, bis er wieder Halt unter den Zehen spürte. Ein Schatten fiel von der Luke her; Washur kippte, als die *Zwielicht* sich nach Backbord überlegte, den Ledereimer aufs Deck: er hatte einen Teil des Wassers aus dem Kupfertopf der Bilge ausgeschöpft. Daduschu klammerte sich an einen winzigen Gedanken der Hoffnung, den er ständig wiederholte – wenn der Ruderer in aller Ruhe die Bilge leerzuschöpfen versuchte, obwohl ständig Wasser in den Laderaum rann, spürte er keine Todesfurcht, glaubte er nicht an das Ende des Schiffes und dessen Besatzung. Also war seine, Daduschus, Angst nur Ausdruck seiner Unerfahrenheit? Es half nichts. Er ängstigte sich weiterhin zu Tode. Salzwasser blendete ihn, und so sah er auch die nächste Woge nicht, die von Backbord das Achterdeck für lange Augenblicke erzittern ließ und die Männer auf die Planken preßte. Am Horizont wich fingerbreit die Finsternis. Ein Streifen breitete sich unendlich langsam aus, in einer Farbe zwischen dem Nichts und dem ersehnten Sonnenlicht; eine falbe Ader unter schwarzer

Wolkenhaut. Das Heulen des Sturms veränderte die Tonhöhe, und die Schaumkämme schienen schwächer zu werden.

Seit der Dämmerung herrschte nahezu Windstille: die Hitze wurde unerträglich, Schweiß sickerte durch Daduschus Brauen. Als habe der Kapitän Befehle gebrüllt, kamen die Männer lautlos, gähnend und schweigend aus allen Winkeln des Schiffes und blieben am Fuß des Mastes stehen. Langsam drehten sich ihre Köpfe. Sie blickten Daduschu an. Er begann sich unbehaglich zu fühlen und schaute sich um. Das Backbordruder hatte er nach achtern hochgezogen und mit Tauschlingen und guten Knoten belegt. Wasser tropfte aus dem halbierten Segel, das fast regungslos hing. Vom wolkenlosen Himmel, ungefähr drei Stunden nach Tagesanbruch, brannte die Sonne stechend wie nie zuvor herunter. Das Deck dampfte. Gimilmarduk setzte dreimal zum Sprechen an, durch Husten und Spucken unterbrochen.

»Wie lange steht Usch am Ruder?«

»Seit du umgefallen bist wie tot, Damgar Kapitän.« Sinischmeani grinste. »Wir alle waren wie halbe Leichen. Usch hat gewußt, daß ich mich ausgeruht hab'. Wenn dieser schamaschverfluchte Sturm wieder zugeschlagen hätte, wäre ich an Deck gekrochen.«

Hashmar hob den Kopf, sah sich lange und schweigend um und murmelte einen Fluch.

»Schon gut. Jetzt soll der Kleine ausschlafen. Talqam: wir sind halb verhungert.«

Talqam packte Kimmu am Arm und sagte: »Hilf mir mit der Decksplatte. Da unten schwimmt alles.«

Hashmar schwang sich ächzend aufs Achterdeck. Er sah verwahrlost aus: Im fingerbreit nachgewachsenen Haar und im Bart glitzerte Salz. Sein Gesicht war grau unter der Bräune, aufgedunsen und schmutzig, die Augen verquollen und rot. Er stank, schwitzte, und sein Atem roch sauer. Er grinste Daduschu an, hob beide Hände – die Finger zitterten – an die Stirn und betrachtete den Ozean. Es gab keine Wellen. Die Wasseroberfläche sah aus, als ob ein feiner Sprühregen unzählbare winzige Punkte hervorriefe. Schwarze Vögel, so groß wie ein Mann, mit gelber Brust und gelbem Kopf, glitten mit zitternden Flügelenden hinter dem Schiff vorbei und schrien. Das Land war ebenso wenig zu sehen wie das andere Schiff. Als am Bug Kapitän und Steuermann ihr Wasser abschlugen, zuckten Daduschu und Hashmar zusammen. Auch Daduschu war heiser. Er taumelte und hing an der Pinne. Seine Zehen waren ebenso empfindungslos wie die Fingerspitzen.

»O Auswurf der Götter.« Hashmar schob Daduschu sacht zur Seite. »Vier Tage und Nächte, Usch. Jetzt bist du ein guter Seemann, wie?«

»Ich... bin hundertmal gestorben.«

»Versteh' ich. Das letztemal war's weniger lang, auch nicht so schlimm. Gutes Schiff, eh?«

Es hatte nur der wenigen Worte und der Geste bedurft. Daduschu spürte die Erschöpfung, die in langen Wellen kam. Er nickte und flüsterte heiser.

»Wo ist die *Geliebte*? Das Land ist dort. Wo sind wir?«

Hashmar half ihm über die Stufen.

»Nachher. Wasch dich, schlaf. Wir schaffen's schon. Danke, daß du uns nicht geweckt hast.«

Daduschu nickte und blinzelte in Gimilmarduks Augen. Kapitän und Steuermann hielten ihn an den Oberarmen und grinsten matt. Daduschu begriff nicht recht, warum Sharishu und Sheheru an beiden Seiten des Mastes zur Rah hinaufkletterten. Sie lösten die Schnüre, mit deren Hilfe das Segel von beiden Seiten zu je einem Viertel gegen den Mast zu eingefaltet und, gerade rechtzeitig vor dem Sturm, befestigt worden war. Krachend kippten die Lukenteile aufs Deck.

»Kümmere dich um nichts. Bald gibt's heißen Sud«, sagte der Kapitän. »Wir wecken dich schon.«

Daduschu flüsterte etwas, wankte zum Bug und klammerte sich fest. Seine Augen schlossen sich, ohne daß er sich wehren konnte. Er verzichtete auf jeden Versuch, sich zu waschen; der Krampf in seinem Inneren hatte sich gelöst. Er torkelte ins Halbdunkel des Bugraumes, zerrte eine nasse Decke auseinander und streckte sich aus. Nach drei tiefen Atemzügen spürte er nicht mehr, daß trocknender Schweiß und Salz in den Rissen und Schnitten juckten.

Neun Stunden später hatte er große Mühe, Schiff und Mannschaft wiederzuerkennen. Das Segel war sanft gebläht, das schwere Leinen flappte klatschend und schabend. Dieses Geräusch und der Rauch hatten ihn wohl geweckt. Gimilmarduk und Sinischmeani waren gewaschen und rasiert, die Bärte gestutzt, die nackten Körper schimmerten vom Öl. Kupferschale, Feuer und der große Kessel waren an Deck gebracht worden. Kimmu hielt ihm einen Tonbecher entgegen. Daduschu trank in großen Schlucken warmen, stark gesüßten und mit Wein versetzten Kräutersud und holte zwischendurch gierig Luft. Süßwasser lief über Teile des Decks. Im Segel zeichneten sich wolkige Spuren aus Salzrändern ab. Noch immer war keine Wolke am Himmel. Während Daduschu sich zurechtzufinden versuchte, rief der Steuermann:

»Die anderen! Die *Geliebte*! Dort, im Süden.«

Die Männer liefen zur Bordwand. Am Horizont war undeutlich das Segel im Sonnenlicht zu sehen. Talqam nickte und sagte:

»Sehen wir sie, sehen sie uns auch. Marduk sei Dank.«

Tagsüber hatte die Hitze einen Teil der eingedrungenen Nässe verschwinden lassen. Der tiefste Punkt der Bilge war freigemacht, das Auffanggefäß schien leer zu sein. Mit den Resten des Wassers, das zum Waschen und Putzen einiger Gefäße gedient hatte, waren Teile der inneren Bordwand und Planken gespült worden. Hashmar deutete auf die Stufen zum Bug.

»Setz dich hin, Steuermann Usch. Wenn du gewaschen und eingeölt bist, rasier ich dich. *Shaduq*?«

Daduschu bekam einen zweiten Becher und nickte. Gimilmarduk grüßte ihn ausgelassen. Der Kapitän lag, nackt bis auf den Lendenschurz, im Sitz hinter der Steuerbordpinne und lenkte die *Zwielicht* mit Zehen und Wade. Träge, ohne Bugwelle und Kielwasser, schaukelte das Schiff nach Nordost.

Daduschu machte eine ratlose Geste. »*Shaduq*. Mann! Es ist wie... ich weiß nicht. Heiß, gemütlich, ruhig – ich bin noch nicht ganz da.«

Ein paar Decken, Mäntel; Daduschus halb zerfetztes Wams, Lendentücher und kleinere Packen lagen an Deck und hingen im Tauwerk zum Trocknen. Die Männer bewegten sich ohne jede Eile. Über der unsichtbaren Küste bildeten sich dünne Wolken und strahlten im Abendlicht. Hashmar tastete nach der Beule über Daduschus Auge.

»Unter uns, Messerkämpfer.« Er zog die Brauen hoch und hob die Rechte. »Du hast dich verflucht gut gehalten, Sperling. Bist schon lange kein lausiger Lehmtreter mehr. Alle sagen's.«

Daduschu fühlte, wie sich in seinem Inneren Fröhlichkeit ausbreitete. Er blickte hinaus auf die weiche Dünung; die Schrecken des Sturms schienen ein halbes Menschenleben zurückzuliegen. Er spürte, daß seine Stimme wieder fester wurde. »Dein Lob freut mich, Hash. Ich hab nicht geglaubt, daß wir diesen Weltuntergang überleben. Lehmtreter oder nicht; ich hab mich zu Tode gefürchtet. Ehrlich.«

Hashmar schwieg und nickte mehrmals. Er träufelte Öl in seine Handfläche und rieb den Hals ein.

»Wir auch. Aber – warte, bis wir im Intu sind. Dort ist das Paradies, nicht in Dilmun. Das dauert noch eine Weile: soll ich dich jetzt rasieren? Oder willst du die Liebesdienerinnen von Meluchha erschrecken?«

»Rasier mich. Und wo ist Meluchha?«

Hashmar schwenkte das Ölkrügelchen.

»Irgendwo dort drüben. An derselben Stelle wie vor einem halben Jahr.«

Er lachte, packte Daduschus Ohr und drückte ihn auf die Planken, zwischen Salz, Schaumreste und kleine Büschel schwarzer Barthaare.

Ganz langsam und ohne jeden Schmerz, fast bedeutungslos, aber in klaren Bildern, zogen Elternhaus und Schule, Babylas Basar, Tiriqan und Shindurrul, Alalger und die vielen Tage und Nächte auf See an Daduschu vorbei; er hatte lange und tief geschlafen, und auch sein Verstand war ausgeruht. Die Bilder rissen, als sie die Gegenwart erreichten. Die Sterne blickten ihn in kühler Klarheit an; er unterschied die Schlange Shallamtu, das »Glück des Königs«, Sadalmelik, und Sadalsud, das »Weltglück«, und das »Fischmaul«. Es war gegen Mitternacht. Er lag auf leidlich trockenen Decken auf dem Achterdeck und spürte an der Schulter die Steuerbordwand. Das Hecklicht im Inneren des Leinwandschirms brannte ruhig. Der Nachtwind kam und ging und trieb das Schiff zurück zum Land. Auch Gimilmarduks Schätzung blieb ungenau: irgendwo dort, wohin der Bug manchmal wies, sollte Meluchha liegen. Der ziehende Schmerz in einigen Muskeln erinnerte Daduschu an die überstandenen Schrecken. Nun kannte er das Maß, in dem das Schiff und die Mannschaft noch überstehen und überleben konnten. Gab es Schlimmeres? Er bezweifelte es nicht und verdrängte den Gedanken daran mit Blitzesschnelle. Gimilmarduk stieß einen wohligen Seufzer aus und sagte zwischen dem Geschnarche des Siebengestirns:
»Bist du wach, Usch?«
»Ja.«
»Übernimmst du für eine Viertelstunde? Das Bier ist nicht verdorben. Magst du auch einen Becher?«
Daduschu stand auf und schaute nach dem Licht der *Geliebten*. Es war größer geworden, weit an Backbord hinter ihnen.
»Ja, bitte.«
Im Dunkel plätscherte es außenbords. Der Kapitän kam zurück und klapperte mit einem versiegelten Krug und zwei Holzbechern. Bedächtig löste er die Wachsschicht, zog Trinkhalme hinter dem Ohr hervor und goß ein. Plötzlich schien er zu erstarren. Einige Tropfen Bier schäumten im Lichtkreis auf den Planken. Er hob die Hand, die den Krug hielt, deutete

backbord voraus. »Dort. Siehst du das Licht, Usch? Wir sind vom Glück verfolgt, und alle Götter waren mit uns.«

Daduschu schirmte den Flackerschein hinter sich ab und starrte in die Finsternis.

»Meluchha, Kapitän?«

Gimilmarduk drehte sich herum. Sein Gesicht und seine Augen strahlten.

»Ja, Sibaru«, sagte er. »Meluchha. Morgen abend oder übermorgen früh.«

Er gab Daduschu einen Becher. Sie tranken schweigend und versuchten das winzige Licht am Horizont nicht aus den Augen zu verlieren.

Ungefähr drei Stunden vor dem Morgengrauen saß Daduschu allein am Ruder: er hatte die letzte Wache übernommen. Sein Körper und, wie er meinte, auch seine Gedanken wiegten sich im ruhigen Takt kleiner Wellen und der weit ausschwingenden Dünung. Die Planken knarrten leise, die Bugwelle rauschte, und Daduschu sah das winzige Licht des anderen Schiffes ebenso deutlich wie das Licht am Ufer voraus. Er hob den Kopf und suchte zwischen den großen, hellen Sternen, als gäbe es dort klare Antworten auf undeutliche Fragen. Wenn er sich der Quälerei unterzog, die Jahre zu betrachten, die er bewußt erlebt hatte, bewies er nur sich selbst gegenüber, daß er mehr vom Schicksal verlangte als die schnarchenden Ruderer. Obwohl er alles tat, um auch den unausgesprochenen Forderungen seines Ziehvaters zu entsprechen, haßte ihn der Steuermann des Schiffes dort drüben.

Seine Gedanken stockten. Siachu, »ein Lächeln«, seine verschwundene Schwester – in der langen Zeit seit ihrer Entführung war der Schmerz der Trennung einer wehmütigen Erinnerung gewichen; er würde sie niemals wiedersehen. Die Nomaden zogen mit ihren Ziegenherden in der Westlichen Wüste von Ort zu Ort. Er würde sie nicht einmal wiedererkennen. Das Schicksal, hatte er in der Edubba lernen müssen, liebt oder straft stets die Mächtigen, Gewaltigen.

»Aber manchmal ist es auch gut zu kleinen, jungen Leuten wie dem Sohn Utuchengals«, flüsterte er. Er war nicht ohne inneren Halt, er suchte die Anerkennung der anderen, aber tat wenig, falschen Erwartungen zu entsprechen. Sein Wille war stark, sein Ziel ebenso ungenau zu sehen wie das Licht an Land, aber bisher konnte er mit fast jedem Siebentag auf dem Weg dorthin zufrieden sein.

»Nur nicht mit diesen seltsamen Geheimnissen.« Shindurruls Maske hatte, er war fast sicher, feine Risse, durch die man über die Schulter des Obersten Suqqalmachs, an der Mardukzikkurat vorbei und durch dicke Mauern in die innersten Gemächer des Palastes sehen konnte.

Daduschu erschrak, er hatte das Landlicht aus den Augen verloren. Er sprang auf, suchte hinter dem blasigen Mondschimmer auf den Wellen und atmete erleichtert. Das ferne Flämmchen zitterte zwei Handbreit an Steuerbord neben dem Bug.

15. Der Wüstenhafen

»Davon hat man dir in der Edubba nichts erzählt, Usch?« Sonnenstrahlen flirrten von der Perle, der Silberkugel und der Goldkugel in Kimmus rechtem Ohrläppchen. Daduschu klappte das Sonnenleinen in seine schweißnasse Stirn und schüttelte schweigend den Kopf. Er hatte die Bedeutung der Bilder seines ersten Rundblicks weder verstanden noch geordnet; die *Zwielicht* war durch Brackwasser und kaum wahrnehmbare Strömung in die sandige Bucht gerudert worden und lag jetzt mit dem Heck unter dem Hang einer Düne aus braungelbem Sand.

»Das also ist Meluchha.« Über der großen Bucht wölbte sich ein leerer, heißer Himmel, unter dem sich lehmbraune Hütten und Häuser duckten, als fürchteten sich die Strohdächer, Feuer zu fangen. Die Sonne spiegelte wie flüssiges Silber auf dem reglosen Wasser. Obwohl fünf andere Schiffe auf dem Strand lagen, ebenso regungslos wie die Taue vom Bug durchs Wasser und zu den Ankersteinen, schien der Ort aus mehr als hundert Häusern fast ausgestorben zu sein. Die Menschen am Strand, auf den durchhängenden Planken der Stege und zwischen den Mauern schlichen, wie es Daduschu schien, mit hängenden Schultern unter struppigen Palmwedeln umher. Er atmete tief ein, spuckte sandigen Speichel über die Bordwand und wiederholte: »Also das ist der Hafen des schillernden Reichtums. Meluchha.«

»Ein seltsamer Ort, Usch.« Sinischmeani stützte sich zwischen Kimmu und Daduschu auf die rissige Wölbung der Bordwandkante. »Unscheinbar. Das Brunnenwasser schmeckt seltsam bitter. Hier gilt nicht einmal Hammurabis Gesetz. Aber sie sind alle reich.« Er führte mit der Hand langsam eine waagrechte Bewegung aus und zeigte auf Jarimadad und Gimilmarduk, die im Schatten eines Baumes standen, dessen mächtige Krone sich in größere Höhe erhob als alles andere in diesem Ort. »Und keiner lacht. Ein überaus trübsinniger Hafen.«

Die *Geliebte des Adad* lag zwanzig Ellen neben der *Zwielicht*. Daduschu vermied es hinüberzublicken; Sinbelaplim arbeitete mit den Ruderern an Deck und öffnete den Laderaum. Meluchha lag jenseits der Brandung und einer niedrigen Felsbarriere in einer Ebene aus brauner Wüste.

Landeinwärts, nach etwa drei Stundenmärschen, erhoben sich kahle Hügel mit tiefen Falten, hinter denen ein baumloses Gebirge die Grenze zu unbekanntem Land im Norden bildete. Ein Wald erstreckte sich von der Bucht bis zum Fuß der Berge; große Stammabschnitte stapelten sich am Strand. Nicht ein einziger grüner Halm schien in der Ödnis zwischen niedrigen Dünen zu wachsen. Wenn die Götter in langen Zeitabständen Regen schenkten, überflutete das Rinnsal die weißen Steine des Bachbettes. Sie waren ein schroffer Kontrast zu dem eintönigen Braun und warfen Sonnenlicht in kalkigen Blitzen zurück. Gimilmarduk pfiff auf drei Fingern und winkte. Der Steuermann stieß Daduschu an und sagte:

»Deine Listen, junger Kaufherr. Vergiß die Arbeit nicht ganz.«

Daduschu riß seine Blicke von den Lehmmauern los, sah zu, wie sich ein Dutzend Möwen stritten, und blickte fragend in Kimmus dunkle Augen.

»*Shaduq*. Ich glaube, wir sollten alle Decksplatten öffnen, damit die Nässe aus dem Schiff kommt. Ich weiß, was wir ausladen.«

Zwei Stunden später lagen die meisten Waren im Sand oberhalb der Hochwasserlinie. Viele Ballen trugen die Spuren des eingedrungenen Wassers. Wenn Daduschu zum Schiff blickte, sah er in der kochenden Luft flirrende Bilder: die Ruderer taumelten, ihre Körper bogen und drehten sich und veränderten in der aufsteigenden feuchten Luft ihre Umrisse und Farben. Basaltblöcke aus Dilmun wurden von Bord geworfen und schlugen knirschend in den Sand. Washur fing Zinnbarren auf und stapelte sie bedächtig neben dem Heck. Ein schwankender Turm aus Zedernholzkästchen mit kostbarem Inhalt stand auf dem Achterdeck. Daduschu zählte viermal, ehe er dünne Linien durch seine Listen zog. Als er sich aufrichtete, stand Gimilmarduk neben ihm und kratzte sich ausdauernd im Nacken.

»Wir haben's nicht eilig, Usch. Vier, fünf Tage bleiben wir. Der ehrenwerte Kaufherr Kanaddu ist auf dem Weg hierher, kommt morgen. Fehlt etwas?«

»Nichts. Lasse ich das teure Zeug an Deck?«

»Besser so. Aber hier sind sie selbst zum Stehlen zu... traurig. Wir können heute an Land essen und sollten im Schiff schlafen. Keine Sorge: das Zinn wird nicht gestohlen. Weißt du, was Shindurrul uns für Moensh'tar mitgegeben hat?«

»Herr!« Daduschu hob beide Arme. »Ich kenne diese verdammten Listen auswendig. Ja! Ich weiß es. Ich weiß es sehr genau.«

»Wie schön.« Gimilmarduk lächelte säuerlich. »Ich hab's vergessen: an Land bist du der bessere Seemann!«

Bäume und Häuser warfen lange Schatten über den Sand, die Schiffe und das stille Wasser. Kleine Vogelschwärme kreisten zwischen Wald und Bucht. Der Kapitän senkte die Stimme. »Dieser Hafen, Sibaru, ist anders als Babyla, Dilmun oder Magan. Hier leben seltsame Menschen. Sieh alles an, schweig und misch dich nicht ein. Der letzte Hafen vor der Intumündung; wichtig für jedes Schiff. Keiner kommt gern hierher. Vergiß die dürren Hafendirnen. Bleib an Bord, bei Hashmar. Sie kochen gut, aber würzen mit Feuer: paßt zu den Meluchhern. Ich möchte hier nicht begraben sein. Hier braucht keiner sein Festgewand anzulegen.«

»Ich verstehe, was du meinst, Gimil.« Daduschu fand seine Meinung über Meluchha bestätigt. »Das Siebengestirn weiß, wo wir essen?«

Gimilmarduk nickte. Die Sonne war nicht länger schmelzendes Silber, sondern wurde zu kochendem Kupfer. Daduschu blickte auf das Wasser der Bucht. Nicht der winzigste Windhauch kräuselte sie. Die Oberfläche lag da wie erstarrtes Erdpech. Wenige Vogelschreie und Geräusche unterbrachen die erstarrte

Stille, als ob jeder Laut mühsam über eine lange Strecke kröche. Der Kapitän und Daduschu wechselten einen langen bedeutungsvollen Blick. Sie verstanden einander, wenigstens war sich Daduschu dessen sicher.

»Ich lerne, Vater. Ich werde tun, was du sagst.« Er blinzelte und rieb mit dem Zeigefinger im linken Auge. »Sicherlich werde ich hier nicht Alalgers Schwester treffen.«

»Auch nicht ihren Bruder.«

Am seewärtigen Ende der Bucht erkletterten winzige Gestalten mit Krügen auf den Schultern ein hölzernes Gerüst. Zweimal, dreimal blitzte letztes Sonnenlicht auf Metall. Sie gossen Öl in die Schale des Meluchha-Hafenfeuers. Gimilmarduk tätschelte gedankenlos Daduschus Wange und machte einen Schritt auf das Schiff zu.

»Hashmar weiß, wo wir zechen. Wir zahlen mit Kupfer, klar?«

»Klar, Kapitän.«

Nacheinander kletterten sie an Deck der *Zwielicht*. Daduschu sprach mit Hashmar, schob den zweiten Dolch in den Stiefelschaft und die Bronzeaxt in den Gürtel, in dem er die Kupfer- und Silberplättchen aufbewahrte. Langsam, eines nach dem anderen, tauchten kleine Lichter in Nischen, Fenstern und Hauseingängen rund um die Bucht auf und spiegelten sich im Wasser. Noch immer stank Feuchtigkeit aus dem Bauch des Schiffes. Daduschu fühlte sich unbehaglich und verlassen, als er zu Hashmar sagte:

»Jedes Ding an seinen Platz, Hash. Macht es dir etwas aus, heute neben mir zu sitzen? Ich nehme das Beil mit in die Häuser von Meluchha. Paßt du auf mich auf?«

Hashmar schien nicht im mindesten verwundert. Er nickte, deutete mit dem Daumen hinüber zum Heck der *Geliebten* und sagte schroff:

»Du zahlst. Mein Messer ist geschliffen. Wenn's Ärger gibt – wir beide schlagen sie zu Fetzen.«

»*Shaduq.*« Daduschu wedelte den üblen Geruch aus der Bilge weg. »Vielleicht kommt die Stunde, in der ich dir helfen kann, Messerkämpfer.«

»Darüber reden wir, wenn wir satt sind, Usch.«

Im schwachen Licht der Öllämpchen und deren molkigem Widerschein auf dem Wasser gingen die sieben Männer der *Zwielicht* hintereinander zum Steg, mit knirschenden Sandalen über sandige Pfade und auf einen Torbogen zu, hinter dem sich schattenhaft Gestalten bewegten. Es roch nach Fisch, fremden Gewürzen und kaltem Schweiß.

Am Nachbartisch, vor kopfgroßen Tonkrügen voll Bier, saßen zwei Kapitäne. Sie nannten mürrisch ihre Namen: Amerasean von der *Mondgöttin* und Siogadri, dem die *Braune Möwe* gehörte.

»Ihr habt den Sturm noch genießen müssen, wie?« Amerasean schob den Zeigefinger durch die Zahnlücke und kratzte hinter dem Augenzahn. Hashmar winkte einer krummbeinigen Magd.

»Ja, leider. Reichlich zugige Küste.« Hashmar musterte den dunklen Bartflaum auf der Oberlippe der Frau. »Ist euer Bier kühl und würzig? Ja? Dann zwei Krüge.«

»Dem Bier könnt ihr vertrauen.« Siogadri rührte mit den Trinkhalmen. »Diese Stürme dauern niemals lange zu dieser Zeit. Nach dem Vollmond ist wieder Ruhe auf dem Meer.«

Daduschu nickte und sah zu, wie sich die Schänke mit Einheimischen und Seefahrern zu füllen begann. Über der Dachöffnung der Feuerstelle hing der Mond, gelb wie Eiter und fast voll.

»Was macht Meluchha so reich, Hash?« Er dachte an seine Listen und sprach so laut, daß es die Männer am Nachbartisch hören mußten.

Die Kapitäne lachten laut: »Kaufmann Kanaddu!«

Hashmar verdrehte die Augen und zählte auf: »Wie jeder Hafen am Meer: Salz in Blöcken und in Krügen. Verschiedene Arten von Holz, das sie in Moensh'tar nicht haben. Den heiligen Stein Lapislazuli. Shallam-tu-Häute, edel gegerbt...«

»Davon weiß ich nichts.« Daduschu runzelte die Stirn. Die Magd stellte die Bierkrüge ab und hetzte sofort weiter.

»Schlangenhäute. Die Wüsten sind voll von Schlangen«, sagte Amerasean. »Teures Zeug. Und erst ihr Fischgewürz. Nehmt euch in acht. Wenn ein Krug bricht, ist es schlimmer als ein Schiffsuntergang.«

Abgesehen von steinernen Getreidemühlen – die Daduschu aus dem Warenverzeichnis kannte, ebenso wie Nadelsortimente aus Fischbein – gab es nur an dieser Küste besonders schöne Muschelschalen und die Kenntnis, bestimmte Fischhäute so zu gerben, daß sie lange haltbar blieben. Eine Paste aus Salz, zermahlenem Fisch und Meeresgetier, fremdem Gewürz, zu der angeblich die Intu-Leute »Qorpher« hinzufügten, um ihre Suppen schmackhaft zu machen; Daduschu schüttelte sich beim bloßen Gedanken.

»Nehmen wir diese Schmiere aus verschimmelten Fischen etwa nach Moensh'tar mit?« fragte Hashmar und hob seinen Krug; Daduschu nickte.

»Bei teurer Ware, und dieser duftende Brei ist nicht billig, verdienen Shindurrul und Hammurabi mehr als bei Salz oder Holz.«

»Und Kanaddu, der einzige Händler in Meluchha, verdient am meisten.« Amerasean machte die Gebärde des Geldzählens. »Er läßt das meiste aus dem Norden heranschaffen. Natürlich nicht das Fischgewürz.«

»Wenn Shindurrul so gut verdient, Usch, kannst du wenigstens heut für ein Festmahl sorgen.«

»Wenn ich wüßte, was der Wirt im Kessel hat, wäre es leichter.«

Gimilmarduk und Sinischmeani setzten sich zu ihnen. Kimmu kam wichtigtuerisch aus der Küche, wischte Schweiß von der Stirn und stützte die Ellbogen auf den Tisch.

»Brei aus Hirse, Rüben und Schlangenfleischstücke, in Öl gebraten. Fisch, gesotten und mit Weinsoße. Verschiedene gebratene Vögel. Hammel in Brotteig. Und häßliche Köchinnen.«

Hashmar blickte in Daduschus Augen. Sie hoben die Bierkrüge und brachen in Gelächter aus.

Daduschu genoß, während er durch den Sand stapfte, die Kühle des Morgens, die der Wald ausatmete. Hühnerähnliche kleine Vögel flatterten schnarrend auf. Im Sand, jeweils zwei Ellen oder etwas mehr im Quadrat, steckten dicke, verrottende Strohbündel. In jedem dritten oder vierten wuchs ein Baumschößling. Die Nässe im Stroh und Sand zeigte, daß schon vor der Morgendämmerung Diener oder Sklaven versuchten, in einem Dreiviertel-Kreisring um die Bucht die knapp mannshohen Baumschößlinge zum Wachsen zu bringen. Die Befestigung des wandernden Dünensandes erstreckte sich vom Meer bis zum Waldrand; zwischen der kahlen Wüstenei und den Feldern erhoben sich Lehmziegelmauern als Sandschutz. Das Strohbündel-Muster in Art eines Netzes brach die Kraft des Windes und hielt den Dünensand an seinem Platz. Daduschu ging weiter, zwei Pfeilschüsse außerhalb der Siedlung. Die Hebebalken der Brunnen knirschten und kreischten. Frauen und Männer schleppten Wasserkrüge auf den Schultern und kippten deren Inhalt vorsichtig überall dort aus, wo struppige Pflanzen wuchsen. Daduschu sah hinunter zu den Schiffen und entfernte mit dem kleinen Finger Sand aus dem Ohr. Hunde bellten den bleichen Mond über dem rostigen Gebirge an; leise und lustlos, als erwarte man es von ihnen. Daduschu rülpste. Die Gewürze, die der narbengesichtige Wirt auf dem Fisch, den öltriefenden Vogelbrüsten und dem geschmorten Gemüse reichlich verteilt hatte, brannten tief in der Kehle. Auch das Bier hatte nach braunem Sand geschmeckt.

»Reisen bildet.« Er sprach leise zu sich selbst. »Jetzt weißt du, was hinter dem einen oder anderen Hügel ist.«

Er entsann sich einer Ritzerei am Abtritt der Edubba: *Drinnen ist es wie draußen, nur anders.* Er lief grinsend weiter. Die Flanken der Häuser, der Wüste zugewandt, waren von Weinranken und anderem Gesträuch bedeckt. Zwischen windbrechenden Mauern wuchsen grüne Pflanzen. Mit Wasser ging man auch in Meluchha sparsam um. Er kam an einen Pfad und blieb stehen. Das Land um ihn herum, zwischen Gebirge und Brandung, dunstete Trostlosigkeit aus. Daduschu überquerte den Pfad, auf dem vielleicht heute der Handelsherr mit seiner schwerbeladenen Eselskarawane zur Bucht kommen würde. Während er versuchte, den nördlichsten Punkt des Strandes zu erreichen, begriff er ein wenig von dem, was die Bewohner tagtäglich in Atem hielt. Der Kampf mit der glühenden Wüste bestimmte ihr Leben; das Dasein hing vom Wasser ab. Die Brunnen, ummauert und geschmückt mit Statuen unbekannter Götter, waren das Leben. Er ging weiter, stolperte und fing sich am Rand einer Grube zwischen mächtigen Felsbrocken. Ein kümmerlicher Busch wuchs über einer Höhle unterhalb eines riesigen weißen Steines. Am Rand eines Trichters brannte ein rauchloses Feuer unter einem Kupferkessel. Ein nackter Mann hockte mit untergeschlagenen Beinen davor. Sein Körper war von Zeichnungen bedeckt: als bestünde er aus vielfarbigen Steinen. Daduschus Schatten glitt am Steinblock entlang und fiel auf den Sand. Der Nackte drehte den Kopf und starrte Daduschu schweigend an, schließlich winkte er ihm.

»Komm.« Seine tiefe Stimme krächzte. »Hilf dem Steinmann, Fremder.«

Daduschu schaute sich um. Sie waren allein. Er kletterte zwischen den Steinen hinunter. Der Steinmann griff in einen Krug und warf Kräuter ins summende Wasser. Er streckte die Hand aus; jetzt erst erkannte Daduschu, daß in den hellgrauen Augäpfeln des Kahlköpfigen die Pupillen fehlten. Rote und weiße Linien durchzogen das Gesicht und den Nasenrücken, hinter den dünnen Lippen tauchten schwärzliche Zähne auf.

»Wie kann ich dir helfen?« Daduschu starrte in die fahlen Augen. Der Mann streckte den Arm aus. Seine Finger tasteten sich über Daduschus Oberarm, erreichten den Hals und glitten über das Gesicht. Die Finger und der Dampf aus dem Kessel rochen nach Urin und alten Pilzen. »Bist du... blind?«

Mit beiden Händen erforschte der Alte Hals und Brust Daduschus. Die Härchen stellten sich auf, und die Augen schienen in seinen Kopf hineinzusehen.

»Blind, ja, Fremder. Der Steinmann fragt, wie du heißt.«

»Daduschu, von Babyla. Was tust du hier? Warum lebst du nicht in einem kühlen Haus?«

»Sie wollen mich nicht, die im Dorf. Der Steinmann sieht nicht und sieht alles. Er weiß, er hört die Götter, er glaubt an die Weisheit der Götter. Du hast schweren Sturm überstanden. Willst du heißen Sud?«

Er tastete hinter sich und bröselte aus einem Krug dunkelbraune Honigwaben in den Kessel. Ein paar Bienen und Larven schwammen darin. Wachsaugen breiteten sich zwischen den Kräutern aus, als der Steinmann mit einem geschälten Ast umrührte. Seine Griffe waren sicher wie die eines Sehenden. Daduschu schüttelte sich. Kälte kroch über den Rücken bis zum Nacken. Erst jetzt, unter der Bemalung, sah er, daß der Alte sehnig und dürr war.

»Nur einen Schluck. Hast du den Sturm gespürt?«

»Der Wald hat's mir gesagt. Es treibt dich zum Intu, nach Moensh'tar. Ein gutes Land. Der Steinmann weiß es. Er kennt auch Arap. Am Intu wirst du nichts erfahren von den Priestern, vom großen Spinnennetz, von denen, die aus der Wüste kommen.«

Er summte zahnlos vor sich hin. Daduschu hielt den Atem an, setzte sich; seine Knie zitterten. Der Steinmann schöpfte, nachdem er den kupfernen Kessel am Rand gepackt und in den Sand gestellt hatte, eine Schale voll Sud. Er schüttete in einen handgroßen Krug, in der gelbe Flüssigkeit stank, eine Portion Sud aus der Schale. Übler Geruch breitete sich aus. Daduschu versuchte, Kräuter und Bienenlarven an den Rand zu schieben. Die Flüssigkeit war kochend heiß. Trotzdem schlürfte der Steinmann aus seiner Schale.

Langsam fand Daduschu seine Stimme wieder. »Woher weißt du vom... Spinnennetz? Du kommst vom Intu? Warum nennst du dich so?«

»Ihr dürft an Bord nicht pfeifen. Sonst lockt ihr den Im-Dugus herbei, den blitzenden Sturm. Der Steinmann lebt zwischen Steinen. Zwischen Lehmmauern spürt er nichts. Nicht von deiner Sorge – um den, der dir sein Siegel gab.«

Mit einem Zweig hatte Daduschu die Kräuter und die Wachsaugen aus der Schale entfernt. Der Steinmann schlürfte und trank den kochendheißen Sud, kicherte und deutete mit dem Zeigefinger zwischen Daduschus Augen.

»Du bist jung. Man will dich töten; der Neidvogel flattert. Drei Frauen und ein mächtiger Freund erwarten dich. Der Steinmann fühlt's. Du wirst gewinnen und verlieren, Daduschu. Der Steinmann sieht's in in einem anderen Licht.«

Er schloß die blicklosen Angen und senkte den Kopf. Der Sud schmeckte bitter und machte Lippen und Zunge pelzig. Stechender Dunst schien bis ins Gehirn zu ziehen. Sonnenlicht fiel in die Höhle und verwandelte die Zeichnungen auf der Haut des Einsiedlers in ein Gemenge schriller Farben und Formen. Der Steinmann kaute schmatzend auf den Kräutern. Sein Finger zeichnete Linien und Figuren in den Sand.

»Leg drei Steine hinein. Das Beil hat Blut getrunken, fremder junger Kaufmann. Aber du fürchtest die Sterne nicht.«

Daduschu betrachtete den ausgemergelten Körper, die fadenscheinige, schmutzstarrende Decke im Sand der Höhle zwischen ärmlichen Gerätschaften und die leeren Schalen neben der Asche. Sein Blick fiel auf die Füße des Steinmannes; er zählte ein zweitesmal die sechs fast fingerlangen Zehen. Er zuckte mit den Schultern und setzte Kiesel in die langgezogenen Furchen zwischen den Kessel und die Glut. Der Steinmann sank nach vorn, kniete sich vor die Sandzeichnungen und streckte die Hände mit gespreizten Fingern aus. Sie schwebten, ohne Sand oder Kiesel zu berühren, über den Furchen, die vom Schatten schärfer gezeichnet wurden. Er murmelte: »Der Steinmann sagt: Hüte dich vor dem Licht, das keinen Schatten wirft. Dann kommt der Tag großer Tode, Daduschu. Bring mir Brot und gutes Essen. Lang wird's dauern, bis du die Schwester wiederfindest. Geh dem Steuerer aus dem Weg. Vertrau deinen guten Freunden, wie immer. Glaub dem Steinmann; er weiß, was über dem Sichtbaren ist, unter den Sternen, nach denen die Meerdämonen brüllen, in Vollmondnächten. Und dann, wenn mitten am Tag furchtbar die Nacht hereinbricht, kommt mit ihr das Große Sterben. Alles hat er schon gesehen, der Steinmann.«

Daduschu fühlte einen glühenden Stich in der Brust. Seine Finger zitterten; wie konnte der Steinmann von Siachu wissen, von Sinbelaplim oder der Verschwörung? Sonnenfinsternis? Er stand auf, stützte sich auf den steinernen Finger neben der Höhle und hörte sich sagen:

»Ich werde dir Essen bringen, Steinmann. Du sprichst über seltsame Geschehnisse – willst du mir Wind verkaufen?«

Der Steinmann hob den knöchernen Schädel, die leeren Augen richteten sich auf Daduschu. In der Handfläche, die der Einsiedler ihm entgegenreckte, standen Wörter in Babylas Schrift. Daduschu las: *Kinthara Alalger Imdugud*, zwinkerte und schüttelte den Kopf, die Schrift verschwand. Der Steinmann deutete auf die Furchenfigur. Die drei halb faustgroßen Kiesel lagen nebeneinander mitten in der Glut, obwohl Daduschu sicher war, daß der Steinmann sie nicht angetastet hatte. Er schwankte und fürchtete sich plötzlich vor den schwarzen Vögeln, die über der Bucht im Morgenwind schwebten.

Der Steinmann wandte sich um und schlug sein Wasser in jenen Krug ab, aus dem er seinen Sud getrunken hatte. Er setzte sich in den Sand und rülpste. »Hab einen Aufguß getrunken, aus trocknen Pilzen. Kanaddu bringt sie mit. Der Rauschtrank, er bleibt in meinem Wasser.« Er kicherte, dann begann er zu summen.

»Ich muß zu den Schiffen.« Der Schweiß auf Daduschus Gesicht war kalt geworden. »Ich bringe dir morgen Essen, Steinmann.«

Der Steinmann wiegte sich auf gekreuzten Beinen nach vorn und zurück, summte leise und schien nichts mehr zu hören. Daduschu kletterte über die Steine, verfolgte seine Spur zwischen den faulenden Strohbüscheln zurück und lief über den feuchten Sand zum Schiff. Die letzten zwei Dutzend Schritte rannte er schwitzend; seine Haut blieb kalt, obwohl er keuchte. In den Ohren pochte hart und hohl der schmerzende Herzschlag.

Handelsherr Kanaddu, ein mittelgroßer, sehniger Mann mit wenig grauem Haar auf dem sonnenverbrannten Schädel und einem stark gestutzten schwarzen Bart, betrachtete Daduschu und die Waren im durchwühlten Sand aus halb zusammengekniffenen Augen. Als Licht auf sein Gesicht fiel, sah Daduschu das tiefe Blau der Augen. Teleqin und Ikashadd, die Ruderer der *Geliebten*, ließen den letzten von drei Bronzebarren fallen. Er wog ein Talent und sah aus wie eine dicke, flache Rinderhaut.

»Damgar Shindurrul hat einen neuen Mann geschickt?«

Daduschu verbeugte sich knapp und knetete den feuchten Ton in seiner Hand. »Der die Listen kennt und hofft, alles richtig zu machen, Herr.«

Kanaddu klapperte mit Tontäfelchen, las laut vor und ging von einem Haufen oder Stapel zum anderen: »Sechzig Krüge Surwa-Balsam. Sechs Barren Bronze, gesiegelt. Geglättete Basaltsteine, aus Dilmun. Zwölf kleine Barren Zinn. Verschiedene Bündel Häute; sie stinken, junger Handelsmann. Ziegenhäute, Rinderleder, feines Eselsleder.«

»Sie sind trocken geblieben, Herr.« Daduschu zählte sorgfältig. »Wie die Mäntel und die Gewänder.«

»Sechs Kisten, angeblich hundertvierundvierzig Tonfigürchen, wohlverpackt.«

Eine Gruppe magerer Männer wartete, belud struppige Esel und trieb sie zwischen den ersten Häusern und braunen Mauern entlang in den Schatten. Daduschu wies auf die Reihen der größeren Krüge. »Erdpech in großen Zwei-Gur-Krügen. Dreißig Krüge Sesamöl. Ledersäcke voll *trockener* Linsen, Erbsen und Bohnen. Zähl selbst, Herr Kanaddu: allerlei Bronzewerkzeuge. Käse in Salzlake. Von den Datteln in Honig fehlt ein Krug. Wir haben ihn selbst leergegessen. Und dort sind die Kornsäcke gestapelt.«

Die Träger und ihre trippelnden Lasttiere schleppten mannslange, sorgfältig gesägte und kantig gehobelte Balkenabschnitte heran. Shindurrul hatte hartes, schwarzes und rotes Holz für Moensh'tar bestellt und bezahlt. Zwischen beiden Schiffen wuchsen die Stapel der wuchtigen Bohlen. Die Sonne brannte auf die Planken und in die weit geöffneten Laderäume. Qamuk kippte den Sammeltopf aus der Bilge vom Bug ins Buchtwasser. Der Händler wandte sich an Kapitän Gimilmarduk. Auf seiner Stirn und auf den Schultern wuchsen Hitzebläschen.

»Ein Lob unserem Bruder Shindurrul.« Er wich einem Wasserschwall aus. Kimmu und Sinischmeani bearbeiteten mit Süßwasser und Scheuersteinen den Handlauf im Heck der *Zwielicht*. »Jetzt fehlen nur noch die Kostbarkeiten.«

»Wollen wir die Perlen hier zählen – oder nicht besser in deinem Lagerhaus?« Daduschu legte trockene Plättchen auf einem Kornsack aus und strich nassen Ton entlang der unteren Kanten. »Dein Siegel, Herr Kanaddu, für die gezählten Waren.«

Er nahm das eigene Siegel vom Hals und rollte es sorgfältig aus. Kanaddu zögerte zwei Atemzüge lang, dann siegelte er das Warenverzeichnis und vergewisserte sich, daß Daduschu wegen des fehlenden Dattelkruges die betreffende Zeile geändert hatte. Von den anderen Schiffen klapperte und dröhnte die gleiche Art von Geräuschen über die Bucht und brach sich an den körnigen Häusermauern. Kanaddus Träger luden Kupferbarren ab und schafften den letzten Kornsack weg.

»Elfenbein und Edelsteine für Magan und Dilmun, Herr Kanaddu«, sagte Daduschu und spürte im Nacken die kalten Blicke Sinbelaplims. »Wir laden sie auf der Rückfahrt.«

»Wie es besprochen und ausgemacht war, mit Ingurakschak.«

»Der gute alte Ingu.« Der Tonfall, in dem der Steuermann sprach, brachte Daduschu, Gimilmarduk und Hashmar dazu, sich aufzurichten und zum Heck der *Geliebten* hinaufzustarren. »Jeder vermißt ihn. Bei ihm ging alles besser.«

»Nun hat er die Irrpfade der Liebenswürdigkeit endlich verlassen«, sagte Gimilmarduk so leise, daß es nur Daduschu hören konnte. Er hob die Hand und rief:

»Usch hat sich nicht verrechnet, nicht verzählt und war nicht unhöflich. Ich meine, er kann Ingurakschak gut ersetzen, sogar an der Pinne.«

Sinbelaplim drehte sich um und kletterte außer Sicht vom Achterdeck. Gimilmarduk hob die Brauen. Er wartete, bis Washur und Talqam die goldverzierten Zedernholzkästchen herunterreichten.

»Ich dachte, daß er sich auf dem Meer, an der Pinne, langsam beruhigt. Aber seine Wut wird größer, von Tag zu Tag. Nimm dich in acht, Usch.«

Daduschu nickte, sortierte schweigend seine Täfelchen und zählte die versiegelten Kästchen; jene aus Babyla und die anderen, in denen Zara Shurris Lederbeutel voll kostbarer Dilmunperlen waren. Die Träger stapelten sie mit großer Sorgfalt übereinander in die Tragegestelle der Esel. Kanaddu holte zu einer einladenden Geste aus.

»Für Speckbohnen in saurer Weinsoße taugt unser Wein.« Er wartete, bis der letzte schwere Kasten vom Heck der *Geliebten* heruntergereicht wurde. »Auf einen Becher kühles Bier, die Herren Seefahrer? Wir prüfen die Listen, zählen die Perlen und finden vielleicht etwas, das dringend zum reichen, dicken Sadir Puabi nach Moensh'tar gebracht werden muß.«

Daduschu, Gimilmarduk und Talqam, der abwechselnd die Perle und den goldenen Klumpen in seinen Ohren zwischen den Fingern drehte, folgten dem furzenden Esel und dem Kaufherrn in ein großes Gebäude, halb Wohnhaus, halb Lagerraum. Um zu den Stapeln wertvoller Waren zu gelangen, mußten die Träger an breiten Öffnungen zu kühlen Wohnräumen vorbeigehen. Das Arbeitszimmer des Händlers war von beeindruckender Kargheit.

Zedernholzklötze hingen von den Deckenbalken und vertrieben mit dem Duft des Öls die Fliegen und Mücken. Die Dienerin, die das Bier brachte, war ebenso alt wie häßlich. Daduschu setzte sich an einen langen Tisch, auf dessen hölzerner Platte etliche Stapel, Hunderte Täfelchen aus Ton, Holz und Schiefer, umgekippt waren und in beispielloser Unordnung durcheinanderlagen.

Während der Zeit, in der Gimilmarduk und Daduschu versuchten, die richtigen Nahrungsmittel einzukaufen, stieg die Flut, und zwei Schiffe verließen mit klatschenden Rudern die Bucht. Das abgestandene Trinkwasser in den Krügen wurde zum Reinigen der Planken und zum Waschen der salzdurchtränkten Kleider und Tücher verwendet; aus dem Brunnen brachten die Träger frisches Wasser. Eine merkwürdige Stimmung lag über Meluchha. Weder in den Schenken noch von Bord der Schiffe sprachen die Seeleute viel miteinander; jeder schien froh zu sein, die Bucht so schnell wie möglich verlassen zu können.

Sheheru kochte, Daduschu, Talqam und Washur zurrten die Bohlen über dem Rest der Ladung fest, und während der Flut ließen Jarimadad und Gimilmarduk unter den Bug der Schiffe Rundhölzer schieben. Vier Ruderer schabten den größten Teil der Kupferplatten ab und verhalfen den Augen mit nassem Sand und Tüchern zu neuem Glanz.

Neugier trieb Daduschu zum blinden Einsiedler; in Daduschus Tuch waren Fladenbrot, etwas Braten und ein paar Handvoll Früchte geknotet. Er wollte den Steinmann fragen, wie er wichtige Dinge aus Daduschus Vergangenheit und Zukunft wissen konnte, aber die Höhle war leer. Daduschu sah nur verwischte Spuren, die zum dunklen Wald führten; auch die Umgebung Meluchhas erschien ihm leblos und verlassen. Er legte seine Mitbringsel neben dem Aschekreis ab und war froh, in der warmen Abendsonne zur *Zwielicht* zurückgehen zu können. Das Essen an Bord, unter einem mondlosen Himmel voll strahlender Sterne, schmeckte ihm besser als die fremden Speisen in der dampfenden Enge der Hafenschenke.

Sinischmeani stellte mit schläfriger Stimme eine Frage.

»Ist es so, Usch, wie du es dir vorgestellt hast? Das Segeln, die Wellen, das alles?«

Strahlendweiße Feuerlinien zeichneten gerade und gekrümmte Striche zwischen den Sternen. Die Männer der anderen Schiffe lärmten in der Schenke; dann lag wieder die Stille der Ärmlichkeit über der Bucht. Daduschu schloß die Augen.

»Ja. Nein. Ich habe nicht gewußt, Sin, was ich erleben würde, wie das ist auf dem Schiff und im Sturm. Und am meisten wundere ich mich über Sinbelaplims Haß.«

Der Steuermann brauchte eine Weile, um die richtigen Worte zu finden. »Ich hab' mit dem Käpten gesprochen. Wir sind sicher: Es wird nicht aufhören. Es ist wie eine Krankheit, die immer mehr schmerzt. Reize ihn nicht.«

»Hast du auch schon mit dem Einsiedler gesprochen, der sich ›Steinmann‹ nennt?«

»Nein. Wer ist das?«

»Ein Blinder, der sagt, er kennt die Vergangenheit und die Zukunft. Er hat mir Angst eingejagt. Lebt dort, am Wald, neben dem trockenen Flußbett.«

»Nie gehört.« Der Steuermann gähnte und reckte sich. »Weißt du, hier, weit weg von Babyla, finden sich die verrücktesten Dinge. Der Händler hat gesagt, daß es mit dir besser und schneller ging als mit Alt-Ingu. War fast enttäuscht, weil alles zum erstenmal wirklich richtig war.«

»Immer, wenn man mich lobt, mein Bruder, schlafe ich besonders gut.« Daduschu streckte sich aus und schlief ein.

Einen Tag lang klarten sie die Schiffe auf, kauften Melonen, Gurken und saure Milch, sahen zu, wie die anderen Schiffe langsam die Bucht verließen, und ruderten in einer trockenen, kühlen Morgendämmerung mit dem Sog der Ebbe die Schiffe hinaus in den Ozean. Beide Kapitäne, Jarimadad und Gimilmarduk, waren sicher: etwa in einem halben Mond müßten sie in Moensh'tar oder in unmittelbarer Nähe sein. Im graugrünen Wasser wendeten sie nach Ost, und einige Zeit lang begleiteten große Vögel mit ruhigen Flügelschlägen die Schiffe. Daduschu war ziemlich sicher, daß er die Seltsamkeit Meluchhas nur gestreift, aber weder kennengelernt noch begriffen hatte.

Gimilmarduk deutete auf das pralle Segel, die dahinschwindende Küste und das Siebengestirn, das rund um den Mast saß und Kräutersud trank.

»Fühlen wir uns wohl, Usch?«

Daduschu lauschte dem zischenden Gurgeln der kleinen Wellen, blinzelte in die Morgensonne und kratzte sich an der Wade. Er dachte schon wieder an die goldenen Türme und die seltsamen Tiere am Intu. Er hob bedächtig den Kopf. Als die *Zwielicht* lange am höchsten Punkt der Dünung verharrte, sagte er zufrieden: »Ohne euch, Kapitän, wäre ich erstochen oder ertrunken. Wir kommen gesund und reich zurück zu Shindurrul.« Er setzte übertrieben langsam den Tagespflock um. Es war der erste Tag im Simanui. Vor siebenunddreißig Tagen hatten sie Babyla verlassen.

16. Der Biß der Giftspinne

Die Sonne brachte die Luft zum Kochen. Hammurabi spürte jeden Fingerbreit seiner Haut und die Muskeln darunter; der Arzt, ein Ölkenner, hatte ihm und Awelninurta zwei Stunden lang die Heilöle mit bronzeharten Fingern einmassiert. Stöhnend drehte sich Hammurabi auf den Bauch und fühlte den Schweiß zwischen den Schulterblättern. Awelninurta hob sich auf die Ellbogen und ächzte. »In einer Stunde, wenn der Wasserkenner mit uns fertig ist, sind wir wie neugeboren, Herrscher im Land der Hitze.«

»Hitze, Wasser oder Skorpione: ich will's auch bleiben. Herrscher, meine ich. Bis mir Samsui das letzte Fest ausrichtet.«

»Was uns, weil niemand zuhört, zu alltäglichen Sorgen zurückbringt, mein Freund. Dein Sohn wird in einer Handvoll Jahren, sage ich, ein guter Herrscher sein.«

Hammurabi griff nach dem Weinbecher. Seine Finger rutschten dreimal an der Glasur ab; als er trank, verzog er das Gesicht und tastete nach dem Zahn, der einen stechenden Schmerz bis unter die Schädeldecke schickte. Awelninurta setzte sich langsam auf und betrachtete Hammurabis Körper, sah die Narben an den Schenkeln, auf dem Rücken und an den Schultern, die Altersflecken und Falten am Hals und an den Achseln. Der kraftvolle Körper eines Kriegers, der sich nie geschont hatte, noch immer stark und gesund schien und die Jahre in einer Art widerspenstigem Stolz zeigte. Nicht anders als sein eigener Körper; sie waren fast gleich alt und hatten zusammen im Schlamm der Kanäle gespielt.

»Es ist immer das gleiche«, murmelte er. Auch sein Bart war weit ausrasiert und geschoren worden, wie das Haupthaar, und nur noch drei Fingerbreit lang. Die Gesichter schienen jünger geworden zu sein, aber das fehlende Barthaar ließ Runzeln, Falten und feine Narben erkennen. Die sieben Öle des Arztes, von denen jedes nach bitteren und sauren Essenzen roch, hatten der Haut trügerische Spannung und öligen Glanz verliehen. Schweiß tropfte in den kalten Kräutersud, der zugleich bitter und sauer schmeckte. »Alle die kleinen Männer in kleinen Städten, die sich König nennen, scheinen Ruhe zu geben und lassen ihre Schreiber aus deinem Gesetz vorlesen. Sie sollten uns sehen, wie wir in der Sonne braten, faul in Öl und Wasser liegen.«

»Wenn du das glaubst, Awel, bist du ein alter Narr.«

Über die Becher hinweg blinzelten sie sich an. Der kleine Badehof im Norden des Palastes war unerträglich grell. Jeder Sonnenstrahl wurde von weißen Mauern und blitzenden Kacheln zurückgeworfen. Hinter der Südwand, von der schattigen Halbterrasse, perlten metallische Harfenakkorde und riefen wirre Echos hervor.

»Natürlich glaub ich's nicht«, sagte Awelninurta leise. »Ich weiß, daß die Spinnenfäden überallhin reichen, und die fette, haarige Spinne hockt im Tempel. Die Männer, die uns schreiben, daß sie hinter dir stehen, werden schnell wie tote Läuse von dir abfallen, alle fünfzehn oder zwanzig, wenn Marduks Diener ihnen oft genug sagen, wie weich und warm dein Thron ist. Meine Augen und Ohren, Freund, sind wachsam.«

»Was sehen und hören sie?«

»Erst einmal, daß die Sternkundigen in den Gestirnen lesen und rechnen. Nun, das tun sie immer. Du entsinnst dich, wie vor drei Jahren Sins Gestirn von der Schwärze zu drei Vierteln gefressen wurde? Man rechnet Tag und Nacht. Das Gestirn des Schamasch, die Sonne, danach rechnen sie: es soll Nacht mitten am Tag werden. Ein gewaltigeres Zeichen gibt es nicht, Herr von Sumer.«

Es schien kälter geworden zu sein, obwohl sich kein Windhauch rührte. Hammurabi setzte sich auf und zog die Schultern hoch; auf seinen Armen bildete sich Gänsehaut. Langsam atmete er ein und aus und murmelte einen Fluch, dann eine Anrufung Marduks.

»Die Sonne, die sich verfinstert... wenn die angeblichen Gottesdiener Tag und Stunde wissen, könnte es das Zeichen für Aufruhr sein. Krieg. Belagerung. Du hast recht: es ist so. Sonnenfinsternis.«

»Was wissen wir?« Awelninurta hob die linke Hand und spreizte die Finger ab. Mit dem rechten Zeigefinger deutete er auf die Fingerkuppen. »Also. Sie treffen sich an Orten weit weg von Babyla. Es sind nur wenige, denn auch sie fürchten Verrat, Gerüchte und mich, der so gut rechnet wie sie, mit anderen Ziffern indessen. Sie senden und empfangen Botschaften von Priestern in anderen Städten; Ur, Larsa, Uruk, Nippur, Kish. Mag sein, daß meine Augen sehen, welchen Tag sie errechnet haben.«

Hammurabi kratzte an der Narbe auf seiner Wange; der fingerkuppengroße Stern juckte unerträglich. Dann deutete er an Awelninurta vorbei auf den Diener, der zwischen den Säulen erschien und sich verbeugte.

»Für dich, Awel«, sagte Hammurabi leise. Der Suqqalmach winkte dem Diener.

»Sprich.«

Das Gesicht des Mannes war bleich, seine Finger bebten. Er stolperte auf den Binsenmatten, blieb vor Awelninurta stehen und setzte zweimal zum Sprechen an.

»Herr«, sagte er und wich Awelninurtas Blick aus. »Es sind zwei Körper gefunden worden. Verstümmelt. Draußen am Kanal, im Schilf. Frühmorgens. Es ist dieser Junge aus der Schreiberschule, Herr, der manchmal nachts zu dir... und eine junge Frau...«

»Wo sind die Toten?« fragte Awelninurta heiser. Hammurabi hatte sich nicht gerührt.

Der Diener drehte sich halb herum und deutete ins Innere des Palastes. »Die Palastwachen bringen sie in den Saal, wo die Waffen sind.«

»Geh zu ihnen.« Awelninurta hatte sich wieder gefangen. »Ich bin gleich bei euch. Ich will mit jedem sprechen, der etwas mit den Leichen zu tun gehabt hat. Wer hat sie gefunden? Alle sollen sich versammeln. Ich wische nur den Schweiß ab und ziehe mich an.«

»Sofort, Herr.« Der grauhaarige Mann verbeugte sich vor Hammurabi und dem Suqqalmach und verschwand ins Halbdunkel des Korridors hinein. Awelninurta sprang ins Wasserbecken, kam triefend die Stufen herauf und griff nach den Tüchern. Während er sich ankleidete, sagte er:

»Ein rätselhafter Tod, Hammurabi. Der Junge ist wahrscheinlich einer meiner Männer, der zuhört, was die Priester flüstern. Aber die Frau...? Ich versteh's nicht. Schon wieder: Gewalt, Mord und Tod.«

»Geh voraus.« Hammurabi goß warmen Wein in den Becher und leerte ihn mit einem Zug. »Ich gehe langsamer und denke dabei über die Spinnen und deren Fäden nach.«

Awelninurta nickte und sah zu, wie der Herrscher Stufe um Stufe ins Wasserbecken hineinging, als fürchte er, die regungslose Fläche zu zerstören; das gespiegelte Blau des Mittagshimmels zerbrach in tausend flirrende Sonnenblitze.

Die Torwachen hatten die Leichen den Palastgardisten übergeben, nachdem sie den Namen des jungen Mannes herausgefunden hatten und jemand sagte, er lerne in der Edubba. Awelninurta wartete, bis zwei Vorhänge zur Seite glitten und ging auf die Werkbänke zu, über die nasse, schlammbeschmutzte Mäntel gebreitet waren. Zehn Gardisten und eine Handvoll Babylaner standen im Halbkreis. Die Gesichter der Soldaten drückten Unbehagen aus, die Babylaner blickten erschrocken. Beide Leichen, von Schnitten und Brandwunden schrecklich zugerichtet, waren voller Schlamm, der an einigen Stellen getrocknet war und aufplatzte. »Wer hat sie gefunden?« Awelninurtas kalter Blick ging von Gesicht zu Gesicht. Ein Fischer trat einen Schritt vor.

»Im Schilf, am Kanalrand, wo ich mein Boot ins Wasser ziehe, jeden Morgen. Halb auf der Böschung, halb im Wasser.«

»Hast du irgendwelche Spuren gesehen. Eindrücke von Sandalen, eine Fackel, Messer oder Dolch?« Er zeigte auf die Brandwunden und die klaffenden Schnitte in der Brust der jungen Frau. Die Gesichter der Toten waren flüchtig gereinigt worden. Sie waren in der Grimasse rasenden Schmerzes erstarrt; den Jungen hatten sie geblendet. Er starrte Awelninurta aus Schlammlöchern an.

»Nichts, Herr. Ich hab' sie auch nicht angerührt.«

»Er ist gleich zu mir gekommen«, sagte ein Redûm der Torwache. »Wir sind losgerannt, mit den Mänteln, und haben sie geholt. Da waren keine Spuren, Suqqalmach Awelninurta. Und ehe du fragst – durch unser Tor sind sie weder gestern noch heut nacht gekommen, jedenfalls nicht als Leichen.«

»Hast du Boten zu den anderen Torwachen geschickt?«

»Sie sind unterwegs. Der vom kleinen Flußtor, am Karum, hat gemeldet, daß das Tor seit gestern, Sonnenuntergang, bis zu der Stunde geschlossen war, als der Fischer sie gefunden hat.«

»Keine Spuren.« Awelninurta blickte seine Zehen an. »Sind Männer, die sonst nicht so früh in die Stadt hineinwollen, gesehen worden?«

»Wir haben uns beraten und viel gefragt«, sagte der Anführer der Torwachen. »Es ist uns, an beiden Toren, niemand aufgefallen.«

»Ist ein Arzt gerufen worden? Wenn er die Körper untersucht, wird er herausfinden, daß die Mörder die Frau verstümmelt haben. Der Junge hat wahrscheinlich zusehen und zuhören müssen.« Der Suqqalmach ging näher heran und zwang sich, die Lippen der Toten zu öffnen. Sie waren in den Mundwinkeln eingerissen. Einige Zähne, halb zerbrochen, hatten die Lippen tief verletzt. »Geknebelt, mit viel Gewalt, vielleicht mit Tuchfetzen zugeschnürt, damit man das Geschrei nicht hört, mitten in der Nacht. Nun war dieser junge Mann, Sinkashid, im letzten Jahr der Schreiberschule, und der Palast kam für sein Leben auf: es ist richtig, daß ihr ihn hierher gebracht habt. Kennt jemand die Frau?«

Alle schüttelten den Kopf. Es war eine schöne Frau gewesen; jung, mit schlankem Körper und langem, sehr dunkelbraunem

Haar, das seitlich über den Mantel und die Kante der Bank hing. Schlammige Tropfen hatten sich aus den Enden der Strähnen gelöst und trockneten auf dem Boden. Erst jetzt sah Awelninurta, was die Soldaten längst bemerkt hatten: der Junge war entmannt worden, doch seine Wunden schienen weniger gräßlich zu sein als die der Frau. Als Awelninurta nach einer langen Pause sprach, erschraken die Versammelten. Seine Stimme klang, als ritze ein Bronzedolch eine Kachel aus gebranntem Ton.

»Die Verbrecher, die das Gesetz unseres Herrschers gebrochen haben, man wird sie finden. Sie haben Gewalt geübt, und an ihnen wird Gewalt geübt werden. Der Arzt soll meine Fragen beantworten, und wonach wir suchen, wißt ihr alle. Wenn ihr etwas erfahrt, sagt es mir: jeder hat mein Ohr. Wenn alles getan wurde, gebt ihnen ein Grab, wie es Gesetz ist. Der Herrscher...«

Zwei Gruppen kamen gleichzeitig durch die gegenüberliegenden Eingänge. Hammurabi und hinter ihm vier Bewaffnete, und ein Zug Redûm von den anderen Toren. Sie atmeten schwer. Awelninurta kannte den Anführer, und als dessen Blick auf das Gesicht der jungen Frau fiel, zuckte er zusammen.

»Chabluma«, sagte er gepreßt. »Ihr kennt sie, Herr? Aus Kish. Dienerin der Naraditum Ismin-Adasi; sie kam vor zwei, drei Jahren hierher. Seine Freundin.«

Die Umstehenden richteten sich langsam wieder auf. Hammurabi, dessen Haar und Bart schwarz und naß an der Haut klebten, betrachtete schweigend die verstümmelten Körper. Er ballte die Hände, deren Knöchel weiß wurden, zu Fäusten. Arwium, der Torwächter, schlug die Faust gegen seine rechte Brust, trat vor und wartete, bis ihn Hammurabi ansah.

»Herr, alle Fragen sind gestellt worden, während wir hierher rannten. Niemand wollte nachts oder ganz früh eingelassen werden. Ein Händler aus Nippur kam mit neunzehn Männern, zwei Sklavinnen und vielen Eseln. Uns ist nichts aufgefallen, kein Tor wurde geöffnet.«

»Und keiner von euch«, sagte Hammurabi und zeigte auf jeden einzelnen im Saal, »weiß mehr, als er gesagt hat? Mein Gesetz ist deutlich: es wird getötet, wer Leben vernichtet, denn wir sind nicht im Krieg.«

Jeder schüttelte den Kopf.

»Dann geht wieder an die Arbeit«, befahl Awelninurta. »Sagt in der Stadt, was geschehen ist. Es mag sein, daß wir aus vielen kleinen Hinweisen erfahren, warum sie getötet wurden.« Er drehte sich um und sah die Bewaffneten an. »Holt abends die Priesterin Ismin Adasi. Sagt, ich will mit ihr sprechen, aber nicht, worüber. Sie möge allein kommen.«

Er wartete, bis die Palastgardisten zusammen mit den Babylanern den Saal verlassen hatten. Awelninurta schlug schweigend die Mäntel über die geschundenen Körper, wechselte mit Hammurabi einen Blick und wies mit einer Kopfbewegung zum Ausgang.

»Ihr wißt, was zu tun ist. Der Wasserkundige ist bei uns« – er deutete auf Hammurabi und sich – »im Badehof. Der andere Arzt soll dorthin kommen, wenn er klüger ist als wir jetzt. Sinkashid ist elternlos; der Palast wird zahlen, was für das Begräbnis gefordert wird.«

Er folgte, zwei Schritte hinter Hammurabi, an dessen Rücken das ölfleckige Leinen klebte, dem Herrscher aus dem Saal und durch kühle, halbdunkle Korridore zurück in die Hitze und das grelle Licht des Badehofes. Auf der Mauerkante tschilpten aufgeregt Sperlinge; die unsichtbare Harfenistin hatte zu spielen aufgehört. Schweigend zogen sich Awelninurta und Hammurabi aus und stiegen ins kühle Wasser. Als der alte Sklave davongeschlurft war, der im gemauerten Kamin Holzkohle in die Glut schüttete und die Hitze des Wassers im Kupferkessel prüfte, brach Awelninurta das Schweigen.

»Unsere Freunde, Herrscher der Gesetzestafeln, haben beide Augen dieses Unglücklichen ausgestochen. Es waren auch meine Augen und Ohren; vieles, was ich weiß, wußte ich von Sinkashid. Ich bin sicher, sie haben jene Chabluma gefoltert, um ihn zum Reden zu bringen. Sie gehört nicht zu meinen Ohren und Augen. Vielleicht verriet sie ihrem Liebhaber, was sie über die Naraditum erfuhr. Wahrscheinlich ist sie völlig unschuldig und war nur ein Werkzeug für sein Geständnis.«

Hammurabi spritzte mit beiden Händen Wasser in sein Gesicht und schneuzte sich. »Dein Lächeln ist wie das einer grämlichen Natter, Awel. Meinst du, daß er gesprochen hat?«

Awelninurtas prüfende Blicke glitten über die Muskeln an Hammurabis Schultern und über seiner Brust; hart und groß selbst unter dem Fett vieler Jahre. Das Mardukamulett verschwand im grauen Gekräusel des Brusthaares. Der Suqqalmach zuckte mit den Schultern.

»Eher nein als ja. Er wußte, was ihm droht, wenn sie ihn ertappen. In diesem Fall, war abgesprochen, sollte er einen Teil der Wahrheit und viel Unwichtiges gestehen. Das hat er, bei Marduks Wut, wohl tun müssen.«

Er kratzte sich in den Achseln und zwischen den Beinen, verließ das Becken und setzte sich an den Rand. Hammurabi streckte sich auf den weißen, ölgetränkten Tüchern der Liege aus. Auf dem Wasser bildeten sich seltsame Schleier und Schlieren in den Färbungen eines Regenbogens. Hammurabis Finger spielten mit dem leeren Becher, seine Worte kamen in bedächtiger Deutlichkeit.

»Ich und du, Awel, wir sind alte Männer mit Macht. Wir erkennen sie als nützlich und auf Tatsachen ruhend und handhaben sie geschäftskundig wie gute Händler. Priester mißbrauchen göttliche Zeichen und Worte, sie würden auch mit der Macht Schindluder treiben. Du hast daran gedacht, einige Priester nachdrücklich befragen zu lassen? So nachdrücklich, wie sie den armen Sinkashid befragt haben?«

»Wir würden Stunde und Tag der Finsternis nie erfahren. Sie wären gewarnt, noch mehr als sie jetzt schon ahnen mögen. Sie hassen uns, dich mehr als mich, aber wer weiß das schon genau, nicht, weil du ein grausamer Herrscher bist. Sie wollen nichts anderes als die Macht. Und ich, was ich zu bedauern anfange, hab' auch Daduschu, den Sohn deines Heerführers, überredet, dasselbe zu tun wie der tote Junge.«

»Und ich gab ihm mein Siegel, Awel.«

»Nun, er ist weit weg von allen Priestern und deren feinen Netzfäden. Aber – er ist in Gefahr.«

»Spinnen. Skorpione. Wir sind hart wie Stein und stets auf der Hut.« Die Hitze kroch über die Haut und sickerte in die Körper. Hammurabi klopfte gegen den Becher. Der Ring erzeugte knakkende Geräusche, und der Widerhall klang, als würden Pfeilspitzen in die Mauern einschlagen. Der Suqqalmach wälzte sich auf den Bauch, stützte sich auf und zeichnete auf die Fliesen Linien und Kreise mit dem Wasser, das an seinem Zeigefinger herunterlief; es verdunstete zu schnell, das Spinnennetz wurde nicht fertig.

»Wir müssen den Zeitpunkt der Finsternis wissen. Jene kleine Gruppe drüben im Tempel, ich glaube, man kann ihre Namen bald herausfinden. Es werden keine Priesterschüler sein, sondern alte Männer wie wir, die nach der Macht greifen, weil sie in Marduks Namen selbst dein Gesetz biegen und verdrehen könnten. Siehst du dies mit ebensolcher Klarheit, Fürst des Schweißes?«

»Mit ebensolcher Klarheit.« Hammurabi stellte den Becher ab und zog den Ring vom Finger. »Und ich würde nicht staunen, wenn wir eines Tages erführen, daß der Überfall auf Utuchengals Weinstockhaus draußen, abermals unnötiger Tod, sinnlose Grausamkeit, daß dieser Einfall, sage ich, aus den Grüften der Zikkurat stammt.«

»Utuchengal, ehemals einer deiner Besten, zweifellos einer deiner Treuesten.« Wieder zählte Awelninurta an den Fingern der Linken auf. »Shindurrul: ein unsichtbares, aber festes Tau in meinem Spinnennetz. Utuchengals Sohn Daduschu, der Ziehsohn Shindus. Seine Schwester: entführt. Gibt das ein Muster?«

»Für alte Männer mit bedrohter Macht ist auch der Fledermausflug ein Muster.« Hammurabis Blick suchte die Augen Awelninurtas. Als der Suqqalmach dem nachdenklichen Blick begegnete, glaubte er in Hammurabis Augenwinkeln zum erstenmal den Ausdruck der Furcht zu sehen. Der Herrscher brummte: »Wenn man meine besten Männer, jung oder alt, tötet, ist dies ein Schlag gegen mich. Wir werden einige Dinge tun, die uns früher hätten einfallen müssen: Bewaffnete, zuverlässige Bewachung, ohne Helm und Rüstung, für Shindurrul.«

»Und für Tiriqan, die schöne Lederstickerin. Daduschus Liebste.« Awelninurta nickte schwer. »Es muß so geheim bleiben, daß Shindu und Tiriqan es selbst nicht merken. Ich mach' das schon, Hammurabi. Die Naraditum sollst du vom Tod ihrer Sklavin unterrichten, aber frage sie sonst nur nach ihrem Wohlergehen. Wenn sie nämlich das Spinnenweibchen ist, weiß sie, daß du eine Verschwörung riechst.« Er richtete sich auf, schüttelte sich, dann fluchte er leise und lange. »Dieser Steuermann auf Shindus Schiff, Sinbelaplim, ist vielleicht auch ein Werkzeug. Wider Daduschu! Selbst wenn Sinbelaplim das andere Schiff steuert, ist er in jedem Hafen gefährlich. Aber ich glaube, in diesem Fall überschätze ich den Feind. Zu spät, zu weit weg, um etwas zu ändern.«

Er goß den Kräutersud, der nach Fäulnis zu riechen begann, ins Abflußloch, ging auf Zehenspitzen zum Weinkrug und füllte den Becher. Er trat auf die dicke Flechtwerkmatte, kauerte sich vor Hammurabis Gesicht und kicherte. Er nahm einen Schluck und flüsterte:

»Nun mag der Tag der Finsternis noch weit sein. Wenn ich's weiß, werde ich die Priester mit ihren eigenen Waffen schlagen, und bis dahin fallen mir feine, sichere und – machterhaltende Bösartigkeiten ein. Die besten Einfälle habe ich in den weichen Armen der Buadadr, und der späte Mittag ist eine gute Zeit zum Nachdenken.«

Hammurabi berührte Awelninurtas Schulter; er drückte zu und zog den Suqqalmach näher heran. Auch Hammurabi flüsterte.

»Der Ölkenner hat unser Leben verlängert, so schmerzhaft, es sollten fünf Jahre sein. Der Wasserkenner, der gleich kommen wird mit seinen rohen Gehilfen, wird's um drei weitere Jahre verlängern. Du bleibst hier, bis er gegangen ist! Deine klaren Gedanken brauchen Hammurabi und das Land Sumer ebenso wie deine weitsichtige Verschlagenheit. Mindestens noch acht Jahre. Ich dulde keine Feigheit vor heißen und kalten Güssen.«

Awelninurta lächelte gequält und trank. »In diesem Palast befiehlst du. Manchmal sage ich: leider. Andererseits... noch acht Jahre die leidenschaftliche Buadadr. Hilf, Marduk.«

Er ging zur Liege und streckte sich aus, als er klatschende Sandalen und Stimmen aus der Kühle des Korridors unterscheiden konnte.

Nachmittagslicht fiel durch das Rechteck der Decke, ließ die Hälfte der Malerei an der Wand aufleuchten und verteilte sich im kühlen Raum. In den Lichtbalken tanzten Staubteilchen und die Rauchfäden schmorender Trockenkräuter, die Fliegen, Stechmücken und Ungeziefer fernhielten.

Awelninurta genoß die Ruhe und die Kühle. Er lag ausgestreckt auf dem Rücken, hatte die Hände im Nacken verschränkt und betrachtete schweigend die Frau, während seine Gedanken entlang ruhiger Muster verliefen, wie über die Fugen kunstvoll gepflasterter Höfe; sie berührten hier einen Namen, der stellvertretend stand für Treue, Zuverlässigkeit und Vernunft, sahen dort einen anderen, der das Gegenteil versinnbildlichte, und es gab Briefe, Boten, Verbindungen; unzerreißbare und hauchfeine Spinnenfäden. Zu jedem Namen, jedem Stadtkönig, jeder Stadt oder Siedlung oder jedem Städtebund, gehörten Briefwechsel, frühere Gespräche und die Einschätzung Hammurabis und seine; er vergaß niemals das Wichtige in dieser Menge Nachrichten.

Er kannte nur wenige der Priester mit Namen. Für ihn waren sie fleischfressende, goldgierige Schmarotzer und nicht mehr Diener von Göttern, an die er glaubte und die er verehrte. Er war aber überzeugt, daß er seine Macht über Menschen ohne Priester beweisen konnte. Die meisten Sumerer brauchten die Hoffnung und die Sicherheit, daß die Priester für sie sprachen und der Gott durch die Priester zu ihnen, und so nahm das Reich keinen Schaden, und Awelninurta duldete die Gottesdiener. Töteten sie Unschuldige und griffen sie nach Hammurabis Macht, war jeder Verschwörer für ihn nichts anderes als ein Verbrecher, der zu bestrafen war.

»Deine Gedanken sind nicht hier, Awel«, sagte Buadadr und legte die Hände auf seine Knie. »Weit weg. Zu weit weg? An den Reichsgrenzen?«

»Nein. Ganz nahe sind sie. Fast hier im Raum, bei dir.« Er empfand den Umstand, mit Buadadr nicht über das, was ihn beschäftigte und bedrückte, zu sprechen, als Last des Obersten Suqqalmachs. Wieder entschied er sich zu schweigen. »Es sind auf abscheuliche Weise zwei junge Bürger getötet worden. Das ist, mardukgelobt, so selten in Babyla, daß ich dran denken muß, selbst wenn du meine Schenkel mit den Lippen streichelst.«

»Ich hab davon gehört.« Ihr Haar, das weit über die Brüste reichte, war in Dutzende dünne Zöpfchen geflochten und an den Enden durch kleine, bunte Tonperlen geführt worden. Sie sah ihn aus großen, fast schwarzen Augen prüfend an; es war ungewiß, ob sie ihm glaubte. »Der Wasserkenner muß oft kommen, Awel. Deine Leidenschaft hat er verdreifacht.«

»Sag's nicht zu laut, sonst nimmt er noch mehr Kupfer. Es waren in Wirklichkeit deine Sommerfinger, Buad. Und die Kraft des Nachmittags.«

»Wenn du zu deinen Feinden, an die du jetzt denkst«, sagte sie und rutschte näher, »so unbarmherzig bist, wie du zu mir und deinen Freunden gut bist, sollten sie zittern.«

»Daran ist viel Wahres.« Er nickte und kreuzte die Arme vor der Brust. »Meine Feinde sind Hammurabis Feinde, gleichermaßen.«

»Darf ich sagen, was ich meine?« fragte sie. Er nickte. »Du bist zwar sein Freund, was dich und ihn verpflichtet, aber wenn du von ihm sprichst oder über ihn, werden deine Augen weich.«

Wieder nickte Awelninurta, nahm ihre Hand und küßte die Innenfläche.

»Ich finde kaum einen Fehler. Ich würde es ihm laut sagen, wenn er ungerecht oder maßlos wäre; in diesem Fall wäre ich schwerlich noch Suqqalmach. Seit er die Städte in Sumer geeinigt und befriedet hat, geht es jedem gut. Was soll daran falsch sein? Ich brauche, um mich vor dem tropfenden Wasserkenner auf die Laken der Leidenschaft zu flüchten, nicht einmal einer Sklavin zu befehlen, daß sie stillhält und so tut, als ob sie Lust spürt. Selbst über die Freiheiten der Frauen gibt's Gesetzessprüche. Ein Grund, daß du feuchte Augen bekämst.«

»Augen? Tränen schaden der Lust, Awel. Eines dieser Öle in deiner Haut, es riecht unbeschreiblich. Es macht mich wild. Rühr dich nicht. Auch der Ölkenner sollte oft kommen.«

Sie zog seine Hände an ihre Brüste, beugte sich vor und biß in seine Unterlippe. Er fühlte, wie die Spitzen hart wurden und sich aufrichteten. Aus ihrer Kehle kam ein gurrendes Stöhnen, als ihre Finger über seinen Körper tasteten und die richtigen kleinen Punkte und Flächen trafen. Die glatte Haut unter seinen Händen schien zu prickeln. Buadadr atmete schwer und stöhnte, während sich ihr Körper auf ihm wand; über ihre Schulter blickte er, durch den schaukelnden Vorhang der Zöpfchen, ins Blau des Himmels. Obwohl sein Körper, ungewohnt bereitwillig, auf jede Zärtlichkeit antwortete, kamen die Gedanken entlang all jener verschränkten Pfade zurück, das Muster wurde kleiner und verengte sich, und einer der wenigen Namen, der nicht wich und nur langsam verblaßte, war der des Jungen auf Shindurruls Schiff.

17. In Tiamats gutem Wind

Vor der Küste lag eine Dunstschicht. Manchmal sah es aus, als ob aus grauen Wolken weit über dem Land schräge Regengüsse fielen. Der Wind fauchte gleichmäßig aus Südwest und West; eine knappe Stunde zuvor hatte der Druck auf die Ruderpinnen nachgelassen. Gimilmarduk blies das dünne Gewebe des Sonnengarns in die Stirn und wechselte den Griff an der Steuerbordpinne.

»Ich bin nicht an dieser Küste geboren, Marduk sei Dank.« Er sprach leise, wie zu sich selbst. »Vielleicht haben die Meluchher eine andere Erklärung. Aber Tiamat oder Adad oder Enki, sie gebieten den Großen Winden. Hier, im Unendlichen Ozean, kommt der Wind, jedes Jahr in der Mitte des Ajjaru, von Südwest oder West.«

»Sinbelaplim sagt, daß es der Wind nicht so genau nimmt. Er kann auch ein paar Tage oder einen viertel Mond früher oder später anfangen.«

Der Kapitän blickte zur *Geliebten,* die an Steuerbord schräg voraus mit gischtender Bugwelle durch eine mächtige Welle schoß.

»So ist es. Er bleibt bis zur Mitte des Abu. Und wie wir wissen, schleppt er den Regen zum Land.«

»Dann treibt er uns auch den Intu hinauf?« Daduschu erinnerte sich an Shindurruls Karte. »Wir müssen nicht rudern?«

»Wer rudert schon gern. Man wird sehen. Jedenfalls werden wir – hat Sinischmeani nichts davon gesagt? – um den fünfzehnten des Tashritu von Moensh'tar aufbrechen. Dann schickt uns Tiamat hoffentlich den richtigen Wind. Aus Nordost. Vom Arachsamnu, meistens bis zum kalten Adarru. So geht es Jahr um Jahr. Habt ihr das nicht in der Edubba gelernt?«

»Nein. Ich kenne nur die vier Winde im Land zwischen Idiglat und Buranun.«

»Aber daß wir Schwarzköpfe vor einer Ewigkeit aus dem Meluchhaland gekommen sein sollen – das lehrte man euch?«

»Was ich nicht glauben kann.« Daduschu schüttelte sich vor Unbehagen. »Das Land um Meluchha ist öde, trostlos und sehr unfruchtbar. Andererseits: das kann unsere Urahnen vor jener Ewigkeit aus dem Land vertrieben haben. Vielleicht ist es also doch wahr.«

»Wir werden's nie erfahren, Usch.«

Daduschu zählte an den Fingern ab. Wenn sie in weniger als einem halben Mond in Moensh'tar anlegten, blieb ihnen viel Zeit. Der halbe Simanui, die Monde Du'uzu, Abu, Ululu und der halbe Tashritu. Fast hundertzwanzig Tage. Er lehnte sich zurück ins knirschende Flechtwerk. Salz kratzte an seinem Rücken, als er den Kopf hob und zwischen den Wolken den riesigen Vogel kreisen sah. Fliegende Fische schnarrten dicht über den Schaumkronen auf das Schiff zu und schlugen wie Pfeile ins Wasser. Fast unmerklich drehte der Wind nach Südwest zurück; plötzlich zerrte das Schiff wieder an den Steuerrudern. Der Steuermann, der bisher im Schatten geschlafen hatte, richtete sich auf und blinzelte durch die Finger zur Sonne. Er kam langsam zum Achterdeck:

»Ich hol mir nur einen Schluck Wasser. Dann wirst du abgelöst, Usch.«

»Schon gut.« Daduschu sah, daß sich an Backbord ein Tau in einzelne Fasern aufzulösen begann. »Es hat keine Eile.«

Riesige Wolkenschatten glitten über das Meer. Über dem Horizont an Steuerbord regnete es. Das Leuchten und die Hitze der Sonne blieben ungebrochen; mit hohlem Krachen schlug der Bug in gleichmäßigem Takt in die Wellen, die Bugwelle zischte an beiden Seiten vorbei. Die schäumende Spur des Kielwassers verlor sich einen Steinwurf weit weg zwischen weißen Wellenkämmen. Daduschu stand auf und stützte sich schwer auf die Pinne. Seit Tagen war die Luft eine feuchte Last. Jede Bewegung trieb

Schweiß; jeden Morgen troffen Segel und Planken. Sinischmeani hatte Gesicht, Hals, Schultern und Arme eingeölt und wischte die Handflächen an den Oberschenkeln ab.

»Die Intu-Mündung ist noch lange nicht in Sicht.« Er packte die Pinne. »In ein, zwei Tagen sehen wir Land vor dem Bug.«

»*Malu.*« Daduschu blieb am Mast stehen und betrachtete die dösenden Ruderer. Washur summte, während er schnarchte; Schweiß lief den sechs Männern aus dem kurzen Haar in die gestutzten Bärte, Talqam gähnte und schielte zu Daduschu hinüber. Das gleichmäßige Heben und Senken, das Knarren der Takelage und die Windgeräusche waren verlockend. Auch Daduschu gähnte, holte seine Decken aus dem Schiffsbauch und legte sich in den Schatten am Bug.

An Backbord und weit vor dem Bug war Land zu erkennen: das letzte Licht aus dem Westen zeichnete die Küsten dunkelbraun über dem Wasser und unter den schweren, bewegungslosen Wolken. Die Stoffstreifen und deren Nähte, die Muster ausgeblichener Farben, die Ränder der Salzwasserflecken und die Schatten der Taue verwandelten das Segel, das im Sonnenlicht halb durchscheinend wurde, in ein rätselhaftes Bild. Die Unterseiten der Wolken begannen zu glühen. Eine Welle rauschte heran und verlor sich unter dem Heck, dann sank das Segel schwer herunter. Die Stille war erschreckend; binnen einer Viertelstunde verwandelte sich das graugrüne Wasser in eine verwaschene, ölig schimmernde Fläche. Stickige Hitze umgab die Männer. Der Wind erstarb völlig. Die Schulter der Dünung ließ die *Geliebte* wild schaukeln, einige Atemzüge später schwankten Deck und Mast der *Zwielicht* ebenso stark. Gimilmarduk rief:

»Usch! Vergiß die Hecklaterne nicht. Entweder hält die Windstille an bis zum Morgen oder wir kriegen den Im-Gig heut nacht.«

»Verstanden, Kapitän.«

Die Stille verschluckte die Geräusche. Daduschu entzündete einen Lampendocht an der Glut des Kochfeuers, schob die Asche vorsichtig zurück und füllte Öl in die abgeschirmte Lampe über der Heckkiste. Sheheru und Kimmu standen unschlüssig neben den festgezurrten Rudern. Im Heck prüften Gimilmarduk und Sinischmeani, feuerrot angeleuchtet vom Rest der Sonne, den Himmel und die Wolken. Undeutlich spannte sich im Osten über den Bergen ein Regenbogen und leuchtete ein letztesmal auf. Winzige Wellen pochten gegen die Planken, ein Fisch sprang aus dem Wasser, überschlug sich und tauchte weg. Die Enden der Ruderpinnen deuteten aufeinander wie Zeigefinger. Gimilmarduk kratzte Sand aus dem Bart und seufzte laut.

»O Geheimnisse des Ozeans. Ich glaube nicht, daß es stürmen wird.«

»Ich auch nicht.« Sinischmeani knurrte. »Wer ist mit dem Essen dran?«

»Ich.« Washur hob den Arm. »Salzfisch, Datteln, Melonen oder Kürbis? Gurke, Zwiebel, ungesäuertes Brot, Braten in Öl, Käse – oder nur Bier?«

»Koch, was du willst. Schmeckt doch alles nach Sand.« Der Kapitän zuckte mit den Schultern und betrachtete das schlaffe Segel. »Drei Mann bleiben als Wache an Deck. Beim ersten Windhauch wecken sie die anderen. Trotzdem: es wird eine feuchte, windstille Nacht.«

»Rudern?« Dadushu fing sich wütende Blicke Hashmars und Sharishus ein. Gimilmarduk winkte ab. »Dafür ist nach Sonnenaufgang noch immer Zeit. Die Strömung wird uns nach Osten ziehen.«

»Das Land dort.« Das letzte Tageslicht verkroch sich hinter dem Horizont. Dadushu deutete ins Dunkel. »Ist es in der Nähe der Intu-Mündung?«

»Ja und nein.« Sinischmeani zeichnete auf den feuchten Planken einen Haken mit gerundeter Ecke. Von der längeren Geraden, »die Küste im Norden«, zog er einen Strich, einen zweiten vom Ende der kürzeren Geraden, malte einen Kreis: »Das sind wir, ungefähr!« und deutete auf die Planken rechts neben dem kurzen Ende. »Du wirst es sehen. Dünen, viel Schilf im Norden,

einige Berge, sechzehnhundert Ellen hoch. Der Intu mündet etwa hier, breit, träge und mit braunem Wasser.«
»Zwei Tage, Sinisch?«
»Zwei Tage. Aber nur, wenn es wieder Wind gibt.«
Washur und Hashmar hatten das Feuer und den Kessel an Deck geschafft. Träge kroch der Rauch aus den hellrot glühenden Holzkohlen übers Deck, bildete vor Bug und Achterdeck langsame Spiralen und zog entlang des Segels in die Finsternis. Ab und zu schimmerte ein Stern zwischen den Wolken. An Backbord erkannten sie die Hecklaterne der *Geliebten*; über den öligen Wirbel bildete sich ein Lichtgeflimmer, als ob sich ein Faden in endlose Windungen legte. Der Geruch von Lauch, Salzfisch und Gurken lastete zwischen den Körpern, die sich träge bewegten. Gimilmarduk, schweißglänzend und regungslos auf der Heckkiste ausgestreckt, atmete mit zischendem Röcheln. Das Segel tropfte, Nässe rann entlang der Wanten und Spanntaue. Daduschu holte zwei Lampen und rollte die Strickleiter an Steuerbord aus. Er knotete eine dünne Leine in den Gürtel und sagte:
»Brauchst du noch länger für den Brei?«
Washur goß Öl und sauren Wein in den Kessel und rührte.
»Laß dir Zeit. Mindestens eine halbe Stunde.«
Daduschu legte die Schlingen der Leine auf die Bordwand, zupfte am Knoten und sprang ins Wasser. Er tauchte zurück an die Oberfläche und zwang sich, trotz der Dunkelheit ruhig und mit kraftvollen Stößen zu schwimmen. Er entledigte sich des winzigen Schurzes, wickelte den Stoffstreifen um den Arm und schwamm, bis sich die Leine spannte. Das Wasser vertrieb fast schlagartig die Schwere aus seinen Muskeln. Er drehte sich auf den Rücken, prustete und ließ sich treiben. Die Bordwand ragte riesengroß neben ihm auf. Hinter den Flämmchen erkannte er Oberkörper und Gesichter der Mannschaft. Undeutlich klang das Klappern von Schalen und Holzlöffeln. Hashmar lachte rauh; das Zischen des Schleifsteins an seiner Messerklinge schabte durch die Stille. Das lauteste Geräusch verursachten die Wellen, die im Heck gegen die Planken schlugen und Schaumspritzer nach Da-

duschu schleuderten. Daduschu zog sich an den Leitersprossen an Deck und blieb in der Pfütze um seine Füße stehen.

Hashmar hob die Waffe. Drei winzige Lichtblitze funkelten von der Klinge.

»Ein bißchen üben, Usch?« Daduschu schüttelte den Kopf. »Nein? Müde?«

»Keine Lust, Hash. Bin hungrig. Morgen treib ich dich wieder übers Deck, ja?«

»Wer wen wohin treibt, werden wir sehen.« Hashmar lachte kurz. Sein Handgelenk bewegte sich kaum sichtbar. Das Messer verschwand im Halbdunkel und bohrte sich mit trockenem Knacken zwischen den Ruderschäften in die Bordwand. Daduschu schöpfte abgestandenes Wasser aus der Tiefe des Kruges, spülte Salzwasser aus dem Haar und trocknete sich flüchtig ab, ehe er den frischen Lendenschurz zusammenknotete. Mißtrauisch blickte er die sämig brodelnde Oberfläche des Breies an, aus dessen Tiefe Speckwürfel und Fischbrocken auftauchten und vom Holzlöffel Washurs wieder nach unten gerührt wurden. Er sehnte sich nach der Fahrt intuaufwärts, und gleichzeitig spürte er allerlei zaudernde und seltsame Gedanken. Daduschu dachte an die Sprache, die er mehr schlecht als recht schreiben konnte. Morgen würde er den Kapitän und den Steuermann danach befragen. Er hockte sich mit dem Rücken zur Bordwand und wartete, bis der Brei fertig wurde.

Erst eine Stunde nach der Morgendämmerung sahen sie die andere Farbe des Wassers und den zwei Finger hohen, tiefgrünen Streifen im Osten. Backbord voraus ließen die Schatten lange Dünen und niedrige Berge aus dem Dunst hervortreten. Davor erstreckte sich niedriger und höherer Wald; Gestrüpp und jene Bäume, die im Brackwasser wuchsen. Rechts davon, kaum sichtbar, war nichts mehr, nur bräunliches Wasser. Vögel, klein wie Mücken, flatterten vor der tiefroten Sonnenscheibe im Dunst. Feuchter Wind schlug ins Segel, die Rah war weit nach Backbord gedreht. Gimilmarduk und Sheheru stemmten sich gegen die Pinnen und versuchten, die *Zwielicht* nach Südost zu steuern.

»Der Intu« – Gimilmarduk keuchte – »ändert jedes Jahr seinen Lauf, irgendwo. Wir müssen die wahre Mündung treffen.«

Nach der Windstille waren sie einen halben Tag nach Ost gesegelt, bis sie eine Landzunge und eine Huk voraus hatten, auf der Palmen wuchsen. Staub und Sand in der wirbelnden Luft verhinderten den Blick aufs Hinterland. Nach dem Landvorsprung wich das Ufer wieder nach Osten zurück; ein Zeichen? Gimilmarduk schrie auf.

»Ha! Die Strömung! Sie hilft uns wieder einmal!«

Je mehr die Schiffe von der Strömung nach Süd geschoben wurden, desto besser wurden die niedrigen Dünen sichtbar. Vor ihnen erstreckte sich brauner Schlick, von dem die Ebbe das Wasser gesogen hatte. Als sie das Land gerade gesehen hatten, waren die Schiffe durch die Brandung gerauscht. Dunst und Staub blieben in der Luft; auch drei Stunden nach Sonnenaufgang waren Meer und Schiffe in düsteres Rot getaucht. Längst segelten sie über sandigem Grund. Das Wasser blieb bräunlich, hin und wieder von klaren Streifen unterbrochen, und im Wasser trieben Büsche, Äste und unbekannte fahle Pflanzen. Die Schiffe fuhren in Kiellinie gegen die Strömung; trostlose Landschaft ohne Erhebungen glitt an Backbord vorbei. Gimilmarduk hatte befohlen, die Riemen loszubinden, aber noch wartete er auf die einsetzende Flut. Fast unmerklich bog sich die Grenze zwischen Land, Schlick und freiem Wasser nach Osten zurück, und gegen Mittag lag eine breite, bräunliche Wasserfläche an Backbord voraus. Man sah weder das eine noch das andere Ufer.

Gimilmarduk hob den Arm.

»Der Intu, Freunde! Wir brauchen mehr Glück: Flut, richtigen Wind und kräftige Ruderer. Wir versuchen es!«

Die Schiffe drehten schwerfällig in die Strömung. Der Wind und die Flut trieben sie nach Ost, flußaufwärts und tiefer ins Land hinein, quälend langsam, am späten Nachmittag in weitem Bogen wieder nach Nordost: die Segel knallten, als der Südwestwind in die Leinwand fegte und die acht Ruderer keinen Widerstand mehr spürten. Mitten in einer scheinbar unbewegten Wasserfläche, an drei Seiten umgeben von Uferschilf, Büschen, niedrigen Bäumen und wenigen Baumriesen, abgestorben und mit weißem Geäst, ließen Gimilmarduk und Jarimadad die Ankersteine fallen. Daduschu schaute um sich und schwieg. Er war enttäuscht. Das Land an der Intu-Mündung war ebenso wenig paradiesisch wie die Umgebung Meluchhas. Als der Druck der Flut nachließ, drehten sich die Schiffe in die Strömung des Intu und lagen ruhig. Nur die kreischenden Schreie unsichtbarer Vögel und rötliches Zwielicht umgaben die erschöpften Seefahrer.

Stetig trieb der Wind die Schiffe durch bräunliches Wasser, unübersehbare Schilfufer entlang. Das Land war glatt wie eine Tischplatte, wie die Umgebung von Babyla. Hinter dem Röhricht schwankten Bäume, und immer seltener wurden jene Gewächse, die auf Stelzen im Ebbesumpf wuchsen. Mückenschwärme tanzten über den Büschen. Geier kreisten unter den landeinwärts ziehenden Wolken. Lange Ketten und Schwärme schnatternder Enten fielen in die morastigen Streifen zwischen halb entlaubten Bäumen ein. Daduschu versuchte, auf den Grund des Flusses zu sehen, aber nur selten unterbrach klares Wasser aus einem Nebenarm die lehmige Flut. Der Intu beschrieb einen weiten Bogen nach rechts, die Ufer schienen näher heranzurücken, an Backbord öffnete sich überraschend die grüne Wand zu einer Bucht, einer Art See von dunklem Wasser, umrahmt von Wald, Lianen und riesigen Blüten. Ein Schwarm Pelikane flog über die Schiffe hinweg.

»Was in Meluchha fehlt« – Hashmar zeigte auf Kormorane, die mit kleinen Fischen in den langen Schnäbeln auftauchten – »gibt's hier im Überfluß.«

»Leider auch Mücken«, sagte Daduschu. »Keine Angst, daß wir aufsetzen, Hash?«

»Nicht nach vier Tagen. Vielleicht weiter oben.«

An einem anderen Teil der Bucht, ebenso im morgendlichen

Schatten der hohen Ufergewächse, durchbrachen weiße Äste und zersplitterte Baumstämme senkrecht das Wasser, wie Knochen oder Finger riesiger Skeletthände. Schwarze Ringe markierten das Steigen und Fallen des Wassers, lange Kotspuren bedeckten die Reste ausgeblichener Rinde. Auf dem Wasser breiteten sich kleine Ringe zwischen schrägen und verwinkelten Baumresten aus – Fische schnappten nach Mücken. Pelikane hockten in Astgabeln und schaukelten ihre Beute in den Kehlsäkken. Ein moderiger Geruch wehte herüber, als Gimilmarduk und Sinischmeani die *Zwielicht* nach Steuerbord drehten. Die undurchdringlichen Wände des Uferwaldes leiteten den Seewind nach Süden.

»Leben hier keine Fischer?« Bisher hatten sie weder Feuer noch Lichter in den Nächten noch Rauch oder ein Boot gesehen. Daduschus Blick verfolgte einen Taubenschwarm, den ein Habichtpärchen angriff. »Tausende Vögel, der Fluß voller Fische... ein Traum für jeden Jäger.«

»Weiter flußaufwärts«, sagte Hashmar. »Ich hab hier im Mündungsland keinen Menschen gesehen. Nur Schiffe, von fern.«

»Wie weit haben wir's nach Moensh'tar?«

»Noch mindestens zwanzig Tage, Usch.«

Die Schiffe steuerten, wenn immer es möglich war, in der Mitte des Flusses, der sich träge einmal nach Nord, weit nach Ost und wieder zurück nach Südost wand. Schilfinseln tauchten auf, einzelne Riesenbäume, moorartige Flächen und langgestreckte Bänke aus Lehm, Kies und Sand, überwuchert von niedrigem Gebüsch. Auf schlammigen Stränden lagen dunkelgrüne gepanzerte Tiere mit langen Schwänzen, wie riesengroße Eidechsen. Gimilmarduk spuckte nach Backbord.

»Die Intu-Leute nennen sie ›Krokodile‹. Heimtückische Bestien; sie packen Menschen und ziehen sie unter Wasser. Vorsicht beim Baden, Usch.«

»Ich sehe mich vor. Das Wasser ist mir sowieso viel zu braun.«

»In ein paar Tagen wird's klar.«

Talqam und Sheheru fingen mit Brotbrocken an Bronzehaken

armlange Fische und schlitzten deren Bäuche auf. Die Innereien warfen sie über Bord, sie verloren sich in kochenden Wirbeln; schwarze Fischkörper zuckten und sprangen aus dem Wasser. Krähenschwärme schwangen sich aus raschelnden Baumwipfeln, und es schien, als begleiteten dieselben Fischadler die Schiffe tagelang. Obwohl die Wolken unverändert schnell über den Himmel zogen, wurde der Wind schwächer. Es regnete in den Nächten voller Lärm und Geschrei aus den Wäldern; beim ersten Morgenlicht, als die Fledermäuse längst verschwunden waren, tobte ein gewaltiges Kreischen, Bellen und Zwitschern durch den Wald.

Wenn die Ufer den Blick auf das Hinterland freigaben, konnten die Seefahrer weite Grasebenen sehen, auf denen Tamarisken und Akazien wuchsen. Die Regenfälle hatten die Umgebung in blühendes, einladendes Land verwandelt. Daduschu erkannte Zedernwälder, Palmen und fremdartige Riesengewächse, deren Holz fast zu hart war für eine Bronzeaxt, wie Kimmu sagte. An anderen Stellen war der Intu weit über seine Ufer getreten und hatte mit schlammigem Wasser weite Strecken überflutet.

Wieder schoben sich die Schiffe in das Halbdunkel eines der vielen Flußarme hinein. Lianen hingen von mächtigen Ästen ins Wasser. In den Baumkronen hangelten sich braune Tiere, so groß wie Kinder, durch die Äste. Daduschu erinnerte sich, die Figur eines solchen »Affen« im Basar Babylas in den Fingern gehalten zu haben; jetzt sah er hingerissen zu, welch weite Sprünge die Tiere, oft mit großäugigen Jungen am Bauch oder auf dem Rücken, hoch über dem Wasser vollführten.

Sonnenlicht glänzte auf den Flügeln von großen Insekten; sie schimmerten wie Metall oder glasierter Ton. Hakenschnäbelige Vögel mit farbensprühendem Gefieder flatterten krächzend ins Geäst wilder Feigenbäume. Der Wind wich fauligem Geruch, der zwischen den Stämmen hervorkroch. Daduschu und die Ruderer setzten sich auf die Decksbalken und brauchten nur ein paar Ruderschläge, um wieder in den Takt zu kommen. Erst gegen Abend glitten die Schiffe wieder aus dem engen Fahrwasser heraus und steuerten auf eine tropfenförmige Insel an Backbord zu. Im Strömungsschatten, am landnahen Ende der Insel, schlugen die Ankersteine ins klare Wasser.

Daduschu kletterte zur Rah und umklammerte den Mast. Bäume, nicht viel höher als der Mast, umstanden die Einbuchtung des Ufers. Die Insel war von hohem Gras bedeckt, aus dem drei Schirmakazien wuchsen. Die Frösche und Zikaden schwiegen plötzlich, selbst das Summen der Bienen war nicht mehr zu hören. Ein warmer Windhauch ließ die dunklen Blätter rascheln. Vor der purpurnen Scheibe der Sonne stand schwarz das Schattenbild eines abgestorbenen Baumes mit spinnenfingrigem Astwerk, in dem viele kurzhalsige Vögel hockten. Aus der Stille des Waldes drang ein langgezogener Laut; ein grollendes, seufzendes Röcheln. Daduschu blickte zum Wasser. Eine armdicke Schlange wand sich durch bloßliegendes Wurzelwerk.

Ein großes Tier drang ins feuchte Gebüsch, eine riesige Katze, rötlichbraun und mit schwarzen senkrechten Streifen vom Rücken zum helleren Bauch. Der lange Schwanz schwang hin und her, als das Tier den kantigen Schädel hob, den Rachen aufriß und Daduschu anstarrte. Schneeweiße fingergroße Fangzähne schimmerten, das Fell war an den Schultern und den Vorderläufen blutig. Daduschu fühlte, wie sich der Blick aus gelben Augen tief in sein Inneres bohrte: dies war also, einen Steinwurf weit entfernt, das Raubtier, das sie »Tiger« nannten. Fast gleichzeitig mit dem fernen Poltern des Donners stieß der Tiger einen zornigen Ruf aus, senkte den Kopf und steckte das Maul ins Wasser. Das Kreischen der Affen begann, der Donner krachte, und vor der Sonne ballten sich Wolken. Dann war zwischen den Blättern ein langsames, schweres Tröpfeln zu hören. Gimilmarduk rief:

»Die Rah herunter, Daduschu. Wir spannen das Segel zum Bug aus.«

Daduschu kletterte zurück an Deck. Die ersten Tropfen schlugen auf seine Schultern und hinterließen große Flecke auf den Planken. Ein Windstoß kräuselte das Wasser, der Tiger verschwand in der Dunkelheit. Noch ehe die Hecklichter brannten, zuckte über der Savanne ein gewaltiger Blitz zwischen Wolken und Boden hin und her. Die Ruhe barst; der Donner rollte über das Land, und ein langer, lauter Regen prasselte senkrecht herunter. Blitze und Donner drangen heran, verloren sich schließlich nach Osten. Der Regen floß gleichmäßig; die Luft wurde weich und kühl; die Tropfen sammelten sich im Segel und bildeten eine schwappende, tropfende Blase zwischen Mast und Bug.

Auch am siebzehnten Tag setzte gegen Mittag kräftiger Wind ein und zerfaserte dünne Rauchsäulen an Steuerbord nach Südosten.

An beiden Seiten des Stromes breiteten sich Sümpfe aus, unterbrochen von Wäldchen, die in größerer Entfernung in Savannen übergingen. Als die Schiffe in den breitesten Wasserlauf einbogen, den Kimmu von der Mastspitze aus hatte sehen können, schossen drei Einbäume aus einem Nebenarm. Braunhäutige Männer, jeweils drei oder vier, trieben die langen Boote mit Paddeln auf den Bug der *Zwielicht* zu und winkten. Daduschu bemühte sich, die Rufe zu verstehen, schaute sich um und sah, daß auch der Steuermann winkte. Er zuckte mit den Schultern und entschloß sich: schließlich hatte er lange genug die Intu-Sprache zu lernen versucht.

Er lehnte sich über die Bordwand und hob die Hände an den Mund. Noch ehe er ein Wort herausbrachte, rief der Fischer:

»Ihr wollt in die große Stadt, ja?«

»Nach Moensh'tar. Wir kommen aus Meluchha, aus Westen.«

Daduschu deutete zum Heck. Die Fischer paddelten an Steuerbord neben den Schiffen flußaufwärts. Daduschu erkannte den Klang der fremden Sprache wieder. In Meluchha hatten sie ähnliche Wörter gebraucht.

»Habt ihr Haken zum Angeln?«

»Ja. Viele Bronzehaken.«

Gimilmarduk rief: »Laß das. Sie geben uns bloß Fische und diese braunen Nüsse.«

»Verstanden.« Die Fischer sprachen die Vokale ihrer Sprache voll und gedehnt. Manches klang ähnlich wie in Meluchha, anderes blieb unverständlich. Daduschu überlegte sich jedes Wort und rief zu den Booten hinunter:

»Alle Fischhaken sind schon in der Stadt verkauft.« Er zog zwei Haken aus den Tauschlingen, die nahe der Wanten hingen, beugte sich weit über die Bordwand und ließ sie ins Boot fallen. Die Fischer strahlten über die unverhofften Geschenke. Im zweiten Boot sah Daduschu zwei Wildschweine mit Speerwunden im dunklen Fell. »Ein kleine Gabe, auf daß die Flußgötter gnädig sind.«

»Sie waren es bislang. Der große Überfluter hat kein Dorf weggeschwemmt.«

»Guten Fang, Fischer!«

Ein Boot wurde zwischen Schilf, Dornbüsche und struppige Tamarisken gesteuert und kam außer Sicht. Daduschu betrachtete schweigend die übrigen Männer; ihr langes, blauschwarzes Haar über großen, fast schwarzen Augen war durch Stirnbänder gehalten oder im Nacken zusammengebunden. Die Körper glänzten dunkelbraun, dunkler als die der sonnenverbrannten Seefahrer. Nur zwei Fischer trugen Bärte.

Daduschu drehte sich zum Heck, breitete die Arme aus und rief: »Die zwei alten Haken können wir hoffentlich verschmerzen, Kapitän. Hast du die wilden Schweine gesehen?«

»Ja.« Gimilmarduk schob die Pinne nach vorn. Kimmu, der auf der Rah stand, deutete nach Backbord. »Hier verhungert niemand. Auch wir nicht. Noch drei, vielleicht vier Tage bis Moensh'tar.«

Unzählige Eindrücke, in ebenso vielen Stunden aufgefangen, ergaben ein Bild, das Daduschu aus seinen Träumen von goldenen Städten kannte. Der Intu, flach und breit, bewässerte mit Dutzenden kleiner und großer Nebenarme seine grenzenlose Ebene. Kleine Herden schwarzer, schlammbedeckter Wasserbüffel standen im Morast, der Himmel war voller Regenwolken und Vogelschwärme, und zweimal hatte Daduschu am Horizont diese riesigen grauen Elefanten gesehen, Schemen mit runden Rücken, in einer Reihe hintereinander. Die *Geliebte* folgte im

Kielwasser, und auf niedrigen Aufschüttungen, vielleicht hinter Wällen, duckten sich die Hütten vieler Dörfer unter faserigen Rauchsäulen. Wieder schob sich eine Wolke vor die Sonne, Schatten jagten über die Ebene.

In dieser Nacht sahen sie zum erstenmal die Lichter. Lange starrten Gimilmarduk und Sinischmeani über die Sümpfe nach Norden. Einen Fingerbreit über dem Horizont, durch hochsteigende feuchte Dämpfe flackernd, erkannten sie eine Reihe winziger Punkte. Unsichtbare Tiere grunzten, kreischten und kicherten im Ufergebüsch. Fledermäuse zuckten durch die tanzenden Mückenschwärme. Talqam rührte im Kessel und wedelte den stechenden Rauch zur Seite.

»Wir sind wirklich am Ende der langen Fahrt, Kapitän.« Er zeigte auf die Schalen, Krüge und Körbe rund um die sandgefüllte Glutschale. »Die Holzkohle reicht gerade noch für drei Kessel.«

Daduschu kauerte auf der Kante des Achterdecks. Der Mond begann seinen Weg durch die blinkenden Sterne. Im gelben Licht der Hecklaterne und gelegentlich im weißroten Schein der Glut bewegten sich die öltriefenden Körper. Es roch nach Zedernöl und dem heißen Gebräu aus den letzten Vorräten.

Daduschu war müde vom Rudern, spürte aber zum erstenmal tief in seinem Inneren Ruhe und Zufriedenheit, wie den wohligen Schmerz eines Muskels. Er betrachtete gähnend die Kameraden; die Männer des Siebengestirns. Er kannte ihr Leben aus endlosen Erzählungen, er hatte sie bei Windstille und im Sturm erlebt; und er war nur Sinischmeani und Hashmar wirklich nähergekommen, obwohl er mit ihnen ruderte, schwitzte, schlief und jeden Löffel Essen teilte. Er, rechte Hand Shindurruls, Träger von Hammurabis Siegel, sprach mit Gimilmarduk und mit Sinischmeani sechzigmal so viel wie mit Hashmar oder Kimmu. Was trennte ihn von den Männern? Er gähnte und blinzelte; bis zur Rückkehr nach Babyla würde er es herausgefunden haben. Gimilmarduk hatte Daduschus Gedanken die Richtung gewiesen:

die Ruderer erkundeten nicht einmal die nähere Umgebung der Häfen, in denen sie anlegten. Ihnen fehlten Neugierde und Lust, das Unbekannte zu entdecken. An Bord arbeiteten sie schnell und sicher. Sie kannten jeden Griff, jeden Knoten. Aber sie verstanden nicht wirklich, daß sie ins wunderbare Abenteuer segelten.

In der Morgendämmerung berührte ihn Gimilmarduk an der Schulter und rüttelte ihn. Er legte den Finger an die Lippen und winkte. Sie tappten über die Planken, die naß waren von einem nächtlichen Regenschauer. Am Ufer standen zwei Elefanten und bewegten unruhig die Ohren, die wie ausgefranst wirkten. Sie tauchten die Rüssel tief ins Wasser, krümmten sie lautlos und steckten die Rüsselenden in ihre Mäuler, zwischen unterarmlange Stoßzähne. Ihre Haut war am Rücken dunkel von Nässe, in den Falten der Beine trocknete schwarzer Schlamm. Die winzigen Augen blinzelten, die Tiere lehnten sich mit den Stirnen aneinander, während sich die Rüssel verflochten und wieder trennten, spielerisch über Kopf und Brust tasteten. Nebelschwaden hoben sich aus dem Wasser und drangen aus den Büschen. Im Inneren der Körper polterte es, seltsame Geräusche kamen über das Wasser. Das größere Tier drehte den Kopf, fächelte mit den Ohren und blickte herüber zu den Schiffen.

Langsam hob es den Rüssel, legte ihn an die Stirn und schien zu grüßen. Der Körper schaukelte ein paarmal hin und her, ein paar Atemzüge danach drehten sich die Tiere herum und trotteten davon. Die ersten Sonnenstrahlen löschten die grauen Streifen über dem Gestirn aus und ließen den Nebel aufglimmen, bevor er völlig verschwand. Lärmend flatterten Dutzende wilder Enten auf und verschwanden landeinwärts.

Der Intu wand sich nach Ost. Wieder mußten sie rudern, in der größten Mittagshitze. Aber nun verlief der Fluß, ähnlich wie um Babyla, zwischen grasbedeckten Dämmen, auf denen Schafe und Ziegen weideten. Ein Ochsengespann zog auf der Dammkrone einen Wagen mit fast mannshohen Scheibenrädern, der Gespannführer schien zu schlafen. Lange Reihen Palmen säumten das Ufer.

Eineinhalb Stunden später, nach einer weiten Krümmung, ruderten und segelten sie fast nach West zurück und auf die Stadt zu. Die acht Ruderer sahen undeutlich nur, was an der *Zwielicht* vorbeizog: Dämme, Kanäle, Felder, unzählige Baumgruppen, ein Wirrwarr flacher Boote voller Strohballen, einige Ziehbrunnen in flachem Land, schließlich die vorspringende Südwestkante einer mächtigen Plattform, auf der sich ein Teil von Moensh'tar erhob.

Gimilmarduk steuerte durch die Passage zwischen zwei Bündeln seilumwickelter Baumstämme in ein rechteckiges Becken hinein. Das Wasser darin war grünbläulich und völlig unbewegt. Ziegelmauern, Rampen und die Schiffe spiegelten sich darin ebenso wie die Frauen und Männer, die auf der gemauerten Fläche zusammenliefen und winkten.

Der Kapitän sagte: »Daduschu. Hör auf zu rudern und sprich mit den Leuten. Wir sind da.«

»Jawohl, Gimilmarduk.«

Daduschu holte tief Luft und brauchte kaum zu überlegen. Auf diesen Augenblick hatte er lange gewartet. Bevor er zum Bug rannte und den Arm hob, nahm er den ersten Eindruck von Moensh'tar tief in sich auf.

Mauern aus Millionen Ziegeln, eine Masse vorspringender, hoher, niedriger und rechtwinkliger Kanten, unzählige Rauchsäulen, die der Wind wegdrückte, segelnde Wolken und der Glanz von Gold; dies war die Farbe der Ziegel. Das Hafenbecken, zweihundertdreißig mal fünfundsiebzig Hohe Rohre groß, trennte eine große Stadt auf einer niedrigen Aufschüttung von der kleineren Stadthälfte, die fast doppelt so hoch aufragte. Ein lichter Wald aus unbekannten Bäumen breitete sich vor dem Hinterland aus.

Daduschu hob die Hände an die Lippen und rief: »Wir kommen aus Babyla. Wir waren in Dilmun, Magan und Meluchha. Wo legen wir an?«

Er hoffte, daß man ihn verstand. Einige Männer lösten sich aus den Gruppen und deuteten auf ihre Zehenspitzen.

»Hier, Babyla-Segler. An den Balken.«

An der Längsseite des Beckens ragten aus dem Fischgrätmuster der gebrannten Ziegel in Abständen von etwa zwanzig Schritt dicke, geschälte Baumstämme heraus, drei Schritt von der gemauerten Kante entfernt. Gimilmarduk ordnete an, das Segel aufzuziehen und die Tauschlingen vorzubereiten. Die Ruderer hatten längst dünne Leinen an armdicke Taue geknotet und legten die Wurfleinen in Schlingen.

»Legen wir längsseits an?« rief Daduschu.

Junge Männer liefen zu den Baumstämmen und warteten winkend auf die kieselgefüllten Beutel der Wurfleinen. »Hierher. Der beste Platz.«

Knirschend legten sich die Segel in schwere Falten. Leinen schwirrten durch die Luft; an ihnen wurden die schweren Tauschlingen an Land gezogen. Die Bordwände der *Zwielicht* und der *Geliebten* schrammten gegen die Mauer. Daduschu faßte einen Bärtigen ins Auge, der eine Art Schärpe trug, mit handtellergroßen Muschelscheiben verziert.

»Herr.« Er verbeugte sich. »Endlich sind wir da. Vielleicht erinnerst du dich an Ingurakschak, der mit euch sprach. Ich bin sein Nachfolger.«

Der Bärtige, dessen Haar mit einem Perlennetz in einem Knoten zusammengefaßt war, nickte und sagte, ebenso langsam und deutlich wie Daduschu:

»Ich bin Mazarbul, vom Hafen. Vor einem Jahr sprachen wir mit dem Vertrauensmann des würdigen...«

»Shindurrul. Sadir Puabi steht auf meinen Tafeln. Ich weiß, was Shindurrul mit dem Kaufherren ausgemacht, gerechnet und niedergeschrieben hat.«

»Kommt an Land. Wir warten auf euch. Sadir Puabi, viele Handwerker und Händler. Auch Kinthara.«

Daduschu sah die dürren Finger und die schmutzige Handfläche des Steinmanns vor seinen Augen. Kinthara! Er zuckte zusammen, sah zu Gimilmarduk hinüber und kletterte an Land. Unter seinen Sohlen schwankten und zitterten die sonnenheißen Ziegel. Gestern, am achtundzwanzigsten Simanui, hatte er den Tagespflock umgesetzt; er verbeugte sich vor Mazarbul und drehte sich zum *Auge des Zwielichts* um.

18. Moensh'tar: Die Untere Stadt

Gimilmarduk hakte die Daumen in den Gürtel, betrachtete die zerschrammten Planken und beugte sich zum Hafenmeister hinunter.

»Du weißt, Mazarbul, daß wir nicht vor Ende des Ululu ablegen, in rund neunzig Tagen. Sollen die Schiffe hier festgemacht bleiben?«

»Nach dem Ausladen könnt ihr sie in die Ecke ziehen. Es ist gleich, an welche Stelle.«

»Einverstanden. In ein paar Tagen suchen wir ein ruhiges Plätzchen.«

Gimilmarduk beherrschte die Intusprache gut; aber er redete langsam und betonte die Vokale übertrieben sorgfältig. Daduschu stellte die Truhe seiner Tontafeln ab und erwiderte den Blick des jungen Mannes, dessen Finger mit dem klirrenden Steinperlenschmuck auf der haarlosen Brust spielten. Daduschu trug Tiriqans Siegel. »Eine herrliche Stadt. Ich hab von ihr geträumt. Wieviel Menschen leben hier?«

Azhanya, der Helfer des Handelsherrn, war am oberen Ende der stufenlosen Rampe stehengeblieben, sechs Hohe Rohre über der Wasseroberfläche.

»Achtunddreißigtausend. In beiden Teilen.«

Die Obere Stadt, etwa zwei Dutzend viereckiger oder rechteckiger Bauwerke, bedeckte den Tafelberg aus gebrannten Ziegeln. Nur einige weiße Säulen, dunkle Balken und willkürliche Muster andersfarbiger Ziegel unterbrachen die gewaltigen Mauern. Dreieckige Schatten lagen in tief eingeschnittenen Gassen. Mädchen und Frauen in auffallend dünnen Röcken schleppten Tonkrüge auf Schultern und Köpfen, tauchten unter Sonnensegeln auf und verschwanden wieder in Eingängen. Fast jede Frau trug eine Blüte im Haar, in Abständen wehte der Duft unbekannter Öle oder Salben herüber. Daduschu und Azhanya überquerten einen großen Platz zwischen Rampen, Mauern, Treppen und Gebäudeflanken. Auch das Pflaster war kunstvoll in strengen Mustern verlegt.

»Wie war die Fahrt, Daduschu?«

»Sturm, Langeweile, guter Wind und seltsame Erlebnisse in Dilmun, Magan und Meluchha. Wohnt Sadir Puabi hier oben?«

»Ja. Aber unsere Lager haben wir in der Unteren Stadt.«

Die Dächer, flach wie in Babyla, waren meist ziegelgedeckt; seltener bestanden sie aus Balkenwerk, Stroh und glattgestrichenem Lehm. Daduschu schwitzte in der Nachmittagssonne. Er konnte nicht ein einziges Fenster in den Mauerfluchten entdecken. Er ließ seine Blicke über die Ansammlung rechter Winkel und Schattendreiecke gleiten.

»Was steckt hinter den Mauern? Wohnhäuser? Tempel?«

»Bäder, Priesterhäuser, Wohnhäuser, Versammlungshallen und Speicher für Wertvolles. Viele Brunnen. Du wirst es bald sehen.«

Die Straßen und Plätze waren überraschend breit. Dünne Kleider aus Leinen, bunt gefärbt oder mit breiten, farbigen Borten und Säumen, leuchteten in der Sonne. Auch der Schmuck an Handgelenken, Fußknöcheln und um Hälse und Schultern war auffallend bunt. Der Widerhall unzähliger Sandalen war laut zwischen den Mauern zu hören. Sperlinge pickten zwischen den Füßen, Hunde sprangen schwanzwedelnd um die Wasserträger.

»Wo ist der Palast des Herrschers?«

»Es gibt keinen Palast, keinen König; die Kaufleute, Landbesitzer und Handwerker bilden den Niedrigen und Hohen Rat. Priester und Gelehrte unterweisen sie.«

Daduschu hatte keine Zeit, sich über das Herrschaftssystem Gedanken zu machen. Auf einer Rampe betraten sie ein rechteckiges Haus, das um einen kleinen Hof herum gebaut war. Kühler Schatten vorspringender Dächer, Pflanzen und Blumen in kastenförmigen Beeten, fremde Gerüche aus abgedunkelten Räumen und Stimmengewirr lenkten Daduschu ab. Azhanya führte ihn in einen Raum mit glatten, weißen Wänden unter dicken Deckenbohlen.

»Willkommen, Händler aus Babyla. Wie befindet sich der ehrenwerte Herr Shindurrul?«

Sadir Puabi streckte Daduschu die Hände entgegen. Seine Augäpfel waren sehr weiß, im kurzen Bart schimmerten graue Strähnen. Seine große Nase war leicht gekrümmt; im Nasenflügel steckte eine Goldperle. Er lächelte; Daduschu setzte den Kasten auf dem Tisch ab und nannte seinen Namen.

»Shindurrul war bei bester Laune; seine Gesundheit läßt nichts zu wünschen übrig. Auch die Herren Zara Shurri, Orgos Ksmar und Kanaddu lassen dich grüßen. Die Ladung ist unversehrt; es fehlt nicht ein Stück.«

»Ich höre gern, daß alles in bester Ordnung ist.« Sadir Puabi klatschte in die Hände. Azhanya räumte eine Hälfte des Tisches aus Rosenholzbrettern ab. »Bringt etwas zu trinken. Brauchst du eine Unterkunft, Daduschu?«

»Später, Herr. Gehen wir zuerst unsere Listen durch. Sorgst du für die Ladearbeiter?«

»Ich hab's den Trägern und den Fuhrleuten schon gesagt.« Azhanya hob die Hand. »Sie kommen morgen, gleich nach Sonnenaufgang.«

Sie setzten sich auf Hocker aus Holz und Rohrgeflecht. Daduschu legte die Plättchen nebeneinander und las die Waren und Mengen, die sie in Babyla, Dilmun, Magan und Meluchha für Moensh'tar geladen hatten: Erdpech in Krügen, Bronzebarren, einige Ziegel Zinn, sechsunddreißig Ziegenledersäckchen Dilmunperlen, zwölf Körbe voll Salben, Duftöl und Schminke; große Säcke Muschelschalen, gebrannte und bemalte Kacheln, Bronzesicheln, Henkelkrüge mit körnigem stinkendem Goldschwefel, der zum Verarbeiten des Wachses auf Holzplättchen diente, Stücke feingemasertes Schwarzholz, Pistazienharz, glattgemeißelte Basaltsteine aus Dilmun, Truhen voller Tonfigürchen, Handmühlsteine, Fischwürzpaste... Sadir Puabi verglich Mengen und Preise und war offensichtlich erfreut. An seinem Handgelenk klapperten dicke, tönerne Ringe, die wie Kupfer glänzten. Er tippte auf die Plättchen.

»Wenn da kein Fehler ist, freuen wir uns.«

Junge Dienerinnen hatten Krüge und Becher gebracht. Der Trank schmeckte wie Wein mit dem Saft säuerlicher Früchte. Daduschu lehnte sich gegen die Mauer.

»Ich habe alles mehrmals nachgesehen. Da sollte kein Fehler sein.«

»Wir zählen morgen an den Schiffen alles sorgsam und siegeln die Listen. Mehr zu trinken, Siqadri!«

Daduschu spielte mit dem Stichel. Im Arbeitszimmer des Händlers herrschten Ordnung und klare Formen; kein Prunk, wenig Überflüssiges. Die Augen unter buschigen Brauen hatten Daduschu prüfend, aber nicht mißtrauisch betrachtet. Das Mädchen brachte einen frischen Krug. Daduschu sah sie genauer an und lächelte. Ihr Zopf, in den Schnüre bunter Perlen eingeflochten waren, fiel auf seinen Unterarm, als sie den Krug zwischen die Becher stellte. Halbmondförmiger Schmuck aus unzähligen winzigen Tonperlen, Steinchen, Karneol, Jaspis und Knochen bedeckte kaum die Brüste. An den Handgelenken trug Siqadri vier Finger breite Tonreifen. Sadir Puabi hob den Finger und deutete auf Daduschu.

»Ingurakschak hat's gern genossen, eine Weile nicht auf dem Schiff schlafen zu müssen. Drüben, in der Unteren Stadt, habe ich ein paar Zimmer neben dem Lagerhaus. Das ist nahe genug beim Hafen. Willst du dort wohnen?«

»Gern, Handelsherr Puabi. Es sei denn, es würde Shindurrul viel kosten.« Daduschu, in den Anblick von Siqadris Kniekehlen versunken, entsann sich Hammurabis Siegel und seines Auftrages und hob den Kopf. »Auch wenn's etwas kostet: ich freue mich. Ich brauche nur wenig.«

»Du kümmerst dich darum, daß unser Gast alles hat, was er braucht, Azhanya. Siqadri soll helfen«, sagte Puabi. »Was die Herren Kapitäne betrifft, so ist das meine Aufgabe.«

Der gleißende Lichtkeil kroch die Wand herauf; drei Stunden bis Sonnenuntergang. Daduschu ordnete die Tontafeln und klappte den Deckel seiner kleinen Truhe zu. Er leerte den Becher. »Ich glaube, ich werde lange schlafen.«

Der Schreiber stand auf und grinste breit. Die Intuleute hatten ungewöhnlich weiße Zähne. Daduschu gähnte und blinzelte, als sie in die Helligkeit hinausgingen. Der Handelsherr legte ihm die Hand auf die Schulter.

»Unsere Gäste sind unsere Freunde. Es gibt viel zu erzählen. Später. Ich komme mit, zu Gimilmarduk und Jarimadad.«

Daduschu konnte endlich seine Aufzeichnungen vergessen. Azhanya holte die kleine Truhe und trug sie bis zur *Zwielicht*. Treibende Wolken im tiefblauen Himmel, klares Licht und viele Menschen, fremde Geräusche und Worte, seltsame Gerüche, Hundegekläff, zitternde Spiegelbilder im Hafen, ungebrochene Farben und Gerüche: wie ein Schlafwandler holte er seine Habseligkeiten vom Schiff, sprach kurz mit dem Kapitän und folgte Azhanya unter knirschenden Ladebäumen, vorbei an stinkenden Zugochsen, um den Hafen herum. Er spürte tausend neugierige Blicke und ging staunend weiter. Azhanya stand vor einem Ziegelhäuschen und wies die Mägde an. Daduschu wusch sich flüchtig, streckte sich zwischen dünnen Tüchern aus und fühlte großes Verwundern über seine Träume von Moensh'tar und die Wirklichkeit der Doppelstadt.

Vom Fluß kam ein kühler Windhauch, der viele neue Gerüche zu den Schiffen wehte: warme, feuchte Erde, Schlamm, frisch gesichelte Pflanzen, schwitzende Zugtiere, kalter Rauch und Dinge, die Daduschu noch nie gerochen hatte. Das Rascheln nasser Blätter kam vom Wald im Norden der Doppelstadt. Ein öliger Wirbel zog wie Glimmerstaub durchs Wasser.

Sadir Puabi und Azhanya standen neben dem Schiff, die Luken waren weit geöffnet. Teleqin reichte Daduschu einen schweren Krug. Daduschus Finger rutschten ab, als der Henkel brach. Er fing das Gefäß auf, ehe es auf dem Pflaster zerbrechen konnte.

Aus dem drei Finger breiten Spalt stank das Pistazienharz. Qamuk und Nadannu setzten einen länglichen Basaltbrocken ab. Die Ladung der Schiffe ordnete sich in Gruppen, langen Reihen und Stapeln bis zu den Ladebalken. Die Schatten der Henkelkrüge, zwei Hohe Rohre lang, endeten hinter dem Heck der *Geliebten.*

»So!« Sinbelaplim spuckte auf das blindgewordene Auge der *Zwielicht.* »Das Zeug ist an Land. Vollzählig.« Daduschu fühlte sich unbehaglich unter dem Blick des Steuermannes. Azhanya und Sadir Puabi hatten jede Kleinigkeit geprüft. Der Handelsherr drückte das Siegel in den Ton, Daduschu rollte seines ab und atmete tief durch. Teleqin half Puabis Männern, die Granitbrocken auf den Karren zu laden. Kapitän Gimilmarduk sagte leise:

»Jeden achten Tag hast du Schiffswache, Usch. Sieh dir alles an, denk an Dolche in dunklen Winkeln, an den Priester und das andere Siegel. Was wir laden, weißt du am besten. Wir wohnen in deiner Nähe.«

Daduschu räusperte sich. »Ich bin noch nicht ganz in Moensh'tar angekommen, Kapitän. In ein paar Tagen verstehe ich, was ich sehe. Darf ich Puabi fragen, wenn ich etwas nicht verstehe?«

»Er war im Hohen Rat; sicherlich ist er noch im Niederen Rat. Natürlich kennt er jeden und weiß alles. Ingurakschak sprach gut von ihm. Ja. Frag ihn alles.«

Daduschu wartete, bis Sinbelaplim und Kimmu die Steuerruder aus dem Wasser zogen und in Tauschlingen einhängten. Die Holzteile der Schiffe trugen die Spuren der langen Fahrt, Schlamm und Algen trockneten in den Tiefen der Maserung. Die jüngsten Frauen schienen die schwersten Krüge und Körbe zu schleppen. Die Ruderer schnalzten mit den Zungen und pfiffen leise. Die Schatten wurden kürzer, Daduschu ging hinüber zu Azhanya und stellte eine halbe Stunde lang Fragen. Der junge Mann war überaus freundlich und auf Daduschus Erzählungen ebenso neugierig wie Daduschu auf alles, was Moensh'tar bereithielt.

»Herr Puabi hat mir aufgetragen, dir alles zu zeigen. Zuerst... hast du Zeit?«

»Ja. Fast so viel wie Neugier.«

»Komm.«

Das Knarren des letzten Gespannes verklang hinter den Mauern des Lagerhauses. Daduschu folgte Azhanya hinauf zur nördlichen Kante der Plattform, aus deren Fläche Halbpfeiler bis tief in die Erde zu reichen schienen.

»Wie alt bist du, Azhanya?«

»Zwanzig Sommer.«

»Ein Jahr älter als ich.«

»Und Puabi hat versprochen, daß ich nach Meluchha segeln soll, als seine Vertretung.«

»Verglichen mit deiner Stadt ist Meluchha eine Wüstenei. Ich hab noch nicht viel gesehen, aber alles, was ich gesehen hab, gefällt mir.«

Azhanya packte ihn am Oberarm und lachte. »Es gibt keine Kämpfe, keinen Krieg, also leben wir gut – mit viel Arbeit. Hier hinauf.«

Männer schleppten trockenes Holz in die Stadt. Auf der obersten Ziegelplattform, zwischen kantigen Blöcken der Bauwerke, trafen sich Frauen in kleinen Gruppen, gingen auseinander, lächelten Daduschu zu oder kicherten; noch immer verstand er längst nicht jedes Wort. Am Ende der Rampe zur nördlichen Kante blieb er stehen. Bis zum fernen Waldrand dehnten sich, ebenso kunstvoll, aber viel unregelmäßiger als um Babyla, in unterschiedlichem Grün große Felder aus, umschlossen von verzweigten Kanälen. Riesige Strohlasten schwankten auf den Schultern von Frauen, fast nackt hackten Bauern in nassen Feldern, Wasserbüffel und Rinder mit buckligen Nacken zogen Karren und Pflüge. Zwischen Baumwurzeln auf den Kanalböschungen weideten Schafe und Ziegen. Der Intu schien in weite Ferne gerückt; aus der Unterstadt brodelte schwarzer Rauch auf, weißer Dampf an anderen Stellen. In den Buchten des Flusses und in breiten Kanälen paddelten Fischer und schleuderten runde

Netze. In den Ziegelmauerschluchten gingen die beiden bis etwa zur Mitte der Oberen Stadt, dann nach rechts, auf einen Weg, der um ein langgestrecktes Gebäude herumführte. Zweimal zeigte Azhanya in einen Saal, in dem an Dutzenden klappernder Webstühle Frauen und Mädchen arbeiteten und dünnes Leinen mit farbigen Ornamenten woben.

Daduschu hörte Gelächter und Plätschern, ehe er am Ende einer Treppe und hinter etlichen breiten Maueröffnungen unter einem Wandelgang stehenblieb. Das Dach aus Bohlen und Brettern überschattete, von Ziegelsäulen gestützt, einen gepflasterten Platz, in dessen Mitte zwei Dutzend Frauen und Männer in einem Wasserbecken schwammen, tauchten oder am Rand saßen. Das Becken, in das zwei Treppen führten, maß zwölf mal sieben Große Schritte; ständig leerten Frauen Wasserkrüge hinein und trugen die leeren Gefäße zwischen den gekalkten Holzsäulen zu einem verborgenen Brunnen.

»Nachher, Mann aus Babyla.« Azhanya genoß Daduschus Verblüffung. »Zuerst alles andere.«

»Ist es... ein heiliges Bad?«

»Nur an drei Tagen im Jahr. Jeder, oder fast jeder, badet hier. Aber unser häufiges Baden hat schon etwas mit den Göttern zu tun.«

Azhanya sprach mit zwei älteren Männern und winkte junge Dienerinnen heran. Sie zogen Daduschu in einen kleinen, hellen Raum. Die einschläfernde Prozedur dauerte eineinhalb Stunden. Er wurde gewaschen, mit Öl massiert, das nasse Haar und die Brauen kürzte ein Mann mit winzigen Bronzemessern und flinken Fingern, öliger Schaum und weiches Wasser ließen die Klingen an seinen Wangen und am Hals mehr kitzeln als kratzen. Mit Bürsten und Holzstäben, Messerchen und rauhem Stein säuberten und schabten die Mädchen seine Finger und Zehen und die Nägel. Azanhya brachte ihm einen knielangen Leinenschurz, der nach Blüten roch, und ein weißes Tuch.

»Wasser und Sonne«, sagte er. »Sie sind wichtig für das Leben. Das sagen unsere Götter. Jetzt kannst du eintauchen.«

Sie gingen zum Becken und setzten sich an den Rand. Die Stadtbewohner nickten Daduschu lächelnd zu.

Daduschu hob mit den Zehen eine Blüte aus dem Wasser. »Jetzt weiß ich, warum wir Erdpech mitbrachten. Für ein Bad hoch über der Stadt.«

»Dafür; und für alle Stellen, wo wir Mauern gegen Wasser abdichten. Du wirst sehen, daß wir sorgsam mit Wasser umgehen, mit den Brunnen und auch mit dem gebrauchten Wasser. Es ist ein Dank an die Götter, hier zu baden.«

»Dann, o Kenner des Wesentlichen« – Daduschu ging langsam die Stufen hinunter – »werde ich mich vor euren unbekannten Göttern verneigen.«

Er hatte den Lendenschurz angelegt, das größere Kleidungsstück lag unter dem Siegel gefaltet auf dem Tuch. Daduschu tauchte ins kühle Wasser, erwiderte die wortlosen Grüße und verließ das Becken hinter einer Frau, die nach ihm mit geschlossenen Augen hineingestiegen war. In einem winzigen Raum trocknete er sich ab, knotete den Schurz und hängte das Siegel um den Hals. Draußen wartete er auf Azhanya; als dieser kam, deutete er zu Puabis Haus.

»Jetzt werden sich die Kapitäne an den Tisch setzen. Puabis Willkommensessen. Du bist selbstverständlich auch dabei.«

Er übergab die nassen Tücher einem Mädchen und zog Daduschu durch ein Gewirr von Mauern und Ecken zum anderen Ausgang.

Die Segel lagen ausgebreitet an Land. Vier Ruderer säuberten sie, besserten das Leinen aus und flochten neue Tauenden in die Säume. Kimmu saß auf der Rah, schabte, putzte und hantierte mit Wachs. Daduschus Blick kehrte zur Schänke zurück, er rückte die Dolchscheide über die linke Hüfte, streckte die Beine aus und zeigte auf den breitschultrigen Wagenlenker am anderen Tisch.

»Deinem Gast scheint's zu schmecken. Aber – was ißt er?«

Der Wirt wischte seine Finger an der Schürze ab. »Fladenbrot aus Gerste, gemahlenen Erbsen und ein wenig Weizen. Gewürzt. Darauf etwas, das du nur bei mir findest: Würfel aus Fisch und Fleisch, Lauch, Feigen, Zwiebeln, in Öl gebraten, gesalzen – es wird deinen Gaumen freuen.«

»Mein Auge freut's. Was trinkt er?«

»Zuerst Kräutersud mit Honig, dann hat er bitteres Bier bestellt.«

Daduschu nickte zufrieden. Er zeigte auf die Schiffe. »Daß wir von Babyla sind, hat sich wohl herumgesprochen. Ich wohne am Kopfende von Puabis Lagerhaus und werde oft bei dir essen und trinken. Willst du alles aufschreiben, und ich armer Seemann zahle in neunzig Tagen? Oder müssen wir uns jeden Tag der Mühsal kleiner Zahlen unterwerfen? Ich bin Daduschu, der Rechnungsführer.«

»Donduq-lal, junger Herr.« Der Wirt schürzte die dicken Lippen und bohrte im Ohr. »Meinetwegen. Wenn's zu viel wird, sag ich Bescheid.«

»Danke. Notfalls bürgt Puabi. Bringe mir das, worüber wir gesprochen haben. Und zuerst heißen Sud, ja?«

Östlich des Hafens, am Rand des zehn Hohe Rohre breiten Platzes, begann die Untere Stadt. Eine Flucht langgestreckter Lagerhäuser und schmale Gassen, die zweigeschossige Häuser trennten, lagen im spätmorgendlichen Schatten. An rundgemauerten Brunnen füllten Frauen ihre Krüge. Der palmenbewachsene Damm im Süden versperrte den Blick zum Intu. Daduschu saß auf einer Bank unter dem Sonnensegel, bewegte die Zehen in neuen Sandalen, die ihm Azhanya verschafft hatte, und lauschte dem Knurren seines Magens.

Der heiße Sud, honigsüß und mit unbekannten Gewürzen, stillte den ersten Hunger. Daduschus Gedanken bewegten sich träge wie das Ochsengespann am Rand des Platzes. Er mußte nicht schon heute anfangen, die Wünsche des Palastes, des Tempels und Shindurruls zu erfüllen. Während er dem Schmatzen seines Gegenübers zuhörte, betrachtete er die Mädchen, Dienerinnen, Knechte, Arbeiter und Aufseher, sah den feuchten Wind am Segel der Schänke rütteln und suchte nach dem Steuermann. Womöglich hatte Sinbelaplim auch in Moensh'tar Freunde, die Daduschu fürchten mußte. Er aß, trank einen zweiten Becher Bier, dankte Donduq-lal und winkte der Magd.

Dreißig Schritte brachten ihn mitten in das Gewirr schmaler Gassen; er ließ sich schieben, stoßen und treiben und blieb, etwa hinter Puabis Lagerhaus, im Eingang einer Werkstatt stehen. Dort zersägten einige Arbeiter einen langen Stamm in zwei fingerbreite Bretter. Andere hantierten mit Bronzemeißeln und schnitzten Verzierungen. Tische, Hocker, schöne schmale Truhen und Stühle in allen Schritten der Fertigstellung standen auf dem Boden und hingen unter dem Dach. Ein Greis strich blutrot schimmernden Lack auf geschliffenes Holz. An einem Gestell drehten zwei Männer mit einem Stab ein Holzrad, in dessen Aussparungen Ziegel steckten. Eine Achse führte unter einer Abdeckung bis zu einem Schlitz; hier drehte sich eine Kupferscheibe, deren Zähne an einem Brett fraßen. Holzstaub rieselte zu Boden. Daduschu nickte einem graubärtigen Mann zu und ging näher.

»Darf ich zusehen?« Er roch trocknende Säfte und Harz unbekannter Hölzer. »Ich bin aus Babyla und daher unerfahren. Wie nennst du diese Erfindung der Intugötter?«

»Nun, eine Radsäge, wie jedermann sehen kann«, sagte der Alte. »Kleinere Sägen findest du auch bei den Steinschneidern.«

Die Ziegel und der Schwung des Holzrades bewirkten gleichmäßig schnelle Drehung. Die Knechte hielten lachend das Rad an. Daduschu sah in der Bronzescheibe kleine, schräge Zähne. Als er sie anfaßte, fand er seine Vermutung bestätigt. Sie waren heiß.

»Macht die Radsäge das Arbeiten leichter?«

Der Alte nickte. »Nicht immer. Für gerade Kanten ist sie besser. Wir brauchen nicht so viel zu hobeln und zu glätten.«

Daduschu sah sich noch einmal um, fand nichts ähnlich Erstaunliches und griff nach dem Unterarm des Meisters. »Danke. Ihr seid erfindungsreich, Männer vom Intu. Ich werde viel erzählen können.«

Wie in Babyla waren die Mauern nur durch schmale Türeingänge unterbrochen. Das Leben spielte sich im Inneren der Häuser und auf den Dächern ab. Wäschestücke trockneten an Leinen quer über den Gassen. Ein winziger Platz, in dessen Mitte der Rosenholz-Baum wuchs, unterbrach die gerade Gasse. Durch ein Tor konnte Daduschu in eine Schnitzerwerkstatt blicken. Die Männer arbeiteten fleißig, aber ohne Hast. Gekrümmte Knochen, die in Spitzen ausliefen, wurden in kurze, runde Abschnitte zersägt, zu kantigen Stangen und diese zu Würfeln. In den Fingern einiger Männer und, festgeklebt in Erdpech, entstanden solche Figürchen, wie er sie beim Basarhändler gesehen hatte: Tänzerinnen, Würfel mit punktförmigen Löchern, Scheiben, Tierchen und Köpfe, winzige Affen mit Löchern in den Ohren. Kleinere und größere Perlen fielen in Körbe, aus denen andere Arbeiter sie herausholten und durchbohrten.

Andere schnitzten fingergroße Stäbchen und polierten sie mit einer Paste aus Sand, legten sie in Körbe, die mit Tuch ausgeschlagen waren. Daduschu folgte den Gerüchen, die von Stäubchen kamen; sie tanzten wie dünne Schleier im Licht unter der Schattenbespannung. Drei Ziegelsäulen stützten ein Dach; die Mauern sprangen weit zurück. In Truhen und großen Körben, in Ledersäckchen und auf weißen Tüchern lagen getrocknete Beeren, Früchte, Teile von Blumen oder Blüten in satten Farben. Daduschu atmete tief ein, seine Vermutungen wurden bestätigt: Gewürze. An zwei großen und einigen kleineren Drehsteinmühlen arbeiteten Frauen und fingen Pulver in kopfgroßen Henkelkrügen aus rotglasiertem Ton auf. Daduschu kniff sich ins Ohrläppchen und murmelte:

»Da sollte ich besser mit Sadir Puabi und Azhanya sprechen.«

Gewürze waren teuer; er traute sich keine besonders klugen Entscheidungen zu. Überdies mußte man wissen, in welchen Speisen oder Getränken welches Gewürz seine förderliche Kraft am besten entfaltete – schnell verfiel man in kostspielige Irrtümer. Er folgte einem schwitzenden Träger, der Leinenbündel schleppte, im Zickzack durch die Winkel der Gassen. Nach einem Dutzend Wohnhäusern, wieder unter einem durchbrochenen Dach auf Ziegelsäulen, stand er einer grauhaarigen, kohleäugigen Frau gegenüber, die ihn nicht beachtete; mit einem schweren Messer schnitt sie mehrere Lagen Leinen. Die Schneide folgte dicken schwarzen Strichen auf einer hellen Tischplatte, die durch viele aufeinandergelegte Stoffbahnen zu erkennen waren. Ein Brett, auf dem die Frau kniete, hielt den Stoff an seinem Platz.

Etwa dreißig Mädchen und Frauen hockten mit untergeschlagenen Beinen auf dem Boden, mit blitzenden Nadeln und langen Fäden befestigten sie handbreite Borten an Gewändern, rollten die Säume ein und nähten den dünnen, weißen Stoff zusammen. Zara Shurri auf Dilmun hatte solch kostbare Hemden getragen, auch Alalger; in Babyla kannte – offenbar – nicht einmal Shindurrul diese Kleider. Daduschu blickte an sich hinunter. Auch der lange Schurz, den er von Azhanya hatte, kam möglicherweise aus dieser Werkstatt. Er fragte sich, was Shindurrul tun würde, wenn er die Näherinnen und die Ergebnisse ihrer Arbeit sähe. Er beobachtete die Frau mit dem braunen, runzligen Gesicht, die Formen der Leinenstücke und hörte Kreischen und Geschrei. Als er sich umdrehte, bildeten die ersten schweren Regentropfen auf dem Ziegelpflaster schwarze Flecke. Er blieb im Schutz des Daches stehen und sah zu, wie Männer und Frauen triefend naß in die Hauseingänge flüchteten. Die Hälse, Brüste und Schenkel der Mädchen, die glänzende Haut und das Leinen, das daran klebte, erinnerten ihn an die Träume von goldenen Intu-Städten. Er zog die Schultern hoch und wartete das Ende des Regengusses ab.

Nachdem er den Arbeitern in drei Tonbrennereien zugesehen hatte, am östlichen Ende der Unteren Stadt, beobachtete er die jungen Frauen, die von den Kanälen und Feldern kamen: Hirtinnen, die Schafs- und Ziegenmilch in riesigen Krügen auf Kopf und Schultern schleppten. Ihre Gürtel, Halsketten, Armbänder, der Fußschmuck, die Oberarmbänder und die oft mehr als handbreiten Bänder über den Brüsten bestanden aus Röhrchen, Perlen, Scheiben und Zwischengliedern in mindestens sieben Farben: weiß, schwarzdunkel, rot, grün, rötlichgelb, blau und goldgelb. Meist waren sie zu Mustern angeordnet. Eine schwarze Perle zwischen zwei blauen, eine rote zwischen zwei schwarzen, eine blaue zwischen rötlichgelben. Er erkannte Muster, meist zusammengesetzt aus weniger teuren Edelsteinen, billige und wertvolle Stücke aus Kupfer oder Gold. Er versuchte herauszufinden, welche Trägerinnen welchen Schmucks ihn gleichgültig betrachteten und welche ihm zulächelten; bald gab er es auf. Dann kicherte er vor sich hin – wieder ein Geheimnis von Moensh'tar? Er mußte Azhanya fragen.

Er wandte sich nach Süden, erreichte den Damm und sah überrascht, daß die Sonne schon im frühen Abend stand. Er wanderte die Häuser entlang, eine schnurgerade Mauer mit wenigen Schlupftoren, abweisend und nach innen gekehrt, betrat den Hafenplatz und trank bei Donduq-lal einen Becher Bier. In seinem Stübchen fand er eine Nachricht Azhanyas, der ihn zu seinen Eltern einlud.

Daduschu legte den Löffel in die leere Schale und wischte Fett von den Lippen. Felbhala, Azhanyas jüngere Schwester, hob den kleinen Kessel an. Daduschu schüttelte den Kopf.

»Es war köstlich«, sagte er dankend. »Und fast zuviel.«

»Junge Leute müssen viel essen, damit sie stark und schön und klug werden.« Vater Hirmagan lachte herzlich. »In Babyla ißt man, denke ich, das gleiche?«

»Wir haben andere Gewürze. Soviel kann meine Zunge schon unterscheiden.«

In Mauernischen brannten Ölflämmchen und spiegelten im Glanz weißglasierter Ziegel. Daduschu lehnte sich gegen die weiße Mauer und nickte Pushili zu. Das Haus befand sich in der Mitte der Unterstadt, dicht neben dem Viertel der Edelsteinschleifer. Daduschu hatte von Babyla erzählt, von Dilmun, Magan und Meluchha. Als er jetzt vom Steinmann in der Felshöhe berichtete, hob Azhanya die Hand.

Die Augen seiner Schwester leuchteten auf. »Du weißt nicht,

wer Kinthara ist? Drei Tagesmärsche im Norden, im Wald, befiehlt sie vielen Arbeitern und Jägern. Du würdest sie eine Fürstin nennen. Für den Niedrigen Rat schätzt sie die Ernte und die Abgaben. Eine Frau mit viel Macht.«

»Sie ist wild und schön«, flüsterte Felbhala.

Daduschu hob die Schultern. Hirmagan wartete, bis Felbhala und Pushili den Tisch leergeräumt hatten, griff in eine Nische und holte einen Krug hervor.

»Gewürzter Wein, oder willst du lieber Bier?«

Daduschu schüttelte den Kopf und deutete auf den Bierkrug. Ein Windstoß kam durch die Dachöffnung und ließ die Flämmchen und die Blumen zittern. In jedem Raum stand mindestens ein Tongefäß voller Zweige und Blüten.

Azhanya kostete den Wein. »Du trägst das Siegel eures Königs, Usch. Was sollst du damit siegeln?«

»Ich soll berichten, wie ihr Kanäle und Dämme baut. Wenn ihr es besser oder leichter macht als wir, dann soll ich Wasserbaumeister nach Babyla einladen. Es wird wohl eine Angelegenheit, die ich mit dem Rat bereden muß. Die Priester haben befohlen, daß ich die Namen eurer Götter aufschreibe und daß ich ihnen erzähle, wie eure Götter über euer Leben bestimmen.«

»Ohne jedes Siegel tun sie's.« Hirmagan lachte kurz. »Und wie ist das mit dem Leinen, das dir so ausnehmend gut gefällt?«

Daduschu beugte sich vor. »In Dilmun hab ich die Kostbarkeit zuerst gesehen. Hier trägt's jeder. Ich muß nachdenken; vielleicht kaufe ich ein Dutzend der schönsten Tücher oder Kleider und verkaufe sie mit viel Gewinn in Babyla. Ich werde mit Puabi sprechen.«

»Er hilft dir; ganz bestimmt.« Azhanya rückte an die Wand, damit Felbhala mehr Platz hatte. Licht fiel auf die breiten Schmuckbänder an ihren Oberarmen. Daduschu zeigte darauf und fragte vorsichtig:

»Die Muster der Perlenfarben, Felbhala, haben sicherlich eine bestimmte Bedeutung. Ist das dein Geheimnis?«

Sie kicherte und errötete unter dem sanften Braun. Hirmagan lachte polternd und hob den Becher. »Sag's ihm, Tochter.«

Sie hob die Linke und deutete auf die Daumenkuppe. »Weiß, das ist Freude, Sonne, gutes Leben.« Sie zeigte auf den nächsten Finger und kicherte wieder. »Schwarz: ich will einen Mann nehmen. Du siehst, ich habe keine schwarzen Perlen oder Stäbchen. Rot: Feuer, Liebe und Verliebtsein. Grün heißt, daß ich Jungfrau bin, grün wie ein junges Blatt.«

»Manchmal knüpft man auch Botschaften und läßt sie überbringen.« Pushili legte den Arm um Felbhalas Schulter, blickte ein wenig besorgt und zog sie an sich. »Goldbraun, das heißt, daß der Bräutigam mit der Habgier der Eltern rechnen sollte.«

»Ich hab's doch geahnt.« Daduschu lächelte Felbhala an und legte den Kopf in den Nacken. »Wir Schwarzköpfe haben für jeden Edelstein eine Bedeutung.« Er berührte sein Siegel. »Aber ihr Intuleute seid anscheinend pfiffiger. Ich hab heute die Knochenschnitzer gesehen. Lauter Künstler!«

Hirmagan und Azhanya sahen sich stirnrunzelnd an. Der Vater klatschte die Hand auf seinen Schenkel und sagte kopfschüttelnd:

»Keine Knochen, Babyla-Mann! Das sind die großen Zähne der Elefanten.« Er tippte mit dem Fingernagel an seinen Augenzahn. »Teures Elfenbein!«

»Natürlich! Das Elfenbein ist der Zahn des Elefanten!« Daduschu lächelte und strich über die Linien des polierten Holzes. »Schließlich kommt es von euch zum Buranun. Aber wir haben dich unterbrochen, Felbhala.«

»Das Blau bedeutet Wasser oder: ohne dich kann ich nicht leben, ich folge dir bis zur Mündung des Intu. Zuletzt Gold oder Gelb. Niemand soll von unserer Liebe erfahren.« Felbhala senkte die Hände und schmiegte sich an die Schulter Pushilis.

Nach längerem Schweigen sagte Daduschu: »Babyla ist groß, aber ganz anders. In zwei Tagen habe ich viel von Moensh'tar gesehen; eigentlich weiß ich nichts. Entschuldigt die Frage: wie gefährlich ist es nachts in den Gassen?«

Hirmagan richtete sich auf. »Hat es jemand auf dein Leben abgesehen?«

Daduschu nickte.

»Aus unserer Stadt?« Pushilis Stimme wurde scharf, fast schrill. Felbhala zuckte zusammen, ihr Bruder starrte Daduschu fassungslos an.

»Nein. Mein... Feind segelt auf dem anderen Schiff. Denkbar, daß er hier einen... Verbündeten hat?«

»Alles ist denkbar, obwohl wir ein friedliches, fleißiges Völkchen sind. Aber hier leben dreißigtausend Menschen. Und Schurken gibt es auch am Intu!« Hirmagan leerte den Becher, ging in einen anderen Raum und legte, bevor er sich setzte, einen Ledergurt auf Azhanyas Oberschenkel. Aus der Dolchscheide ragte der Griff; dunkles, in Rillen gekerbtes Holz mit einem Bronzeknauf. Daduschu erkannte die Machart. Handwerkskunst aus Babyla.

Hirmagan runzelte die Stirn und sagte: »Begleite deinen Freund zum Hafen, Sohn.«

Daduschu blickte in Hirmagans dunkles Gesicht. »Ich bin noch zu fremd in der Stadt. Wenn ich mich besser zurechtgefunden habe, mein Vater, werde ich erzählen, wie alles zusammenhängt.«

Hirmagan füllte vier Becher und zwang sich zu einem Lächeln. »Daduschu kommt bald wieder, Felba. Schlaf gut. Träume nicht von Dolchen.«

Felbhala stand auf, gähnte und zwinkerte Daduschu zu. Sie glitt aus dem Raum; der Leinenvorhang blähte sich und sank wieder zusammen. Hirmagan schüttelte den Krug und ließ die letzten Tropfen in seinen Becher fallen. »Der Gast ist uns heilig, Usch. Ich weiß von keinem Zwischenfall solcher Art. Aber du hast nur ein Leben. Azhanya, du solltest seinen Rücken schützen.«

Azhanya legte die Hand auf den Dolch. »Verlaß dich drauf, Usch.«

Er schloß die Schnalle des Gürtels und zog den Dolch. Über die

Doppelscheide kroch stumpfes Licht, ehe sie wieder im harten Leder verschwand. Hirmagan brachte sie zur Tür und sah ihnen nach, bis ihre Schatten jenseits des Brunnenplatzes mit dem Dunkel verschmolzen.

Von den großen Vierecken aus festgestampftem Lehm, zwischen dem westlichen Damm und der schrägen Mauer, führte eine Rampe bis zur halben Höhe. Aus Tonrohren im unteren Viertel lief bräunliches Wasser. Auf dem Dammweg, zwischen Schafen, Ziegen, einigen Hunden und langbeinigen Vögeln, blieb Daduschu stehen. Zwei Dutzend Ochsengespanne krochen vom Hafen, um die Kante der Plattform herum, die Rampe aufwärts und abwärts. Halb mannsgroße Tonkrüge, die mit Stroh umwickelt waren, wurden abgeladen und in Seilschlingen gehängt. Von einer Plattform ragten Ladebäume, an denen die Krüge in die Höhe gezogen wurden und dort an Tragestangen in Lücken zwischen Mauerblöcken verschwanden. Daduschu ging zum Lenker eines Karrens und deutete auf den Platz über der Deichsel.

»Zum Hafen, Seemann?« Der Fahrer klopfte mit dem Bambusrohr auf die schweißnassen Schenkel der Ochsen.

»Ja. Wenn deine Rennochsen nicht zusammenbrechen.«

Der Fahrer lachte und deutete mit dem Rohr zur Kante der Plattform. »Segelt ihr nach Arap weiter?«

»Wir laden hier die Schiffe voll. Was ist in den Krügen?«

»Korn und Hirse. Von Arap. Hast du die Schiffe nicht gesehen?«

»Nein. Schiffe aus Arap? Tatsächlich?«

Der Gespannführer musterte Daduschu mit neugierigen Blicken. »Wie jedes Jahr zwei-, dreimal. Sonst müßten wir keine Krüge schleppen.« Die Ochsen schaukelten die südliche Mauerkante entlang. »Aus Arap, mußt du wissen, kommt viel gutes Korn.«

Daduschu murmelte einen Dank und sprang ab, als er links das Hafenbecken sah. Das *Auge des Zwielichts* und die *Geliebte des Adad* lagen jetzt an der nördlichen Schmalseite. Zwei breite

Schiffe, kleiner als die *Zwielicht,* hatten dicht hinter der Einfahrt festgemacht und wurden von einem halben Hundert Träger entladen. Daduschu drängelte sich zwischen Karren und Ochsen hindurch näher an den Rand des Hafenbeckens. Die Arap-Schiffe hatten flache Böden, hochaufragende Achterdecks und breitblättrige Seitenruder. Zwischen dem Mast und dem Platz des Steuermanns, so niedrig, daß er gerade darüber hinwegblicken konnte, gab es einen Aufbau aus Holz und Zeltwänden, die jetzt hochgerollt und verschnürt waren. In jedem Schiff warteten noch zwei Dutzend besonders großer Kornkrüge, etwa ein Fünftel der Ladung. Die Flußschiffer sahen aus, als wären sie Brüder der Moensh'tar-Leute. Daduschu suchte Sadir Puabi oder Azhanya, aber den Handelsherrn schien diese Lieferung versiegelter Krüge nichts anzugehen.

Die Rahen an niedrigen Masten waren hochgezogen und in Längsrichtung festgezurrt. Flußab gingen die flachgehenden Schiffe in der Strömung; flußauf trieb der Südostwind sie leer nach Arap zurück, sagte sich Daduschu. Eine halbe Stunde lang schaute er dem Gewimmel zu, bis der letzte Karren beladen war. Ob das Land um Arap reicher an Korn war als Moensh'tar und was gegen Korn und Hirse getauscht wurde, wußte Sadir Puabi sicher besser als jeder Flußschiffer. Daduschus Lippen waren trocken. Er blinzelte nach dem Stand der Sonne und sagte sich, es wäre besser, jetzt gleich zu Donduq-lal zu gehen, ehe die Flußschiffer alle Bierkrüge leertranken. Als er an dem Brunnen vorbeiging, gellte hinter ihm ein schriller Pfiff. Er drehte sich um; jemand winkte dem Aufseher im Heck des Arap-Schiffes. Daduschu rempelte einen Körper an; ein leiser Schrei, dann zerkrachte zwischen ihm und einer jungen Frau ein schwerer Krug auf dem Pflaster. Das Wasser spritzte bis zu den Knien, die Scherben prasselten nach allen Seiten. Daduschu blickte in weit aufgerissene Augen. »Schwester«, sagte er erschrocken. »Ich bin ein blinder Büffel. Verzeih!«

Er bückte sich, sammelte die größten Bruchstücke und sah die Sinnlosigkeit seines Versuches. »Entschuldige. Bring einen großen Krug. Ich kaufe ihn und trage ihn gefüllt zu deinem Herd. Du mußt wissen, daß mich dein Anblick geblendet hat.«

Sie lachte. Er hielt zwei kopfgroße Scherben in den Händen und hörte das Kichern und die Scherze der anderen Frauen.

»Du bist der Seefahrer, Azhanyas Freund; jetzt erkenn ich dich. Einverstanden. Ihr mögt halb blind sein, in Babyla, aber du weißt, was sich schickt. Ich bin Ghorarti – wartest du hier auf mich?«

»Bis Mitternacht. Ehrlich! Daduschu hält sein Wort.«

Sie ging mit langen Schritten davon. Daduschu setzte sich auf den Brunnenrand, schob die Scherben zusammen und betrachtete ihre runden Hüften. Als sie über die Schulter zurückblickte und lächelte, blitzten weiße, rote und goldgelbe Perlen auf.

19. Moensh'tar: Die Obere Stadt

Von der Doppelschneide des Beiles spiegelte die Lanzenspitze der Flamme auf den Bauch des Kruges, zeichnete zwei Ovale ins Halbdunkel – die Ränder der leeren Becher –, sorgte für den kantigen Schatten der Truhe, berührte Ghorartis Nacken und verschwand zwischen bläulichem Schimmer im Ebenholzhaar.

Daduschu wischte mit dem Unterarm den Schweiß von seiner Stirn und verschränkte die Arme im Nacken. Ghorarti löste sich von seinen Schenkeln und streckte sich aus.

»Ein Dank dem zerbrechlichen Ton.« Sie legte die Hand auf seinen Bauch. »Du bist sehr zärtlich, Fremder. Und sehr wild.«

Ihr Körper duftete nach Blüten, Öl und einem bitteren Gewürz. Sie stützte sich auf und blickte in seine Augen. Daduschu lächelte und streichelte ihre Brust. »Meine Wildheit, Großäugige, hat ihre Grenzen gefunden. Jedes köstliche Fingerbreit von dir flüstert nach Zärtlichkeit. Ich erinnere mich indessen an einige Bisse – oder habe ich wieder geträumt?«

Ihre Zunge kitzelte seine Halsgrube. Er versuchte, Ghorartis Haarflut im Nacken zusammenzudrehen.

»Ich hab's nicht gespürt, Usch. Du willst nicht etwa schlafen heut nacht?«

»Nicht, solange du bei mir bist, Schwester des Abendsterns.«

Ghorarti kreuzte die Beine und lehnte sich gegen die Wand. Ihre Finger glitten über Daduschus Gesicht, fuhren über seine Brauen, entlang des Nasenrückens zwischen die Lippen. Er biß in einen Finger; sie lachte kurz und murmelte:

»Ein gemütliches Zimmerchen hast du hier. Wie gut, daß du bei Donduq-lal beliebt bist.«

»Wenn du die Hände wegnimmst, stehe ich sogar auf und bring uns Bier.«

Daduschu hatte mit dem Schöpfeimer den neuen Krug gefüllt und ihn wie ein Sklave, unter einem viertel Gur Wasser und Ton schwitzend, auf den Schultern durchs Gassenwirrwarr geschleppt. Sie hatte ihm den Krug abgenommen und ohne sichtbare Kraftanstrengung ins Haus getragen. Er lehnte sich gegen den Türpfeiler und bat, als sie lächelnd zurückkam, um einen Becher Wasser. Nach einem unernsten Streit um den Preis des Kruges schlug Daduschu vor, die Entscheidung dem Wirt zu überlassen. Als Entgelt für seine Mühe würde Daduschu das Essen und einen Becher Bier zahlen oder zwei. Weil er sicher war, sich sogleich zu verirren, brachte Ghorarti ihn bis zu den Lagerhäusern und erschien, eine halbe Stunde vor Sonnenuntergang, an Daduschus Tisch. Er hatte sie fast nicht wiedererkannt; jetzt lagen Schmuck und Blüten auf dem Rock und dem Schultertuch neben seinen Sandalen. Ghorarti setzte sich auf, holte Luft und sagte:

»Ja. Bier. Du machst mich durstig, Bruder des Morgenrotes.«

Noch war der Krug mehr als halbvoll. Ghorarti legte ein Bein über seine Schenkel, er wischte die Schweißtropfen von ihrer Oberlippe. Sie nahm den Becher aus seinen Fingern, setzte sich auf seinen Schoß und preßte die Brüste an sein Schlüsselbein. Daduschu legte beide Hände an ihre Wangen, strich mit zwei Fingern das feuchte Haar von ihren Schläfen und küßte die Lider über den großen Augen, versank in einen langen, fordernden Kuß und hörte, wie von einem fernen Ufer der Nacht, das Summen tief aus ihrer Kehle. Sie schlang die Arme um ihn und drückte ihn aufs Lager zurück.

»Du verlangst zu viel von einem fremden Seefahrer.«

»Zu viel?« Sie streckte sich auf ihm aus und bewegte ihr Knie. »Was wirst du erst zu Mitternacht sagen? Oder beim Morgengrauen?«

Daduschu streichelte ihre Schultern. »Beim Morgengrauen hab' ich meine Stimme verloren. Und ganz sicherlich auch meine Wildheit. Ich schwör's.«

Plötzlich wurde sie ernst. Leise, mit heiserer Stimme sagte

sie: »Deine Zärtlichkeit mögest du nicht verlieren, Bruder des Morgens. Weil... am Tag möcht ich davon träumen können.«

Daduschu atmete tief ein und aus und nickte langsam. Ein Schweißtropfen oder eine Träne fiel auf seinen Hals, neben die Stelle, an der er Ghorartis Zähne gespürt hatte.

Immer wieder rutschte seine Hand von dem nassen Ledergriff ab, mit dessen Hilfe er sich auf dem breiten Rücken des Wasserbüffels hielt. Die Tiere trotteten dahin, über die Dammkrone, durch schmatzenden Lehm am Rand eines Kanals, durch zwei Ellen hohes Wasser, das vom gleichmäßigen Morgenregen in ein Gemenge von Ringen zerrissen wurde, in den rötlichgrauen Lichtkreis hinein. Die Sonne blieb hinter den Wolken. Endlich hob Nindra-lal, der vom vordersten Tier in den Schlamm glitt, den Arm und deutete auf ein Schutzdach auf vier roh behauenen Balken. Er lachte schallend, als Daduschu am Bauch des Ochsen herunterrutschte und sich in den gelben Schlamm setzte.

»Tut mir leid. Aber nur hier kannst du sehen, wie wir arbeiten.«

»Zum Glück habt ihr herrliche Badestuben. Also – wo sind die tausend Kanäle?«

»Vor dir. Von dort bis dorthin.« Nindra-lal, der Wasserbaumeister, versammelte die Arbeiter und rief: »Der Nebenkanal. Wir machen dort weiter, wo wir gestern aufgehört haben.«

Fünfzehn Männer mit Hacken, Körben und Krügen, in denen sie das Essen vor Regen und Schlamm schützten, führten die Tiere in verschiedene Richtungen. Nindra-lal zog Daduschu unter das triefende Strohdach und begann zu arbeiten. Er drückte die Beine eines Dreifußes in den Boden, stellte einen halbkugelförmigen Tonkessel zwischen die kürzeren Enden und goß Wasser hinein, bis er fast voll war. »Ich könnte auch Sand einfüllen.« Eine rundbäuchige Tonschale sank, als er sie füllte. Im Rand dieser schwimmenden Schale waren Markierungen; scharfe Einkerbungen auf der einen Hälfte, Kerben und kreuzförmige Fensterchen auf der gegenüberliegenden. Der Baumeister kauerte sich nieder und winkte Daduschu näher.

»Unsere Gelehrten haben's gesagt, und auch ohne ihr Wissen stimmt es: dieses Wasser und die mühsam hergestellte Schale sind das Maß aller Ebenen. Glaubst du's?«

Daduschu spähte durch eine Kerbe, hielt ein Auge zu, blickte über das waagrechte Wasser durchs gegenüberliegende Kreuzloch und sah irgendwo zwischen Dreck, Lehm und nassen Pflanzen einen verkrüppelten Baum.

»Ich weiß es. So eben wie das Meer, wenn es keinen Wind und keine Wellen gäbe.«

Als er sich aufrichtete, spürte er zum erstenmal seit vielen Tagen seine Muskeln.

»Siehst du die Stäbe mit den schwarzen Ringen? Wenn du durch die Kreuzlöcher genau den Ring siehst, nicht darüber oder darunter, dann ist die unsichtbare Linie so gerade wie die Oberfläche eines ruhigen Sees. Hast du das verstanden?«

»Verstanden, Wasserbaumeister.«

Die Arbeiter hatten angefangen, Gräben zu vertiefen und, wie Daduschu beim Weinstockhaus, das Erdreich zu schrägen Dämmen aufzuwerfen. Ein neues Stück Land, zwei Stunden vom Intu-Ufer entfernt, wurde erschlossen; hinter dem bewachsenen und verfestigten Damm.

»Ich öffne im Damm die mit Pech gedichteten Tonrohre. Dann bildet sich hier ein Tümpel. Ich stopfe den Schlauch aus Ziegenhaut wieder in die Öffnung, so daß der Intu nicht das Land überschwemmt. Begriffen?«

Daduschu nickte und half Nindra-lal, die Gerätschaften zu einer runden Vertiefung zu schleppen. Bisher hatte er keine Schwierigkeiten, den Dialekt des Baumeisters mit dem lehmverschmierten Schnurrbart zu verstehen. Nindra-lal erklärte:

»Setze ich, wenn die Oberfläche im Tümpel und auf der anderen Seite des Dammes in gleicher Höhe ist, unseren Dreifuß ins Wasser, peile dann, wo auch immer, den Stab an, kann ich sagen: tiefer oder höher mit dem Markierungsring. Vom Rand der inneren Schale bis zur Wasseroberfläche messe ich. Drei Finger und eine Elle, zum Beispiel. Noch immer sehe ich den schwarzen Ring. Dann messe ich die Entfernung zwischen Schale und Stab; grob, ohne große Genauigkeit. Hundert Schritt vielleicht. Und ich sage: vier Finger tiefer oder höher mit dem Ring. Dann rinnt das Wasser hundert Schritt weit und fällt um vier Finger. Oder es steht ruhig, zwischen der Markierung des Stabes dort und dem Schalenrand, in gleicher Höhe im Kanal.«

Er richtete sich auf und wischte sich das Regenwasser aus dem Gesicht. Der Schlamm lief in dünnen Rinnsalen durch seinen Bart. »Heute abend hast du alles gesehen und, hoffentlich, viel davon verstanden.«

Nicht einmal der Ruderer Hashmar hatte mit Daduschu zusammen sehen wollen, wie man am Intu sichere Dämme baute. Daduschu zuckte mit den Schultern.

»Ja«, sagte er und zeigte auf das schwankende Wasser der Schale. »Das Geheimnis sind die Schalen. Alles andere ist genaues Messen und Rechnen. Ich sage dir, Herr Nindra-lal, daß wir in Babyla überaus breite und lange Kanäle haben, aber wir berechnen sie erst dann, wenn wir sehen, wohin das Wasser strömt, wie hoch es steht, und meistens erst, nachdem ein paar Dämme weggerissen wurden.«

Nindra-lal holte ein Bündel gleich langer Holzstäbe unter dem Schutzdach hervor. Auch die Markierungen befanden sich an den gleichen Stellen.

»Hilf mir. Geh bis zum Ende dieses unordentlichen Grabens, bis zu den Grasbüscheln; bis dorthin bauen wir den nächsten Kanal. Dreihundert Schritt.«

Daduschu nahm zwei Stäbe und arbeitete sich durch Wasser, glitschigen Lehmbrei und vorbei an Stapeln und Haufen zerbrochener gebrannter Flachziegel, bis ihn schließlich der Schrei des Wasserbaumeisters anhielt. Er rammte eine Stange in den festen Boden und wartete auf die Armbewegungen. Die Hauptkanäle waren meist gerade, die Nebenkanäle folgten Vertiefungen oder Unregelmäßigkeiten des Landes, und die kleinsten Wasseradern, eine halbe Elle breit, zweigten davon ab, wie die Zinken eines Kammes. Je seltener ein gutgebauter Damm von einer neuen Wasserführung durchbrochen werden mußte, desto sicherer blieb er. Auch hier fürchteten sie die Kraft des Großen Überfluters. Am Abend, als die Wolken die Sonne freigaben und der Regen aufhörte, dachte er noch immer darüber nach, warum Nindra-lal zwei sand- oder wassergefüllte Schalen brauchte. Aber wie die Bestimmung gleicher Höhe bei unterschiedlichen Entfernungen auszuführen war, wußte er genau.

An der *Zwielicht* sah er Kapitän Gimilmarduk und zeigte auf seinen schmutzstarrenden Schurz. »Ich glaube, ich habe König Hammurabi viel Kupfer, Silber und Mühe erspart.«

Gimilmarduk musterte ihn und trat einen Schritt zurück. »Daduschu, der stolze Wasserbaumeister?«

»Schwerlich, Käpten. Ein wenig stolz bin ich schon; ich könnte Babylas Baumeister lehren, wie sie's besser machen können. Und mit weniger Arbeit.«

»Wirklich? Sprich nicht mit den Ruderern darüber. Zeig deinen Stolz nicht; jeder Erfolg ist wie ein Messerstich für Sinbelaplim. Seine Eifersucht wächst wie sein Neid. Aber er wird's ohnehin erfahren.«

Daduschu blickte seine lehmigen Beine an. »Morgen spreche ich mit Puabi über die Ladung. Übermorgen habe ich Schiffswache. *Shaduq?*«

»*Malu*, Usch. Einer von uns beiden sollte sich waschen, wie?«

»Dringend.« Daduschu grüßte übermütig. »Und sehr gründlich.«

Auf der mittleren Stufe stand ein Schälchen mit ein wenig Milch darin. Eine schillernde Schlange, unterarmlang, ringelte sich davon. Daduschu öffnete die Tür aus Flechtwerk und Leinen, ging zum Bad und sah, daß aus dem Brunnen, den er mit Puabis Lagerhaus teilte, drei große Krüge gefüllt worden waren. Das abgestandene Wasser spülte Sand und Lehm aus dem Haar und von der Haut, auch der ölige Schaum nach dem Rasieren floß durchs

Loch im schrägen, gipsverfugten Boden, gurgelte unter dem Haus durch dicke Rohre in den gemauerten Sammelschacht. Daduschu suchte aus der Truhe frische Kleidung und sah, daß auch Tücher und Schurze nach Sauberkeit verlangten. Azhanya würde wissen, wo eine Wasserbaumeister-Schale zu finden war und wer Daduschus Tücher und Schurze wusch. Im Zimmerchen, das durch winzige Fenster unter dem Dach letztes Sonnenlicht einfing, verströmten Blätter, Blumen und Blüten in einer Schale betäubende Gerüche. Daduschu wusch die Becher aus, hob das feuchte Tuch vom Krug und schnupperte am Bier. Der Krug trug am Hals das Siegel Donduq-lals.

»Schwester des Abendsterns«, murmelte Daduschu. »Ein Lob deinen seidigen Schenkeln und deinem goldenen Herzen.« Auch diese Nacht würde er nicht allein schlafen. Er blieb vor dem Lager stehen, legte den Zeigefinger über die Lippen und an die Nasenspitze und schnallte den Gürtel um. An Vater Hirmagans Tür, dicht an die Mauer gedrückt, rief er nach Azhanya. Hinter ihm schoben sich Bewohner des Viertels durch die vier Ellen schmale Gasse.

»Der junge Kanalbauer!« Azhanya zog ihn am Handgelenk ins Haus. »Du hast also an einem einzigen Tag das große Kanalgeheimnis gelüftet?«

Alle lachten.

»Ich bin fast im Schlamm erstickt, Azhan. Sag mir, denn wen sollte ich sonst fragen: ich will Hammurabi eine dieser Meßschalen mitbringen. Wer verkauft mir eine? Meine Kleider brauchen eine Wäscherin. Hat morgen Sadir Puabi, wegen der Ladung, zwei Stunden Zeit für Shindurruls rechte Hand? Und – es würde mich nicht überraschen... weißt du, wer den Bierkrug in meiner Behausung gefüllt hat?«

»Du hast noch Zeit, dich zu setzen? Ja? Komm. Felba! Bring Saft oder Wasser oder irgend was.«

Azhanya zog Daduschu in den Wohnraum. Pushili klapperte und rührte in Kesseln und Pfannen an der Kochstelle und hob grüßend den Holzlöffel. Ehe sich Daduschu setzte, sagte er:

»Du bist bei Donduq-lal heute mein Gast, Azhan. Keine Widerrede.«

»Überredet, Usch. Das Bier – so großzügig ist Puabi nicht. Mütterchen hat gesagt, du sollst heute mit uns Brei essen, also ist auch das Bier nicht von uns. Ich frage morgen meinen Herrn. Er weiß, wer diese Schalen formt. Felba, darf dir Daduschu sein Zeug zum Waschen bringen?«

Sie stellte zwei Becher auf den Tisch. »Ich tu's gern. Bring's mit, wenn du vom Wirt zurückkommst.«

Azhanya breitete die Arme aus und hob die Brauen. »Noch mehr Sorgen?«

Daduschu schüttelte den Kopf und lächelte in die Runde. »Ich bin ein wenig beschämt. Kaum kenne ich euch, überschüttet ihr mich mit Freundlichkeit. In einer Stunde, Azhanya?«

Er trank Pushili und Felbhala zu. Das letzte Sonnenlicht, dessen Widerschein an der Wand hinter dem Rauchabzug flammte, drängte ihn zum Aufbruch. Er dachte an die Warnungen des Kapitäns und legte Azhanya die Hand auf die Schulter.

»Danke. Bis bald am Hafen? Morgen treffen wir uns ohnehin bei Puabi.«

»Laß dir Zeit und halte deinen Rücken frei, Usch.«

Er begleitete Daduschu bis zur Tür, warf einen kurzen Blick auf die Mauernische, in der vor halb handgroßen Götterfigürchen welke Blüten lagen, und hob die Hand. Als Daduschu die Gasse betrat, bellte ein Hund, scharf und drohend. Ein Taubenschwarm flatterte durch dünnen Rauch in den Abendhimmel.

Der Trommler endete mit einem trockenen Wirbel und schob die gekrümmten Schlegel in den Gürtel. Aus den Löchern des Kruges fauchte ein letzter Ton, während die Holzflöte noch trillerte. Die Musiker streckten die Hände nach den Bechern aus. Donduq-lal ließ sich schwer neben Azhanya auf die Bank fallen und ächzte.

»Alle anderen können schlafen. Nur der alte Donduq rennt hin und her.« Er zwinkerte und wischte mit dem Schurz über sein Gesicht. »Zufrieden, schweigsamer Gast?«

»Wie immer, Meister Donduq-lal. Köstlich und fett. Sagst du mir, wer einen Krug Bier bei dir geholt und« – er deutete über die Schulter – »zum Häuschen gebracht hat?«

Der Wirt senkte das Kinn auf die Brust. Sein Haarknoten im Nacken hatte sich gelöst, das Haar ringelte sich schweißnaß.

»Zwei Krüge Wein hab' ich an deine Leute verkauft, Daduschu. Aber Bier? Den ganzen Tag nur in Bechern. Bis auf diesen Krug.«

Er zeigte auf die Tischplatte. Azhanya und Daduschu wechselten einen langen Blick. Daduschu blickte über das Hafenbecken, in dem sich die Sterne, der volle Mond und zwölf Dutzend Öllämpchen spiegelten. Im Heck der *Geliebten* brannte die Laterne. Ghorarti lehnte an seiner Schulter.

Daduschu leerte den Krug in die Becher, hielt ihn dem Wirt hin und sagte: »Fülle ihn bitte, König der Küche. Und verrechne dich nicht, wenn du meine Schulden aufschreibst.«

Sein Zeigefinger beschrieb zwei Kreise über den Näpfen, Bechern und Körben. Donduq-lal schnalzte mit den Fingern, gab den Krug der Magd und stand auf. »Bald gehört mir dein halbes Schiff, Daduschu.«

»Schon gut. Wenn du mir zeigst, wie du Gewürze gebrauchst, gehören dir bald Segel und Ruder.«

»Versprochen. Komm, wenn nichts zu tun ist. Zwei Stunden nach Mittag.«

»Wasserbaumeister. Gewürzmeister. Leinenkleidermeister. Hast du noch nicht genug gelernt, Usch?« Azhanya hob beide Arme. Daduschu ließ sich Zeit für eine Antwort und roch an der Blüte über Ghorartis Ohr.

»Vergiß nicht, daß ich nicht zum Biertrinken hier bin. Von Shindurruls und Hammurabis Siegelträger erwartet man, gerechterweise, in Babyla etwas mehr. Und wenn Moensh'tar gegen teures Gewürz teure Bronzewerkzeuge tauscht, ist es wohl im Sinn des Niedrigen und Hohen Rates.«

»Ich verneige mich vor deiner Tüchtigkeit.« Azhanya legte die Hand um den Dolchgriff. »Wollen wir gehen?«

Daduschu zog Ghorarti in die Höhe, nahm den Krug und ging voraus. Azhanya folgte in drei Schritten Abstand und wartete, bis Daduschu weitere Lämpchen angezündet und aus der Wäsche ein Bündel gemacht hatte. Er sah in Daduschus Augen, hüstelte und blickte auf den anderen Krug, wartete, bis Daduschu nickte.

»Wahrscheinlich wäscht meine Schwester besser als du, Ghorarti. Ich wünsche eine unruhige Nacht.«

Ghorarti führte die Fingerspitzen vor ihrem Kinn zusammen und verbeugte sich. Spott funkelte aus ihren Augen.

»Der Geliebte von heute ist die Last von morgen«, sagte sie leise. Ihre Zähne blitzten. »Schlaf gut, Freund.«

Daduschu kam zurück, goß eine Schüssel halb voll Bier aus dem ersten Krug. Schweigend sah Ghorarti zu. Er leerte den Rest in das größere Loch im Baderaum, goß Wasser hinterher und trug die Schüssel, eine Lampe in der Linken, zum Dach. Er stellte sie in eine Ecke, in der er Federn und Taubenkot sah, und löschte den Docht.

»Heute brauche ich deine Zärtlichkeit, Schwester des Abendsterns«, sagte er leise und nahm sie in die Arme. »Denn ich ahne... ich weiß, was ich morgen dort oben finde.«

Ihre Blicke versengten sein Gesicht, die Hände lagen auf seinen Schultern. Sie nahm das Siegel von seinem Hals und flüsterte: »Deswegen also warst du so still, die ganze Zeit.«

»Ja. Ich dachte nicht, daß Feindschaft weiter reicht als über den Ozean und stromauf bis hierher.«

Ghorarti streifte ihr Schultertuch, den Schmuck und den knöchellangen Rock ab und zog Daduschu zum Lager.

»Keine Feindschaft zwischen uns. Es ist ein Licht zuviel. Bring Bier und küß mich endlich.«

Daduschu bückte sich und löste die Knoten der Sandalenriemen. Der angekohlte Docht summte, als die Flamme im heißen Öl ertrank.

Ein Windstoß wirbelte im Zwielicht des Morgens Regentropfen durch die Dachöffnung. Daduschu zog sich am Querholz hoch, stemmte seinen Oberkörper über die Dachkante und zählte sieben Taubenkadaver. Er schloß einige Atemzüge lang die Augen; in seinen Ohren rauschte es, sein Herz hämmerte hart und schnell. Er leerte die Schale, die der Regen gefüllt hatte. Die Wolken hingen tief, ein heftiger Wind, fast ein Sturm, fegte von Westen her.

Daduschu schwieg. Das Wasser lief aus seinem Haar über die Augen, und das Bild der toten Vögel verschwamm. Er tastete sich bis zum Tischchen und trank, den Krug in beiden Händen, den Rest des Bieres. Daduschu trocknete sich flüchtig mit einem Tuch ab, das nach Ghorarti roch, hängte das Siegel um den Hals und zog das lederne Wams über die Schultern.

Im Heck der *Zwielicht* hockten Sinischmeani und Kimmu unter dem Segel, das wie ein Zelt zwischen Rah und Heckbank gespannt war. Der Regen rann an den Kanten herunter. Daduschu sah sich um: das Deck der *Geliebten* war leer. Er schlüpfte unter das Segel und grüßte.

»Ehe ich zu Sadir Puabi gehe, Sinischmeani, muß ich mit dir sprechen. Ich brauche deinen Rat. Oder den Rat Gimilmarduks.«

Der Steuermann nickte. Kimmu stocherte im Gluthäufchen und streute Kräuter ins Wasser. »Hast du schlecht geschlafen, Sibaru?«

»Nein. Kimmu, bitte, sag's nicht den anderen. Gestern abend hat jemand in mein Zimmer Blumen und einen Krug Bier gebracht. Der Wirt drüben hat kein Bier verkauft, und auch Azhanyas Familie weiß nichts. Ich hab' Bier in einer Schale aufs Dach gestellt. Heute waren sieben Tauben, die das Bier getrunken haben, tot. Was können wir tun?«

»Jemand wollte dich also vergiften.«

»In Moensh'tar, weit weg von Babyla. Du und ich, wir wissen, wer es war oder wer dafür gesorgt hat.« Daduschu hörte Geschrei und Geräusche und sah sich um. Die Arap-Schiffe wurden zum Hafenausgang gerudert; der Wind trieb sie aus dem Kurs, und die Ruderer arbeiteten wie wild. »Ich glaube, ich habe schon zu viel Glück gehabt. Zwar geht nachts Azhanya mit gezogenem Dolch hinter mir her, aber beim nächstenmal erreicht Sinbelaplim vielleicht, was er sich vorgenommen hat.«

»Keiner hat's gesehen«, sagte der Steuermann. »Es gibt keinen Beweis. Wir können Sinbelaplim nicht zwingen, uns zu sagen, warum er Usch so haßt. Oder weißt du, Kimmu, wie wir ihn zwingen können?«

»Vielleicht, wenn er betrunken ist...« Kimmu schöpfte Kräutersud in die Becher. »Jarimadad ist mein Zeuge. Qamuk und Tatarrud haben es mir gesagt: er hat seit Babyla nur dünnes Bier getrunken. Seine Galle kocht, er lacht niemals. Sollen wir ihn an den Mast binden und mit glühendem Dolch...?«

Der Steuermann winkte ab. »Unsinn. Ich spreche mit den Kapitänen, Daduschu. Bleib weiter mißtrauisch. Kimmu – werden Hashmar und die anderen Usch helfen?«

»Seit dem Ablegen in Dilmun passen wir ohnehin alle auf.«

Die Arap-Schiffe hatten den Hafen verlassen, haarscharf an den geschälten Baumstämmen der Poller vorbei, drehten sich in die Gegenströmung, und die großen Segel entfalteten sich mit dumpfem Knallen. Der Wind schob die Schiffe stromauf, mit einer Geschwindigkeit, die Daduschu überraschte. Sinischmeani legte seine Pranken auf die Oberschenkel und lehnte sich zurück. Sein Blick ruhte auf Daduschu, der den zweiten Becher leerte.

»Wo bist du heute?«

»Bei Sadir Puabi, nach Mittag beim Wirt, dann kaufe ich Geschenke für Azhanyas Familie, esse bei Donduq-lal und bin bis zum Morgen in Puabis Häuschen. Morgen hab ich Schiffswache.«

»Wenn es eure Gutmütigkeit nicht überfordert«, sagte Sinischmeani traurig, »bleibt in seiner Nähe. Auch wenn Sinbelaplim es sieht. *Shaduq?*«

Kimmu verbeugte sich. »Bei Marduks Zorn.«

Der Wind riß am geteilten Segel und überschüttete die Männer mit einem Tropfenhagel. Daduschu stand auf und sah in Sinischmeanis verschlossenes Gesicht. Kimmu schaute ihn aufmunternd an.

»Ich danke euch, Freunde«, sagte Daduschu. »Und noch haben wir die zweite Hälfte der Fahrt vor uns.«

Sadir wartete, bis Daduschu das Täfelchen glattgestrichen hatte. Der Regen plätscherte; alle Geräusche von draußen waren gedämpft. Der Kaufmann stützte das Kinn auf den Handballen und kratzte sich an der Warze unter dem rechten Auge.

»Erdpech.« Er begann mit ruhiger Stimme aufzuzählen. »Von Meluchha Salz und harte Steine. Wolle aus Babyla, auch teuren Schmuck. Kupfer, Zinn oder Bronze. Und Hacken, Sicheln, Messer aus Bronze, so viele wie möglich. Dilmun-Perlen. Edelsteine wie immer; Trockenfisch aus dem Meer, aber nur wenig und vom Besten. Datteln in Honig. Ebenholz, gleiche Menge wie diesmal. Und wieder glasierte Kacheln mit schönen Bildern, Salben, Balsam, Schminkzeug, in handgroßen Glasgefäßen. Das ist alles, was wir brauchen, Daduschu.«

Daduschu legte den Griffel neben die Kante der Tontafel. Er brauchte ebensowenig nachzudenken wie der Kaufherr.

»Elfenbein, Edelsteine, Gold in Körnern und geschmolzen. Verschiedenes Holz für Babyla, Magan und Dilmun.« Daduschu wandte sich an Azhanya, der dem schnellen, nüchternen Gespräch schweigend folgte, ohne zu notieren. »Hast du an die Schale der Wasserbaumeister gedacht, Azhan?«

»Dort steht sie, Handelsfürst.« Er zeigte flüchtig auf einen Deckelkorb voller Stroh. »Wenn sie bricht, drehen eure Töpfer nach ihrem Muster eine ebenso gute Schale.«

Daduschu rieb sich die Hände. »Zahle ich von meinem Geld. Dich, Herr Sadir Puabi, bitte ich um einen Gefallen. Donduq-lal unterweist mich im richtigen Gebrauch verschiedener Gewürze. Von jedem Gewürz nehme ich einen Krug, ein oder zwei Sila, versiegelt nach Babyla mit. Es mag sein, daß wir den Wert der Ladung erhöhen können.«

»Shindurrul scheint den richtigen Mann gefunden zu haben.

Deine Gedanken sind kühn, Daduschu.« Puabi deutete auf Azhanya. »Schreib!«

»Schon geschrieben, Herr.«

Daduschu holte tief Luft. »Und nun, mein Vater, denke ich noch kühner. Daher bin ich unsicher. Ich brauche deinen Rat. Nenne mir den Preis für Leinenhemden. Mit schönen Borten, langen Ärmeln, mit Taschen an der Brust; beste Arbeit. Ein Stück, ein Dutzend, sechs und zwölf Dutzend. Mag sein, daß der Wert der Ladung abermals steigt.«

»Davon weiß Shindurrul nichts, nehme ich an?«

»Nein. Und ich fürchte seinen Zorn, wenn diese Traumgewänder nicht mit Gewinn zu verkaufen sind.«

»Also verrechnest du selbst?«

»Noch mehr. Ich wage nicht, König Hammurabis Siegel zu benutzen. Ich gebe dir mein eigenes Silber. Mach einen milden Preis, Herr.«

»Sprich mit Ratsmitglied Hap-minjat. Azhanya führt dich zu ihm.«

Daduschu hob die Hand. »Unnötig, ich kenn' den Hof der emsigen Näherinnen. Um mit dem Alltäglichen zu Ende zu kommen: geschnitzte Elfenbeindöschen, auf die Zara Shurri in Dilmun ganz wild ist; viele, alle Größen.«

Sadir Puabi stand auf, ging zweimal auf und ab und verschwand im Inneren des Hauses. Azhanyas Griffel klapperte auf dem Tisch. »O Daduschu. Alles, was du siehst, tastest du ab wie ein Blinder: ich lerne von dir.«

»Bring mich nicht schon wieder in Verlegenheit. Ich will nicht mit leeren Händen zurückkommen. Wenn ich überhaupt lebend in Meluchha lande. Heute nacht«, flüsterte er, »hat man mich vergiften wollen. Und Ghorarti, als unschuldiges Opfer, auch.«

Azhanya erbleichte, beugte sich vor und wollte etwas erwidern. Als Puabi und Siqadri den Raum betraten, schwieg er. Das Mädchen stellte drei Tonzylinder auf den Tisch, setzte Kelche, die in einen Spitzknopf ausliefen, in die Öffnungen und goß aus einem Henkelkrug Wein in die weißen Gefäße.

»Wenn du noch eine Weile bleibst, Daduschu« – sie hoben die dünnen Becher –, »sehen wir noch viele grüne Triebe unseres Reichtums sprießen.«

Der Wein war kühl, mit wenig Wasser gemischt und schien die Klarheit der Gedanken zu fördern. Daduschu nahm einen zweiten Schluck und sagte: »Ich bleibe noch eine ganze Weile, o Sadir Puabi.«

Der Händler öffnete die Faust und ließ einige bräunliche Körner auf die Tischplatte fallen. Sie sahen unscheinbar aus wie dünne Getreidekörner. Ein Teil der grasartigen Samen war von Spelzen und Hülsen befreit; ein feines Häutchen umgab ein weißes Korn.

»Ein reisender Händler brachte es in ein Dorf im Süden. Kinthara sprach mit ihm. Irgendwo auf der Welt wächst dieser Cauj in schlammiger Erde. Wie du weißt, ist Donduq-lal ein erfahrener Koch. Er versuchte, etwas Leckeres daraus zu braten oder zu sieden. Sprich mit ihm; vielleicht wird's eine neue Handelsware. Ich meine, der Rat soll dir ein Krügelchen davon mitgeben. Versiegelt; es muß trocken gehalten werden.«

»Einverstanden.« Daduschu drehte sein Siegel in den Fingern. »Bestimmst du die Mengen dessen, was wir mitnehmen? Wenigstens hat Meister Shindurrul es so gesagt.«

»Der Hohe Rat will, daß mehr Werkzeuge, mehr Bronze geliefert werden. Durch einen Zufall kamen wir an etliche Barren Zinn und Blei. Die Ladung ist diesmal größer – und viel wertvoller.«

Daduschu grinste: »Ich bitte Kapitän Gimilmarduk, Riffe und Klippen zu meiden.«

Sie leerten die Kelche. Der Wein verbesserte Daduschus Stimmung; allerlei leichtsinnige Gedanken schossen durch seinen Kopf. Ehe er in Versuchung kam, einen Teil davon auszusprechen, sagte Sadir Puabi:

»Der Regen hat aufgehört.« Er deutete mit offener Hand auf Daduschu. »Er wird wohl einen vollen Tag haben. Was mich angeht, so könnt ihr den Rest der Zeit im heiteren Erkennen weiterer Beziehungen verschwenden; solcher zwischen Menschen und solcher des möglichen Handels.«

Daduschu stand auf und verbeugte sich tief. Er strahlte Puabi an. »Es ist eine Freude, am Intu zu sein und in deinem Haus.« Er lachte glucksend. »Ich bin ein wenig trunken. Aber vielleicht vermehrt es meine angeblich klugen Gedanken. Es war, mein Vater, ein langer Tag.« Er hielt sich am Tisch fest, als er sich zu Azhanya herumdrehte, und er war sich bewußt, daß er noch nichts gegessen hatte. »Kommst du, Azhan? Zum Wirt. Einen Mundvoll Mus von Moensh'tar.«

Azhanya faßte ihn kraftvoll am Oberarm. Er schob ihn zum Ausgang und grinste Puabi an. »Besser eine maßvolle Menge davon.«

Daduschu stolperte ein paarmal, aber die frische Luft der Oberen Stadt hatte seinen Kopf geklärt, bevor sie das untere Ende der Rampe erreichten.

Die Stunden schienen einander zu jagen. Azhanya sah schweigend zu, wie Daduschu unter der kalten Feuerstelle einen Ziegel mit der Dolchspitze heraushob und aus dem Hohlraum einen länglichen Beutel zog. Er leerte ihn auf das zerknitterte Laken. »Womit kann ich bei euch am besten bezahlen?« Azhanya suchte eine Handvoll Kupfer- und Silberplättchen heraus. Sorgfältig verstaute Daduschu Shindurruls Reisekasse wieder.

»Wenn ich Erfolg habe, bin ich kein armer Seemann mehr. Wenn nicht, wird der Ärger nicht kleiner.« Er betrachtete sein Beil und zuckte mit den Schultern. »Und, bei Marduk, ich wette, ich werde erfolgreich sein. Los, plündern wir die Untere Stadt.«

Die Gassen waren jetzt noch halbwegs verlassen; ohne das übliche Stoßen, Schieben und Gedränge der fünfundzwanzigtausend Bewohner erledigten sie alle Vorhaben: einige leckere Bissen bei Donduq-lal, der die Wirkung verschiedener Gewürze vorführte, die Besuche beim Edelsteinschleifer, in Hap-minjats Leinennäherei, bei Perlenknüpfern, Elfenbeinschnitzern und zuletzt beim Töpfer. Daduschu feilschte auf dem kleinen Markt außerhalb der nördlichen Mauern um einen Gazellenschlegel, der in saurer Milch gelegen hatte, und um einen Krug Wein. Kopfschüttelnd hob Azhanya den Krug auf die Schulter.

»Du bist viel zu großzügig, mein Freund.«

»Nur heute.« Daduschu hielt das Fleisch mit ausgestrecktem Arm. Verkäste Milch und Fleischsaft tropften aufs Pflaster. »Darf ich Ghorarti zu euch einladen? Soll ich deinen Vater bitten?«

»Brauchst du nicht. Mutter, Felbhala und Ghorarti haben oft zusammen gearbeitet, bei den Herden, bei der Wollblütenernte. Sag's Mutter. Sie schickt Felbhala.«

»Gut. Wo sind wir eigentlich?«

Unzählige kleine Häuser und die engen Gassen, winzige Plätze, ein paar Bäume und Bänke neben ummauerten Brunnen schufen eine Enge, die schlimmer war als in Babyla. Azhanya führte Daduschu im Zickzack an Mauern, Stufen und schmalen Eingängen vorbei; ohne ihn hätte er sich verirrt. Mutter Pushili schlug die Hände zusammen und küßte Daduschu schmatzend auf die Stirn.

»Wein, das viele Fleisch, frische Brotfladen, Butter – hast du Gold gefunden, Usch?«

»In meinem Gürtelversteck. Wo ist Felbhala?«

Azhanya brachte dünnes Bier. Daduschu äußerte seine Bitte, und als das Mädchen kam, hielt er die beiden Armbänder aus Perlen, Lapislazuli, Knochenröhrchen, Elfenbeinkugeln, Jaspis und Blutstein in die Höhe.

»Für mich?« Felbhala kicherte und schlug die Hände vor den Mund. »Sie sind so schön, Daduschu.«

»Für dich, Felba. Wie du sie tragen sollst: weiße Lebensfreude, grüne Jungfräulichkeit, ein wenig rotes Liebesfeuer, blaues Wasser der Dauerhaftigkeit.«

»Hier.« Sie hielt ihm die Hände entgegen. »Leg sie mir selbst um.«

»Und Wein für Vater, Fleisch und Brot für uns alle, und für dich, Azhan, finde ich auch noch ein kleines Geschenk.«

»Laß dir Zeit.« Azhanya hatte leise mit Pushili gesprochen. Er nahm Felbhala bei den Schultern und drehte sie herum. Sie hörte auf, die Handgelenke zu drehen und zu schwenken. Aus den Perlen schimmerten die frischen Farben. »Lauf zu Ghorarti. Sie ist eingeladen. Mutter – wann?«

Pushili hob die Schultern. Sie hatte Öl in einen glänzenden Kupferkessel geschüttet und rückte ihn über die Glut. »Eine Stunde. Oder eineinhalb. Früher bin ich nicht fertig. Und dann hilfst du mir, Tochter.«

Felbhala stieß im Hauseingang mit Hirmagan zusammen. Er schob sie mit ausgestreckten Fingern zur Seite und lachte, als er Daduschu sah. »Immer dann, wenn wir von Kopf bis Fuß voll Lehm sind, hört der verdammte Regen auf. Bin gleich bei euch, Usch.«

Er prustete plätschernd im Baderaum; noch brauchten die Öllampen nicht angezündet zu werden.

Felbhala breitete ein weißes Tuch über den Tisch und sagte: »Sie freut sich und kommt, wahrscheinlich viel zu früh.«

Daduschu spürte Azhanyas Blick. Ihm schien, als ob sein Freund ihn prüfend ansähe; oder vielleicht ein wenig neidisch.

Zwei Stunden vor Mitternacht folgte Azhanya Daduschu und Ghorarti bis zur Schwelle des Häuschens, die Hand am Dolchgriff.

20. Kinthara

Vom Ufer des Großen Überfluters, mit südlichem Wind, war Nebel aufgezogen und begann die Untere Stadt einzuhüllen. Über der milchigen Bodenschicht stand die rötliche Sonne im fahlblauen und wolkenlosen Himmel. Zwischen den Rampen zur Oberen Stadt und der Front der Lagerhäuser und Schänken bewegten sich nur Daduschu und Ghorarti. Regenwasser hatte, zusammen mit der Strömung des Intu, das Hafenbecken sauber gespült; das Wasser war eine Handbreit gefallen. Daduschu zog Ghorarti an sich und zeigte auf Talqam, der fröstelnd im Heck stand und das Paar anschielte.

»Ich löse ihn ab. Bis morgen. Besuchst du mich abends mit Bier und Fladenbrot, Schwarzäugige?«

Sie gähnte und lehnte sich schwer an ihn. Ihr Zeigefinger strich zärtlich über seinen Nasenrücken. »Vielleicht. Wir müssen doppelt fleißig sein, weil die Babyla-Schiffe so viele Dinge aus Elfenbein mitnehmen.«

»Niemand entgeht der Schufterei, Ghora. Ich werd' den Bauch des Schiffes putzen und alles umstapeln. Aber ich schwitze lieber in deinen Armen.«

Sie tätschelte seine Wange, küßte ihn flüchtig und ging. Noch vor dem Ende des Hafenbeckens hatte der Nebel sie verschluckt. Talqam stützte sich auf die Bordwand und murmelte:

»Wie machst du das bloß, Sperling? Immer die schönsten Weiber.«

»Keine Ahnung.« Daduschu schwang sich an Bord. »Wahrscheinlich, weil ich die Häßlichen nicht ansehe. Kein Feuer, keinen Morgentrunk?«

Der Ruderer gähnte wieder, schüttelte den Kopf und sagte mürrisch: »Feuer, ja – unten.« Er zeigte zum Mast. »Trunk?

Nein. Keine Lust. Ich geh jetzt zu meiner Häßlichen und schlaf ein paar Stunden.«

Talqam gähnte wieder und schlich über die Planke. Daduschu holte Wasser vom Brunnen, schichtete Holzkohlestückchen unter den Kessel und blies in die Glut. Während sich das Wasser erhitzte, löste er die Stifte und Schnüre und stemmte die Decksplatten in die Höhe. Helligkeit kroch in den feuchten Laderaum und zeigte das Ausmaß seiner Arbeit. Er kletterte hinunter und fing im Bug an, Ballaststeine umzuschichten und Ordnung zu machen. Gegen Mittag, als die Sonnenhitze Teile der Planken getrocknet hatte, schwankte das Schiff. Daduschu richtete sich auf und spähte schweißüberströmt an Deck.

»Ich bin's.« Gimilmarduk betrachtete zufrieden das Ergebnis von Daduschus Schufterei. »Wenigstens einer arbeitet. Du hast also die Nacht überlebt, Usch?«

Daduschu nickte. Sie setzten sich auf die Kante des Achterdecks. Der Kapitän ließ sich Wein in den kalten Sud schütten, rührte mit dem Finger um und leckte ihn ab.

»Wir haben gesprochen: Jarimadad, ich und Sinischmeani. Ich war bei Sadir Puabi, er ging zu einem Suqqalmach, der Leshaqqat heißt und ebenso dick wie hilfreich ist. Er hörte sich um und schickte Boten. Du wirst übermorgen Kinthara begleiten, ohne daß es jemand weiß. *Shaduq?* Auch deine Intu-Braut braucht es nicht zu wissen. Es geht nach Südost. Sinbelaplim kann suchen, bis er fault. Ungefähr einen Mond lang.«

Daduschu hatte in steigender Verwunderung zugehört. Zum erstenmal hörte er von Kinthara mehr als nur Gerüchte. »Ich soll zu Kinthara? Ich kenn' eigentlich nur ihren Namen.«

»Laß das Silber und Gold bei mir. Nimm mit, was du brauchst. Übermorgen bringt dich Azhanya zum Aufseher einer Gespannkarawane. Sie holen Abgaben der Intu-Leute für die Stadt und bringen Werkzeuge mit. Und dabei siehst du noch etwas von der ›Neumark‹, wie sie's nennen. Am Umschlagplatz wirst du Kinthara Hammurabis Siegel zeigen. Bei ihr bist du sicher.«

Daduschu senkte den Kopf. »Kennst du sie, Kapitän?«

»Nein, aber ich hab' viel von ihr gehört. Kinthara ist Mitglied des Rates. Wir glauben, daß wir so bis zur Abfahrt für deine Sicherheit sorgen können. Azhanya holt dich. Lange Reise, sage ich.« Der Kapitän drehte eine Ecke des Segels in beiden Händen und wrang Regenwasser heraus. »Einverstanden, Usch?«

Daduschu nickte langsam und sah zu, wie die Mauern der Oberen Stadt aus dem Nebel auftauchten. »Ja. Das ist gut so. Ich lerne die Dörfer ringsum kennen.«

Gimilmarduk blickte in den Laderaum. Die Sonne leuchtete ihn bis zum Heck aus. Daduschu hatte die Wasserkrüge losgebunden und zur Seite gekippt. Der Kapitän trat auf die Planke und sprang an Land.

»Ich schicke Kimmu oder Washur. Du wirst auf der *Zwielicht* schlafen?«

»Kimmu soll die Decke und den Mantel mitbringen«, rief Daduschu. »Und meine Axt.«

Gimilmarduk hob die Hand und stieg langsam die Rampe hinauf. Daduschu kletterte in den Laderaum und stemmte den ersten Wasserkrug mühsam an Deck.

Die Luft zwischen den Mauern und Rampen war feucht und heiß. In der Windstille über dem Hafen schienen alle Ölflammen eine Elle lang und spitz wie eine Nadel; unbeweglich strahlten sie und verdoppelten sich im schwarzen Spiegel des Wassers, ebenso wie die Sterne und der Mond. Aus Daduschus Achselhöhlen lief der Schweiß. Der Geruch des Wachses, mit dem er das Rohrgeflecht der Sitzlehnen eingelassen und gebürstet hatte, hing stechend über dem Achterdeck. Auf Ghorartis ovalem Gesicht spielte das Licht der Hecklaterne. Vor den Mauern und auf den Rampen bewegten sich Hunderte schwätzender und lachender Spaziergänger; jedes Wort der Frauen an den Brunnen hallte von den Ziegelwällen wider.

»Wenn du mich übermorgen nicht am Schiff, bei Hirmagan oder im Häuschen triffst, erschrick nicht«, sagte Daduschu.

»Mein Kapitän schickt mich für ein paar Tage intuaufwärts, in den Wald.«

»Ich erschrecke nicht.« Ihre Finger schlossen sich hart um sein Handgelenk. »Überrascht es dich, wenn ich sage: ich schlafe gern neben dir, aber nicht schlechter, wenn ich allein bin?«

Der Schweiß hatte die helle Schminke ihrer Lider verwischt. Viele Flämmchen zuckten in Ghorartis Augen. Das Haar, in Zöpfe geflochten, lag straff am Kopf an und in halbrunden Schnecken über den Ohren. Dadusch streichelte ihre Finger.

»Es überrascht mich nicht, meine Schönste. Wenn mich etwas überrascht und, mitunter, hilflos macht, dann ist es der Haß unseres zweiten Steuermanns. Du weißt davon?«

»Azhanya sprach mit mir. Gerüchte sind schnell wie der Blitz.«

»Auch in Babyla.« Er wollte eine Frage stellen, besann sich aber. »Ich kann nichts dafür. Es ist so. In meiner Nähe bist auch du in Gefahr. Überdies nehme ich meine Pflichten ernst. Unser König gab mir sein Siegel; ich soll alles ansehen, vieles auswendig lernen und einiges schreiben.«

Ghorarti nickte und löste ihren Griff. Sie lehnte sich ins knarrende Geflecht und zog einen Fuß unter sich. »Ich weiß, daß du ein wichtiger Mann bist, Usch.«

»Noch lange nicht. Ich bin in einer Palastschule und zwischen Kanälen aufgewachsen, Ghora. Wenn ich überlebe, in zehn Jahren vielleicht, bin ich ein geachteter Kaufmann wie Shindurrul.«

»Gibt es Fragen, auf die du nichts antworten kannst?«

»Viele. Du hast noch keine davon gestellt.«

Sie schwieg; ihre Blicke glitten über sein Gesicht, über die Menschen am Hafenbecken, über die vielen Lichter. Schweigend starrte sie in den Mond. In einer zögernden Bewegung streckte sie den Arm aus und griff nach dem Becher. Die Lider senkten sich halb über die Augen, in ihr Gesicht trat ein Ausdruck, der uraltes Wissen zu spiegeln schien. Leise sagte sie:

»Jede Frage wird einmal gestellt, Usch. Ich muß jetzt gehen. Viel Glück in den Wäldern.« Sie leerte den Becher und stand auf.

Der breite Halsschmuck, Daduschus Geschenk, klirrte auf der feuchten Haut. »Einige Fragen stelle ich, wenn dich Kinthara wieder zurückgebracht hat. Gute Träume, Bruder der Dämmerung.«

Sie lachte, ein leises, trauriges Lachen, glitt an ihm vorbei und war zwei Atemzüge später in der Menge verschwunden.

Daduschu, das Knarren der Planke im Ohr, starrte ihr nach. Sein Herz hämmerte, Kälte kroch seinen Rücken hinauf, und er fühlte, wie sich unter den Rippen ein harter Knoten bildete.

Immer wieder schob sich, wie eine Gestalt im Alptraum, Sinbelaplim in Daduschus Überlegungen. Er hatte lange darüber nachgedacht, warum der Steuermann ihn mit seinem Haß verfolgte. Nachdem Daduschu viele kleine Gedankensteinchen zu einem unfertigen Mosaik geordnet hatte, war seine Ahnung zur Gewißheit geworden: ebenso wie er war Sinbelaplim ein Stein auf dem Spielbrett. Vielleicht hatte er mit Sibit Nigalli einen Sohn gezeugt, vielleicht war Awelshammash, der bessere Rechner, der Sohn des Priesters Iturashdum. Für den Steuermann, den Enttäuschung über die Frau und die Wahl Daduschus krank vor Haß gemacht hatten, blieb Awelshammash sein Sohn. Es bedurfte nicht einmal eines Befehls aus dem Tempel, um den Haß auf Daduschu zu ziehen, dessen Vater Heerführer gewesen war und Freund des Herrschers.

Daduschu trug Hammurabis Siegel, war der Ziehsohn des reichen Kaufmannes, Tiriqan, Alalger und Ghorarti teilten sein Lager, und da er bereitwillig jede Arbeit auf sich nahm und fröhlich blieb, schien jedermann ihn zu mögen; im Gegensatz zu Awelshammash. Wäre Daduschu Sinbelaplims Sohn, würde er ihn mit väterlicher Liebe überhäufen. Sinbelaplims einfacher Trugschluß war wohl, daß Awelshammash an Daduschus Stelle trat, wenn ihm auf der langen Fahrt etwas zustieß. Schweigend schüttelte Daduschu den Kopf: obwohl er sich zwang, an Alalger zu denken und sein Herzklopfen fühlte, wollte die kalte Furcht vor Sinbelaplims Haß nicht vergehen.

Nach zwei Tagen und zwei Nächten, am vorläufigen Ende einer langsamen, aber stetigen Fahrt über Wege, die diesen Namen nicht verdienten, durch flache und tiefe Furten, in Schlangenlinien an endlosen Feldern, an Hütten, Kanälen, Häusern, Weilern, Dörfern, Äckern, Feldern und Weiden vorbei, durch Wälder, in denen Tiere zwitscherten, winselten, schrien und brüllten, auf schlammigen Pfaden, die sich meist nach Südost wanden, stets den Gestank dreckiger Ochsen in der Nase und die mühevolle Unterhaltung mit Yodha Rishad, dem Vorsteher über drei Dutzend Gespanne, in den Ohren, erreichten sie eine kreisrunde Fläche. Sie lag, von einer grünen Mauer aus Wald, Lianen und Buschwerk umgeben, auf einer Anhöhe, etwa zwei Hohe Rohre über dem Wasserspiegel des Intu. Yodha zog am Zügel, rülpste laut und deutete mit dem Rohr geradeaus.

»Wir sind da, Fremder. Du redest besser, als du zuhörst. Jetzt kannst du Kinthara und ihre hochnäsigen Reiter mit deiner Fragerei belästigen.«

Daduschu träumte von einem Bad und langem Schlaf. Er griff an seine wunde Hinterbacke und sagte: »Fürst der Zugtiere. Ich konnte nicht wissen, daß ich dich langweile. Dank für die unvergeßliche Reise, auf der meine langen Fragen und deine kurzen Antworten nicht das Schlimmste waren, wie ich hoffe.«

»Das Leben bleibt hart. Zieh in Frieden.«

Ächzend kletterte Daduschu über die Deichsel auf den Boden. Der Sand war von unzähligen Spuren durchwühlt. In einer Ausbuchtung der Lichtung sah Daduschu kleine Hütten, Stoffdächer und Flechtwerkwände. Er hob sein Bündel aus dem Wagenkasten und ging auf eine Gruppe schlanker Männer zu, die schweigend an einem Feuer standen und saßen. Yodhas Gespanne knarrten in den Schatten, stellten sich ordentlich auf, und die Männer schirrten die Zugtiere aus. Zwischen einigen Baumstämmen sah Daduschu große, bräunlichgraue Schemen. Der Rauch wirbelte und machte das Bild undeutlich. Vier Männer kamen aus dem Wald und trugen Wasserkessel an federnden Tragestangen zum Feuer. Daduschu näherte sich einem hochgewachsenen

Mann in mittleren Jahren, nahm sein Bündel von der Schulter und sagte:

»Mich schickt Sadir Puabi. Ich soll mit Kinthara umherziehen...«

Eine schroffe Armbewegung schnitt seine Rede ab. Der Mann deutete auf eine schräge Wand aus hellem Stoff.

»Sprich mit Kinthara.« Er steckte zwei Finger zwischen die Lippen, pfiff und winkte Yodha Rishad. »Bist du der Babyla-Schiffer?«

Daduschu nickte und stapfte durch den Sand. Der Vorhang teilte sich, eine auffallend große Frau betrachtete ihn aus hellbraunen Augen. Auch ihre Haut war heller als die der meisten Intu-Leute. Daduschu verbeugte sich und fragte:

»Bist du Kinthara?« Sie nickte und stemmte die Hände in die schmalen Hüften. »Einen Mond lang sollst du, sagt der Hohe Rat Moensh'tars, mir das Land zeigen. Ich bin Daduschu aus Babyla, Gehilfe eines großen Kaufmannes.«

Schweigend sahen sie einander an. Kinthara, etwa drei Jahre älter als Daduschu, trug wenig Schmuck, nur goldene Ketten um Hals und Handgelenke, ein langärmliges Wams aus Leinen und Leder, einen breiten Gürtel aus Krokodilpanzerleder und darunter seltsame Beinkleider aus spiralig gewickelten und zusammengenähten Bändern. Die kniehohen Stiefel aus dem Leder von Buckelrindern oder Wasserbüffeln zeigten nicht einen Schmutzspritzer.

»Es ist gut«, sagte Kinthara. Ihre Stimme, rauchig und tief, war ebenso befehlsgewohnt wie die Gimilmarduks. Sie lächelte ihm zu, knapp und, wie ihm schien, ein wenig geringschätzig. »Es wird einen Mond lang dauern, die Abgaben einzusammeln und nach Moensh'tar zu bringen. Du sprichst unsere Sprache wie ich oder Puabi. Warum trägst du zwei Siegel?«

Daduschu zwang sich zu einem Lächeln. »Das Siegel unseres Herrschers und mein Siegel. Eure Sprache schreibe ich auch. Ich bemühe mich, schnell zu lernen. Bin ich dir eine Last, Königin der wilden Wälder?«

Sie schlug nach einer Mücke auf ihrem Unterarm; eine blitzschnelle, zielsichere Bewegung. Sie sagte in gleichgültigem Ton: »Man wird sehen, Fremder. Ich zeige dir meine Wälder, und du verschönst die Abende am Feuer mit Erzählungen, die jeder gern hört und keiner recht glauben kann. Vom wundersamen Babyla und dem Großen Ozean.«

»So oder ähnlich wollen wir es halten.« Er drehte den Kopf. Die Gespannführer warfen Heu und Stroh von den Karren und schütteten Wasser in Tröge aus Stangen, Brettern und Leder. »Sollten wir nicht zuerst die Wagen beladen?«

»Nach dem Essen fangen wir damit an. Bei Sonnenaufgang verlassen wir den Umladeplatz.«

Sie deutete zum Feuer und ging an seiner rechten Seite auf ihre Begleiter zu. Daduschu zählte achtzehn Männer, ausnahmslos mit kleinen und großen Dolchen in verzierten Lederscheiden, mit Bogen und vollen Köchern. Sie behandelten ihn kühl, aber nicht unfreundlich. Als Kinthara ihnen erklärte, welche Aufgabe er hatte, lachten einige schadenfroh. Daduschu setzte sich auf sein Bündel, wartete auf einen Becher Kräutersud und sah zu, wie einer von Kintharas Begleitern eine Honigwabe zerschnitt.

Die fadenziehenden Tropfen leuchteten golden im Sonnenlicht, bevor sie in den dampfenden Sud fielen.

Die schwarzen Wasserbüffel suhlten sich am Rand der Lichtung und fraßen Blätter von den Büschen. Korn, Hirse, getrocknete Pilze, Nüsse und Beeren, in Körben, Säcken und Krügen, wurden auf die Karren geladen, gestapelt und mit Seilen festgezurrt. Gegen Mittag jagte ein heftiger Regenschauer die Männer in den Schutz überhängender Äste. Erst am frühen Abend rumpelte das letzte Gespann durch den nassen Lehm, vorbei an mannshohen Wänden aus blühenden Gräsern. Ul-arghilad winkte Daduschu.

»Männer, die den salzigen Ozean bezwingen, sind mutig.« Er grinste breit. »Willst du's beweisen?«

Daduschu runzelte die Stirn und zuckte mit den Schultern. »Was muß ich tun? Mit dir kämpfen?«

»Nein. Komm. Es geht zum Fluß.«

Ul-arghilad war eine Art Unterführer. Er hatte den Männern Befehle gegeben, während Kinthara unter dem Sonnensegel saß und auf dünnes, weißes Leder schrieb. Er zog Daduschu in die entgegengesetzte Richtung; Daduschu ahnte, was ihm bevorstand. Die sieben Elefanten hatte er nur aus dreißig Schritt Entfernung und halb hinter Büschen versteckt gesehen. Wieder pfiff der Anführer. Sechs Männer schoben Hakenstöcke aus Hartholz, mit Knochenspitzen, in die Gürtel und folgten ihm.

»Du sollst auf Gul reiten. Neben Kinthara. Das ist Gul.«

»Ich... Marduk! Ich glaube, ich bin nicht mutig.«

Der größte Elefant, ein Bulle, hob den Rüssel und machte einige Schritte auf Ul-arghilad zu. Das Tier, mehr als eineinhalbmal so groß wie Daduschu, schien mit dem fingerartigen Fortsatz am Rüsselende auf Daduschu zu zeigen. Aus dem Rüsselloch pfiff schrill die Luft, das Tier drehte den Kopf, musterte Daduschu lange aus dem rechten, dann aus dem linken Auge, zwinkerte langsam und schnupperte an seinem Körper, von den Zehen bis zur Stirn und wieder zurück. Daduschu unterdrückte das Zittern der Knie und der Finger. Der Anführer legte eine Hand auf Daduschus Schulter, mit der anderen griff er nach dem Ende des Rüssels. Die Enden der Stoßzähne, scharf wie Dolche, waren nur eine Handbreit von Ul-arghilad entfernt, der leise zu dem Tier sprach. Daduschu verstand kein Wort.

»Du bist fremd. Er muß dich kennenlernen. Gul! *Derder*!«

Der Rüssel senkte sich, das tastende Ende legte sich flach auf den Boden. Der Anführer packte Daduschu, schob ihn vorwärts und führte seinen Arm um den Rüssel. Breite Ringe aus schwarzer Farbe und glänzender Bronze umfaßten die Stoßzähne. »*Derder!*«

Die Elefantenaugen schienen verschwörerisch zu zwinkern, der Rüssel schwenkte in die Höhe, und irgendwie schaffte es Daduschu, sich hinter dem Kopf auf den faltigen Hals zu setzen. Ul-arghilad setzte sich vor ihn, klopfte mit dem Hakenstock auf den steil gewölbten Schädel und trat mit den Zehen hinter die Ohren. »*Malmal*, Gul!«

Der Elefantenbulle nickte und setzte einen Riesenfuß vor den anderen. Daduschu sah zu, wie die anderen Männer sich den Tieren näherten, ohne jede Scheu; die langen Rüssel krümmten sich wie Schlangen. Daduschu rutschte zwei Handbreit weiter nach hinten und beugte sich vor.

»Nur drei Elefanten haben Stoßzähne«, sagte er. Gul ging in einer Folge weicher Bewegungen geradeaus und blies kurze, schrille Schreie aus dem Rüssel. »Es sind die Bullen, ja?«

»*Malmal!* Genauso ist es. Ihr habt keine Elefanten?«

»Nein. Ich hab' nur das Bild gesehen. Auf einem Drucksiegel. Und eine kleine Figur.«

»Wir müssen die Elefanten waschen. Wenn du hilfst, lernen dich die Tiere kennen. Hast du noch immer Angst?«

»Ein bißchen.«

Die Kolosse stapften langsam, mit flappenden Ohren, über die Lichtung und entlang des lehmigen Karrenpfades zum Flußufer. Im mächtigen Körper Guls polterten und gluckten die Gedärme. Drei Bullen und vier Kühe tappten auf weichen Sohlen über das schräge Ufer, hoben die Rüssel wie Kormorane ihre Hälse und gingen fast lautlos, mit dauerndem Nicken der kantigen Schädel, aufs Wasser zu. Gul stieß ein auf- und abschwellendes Trompeten aus und blieb erst stehen, als das Wasser seinen Bauch erreicht hatte. Er tauchte den Rüssel ein, sog Wasser und spritzte es prasselnd und prustend in die Höhe. Die anderen Tiere tauchten unter, legten sich langsam auf die Seite und schabten ihre Flanken im Schlamm.

Daduschu schwankte, hielt sich an Ul-arghilads Schulter fest und rief, ehe er ins Wasser rutschte:

»Und jetzt? Wie geht's weiter?«

»Sieh zu, wie's die anderen machen.«

Mit Wasser und harten Lehmbrocken, die sich langsam auflösten, scheuerten die Männer die faltige Haut der Tiere, die sich im Lehm wälzten und sich selbst, die Reiter und die anderen Tiere gurgelnd und zischend mit Wasser bespritzten. Lederne Eimer tauchten ein und entleerten sich über die Elefanten; die Tiere gebärdeten sich übermütig, achteten aber darauf, die Reiter mit ihren Körpern und Rüsseln nicht zu gefährden. Daduschu bearbeitete die Flanken des Bullen, der wohlig grunzte, laut trompetete und sich Wasser ins Maul spritzte. Eine Stunde lang, bis fast zur Dämmerung, dauerte das Schlammbad. Die Reiter führten die Tiere flußaufwärts, in sauberes Wasser, und ritten durch Buschwerk und hohes Gras zurück zur Lichtung. Daduschu ließ sich von Guls Rüssel sanft absetzen und tätschelte die runzlige Haut unterhalb der Augen.

»Wenn Gul wütend ist, rammt er Bäume um, nicht wahr?«

Ul-arghilad richtete sich auf. Er und seine Männer hantierten mit Stangen, Seilbündeln und dreimal handbreiten Gurten, aus Seilen und Leder geflochten. Er warf einen langen Blick auf Gul, der mit den Stoßzähnen den Ast eines kleinen Baumes herumdrehte, abriß und die Blätter abfraß. »Wir fangen junge Tiere, wenn sie ihre Mutter nicht mehr brauchen. In einem Jahr sind sie zahm. Zwanzig Befehle kennen sie. Nicht einmal der Tiger wagt sie anzugreifen. Falls Nomaden unsere Bauern überfallen wollen, schrecken wir sie mit den Riesen ab: wir hüten uns, wir reizen sie nicht. Frag, bevor du an sie herangehst.«

»Ganz bestimmt.«

Auf dem Rückweg hatten die Männer Holz gesammelt. Während sie das Feuer vorbereiteten, Essen auspackten und die leeren Säcke aus Moensh'tar stapelten, rieb Daduschu Zedernöl auf seine Haut. Kinthara blieb neben Ul-arghilad stehen und deutete mit dem steinernen Kopf ihrer Keule auf Daduschu.

»Ist er geschickt? Haben ihn die Tiere angenommen?«

Flammen züngelten an den Ästen entlang, grauer Rauch breitete sich aus und zog zum Flußufer. Daduschu zerrte einen halb mannsgroßen Korb in die Nähe des Feuers und setzte sich. Wasser plätscherte in den Kessel am Dreifuß. Er hörte Ul-arghilads ruhige Antwort: »Gul mag ihn. Er stellt sich geschickt an. Ich glaube nicht, daß Puabi einen Trottel schickt.«

Daduschu sagte nichts, sondern starrte seine Zehen an. Im Feuer knackten die dürren Zweige. Mücken, so groß wie die Funken, wirbelten durch den Rauch. Bazhormash legte flache Steine in die Glut, ein anderer Mann rührte Fladenteig in einer Schüssel.

»Man wird sehen. Im Dorf der Pilzsammler wissen wir, wie es ihm im Wald gefällt.«

Das letzte Tageslicht schwand. Am Rand der Lichtung bewegten sich die Elefanten wie Schatten riesiger Dämonen. Zikaden lärmten in weitem Umkreis. Die Rinder wiederkäuten in den leeren Flächen des Grases, die sie abgeweidet und niedergetrampelt hatten. Im Wald, aus dem Schwärme von Stechmücken kamen, gellten die Laute unsichtbarer Tiere. Fledermäuse huschten vor den Sternen umher, lautlos segelten Nachtjäger zwischen den Ästen, und der dünne Teig zischte und brodelte auf den Steinen. Als sich Kinthara neben Daduschu setzte, hielt er ihr den kleinen Krug entgegen.

»Zedernöl, Herrin großer Tiere.« Seine Stimme ließ nicht erkennen, was er dachte. »Ohne Blutsaugermücken gefiele es mir in eurem Wald. In Babyla haben wir keine Elefanten und keine Wälder.«

»Ich stell mir's furchtbar vor, auf ein paar Stück Holz in der Mitte des nassen Nichts zu sitzen«, meinte Ul-arghilad. Daduschu hob die Hand und sagte:

»Es hat seinen Reiz. Große Fische« – er breitete beide Arme aus – »begleiten das Schiff. Vögel zwischen den Wolken. Die Planken heben und senken sich. Viel Wind und Sonne. Küsten, die niemand kennt, und Häfen, in denen man seltsame Menschen trifft...«

Zwei Stunden später stellten die Männer noch immer Fragen und glaubten seinen Antworten nicht. Ein Bierkrug ging von Hand zu Hand, auch Kinthara trank. Daduschu hatte seine Decke über dem Gras ausgebreitet und benutzte den Mantel als Kissen. In der Morgendämmerung berührte ihn Ul-arghilad an der Schulter.

»Komm. Wir laden auf. Du reitest mit Kinthara und mir auf Gul.«

Der Kupferkessel stand in der dunkelroten Glut. Die Reiter zogen die Knoten der Gurte um die Bäuche der Elefanten fest, an denen Traglasten und leere Körbe hingen, beluden die Ochsen und stemmten einen schmalen Doppelsitz auf Guls Rücken. Als Daduschu sein Bündel zusammenrollte, raschelte eine armlange schwarze Schlange davon. Sie hatte sich unter der Decke bei seinen Knien zusammengerollt gehabt. »*Derder!*« sagte Ul-arghilad scharf. Guls langer Rüssel hob Kinthara in den Sitz, und das gellende Trompeten war wie ein Signal. Der Anführer rammte seine Zehen hinter Guls Ohren, rief »Malmal!« und duckte sich unter einem moosbedeckten Ast. Die Elefanten folgten in einer weit auseinandergezogenen Reihe einem Pfad, der sich fast unsichtbar durch den tautriefenden Wald wand.

Daduschu erfuhr, daß die Tiere an einem Tag jene Strecke zurücklegen konnten, die ein Mann in zehn Stunden schnellen Gehens auf ebener Strecke schaffte. Aber die Ochsen trotteten langsamer, und an vielen Stellen war der Wald schwer zu durchdringen.

»Kennst du den Weg zu den Pilzsammlern?« fragte Daduschu. Der Sitz schwankte fast nicht. Es war ein gemütliches Reiten, wenn man sich oft genug unter den Ästen bückte. Ul-arghilad formte mit Daumen und Zeigefinger einen Ring und deutete in die Richtung der Sonne. Kinthara lächelte mit geschlossenen Augen und summte. Der Anführer murmelte:

»Es ist leicht. Am Nachmittag sind wir dort.«

Mitunter, wenn sie dem schlammigen Ufer eines toten Flußarms folgten, sahen sie Krokodile und Rotwildrudel, unzählige Wasservögel und viele Affen, die vor den Baumschlangen zu flüchten schienen. Gegen Mittag ging der Wald in Buschwerk über, die Sicht am Rand von Feldern auf niedriges Gesträuch und Nußpalmen wurde freier. An wenigen Stellen zeigten Rauchsäulen, daß Kintharas Karawane an kleinen Siedlungen vorbeikam.

Ul-arghilad schien wirklich jeden Pfad zu kennen. Jäger, Bauern und Fischer hatten auf die Elefanten und Ochsen gewartet. Die Familienältesten und die Dorfvorsteher brachten die Abgaben: Korn, Trockenfisch, gesalzenes Fleisch, Felle und ein wenig Gold, das sie im Flußsand gefunden hatten, Hirse, zwei Tigerfelle, Bündel von Affenschwänzen und schillernde Schlangenhäute.

Sie zeigten neu angelegte Felder, führten Kinthara in die Häuser und berichteten, daß sie seit fünf Monden oder länger keinen Fremden gesehen hatten; das Land war ruhig, der Rat brauchte keine Bewaffneten zu schicken.

Im Lauf der langsamen Reise füllten sich die Körbe an den Tragegestellen der Elefanten, die Lasten der Wasserbüffel wurden größer. Nach sechs Tagen änderte sich die Richtung; jetzt tappte Gul, die Sonne im Rücken, meist nach Nord.

Eine Stunde nach Mittag drehte sich Kinthara halb herum und sagte mit deutlicher Erleichterung: »Wir kommen zum Dorf der Schnitzer. Sie sind reich und bewirten uns gut. Die Ochsen müssen ausruhen. Wir auch, nebenbei.«

»In wenigen Tagen«, sagte Daduschu und wischte Blattreste von seiner Schulter, »habe ich mehr Bäume gesehen als je zuvor. Und vieles andere mehr.«

»Hat's dir gefallen?«

Er hob die Schultern. Kinthara hatte seltener Fragen gestellt als ihre Männer, die stets wortlos gehorchten und Kinthara zu verehren schienen. Mit den verstreut lebenden Intu-Leuten sprach sie ruhig und bestimmt; die Dörfler wußten, daß binnen weniger Tage ein Heer hinter ihr stünde. Sie war überaus genau und notierte jeden einzelnen Krug; wenn Ul-arghilad, Daduschu und die Elefantenreiter die Abgaben geladen hatten, verwandelte sich ihre Strenge in Großzügigkeit. Sie verteilte bronzene Hacken und Sicheln, Nadeln – aus Babyla und Meluchha –, kleine und große Leinentücher, weiß und gefärbt. Etwa die Hälfte der salzgefüllten Krüge aus Yodha Rishads Ochsenkarren hatte Kinthara den Ältesten gegeben. Nicht nur Shindurruls Netz ist fein geknüpft, dachte Daduschu. Die Karawane hatte den dichten Wald verlassen und näherte sich durch eine nasse, grüne Savanne dem Ausläufer eines Waldes. Er blickte in Kintharas Augen; nußbraun unter langen Wimpern und dünnen Brauen.

»Es gefällt mir immer noch. Ich lerne und ich begreife, daß Winziges und Großes zusammenhängen wie Blättchen, Äste und Stamm eines Baumes. Ich entdecke auch die Blüten. Und die Skorpione.«

Zum erstenmal seit Beginn der Reise lachte sie laut und lange. Ul-arghilad drehte sich um und zog die struppigen Brauen hoch. Gul hob den Rüssel und blies einen markerschütternden Ton. Kinthara legte die Hand auf Daduschus Arm.

»Sadir Puabi schickte offensichtlich keinen Dummling.« Sie zog die Finger zurück. »Ja. Alles hängt zusammen. Ich muß Rechenschaft ablegen über jedes Stückchen Bronze. Darum wird wenig Bier und viel Wasser getrunken.«

Hasen schlugen ihre Haken, ein Fischadler fiel in den Horst ein; ein langer Fisch zuckte in den Fängen. In der Ferne ästen Gazellen, und eine kleine Herde wilder Rinder flüchtete mit steil gereckten Schwänzen vor einem unsichtbaren Raubtier. Zwischen dem fernen Waldrand und dem Wald in ihrem Rücken war die Hälfte des Himmels voller Vogelschwärme. Die Luft flimmerte und verzerrte alle Bilder.

»Auch Hammurabi, Shindurrul und Gimilmarduk sind streng und überaus gewissenhaft. Daher haben sie auch dort Erfolg, wo andere versagen.«

Sie betrachtete ihn, als sähe sie ihn zum erstenmal. Ihre Finger flochten Schleifen in die Goldkette. »Das sind wohl deine Vorbilder?«

»Hammurabis Siegel.« Er hob es mit dem schmutzigen Zeigefinger an. »Mein Ziehvater. Der Kapitän, der alles vom Wasser und den Schiffen kennt.«

»Mächtige Männer.« Hinter der flirrenden Luftschicht zeigten sich graue, zerfaserte Rauchsäulen. »Willst du auch mächtig sein, wenn du älter bist?«

Wie im Licht eines grellen, langen Blitzes rasten Bilder durch Daduschus Gedanken; die Zeit zwischen der Todesnacht im Weinstockhaus und dem eisigen Schrecken, als er die vergifteten Tauben gezählt hatte. Er schüttelte den Kopf, verfolgte den Flug eines Sperbers und sagte:

»Nein. Ich will... leben. Nicht arm, gesund, in Würde, mit guten Freunden und ohne Feind, meist zufrieden und gelegentlich glücklich. Was unsichtbare Götter entscheiden – die Intu-Götter kenne ich nicht –, weiß ich so wenig wie du.« Er lächelte mit schmalen Lippen. »Du siehst, Sammlerin von Abgaben, meine Wünsche sind überaus gewöhnlich.«

Kintharas Gesichtsausdruck vermochte er nicht zu deuten. Sie schwieg, bis sie den einzeln stehenden Schattenbaum erreicht hatten.

»Immerhin. Du versuchst, nicht gedankenlos durchs Leben zu stolpern. Ich wünschte, ich wüßte es ebenso genau. Aber...«, sie holte tief Luft, »noch ist Zeit. Einundzwanzig Tage, um darüber zu sprechen. Ich glaube, sie haben gemerkt, daß wir kommen.«

Ul-arghilad klopfte Gul mit dem Hakenstock beinahe zärtlich auf die Stirn. Gul trompetete schrill; viermal. Am Ende der Reihe beladener Tiere hob Galla den Rüssel und antwortete ebenso laut.

Die Regenwolken hatten sich rund um die Savanne geleert. Auch im Dorf der Schnitzer hatte es an diesem Tag nicht geregnet. Die Sonne stand noch nicht tief, als die Elefanten und Ochsen vom Fluß zurückkamen. Die Dörfler, etwa dreieinhalbhundert, waren in heller Aufregung. Daduschu ließ die Fingerspitzen über das reiche Schnitzwerk eines übermannsdicken Dachträgers gleiten und legte die Finger an den muskelstarrenden Oberarm des Dorfältesten, der indessen nicht viel älter als er selbst war.

»Ein ruhiges Plätzchen, einen Kessel heißes Wasser, einen überaus großen Becher Bier – wir bedürfen alle dringend der Reinigung, mein Freund. Kannst du mir ein solches Geschenk machen?«

Der stämmige Dunkelhäutige bearbeitete mit vielen Fingern die Enden seines Schnurrbartes und zeigte auf ein langgestrecktes Haus, strohgedeckt, aus Holz und auf einem Sockel aus gebrannten Ziegeln.

»Das ist Kintharas Haus. Dort, das Feuer. Frage sie. Unter uns – die Kammer, neben der Leiter, unterm Giebel: seit drei Jahren hat dort keiner geschlafen. Trinkst du Palmwein?«

»Zum erstenmal in meinem Leben. Ist er gut?«

»Säuerlich, und er löscht jeden Durst.«

Daduschu schulterte sein Bündel und kniff ein Auge zu. In Kreisringen aus glasierten Ziegeln schichteten die Dörfler Holz auf. Die Hütten standen im Halbkreis, unter ihren Dächern und mächtigen Ästen breitete sich eine runde Sandfläche aus. Mit Rechen aus Holzzähnen und Latten reinigten einige Jungen den Sand. Daduschu stemmte eine Hand gegen die Hüfte und fragte:

»Ein Fest, Ältester? Feuer? Viel Palmwein? Trommeln und Nasenflöten?«

»Ich bin Barashti.« Er stieß die Faust gegen Daduschus Schulter. Ein Junge rannte mit einem Krug auf den Dorfältesten zu. »Großes und langes Fest. Viel Bier und Wein. Die Herrin aus Moensh'tar wird trinken. Ich sorg dafür, verlaß dich drauf. Es mag sein, daß sie zum Fest beiträgt. Geh, wasch dich und schab die Vorboten eines unnützen Bartes von deinen Wangen.«

Er verzog sein Gesicht, als wisse er mehr als alle anderen. Ularghilad und seine Männer stapelten die letzten Ballen und Körbe am Rand der Siedlung. Daduschu sah sich geruhsam im sauberen Dörfchen um, trank den schwachen, prickelnden Wein und kletterte die geschnitzte Hartholzleiter hinauf. Er richtete, ein Hohes Rohr über der Sandfläche, sein Lager, kramte Bronzespiegel und Messer hervor und entdeckte, dem Geruch und dem Dampf folgend, das Becken, in dem sieben Elefantenreiter hockten und standen und, wohlig grunzend wie Gul und seine Herde, mit schäumendem Öl Haar und Haut wuschen.

Winzige Lichter sprenkelten die Finsternis ringsum. Irgendwo pochte eine Trommel im Takt eines langsamen Herzschlages. Zwischen den Stelzen der Hütten und dem schwarzen Wall aus Blättern und Stämmen zogen Dampf, Rauch und Gerüche wie fingerartige Nebelschleier umher. Kinder und Erwachsene stelzten vor den Hütten herum und zogen Tücher über die Platten kniehoher Tische. In die tiefen Trommelschläge mischte sich das Klopfen kleinerer Instrumente. Die Mädchen und Frauen des Dorfes brachten leere Schalen und Löffel, grellrote Blüten und winzige Gestalten, die aus bizarr aufgespießten Früchten zu bestehen schienen, zu den Tischen. Flämmchen züngelten im Kern der Holzstöße. Ein scheinbares Durcheinander erfüllte das Dorf. Daduschu saß am Rand einer Art Terrasse, baumelte mit den Beinen und zupfte an den weiten Ärmeln seines Leinenhemdes. Er betrachtete mit großen Augen die Vorbereitungen; Kinthara war verschwunden. Daduschu hielt die Luft an, beugte sich vor und starrte in den Sand hinunter.

»Der Steinmann!« flüsterte er. »Die Linien...«

Zwischen den Feuerkreisen wanden sich drei tiefe, lange Kerben. Scharfe Schatten machten sie deutlich. Die Rillen liefen nebeneinander her, verzweigten sich gegen die offene Savanne. Drei Steine lagen in der gleichen Stellung, wie Daduschu sie aus Meluchha in Erinnerung hatte. Der Wein auf der Zunge schmeckte plötzlich bitter. Kinthara richtete sich vor dem Eingang einer Hütte auf, sprach, den Kopf zur Seite gewandt, mit Barashti und ging achtlos durch die Linien. Barashti blieb kopfschüttelnd vor den Steinen stehen, las sie auf und warf sie ins nächste Feuer.

Männer schleppten schwere Krüge und verteilten große Tonbecher. Ul-arghilad kam zum Rand der Sandfläche, blieb jäh stehen und ging langsam den Halbkreis der Tische entlang auf das Langhaus zu. Tauben gurrten auf den Dächern, ein Hund heulte den bleichen Mond an, und aus dem Wald kam der löwenartig donnernde Ruf eines großen Tieres.

Wenige Atemzüge später versank alles in Dunkelheit. Daduschus Gedanken taumelten und kamen mühsam zur Ruhe. Eine große Heiterkeit schien alle Dörfler erfaßt zu haben, auch Ul-arghilad, der mit halb erhobenem Arm Daduschu grüßte, schien davon angesteckt zu sein.

»Warum hockst du dort wie eine Nachteule? Komm herunter.«

Daduschu schwenkte den Krug und rief: »Gleich. Komm herauf – ich hab' Wein. Ich ahne, es wird eine lange Nacht...«

Der Anführer setzte sich auf die vierte Sprosse und führte mit der rechten Hand seltsame Bewegungen aus. Daduschu rückte Gürtel und Schurz zurecht, roch an der Haut über dem Ellenbogen und schmeckte Zedernöl und Surwa-Balsam. Er kletterte hinunter und setzte sich neben Ul-arghilad. Zu den Trommeln gesellte sich das silberne Trillern einer einsamen Flöte. Der Anführer schien ein wenig grämlich zu sein; Daduschu hielt ihm den Becher hin.

»Außer dir freut sich jeder. Warum verkneifst du dein schönes Gesicht, Fürst der Elefanten?«

»Ach, weißt du« – Ul-arghilad zog den Dolch aus dem Stiefelschaft, schnellte ihn in die Höhe, griff ins Halbdunkel und peitschte die Schneide in den Sand – »ich kenne diese Dörfler. Alle werden sich den Schlund vollstopfen und Unmengen Wein in sich hineinschütten. Laut werden sie und übermütig. Wir sind die Männer, die Sorge haben, daß Moensh'tar lebt, daß es der Doppelstadt gut ergeht. Die Kerle werden tagelang an nichts anderes denken als an Fresserei, Besäufnis und an feuchte Schöße. Ich – und die ›Herrin der großen Tiere‹ – wir sorgen dafür, daß alles seinen gewohnten Gang geht. Kinthara wird sich anstecken lassen und tanzen; und wer schreibt und rechnet morgen?«

Daduschu zögerte, schwieg und entschloß sich zu antworten. »Du hast mich, Freund Arghi, bisher nicht gerade mit großer Liebenswürdigkeit überhäuft. Morgen früh werde ich, wenn es denn nötig ist, zählen, rechnen und schreiben. In eurer Schrift. Und zwar ebenso genau wie Kinthara. Verlaß dich drauf. Tröstet dich das?«

Ul-arghilad musterte ihn überrascht. Ein nachdenklicher Ausdruck trat in sein braunes Gesicht. Er zog den Dolch aus dem Sand und rammte ihn in die Scheide.

»Wirklich? Du machst es?«

Daduschu grinste. »Ich versprech's, obwohl es mich hart ankommt. Das bleibt unter uns. Ich brauche kein Bier, damit ich fröhlich werde. Versprochen: bei Sonnenaufgang stehe ich bei den furzenden Ochsen und zähle Salz und Schnitzereien.«

Ul-arghilad nahm Daduschu den Krug aus den Fingern, trank und schüttete den warmgewordenen Rest über die Schulter. Er stierte hohläugig in Daduschus Gesicht.

»Ehrlich?«

»Ich bin Shindurruls Mann. Ich halte, was ich verspreche.« Er fuhr durch sein Haar, das Yamassi begeistert, aber wenig fachmännisch mit einem schartigen Bronzedolch geschnitten hatte. »Bei aller Begeisterung, Arghi, aber du mußt mir helfen.«

»Gut. Paß auf, daß ich aus lauter Ärger nicht zuviel saufe. Wie sagst du? *Shaddukh*?«

»*Shaduq!*« sagte Daduschu. »Und jetzt sollten wir Verschwörer an den Tafelfreuden teilnehmen.«

Er streckte die Hand aus, zog Arghi auf die Füße und ging langsam bis zum Scheitelpunkt der Tische. Speisen in Schalen, die von feuchten Blättern abgedeckt waren, in Blätter eingewickelt, und in Schalen, über die gleichgroße Schalen gestülpt waren, wurden auf die Tische gestellt. Zu den Trommeln und der Flöte kamen Instrumente, die nasal heulten, und solche, die wimmernde Töne, ähnlich einer mißgestimmten Harfe, durch das flackernde Halblicht schickten. Die Holzstapel loderten mit großen, weißen Flammen; Tausende Mücken verbrannten darin. Zikaden lärmten im Gras. Der Dorfschulze tauchte aus dem Hintergrund auf, packte Daduschu und Ul-arghilad an den Oberarmen und schob sie zu den Tischen.

»Es wird ein gutes Fest«, sagte er, völlig nüchtern. »Ihr bringt herrliche Tücher, Bronzesägen, Äxte und Perlenzeug für die Weiber – eine der wenigen Nächte, Freunde, in denen wir tanzen, ohne Reue am Morgen.«

Daduschu versuchte die Worte richtig zu deuten. Die Sorgen der Leute in seinen Goldenen Städten am Intu waren die gleichen wie im Land an Idiglat und Buranun. Der Älteste verstärkte den Druck auf seine Schultern; Daduschu setzte sich langsam in den Sand. Schattenhaft tauchten Dörfler und Elefantenreiter auf, setzten sich, begannen zu essen und zu trinken.

Aus dem Hintergrund kamen die Musiker und setzten sich abseits des Feuers – wo war Kinthara? Die Akkorde der unsichtbaren Harfe wurden zerteilt durch scharfes Rasseln. Langsam und leise füllte sich der Halbkreis, und völlig unerwartet kam Kinthara in den Bereich der zuckenden Flammen. Daduschu starrte sie an wie eine Erscheinung.

Im Haar, um den Hals, an Oberarmen und Handgelenken, an den Fußgelenken und Fingern glänzten, strahlten und funkelten Gold und Perlen. Sie trug ein weißes Wams, das ihre Brüste nur halb verhüllte, ein strahlendes Beinkleid, das sich um ihre Schenkel, Knie und Beine schmiegte, und ein flirrendes, gedrehtes Tuch um die Stirn. Ihr Haar hing bis zur Hüfte. Sie lächelte glücklich, winkte ins Halbdunkel und setzte sich mit gekreuzten Beinen zwischen Daduschu und Ul-arghilad. Sie blickte nach links und rechts und hob die Hand; etwa hundert Frauen und Männer saßen mittlerweile vor den Tischen. Zwischen den Takten der fremdartigen Musik knackten scharf die Holzkloben, und Funken wirbelten im Rauch.

»Heute, Fremder aus Babyla, tauchst du tief ein in unser Leben.« Sie wirkte abwesend und schien plötzlich völlig verändert. Ul-arghilad zwinkerte Daduschu zu: es konnte nur »Achtung!« bedeuten. Daduschu senkte den Kopf, verscheuchte die Erinnerung an die Schrift im Handteller des Steinmannes und legte die Hände auf seine Knie.

»Es wird, ahne ich, eine unvergeßliche Nacht. Alle lieben und verehren dich, Herrin.«

»Sie fürchten und achten mich. Wenn ich ein Zeichen gebe« –

sie schnippte in der nächsten Pause der Musik mit den Fingern –
»rennen sie.«

Die Dörfler rannten nicht, aber sie brachten ununterbrochen dampfende Speisen herbei. Jeder Versuch, miteinander zu sprechen, ging im Durcheinander und in der steigenden Flut der Klänge unter. Es dauerte eineinhalb Stunden oder mehr, bis Ularghilads Stimme wieder zu hören war. Er streckte die Hand aus und wies auf Barashti.

»Satt sind wir. Trunken, und unsere Bäuche sind prall. Jahr um Jahr freuen wir uns, bei dir einzukehren...«

Er hörte plötzlich auf zu sprechen, drehte den Kopf und hielt die Hand hinters rechte Ohr. Die Musik hatte sich verändert. Daduschu kippte den Wein zwischen seinen Füßen in den Sand und rutschte vier oder fünf Handbreit von der Tischkante weg.

»Herrin.« Der Dorfälteste stand schwankend auf. »Es ehrt uns...« Kinthara maß ihn mit einem gelangweilten Blick und stand auf. Sie sprang mit einem weiten Schritt über den Tisch, und als sie im Mittelpunkt der drei gewaltig lodernden Feuer stand, erstarben alle Gespräche und auch die Musik. Zehn Herzschläge danach setzten alle Instrumente wieder ein; eine schleifende, zitternde Melodie, durchbrochen vom dröhnenden Krachen der schweren Baumtrommel. Kinthara stand starr, breitete beide Arme aus, bewegte schlängelnd die Finger, schob Knie und Schenkel vor und stampfte mit der Ferse in den knirschenden Sand. Mit offenem Mund starrte Daduschu sie an: vor ihm bewegte sich eine unbekannte Person. Es war, als sei ein Gott oder ein Dämon in sie gefahren. Die Haut der langen Gliedmaßen glänzte wie jene der Bronzestatue in Babylas Basar; sie lächelte entrückt. Ihre Füße bewegten sich langsam, die Arme und Hände und Finger viel schneller, ihr Kopf hing im Nacken, und ihr Haar wehte bis zu den Hüften. Die Finger deuteten und winkten, lockten und stießen zurück, schlängelten sich wie Kobras, die Handgelenke flatterten.

Die Dörfler, die einige Atemzüge lang starr schweigend die Tänzerin beobachtet hatten, klatschten in die Hände. Hinter Kinthara stellten sich Mädchen und Frauen auf und ahmten ihre Bewegungen nach. Daduschu blickte nur Kinthara an, sah ihre halb geschlossenen Augen und fühlte plötzliche Kälte. Er konnte nicht glauben, was er sah. Kintharas Tanz und die Klänge aus dem Versteck hinter den Flammen fanden zusammen, gingen ineinander über und wurden zu einem unauflöslichen Taumel.

Ihr Körper war binnen weniger Atemzüge schweißüberströmt und schimmerte im Feuerschein. Daduschu nahm ein feuchtes Tuch, säuberte seine Lippen und Finger und stand, ohne daß es jemand merkte, außerhalb der flackernd beleuchteten Lichtkreise. In sich zurückgezogen, schwankend, springend, tanzte Kinthara zwischen den Flammen. Arme, Handgelenke und Finger schienen sich in Schlangen verwandelt zu haben. Aus dem Dunkel zwischen den Hütten drängten sich schweigend Kinder, Halbwüchsige, Frauen und alte Männer, wiegten ihre Körper selbstvergessen und starrten Kinthara an. Sie tanzte weiter, die Bewegungen wurden schneller; Schweiß lief wie Regen über ihre Haut. Aus den Ketten und Perlen schossen Lichtblitze in alle Richtungen. Ein langes, seufzendes Stöhnen ging durch die Zuschauer.

Daduschu rülpste wohlgesättigt, nahm einen Becher Palmwein und wußte, daß es genau in diesem Augenblick für ihn am leichtesten war, das Fest unbeobachtet zu verlassen. Er schlich, ohne daß ihn jemand beachtete, zum Fuß der Leiter und kletterte hinauf unter den Giebel. Trotzdem ärgerte er sich, daß er nicht unten saß und trank, als er das Lämpchen anzündete und sich an den Rand der Terrasse setzte. Er blieb, bis ihn die Musik schläfrig machte, und sah nicht mehr, wie die Feuer niederbrannten.

Er schlief und träumte. Zwei Becher Wein, vielleicht drei, hatte er getrunken; er war nüchtern. Daß er vor allem, was geschehen mochte, geflüchtet war, wußte er. Es war besser so. Irgendwann zwischen Traum und Wirklichkeit wurde er geweckt, blinzelte ins winzige Ölflämmchen und stemmte sich auf den Ellenbogen hoch.

»Kinthara!«

Sie kroch auf ihn zu, stellte das Lämpchen achtlos zur Seite und kniete vor ihm. Sie trug weder Schmuck noch Wams, war nackt und schien nüchtern und gleichermaßen trunken zu sein. Sie beugte sich vor, ihre flatternden Finger berührten sein Gesicht, sie ließ sich schwer auf ihn fallen. Das Dorf schien ausgestorben zu sein; alles war still. Daduschu schob ihre Hand zur Seite und flüsterte:

»Herrin! Weißt du, was du anfängst?«

Kinthara krallte die Finger keuchend in seine Arme und wisperte: »Ja. Ich will dich. Wen sonst?«

»Und morgen?«

»Morgen ist ein anderer Tag.«

Ihre Zunge suchte seine Lippen. Sie keuchte und stöhnte, biß und streichelte ihn unbeherrscht. Daduschu erwiderte zögernd, überrascht und leidenschaftlich ihre Zärtlichkeiten, streichelte den zuckenden, heißen Körper und stöhnte, als sich ihre Nägel in die Haut bohrten. Ihre Lippen wanderten auf seiner Haut; sie bemächtigte sich seiner und zog ihn in den taumelnden Wirbel der Leidenschaft, wortlos stöhnend, wimmernd und fauchend; sie war wie besessen. Daduschu keuchte über ihr, unter ihr, packte ihre Schultern und streichelte die Brüste. Schweiß troff über ihre Gesichter, näßte die Haut und tropfte auf Daduschus Brust, ehe Kinthara schluchzend auf seine Brust sackte, ihn in den Hals biß und erschlaffte. Daduschu drehte sich herum, tastete nach einem Tuch und stieß an den Krug. Er trank wie ein Verdurstender und hielt Kinthara den Wein hin. Sie richtete sich auf und legte die Hände auf die Oberschenkel. Aus halboffenen Augen betrachtete sie ihn, trank und flüsterte:

»Du wirst schweigen, Daduschu. Ich war nicht Kinthara.«

Er schloß die Augen und lehnte sich gegen den Stützbalken. Der Schweiß biß in den winzigen Wunden. »Du bist eine unglaubliche Tänzerin. Wenn ich je von dir erzähle, dann von gehorsamen Elefantenreitern, ehrfürchtigen Siedlern und dem schönsten Tanz, den ich je erlebt hab'.«

Als er die Augen öffnete, wehte ein Lufthauch den schweren

Geruch von Zedernöl und erkaltendem Schweiß zur Terrasse. Kinthara war aufgestanden, warf ihr goldbesticktes Wams um und wickelte das Tuch um ihre Hüften. Sie schien etwas sagen zu wollen, richtete den Blick über seine Schulter auf den fahlen Mond und kletterte lautlos die Leiter hinunter. Ihre Schritte knirschten im Sand, und Daduschu wartete darauf, daß er einschlafen oder daß die Sonne aufgehen würde.

21. Die fremden Götter

Gul, der geduldige Elefant, betrat nun an der Spitze des langsamen Zuges ein niedriges Tal, das unter der Wasserhöhe des Intu lag. Es umgab sie der Geruch des Waldes, kurz darauf roch es nach faulenden Gewächsen und nach Schlamm. Die Kerben im Ästchen, das in Daduschus Gürtel steckte, zeigten ihm, daß sie einundzwanzig Tage unterwegs waren. Die Traglasten der Elefanten und Ochsen wogen noch nicht viel; zwei Tage zuvor war die Ladung von Yodha Rishads Fuhrwerken abgeholt worden. Ul-arghilad hob den Arm, schwenkte seinen Hakenstock und rief scharf: »*Tshoro!*« Gul blieb augenblicklich stehen und hob den Rüssel.

»Bevor wir im Sumpf versinken, Kinthara«, sagte der Anführer, »sollten wir die Niederung umgehen.«

Sie nickte und suchte, links von ihrem Standort, das Gelände ab. Durch das ineinander verfilzte Buschwerk, durch die hohen Gräser und die Ranken zogen sich breite Spuren flachgewalzter Gewächse. »Wir müssen nicht hier durch. Niemand wohnt hier.«

Ul-arghilad lenkte den Bullen nach links, zurück zum Hang und in südliche Richtung. Die anderen Tiere folgten. Kinthara sagte leise: »Weniger als zehn Tage bis Moensh'tar. Noch nie waren die Abgaben so gut und zahlreich.«

»Und so schwer«, sagte Daduschu. »Ein Jahr, das eure Götter gesegnet haben.«

Kinthara nickte schweigend. Gul stapfte durch einen der Gänge, schwenkte prüfend den Rüssel und blieb alle zehn Schritte stehen. Als sie aus dem schütteren Waldrand hervorkamen, zeigte Ul-arghilad nach rechts. Gul fächelte aufgeregt mit den Ohren und trompetete. Es klang wie eine Warnung.

»Da. Die Nutzlosen mit dem Horn auf der Nase, vielleicht kennst du sie, Usch, von unseren Schnitzereien?«

»Wie? Nashörner? Wo?« Daduschu blickte in die Richtung, in die Ul-arghilads Stock deutete. Drei fast schwarze Tierriesen, doppelt so groß wie Wasserbüffel, trabten durch einen der niedergetrampelten Gänge. »Ich sehe sie. So klein? Ich dachte, sie wären größer als Gul und die anderen Elefanten.«

Der Anführer lachte; Kinthara blickte Daduschu von der Seite an und lächelte in sich hinein. Zwei erwachsene Tiere und ein Junges schienen die Elefanten nicht zu sehen und trabten weiter, aufs Wasser zu. Die panzerartige Haut sah aus wie pechbestrichene Bronze; als bestünde der Körper aus unzähligen Platten. Das aufgewölbte, spitze Horn über den Nasenlöchern des Schädels reckte sich in die Luft. Die Tiere wirkten ebenso massig wie die Elefanten, preschten halbblind durchs Gestrüpp, und der erste Bulle rannte mit der Schulter einen Busch um. Das Junge hatte Schwierigkeiten, den Eltern zu folgen, und überschlug sich einmal. Die hustenden Schnarchlaute wurden leiser, das Krachen der brechenden Gewächse hörte auf, als Gul wieder auf einem zwei Hände breiten Pfad war und den Rüssel senkte. Ätzender Geruch hing in der Luft.

»Jagt ihr sie? Warum sind sie unnütz?« fragte Daduschu.

»Ihr fettes Fleisch ist nur gut, wenn's lange im Rauch hängt«, sagte Kinthara und setzte den Dorn der goldenen Gürtelschnalle in ein andres Loch. Seit der Nacht bei den Schnitzern sprach sie wenig, am wenigsten zu Daduschu. »Es ist zuviel Arbeit, ihnen die Haut abzuziehen und zu gerben. Nichts für deine Leute, Daduschu.«

»Unser Schiff würde sinken mit einem solchen Koloß«, murmelte er und lehnte sich zurück. Beim Gedanken, Gul oder einen anderen Elefanten als Geschenk mitzunehmen, kicherte er in sich hinein; er malte sich die Aufregung aus, wenn Hammurabi auf einem solchen grauen Riesen an der Spitze der Truppen vor einer belagerten Stadt erschiene. Dreimal hatten sie Furten gesucht und schienen jetzt im Norden des Intu zu sein. Entlang unsichtbarer Ufer ging es nach Westen, dar Stadt entgegen. Sie scheuchten große Rudel wilder Schweine auf. Als die Eber, besorgt um die Frischlinge, auf die Elefanten losgingen, verscheuchten sie Gul und Grur mit einem tänzelnden Scheinangriff und geschwungenen Rüsseln.

Am fünfundzwanzigsten Tag hielten sie an einem Bach mit durchsichtigem Wasser, auf einer Kiesbank und im Schatten zedernartiger Bäume. Kinthara legte ihre Hand auf Ul-arghilads Schulter und sagte: »*Tshoro*, Arghi. Hier bleiben wir; einer der besten Rastplätze der Reise.«

Er wandte sich um und sagte: »Es ist noch immer der beste Platz.« Dann brüllte er: »*Tshoro!*« Den anderen rief er zu: »Ihr da hinten – Schluß für heute.«

Es war kurz nach Mittag. Die menschenleere Gegend erstreckte sich bis zum Horizont; junges Gras bedeckte den Boden bis zu der Krümmung des Baches, die einen kleinen See bildete. Daduschu wartete, bis ihm Gul mit dem Rüssel half, und glitt vom Nacken des Tieres. Die Ochsen wurden entladen und bewegten sich zum Wasser. Daduschu suchte Holz, half bei den schweren Lasten und löste die Lederriemen seines Bündels. Trotz des Zedernöls war er am ganzen Körper von Mückenstichen bedeckt. Zahllose Dornen und scharfe Blätterkanten hatten winzige Schnitte hinterlassen. Die Spuren von Kintharas Nägeln waren von dünnem Schorf bedeckt: er sehnte sich nach den Badestuben neben dem großen Becken Moensh'tars. Er schlug Funken, fachte das Feuer an und holte zwei Kessel Wasser. Als er sich umdrehte, stand Kinthara vor ihm.

»Das war's für heute, Herrin«, sagte er. »Endlich ein Bad in klarem Wasser. Und meine Schurze und Tücher stinken schlimmer als die Ochsen.«

Sie schien sich zu zwingen, ihn offen anzusehen, schaute sich um und zog ihn am Oberarm zum Bachrand, wo sein Bündel lag. Sonnenlicht flirrte von der Doppelschneide des Beiles.

»Für den Morgen, an dem du gezählt und gerechnet hast,

danke ich dir, Usch«, sagte sie leise. Er neigte den Kopf. »Ein guter Einfall, Zahlen und Wörter in den Sand zu schreiben.«

Er lächelte und sagte ebenso leise: »Ich hab's versprochen, Herrin.«

Sie setzten sich auf einen modernden Baumstamm, über den Ameisen in langen Kolonnen wimmelten. Sie legte den Kopf in den Nacken, zerrte die Stiefel von den Füßen und tauchte sie ins Wasser.

»Ja«, sagte sie nach einer Weile. »Du hast mir seltsame Dinge gezeigt, Fremder.«

Daduschu rührte sich nicht. »Deinen Tanz, Kinthara, werde ich mein Leben lang nicht vergessen; auch nicht das, was folgte.«

Sie hob die Schultern, schwieg und lächelte. Sie legte kurz ihre Hand auf seine Finger und ging zum Anführer. Daduschu wickelte sein Bündel aus und tauchte ins kühle Wasser. Es gab genug Sand für eine gründliche Waschung, und noch hatte er einen Rest Zedernöl.

In die lehmigen Flanken des Hanges hatte der morgendliche Regen tiefe Rillen gegraben. Im Westen, vor einer Wolkenbank, sahen Daduschu und Ul-arghilad die fadendünnen Rauchsäulen der Stadt. Die schwerbeladene Karawane kroch entlang des nördlichen Ufers, zwischen einem wasserführenden und einem fast ausgetrockneten Arm, nach Westen. Am Ende einer zungenförmigen Aufschwemmung, zwischen mächtigen Bäumen und am Rand eines Palmenhains, entdeckte Daduschu eine Ansammlung wuchtiger Felsen, zwischen denen Rauch hervorquoll, etwa eine Stunde weit entfernt. Er hob den Arm.

»Ist dort unser Ziel, Kinthara?« Er spürte die Erleichterung Kintharas und aller Männer, die das Ende der beschwerlichen Reise vor Augen hatten. »Ein Rastplatz?«

Unter den Sohlen der Elefantenfüße und den Hufen der Ochsen wirbelten kleine Staubwolken auf. Am Morgen hatte es im Norden geregnet, jetzt herrschte die Hitze des frühen Nachmittags.

»Die letzte Rast vor der Stadt.« Sie seufzte und lehnte sich zurück. »Die nächste Nacht schlafe ich zwischen kühlen Ziegelmauern. Ohne Stechmücken.«

Der Intu war immer wieder über die Ufer getreten, trotz der mühsamen Versuche, ihn einzudämmen. Viele Schleifen, ausgetrocknete Tümpel und morastige Stellen zeigten das Ausmaß der Frühjahrsschwemme. Gul stapfte eine winzige Anhöhe hinauf; jetzt erkannte Daduschu zwischen Felsen weiße Lehmziegelmauern und solche aus gebrannten Ziegeln. Vom Intu führte ein gerader Kanal, von Palmschößlingen bestanden, heran. Eine uralte Frau, von der Last der Jahre und unzähliger Wasserkrüge verkrümmt, schöpfte Wasser und goß Gräser und Bäume. Der Rauch kam nicht zwischen den Felsen hervor, sondern aus stumpfen Schloten. Neben Felsen lagen Boote mit flachen Böden, weit aufs Gras hinaufgezogen. Ul-arghilad drehte sich um. Selbst der Anführer war erschöpft; tiefe Falten hingen unter seinen Augen, die Kleidung war schmutzig und zerrissen, und sein Bart klebte struppig und zerzaust über den Lippen.

»Dort haust Meister Muqa-lal, Schmelzer und Güldner von Metallen. In der Stadt wurde es ihm und dem Rat zu gefährlich: zuviel Feuer.«

Daduschu lächelte matt. »Ich habe nicht erwartet, alle Intu-Geheimnisse innerhalb von drei Tagen kennenzulernen.«

Ul-arghilad lenkte den Elefantenbullen links an der Zusammenballung von Gestein und Mauern vorbei, auf einen Tümpel zu, der von einem schmaleren Kanal gespeist wurde. Gul begann schneller zu traben, hob prustend und trompetend den Rüssel und schob sich dem klaren Wasser entgegen. Ul-arghilad brüllte »*Tshoro! Tshoro!*« und drosch mit dem Stock auf die Stirn und aufs obere Ende des Rüssels. Krampfhaft klammerten sich Kinthara und Daduschu an den Sitzen fest. Der Bulle blieb ruckartig am Rand des Tümpels stehen, während Ul-arghilad erfolglos versuchte, die Ochsen daran zu hindern, die Lasten abzuwerfen und sich in den Tümpel zu stürzen.

»Abladen!« rief Kinthara und ließ sich aus dem Sitz gleiten. »Schnell. Die Tiere sind sonst nicht mehr zu halten.«

Daduschu half mit, die Knoten der Gurte zu lösen. Die Lasten fielen ins dürre Gras. Die Elefanten waren kaum zu bändigen, die Ochsen rissen sich los und stürmten zum Wasser. Bündel, Körbe und Ballen lagen über die Sandfläche verteilt, als aus der Richtung der Felsen einige Helfer herbeirannten, winkten und riefen.

Über der Glut, an einem halben Dutzend Stellen, dampften glasierte Tongefäße, aus deren Hälsen Wasser tropfte. In einer Ecke stanken schimmelige Tierhäute; an den Wänden stapelten sich Holzkloben. Daduschu blieb unter dem Türsturz stehen und fühlte kochende Luft an sich vorbeiziehen. Meister Muqa-lal hinkte näher und wischte den Schweiß aus dem Gesicht. Seine Hände hinterließen schwarze Streifen. Junge Männer hoben und senkten die Füße, die in Schlaufen auf Ledersäcken steckten. Die Blasebälge fauchten so laut, daß der Meister schreien mußte.

»Ein heißes Geschäft, Meister«, rief Daduschu. »Schmilzt du Kupfer?«

Muqa-lal zog ihn ins Freie. »Kupfer schmelze ich alle Tage. Heut mache ich Bronze«, sagte er. »Aus der Stadt haben sie Zinn geschickt, Antimon und Blei. Es ist, wie üblich, immer zu wenig.«

»Werkzeuge?« Daduschus Blick ging zu den ordentlichen Stapeln der Lasten. Die Ochsen fraßen das mitgebrachte Futter.

»Ja. Heute nur Sicheln und Äxte. Und ein Dutzend Figürchen.«

Muqa-lal setzte sich auf die gemauerte Bank. Sein lederner Schurz, voller Schnitte und Brandlöcher, bedeckte die fingertiefen Narben am linken Knie nur halb. Der Haarkranz am Hinterkopf, der buschige Schnurrbart und die Augenbrauen waren hellgrau und angesengt.

»Du und deine Leute – ihr habt viel Arbeit, Meister?« Unter

einem Dach aus Bohlen und Palmwedeln arbeiteten Männer und einige alte Frauen an Bronzewerkzeugen, die als Rohguß herumlagen und in allen Formen der Bearbeitung. Muqa-lal nickte und winkte einen Jungen herbei.

»Bring Bier«, sagte er. »Der vorletzte Guß für die nächsten Monde. Dann wird's auch kühler.« Er lachte. Ein kleines Mädchen brachte ihm auf den Handflächen zwei Gürtelschnallen aus Bronze, etwa fünf zu sieben Finger groß. Muqa-lal betrachtete sie sorgfältig, strich darüber, hielt die glatten Flächen ins Sonnenlicht. »Gefallen sie dir?«

»Wunderschön. Kinthara hat die gleiche Schnalle. Aus Gold.«

Der Meister schob Daduschu den Becher hinüber und lachte. »Gold? Nicht ganz. Trink aus – ich zeig's dir.«

Große Häuser erstreckten sich zwischen den Felsen und unter den Baumkronen. Etwa drei Dutzend Leute wohnten in der Oase und arbeiteten im Schatten der Vordächer. Zum zweitenmal kam Daduschu an den Wolken weißen Dampfes vorbei, die aus Tonkrügen zischten. »Wozu so viel kochendes Wasser, Meister?«

Muqa-lal zeigte auf die Schnäbel der glasierten Krüge. »Zweimal gekochtes Wasser ist reiner als Regen. Gleich wirst du sehen, wozu ich's brauche.«

Der Güldner führte Daduschu in einen schmalen Raum zwischen Felswänden, einige Stufen aufwärts und zu einer lichterfüllten Plattform. In der Ferne waren Teile der Oberen Stadt zu sehen. In einer großen, eckigen Tonschale standen senkrecht je eine große Scheibe aus Zinn und aus Gold. Aus ihnen führten, eingebettet in Erdpech, zwei dicke Stäbe aus Blei und Gold nebeneinander in eine ähnlich große, ebenfalls glasierte Schale, in der sich mißfarbener Brei befand. Muqa-lal klemmte die Bronzeschnalle in einen Spalt des goldenen Stabes und tauchte sie in die körnige Masse. Er zeigte auf die erste Schale, legte den schweren Tondeckel darauf und murmelte:

»Ich lasse Wein sauer werden, bis das Saure dick ist wie Brei, verdünne es mit dreifach gekochtem Wasser. Mit frischem Saft aus Trauben geht's aber noch besser. Heut ist nur eine Schale voll.«

»Und dann?« Daduschu betrachtete verständnislos die Anordnung. Der Meister kicherte. »Dann geschieht etwas. Ich weiß nicht, was, aber es wirkt. Überzeugend.«

»Güldner, Veredler von Metallen haben sie dich genannt«, sagte Daduschu. »Und was ist hier drin?«

»Wenn die Goldschläger das Metall zwischen alten Lederfetzen hauchdünn schlagen, wenn das Leder naß wird und wir Salz und Saures dazugeben, löst sich selbst ewiges Metall der Götter auf. Dann wird's zu einer solchen Brühe. Und dann«, er zeigte seine gelben Zähne, »haftet dünner Goldüberzug auf Bronzedingen. Also: Kintharas Gürtelschnalle ist aus Bronze, Fremder.«

Daduschu sah schweigend und kopfschüttelnd zu, wie Muqalals Zunge sich zwischen die fingerdicken Stäbe schob. Der Meister winkte. »Ich weiß nicht, was passiert. Aber hier schmeckt die Zunge, daß es sauer ist.«

Daduschu beugte sich über die Stäbe, berührte beide mit der Zungenspitze und spürte ein säuerliches Prickeln. Die Bronzeschnalle war im Brei verschwunden.

»Manchmal mißlingt es«, sagte der Meister. »Ich versuch's seit vierzig Jahren. Ein Händler aus dem Norden, der auch nichts wirklich wußte, hat's mir erzählt.«

Daduschu breitete die Arme aus. »Ich hab in Babyla viel lernen müssen. Aber von deiner Kunst weiß nicht einmal Shindurrul.«

»Wer immer das ist.« Muqa-lal vollführte ein paar beschwörende Gesten über den Schalen und ruckte den Daumen über die Schulter. »Du siehst hier nur die Spielerei eines alten Mannes. Ihr seid morgen in der Stadt, wie?«

»Ja. Bei den Schiffen. Ich werde in Babyla über viele wunderbare Dinge berichten, Meister Güldner, auch darüber, wie Bronze scheinbar zu Gold wird.«

»Sprich besser von einem Alten, der seltsame Dinge treibt. Wie kommst du in den Sitz neben Kinthara?«

Daduschu erzählte es ihm, während sie durch die niedrigen Gebäude an den Felsflanken gingen. Ul-arghilads Männer lagerten am Kanal, im Schatten. Sie hatten genügend heißes Wasser und waren so träge, wie es nach dreißig Tagen der Reise zu erwarten war. Muqa-lal hielt Daduschu am Handgelenk fest und murmelte: »Sei vorsichtig mit der Ratsherrin, Junge. Sie ist mitunter ein wenig zu tüchtig.«

»Ich schreibe nur die Listen der Waren, die wir nach Moensh'-tar bringen. Keine Sorge, Meister. Morgen sind wir wieder unterwegs.«

»In ein paar Tagen bringe ich das Zeug zur Stadt.« Der Meister zeigte auf die Hitzerisse der Mauern, den Rauch und die Bäume. »In der Oberen Stadt wird man ein großes Fest feiern; zum Ende der Erntezeit.«

Daduschu verbeugte sich und ging langsam durch die glühende Hitze zu Ul-arghilad. Er versuchte zu begreifen, was er gesehen hatte; dünnes Gold auf einer bronzenen Oberfläche war eines der Geheimnisse, von denen er nichts verstand.

Mitten im Lärm dröhnender Trommeln und Bronzegongs gingen Kapitän Gimilmarduk und Daduschu über die südliche Terrasse auf den Eingang der Ratshalle zu. Zwischen den Holzsäulen voller farbigem Schnitzwerk drehte sich Gimilmarduk um und zeigte auf die Schiffe und eine Flotte kleiner Boote.

»In dreimal zehn Tagen, Usch, geht's stromab.«

»Die Zeit ist schneller vergangen, als wir alle gedacht haben. Weißt du, wie lange die Feier dauern wird?«

»Nein.« Gimilmarduk zuckte mit den Schultern und schob Daduschu an den Götternischen vorbei in die Versammlungshalle. Licht fiel durch langgezogene Fenster unter der Decke. Entlang der Wände, unter Malereien und Nischen, zogen sich Holzbänke vor niedrigen Tischen. Etwa zwanzig Männer und drei Frauen warteten und unterhielten sich leise. Gimilmarduk und Daduschu trugen knielange Hemden; die ersten Muster von Sadir Puabis dünnem Leinen. Daduschu verbeugte sich vor Kinthara und trat zur Seite, um eine Gruppe Priester vorbeizulassen. Sadir kam herein, hinter ihm Azhanya, der die Fremden nach rechts schob, auf die Längsseite zu. Er setzte sich neben Daduschu, rechts von ihm breitete Puabi Tontafeln und Rollen aus weißem Leder aus. Auch dieser Raum entbehrte jeden Prunks. Dank der Leinenflächen vor den Fenstern wurde die Ruhe nicht einmal durch Fliegengesumm unterbrochen. Daduschu flüsterte:

»Wie lange soll die Besprechung dauern, Azhan?«

»Ein, zwei Stunden. Dann feiert ganz Moensh'tar das Fest der vollen Speicher.«

Einzeln und in kleinen Gruppen kamen Kaufleute, Landbesitzer, reiche Handwerker und gelehrte Männer und nahmen auf den Bänken Platz. Sadir Puabi beugte sich vor und lächelte Gimilmarduk zu; der Kapitän und sein Gehilfe waren als Beobachter ohne Stimme geladen. Als alle Plätze besetzt waren, brachten junge Mädchen Krüge mit Bier, Wasser und Saft, teilten Becher aus und verließen die Halle. Geduldig warteten etwa hundert Personen, bis das Dröhnen der Gongs aufhörte. Ein dicker Mann mit einem großen Haarknoten im Nacken stand auf und führte eine halbkreisförmige Geste aus. Azhanya flüsterte: »Leshaqqat.«

»Zu einer guten Zeit, meine Freunde, sind wir zusammengekommen.« Mühelos drang die Stimme bis in die hinterste Ecke. »Heute morgen stapelten wir die letzten Getreidekrüge in die Speicher. Sie sind bis obenhin gefüllt; ein mehr als ausreichender Vorrat für die Regenzeit.«

Die Versammelten klopften mit Knöcheln, Dolchknäufen und Bechern auf die Tische. »Alle Abgaben sind eingesammelt; es sind mehr als in allen Jahren zuvor. Fischer, Bauern und Jäger haben Werkzeuge aus Bronze erhalten. Unsere Metallvorräte sind damit erschöpft. Wenn unsere neuen Felder so viel Frucht tragen, wie unsere klugen Männer sagen, wird es ein fettes Jahr.«

Er blickte mit sattem Lächeln um sich, das Daduschu an Shindurrul erinnerte. »Dank sei den Regengöttern und dem Großen Überfluter, der sich sanftmütig und wasserreich zeigte. Dank sei dem Fleiß unzähliger Männer und Frauen. Auch den Händlern von fernher, die, wie jedes Jahr, brachten, was wir brauchten und unsere Überschüsse mit sich nehmen, um sie sinnvoll zu tauschen. Zwei Gäste aus dem fernen Babyla sitzen stellvertretend in unserem Kreis.«

Gimilmarduk und Daduschu standen auf und verbeugten sich schweigend. Wieder gab es lauten Beifall. Daduschu lehnte sich an die kühle Wand und betrachtete, während Leshaqqat die Mengen an Korn, Hirse, Salz, Trockenfisch, Hölzern und gedörrten Früchten aufzählte, die Gesichter der Räte. Die Versammlung bestand vorwiegend aus Kaufleuten, denen Menge und Qualität mehr bedeuteten als Feierlichkeit und Streit mit Priestern. Leshaqqat rief Namen auf. Nacheinander lasen Kaufleute und Landbesitzer vor, was sie in die Speicher der Stadt geliefert hatten, oder ließen ihre Schreiber lesen. Weise Räte machten Bemerkungen, an welchen Stellen und auf welche Weise der Ertrag verbessert werden konnte oder wo neue Felder, Baumreihen und Kanäle angelegt werden sollten.

Die Reihe kam an Kinthara. Sie spreizte die Finger aufs weiße Schreibleder und berichtete von der Ladung, die mit fünf langen Gespannkarawanen nach Moensh'tar gebracht und aus entlegenen Weilern und Dörfern zusammengetragen worden war. Sie richtete einen gedankenverlorenen Blick auf Daduschu, sah Leshaqqat an und schloß: »Immer wieder hörten ich und meine Männer das Drängen der Siedler: mehr Bronzehaken, Bronzemesser, Sicheln und Mühlen, Hacken, Klammern und Nägel. Es erleichtert ihre Arbeit, für gutes Werkzeug tun sie alles. Wir brauchten nicht einmal Fremde zu verjagen. Dieses Jahr wagen sich die Nomaden nicht an den Intu. Ich sage: Die Seefahrer sollen aus Babyla, Magan und Meluchha bringen, was die Schiffe tragen. Kupfer, Bronze, Zinn und Blei. Und gutes Werkzeug.«

Die Räte stimmten durch heftiges Klopfen zu. Leshaqqat deutete schwungvoll auf Gimilmarduk und Daduschu. Er sagte:

»Ihr habt's gehört. Sprecht mit Sadir Puabi und den Kaufleuten. Wählt aus, was den Häfen und dem König in Babyla viel Metall wert ist. Auch Gold können wir verrechnen; wir haben genügend davon.«

Gimilmarduk strahlte übers ganze Gesicht und stieß Daduschu an.

Daduschu stand auf, räusperte sich und hielt das Siegel Hammurabis in die Höhe. »Ich hab's verstanden, ihr Herren, und ich werde es für meinen König siegeln.«

Er bekam keinen geringeren Beifall als Leshaqqat. Während der zwei folgenden Stunden meldeten sich einzelne Sprecher. Ihre Vorschläge, Beschwerden und Abrechnungen wurden begutachtet, unterstützt, verworfen oder mit Beifall bedacht. Die Gespräche begannen zu versickern; man brachte Wein, und als die Strahlenbalken der Abendsonne die Männer am Kopfende blendeten, erschienen lautlos drei Priester im Eingang. Sie warteten, bis niemand mehr sprach und sich alle Blicke auf sie gerichtet hatten.

»Wie in jedem guten Jahr«, sagte der Älteste, »danken wir den Göttern. Von euch kommen die Opfer. Wir haben die Feier vorbereitet; kommt alle bei Sonnenuntergang auf den Plattformen des Speichers zusammen.«

Die Becher hämmerten dröhnend auf die Tische, Bier und Wein spritzten, Stimmengewirr erhob sich. Die beiden jüngeren Priester führten den Greis aus der Halle, und Sadir Puabi stand auf und klatschte in die Hände. Er ruckte mit dem Kopf und sah zum Ausgang.

»Ihr sollt das auch erleben, Freund Gimil«, sagte er. »Seid ihr enttäuscht? Gab es nach eurem Geschmack zu wenig Streit und lange Gegenreden?«

»Nicht im mindesten, Freund Puabi.« Der Kapitän schlug ihm fröhlich auf die Schulter. »Wohltuend ruhig. Ihr wißt, wie man lästige Zusammenkünfte rasch beendet.«

»Will ich meinen. Kommt an die frische Luft.«

Auf den flachen Dächern der siebenundzwanzig Speicherabteile standen ölgefüllte Schalen. Vor den winzigen Unterkünften, auf Rampen und Umgängen, selbst in den runden Dreschmulden, warteten festlich gekleidete und blumengeschmückte Bewohner der Oberen Stadt. Daduschu blickte die lange Rampe hinunter. Sie war voll schweigender Moensh'tarer, ebenso wie der Hafen und die Umgebung am Fuß der Plattform. Murmeln und Raunen erschütterten die Luft nicht weniger als die Trommelschläge und das rhythmische Pochen der Gongs. Mitunter durchbrach scharfes Hundegebell die erwartungsvolle Stille. Etwa hundert Priester, kleine Fackeln in den Händen, kamen aus Toren und Eingängen hervor, formierten sich zu langen Zügen und begannen im Takt der Bronzeinstrumente zu summen und zu singen. Das Haar der Priester lag straff am Kopf und war im Nacken zu einem festen Knoten zusammengefaßt; schmale Goldreifen umspannten die Schläfen, auf denen weiße, tropfenförmige Flecken schimmerten. Viele Priester trugen Schärpen mit Kleeblattstickerei. Armspangen blitzten, als die Priester kleine Statuen hochhoben und auf die Dächer des Speichers stiegen. Einige der perlengeschmückten Gottheiten blickten mit vier Gesichtern in die vier Windrichtungen und waren mit Stoffstreifen und Bändern verziert, andere saßen mit untergeschlagenen Beinen auf Tonwürfeln, deren Seiten geöffnete Augen zeigten, wieder andere ähnelten Schildkröten, Tigern, Elefanten oder Rindern mit phantastischem Gehörn und gerecktem Glied. Die Götterstatuen wurden vor die Ölschalen gestellt, so daß sie nach Westen starrten, dann entzündeten die Priester faustgroße Dochte. Gleichzeitig spiegelte die Sichel des Mondes auf dem Intu und zwischen den Sternen des Horizonts; Tausende Öllämpchen brannten in der Unterstadt und auf der Plattform.

Daduschu wiederholte flüsternd die Namen Pangolins und der siebenundzwanzigköpfigen Götterfamilie und lehnte neben Azhanya und Gimilmarduk an der Mauer. Licht funkelte in den Edelsteinaugen von Kall, Os, Ba und Acq und anderen Gottheiten aus gebranntem Ton. Die Fackelflammen bildeten einen flakkernden Rahmen um die ölglänzenden und weißgekleideten

Priester. Als der Gesang jäh abriß, verneigten sie sich und streuten glitzernden Staub in die Flammen. Gelbe, rötliche, blaue und grüne Glutwölkchen umwirbelten den viergesichtigen Shar und seine Gefährtin Naq mit dem bizarren Gehörn. Unter begeisterten Rufen und dem Geschrei, lauter als die Doppelschläge der Trommeln, schienen die Bauten der Plattform zu erzittern.

Daduschu verglich – oder versuchte es – die Götter am Intu mit jenen, die er kannte. Sie schienen freundlich zu jedermann und brauchten nicht einmal einen kostbaren Tempel und kostspielige Priester. Er ahnte, wovor Babylas Priester sich fürchteten; zu Recht, wie er fand. Er sah sich um: er blickte in fröhliche, begeisterte und dankbare Gesichter.

Götter und Menschen am Intu schienen auf einfache Weise miteinander zu verkehren: weder Acq, Ba, Os oder Kall brauchten Dunkel, geheimnisvolle Prophezeiungen oder die Furcht vor dem unergründlichen Wirken düsterer Gottheiten, um an deren Wirken glauben zu können - sie brauchten weder gewaltige Zikkuratim noch Abgaben, Gold, Macht, Einfluß oder einen großen Teil der Nahrungsmittel der Stadt. Die Menschen und die Intu-Götter verkehrten miteinander durch das Medium der Musik, der dröhnenden Trommeln, der lauten Danksagungen und des heiteren Durcheinanders, anders als in Babyla; und kein Priester sah so düster aus wie Iturashdum. Er merkte sich jede Einzelheit, um sie in Babyla berichten zu können.

»Was tätest du, Marduk«, flüsterte er im Selbstgespräch, »wenn du sehen würdest, wie Götter und Menschen gemeinsam lächeln, singen und lachen?«

Viele Flammen tanzten und taumelten. Die Priester lächelten und strichen über die Köpfe junger Mädchen. Shars und Naqs bunte Statuen schienen mit den Augen zu zwinkern und zu winken. Der oberste Teil der Plattform, voller Flämmchen in vielen Farben, lachender, begeisterter Menschen, dünnen, wirbelnden Rauchs, schien sich lautlos und fast unmerklich den Sternen entgegenzuheben. Daduschu lehnte sich gegen eine Ziegelsäule und nahm während eines langen Rundblicks jede Einzelheit in sich auf. Eine Szene wie diese hatte er im Umkreis der Marduk-Zikkurat, des Tempels und der massigen Mauern niemals gesehen, seit er zum erstenmal die Räume der Edubba betreten hatte, und er war fast sicher, daß er seit dem Jahr Eins von Hammurabi der einzige war, dem es vergönnt war, diesen Unterschied wahrzunehmen und darüber nachdenken zu können.

Lächelnde Priester hantierten mit wächsernen Dochten. Sie gingen hin und her und entzündeten die Lämpchen.

Dreimal neun Flammen wirbelten auf, Weihrauch begann zu schwelen, während die Priester die Götter anriefen, weiterhin lebensspendend zu wirken, und laut sangen, als Antwort auf den Dank des Volkes an die Hüter der Schöpfung und Beherrscher der Lebewesen. Als die heiligen Männer die Dächer verließen, löste sich nur langsam die andächtige Spannung. Die Fackeln wurden gelöscht, nur die großen Flammenlanzen auf den Dächern brannten weithin sichtbar. Azhanya stieß Daduschu an.

»Hast du mehr erwartet? Noch ein Dutzend Tage mit gutem Regen, und dann kommt der Wind, der euch hilft. Du gehst doch mit uns?«

Sie schlossen sich der Menge an, die über Treppen und Rampen zum Hafen drängte. Gimilmarduk brummte: »Du weißt jetzt alles über die Intu-Götter? Schreib nur die Namen auf, sonst klagt dich Iturashdum an. Gotteslästerung.«

Daduschu starrte ihn an und fühlte den Druck der Hand auf seiner Schulter. »Ich verstehe«, sagte er langsam. »Für unsere Priester schreibe ich jetzt noch kein Wort. Vielleicht in Babyla, Käpten.«

Daduschu blieb an Azhanyas linker Seite und achtete darauf, nicht in der Menge schwätzender und lachender Menschen eingekeilt zu werden. Ghorarti wartete schon vor Donduq-lals Schenke und hatte zwei Plätze gegen eine Gruppe Ziegelbrenner verteidigt. Azhanya streckte die Beine aus.

»Ist er nicht schön, unser Elefantenreiter?« Er prüfte die farbig bestickte Borte des Ärmels zwischen den Fingern. »Sechs

Dutzend herrlicher Kleider hat Puabi meeresfest verpacken lassen, denn sie sind überaus teuer!«

»Wenn sie in Babyla niemand will oder in Dilmun, dann muß ich dafür zehn Jahre an Hammurabis Kanal schuften«, sagte Daduschu. »Wie lange hast du für dein Haar gebraucht, Großäugige?«

»Nicht so lange, die Nachbarin half mir.«

Ghorarti strahlte. Perlenschnüre, kleine Elfenbeinkämme und goldschimmernde Netze über den Ohren schmückten die schneckenförmigen Zöpfe. Daduschu bestellte Wein und sah sich um: Die Hälfte der Unterstadt-Bewohner war heute am Hafen versammelt. Seit dem Abend, als Daduschu sich von Guls Rüssel aufs Pflaster absetzen ließ, schien Steuermann Sinbelaplim ihm aus dem Weg zu gehen.

»Du hast gehört, was Leshaqqat sagte.« Azhanya tippte auf Daduschus Knie. »Ladet eure Schiffe voller Bronze und Kupfer und Zinn, das nächstemal.«

Daduschu richtete seinen Blick über den Rand des Bechers abwechselnd auf Ghorarti und Azhanya. Fast die gesamte Ladung beider Schiffe, eingeteilt für vier Häfen, war schon in Sadir Puabis Lagerhaus gestapelt und vom Kaufmann und Daduschu gewissenhaft durchgesehen.

»Laßt uns erst einmal unversehrt heimkehren«, sagte Daduschu. »Heute keine Worte vom Abschied. Uns bleiben noch viele Tage.« Ghorartis Zehen kitzelten seine Wade. »Und Nächte.«

Azhanya grinste. »Macht viel Freude, Usch, ein geschätzter Händler zu sein und im Namen deines Königs zu siegeln, wie?«

Daduschu stützte die Ellbogen auf den Tisch, hielt den Becher mit beiden Händen und schüttelte langsam den Kopf.

»Ich tue hier, was ich tun muß. So gut, wie ich's kann. Unsere und eure Götter – wissen wir, was in fünfzehn Monden sein wird?«

»Ich weiß etwas.« Ghorartis Lächeln zog sich in ihr Inneres zurück; sie verschränkte die Arme. »Aber ich spreche nicht darüber. Noch nicht.« Sie blickte nach oben. Einige Motten summten unter dem feuchten Sonnensegel. »Komm, Daduschu. Genießen wir unsere letzten Stunden.« Sie legte ihre Finger um sein Handgelenk und stand auf.

Sadir Puabi blieb auf der Grenzlinie zwischen Sonnengrelle und Schatten stehen und stocherte im kalten Glutbecken. Die Arbeiter hatten Wasser gekocht, für Kräutersud, und jetzt wirbelte Asche hoch.
»Muster des Vergänglichen«, murmelte er. »Der Wind trägt sie von hier nach dort. Einst war das Holz ein Baum.« Er sah sich im geleerten Lagerhaus um. Daduschu tauchte den Finger in die Wasserschale und feuchtete den Ton unter seiner Liste an.
»Aber wenn man Asche auf den Acker bringt, gedeiht alles schneller und besser.« Daduschu nahm das Siegel vom Hals. »Und eines Tages wächst wohl wieder ein Baum. Warum so traurig, Handelsherr?«
Neben dem Portal standen drei Truhen, die Puabi zurückgehalten hatte. Sie waren ihm nicht gut genug für seinen Handelspartner Shindurrul. Er setzte sich und zeichnete Muster in den Staub. Der Arbeitslärm der Maurer und Pflasterer hallte über den Hafen. Das Ende der nördlichen Rampe wurde abgetragen und neu befestigt; die Ziegelmasse der Oberen Stadt sank in den Boden. »Weiß nicht. Ist nicht mein Tag heute. Wie lange seid ihr noch da?«
»Sieben Tage, sagt mein Kapitän. Die Schiffe sind beladen, bis auf unseren Proviant. Gimil sorgt sich; er meint, wir sitzen vielleicht auf Untiefen fest.«
Puabi winkte, legte die Täfelchen mit gespielter Genauigkeit auf den Truhendeckel und drückte sein Siegel auf. Daduschu rollte Hammurabis Siegel ab und stapelte die Plättchen übereinander. »Gewürze. Viel Elfenbein und edle Steine. Das Gold. Vergoldete und versilberte Gürtelschnallen und ebensolchen Schmuck. Fertige Truhen und solche, Fürst des Zugewinns, die du sorgsam, in sechs Teile zerlegt, hast verpacken lassen. Und natürlich die Kleider aus hauchdünnem Leinen, die mein Unter-

gang sein werden – ich danke dir für einen überaus freundschaftlichen Preis.«

»Den du von mir kein zweitesmal bekommst.« Sadir Puabis Lächeln gerann zur Grimasse. »Und all die Waren für Meluchha, Magan und Dilmun. Bist du nächstes Jahr wieder hier, Usch?«

»Das Ladeverzeichnis ist lang«, sagte Daduschu und setzte sich neben Puabi. »Ich weiß es nicht. Aber ich käme gern wieder nach Moensh'tar.«

»Also. Komm wieder. Mit viel Bronze und ohne mordsüchtigen Steuermann.«

»Ich denke daran.« Daduschu deutete auf die Schiffe, um die Ladearbeiter herumstanden. »Ich werde mich in guter Ruhe verabschieden.«

»Ich hab's nicht anders erwartet. Wenn es Schwierigkeiten mit dem Proviant gibt – sprich mit mir oder Leshaqqat.«

Daduschu schloß den Korb voller Tontafeln und verbeugte sich knapp. »Jawohl. Danke, Kaufherr.«

Die Schiffe, deren Laderäume die Sonne des Mondes Abu getrocknet hatte, lagen tief im Hafenwasser; in der langen Wartezeit hatte die Besatzung jedes Teil durchgesehen, ersetzt oder repariert. Selbst die Augen am Bug glänzten. Leere Wasserkrüge, mit Tauen durch die Henkel gesichert, standen neben dem Heck der *Geliebten*. Daduschu grüßte Sinischmeani, der das Tauwerk des Backbordruders festzurrte, und trug seine Aufzeichnungen in die niedrige Kammer unter dem Achterdeck. Kimmu kletterte an Deck und stemmte die Fäuste in die Hüften.

»Alle warten auf den Shamshi-Wind.« Er setzte sich auf die Bordwand und schaute sich um. Das Viereck des Hafens war fast leer. Nur ein paar Frauen schöpften Wasser in ihre Krüge. »Zurück in die salzigen Wellen, Usch!«

»Ja. Es wird Zeit. Sonst haben sie uns in Babyla vergessen.«

Die Kapitäne und Steuermänner, die als Gäste der Händler in ähnlichen Räumen wohnten wie Daduschu, hatten ihre Habseligkeiten noch nicht an Bord gebracht. Die meisten Ruderer schliefen, wenn sie nicht Schiffswache hatten, in den Arbeiterquartieren der Oberen Stadt, in Häuschen der Unterstadt, bei ihren Liebschaften oder im Obergeschoß der Schänken. Daduschu blickte in beide Laderäume, betrachtete schweigend die festgezurrten Ladungen und ging zurück zu Gimilmarduk. Die gelben Hochwassermarken der Mauern dünsteten stechend riechende Feuchtigkeit aus. »Windstille«, sagte er. »Es wird wohl nicht mehr regnen. Wir sind fertig, Kapitän.«

Gimilmarduk schnitt den Nagel der großen Zehe und nickte.

»Wir legen ab, wenn drei Tage lang der Wind nach West weht. Das ist, wie jedermann weiß, das richtige Zeichen.« Er machte eine Pause und ließ das Fußgelenk los. »Hat dich Sinbelaplim in Ruhe gelassen?«

»Ja. Ich war vorsichtig. Bin ihm aus dem Weg gegangen, und Azhanya schützte meinen Rücken mit dem gezogenen Dolch. Ich bin, auch wenn er nicht in meiner Nähe ist, auf der Hut. Ich glaube, ich weiß jetzt, wie alles zusammenhängt. Es war gut, daß ihr mich zu Kinthara geschickt habt: mehr als einen Mond lang war ich genügend weit weg von ihm. Eigentlich tut er mir leid, Käpten Gimil. Er ist krank vor Haß. Eines Tages, wahrscheinlich ohne jeden verständlichen Anlaß, werden ihn die Dämonen in seinem Herzen übermannen. Wenn wir ruhig miteinander sprechen können, sage ich dir, was ich herausgefunden habe.«

Gimilmarduk nickte und sah einige Atemzüge lang zu, wie die Ruderer Frischwasser an Bord schleppten und in die großen Krüge leerten.

»Der Weg bis nach Babyla ist weit. Du weißt, was zu tun ist?«

»Ich weiß es. Ich sage dir, daß ich alles getan habe, um lebend zurückzukommen. Ich war überaus vorsichtig.«

Der Kapitän nickte und lächelte grimmig.

»Bleib's. Und wenn er beim Schiff ist – reize ihn nicht.«

Daduschu schüttelte den Kopf und zog die Lederschnur des Beutels zu, in dem er Hammurabis Siegel verwahrte.

Daduschu drehte das schwarze Brett voll weißer Zeichen und Zahlen herum und nickte. »Keiner von uns ist verhungert oder verdurstet, Donduq-lal. Eine Menge Bier, Wein und Essen. Was hast du berechnet?«

Die Schänke war leer, eine Magd schlief im Winkel neben umgedrehten Bechern und Krügen. Unter dem Sonnensegel spielten zwei Bärtige auf sechzehn Feldern einer Steinplatte. Mit hartem Klappern bewegten sie verschieden große geschnitzte Figuren geradeaus, in rechten Winkeln und übereinander. Schließlich kippte der Jüngere einen fingergroßen Zylinder um; der andere lachte zufrieden. Donduq-lal saß Daduschu gegenüber im Schatten. Der Wirt knurrte Unverständliches und fragte: »Fünf Tal Gold?«

Daduschu runzelte die Stirn und rechnete. Ein Tal, umgerechnet zweiundzwanzigeinhalb Sche Gold, bedeutete dreihundertsiebenunddreißigeinhalb Sche Silber; dafür arbeitete ein Mann in Babyla mehr als fünfzig Tage. Für fünf Gold-Tal also zweihundertfünfzig Tage; Arbeitslohn für einen Goldschmied. Er blickte den Wirt ungläubig an.

»O Freund unbezahlbarer Suppe«, sagte Daduschu überaus freundlich. »Man wird mich in Babyla erwürgen, wenn ich zahle, was du willst. Ein Tal Kupfer!« Ein Zweihundertfünfundzwanzigstel des Geforderten; Gold war fünfzehnmal wertvoller als Silber, dieses fünfzehnmal so teuer wie Kupfer. Donduq-lal stieß einen Fluch aus, verschwand im Halbdunkel der Schenke und kam mit Bechern und Bierkrug zurück. »Zwei Tal Gold, du Unersättlicher.« Er füllte die Becher und sah traurig dem tropfenden Schaum zu. »Naja: Eineinhalb Gold-Tal.«

»Das wären, nach Babyla-Rechnung, satte dreiunddreißig und dreiviertel Sche Gold. Demnach reichlich fünfhundertsechs Sche Silber. Zuviel, Donduq-lal. Dreißig Sche Silber?«

»Siebzig.«

»Fünfundvierzig!« Daduschu hob die Brauen.

»Fünfzig.«

Daduschu hob die Schultern und streckte den Arm aus. Sie packten einander bei den Handgelenken und drückten fest zu.

»Hast du Gewichte?« Daduschu zog den Beutel aus dem Gürtel. Der Wirt brachte eine Waage aus Kokosnußschalen und ein Kästchen voll würfelförmiger Stein- und Kupfergewichte; ein Tal, Mehrfaches und sechs Teile davon. Daduschu wog fünfzig Sche Silber aus: fünfundvierzig Tal Silber. Sie leerten grinsend die Becher. »Du hast noch einen großen Krug Bier gut, Usch. Wie steht's mit eurem Proviant?«

»Wasser aus euren guten Brunnen. Fladenbrot für siebzehn Männer; schon auf dem Markt bestellt. Harter Käse, Öl und gesalzene Butter sind schon an Bord. Für fünfunddreißig große Krüge Bier warte ich auf dein Angebot. Obst und Früchte holen Kimmu, Tatarrud und ich am letzten Tag vom Markt. Halt! Ein paar Säcke Holzkohle.«

»Ich bekomm's von den Ziegelbrennern.« Donduq-lal deutete nach Südwest. »Holt sie bei mir ab.«

»Danke. Ich schick den Koch.« Daduschu legte eine Reihe Silberplättchen auf den Tisch. »Dank für das Bier. Am Abend kommt Ghorarti, wahrscheinlich auch Azhanya. Sie sollen auf mich warten, sag's ihnen bitte.«

»Schon gut.« Donduq-lal strich das Silber ein. »Was treibt dich in der Hitze um?«

»Unruhe«, sagte Daduschu. »Ich will nicht mitten auf dem Intu oder dem Meer aufwachen und merken, daß ich etwas vergessen habe.« Er rückte das Bronzebeil im Gürtel zurecht und ging in der einzigen breiten Gasse durch Muster aus Schatten und Sonnengrelle zum Uferdamm. Er war sicher, dort nicht auf Sinbelaplim zu treffen.

Qamuk, Hashmar und Sheheru trugen schwere, wachsversiegelte Krüge über die Planken und stellten sie vorsichtig neben die Öffnungen im Deck. Daduschu strich vier Zeichengruppen durch: Braten in Öl, Datteln in Honig, Zwiebeln in saurem Wein, Trockenfisch. Kapitän Gimilmarduk, der mit Jarimadad die Deckskiste aufräumte, nickte Daduschu zu und rief:

»Fehlt nicht mehr viel auf deiner Liste, wie? Denk dran, daß wir auch von den guten Sachen bis Magan essen wollen.«

»Laß ihn, Gimil. Er macht seine Sache besser als der alte Ingurakschak, wenn du ehrlich bist«, sagte Jarimadad beschwichtigend. »Bis jetzt sieht sogar alles viel ordentlicher aus als auf mancher früheren Fahrt.«

Daduschu klappte die Brettchen zusammen und klemmte den Griffel ein. »Abgerechnet wird in Babyla, bei Shindurrul, Jarimadad. Zufrieden?«

»Sehr zufrieden«, sagte Jarimadad, drehte den Kopf und starrte zum Heck der *Geliebten*. Sinbelaplim war aus dem Laderaum an Deck geklettert und stand auf der Planke. Er krallte die Finger in den Bart, sein Gesicht war fahl und wie versteinert. Langsam kam er näher und sagte heiser:

»Ja. Scheinbar macht er seine Sache besser als jeder andere, wie? Verlaßt euch darauf: in Babyla wird abgerechnet. Da wird sich nämlich herausstellen, daß Ingurakschaks Nachfolger mehr an seinen Gewinn denkt als an Shindurrul und den Palast.«

»Steuermann Sinbelaplim!« Jarimadads Stimme war scharf wie eine Messerschneide. Daduschu atmete flach; seine Lider flatterten. Sinbelaplim machte vier Schritte und schwankte. Seine Fäuste öffneten sich.

»Ingurakschak«, keuchte er, »er war der Beste. Kein anderer wurde gefragt, ob er für Shindurrul fahren will. Babyla ist voller Männer, die besser rechnen, besser rudern, mit denen man reden kann, trinken und im Sturm stehen.«

Hashmar näherte sich der Bordwand, die Hand am Dolchgriff. Jarimadad kam vom Achterdeck herunter, die Reservepinne in beiden Händen.

Daduschus Finger berührten die Bronzeschneide des Beiles. Sinbelaplim hatte die Augen geschlossen und schwankte. »Wir rechnen ab.« Er schien zu sich selbst zu sprechen. »Es gibt andere. Bessere Männer. Keine höflichen Grinser und Lächler, nein. Die stolz den Bart tragen. Denen die Weiber nicht nachrennen. Die sich fürchten im Sturm.«

Er öffnete die Augen. Die Männer an den Schiffen standen regungslos da. Dann hob Sinbelaplim die Hand und deutete zwischen Daduschus Augen. Sein Zeigefinger zitterte wie im Fieber. Als er wieder sprechen konnte, klang seine Stimme wie die eines Ertrinkenden.

»Wir sind noch lange nicht fertig miteinander, ich und du. Und die anderen in Babyla. Vielleicht hast du überall Freunde, aber deine Feinde sind mächtiger. Ich sage dir: sie werden dich vernichten.«

Jarimadad sprang über die Bordwand und drängte sich zwischen Daduschu und Sinbelaplim. Er schob Sinbelaplim mit dem geschwungenen Holz der Pinne zum Heck der *Geliebten* zurück. Daduschu konnte gerade noch verstehen, was er sagte.

»Ich schwör's bei Marduk, Steuermann! Tu deine Arbeit und bringe keinen Unfrieden unter uns. In zwei Tagen laufen wir aus – ich rate dir: bring dein Schiff nach Babyla und halte dich von Daduschu fern. Es mag sein, daß ich mich sonst vergesse.«

Er packte ihn am Arm und schob ihn zur Planke. Etwas leiser und, als spräche er zu den neugierigen Frauen an den Brunnen, sagte er: »Wenn ich mich vergesse, hat immer jemand teuer dafür bezahlen müssen.«

Gimilmarduk schnippte mit den Fingern. Daduschu hob den Kopf. Der Kapitän flüsterte:

»Verzieh dich zu Azhan, Ghora oder zum Wirt. Geh ihm aus den Augen. Schnell.«

Er zwinkerte und ruckte den Kopf. Daduschu nickte und ging auf die Mauern der Unterstadt zu. Der Schweiß, der über den Rücken, aus den Achselhöhlen und über die Brust lief, war eiskalt. Er zog sich ins kühle Halbdunkel seiner Wohnung zurück und wünschte, er wäre beim Palmenteich auf Dilmun, bei Alalger.

Die Nacht zum elften Tashritu, dem neunten Mond, war warm und sternenklar. Daduschu leerte den Kürbiskrug über seinen Kopf und ließ die Stunden eines langen Tages an sich vorbeirinnen wie die kühlen Tropfen: Abschied von Leshaqqat, Frischwasser für die Schiffe, ein langes Gespräch mit Sadir Puabi und einige Becher Bier, ein Besuch bei Hirmagans Familie, das Durchsehen der Listen mit Gimilmarduk, ein paar Worte und ein kurzer Abschied vom Hafenmeister Mazarbul, ein stilles Essen, bei dem Azhanya versuchte, fröhlich zu sein, und Ghorarti sich traurig an ihn lehnte: er taumelte und schnappte nach Luft. Er trocknete sich flüchtig ab, wickelte das Tuch um die Hüften und ging in den Schlafraum. Ghorarti hatte sämtliche Lämpchen angezündet und saß auf dem Bett, die langen Beine auf der Truhe aus geöltem Rotholz.

»Sieben Stunden, Usch.« Sie flüsterte; ihr Lächeln war einen Atemzug lang voll Schmerz. »Seit vier Tagen geht der Wind nach Südwest. Leg dich zu mir und halt mich fest.«

Ihre Kleidung und drei Handvoll Schmuck lagen auf dem Tischchen. Daduschus Fingerspitzen glitten von ihren Schläfen zur Furche zwischen den Brüsten. »Wenn es denn so ginge wie in unseren Träumen, Nußäugige, sind es unsere schönsten Stunden. Sicherlich haben deine wasserholenden Nachbarinnen längst erzählt, daß der Steuermann mich seiner Zuneigung versichert hat.« Sie streckten sich nebeneinander aus. Ghorarti legte beide Hände mit gespreizten Fingern auf ihren Bauch und nickte. »Ich weiß.«

Er küßte sie ruhig, fast leidenschaftslos, mit großer Zärtlichkeit. Ghorarti atmete laut, ihre Augen erforschten sein Gesicht, die fünf Flämmchen bildeten darin winzige Strahlenpünktchen. Sie liebten sich ruhig, schwingend wie Dünungswellen, schwiegen lange und lächelten viel; Daduschu strich die Tränen aus ihren Augenwinkeln und flüsterte:

»Schicksal. Deine, meine Götter, die Babyla-Schiffe – du glaubst mir, daß ich bei dir bleiben würde?«

Ghorarti nickte lächelnd. »Hätte ich's nicht am Anfang gewußt, dann würdest du jetzt noch Wasserkrüge schleppen. Es waren schöne dunkle Nächte voll herrlicher Begierde. Ich wünschte, wir hätten mehr helle Tage füreinander gehabt.«

Daduschus leises Gelächter riß ab. »Ja. Das ist es. Jetzt, wo du es sagst, Ghorarti, erkenne ich es auch.«

Sie schlang die Arme um ihn und lenkte ihn von tieferen Nachdenklichkeiten ab. Kurz vor Morgengrauen, als Hashmar auf den Stufen des Einganges wartete, zog sie sich schweigend an und blies die vorletzte Ölflamme aus. Während sie den schweren, halbmondförmigen Schmuck im Nacken knotete, richtete sie sich auf. Ihre Stimme versagte fast.

»Wenn du zurückkommst, Usch, in einem Jahr, wirst du auch an den Tagen Zeit haben müssen. Für mich. Und, noch mehr, für deinen Sohn.«

Er fuhr herum, starrte in ihre Augen. Sie legte die Hände auf seine Schultern, küßte seine Stirn, die Augen und den Mund, dann verließ sie schnell und lautlos wie eine Traumgestalt das Haus. Nach unbestimmbar langer Zeit spürte Daduschu, wie ihn Hashmar an der Schulter rüttelte.

»Es ist Zeit«, sagte er. »He! Wach auf. Gimil wartet auf deine schwere Truhe und auf dich.«

Daduschu nickte. Er brachte schweigend seinen Besitz an Bord.

Eine halbe Stunde danach, im goldfarbenen Morgengrauen, ächzten die Riemen und trieben die Schiffe durch das bewegungslose Hafenwasser, an den Baumstämmen vorbei ins klare Intu-Wasser. Trockener Wind voller Sandkörner fuhr in die knallenden Segel. Daduschu stand schweigend und starr an Steuerbord im Heck und sah, blicklos, die Ufer vorbeiziehen. Er fürchtete sich vor jedem weiteren Tag der langen Fahrt und vor der Stunde des Verstehens.

Gimilmarduk und Sinischmeani, ebenso unausgeschlafen wie er, steuerten die *Zwielicht* in der Mitte des Stromes. Als eine Schicht schwarzen Rauches über das Wasser trieb, drehten sie ihre Köpfe. Auf einer gekrümmten Zunge Schwemmland, zwischen grau überstäubten Büschen, pendelte der Elefantenbulle langsam mit dem Rüssel. Im Nacken des Tieres saß Kinthara, hob mit beiden Armen langsam den Hakenstock in die Höhe und blickte in die Morgenwolken. Gul trompetete dreimal; Schreie, die den Morgen zerteilten wie scharfe Sägeblätter. Er schaukelte hin und her, drehte sich und stapfte auf die niedrigen Stapel der trocknenden Lehmziegel zu. Kinthara kniete auf seinem Rücken und wartete regungslos, bis die Schiffe hinter der Krümmung verschwanden. Nach neun Tagen schob sich der Bug der *Zwielicht* durch die Brandung.

22. Die Bucht der Sturmvögel

Daduschu hatte an Kanaddu zwei dünne, bestickte, bunte Kleider verkauft, zu einem Preis, den er selbst für wenig freundschaftlich hielt. Er hob den Korb hoch, nickte dem Bauern zu und ging zwischen den jungen Palmen Meluchhas auf die Hügel zu. Er drehte sich um: die Ruderer trugen Krüge voll Frischwasser zum Schiff. Der Steinmann hatte eine spiegelnd polierte Kupferplatte in eine Astgabel geklemmt und malte graue Linien auf seinen Oberschenkel. Als er Daduschus Schritte hörte, hob er den Kopf.

»Ist da jemand, der mir Essen bringt?«

»Und einen Krug Bier. Ich bin Daduschu, vom Schiff.« Er kletterte über die Felsen und stellte den Korb in den Sand. »Sag, Steinmann, warum mischst du deinen Urin in den Sud?«

Der Steinmann legte das ausgefaserte Hölzchen in den grauen Farbbrei zurück, kicherte und richtete seine leeren Augen auf Daduschu. Seine Finger tasteten über das Essen.

»Weil die Pilze, die mir Kanaddu bringt, im Wasser bleiben. Ich koche einmal den Aufguß, kann ihn fünfmal trinken, und fünfmal sprechen die Sterne zu mir. Der Steinmann weiß: du glaubst ihm nicht.«

Vor der Höhle und rund um den Feuerkreis herrschte die Unordnung, an die sich Daduschu erinnerte. Er lehnte gegen den Steinblock und hob die Schultern.

»Ich glaube dir, wenn ich erlebe, daß du mir etwas aus der Zukunft zeigst. Aber bisher...«

Wieder kicherte der Steinmann. Er zog den Bierkrug aus dem Korb. In seinen Mundwinkeln bildete sich weißer Schaum.

»Wirst sehen, Seemann: sieben große Sterne sagen's. Was dein Herz denkt, wird dich stechen wie Messer. Sieben Skorpione, sieben dicke Fäden im Spinnennetz. Sieben große Sterne wollen über alle Sterne herrschen. Wenn mitten am Tag die Nacht kommt. Dann strahlt das Siebengestirn.«

Daduschu war so bestürzt wie beim ersten Zusammentreffen. Er fühlte entsetzt, daß er mehr zu begreifen schien: sieben Namen im Spinnennetz, von dem Suqqalmach Awelninurta gesprochen hatte? Alalger? Sonnenfinsternis? Er holte tief Luft. In der Edubba hatten sie gelernt, wie die Priester mit langen Berechnungen den Tag festlegen konnten, an dem sich die Sonne verdunkelte. Vielleicht konnte Awelshammash eine Mond- oder Sonnenfinsternis errechnen; er selbst konnte es nicht. Viele Monde lang waren sie unterwegs – was war inzwischen im Land Sumer und in seiner Heimatstadt geschehen? Galten noch Hammurabis Macht und sein Gesetz? Tiriqan? Waren die Fäden von Shindurruls Netz zerrissen? Der Steinmann kicherte schrill. »Siebenfache Verstümmelung, siebenfacher Tod. Dich trifft der Giftdorn zuerst, Seemann Daduschu.«

Der Steinmann zog den Wachsverschluß vom Krug und trank. Er kratzte sich zwischen den Beinen.

»Du redest von Dingen, die niemand kennt. Wie soll ich dir glauben können?«

»Gleich ist es dem Steinmann, ob du glaubst oder nicht.«

»Eigentlich wollte ich nicht herkommen.« Daduschu bereute seine Neugierde. »Der Kaufmann hat gesagt, daß du Unglück bringst.«

»Wenn die Ungläubigen Angst haben, werden sie den Steinmann töten. Wahrheit ist böse, Zukunft wird wahr. Du bist ein guter Kerl. Dank fürs Essen. Mehr sagt dir der Steinmann nicht. Weißt schon zuviel.«

Daduschu wartete schweigend. Der Steinmann setzte sich auf die untergeschlagenen Beine und schaukelte mit dem Oberkörper. Auf den Schultern schimmerten frische Malereien von Steinen in düsteren Farben. Als der Steinmann zu summen begann, wandte sich Daduschu ab und ging zurück zum Hafen. Die Umgebung bedrückte ihn ebenso wie dieser dämonische Blinde.

Auch der Anblick von Besatzungen und Schiffen aus dem südlichen Intu-Gebiet mit ihren fröhlichen Farben und dem heiteren Geschrei half wenig.

Am nächsten Morgen wurden die Schiffe aus dem Hafen gerudert. Daduschu erinnerte sich an düstere Träume, in denen während einer Sonnenfinsternis viele Priester unnennbare Greuel begingen.

Gimilmarduks Finger, fast schwarzgebrannt, flochten winzige Knoten in die aufgefaserten Schläge des Tauendes. Das Tau lief um die Pinne und war an der Bordwand festgeknotet. Daduschu lehnte im Backbordsitz, hatte seine Füße auf der Pinne und hielt sie, ziehend und mit der Sohle schiebend, in gerader Stellung. Seit fünf Tagen und Nächten schob der trockene Wind aus Nordost die Schiffe vor sich her; klatschend und zischend, in stetigem Takt, spreizte sich der Gischt der Bugwelle. Daduschus Körper, nur von dem schmalen Stoffstreifen um die Hüften geschützt, glänzte; das Schiff roch durchdringend nach dem Kräuteröl aus Moensh'tar, das die Haut vor Sonnenbrand schirmte und Stechmücken besser vertrieb als Zedernöl. In jedem Fleckchen Schatten lag ein Schläfer.

»Eigentlich ist Sinbelaplim ein guter, ehrlicher Mann«, sagte der Kapitän. »Es muß etwas geben, tief in ihm, das ihn auffrißt. Vielleicht, weil diese Nigalli beim Priester liegt, wenn er auf See ist. Niemand weiß genau, was es ist. Ich habe mit Jarimadad lange über ihn gesprochen.«

Gimilmarduk deutete mit dem Daumen über die Schulter. In der Kielspur der *Zwielicht* segelte die *Geliebte*, ebenso tief im Wasser wie das eigene Schiff. Kupfer und glänzende Steinplatten, Edelholzblöcke und Säcke, prall von minder wertvollen Edelsteinen, füllten den Laderaum. Daduschu sagte: »Ich habe keine Angst vor ihm. Aber in den Häfen fürchte ich seine Listen. Magan und Dilmun. Und vielleicht das Schilf am Buranun.«

»Klug, Usch. An diesen Orten sollten wir wachsam bleiben. Aber – es gibt keinen Beweis, keinen Zeugen, keinen Täter, den man kennt. Bis Magan kannst du ruhig schlafen.«

Daduschu sah den fliegenden Fischen zu, deren grauweiße Körper von Wellenkamm zu Wellenkamm zitterten.

»Längst hat der Regen am Intu aufgehört.« Gimilmarduk deutete träge zum Himmel. Im Süden ballte sich ein Wolkenturm. In dem scharfen, schmerzenden Blau loderte die Mittagssonne. Große, schwarze Vögel segelten gegen den Wind und schossen ab und zu steil in die Wellen hinunter »Wir könnten es durchaus schaffen, einen Mond früher im Buranun zu sein, Usch.«

»Damit bringen wir Shindurruls Rechnung durcheinander.«

»Was soll's. Er findet etwas, um uns zu beschäftigen – und wir erleben das Ende früher. Sinbelaplims Haß, unsere reiche Ladung, die Priester, die wirren Prophezeiungen des Steinmanns; je eher sich alles erledigt, desto besser für uns alle. Und du, Tiriqan und Shindurrul – ihr findet zurück zur Ruhe!«

»Was jedermann freuen würde.«

»Wahr gesprochen.«

Die Stunden schleppten sich dahin. Das Land an Steuerbord zog unmerklich langsam vorbei; graue, braune und gelbe Flächen, von tiefschwarzen Schatten zerkerbt, an manchen Stunden des Tages unter einer Barriere weißer Wolken. Hin und wieder waren die Segel von Intu-Schiffen vor dem Horizont zu erkennen, deren Ziel wohl auch Magan war. Zwischen spätem Mittag und Dämmerung, als Sinischmeani und Kimmu zum Bug tappten, um ihr Wasser abzuschlagen, brummte der Kapitän:

»Hol uns zu trinken, Usch.«

»Wollt ihr Bier, Sud oder Wasser?«

Gimilmarduk wischte Salz und Schuppen aus dem Haar, zuckte dreimal mit den Schultern und grunzte. Daduschu schlang das Tau um die Pinne und sagte: »Ich hab verstanden. Bier.«

Er kletterte über die Sprossen der Luke, suchte im Halbdunkel des Laderaumes und fand, von Hashmar sorgfältig an einen Spant gebunden, den halbleeren Bierkrug. Er suchte Becher und hob seine Schultern aus der Luke. Gimilmarduk und Sinischmeani standen auf dem Achterdeck, drehten die Köpfe und sahen aus, als ob sie erschreckt das Meer, den Himmel und die Wolken prüften. Daduschu goß Bier in die Becher und sagte: »Was, bei Marduk und Pasu-Pati, macht euch unruhig?«

Der Kapitän deutete mit der Hand, die den Becher hielt, nach Backbord. Daduschu schob das Band des Augenschutzes in die Stirn und starrte in die angegebene Richtung. »Im-Gig. Der dunkle Sturmwind?«

»So sieht es aus«, sagte Gimilmarduk. »Und jetzt sollten wir das Schiff sicher machen.«

»Kimmu, Hashmar, Sheheru und Sharishu!« rief der Steuermann. »In einer Stunde haben wir die Dämonen der Wellen an Bord.«

Noch war Zeit, die Becher zu leeren. Ein Wink des Steuermannes, der Daduschus Pinne packte und sich das Ende eines dünnen Seiles in den Gürtel knotete, scheuchte Daduschu in den Kielraum. Aus dem weißen Wolkenturm war ein schwarz-graues Ungetüm geworden, das in die Höhe und Breite wuchs und der Sonne entgegenstrebte. Die vier Ruderer fingen an, das Segel von beiden Seiten einzuschlagen; sie ritten auf der Rah und lösten die hartgezurrten Knoten.

»Sheheru!« brüllte Gimilmarduk zornig. »Du sollst dich sichern!«

Der Ruderer duckte sich und schlang das Ende der Leine um die Rah. Der Wind heulte in anschwellenden Stößen und schien nach Nord zu drehen. Daduschu kam wieder aus dem Laderaum herauf, um Luft zu holen. Er hatte versucht, Teile der Ladung zurechtzurücken und mit Tauwerk zu befestigen. Vom Achterdeck sah er, wie sich die Farbe der Sonne veränderte; sie schien kleiner und greller geworden zu sein. Ihr Glanz stach unerträglich auf die grauen Wellen herunter. Auch auf der *Geliebten* wurde das Segel verkleinert. Beide Schiffe segelten nach Nordwest, auf das Land zu.

Talqam und Kimmu sicherten die Luken und Decksplatten und halfen Daduschu. Die letzten Taue und Leinen wurden dazu benutzt, schwere Ballen und Kisten festzuzurren. Sie spannen sich im Zickzack durch das Halbdunkel zwischen Bug und Heck. Daduschu stopfte sein Bündel in einen Winkel und legte das Wams zurecht, ehe er wieder die Leine neben der Gürtelschnalle festknotete.

In Wolkenstrudeln aus Grau und Schwarz versank die Sonne. Zuletzt hatte es ausgesehen, als brenne am Horizont das Wasser. Als Daduschu später mit steifen Knien aufs Achterdeck stieg, unterbrach schrilles Geschrei die drohende Ruhe: sieben schwarze Sturmvögel kreisten um den Mast, schwangen sich in die Höhe und strichen nach Norden ab, die Sichelschwingen zeichneten Schattenrisse gegen das dunkle Blau. Gimilmarduk senkte den Kopf und musterte über Daduschus Schultern hinweg die heranrollenden Wellen und ein dunkelgraues Regenband, das ins Meer peitschte.

»Ein Gewittersturm. Dauert zwei, drei Stunden«, knurrte er. »Ausgerechnet in der Nacht und« – er zeigte zum Land, das in der Dämmerung verschwand – »dorthin.«

Daduschu wußte nichts zu erwidern. Wellen, Sturm und Wogen kannte er; er hatte alle Schrecknisse überlebt. In den vielen Monden auf dem Meer war er stärker und selbstbewußter geworden und glaubte, nichts mehr fürchten zu müssen. Aber trotz seiner Kraft ängstigte er sich noch immer. Seine Blicke glitten über die Wogen. Sheheru und Washur zogen die Schoten des Segels straff durch. Nur wenn der Wind nicht voll auf dem Stoff stand, konnten sie das Doppeltau anziehen. Die Fläche des Segels war auf ein Drittel verkleinert, bei einem Sturm wahrscheinlich noch zu viel. Sharishu füllte das Öl der Hecklaterne auf, zündete sie an und befestigte Laterne und Schirm mit dreifachen Lederbändchen. Die Besatzung arbeitete schnell und wortlos, prüfte jeden Knoten und spannte die Hafentaue zwischen Bug, Mast und Heck. Am Spiel der Muskeln des Steuermannes sah Daduschu, daß der Druck auf die Steuerruder zunahm. Die erste Sturmbö jaulte heran und schien die Wellen flachzudrücken. Einen Atemzug später war alles in Schwärze gehüllt. Hastig streifte sich Daduschu das Wams über die Schultern.

Das *Auge des Zwielichts* wurde auf den schäumenden Kamm

der Dünungswelle gesogen. Dort packte der Sturm zu, drehte das Schiff herum und jagte es schräg abwärts ins Wellental. Das Segel schlug und knallte, ein Tau wirbelte wie eine Peitschenschnur durchs Dunkel und traf Sheheru um den Hals und die Schultern. Er wurde von den Beinen gerissen, überschlug sich und packte ein anderes Tau. Während sich das Schiff schüttelte und aufbäumte, rutschte Sheheru am Tau herunter und schlug, von der dicken Leine gewürgt, mit dem Kopf auf die Bordwandkante. Der Körper sackte zusammen, das aufwickelnde Tau drehte ihn dreimal und schleuderte ihn mit wild schlenkernden Gliedmaßen bis neben die Luke.

Daduschu torkelte vorwärts und packte beide Pinnen am äußersten Ende. Zwischen den Wolken und hinter dem Regen, der undurchdringlich und wie ein einziger Guß die Körper traf und binnen weniger Atemzüge die Richtung wechselte, zuckte der erste Blitz auf. Daduschu sah, wie Kimmu versuchte, den Körper in die Luke zu zerren. Der Ruderer machte ein verzweifeltes Zeichen; Daduschu verstand, daß Sheheru tot war.

Über das pralle Segel rannen Ströme von Regenwasser. Wütender Regen schlug auch in die schäumenden Wellen ums Schiff. Der Donnerschlag betäubte die Mannschaft und hinterließ einen unerträglichen Ton in den Ohren.

Blitze und Donner, Sturm und Wasser aus der Finsternis; das Schiff hob und senkte sich, legte weit nach Steuerbord und Backbord über, und der Himmel schien sich bis zur Mastspitze heruntergesenkt zu haben. Krachend stürzten riesige Brecher aufs Deck, schlugen gegen den Bug und zerstäubten in riesigen Fontänen unter dem Heck. Das Wasser rann in schaumigen Wellen über die Planken und floß seitlich ab, stürzte in die Luke, zerrte an den Füßen der Männer. Jeder dritte Atemzug war begleitet von einem scharfen Ruck, mit dem ein taumelnder Körper an der Leine riß. Wer sich hochstemmen konnte, wurde aufs Deck geschleudert. Die Haut begann unter dem ständigen Hämmern riesiger Tropfen zu schmerzen, am meisten die Handflächen, die sich ums Holz der Pinne krampften. Das Schiff ächzte und knarrte, und der Mast schrieb Kreise und Schlangenlinien in die heulende Luft. Einmal rasten von Steuerbord kleine weiße Kugeln durch die Schwärze, klapperten gegen die Holzteile und zerfetzten Schultern und Beine. Die Hagelschloßen häuften sich in Winkeln an und schmolzen knisternd, bis die nächste Sturzwelle sie wegwusch. Die *Zwielicht* richtete sich steil auf, verharrte lange in dieser Stellung und krachte zurück in die Wellen.

Im gleichen Augenblick riß eine hochwirbelnde Heckwoge das Licht aus der Halterung und zerfetzte die Lampe, als sie durch die nasse Finsternis davonwirbelte. Durch den Lärm hörte Daduschu das Fluchen des Steuermannes. Der Sturm, unerbittlich, rastlos, furchtbar in seiner Unsichtbarkeit, zwang das Schiff in einen stundenlangen Kampf. Die *Zwielicht* tanzte in den Wellen, schwankte, hob und senkte sich in der Dünung, wurde irgendwohin geschleudert. Der Leichnam des Ruderers rollte umher, überschlug sich, wurde zwischen Mastfuß, Luke und Achterdeck hin und her gewirbelt. Gimilmarduk, Daduschu und Sinischmeani kämpften mit den Pinnen. Ihre Körper wurden gegeneinander geschleudert, krachten gegen die Bordwand, die Pinnen schlugen gegen Unterarme, Bäuche und in die Rippen. In der Regenflut erkannten sie gerade noch schemenhaft ihre Gesichter, in denen Augen und Zähne unnatürlich weiß hervortraten. Wieder riß eine Bewegung am Tau, und Daduschus Hüfte prallte gegen die Bordwand. Nur im Aufzucken der Blitze vermochten sie zu erkennen, daß sich das Schiff, noch immer nicht zerbrochen, durch ein weißes Gebrodel bewegte. Der Alptraum hörte nicht auf. Herzschlag um Herzschlag, Atemzug um Atemzug, keuchend, mit brennenden Augen und blutender Haut, schmerzenden Muskeln und Knochen, stemmten sich vier Männer gegen die Pinnen und zogen daran; Hashmar hatte es geschafft, sich zum Achterdeck hinaufzukämpfen. Die Blitze zuckten seltener, das Donnerkrachen entfernte sich. Unsichtbare Wellen trafen auf die schwingende Dünung, rammten aus unergründlicher Tiefe steinharte Kreuzseen gegen den Kiel, warfen das Schiff hin und her – die Nacht schien nicht zu enden.

Niemand vermochte mehr klar zu denken. Daduschu klammerte sich ans Schiff und hatte selbst die Namen der Götter vergessen, die sie anflehen wollten. Obwohl das Gewitter fortgewalzt war, schlug in der Nähe ein Blitz ins Wasser und zeigte ein weiteres Schreckensbild. Die *Zwielicht* jagte mit prallem Segel scheinbar durch die Spitzen der Wellen, hinterließ eine breite Kielspur, dann war alles vorbei. Jetzt segelten sie in ein ungeheures Zischen hinein, ein stampfendes Fauchen, das sich in der Ferne verlor und wieder lauter wurde. *Die Brandung!* Jeder dachte gleichzeitig das gleiche. Nur noch ein paar Atemzüge, bis das Schiff an Felsen zerschellen würde.

Die Vier an den Pinnen kämpften noch gegen die Schrecken, als sich der Bug hob, übertrieben langsam wieder nach vorn kippte, und plötzlich lag das Schiff völlig ruhig. Sie konnten tief Luft holen und warteten auf den letzten, tödlichen Schlag. Der Kiel schrammte über etwas Weiches, die rasende Fahrt wurde langsamer, das Schiff schien aufzuschreien. Es war, als ritten sie auf einer gewaltigen Dünungswoge durch eine Bucht. Wieder stöhnten und ächzten die Planken. Fremder Geruch umgab sie. Der Mast federte zum Bug und zurück; das Tauwerk zirpte und tönte knirschend. Ein gewaltiger Stoß traf den Rumpf. Tauwerk riß, die Männer wurden über die Pinnen geschleudert, gleichzeitig legte sich die *Zwielicht* auf die Backbordseite und zitterte, als die Planken über Sand, Stein oder nasse Kiesel schürften. Aus dem Kielraum dröhnten und polterten Steinplatten.

Sinischmeani stemmte sich keuchend aus einem Gemenge aus Körpern heraus, stützte sich gegen die Bordwand und half dem Kapitän auf. »Marduk... war... gnädig«, verstand er. »Gestrandet. Auf Sand oder... Schlick.«

Sie stellten sich nebeneinander an der Backbordwand auf, nachdem sie sich losgebunden hatten. Das Steuerruder war nach hinten verdreht worden; noch immer rissen einzelne Stränge der Taue. Hashmar röchelte, nachdem der Lukendeckel auf die Planken geschlagen war: »Ich versuch's mit dem Licht.«

Das Zischen in den Ohren ließ ebenso langsam nach wie das

Brennen der Augen. Schließlich sagte Gimilmarduk in schleppendem Tonfall und leise: »Wir sind in einer Bucht. Ich kenne sie, wahrscheinlich. Nur Sand und Vögel im Salzwasserschilf. Wir haben's überlebt. Der arme Sheheru hat das Unglück auf sich gezogen und uns gerettet.«

»Wie meinst du das?« fragte Daduschu verwirrt.

»Hast du nicht gewußt, daß sich jeder Sturm legt, wenn ein Mann an Bord stirbt – als Opfer für den Sturmgott?« antwortete der Käpten ernst.

Hashmar brachte zwei brennende Lampen über das schräge Deck. Kimmu und Talqam hantierten schweigend mit dem Kupferkessel. Im Laderaum knirschten die Scherben der Wasserkrüge. Die Strickleiter fiel an Backbord, bald leuchtete die andere Hecklaterne. Daduschu fand zwei Fackeln, kletterte hinunter und setzte sich erschöpft in den Sand. Ohne die Bedeutung wirklich zu erkennen, sah er, daß am Heck große Teile des Unterwasserbewuchses weggerissen worden waren. Das Holz glänzte hell. Er schwenkte die Fackeln und humpelte einmal ums Schiff herum; langsam klärten sich seine Gedanken. Zwischen dem Kiel, der tief im braunen Schlamm steckte, und der Wasserlinie sahen die rohen Planken hervor. Das Heck lag in niedrigen Wellen. Als er den Kopf hob, sah er zwischen ziehenden Wolken einige Sterne. Er ging zurück zum Bug und zwei Dutzend Schritte geradeaus durch feuchten Sand. Sie lagen am Fuß einer flach ansteigenden Düne. Als er wieder beim Schiff war, brannte Feuer unter dem Kessel. Sheherus Leichnam wurde an einer Tauschlinge heruntergelassen.

Gimilmarduk taumelte und hielt sich an der Bordwand fest. Er sprach langsam und holte zwischen den Worten tief Luft.

»Zuerst trinken wir den heißen Kräutersud. Dann sucht sich jeder einen trockenen Platz. Wir müssen schlafen. Jeder hilft dem anderen mit dem Intu-Öl.« Er hielt die Handflächen ins Licht. Sie zeigten das rohe Fleisch an den Handballen und Fingern. »Morgen begraben wir den armen Kerl. Wie sieht's unter Deck aus?«

Hashmars Geste sagte alles. Decken und Mäntel, triefend naß

wie alles übrige, wurden aus dem Schiff geholt. Der Mond, eine fette Sichel, schien durch Wolkenstreifen in den Sternenhimmel hinauszurasen. In der Ferne zuckte Wetterleuchten. Die Stille, nur von schwacher Brandung durchbrochen, beruhigte, aber die Besatzung spürte die Erschöpfung jetzt doppelt. Daduschu zwang sich, an Bord zu klettern, Becher und Krüge im Durcheinander des Laderaumes zu finden. Er löste die Sicherungen der Luken und Deckstelle, zog die Truhe mit den Tontafeln zwischen Ballen und Packen hervor und stellte sie in einen Winkel des Achterdecks. Er ließ sich schwer in den Sand fallen. Schließlich saßen und lagen die Männer im Kreis um das Feuer, tranken heißen Sud mit Wein gemischt und rieben einander streng riechendes Öl auf die salzverkrustete Haut. Zehn Schritt entfernt, auf der anderen Seite des Schiffes, lag Sheherus Leichnam. Daduschu betrachtete ihn schweigend. Durch seine lastende Erschöpfung stahl sich ein Gedanke. Es hatte Sheheru getroffen; ebenso unbarmherzig hätte das Schicksal ihn töten können. War er, weil er überlebt hatte, stärker geworden?

23. Im Palmenwäldchen

Maschkan-Schabrim, der Vorsteher aller Händler Babylas, hatte sich übersetzen lassen. Er wartete, fast unsichtbar, zwischen den Stämmen des Palmenwäldchens am Leben-für-Babyla-Kanal. Shindurrul spazierte langsam vom Nordtor entlang des schmaleren, von Tamarisken und hochgewachsenem Schilf gesäumten Kanals und hob die Hand, als er im schmalen Boot, das drei Männer aus dem Palast paddelten, den Suqqalmach erkannte. Wie Maschkan und Shindurrul trug auch er einfache dunkle Wollkleidung.

Der Handelsherr begrüßte Maschkan und setzte sich auf einen Stapel Palmholzbalken.

»Man kann uns vielleicht hier sehen«, sagte er leise und lauschte dem Plätschern und dem Rascheln des Schilfs, die das lederbespannte Boot verursachte. »Aber niemand kann hören, was wir zu besprechen haben. Sind auch deine Geschäfte, Freund Maschkan, zufriedenstellend und ertragreich?«

Der Vorsteher faßte Shindurruls Handgelenk und lächelte zwischen den tiefschwarzen Bartlocken.

»Eigentlich sollte ich die Haare raufen und laut klagen, denn einem Händler, der nicht vom baldigen Verlust des letzten Silberstäubchens berichtet, glaubt man nicht. Meine Geschäfte gehen, Marduk half und war milde, so gut wie deine und die aller Handelsmänner, über die ich berichten kann. Oder fast aller.«

»Warum das so ist, brauche ich dir nicht zu sagen.«

»Schwerlich, Herr der Intu-Schiffe.«

Shindurrul streckte den rechten Arm aus und zog Awelninurta über die Böschung herauf. Leise grüßte der Suqqalmach ihn und Maschkan. Er lehnte sich an einen Stamm und blickte schweigend um sich.

»Wir sind allein«, sagte Maschkan.

»Wir sind nicht allein, wenn es um den Erhalt der Macht unseres Herrn Hammurabi geht«, sagte Shindurrul. Der Ernst seiner Worte zeigte sich in seinem Gesicht. »Aber wir gehören zu den wenigen Männern Babylas, die sich Sorgen machen. Was weißt du, Awel, du, mit deinen tausend Augen und Ohren, von irgendwelchen Finsterlingen, die Ruhe und Frieden, sichere Straßen, gute Seewege und saubere Häfen, Ordnung in den Gassen und auf den Kanälen, Hammurabis Gesetz und die befriedeten Städte ringsum ebenso hassen wie einen gerechten Herrscher?«

»Das Volk Sumers und die Bewohner unserer Stadt verehren die segensreiche Macht Marduks. Schamasch und andere Götter verlieren an Bedeutung, weil das Volk Marduk bevorzugt. Einige Priester fürchten den Verlust ihrer Macht, wenn Marduk mächtig wird. Diese Männer – und vielleicht auch die eine oder andere Tempelpriesterin – hat Hammurabi zu fürchten. Was er zu fürchten hat, geht mich unmittelbar an. Und euch ebenso. Noch scheint viel Zeit zu sein, und wir können langsam, in der Art alter Männer, miteinander über alles reden.«

Awelninurta ließ sich zurücksinken und holte unter dem Mantel einen handgroßen, bauchigen Krug hervor. Shindurrul sah zu, wie der Suqqalmach den Verschluß herauszog und trank; er streckte die Hand aus uns sagte:

»Mein Ziehsohn Daduschu soll den Priestern über die Intu-Götter berichten. Er wird, ahne ich, von Göttern sprechen, die mit den Menschen in fröhlicher Eintracht leben.«

»Er wird«, sagte Awelninurta und reichte den Krug an Maschkan-Schabrim weiter, »auch davon berichten, daß man Moensh'tar auf andere, vielleicht freiere Weise regiert als Babyla und Sumer.«

»Wenn das so ist, wird er es zweifellos erkennen.« Shindurruls metallene Fingerkuppen klickten gegen den Krug. »Und berichten.«

»Du sorgst dafür, Shin, daß er nur Hammurabi und uns berichtet?«

»Ich sorge dafür.« Shindurrul nahm einen vorsichtigen Schluck vom starken, fast schwarzen Wein. »Allerdings halte ich ihn für klug genug zu verstehen, daß er sein Wissen auch ohne meinen Rat oder mein Verbot nicht an die Falschen weitergibt.«

Awelninurta nickte. »Seine schöne Freundin steht unter meinem Schutz. Man bewacht ihr Haus und ihre Wege.«

»Ich hab's gemerkt.« Shindurrul trank und gab den Krug an Maschkan weiter.

»Was am Intu Gesetz ist, wie sie's mit der Macht halten, gilt nicht für uns Schwarzköpfe«, sagte Maschkan.

»Richtig. Haben deine Soldaten, Awel, eine Spur von den Nomaden, die Daduschus Schwester und, vorübergehend, auch mich entführt haben?«

Der Suqqalmach schüttelte den Kopf.

»Weißt du, was die Priester planen?«

Awelninurta warf Maschkan unter schwarzen, buschigen Brauen einen Blick zu.

»Nein. Was immer sie vorhaben, Freunde, sie können es nicht ohne das Volk. Wenn sie mit den kleinen Stadtkönigen sprächen, um sie zum Aufstand zu bewegen: ich wüßte es. Hammurabi im Schlaf erdolchen oder vergiften: unmöglich. Eher wälzen sich Diener, Köche oder Sklavinnen wimmernd am Boden. Ich denke und plane etliche Stunden des Tages, um das Leben Hammurabis und somit seine Macht zu erhalten – das ist ein Gutteil meines Dienstes für Babyla und Sumer.«

Shindurrul streckte die Hand nach dem Krug aus und lächelte versonnen. »Du bist zweifellos der edelste und selbstloseste Suqqalmach seit drei Jahrzehnten innerhalb der Grenzen Sumers. Ich verneige mich; gleich werde ich mich vor dir in den Sand werfen.«

Awelninurta lachte laut und klatschte die Hände auf die Oberschenkel. »Ihr durchschaut mich, Freunde. Aber, im Ernst: so ist es. So wie deine Waage, Shin! Der Balken muß waagrecht schweben, das Gewicht in beiden Schalen gleich. Auch der teuerste Krug bricht, wenn er fällt.«

»Wahr gesprochen.« Maschkan schüttelte den Krug an seinem Ohr und hob die Schultern. »Wessen Sohn ist jener überaus begabte Rechner? Awel... shammash, heißt er nicht so? Sibit Nigalli ist, ohne Zweifel, die Mutter.«

»Es wurden Mitschüler befragt, Leute, die in ihrer Nähe wohnen, Sklaven und Handwerker. Heute bin ich sicher, nicht einmal sie selbst weiß es.« Der Suqqalmach hob die Arme bis in Brusthöhe und hielt Shindurrul und Maschkan die Handflächen entgegen. »Iturashdum sagt: mein Sohn. Sinbelaplim sagt: nein, mein Sohn! Durchreisende reiche Kaufherren, wüßten sie's, würden sagen, im Chor: unser Sohn. Ich fürchte, weder Schamasch oder Inanna noch Marduk wissen es wirklich. Aber der Priester und dein Steuermann, der mit dem sauren Gesicht, wollen ein gutes Leben in seinem Schatten. Ich muß sagen: Awelshammash ist ebenso gescheit wie Daduschu. Und kann besser rechnen. Ich möchte ihn nicht als Schreiber im Palast haben: sehe ich ihn, denk ich an Spinnen, Skorpione und fahle Würmer.« Er schüttelte sich und trank. »Hoffen wir alle, daß Daduschu wohlbehalten, älter und klüger zurückkommt. Wann, Shindurrul?«

Der Kaufmann machte eine vage Geste.

»Ich kann es nicht sagen. Wenn sie in drei Monden nicht in Babyla sind, sitz ich an deiner Palastmauer, Awel, mit einer schartigen Bettlerschale.«

»Da komm ich jeden Tag vorbei«, sagte Maschkan mit breitem Grinsen. »Dieses Schauspiel sollte sich niemand entgehen lassen.«

»Diesen Gefallen werde ich dir nicht tun.« Shindurrul nahm einen kleinen Schluck und steckte den Palmholzstopfen in die Öffnung des Kruges. »Wenn Daduschu, an dem mein Herz hängt, nach seinem Vater gerät, haben wir einige Sorgen weniger.«

»Weder in Magan noch in Dilmun kann ihn meine Macht schützen, Shin«, sagte Awelninurta und fing den Krug auf »Ich sag's euch jetzt. Vielleicht brauchen wir Daduschus Mitschüler, den Dirnensohn, noch beim Zerreißen dieses Spinnennetzes. Hammurabi und ich schicken ihn in ein Kaff an der Grenze. Dort kann er beweisen, was er taugt, und wenn er seine Mutter mitnimmt, soll's uns allen recht sein. Ein guter Rechner und Schreiber kann eine kleine Stadt auch ohne edles Verhalten und ein fröhliches Herz regieren. Habt ihr etwas dagegen?«

»Nein«, sagte Shindurrul. »Seit wann hörst du auf die Stimme des Volkes?«

»Seit einer halben Stunde.« Awelninurta spielte mit dem Holzkorken. »Und, auf andere Weise, seit mehr als zwanzig Jahren.«

»Gesegnet sei der Tag, Awel, an dem ich fetten Lehm in deine großen Ohren geschmiert und dich unter Wasser gedrückt habe.« Maschkan stand auf und sah nach Babyla hinüber. »Wir werden weiterhin an deine gesichtslosen Träger von Augen und Ohren berichten, was berichtenswert ist.«

»Ich und Hammurabi bitten darum.«

Zum erstenmal lachte Awelninurta, drehte den Krug um und wartete, bis ein dunkelroter Tropfen in den Sand fiel. Er band den Krug an seinen Gürtel und streckte die Arme aus. Er packte die Handgelenke Shindurruls und Maschkans und drückte fest zu. Er sagte leise:

»Und nun trennen wir uns wieder. Jeder weiß, was zu tun und zu lassen ist. Wüßte ich es nicht besser, würde ich euch bitten: bleibt weiterhin meine klugen und achtsamen Freunde.«

»Mitunter fällt es, der Höhe meiner Abgaben wegen, ziemlich schwer, Awel.« Shindurrul legte die Hand auf die Brust. »Marduk mit euch.«

»Er segne deine Einkünfte.«

Shindurrul lächelte und ging langsam den Weg zurück, den er gekommen war. Jetzt arbeiteten Fischer, Binsenschneider, Wäscherinnen und Gerber, die stinkende Felle spülten, an den Kanalböschungen und den breiten Streifen grünen und braunen Rieds. Vor Shindurrul flatterte ein Schwarm Enten auf, deren Gefieder in der späten Morgensonne leuchtete.

24. Die Brücke über den Sirrh

Hashmar zog drei Schnitte durch Sheherus Ohrläppchen und hielt Daduschu die kleine goldene Kugel und zwei Dilmunperlen hin. Schweigend versenkte Daduschu die Kostbarkeiten im Beutel von Hammurabis Siegel, bevor er Sand auf den Körper häufte. Die Deckstelle und Lukendeckel lagen im Sand, die Decken trockneten an den schräg eingerammten Riemen. Der Dünenhang war bedeckt mit weniger schweren Teilen der Ladung. Das verdunstende Wasser ließ breite, weiße Ränder zurück. Unentwegt kippten Wassergüsse aus dem Laderaum über die Bordwand. Gegen Mittag hatte die Flut eingesetzt. Eine Stunde Arbeit mit den Ruderblättern, großen Scherben und halben Tonschüsseln hatte genügt, einen Kanal in den Sand zu graben. Das Schiff hatte sich fast aufgerichtet, lag jetzt aber wieder im trocknenden Sand. Sinischmeani senkte die Arme und blickte den länglichen Hügel an.

»Wir werden in den Häfen gut von dir sprechen, Sheheru«, sagte er leise. Er blieb neben dem Feuer stehen. »Hört auf zu arbeiten. Wir werden erst einmal gut essen und uns ausruhen.«

Sturmvögel jagten in der Bucht, deren gegenüberliegender Strand nur von der Rah aus zu erkennen war. Seit der Morgendämmerung brannte die Sonne, nur kühler Landwind spielte mit trockenen Sandkörnern. Daduschu zog sein Beil aus dem Sand und ging etwa tausend Schritte am Strand entlang und auf die höchste Erhebung zu, eine Düne aus rutschendem Sand. Er blickte in das Land jenseits der Bucht: leerer Sand, noch mehr Dünen, ein paar Sumpfstreifen und flirrende Einsamkeit. Als er zum Schiff zurückging, zerrte er zwei große Äste aus dem Wall des Treibguts hinter sich her. Selbst die winzigste Bewegung rief tobende Schmerzen hervor. Daduschu fühlte sich, als habe er gegen Sinbelaplim gekämpft und verloren. Er legte sich in den Schatten des Hecks und verteilte mit verschorften Handflächen Heilöl auf Schenkel, Schultern und Brust.

Die krachenden Schläge von Daduschus Axt, mit der Sharishu das Treibholz zerhackte, weckten Daduschu. Er gähnte und blinzelte. Gimilmarduk und Sinischmeani schabten Bewuchs von den Planken. Kimmu stand bis zu den Knien im Wasser und scharrte mit einem Riemen tief im Sand. Sein Körper hob sich scharf gegen den blaufahlen Himmel ab. In dunklem Gelb, von waagrechten rotgrauen Bändern durchschnitten, stand die Sonne über dem weißen Streifen der fernen Brandung. Ächzend kam Daduschu auf die Knie und rief:
»Wie ist das Wasser, Kimmu?«
»Kühl und salzig. Komm herein. Tut wohl.«
Über der Bucht hing eine faserige weiße Wolke, wie die Brustfeder eines jungen Vogels. Fliegen und Mücken summten um das Schiff. Daduschu watete ins Wasser und zwang sich stöhnend zu schwimmen. Die steigende Flut leckte am Heck und an den breiten Blättern der Steuerruder. Talqam kochte Sud und erhitzte eine Basaltplatte, weil er keinen flachen Stein für die Brotfladen gefunden hatte. Das Schwimmen und die Hitze vertrieben den Schmerz der Erstarrung aus Daduschus Körper. Er watete zurück und starrte den Körper des Schiffes an, das scheinbar im Sand schwamm; ein Spiegelbild wie aus dem Traum, goldschimmernd kopfüber im erstarrten Wasser, in dünnen Linien verzerrt. Daduschu goß ein paar Schluck Süßwasser über den Kopf und trocknete sich ab. Gimilmarduk knurrte: »In drei Tagen kommen wir frei. Der Schaden ist nicht groß.«

»Und keiner weiß, ob die *Geliebte* noch schwimmt«, sagte Meani. »Vielleicht sind sie alle tot.«

Wenn alle tot sind, ist auch Sinbelaplim tot, dachte Daduschu und murmelte: »Vielleicht hat der Sturm sie nur gestreift, und Sinbelaplim wartet irgendwo und grinst.«

Daduschu schöpfte einen Becher voll Sud. Eine Salzkruste haftete am Rand. Über der Bucht kreiste, hoch über dem Schwarm der Sturmvögel, ein Fischadler. Daduschu schob die Schultern zurück und runzelte die Stirn. War dies ein gutes Omen? Das Schiff trocknete knackend, während der Wassergraben rund um die Planken breiter und tiefer wurde, die Schäden waren schnell beseitigt. Als der Ankerstein und die meisten Platten und Würfel der Steinladung ausgeladen waren, schwamm die *Zwielicht* wieder. Beim höchsten Stand der Flut schoben sie das Schiff in tieferes Wasser und ruderten an einem schmalen Vorsprung jener Stelzenbäume, »die das Meer erobern«, schweigend vorbei.

Erst in der Mitte der dritten Nacht verlor Daduschu die Furcht vor Blitzen, Sturm und dem Tod in den Wellen. Er lag auf den Decken, die nach Salz und kaltem Schweiß stanken, neben dem Mast und versuchte, Sterne zu Figuren zusammenzusetzen. Gleichmäßiger Nordostwind, blaues Wasser und ruhige Dünung. Die Ruderer schnarchten; es stank nach zwei Dutzend verschiedener Übelgerüche. Halb im Schlaf nahm Daduschu wahr, daß Hashmar von der windabgewandten Seite des Buges kam. Tauwerk und Rah knirschten, im Kielraum rieben Teile der Ladung quietschend aneinander. Das Geräusch wurde lauter, wiederholte sich einige Male. Hashmar kauerte sich neben ihn und flüsterte: »Hörst du's? Aus dem Wasser kommt das Geschrei. Es ist nicht das Schiff, Usch.«

Daduschu richtete sich auf. Washur und Gimilmarduk hielten die Pinnen im ruhigen gelben Licht über ihren Schultern. Das Geräusch kam gleichermaßen aus dem Meer und aus der offenen Luke: ein langgezogenes stöhnendes Schreien, unterbrochen von blasigem Gurgeln und abgelöst von den Klagelauten eines Kindes, hundertfach verstärkt.

»Es kommt tatsächlich aus dem Wasser.« Daduschu beugte sich über die Bordwand. Hashmar flüsterte: »Wasserdämonen. Meeresgeister!«

Nie gehörte Laute, durch den Körper der *Zwielicht* verzerrt, wurden lauter. Schreie wie von verletzten Rindern, auf- und abschwellend, ein zorniges Gebrumm aus der Tiefe. Washur rief unterdrückt: »Ich hab's noch nie gehört.«

Nach und nach wurden alle Mann der Besatzung wach. Die nassen Schreie kamen von überall. Daduschu suchte die Fläche des Meeres ab. Im Mondlicht schimmerten nur wenige Schaumkronen auf. Ächzen, Schnarren und Gurgeln, Schreie wie aus den Wäldern am Intu vereinigten sich zu einer Folge schrecklicher Töne. Daduschu spürte, wie ein schwarzer Finger sein Herz berührte. Jetzt, in der Nähe des Schiffes, schienen Hunde und Schakale zu heulen. Echos stiegen aus der Schwärze auf, ein mächtiges Schnarren erscholl, unterbrochen von langgezogenen Quieklauten. Kimmu und Gimilmarduk standen regungslos an Deck und hielten sich am Tauwerk fest. Es war wie ein Spiel aus Schreien und Antworten, Echos und halb verschlucktem Widerhall. Eine Stunde verging, und jene Dämonen, von denen die undeutbaren Schreie kamen, schwammen in weiten Kreisen um das Schiff.

Plötzlich veränderten sich die klagenden Rufe. Ein knurrendes Sägen breitete sich aus, durch das aus großer Ferne die Schmerzenslaute riesiger Wesen klangen. So erschien es Daduschu. Keiner wagte laut zu sprechen. Sie lauschten den Rufen, Gänsehaut breitete sich auf den Armen und Schenkeln aus.

»Wenn uns die Dämonen vernichten wollten«, flüsterte Daduschu, »hätten sie's im Gewittersturm leichter gehabt.«

Jetzt klang es wie Möwengeschrei, wie Vogelruf. Durch das Wellengeplätscher und das Rauschen der Bugwelle heulten Schreie, es war, als würde in unergründlicher Tiefe ein Tier geschunden und gequält. Fiepend und knarzend bewegte sich etwas durchs Wasser, stieß brodelndes Wimmern aus und schwieg plötzlich. Dreißig Atemzüge später fing das schauerlich jaulende Lied wieder von vorn an. Etwas schrie, etwas anderes antwortete. Tiere? Dämonen? Die Männer lauschten mit klopfenden Herzen und konnten einige Gesänge unterscheiden: drei Rufe, zwei Antworten, ein Ruf, drei Gegenrufe.

»Singende Fische«, murmelte der Kapitän schließlich. »Ich glaube, ich hör auf, mich zu fürchten.«

Sie erwarteten, daß eine jener Bestien auftauchte und sie mit zornigem Gebrüll überschüttete oder daß einer der schreienden Riesen das Schiff rammen würde – nichts. Noch zwei Stunden dauerte der Chor aus dem Meer an, schien das Schiff zu hallen wie ein trockener Kürbis, auf den man schlug, und nur zögernd wurden die Schreie leiser, entfernten sich und waren, als sie wieder ertönten, weniger schreckerregend als zuvor. Das beruhigende Rauschen der Bugwelle blieb. Gimilmarduk gähnte und rollte sich auf dem Mantel zusammen.

»Schlaft weiter«, sagte er. »Eines der Wunder unserer seltsamen Fahrt. Es hat uns zwar erschreckt, aber nicht umgebracht.«

Daduschu streckte sich aus und faltete die Hände im Nacken. Das Schiff wiegte ihn in den Schlaf, und eine seiner letzten Empfindungen war, es hebe sich eine Strömung aus der Tiefe und sauge das Schiff nach Nordost, auf Magan zu und nach Dilmun, zu Alalger.

Die *Zwielicht* segelte so nahe am Land, wie es Gimilmarduk als sicher empfand. Tagsüber starrten sie nach Steuerbord und glaubten manchmal, an der Küste ein Zeichen, Trümmer oder das Segel zu sehen, nachts hielten sie Ausschau nach Lichtern oder einem Feuer. Als auch an Backbord Land zu sehen war, machten sie die Riemen los und versuchten, so weit wie möglich nach Nord zu steuern. Die mannsgroßen schwarzen Brandungsvögel mit gelben Köpfen und Brüsten schrien gellend »twi-it, twi-it!« über ihnen und kamen mit geblähten roten Kehlkopfbeuteln zum Land zurück. Das Trinkwasser ging bedrohlich zur Neige. Sie tranken Meluchha-Bier und verdünnten es schließlich mit Seewasser. Als sie nach einer schwarzen Nacht mit auflandigem Wind die Bucht von Magan erkannten, griffen sie zum letztenmal zu den Riemen. Kurz vor Mittag näherten sie sich dem Steindamm. Als die Seefahrer längsseits der Steinrampe, zwischen Dilmunseglern und Meluchhaschiffen, das Auge und Segel der *Geliebten* erkannten, fingen sie zu schreien an. Jarimadad winkte und brüllte etwas, das nicht zu verstehen war; neben ihm stand Sinbelaplim und hatte die Arme vor der Brust verschränkt. Er schwieg.

Das Holz des Geländers, rauh und verwittert, hinterließ auf der Haut der Unterarme tiefe Eindrücke. Der Händler Orgos Ksmar blickte in das Rinnsal hinunter, das von Abfall und Unrat gesäumt war. Ratten pfiffen zwischen den weißen Riesenkieseln. Der Kaufmann warf einen Stein, traf aber keines der struppigen Tiere.

»Du und ich, wir haben verdienstvoll für Shindurrul gehandelt. Wo hast du's gelernt, junger Mann?«

»Nirgendwo. Überall.« Die Nachmittagssonne brannte auf Schultern und Nacken. »Ich frage mich immer: was würde Shindurrul tun?«

Ksmar lachte. »Er wird übermütig, wenn er die Listen sieht.« Er deutete auf die frisch beworfenen, strahlendweißen Mauern. Magans Straßen schienen sauberer geworden zu sein. Viele Palmwedel zeigten frisches Grün. Aus dem Flußbett stanken Brackwasser und Kot. Der Händler deutete auf das Pflaster. »Da siehst du, was ein bißchen mehr Reichtum bewirkt. Zuerst nach Dilmun, dann gleich Babyla?«

»Und die eine oder andere Nacht am Buranunufer.« Daduschu nickte. Ksmar schien sich in dem dünnen Leinenhemd aus Moensh'tar wohlzufühlen. Er legte die Hand auf die vergoldete Schnalle. »Als du das erstemal hier warst, hast du mehr gescherzt und gelacht.« Er stieß Daduschu mit der Schulter an. »Hast du Kummer? Oder gibt es irgendwelchen Ärger?«

Daduschu begann zögernd zu sprechen. Dann entschloß er sich, Ksmar die Wahrheit zu sagen, so wie er sie verstand. »Weißt du, eigentlich wünsch ich mich wieder aufs Achterdeck der *Zwielicht*, weit hinaus aufs Meer. Auf dem anderen Schiff ist ein Mann, der meinen Tod mit ungebührlichem Nachdruck wünscht. Da siehst du, was ich davon hab, daß ich ein bißchen mehr gelernt hab' und vielleicht etwas mehr kann.«

»Ist es etwa Sinbelaplim? Er sollte froh sein, daß er den Gewittersturm überlebt hat.« Ksmar nahm Daduschus Handgelenk. »Komm in den Schatten. Trinken wir gutes Bier von Magan.« Schräge Steindämme führten, als Verlängerung der Mittelstraße, aus beiden Stadthälften zum Bett des Sirrh. Bündel dicker Stämme bohrten sich, durch zungenförmig geschichtete Steinbrocken geschützt, in die Kiesel. Darüber lag ein Balkengerüst, mit Steinen, Lehm und Sand bedeckt und durch Bohlengeländer begrenzt, zwei Dutzend Hohe Rohre lang, und verband die Dammstraßen.

Die Häuser der palmenbestandenen Hauptstraße gehörten den Reichen der Stadt und waren größer und sorgfältiger gebaut. Ksmar ging in die Richtung des Hafens. Daduschu folgte, die Hand am Axtgriff, bohrte seinen Blick in jeden Winkel und in die Höhlungen langer Schatten. Vor der Schänke drehte er sich herum und richtete seine Augen auf die Brücke, die sechs von sieben Frühjahreshochwassern widerstand. »Die Brücke ist wohl euer wichtigstes Bauwerk?«

Ksmar hatte gesagt, daß sie gut und sicher gebaut sei, aber er selbst war Zeuge gewesen, wie Pfeiler und Tragwerk halb weggerissen worden waren.

»Alle Händler, die zum Hafen wollen, kommen auf dieser Straße, weit aus dem Inneren des Landes. Ohne Straßen und unsere Brücke gäbe es Magans Hafen nicht und auch keinen Reichtum.«

Der Kaufmann deutete auf die Häuser. Vom Tümpel flußaufwärts kam eine schier endlose Reihe von Wasserträgern und verschwand in Gärten, hinter Mauern, in Häusern und hinter dem Windschutz der Dilmun-Schößlinge. Daduschu und Ksmar setzten sich ans Kopfende des langen Tisches.

»Bier!« Ksmar grüßte den Wirt. »Wann wird Gimilmarduk ablegen?«

»In drei Tagen. Bis dahin sind die Schiffe wieder in Ordnung.«

»Wenn du mit einer kleinen Kammer zufrieden bist« – der kopfgroße Becher rumpelte über die Tischplatte – »kannst du gern bei mir schlafen. Shindurrul sähe es nicht gern, daß sein bester Mann wegen mangelnder Gastfreundschaft in Gefahr kommt.«

Daduschu hielt sich am Becher fest. »Ich danke dir, Orgos Ksmar. Auch in Shindurruls Namen. Kommst du je nach Babyla oder gehörst du zu jenen, die sich nicht auf Schiffsplanken wagen?«

Sie hoben die Becher. Das dunkle Bier war unerwartet kühl und schmeckte würzig.

»Vielleicht, aber rechne nicht damit. Wahrscheinlich nie. Das zählt zu den Geheimnissen der Götter. Nach dem Entladen, abends, ißt du mit mir. Später, wenn dich die Begierde überkommen sollte, findest du in den Schenken alles, was Magan bietet.«

Erst jetzt sah Daduschu, daß Ksmar Tiriqans schönsten Gürtel und die Schnalle vom Intu trug. Er lehnte sich zurück, fühlte Kühle zwischen den Schulterblättern, und sein Blick folgte dem tanzenden Staub im eckigen Lichtstrahl. Langsam wanderte das Viereck die Wand der Kochstelle hinauf. »Ich glaube, daß mich die Neugier lockt.«

»Wie auch immer. Es wird wohlfeil sein.«

Daduschu spürte dem Geschmack des Bieres auf der Zunge nach und schloß die Augen. Er lockerte die verspannten Muskeln. Die unversehrte Ladung war getrocknet, beschädigte Ware ausgebessert oder billiger verkauft worden. Die Wasserkrüge hatten sie ersetzt. Nachdem die Mannschaft die heißen Wonnen des Badehauses genossen, sich rasieren, massieren und das Haar hatte stutzen lassen, kontrollierten Ksmar und Daduschu die Listen. Die Schiffe luden Platten, Riegel und Würfel aus Basalt, Granit und Diorit, Kupfer und Edelsteine für Dilmun und Babyla; Waren von großem Wert. Ksmar hatte Anbar-Himmelsmetall beschaffen können. Zwei Minen Meißelspitzen, Bohrer und Sägeblätter lagen in einer Zedernholztruhe. Daduschu zahlte neun Minen Gold dafür. Shindurrul würde Freudentänze aufführen, Daduschus Furcht, die Hemden und Kleider nicht an den Mann bringen zu können, war geringer geworden. Er sog einen großen Schluck Bier durch den Doppelhalm und sagte:

»Wir sind Ende Sabatu oder Anfang Addaru in Babyla. Eine lange Reise. Reich an Erlebnissen und Gewinn.«

»Der größte Gewinn, junger Gurusch, ist die Erfahrung aus den Erlebnissen.« Ksmar seufzte. »Aber ... ich kenne wenige, die denken, ehe sie handeln. Müßten wir mit Erfahrungen handeln, wären wir bettelarm.«

»Wie viele Bewohner hat eure kleine Stadt, die halb leer scheint?« Daduschu schlug mit den Halmen Schaum ins Bier. »Oder wässern sie alle die Palmen?«

»Von denen ein Drittel mir gehört!« Ksmar schüttelte den Kopf. »Weniger als zweitausend sind's. Wir warten auf Alannachs Karawane. Man bereitet sich vor. Wie endet dein Tag heute?«

»Ich bringe die Listen zum Schiff, helfe, so gut ich's kann, hole mein Bündel und bin bei Sonnenuntergang bei dir.«

Ksmar machte scharf gurgelnde Geräusche im Becher. »Recht so. Gehen wir?«

Daduschu ließ den Rest Bier stehen und beugte sich vor. »Jeder geht zu seinen Erkenntnissen.«

Ksmar schlug Daduschu auf die Schulter und lachte dröhnend. Beim Tamariskengebüsch, hinter dem die Sandstraße zum Hafen abzweigte, hielt Ksmar Daduschu am Oberarm fest und sagte:

»Gleich wird es hier wimmeln wie im Bienenstock. Die Karawane ist da. Der im weißen Gewand ist Alannach.«

Der Reiter auf einem stämmigen Wildesel hielt in der Mitte der Brücke an. Das Rumpeln riesiger Scheibenräder hörte auf. Hinter dem Reiter und dem hochbeladenen Karren sah Daduschu zwei Dutzend Lastesel unter großen Bündeln und Säcken herantrippeln. Ksmar sagte beunruhigt:

»Ich muß mich um ihn kümmern. Wenn ich etwas Wichtiges in der Ladung für dich entdecke – wir sprechen heute abend darüber.«

Daduschu grüßte kurz und sah eine Weile der näherkommenden Karawane zu. Einige Männer trugen unter dreieckigen Hüten aus geflochtenem Stroh ähnliches Stoffgespinst über den Augen wie die Seefahrer. Als ein Windstoß eine Sandwolke, durchmischt vom Gestank verschwitzter Tiere und Menschen, das Flußbett hinunterwehte, ging Daduschu zum Hafen und schlängelte sich zwischen Tauwerk, Warenstapeln, Lukendeckeln und Steinwürfeln an Deck der *Zwielicht*. Er verstaute seine Aufzeichnungen, trug seine Habseligkeiten ins stechende Sonnenlicht und half Sinischmeani, die Wasserkrüge festzumachen; und bis zur Dämmerung schleppten Hashmar, Washur und er schwere Steinbrocken in den Kielraum. Als der Schatten der Mastspitze über zwei Dutzend Boote und Schiffe hinweg die Mauer des Lagerhauses berührte, wandte sich Daduschu an Gimilmarduk.

»Orgos Ksmar hat mich eingeladen.« Er richtete den Blick zur heruntergelassenen Rah der *Geliebten*. Sinbelaplim nähte schweigend einen Flicken ins Segel. »Er meint, ich schlafe ruhiger in seinem Haus. Ich bin früh wieder hier.«

Der Kapitän runzelte die Stirn und nickte. »Ist gut. Ihr beide habt alle Verzeichnisse gesiegelt?«

»Ja.« Daduschu lächelte. Gimilmarduk sah ihm prüfend in die Augen. »Damgar Shindurrul wird uns loben.«

Daduschu schulterte sein Bündel und blinzelte, als er im Schutz von Mauern und Torbögen gegen den Nordostwind versuchte, Ksmars Haus zu finden. Die Palmen schüttelten sich; Staub und Sand wirbelten durch die Gassen. Ein Diener zeigte Daduschu ein Zimmerchen; er wusch sich gründlich und schlief in dieser Neumondnacht länger als elf Stunden.

Bis auf das Rauschen der Wellen und das hohle Fauchen des Windes kamen alle Geräusche dieser Nacht hinter Mauern hervor, aus Türen und Tornischen. In den Ställen schrien hungrige Esel. Geschrei, Gelächter und wehende Fetzen ungewohnter Musik, Kindergeschrei und klapperndes Geschirr drangen aus halbgeöffneten Türen. Der Staub war vom Rauch zahlreicher Feuerstellen gewürzt. Gimilmarduk und Daduschu bogen in den Windschatten einer krummen Gasse ein, verscheuchten drei struppige Köter, die sich um einen schleimigen Fischkopf balgten, und gingen auf das Dach aus Balken, Ästen und raschelnden Palmwedeln zu. Tische und Bänke darunter waren leer, neben dem Eingang zu Japras Schenke flackerten Ölflammen und zeigten den wehenden Vorhang.

»Seltsam. Oder auch nicht«, sagte Gimilmarduk. »Sonst ist Magan so wenig aufregend wie Meluchha. Kaum kommt aber ein Händler, sind die Dämonen der Heiterkeit losgelassen.«

Daduschu blieb vor Japras Schenke stehen und horchte auf das Klatschen vieler Sandalensohlen in der nächsten Gasse.

»Man feiert heute nacht nicht im Freien.«

Sie schoben sich durch den klaffenden Spalt des Vorhanges. Wüster Lärm aus Musik und Stimmengewirr schlug ihnen entgegen. Rechts, an einem Tisch auf einer erhöhten Fläche, winkte Orgos Ksmar.

»Aller guten Trinker sind drei«, brüllte er. »Setzt euch zu mir, Freunde, bevor ihr stehen müßt.«

Er bot stark verdünnten Wein an. Die Hälfte von Magans Einwohnerschaft und alle Karawanenangehörigen schienen sich in diesem Raum zu drängen. Dampf, verbranntes Fett und Rauch wirbelten unter der Decke, die von vier Steinsäulen gestützt wurde. Eine Magd kämpfte sich mit einem Tablett, auf dem Becher schwankten, durch die Gästeschar. An der Längswand, auf einem Podest, saßen vier Musiker; der Trommler schlug einen schwierigen Takt auf zylindrischen, fellbespannten Tongefäßen, durch deren Henkel Seile von einem Holzgestell gespannt waren. Ksmar begrüßte lautstark den Kapitän und Daduschu und zeigte auf die Gesellschaft am längsten Tisch.

»Alannach verwöhnt seine Eselstreiber. Ein Dankopfer für die lange Reise ohne Überfälle und Unglücke. Er hat Sklavinnen mitgebracht – uns steht ein fröhliches Treiben bevor.«

25. Nacht in Magan

Daduschu zog seine Füße unter die Bank und lehnte sich, während er stumm die Anzahl der Gäste schätzte, an die speckige Wand: etwa zwölf Dutzend. Aus Nebenräumen und von der Feuerstelle schleppten Mägde und Knechte Speisen, Becher, Krüge und glühendheiße Brotfladen. Perlenfischer aus Dilmun, einige Meluchha-Leute von den Holz-Lastschiffen, Fischer und Bewaffnete von Alannachs Karawane, die kettengeschmückte Chamazil und ihre Schülerinnen, zwei Hai-Fischer, die lange Schnüre aus weißen Zähnen zu verkaufen versuchten, und eine Gruppe muskelstarrender Steinbrecher umlagerten das Podium. Ab und zu öffnete der zweite Musiker die Augen, stieß sich von der Wand ab und schüttelte einen Holzkasten im Takt des Trommlers. Klirren und metallisches Rasseln von Ketten oder brechendem Glas schnitten durch die brodelnde Unterhaltung und sandten scharfen Schmerz unter die Schädeldecken derjenigen, die in der Nähe der Musiker saßen. Entlang der Wände und in Nischen brannten mehr als zwei Dutzend kupferne Lampen.

»Könnt ihr noch ein paar Truhen mit nicht besonders wertvollen Edelsteinen mitnehmen?« rief Ksmar und deutete auf Daduschu. Der Kapitän bemerkte Daduschus fragende Blicke und stimmte zu.

»Ja. Hast du unseren Schmuck verkauft?«

»Das meiste an ihn.« Ksmar winkte Alannach, einem stämmigen Mann mit Habichtsnase und hellen Augen unter grauen Brauen. Er trug dunkelbraune Kleidung aus Wolle und glänzendem Leder. An seinen Handgelenken funkelten vier Finger breite Goldbänder. Er legte den Arm um die Schulter der schwarzhaarigen Frau an seiner rechten Seite, spielte mit den Spitzen ihrer Brüste, die unter breiten Leinenbändern hervorsahen, faßte grinsend in das lange Haar und zog den Kopf der Frau in den Nacken. Er stieß ein schnarrendes Lachen aus und schüttete ihr Wein oder Bier zwischen die Lippen. Die junge Sklavin schluckte wie eine Ertrinkende; das Getränk lief aus den Mundwinkeln und über ihr Kinn. Ihre Hände zitterten. Daduschu sah auf den Nägeln, Fingern und Handrücken, den Unterarm aufwärts, tiefrote Linien aus unzähligen Punkten und in geschlungenen Mustern. Die Fingerkuppen waren völlig von der dunklen Masse bedeckt. Er wandte sich an Ksmar.

»Alannachs Frauen, diese Linien auf den Händen. was bedeuten sie?«

»Waren seine Frauen bis heut nacht. Sie tragen Henna-Paste auf. Überall am Körper«, sein Ellbogen bohrte sich in Daduschus Rippen. »Schützt vor Sonnenbrand. Wart's ab und sieh zu.«

Ein hagerer Musiker mit eingefallenen Wangen wirbelte die Flöte aus drei Rohren über dem Kopf, wartete bis zum Ende des Trommelwirbels und blies heulende Töne. Daduschu runzelte die Stirn und steckte die Finger in die Ohren. Der Herr der Eselskarawane blieb der Mittelpunkt des Tisches; seine Finger krochen über den Körper der braunhaarigen Sklavin. Unter den knetenden Händen zitterten die großen Brüste. Das Mädchen schien zu stöhnen oder zu wimmern, das Lärmgebrodel verschluckte jedes Wort. Die Dirnen lachten schrill und scherzten mit Alannachs Bewaffneten. Der Musiker packte ein Saiteninstrument aus einem gegabelten, reich geschnitzten Ast und balancierte es auf einem Holzdorn. Sieben Saiten durchstießen grell bemalte Kürbisse, in einer Reihe auf dem unteren Ast angebracht. Die hellen Töne der kürzeren Saiten schienen Becher bersten zu lassen, die dröhnenden Schwingungen der vordersten Saite, durch die größte Kürbisschale verstärkt, griffen an die Bäuche und ließen die Organe zittern. Die Melodie folgte schnellen, seltsamen Takten. Daduschu fand die Musik unerträglich. Gimilmarduk stützte sein Kinn in die Handflächen und beobachtete starr das quirlige Treiben. Ein Karawanenwächter stand auf und folgte Chamazil, seine Hand zwischen ihren Bakken. Sie drehte sich halb herum und lächelte verloren.

»Ein schöner Beginn!« Ksmar lächelte nicht, als er die Magd festhielt und auf den leeren Krug deutete. »Soll ich die zwei Großbrüstigen kaufen?«

»Allein schon, um sie von Alannach zu erlösen.« Daduschu schüttelte den Kopf. »Er mag ein tüchtiger Kaufmann sein und benimmt sich wie ein Händler von räudigen Eseln. Unerträglich.«

Wurde Alannach nicht beachtet, ließ er die Mädchen in Ruhe. Richteten sich, viel häufiger, die Blicke auf ihn, und sahen dies seine huschenden Augen, zeigte er jedermann, daß sie sein Eigentum waren. Der Tisch war übersät mit Bechern, Schalen und Speiseresten. Bier floß zwischen Krügen und Brotresten, dazwischen tasteten die Finger der Sklavinnen umher wie haarige Spinnen. In Daduschus Kopf sirrte betäubender Schmerz. Unermüdlich spielten die Musiker, jetzt führte die Dreirohrnaj einen getragenen Klagegesang. Bei jedem Trommelschlag rieselte Staub aus dem Dach.

»In jeder dreißigsten Muschel finde ich eine Perle«, schrie ein Dilmunmann. »Und du...«

Gimilmarduk hob den Kopf und krümmte die Schultern nach vorn. Alannachs Hände bewegten sich unter der Tischplatte. Die schwarzhaarige Sklavin stieß ein kehliges Wimmern aus. Eine Schale zerplatzte auf dem Boden, heiße Suppe spritzte, Frauen und Männer sprangen kreischend und fluchend auseinander. Japra rannte aus der Küche, rang die Hände und schrie. Die Flöte zersägte den Aufruhr mit trillerndem Kreischen, schräg unterhalb von Ksmars Tisch schliefen zwei Männer, die Köpfe auf den Armen, zwischen umgestürzten Krügen und klebrigem Bier. Daduschu folgte Gimilmarduks Blick: im Deckengebälk zerrten zwei Ratten ein angebissenes Entenbein, aus dem Fleischsaft tropfte, ins Dunkel.

»Du bleibst wohl bis zum Schluß, Ksmar?« fragte Daduschu.

Der Händler sah ruhig in sein Gesicht, schien in den Augen zu forschen. »Ich glaube, ich werde die mit dem braunen Haar kaufen«, sagte er. »Wir bringen sie in mein Haus. Du kannst sie heut nacht haben.«

Daduschu atmete tief ein und aus, trank den Becher leer und sagte heiser: »Nur meine Verwunderung kann größer sein als deine Liebenswürdigkeit, Handelsherr.«

»Du bist mein Gast.« Ksmar füllte die Becher. »Was soll's? In dreißig Stunden seid ihr auf dem Meer.«

Ich wünschte, dachte Daduschu, wir wären im Hafen Dilmuns. Und ich bei Alalger. Er zwang sich zu einem Lächeln. »Ich berichte Shindurrul von deiner Gastfreundschaft, mein Vater.«

Ksmars Gesichtsausdruck war schwer zu deuten. »Sind die Gäste ungewöhnlich«, sagte er knapp, »hat man mitunter seine Last, ein guter Gastgeber zu sein. Machen wir das Beste daraus, nicht wahr?«

Daduschu nickte und fühlte sich unbehaglich.

Die Schwarzhaarige saß nicht mehr an ihrem Platz. Alannach hatte die Augen geschlossen und den Kopf in den Nacken gelegt. Er wog die Brüste der Braunhaarigen in den Händen, sein Mund war verzerrt, die Gesichtsmuskeln traten hervor wie knorrige Wurzeln. Unter dem Tisch hob und senkte sich der Kopf der Schwarzhaarigen. Rauch trieb von den Bratrosten heran. Daduschu fühlte sich einige Herzschläge lang wie mitten im letzten Sturm. Der Eindruck ging vorüber, das Rauschen in den Ohren blieb, und als Daduschu zwinkernd und wischend die Finger von den Augen nahm, stand Sihaladipa vor Ksmar. Ruderer Talqam hatte in trägen Nächten an Bord von ihren erstaunlichen Liebeskünsten erzählt.

»Teure Freundin meiner Lenden«, sagte Ksmar, und seine Augen funkelten, »unerträglich Teure. Willst du mir einen Gefallen erweisen?«

Sie lächelte und beugte sich weit vor. Ksmar starrte auf ihre schaukelnden Brüste.

»Hier, vor deinen Freunden? Oder woanders? Überall und sofort, mit Vergnügen. Nur nicht im Sandsturm.« Sie lächelte Daduschu zu. Drei ihrer Zähne im Oberkiefer waren bräunlich. Ksmar hob den Blick in ihr Gesicht und deutete auf den Karawanenführer.

»Nicht heute. Hat Alannach schon von eurer Tugend gekostet?«

Sie lachte schrill. »Ja. Er war begeistert. Ein Vieh. Wie ein Stier. Er roch auch nicht viel anders.«

»Verständlich, nach solch langer Reise. Frage ihn, was er für die häßliche, alte Braunhaarige verlangt. Ich wäre unter günstigen Umständen geneigt, sie als Helferin in meinem Palmengarten zu benutzen.«

»Sie wird bei ihren Göttern für dich beten.« Sihaladipa bahnte sich hüftenschwingend und mit harten Ellbogen einen Weg an den langen Tisch.

Die Schwarzhaarige saß wieder neben Alannach, der seine Hände in Duftwasser tauchte und mit einem weißen Tuch trocknete. Alannach winkte Ksmar. Gimilmarduk rutschte, als sein Nachbar die Bank verließ, zur Seite, stellte einen Fuß auf die Bank und starrte Daduschu an, schloß ein Auge; er sah für einen kurzen Moment aus wie Kintharas Elefant. Daduschus Nicken war kaum zu sehen. Alannachs Finger deuteten, Ksmar verschränkte grinsend seine Finger, löste sie wieder, der andere schüttelte den Kopf. Schließlich hielt Ksmar vier Finger in die Höhe. Alannach nickte, klatschte in die Hände und umklammerte seine Handgelenke. Ksmars Zeigefinger krümmte sich; der Karawanenherr machte eine abwehrende Geste.

Er streckte seine Arme aus, schob Schüsseln, Näpfe und Becher nach links und rechts und sagte etwas zur Braunhaarigen. Sie blickte ihn entsetzt an. Daduschu fühlte ein Brennen in der Kehle. Alannachs gekrümmter Zeigefinger tippte auf die Tischplatte; er blickte sie schweigend an. Dann grinste er, sagte wieder etwas. Ihre Finger zitterten, als sie die Knoten der Schmuckbänder löste und sie nacheinander in seine aufgehaltene Hand fallen ließ. Daduschus Armmuskel zuckte, sein Blick glitt tiefer. Er sah an seinem Knie vorbei, löste die Finger vom Dolchgriff, lehnte sich zurück und griff nach dem Becher. Die Braunhaarige kauerte sich auf der Bank zusammen. Alannachs Stimme knarrte durch das Lärmen.

»Musiker! Ein Krug für euch. Spielt ein trauriges Lied. Mein Freund, der scharf rechnende Orgos Ksmar, hat die glutvolle Armasadi von meiner Seite gerissen. Ein letztes Mal will ich sehen, was ich verliere. Zeig deinen Tanz, Kostbare.«

»Man sollte ihn entmannen«, flüsterte Daduschu. Armasadi stieg zögernd auf den Tisch.

Ksmar legte seine Hand auf Daduschus Unterarm und zischte: »Still! Du bist hier Gast, Usch.«

Alannach packte den rechten Knöchel der jungen Frau und flüsterte Befehle. Sie zuckte zusammen und kreuzte die Arme vor den Brüsten. Der Karawanenführer stand auf, packte die Bänder des Obergewandes und riß das Kleid über ihre Knie herunter. In das traurige Stöhnen der Flöte und die Tonfolgen der Kürbisharfe mischte sich das begeisterte Geschrei der Männer. Sihaladipa stand am Kopfende des Tisches. Daduschu war nicht fähig, den Ausdruck ihres Gesichtes zu deuten. Henna-Ornamente zierten auch Füße, Knie und den Bauch von Armasadi. Sie drehte sich, behielt mühsam das Gleichgewicht, blickte auf ihre Zehen und zitterte, als ihr Alannach ein Wort einer fremden Sprache zuschrie. Sie hob die Arme, streckte sich und verschränkte die bemalten Handgelenke im Nacken, tanzte langsam auf der Stelle. Ihre Füße verwickelten sich in den verdrehten Kleidern. Daduschu blickte in ihr Gesicht und erschrak. Armasadis Körper war jung und langgliedrig, mit schlanken Beinen und schmalen Schultern; das aufgelöste Haar reichte bis zur Mitte des Rückens. In die Pause der Musik sagte Ksmar laut und deutlich:

»Her zu mir, Armasadi. Freund Alannach mag sich grämen. Hilf ihr, Sihaladipa!«

Er rückte hinüber zu Gimilmarduk. Bisher hatten beide Männer nicht ein Wort miteinander gewechselt; Daduschu war ganz sicher. Als die Frauen neben Daduschu stehenblieben, sagte der Händler zu Armasadi:

»Setz dich neben deinen Nachtgefährten. Er ist, wie jedermann erkennen kann, ungleich liebenswerter als Alannach. Du sprichst mit ihr, Freund meines Hauses?«

Daduschu räusperte sich zweimal und sagte: »Jawohl, mein Vater.«

Er drehte den Kopf. Einige Herzschläge lang verschmolzen Ghorarti, Alalger und Tiriqan zu einem Bild, das sich vor Armasadis Gesicht schob. Die Erscheinungen trennten sich wieder, als die Musiker hastende Töne durch Rauch und Schweißgeruch schmetterten. Daduschu berührte Armasadis Schulter und sagte: »Ruhig, Schwester. Bist du hungrig, durstig? Du brauchst keine Angst zu haben.«

Sie öffnete die Augen: groß, hellbraun inmitten geröteter Augäpfel, der Blick eines verwundeten Tieres. Langsam nickte sie, es schien, als habe sie nichts begriffen.

»Nur ein bißchen Suppe und Brot. Ich bin... müde.« Daduschu strich über ihr Haar, versuchte ein aufmunterndes Lächeln und bestellte Braten, Brei und Bier, Brot und zuerst heiße Suppe mit Fleisch und Kräutern. Erst zögerte sie, dann aß sie mit der Gier einer Halbverhungerten. Daduschu goß Bier zu und wußte, daß ihn Ksmar und Gimilmarduk eindringlich beobachteten. Das Gesicht der Sklavin entspannte sich ein wenig, Tränen erschienen in den Augenwinkeln. Daduschu packte seine Oberschenkel an den Seiten und bohrte die Finger in die Haut. Als er den Schmerz spürte, so stark wie nach dem Streit mit Sinbelaplim in Moensh'tar, lockerte er den Griff und fragte in Ksmars Ohr:

»Es geht hier noch lange, Herr. Darf ich sie in dein Haus und mein Zimmer führen?«

»Nur zu.« Ksmar vergewisserte sich mit einem schnellen Blick, daß der Kapitän nichts dagegen hatte. Er sagte leise: »Denkst du an den Steuermann?«

»Ja. Auch an ihn. Danke, Herr Ksmar.«

Er grüßte Gimilmarduk und hoffte, den langen Blick richtig zu verstehen. Er schob Armasadi bei den Schultern zum Eingang. Der Wind hatte sich gelegt; hinter ihnen drang ein Schwall Musik und übler Gerüche ins Freie. Die Sterne funkelten, hinter den Bergen hob sich der Mond. Daduschu atmete tief durch, zog den Dolch aus dem Stiefelschaft, legte den linken Arm um Armasadis Schultern und ging schnell zu Ksmars Haus. In der Sicherheit des Innenhofes sagte er: »Ksmar ist ein guter Herr. Gleich kannst du schlafen, dort drüben im Haus.«

Sie nickte und sagte mit kehliger Aussprache und singender Betonung: »Ich will nicht mehr aufwachen. Was wirst du mit mir machen?«

»Nichts, was du nicht willst, Schwester.«

Daduschu setzte sie auf sein Lager, holte Feuer für die Lampen und schob sie in den winzigen Baderaum. Wasser, Brei aus Seifenstrauchwurzeln und saubere Tücher lagen auf der Steinplatte. Er stellte eine Lampe in das Gelaß und sagte: »Bürste das Henna-Zeug weg. Ich hol etwas zu trinken. Du schläfst hier.« Er zeigte auf sein Lager und nahm den Mantel herunter. »Ich heiße Daduschu. Nicht Alannach oder Ksmar. Schnell! Ehe du im Sitzen einschläfst.«

Sie nickte und ging an ihm vorbei.

Er fand Wein, verdünnte ihn mit Brunnenwasser, sprach in der Küche mit der alten Qouri und bekam einen Kittel aus dünner Wolle und Sandalen. In Magan war es still geworden. Das Rauschen der Brandung drang durch den Mückenvorhang. Armasadi lag nackt und mit feuchtem Haar unter der Decke. Ihr Kleid hing am Haken der Flechtwerktür. Sie sah verändert aus; Daduschu drückte ihr einen Becher in die Finger und sagte: »Ich bin Seemann und Rechnungsführer auf einem Schiff. In dreißig Stunden rudern wir aus dem Hafen.«

»Man sagt, meine Eltern haben mich als Kind an Alannach verkauft. Weit im Norden, hinter den Bergen. Ich weiß nicht einmal mehr, wie der Ort heißt. Ich hab viel gelernt und kann alles im Haus. Seit eineinhalb Jahren bin ich keine Jungfrau mehr.«

Daduschu saß auf der klobigen Truhe, breitete eine Decke auf dem Boden aus und rollte das Wams zusammen. »Dies alles,

Schwester, kann ich nicht ändern. Bis ich gehe, wird dich niemand anrühren.«

»Du willst... mich nicht.« Er schüttelte den Kopf. Sie rutschte zum Kopfteil des Lagers und lehnte sich gegen die Wand. Ihre Lider flatterten.

»Was mit dir geschieht, wenn ich fort bin – daran kann ich auch nichts ändern.«

Die Armut hatte ihren Vater gezwungen, sie gegen einen Nachlaß der Steuerpacht zu tauschen. Sie war in Alannachs Sklavenquartieren aufgewachsen, hatte Küchenarbeit gelernt und ein paar Worte zu schreiben und zu lesen. Als sie zur Frau wurde, nahm sie Alannach in sein Bett und lehrte sie alles, ohne sie zu schwängern. Auch Freunde und Kunden, zu denen er sie schickte, spielten nur mit ihr. Gehorchte sie nicht, gab es die Peitsche; rasende Schmerzen, aber die glatte Haut der Ware blieb ohne Striemen. Mitten im Wort schlief sie ein. Daduschu löschte die größere Lampe, legte den Kopf aufs Wams und streckte sich auf den Strohmatten aus.

In der Nacht fühlte er ihre Finger. Sie krampften sich um seine Hand, dann schlichen sie verstohlen über sein Gesicht. Er hielt die Finger fest und streichelte sie gähnend. Armasadi glitt zu ihm herunter, klammerte sich an seine Schulter. Ein leiser Weinkrampf schüttelte ihren Körper. Sie schwebten eine Stunde lang zwischen Wachen und Schlafen. Er streichelte ihre Schultern und sah vor sich das kantige Gesicht Alannachs, und als er an dessen Hände dachte, schickte er sie flüsternd zurück auf sein Lager. Später wachte er wieder auf, hörte das Wimmern ihres Alptraumes und fing an, die Götter zu verfluchen: Tiamat, Schamasch, Marduk... als er zu den Namen der Intu-Götter kam, stockte er. Er befand sich im Bannkreis Babylas.

Am nächsten Morgen wusch er sich, aß und trank in der Küche und sah, daß Armasadi wie eine Halbtote schlief. Er traf Ksmar in dessen Schreibstube, nachdem er Qouri gebeten hatte, der neuen Palmenhain-Sklavin Essen zu bringen. Ksmar hob die Brauen. »Nun?«

»Sie lag unter mir wie ein toter Fisch«, sagte Daduschu und zuckte die Schultern. »Es wäre, Herr der Palmen, töricht von dir, kochende Leidenschaftlichkeit zu erwarten. Ich hoffe, der Preis hielt sich in Grenzen?«

Ksmars erwartungsvolles Grinsen wich einem geschäftsmäßigen Ausdruck. »Ich meinte, sie wäre ein Jungbrunnen der Lust.«

»Nur selten sind Frauen, die man peitscht, begeisterte Beischläferinnen. Sie ist erschöpft. Laß sie in Ruhe; sie ist mehr tot als lebendig. Übertrag ihr die Pflege der Dilmunbäume. Sie wird ihr Leben für deine Palmen hingeben. Eines Tages findet sich ein liebenswerter Sklave, der ihr Kinder macht, die du verkaufen magst.« Er breitete, als sei er zutiefst enttäuscht, die Arme aus. »Und nun sollten wir, mein Bruder, über die minderwertigen Edelsteine sprechen.«

»Du hast doch in der Palastschule gelernt, nicht wahr? Rechnen kannst du jedenfalls ganz brauchbar. Kannst du auch Mondfinsternisse und Sonnenfinsternisse ausrechnen?«

»Nein. Warum fragst du?« Daduschu runzelte die Stirn.

»Unser Priesterlein kann's auch nicht. Er hat davon geredet. Seine Freunde aus Hammurabis Land haben wohl gesagt, daß sich die Sonne bald verfinstern wird. Er, der Hammelopferer, ist nicht gerade die hellste Fackel am Hafen, aber irgend etwas Wahres wird schon dran sein am Zeichen der Götter.«

»Ich weiß es nicht.« Daduschu wühlte in den Steinen der Truhen. »Ich höre es heute zum erstenmal.« Er dachte an das Gestammel des Steinmannes und daran, daß seine Lehrer in der Edubba von den besonderen Fähigkeiten mancher Priester gesprochen hatten. »Die wertvollsten Steine hat dein Händlerfreund aber auch nicht gerade zusammengescharrt, wie ich sehe.«

Ksmar grinste. »Dafür sind sie erstaunlich preiswert, großer Kaufherr!«

Weit nach Mittag traf Daduschu, hinter sich sechzehn Träger mit vier schweren Truhen, Gimilmarduk an den Schiffen.

»Gut geschlafen?« Der Kapitän sah ihn an, als sei er über Gebühr neugierig. Daduschu blickte hinaus aufs Meer.

»Allein. Was hättest du getan, mein Vater?«

»Wahrscheinlich dasselbe wie du.«

»Ich hab' sie nicht angerührt. Sie ist schön, jung und verzweifelt. Aber – ich mußte an Alannachs dreckige Finger denken, Kapitän. Er hat ihren Rücken gepeitscht; aber geblutet hat ihr Herz.« Gimilmarduk betrachtete ihn, als sähe er ihn zum erstenmal. Er knurrte: »Wenn ich das deiner Tiriqan erzähle, bekommst du Ärger, Freundchen. Ich glaube, du wirst, wenn du dereinst erwachsen bist, ein ganz brauchbarer Kerl. Vielleicht sogar ein brauchbarer Kapitän.«

Daduschu wies die Träger an, je zwei Kisten bei der *Geliebten* und der *Zwielicht* abzuladen. Er holte die Listen und sagte: »Vielleicht ein erwachsener Daduschu, mein Vater. Nur, bitte, erzähl's nicht Alalger.« Er klappte die Truhe auf und grinste. »Ich schlafe auch heute noch in Ksmars Haus. Ihm sagte ich, sie wäre kalt wie eine tote Perlmuschel. Mag sein, daß sie ehrgeizig ist und mich eines anderen belehrt?«

Gimilmarduks Lachen hörte auf, als sich Sinbelaplim näherte und wissen wollte, wo sie die beiden Kisten verstauen sollten. Daduschu sah zu, wie übernächtige Perlenfischer ihre Boote aus dem Hafen ruderten und die Segel aufzogen, als weit draußen der Wind ihr Boot erfaßte. Daduschu lehnte sich ins Heck zurück und fühlte sich gut. Er war sicher, daß er in diesem Gewerbe noch viel zu lernen hatte; mit wem er besser keinen Handel treiben sollte, wußte er schon heute.

»In den Monden Arachsamnu, Kislimu und Tebutu, auch im Sabatu läßt Tiamat den stetigen Wind nach Südwest wehen.« Sinischmeani musterte die Gebäude rund um den staubigen Hafen, als hoffe er auf ein Erdbeben, das diesen Ort verschlingen möge. »Nicht jeden Tag; nicht auf Tag und Nacht genau. Bis Dilmun werden wir schnell segeln können.«

Daduschu griff nach einem Tau. In der schwachen Morgenflut

schaukelten die Schiffe und zerrten an den Seilschlingen. »Und danach? Rudern?«

»Häufig. Die Strömung hilft, auch der Wind vom Land. Es wird ein Kurs wie der Weg der Schlange.«

Sinischmeanis Hand beschrieb eine Schlängellinie. Kimmus Finger war tief in der Nase verschwunden; er sah zu, wie sich Boote und Schiffe unter den hauchfeinen Staubwirbeln geduckt in einer langen Kiellinie um das Ende des Dammes tasteten. Die Wasseroberfläche wurde kupferfarben im Morgenlicht, von feinen Dreieckslinien gefurcht. Daduschu sagte: »Wenn ich genau nachrechne, können wir in fünf Tagen und fünf Nächten in Dilmun sein?«

»In sieben oder elf, Usch. Wir liegen tief im Wasser.«

Die Ruder klapperten auf den Planken. Talqam löste die Knoten der Planke und wartete, bis der Shupshum das Brett an Land gezerrt hatte. Daduschu nickte Kapitän und Steuermann zu und setzte sein Ruder ein. Gimilmarduk rief: »Die Bugleine los!« Washur und Sharishu schoben die *Zwielicht* vom Land weg, das Hecktau spannte sich und wurde vom Poller genommen, als der Bug zur Hafenausfahrt deutete. Die *Geliebte* folgte fast gleichzeitig; Schatten und Spiegelbilder zerflossen unter dem staubfarbenen Licht der Sonne. Das zweite Steuerruder klatschte ins Wasser, das Knarren der Riemen mischte sich ins Geräusch der schäumenden Brandung. Nach einer Fünftelstunde Rudern zogen Sinischmeani, Kimmu und Daduschu die Rah hoch und sahen zu, wie sich das Segel blähte.

Das Kahle Riff an Steuerbord und, gegenüber, in der Nacht, das Widerwärtige Kliff, die niedrige Küste der Trostlosen Insel und nach Tagen schnellen Segelns bei sternstarrender Finsternis weit voraus die Einsame Klippe – Gimilmarduk und Sinischmeani steuerten den Kurs ohne Mühe, auch als Gimilmarduk nach dem Vorübergleiten am vogelumflatterten Felsen nach dem Sonnenstand zum fünfundzwanzigsten Mal wieder die Himmelsrichtungen feststellte, steuerten sie genau nach West. In einer der

Nächte – das Erbärmliche Eiland lag weit hinter ihnen –, murmelte der Steuermann:

»Du sprichst nicht viel, Usch. Aber in Moensh'tar hat's dir besser gefallen als in Magan, wie?«

»Das kannst du herausbrüllen, Meani«, sagte Daduschu. »Dieser Ksmar! Ein ehrenwerter Mann im Gegensatz zu Alannach.«

»Ein Schinder, wie? Aber, bei Marduk, wenn seine Karawane ein paar Monde lang unterwegs ist, braucht man rücksichtslose Anführer. Er verliert alles, wenn er ausgeraubt wird.«

»Kein Grund, Sklavinnen schlimmer als Vieh zu behandeln.«

»Kein Grund. Hast du die Braunhaarige besser behandelt?«

»Als ob sie meine Schwester wäre.« Ihre Blicke trafen sich. Daduschu stockte; er dachte an Siachu. »Nicht anders. Es fiel mir nicht schwer, denn meine Gedanken waren bei Alalger. In Dilmun. Und bei Tiriqan – und nun bin ich wieder verwirrt.«

Die Schatten der beiden Männer lagen ruhig auf den Planken, zwischen den Schlafenden.

Im Kielwasser segelte die *Geliebte*. Nur das pralle Segel war zu erkennen. Wenig Licht der Hecklaterne sickerte durch den Stoff. Sinischmeani wartete lange, ehe er antwortete.

»Wenn wir in Babyla sind – und alle großen Gefahren liegen wahrscheinlich schon hinter uns –, haben wir viel erlebt. Sheheru wird Marduks Zikkurat nicht mehr sehen. Du, glaube ich, hast am meisten erkannt.«

Daduschus Lachen klang bitter. »Ksmar hat's richtig gesagt. Würden wir mit Erkenntnissen handeln, wären wir bettelarm.«

»Du hast Shindurrul reicher gemacht, Usch.«

Daduschu zuckte mit den Schultern und wechselte den Griff um die Pinne. »Ich habe ihn reicher gemacht, werde Hammurabis Baumeistern helfen, bringe unbekannte Handelsware nach Babyla, und daheim hat Sinbelaplim seine mächtigsten Freunde.«

»Du überlebst es, Usch.«

Der Steuermann schlug mit der linken Faust kurz gegen Daduschus Schulter. »Mit unserer Hilfe. Mit Hammurabis Siegel. Mit deiner Axt, die du in Magan geschliffen hast.« Er spuckte ins Kielwasser. »Hol den Krug mit dem Magan-Bier.«

Er lachte kehlig. »Denn – Besseres kannst du von Magan nicht erwarten.«

Etwa einen Tag und eine Nacht, Stunden vor dem Zeitpunkt, an dem die nördliche Spitze des Landes an Backbord wieder im Dunst verschwand, näherte sich an Steuerbord ein Dilmunschiff, ein größeres Boot mit scharf hochgeschwungenem Bug und niedrigen Bordwänden. Gimilmarduk zählte ein Dutzend brauner Gestalten. »Fischer oder Perlenfischer!« Er zeigte in die schäumende Heckspur. »Und dort! Die Menschenfresser.«

Dicht unter der Wasseroberfläche waren große weißhäutige Haie zu erkennen, deren dreieckige Rückenflossen durch die Wellen schnitten wie Messer. Als das Boot auf Rufweite herangekommen war, schwammen die drei Fischriesen nach rechts hinüber. Sinischmeani brüllte:

»Wollt ihr nach Dilmun?«

»Bald sind wir im grünen Wasser vor Dilmun. Wir haben Perlen gefischt.«

»Laßt es besser sein!« Auch Meani deutete auf die Flossen. »Wie weit noch?«

»Bis zum nächsten Morgengrauen. Woher kommt ihr?«

Elle um Eile schrumpfte der Abstand. Daduschu sah, daß das rechte Ende der Rah viel tiefer hing als das andere; das Segel war mehr dreieckig als viereckig.

»Vom Intu. Über Meluchha und von Magan«, schrie der Kapitän und wies nach Osten. »Segelt ihr mit uns?«

»Wir sind schneller als ihr«, rief der Steuermann. »Gebt auf die Riffe acht. Ihr liegt tief im Wasser.«

»Wir haben schwere Steinbrocken und edles Holz geladen.«

Die Perlenfischer und die *Zwielicht* blieben eine halbe Stunde nebeneinander. Gegen einen kleinen Krug Bier tauschte Daduschu drei große Eßfische ohne Köpfe und Schwänze, am Morgen gefangen und ausgenommen. Die Fische wurden von Bord zu

Bord geworfen, der Krug baumelte am Blatt eines Ruders. Langsam zog die kleine *Tiamat* davon; noch lange war ihr Kielwasser zu erkennen und noch länger ihr seltsames Segel. Drei Stunden nach Sonnenaufgang, unter einem völlig wolkenlosen Himmel, ruderten beide Mannschaften die Schiffe in Dilmuns Hafen. Fast jeder Platz an den salzverkrusteten und algenbewachsenen Quadern war belegt. Sie bugsierten die Schiffe in die äußerste Ecke des Hafens, neben einige Perlenfischerboote, vertäuten sie und suchten lange nach den Laufplanken.

26. Die Herrin der Ufer

Auf der Achterdeckskiste trockneten die Siegelabdrücke der Rechnungstäfelchen in der stechenden Sonne des Nachmittags. Daduschu, nur einen winzigen Schurz und viel Zedernöl auf der Haut, preßte den Bauch gegen die Bordwand, kratzte sich in der rechten Achsel und trank gierig große Schlucke aus dem Wasserkrug. Langsam drehte er den Kopf; seine Blicke suchten jede Handbreit des Hafens und der Gassen ab. Staubwolken wallten träge aus Zara Shurris Lagerhaus. Spätestens jetzt würde Alalger erfahren haben, daß er vom Intu zurückgekommen war. Am anderen Ende des Hafens zogen Fischer ihre Boote an den Strand und kippten sie um. Die Mannschaft des dunkelbraunen Schiffes trug Wasserkrüge vom Brunnen, Sklaven schleppten Körbe voll silbriger Fischleiber in die Stadt. Die Hitze verstärkte alle Gerüche: faulender Fisch, trocknende Muscheln, Tang und Brackwasser, Pech und Rauch vergangener Feuer und der unverkennbare Dunst, den die Planken der *Zwielicht* ausströmten, als die Sonne den Schiffsschweiß herausdörrte. Sieben Rauchsäulen stiegen schwarz und dicht senkrecht in den Himmel, Seeschwalben kreisten darum wie um einen Mast. Rechts vom leuchtenden Sonnensegel der Schenke lag ein flachgebautes Schiff. Am oberen Ende des Vorderstevens funkelte ein Götterantlitz, von dessen Stirn das halbkreisförmig geschwungene Gehörn eines Steinbocks aufwärts schwang, mit schwarzen und goldenen Bändern, ähnlich den Stoßzähnen des Elefantenbullen. An jeder Seite ragten achtzehn lange Riemen schräg in die Luft. Der Doppelmast war zum Bug gekippt, das Segel spannte sich als Sonnenschutz bis zum Land. Hinter dem Bug waren Matten und Planen einer langgestreckten Hütte aufgerollt, deren Dach eine Verlängerung des Buges bildete und mit Planken belegt war. Drei Männer mit weißen Stirnbändern standen darauf und besserten Tauwerk aus. Daduschu stellte den Wasserkrug in den Schatten, suchte seine Sandalen und tippte Kimmu auf die Schulter.

»Weißt du etwas über das Schiff dort?« Kimmu schüttelte den Kopf und kratzte mit dem Elfenbeinsplitter die Fußnägel aus. Daduschu brummte: »Bin gleich wieder hier.«

Er ging an neun Schiffen entlang und hob die Hand, als ein Besatzungsmitglied die Planke betreten wollte.

»Ich bin fremd hier«, sagte Daduschu. Der Mann setzte die schwere Truhe ab. Auch er trug ein weißes Tuch um die Stirn geknotet. »Wem gehört dieses schöne Schiff, Freund?«

Das Muster der Truhe kam ihm bekannt vor. Handwerkskunst aus Babyla. Die Planke zum niedrigen Heck war fünf Ellen breit und durch Geländer aus dickem Tauwerk gesichert.

Der Seemann grinste und stammelte: »Herr Chaliph. Hat gefunden Frau. Wir morgen weg, viel rudern!« Er gurgelte die Rachenlaute und bückte sich nach der Truhe.

Daduschu sah, daß das Deckshaus aus massiven Balken bestand. Matten und Kissen lagen zwischen Mast und Achterdeck. »Wohin rudert ihr?«

»Dort Land. Steuerbord, ja? Küste im Süd. Hinter groß Berg. Viel Insel, viel Sand. Chaliph Herr von lang Küste, ja?«

Eine schreckliche Ahnung machte Daduschus Stimme rauh. »Kennst du den Namen deiner neuen Herrin?«

Der Seemann hob die Truhe auf die Schulter. »Jeder kennt.« Daduschus Herzschlag stockte.

»Heißt sie Alalger? Aus dem Haus des Händlers?«

»Ja. Alalcherr.« Der andere nickte grinsend und schleppte die Truhe an Bord. Daduschu senkte den Kopf, schob die zitternden Daumen in den Gurt und ging zum Schiff zurück. Masten, Rahen und Palmenstämme verschwammen vor seinen Augen. Er zwinkerte, ging an Bord und stapelte die Tonplättchen, nachdem er sie ins Stoffband eingefaltet hatte, in das Kästchen. Gimilmarduk, der eineinhalb Stunden später zusammen mit Hashmar an Bord kam, rüttelte ihn wach.

»Waschen. Rasieren. Gute Laune und schönes Gewand, Usch! Wir gehen zu Zara Shurris Fest.«

Daduschu zog sich an einem Decksbalken hoch. Er tastete schweißübergossen nach dem Krug. »Diese Mißgeburt. Er hat ölig gelächelt und kein Wort gesagt. Hat er mit dir gesprochen?« Er trank und schüttete sich abgestandenes Wasser über den Kopf. »Wegen Alalger?«

Gimilmarduks Gesicht, vom Sonnenuntergang gerötet und voll schwarzer Linien im Bronzelicht, wurde zur Maske. Er sagte leise: »Alalger hat mit mir gesprochen. Sie ist auf dem Fest, und ihr Herz zerreißt, weil wir zu spät gekommen sind.«

»Oder zwei Tage zu früh.« Daduschu taumelte an Deck. »Ich gehe nicht hin.«

Gimilmarduks Stimme klang, als zöge er seinen Dolch über eine Schieferplatte. »Du gehst mit. Beide Siegel um den Hals. Rasiert und mit geradem Rücken.«

Daduschu schluckte. »Du verlangst zuviel von mir, mein Vater.« Sein Flüstern klang heiser.

»Nichts, was unangemessen ist. Der Mann rechts von Shindurrul. Siegelträger Hammurabis.« Er zog Daduschu an sich. Es war wie eine Umarmung. »Oder ziehst du vor, feige wie Sinbelaplim zu sein? Bei Marduk!« Der Kapitän machte eine Pause. »Du, Sibaru, bleibst der Erste. Chaliph stochert in der feuchten Asche eurer Liebe. Diese Nacht macht dich stärker, als du ahnst. Gönne dem Liebhaber weichhäutiger Knaben diesen erbärmlichen Sieg.« Er kniff Daduschus Wange. »Deine werden größer sein. Los: pflege deine männliche Schönheit!«

Vom Bug rief Sinischmeani mit leiernder Frauenstimme:

»Dein Wässerchen, Siegelträger, ist heiß genug. Komm, Sperling, schabe dich, solange noch die Sonne leuchtet.« Daduschu lachte und schneuzte sich in den schweißfeuchten Schurz. Seine Augen brannten.

Die erste Hälfte des Festes erlebte er, als wate er gegen den Sturm durch eine neblige Dämmerung. Zurri, die Kapitäne und

Steuermänner dreier Schiffe, ein junger Mann mit dünnem Bart und kurzem Haar, dessen Locken von einem zwei Finger breiten Goldreifen gebändigt wurden, mit scharfrückiger Nase, hellen Augen und knappen Gesten: Chaliph. An einem breiten Schultergurt trug er Messer und Dolche in goldgestickten Scheiden. Die zierlichste Waffe benutzte er zum Schneiden des Bratens. An seiner Seite saß Alalger, schräg gegenüber, zwölf Ellen von ihr entfernt, drehte Daduschu den Becher in den Händen. Er wandte den Kopf, als Amekharas sehnige Finger seinen Unterarm auf den Tisch drückten.

»Nun weiß ich es ganz sicher. Die Männer des großen Königs Hammurabi sind von überwältigender Höflichkeit. Ausgeträumt, Daduschu?« Daduschu starrte die funkelnden Ringe an, die hellgefärbten Nägel, dann sah er Amekhara ins Gesicht. »Ja. Träume enden bekanntlich am Morgen. Aber noch ist es dunkel. Sagst du mir, wer du bist? Ich kenne deinen Namen, so wie du meinen kennst.«

Sie sprachen halblaut. Gimilmarduk durfte verstehen, was Daduschu sagte. Die Musiker unter den Palmen waren so laut oder leise wie damals. Die Frau, um deren Hals eng ein Band aus sieben Reihen großer weißer Perlen lag, nickte.

»Ich bin Chaliphs Mutter. Drei Nächte lang haben Alalger und ich gesprochen. Auch über dich. Von niemandem mehr oder länger. Selbst Chaliph, dessen Stolz nicht gering ist, bewundert deinen Mut. Ich weiß es; ich habe ihn siebenundzwanzig Jahre lang erzogen.«

Daduschu fühlte sich ausgehöhlt. Jedes ihrer Worte füllte diese Leere mit etwas, das ihn schmerzte.

»Du weißt alles, er weiß alles, Zara Shurri redet über alles – nur ich bin ahnungslos«, sagte er. »Entschuldige, daß ich unaufmerksam war. Kannst du verstehen, daß mir heute weder nach Gelächter noch nach Freudentanz zumute ist?«

»Vielleicht weiß Alalger alles, was ich bezweifle. Ich weiß mehr, weil ich mindestens zweimal so alt bin wie sie. Shurri redet über Dinge, von denen du und ich mehr verstehen.« Sie schob ihren Becher näher. Daduschu füllte ihn mit gemischtem Wein. »Danke. Mein Sohn weiß, was er wissen muß, ließe sich zerstückeln für Alalger. Für dich nur eine von vielen in deinem Leben, indes – Alalger ehrt und achtet Chaliph.«

Sie lächelte in Daduschus Augen, eine schlanke Frau, deren Schönheit trotz der vier Jahrzehnte unübersehbar geblieben war. Ruhig, als gehöre ihr eine Stadt, sprach sie weiter.

»Alalger wird den Namen aussuchen für einen fruchtbaren Streifen Küste, ein Tal zwischen Felsen, und viele Inseln. Dies ist Chaliphs Brautgeschenk. Dein Geschenk, hörte ich flüstern, wäre ein halb durchsichtiges Kleid vom Intu gewesen und eine Kette aus Steinen. Und nun, Daduschu, gib mir eine Antwort aus klugen Worten.«

Daduschu ertappte sich, wie er mit Tiriqans Siegel spielte. Er zog die Schultern hoch, lehnte sich zurück und sagte: »Ich versuche, Klugheit zu beweisen. Durch Schweigen.«

Er spürte die Blicke Alalgers und Chaliphs. Mit undurchdringlichem Lächeln blickte Amekhara an seiner Schulter vorbei und hob den Becher. Er zwang sich dazu, den Kopf nicht zu drehen. Das Blut wich aus seinem Gesicht.

»Schweigen durch Einsicht? Oder weil du den Pfad der Höflichkeit wiedergefunden hast?«

Daduschus Lächeln gerann. Plötzlich fühlte er Stärke, trotz der trunkenen Heiterkeit, die sich um ihn ausbreitete. Er entsann sich seiner Beredtheit.

»Die Anrede ›meine Mutter‹ ist in Babyla Ausdruck tiefster Ergebenheit. Oder sollte ich anfangen: meine Herrin? Als ich voller Blut und mit üblen Wunden zu Alalger zurückkam, konnte ich da ahnen, was die Götter für heute nacht beschlossen? Da du, Herrin, mit der Weisheit deiner Jahre sprichst, wirst du verstehen, daß ich mich übel fühle. Um dich, deinen Sohn und Alalger zu beruhigen: ich werde ein schickliches Zeitmaß abwarten, austrinken und zum Schiff gehen. Keiner von euch wird mich je wiedersehen. Genügt es dir als Summe vieler Stunden deiner Vorhaltungen dieses Abends?«

Amekhara blieb hinter dem Lächeln ernst wie ein Götterbild. Daduschu spürte, wie Gimilmarduk ihn festhielt, und hörte von links ein leises: »Du bleibst.« Gleichzeitig legte auch Amekhara ihre Finger auf seine Hand:

»Nicht ganz. Bald werden sich Shurri und Chaliph in das kleine Haus unter den Palmen zurückziehen. Sie haben ausgemacht, daß Schiffe zwischen Dilmun und unserer Stadt verkehren sollen. Kapitän und Steuermann führen Alalger zum *Atem der Winde*. Begleite Alalger. Wenn du sie anrührst, stirbst du. Eine halbe Stunde. Ich konnte nicht mehr für euch tun.«

Daduschu taumelte am Abgrund seiner Beherrschung. Er bewunderte Amekhara, die mit mindestens drei Menschen spielte wie mit Steinen auf dem Brett. Er entdeckte jetzt die Härte hinter dem Lächeln und trank zögernd einen Schluck.

»Danke, Herrin«, sagte er. »Das ist mehr, als ich hoffen durfte. Es mag der Tag kommen, an dem ich über diesen Abend lächeln kann.«

Sie antwortete etwas, was er nicht verstand. Quälend langsam verging die Zeit. Noch vor Mitternacht verabschiedete Zara Shurri seine Gäste. Er gönnte Daduschu einen weichen Händedruck und ein besonders herzliches, falsches Lächeln. Chaliph warf ihm einen Blick zu, der ihn traf wie ein Messerstich. Am Eingang des Palmengartens verbeugte sich Daduschu vor Amekhara.

»Dein Mann, Herrin, Chaliphs Vater, fehlte beim Fest?«

»Er fehlt seit sieben Jahren.« Sie sprach ohne Bedauern.

Gimilmarduk zog die Luft hastig in die Lungen.

»Ich wüßte einen Herrscher über Wellen und Strände, an den du rasch dein Herz verlieren könntest.«

Amekhara kicherte verhalten. ›Wirklich? Wen schlägst du vor, Daduschu?«

»Es ist, meine Mutter, der Steuermann Sinbelaplim unseres zweiten Schiffes; ein Mann von Mut, Würde und Tüchtigkeit.«

Er nickte noch einmal grüßend. Gimilmarduks lautes Gelächter hallte durch den Garten und zwischen den Lehmwänden.

Selbst Alalger unter dem Torbogen drehte sich um. Mit zwei Dutzend Schritten, am Rand des Hafenplatzes, hatte Daduschu sie eingeholt und blieb drei Schritte rechts neben ihr. Sie ging langsamer. Ihre Begleiter schlugen den Weg zum Schiff ein. Daduschu schluckte und streckte die Hand aus, zog sie zurück und hörte sich sagen:

»Der zweite Abschied. Auf dem Intu kamen die Träume, mein Herz. Von dir, von uns.«

»Ich weiß. Ich hab geweint und geträumt. Unser zweiter, letzter Abschied, Usch, mein Liebster.«

Mondlicht lag auf ihrem Gesicht. Sie waren stehengeblieben und starrten einander an. Tränen liefen über Alalgers Wangen. Er zwang sich, Worte zu gebrauchen, die nicht noch mehr verwundeten, weder sie noch ihn; er flüsterte: »Alalger, Fürstin vieler Ufer. Du wirst alles haben, was ich dir nicht geben kann.«

»Ich wollte nichts. Nur dich, Usch.« Sie hob die Hände, als wolle sie ihn streicheln. Die Finger zitterten. »Jetzt gehe ich dorthin, irgendwohin, ohne dich. Warum? So viele Worte, die nichts erklären.« Alalger ging einen Schritt auf ihn zu, hielt wieder an. »Sage Hammurabis Suqqalmach...« – ihre Stimme versagte; sie holte tief Luft und starrte über seine Schulter – »daß ich von den Frauen, den Seeschwalben, ein paar Namen erfahren hab: Die Spinne ist Tabi'elmatin. Die Priester wollen einen der Ihren auf den Thron setzen. Atamrum, Geshti-Unna, Iturashdum und Shinmagyr. Und Nuradad. Eine Naraditum-Priesterin ist mit ihnen; Ismin-Adasi. Sie alle tragen silberne Imdugud-Siegel. Mehr weiß ich nicht.«

»Sieben Namen...« Daduschu stöhnte und riß sich aus der Verzweiflung. Eine unsichtbare Hand lag an seiner Kehle, als er sagte:

»Ich danke dir im Namen Awelninurtas.« Er ließ die Arme hängen; plötzlich schüttelte ihn kalte Furcht. »Er hätte dich mit Gold überhäuft.«

»Dich, mein Liebster, und das Weinstockhaus – ich hab' nicht mehr gewollt. Sage ihm, dem Mann im Palast: in Babyla rechnen die Tempelpriester. Sie sind sicher, daß sich Schamasch über Marduk erheben wird, in der Nacht mitten am Tag. Dann sollen Hammurabi und seine Getreuen sterben. Mehr weiß ich nicht.«

»Die Götter sollen dir wohlgesonnen bleiben. Du gehst mit Chaliph. Aber in meinen Träumen bleibst du, Alalger.«

Ihre Hände sanken herunter. Als Alalgers Begleiter sich zögernd näherten, wollte er zurückweichen, blieb aber stehen. »Ich und du werden Dilmun nie vergessen. Im Tempel meines Herzens, Liebste, wird für dich immer eine Flamme brennen. Ich gehe, bevor sich unsere Herzen selbst zerfleischen.«

Er legte drei Finger an die Lippen, wischte über die Wangen und hauchte einen Kuß über die nassen Fingerspitzen. Alalger erwiderte die Geste. Daduschu drehte sich um und hörte den Sand unter den Stiefelsohlen knirschen. Er fand das Mauerstück, auf dem sie damals versucht hatten, die Zeit zu dehnen, setzte sich in den Sand und legte die Arme auf die Knie.

Beim ersten Schimmer des Tages ging er zur *Zwielicht* zurück und schlief auf der Achterdeckbank ein.

Mit Shurri verhandelte er schweigsam, als wären sie einander das erstemal begegnet. An einem späten Morgen, im Nebel einer unbegreiflichen Stimmung oder einer Kette von Unwichtigkeiten, hörte er leise Rufe und gleichmäßigen Rudertakt. Er stand im Bug, klammerte sich an ein Tau und biß die Zähne aufeinander. Der *Atem der Winde,* von drei Dutzend Riemen vorwärtsgerissen, rauschte durch den Hafen. Neben Amekhara stand Alalger im Heck und blickte, die Hand halb erhoben, zur *Zwielicht* herüber. Sie sahen einander an, bis das Schiff außer Sicht kam. Daduschu wartete, bis die Schwärze in seinen Gedanken sich zu drehen aufhörte. Er sah, undeutlich, Gimilmarduk neben sich und sagte:

»Jeder Stich, der mich bluten läßt, hat getroffen. Keiner wurde ausgelassen. Bin ich stärker geworden, Kapitän?«

»Ja. Auch diese Wunden, Sibaru, werden vernarben. Sie gehören zu Daduschu. Wir alle sind stolz auf dich.«

Daduschu preßte die Lippen zusammen. »Alle, außer Sinbelaplim«, sagte er und starrte dorthin, wo er Alalger zum letzten Mal gesehen hatte.

Die vier Tage des schwindenden Arachsamnu und die erste Hälfte des Kislimu kosteten Schweiß, Rechenkünste und ständige Arbeit an den Pinnen. Es schien, als ob sich die Schiffe ein Hohes Rohr ums andere nach Norden kämpfen mußten. Die Strömung versetzte sie, der Wind vom Land im Westen brachte sie in östliche Richtung, am Vormittag konnten sie mit dem kräftigeren Seewind bis Sonnenuntergang zurück nach Nordwest segeln. Zweimal packte sie ein heißer Südwind, füllte die Luft mit Staubwolken und blähte die Segel. Je mehr sich die *Zwielicht* und die *Geliebte* dem Schilfmeer näherten, desto weniger Wind aus Nordost gab es; so schien es wenigstens Daduschu. Während eines halben Mondes half ihm das anstrengende Rudern. Er schlief erschöpft ein und erinnerte sich an keinen Traum.

Zweimal schleppte sie ein kalter Gewittersturm weit nach Nordost hinaus. Sie froren, doch als sie mit dem Wind an Backbord nach Nord ruderten, brannte die Sonne auf ihre schweißbedeckten Rücken. Sie sahen niedriges, kahles und steiniges Land, hielten sich, die Untiefen weit an Backbord, rudernd über gutem Wasser. Einen Tag und eine Nacht lang, in einer starken Strömung durchsichtigen Wassers, schienen die Schiffe mit heruntergelassener Rah und fast ohne die Hilfe der Ruderer nach Norden zu gleiten; in niedrigen Wellen, fast geräuschlos. Gimilmarduk strahlte. Er hatte richtig gerechnet; an dem Tag, an dem er es erwartet hatte, traf der Wind auf die Schiffe. Als die Barriere aus Schilf endlich zu sehen war, die sich von West nach Ost über den Horizont vor dem Bug streckte, legte sich der Nordostwind. Je mehr sich die Schiffe dem Schilfmeer näherten, desto häufiger dachte Daduschu an Tiriqan. Alalger blieb das dunkle Strahlen in seinem Herzen, an Ghorarti dachte er mit einem Lächeln; Kinthara blieb eine Nacht rasender Leidenschaft. Er kam nach Babyla zurück, in die Sicherheit dicker Mauern und gewohnter Umgebung. Tiriqan bedeutete Ruhe, Frieden und lustvolles Aufgehobensein. Sie war so zuverlässig, wie es Shindurrul von ihm, Daduschu, wünschte. Das schmale Gesicht, die Gazellenaugen, die schlanken Finger; er fühlte einen Stich tief in seinem Inneren und lächelte noch, als ihn Hashmar am Ruder ablöste.

Nach drei Tagen Fahrt flußauf, im Niedrigwasser des dritten Tages Tebutu, flatterten große Schwärme wilder Enten über den Sümpfen an Backbord. Der Wind, schwankend zwischen Südost und Südwest, trieb die Schiffe durch breite Kanäle stillen Wassers. Regengüsse folgten auf einen kalten Sandsturm; die Landschaft zwischen undurchdringlichen Schilfwäldern und ersten, schütteren Riedfeldern an flachen Ufern lag in silbernem Glanz. Daduschu hatte nach Mittag den Lotsen entlohnt und stand im wadenlangen Wollrock und lederbesetzten Wams im Bug, lotete bisweilen und blinzelte in die Sonnenscheibe, die zwei Handbreit über den Rispen durch Nebelschichten glomm. Wachtelschwärme flatterten aus den Dickichten. Nach Sonnenuntergang würde Wind aus Nordost einfallen. Unaufhörlich knirschte, schabte und raschelte das Schilf. Drei Fischerboote aus Binsengeflecht, mit eingefalteten Flechtsegeln, schossen an Backbord vorbei. Daduschu winkte, aber die Männer stierten nur gleichgültig herüber.

Kimmu rief vom Mast her: »Langsam wird's Zeit. Noch kein Lagerplatz zu sehen?«

»Wir müßten ins Schilf hinein.« Daduschu sah zu, wie sich Staubfahnen hinter einem Gazellenrudel senkten. »Unsichre Sache, diese Anlegemanöver.«

Er musterte, aufmerksam wie Gimil und Meani an den Pinnen, beide Ufer. Hinter einem Gebüsch großer Tamarisken, aus dem fünf Dattelpalmen wuchsen, an Backbord in der Biegung des Buranun, entdeckte er einen trichterförmigen Einschnitt. Gleichzeitig kroch molkiger Dunst zwischen dem Schilf hervor und wurde über die Wasseroberfläche gesogen.

»Kapitän. Im weiten Bogen nach Backbord. *Malu!* Sieht gut aus«, brüllte er.

Meani schrie zurück: »Ist gut. Geradeaus weiter, dann Segel los!«

Die *Zwielicht* ruckte und schüttelte sich in den kurzen Wellen, folgte der Krümmung nach Backbord und drehte in der Strömung, während der Steuermann zur *Geliebten* hinüberschrie, langsam herum. Daduschu zog die dicken Schilfrohre des Peilstabes auseinander, warf sie auf die Planken und sprang unter dem schlagenden Segel an seinen Ruderplatz. Das Schiff näherte sich dem Einschnitt, der Grund hob sich, von beiden Seiten näherten sich Schilfmauern den Bordwänden. Einmal scharrte der Kiel über Lehm, ein Ruck ging durch das Schiff. An der engsten Stelle des halb versumpften Altwassers, zwei Pfeilschüsse von den Palmen entfernt, bestand das Ufer aus lehmigen Sandflächen.

»Segel los. Wir drehen«, rief Gimilmarduk. »Kimmu, Hashmar!«

Die Knoten wurden aufgerissen, das Segel flappte und knatterte, als sich die *Zwielicht* in einem engen Halbkreis drehte. Das Heck knirschte auf den Sand und kam wieder frei. Kimmu, Hashmar und Daduschu hoben im Bug fluchend den Ankerstein. Der Holzstock knarrte durch das Loch. Der Bug schnitt eine Gasse durch das Schilf, das Heck driftete flußabwärts. Der tropfenförmige Stein schlug schwer ins Wasser, mit sieben harten Ruderschlägen bewegte sich das Heck wieder zum Land. Talqam sprang in den Schlick und zerrte das Tau hinter sich her, bis er eine Schlinge um die Wurzel eines abgestorbenen Baumes knoten konnte. Er kam zum Schiff zurück, stutzte und fluchte.

»Nein! Nicht so! Vorsicht, Jarimadad!« brüllte Gimilmarduk. »Nach Backbord!«

Die *Geliebte* kam viel zu schnell, unter prallem Segel und gerudert, auf das enge Loch zu. Der Bug deutete genau auf den Vordersteven des eigenen Schiffes. Die Männer an den Pinnen zogen und schoben, die Ruderer versuchten, das Schiff zu drehen, aber die Kreisbahn war nicht eng genug. Daduschu und Washur brachten die Riemen in Sicherheit; Daduschu packte den Holzschaft, stellte sich in den Bug und schob den Riemen dem anderen

Schiff entgegen. Als das Ende die Bordwand berührte, stemmte er sich dagegen und versuchte, den Aufprall zu verhindern. Die *Geliebte* drehte sich, und Daduschu wurde über die Planken geschoben. Der wuchtige Bugbalken schrammte über das Auge der *Zwielicht* und grub tiefe Scharten in die Bordwand. Dumpfe Schläge gingen durch beide Schiffe. Die *Geliebte* kam und schob den Bug weit auf den Sand. Der Ankerstein, von Qamuk, Nadannu und Teleqin zum Heck geschleppt, platschte neben dem Steuerbordruder ins trübe Wasser.

»Das war das unwürdige Ende eines schönen Tages.« Gimilmarduk stemmte die Fäuste in die Seiten. »Seid ihr blind oder wie?«

»Dieser blöde Lehmtreter ist schuld.« Sinbelaplim zeigte auf Daduschu. »Warum hat er nichts von der Strömung gesagt? Ich steuere ein Seeschiff, kein Fischerboot. Außerdem sieht man im Halbdunkel nicht, wo der beste Platz ist!«

Daduschu spürte die Wut aufsteigen, beherrschte sich und sagte: »Ich vergaß zu erklären, wohin der Buranun fließt, mein Bruder. Ich bin kein guter Buranun-Seemann. Leider.«

Er befestigte das Ruder und duckte sich unter dem Gelächter der Ruderer. Die Sonne senkte sich auf die Wüste, färbte sich dunkelrot; Schatten krochen kalt über die Planken. Ikashadd und Hashmar füllten die Hecklaternen und entzündeten die Dochte, Sharishu brachte Feuerschale, Kohle und Kessel an Deck. In der Stille raschelten unzählige Tiere im Wasser, um die Schilfstengel und am schmalen Streifen feuchten Sandes. Wüstenfüchse balgten sich keckernd. Daduschu schob fröstelnd die Hände in die weiten Ärmel des Wamses. Er hob die Schultern, trug sein Bündel ins Heck und legte es auf die Kiste.

»Ich bin mit der ersten Wache dran«, sagte er. »Wann sind wir in Babyla, Gimil?«

Daduschu erinnerte sich nicht an diese Bucht. Der Kapitän hob die Schultern. »Vielleicht, wenn sich dein Geburtstag wiederjährt, wer weiß?«

»In einundzwanzig Tagen?«

»Mit ein bißchen Glück.« Gimilmarduk senkte die Stimme und deutete mit dem Daumen über die Schulter. »Kaum sieht er Land, kocht seine Wut über.«

An Deck bereiteten sich die müden Besatzungen auf die Nachtruhe vor. Zwei Ellen betrug der Abstand zwischen den Bordwänden. Ölfunzeln blakten, es stank der Rauch der Holzkohlenfeuer, Tropfen verzischten in der weißen Glut.

Der Dunst verdichtete sich langsam zu Nebel. Gelbes Licht der Lämpchen und das Feuerrot der Sonne durchdrangen und färbten ihn. Die Schatten lösten sich auf, Palmen, Tamarisken und Schilf zogen sich ins Unsichtbare zurück. Die Schiffe blieben helle Inselchen inmitten einer lastenden Wolke, die viele Geräusche schluckte. Feuchtigkeit schlug sich kalt auf der Haut und den Planken nieder.

»Das kommt davon, wenn wir, so Marduk will, eineinhalb Monde früher als sonst ankommen«, murmelte Gimilmarduk und wickelte sich in den Wollmantel. »Habt ihr den Sud bald fertig, Talqam?«

»Könntest schon längst trinken, wenn wir gutes Wasser nicht flußauf hätten holen müssen. In dem Loch hier« – Kimmu machte eine bezeichnende Geste – »wurde zuviel rumgerudert.«

»Blödling«, sagte Sinbelaplim vom Mast her. »Bin ich schuld am Schlamm?«

»Bin ich Steuermann?« Talqam kicherte. »Meine Zehen sind starr, die Stiefel sind naß. Wo ist die behagliche Wärme der dicken Mauern von Babyla?«

»Zwanzig Tage und Nächte, Talq«, rief Daduschu. »Dann werden sie uns kosen und streicheln. Du bist der beste, aber der langsamste Koch.«

»Hätte ich sauberes Wasser hier schöpfen können...«

»Am Intu wart ihr erwachsen«, sagte Gimilmarduk. »Im Buranun, scheint es, bricht sich wieder die Kindheit Bahn, wie?«

Die Vorräte waren kümmerlich. Erst in ungefähr drei Tagen würden sie, jenseits der Dämme und Kanäle, wieder frischen Proviant bekommen. Daduschu war es ein Rätsel, daß er zwischen

Lederballen, seinen Hemden und kleinen Wurzelballentöpfen aus Dilmun noch zwei versiegelte Krüge Magan-Bier fand. Er hob seinen Fund aus der Luke und setzte sich, nachdenklich geworden, auf die Achterdeckskiste.

Die Worte des Steinmanns und wirre Reden eines Magan-Priesters fielen ihm ein; er saß in einem Licht, das keine Schatten warf. Wut und Haß des anderen Steuermannes glaubte er spüren zu können wie einen Skorpion auf der Haut. Er langte zum Stiefelschaft und zum Gürtel: die Dolchgriffe schmiegten sich in die Finger. Die Mannschaft saß im Kreis am Mast, um die wärmende Glut und den dampfenden Kessel. Dadduschu stieg hinunter, zog den Mantel um seine Schultern.

»Also, irgendwie war's in den Schenken von Dilmun wärmer und gemütlicher«, rief Tunakasu vom anderen Schiff. »Oder nicht?«

»Du kannst ja, wenn du frierst, zurückschwimmen.«

Washur rührte im Kupferkessel. »Oder wirst du etwa in Babyla erwartet?«

»Was mich erwartet, weiß ich, bei Marduks Unmut.« Tunakasu lachte und hob die Schultern. »Deswegen werde ich keinen Streich kräftiger rudern!«

Mondlicht mischte sich ins Rötlichgrau des Nebels. Die Männer aßen und tranken schweigend; Gimilmarduk und Sinischmeani gähnten mit knackenden Kiefern.

Dadduschu faltete die Decken im Bug aus und blickte über die Planken: leer. Alle schliefen im Bauch der Schiffe. Er blinzelte zu Nadannu hinüber, der im Heck kauerte und im Nasenloch bohrte. Die Nacht stülpte Schweigen, Kälte und Bewegungslosigkeit über Flußbucht und Schiffe.

Zwischen Mitternacht und Morgen stöhnte jemand. Dann hörte Dadduschu ein röchelndes Gurgeln, ein unterdrückter Schrei folgte. Ein Mann auf der *Geliebten* erwachte aus einem Alptraum. Holz knarrte, ein Ächzen war zu hören, dann klatschende Tritte auf nassen Planken. Aus der Luke tauchte Sinbelaplim ins gelbe Licht, in beiden Händen hielt er Dolche mit langen Schneiden. Er taumelte an Deck und murmelte Unverständliches.

Daduschu schüttelte sich und wachte blitzschnell aus dem Halbschlaf auf. Er erkannte den Steuermann und hörte dessen Knurren. Wie ein Schlafwandler schwankte Sinbelaplim, völlig nackt, mit jedem Schritt sicherer und schneller, zum Bug der *Geliebten* und hob beide Arme. Sein Gesicht trug den Ausdruck kalter Raserei. Ein Speichelfaden hing bis zum Schlüsselbein, die Mundwinkel waren heruntergezogen. Er atmete pfeifend, nahm ächzend einen Anlauf und sprang über beide Bordwände, über den Zwischenraum schwarzen Wassers, aufs Heck von Daduschus Schiff. Er starrte ins Licht. Daduschu lehnte die Axt an die Bordwand. Er konnte nicht wirklich glauben, was er sah, aber seine Hand zog den Dolch aus dem Stiefel, so, als gehöre sie nicht ihm. Sinbelaplim begann zu zittern, seine Muskeln traten hervor, die Haut war schweißüberströmt und rauh vor Kälte.

Die Mondsichel hob sich aus dem Nebel. Sinbelaplims Arme fuhren ziellos durch die Luft. An Deck wurde es lebendig: Köpfe tauchten aus den Luken. Sinbelaplim begann zu schreien, heulte wie ein Tier, in die gellenden Laute mischten sich Wortfetzen, das Geheul scheuchte Vögel aus dem Schilf, die kreuz und quer über die Schiffe zuckten. »Sibitnigalli-awelshammasch«, hörte Daduschu aus dem Winseln heraus. Sinbelaplims weit aufgerissene Augen suchten an Deck einen Gegner, aus seinem Bart tropften Blut und gelber Schaum. Er entdeckte Daduschu, sprang auf ihn los und duckte sich. Beide Dolchspitzen kratzten über die Planken.

Daduschu zog mit der Linken den Dolch aus der Gurtscheide. Sinbelaplim erreichte den Mast, rutschte auf dem nassen Holz und warf sich nach vorn. Daduschus Arm zuckte herunter. Die Dolche klirrten aufeinander. Sinbelaplim rang röchelnd nach Luft, holte aus und schleuderte den Dolch nach Daduschu, der zur Seite sprang, ausrutschte und in die Dunkelheit schlitterte. Die Waffe zischte an seiner Schulter vorbei ins harte trockene Schilf. »Aweliturashdumnigalli!« Der Steuermann sprang Daduschu an, der den Stich mit dem Unterarm abwehrte und vom Achterdeck heruntersprang. Kimmu und Gimilmarduk kletterten aus der Luke und drehten die Köpfe. Sinbelaplim, am Handgelenk blutend, wirbelte herum, fand seinen Gegner und schrie, knurrte und lallte, als er sich an einem Tau in die Nähe des Mastes schwang. Sein Dolch blitzte Daduschu entgegen, Daduschu traf den Oberschenkel Sinbelaplims, als er mit der zweiten Waffe nach dessen Kehle zielte. Der Knauf der Waffe donnerte gegen den Mast. Gimilmarduks Stimme klang wie Löwengebrüll. »Sin! Zurück! Bist du wahnsinnig geworden? Jari! Er bringt Usch um!«

Einer nach dem anderen kamen die verschlafenen Männer an Deck und sahen, was sie geweckt hatte. Sinbelaplim, dessen Körper ein seltsames Muster von Blutstropfen trug, schrie, lachte und kicherte, täuschte einen Angriff vor und trieb Daduschu zum Bug. Er sprang hin und her, stach zu, führte waagrechte Schnitte durch die Luft und bewegte sich unglaublich schnell. Daduschu packte ein triefendes Tau, lief einige Schritte auf der Oberkante der Bordwand entlang und kam in Sinbelaplims Rücken auf. Kimmu stöhnte:

»Er wird dich töten, Usch. Soll ich...?«

Der Kapitän hielt zwei Ruderer an den Armen fest.

»Vergiß es«, rief Daduschu. Der Steuermann führte den Dolch senkrecht nach unten. Daduschu schlug gegen seinen Ellbogen. Knirschend fuhr die Bronzespitze ins Holz der Bordwand. Daduschu drehte sein Handgelenk und schlug mit dem Knauf nach Sins Kehle. Ein wilder Hieb wischte seinen Unterarm zur Seite. Keuchend riß der Steuermann den Dolch aus dem Holz und schnellte sich durch die Luft. Hashmar tänzelte auf den Zehenspitzen und hielt sein Messer an der Spitze, der Griff lag auf seiner Schulter. Daduschu brüllte: »Meine Sache, Hash!«

Sinbelaplim prallte drei Handbreit neben ihm auf die Planken, federte ab, wirbelte herum und wischte die Waffe quer durch die Luft. Er zerschnitt die Haut von Daduschus Schenkeln. Daduschu sah die Wunden, aber spürte sie nicht, traf den Steuermann mit einem wuchtigen Hieb im Nacken. Sinbelaplim schüttelte sich, kam auf die Füße und griff an. Sie stolperten um den Mast. Die Seefahrer waren sicher, daß der Steuermann von Dämonen besessen war und Daduschu töten wollte. Sein Keuchen und Winseln erschreckte sie. Daduschu schleuderte den Dolch. Die Spitze grub sich vier Finger tief zwischen Schulter und Brust des Steuermannes. Mit einem Satz war Daduschu wieder auf dem Achterdeck und riß die Doppelaxt hoch. Er wußte, daß er diesen Kampf nicht verlieren würde, als er den Steuermann schreien hörte. Sinbelaplim riß den Dolch aus der Schulter, warf ihn hoch und schleuderte ihn, kaum daß er ihn aufgefangen hatte, nach Daduschu. Die Waffe schlug mit dem Griff in seine Rippen und klirrte aufs Deck.

Daduschu hob sie auf, während er zur Seite sprang. Wieder glaubte er in Sinbelaplims Gewinsel einzelne Namen zu verstehen.

Hundert Atemzüge lang verfolgten sie einander, wichen pfeifenden Stichen und Hieben aus, duckten sich, stolperten und rutschten. Daduschus Axt beschrieb aufschimmernde Halbkreise. Sinbelaplim schwang an einem Doppeltau vom Achterdeck, sprang mit ausgestreckten Beinen auf Daduschu zu und schleuderte die Taue auf ihn. Daduschu ließ sich halb fallen, sprang auf und führte einen schräg aufwärtsführenden Schlag.

Sinbelaplim fiel in die Bahn der Schneide. Aus seinem Hals spritzten schwarze Blutbögen. Aus seiner Kehle kam mit einem Blutstrom ein gurgelndes Wimmern. Eine Hand fuhr an den klaffenden Schnitt, die andere krampfte sich ums Gemächt. Sein Körper blieb einige Herzschläge aufrecht stehen, schwankte und fiel zusammen, blutüberströmt, in einer Lache, die sich schnell ausbreitete. Daduschu ließ die Axt sinken und lehnte am Mast. Er schloß die Augen, unterdrückte die Schwäche in den Gliedern und taumelte, als sich die Anspannung lockerte. Er spürte Arme um seine Schultern, blickte hoch und hörte Gimilmarduk sprechen.

»Marduks Zorn!« Er winkte. »Die Götter haben ihn mit Raserei geschlagen.« Hashmar wischte Daduschus Gesicht ab. Das nasse Tuch war kalt und half ihm, zu sich zu kommen. »Schilffieber? Der letzte Reim eines langen Haß-Liedes. Er hat, wahrlich, alles versucht.«

»Wir sind Zeugen.« Sinischmeanis Stimme klang, als sei er zufrieden. »Ich mag Begräbnisse bei Nacht nicht. Wer nimmt seine Perlen?«

»Hashmar, für Sibit Nigalli.« Gimilmarduk zog Daduschu zum Heck und wich dem Blut und dem verkrümmten Leichnam aus. »Ich stellte mir ein anderes Ende vor. Nun haben es die Götter so gefügt; ebenso schlecht wie vieles andere. Dein Feind auf dem Schiff ist tot.«

Daduschu reinigte schweigend, mit gesenktem Kopf, die Axtschneiden, saß auf seinen feuchten Decken und trank aus Washurs Becher. Talqam spülte das Blut über Bord. Hashmar schnitt zwei große Goldperlen und acht Dilmunperlen aus Sinbelaplims Ohren und brachte sie Daduschu, der sie teilnahmslos anstarrte.

Im weichen Ufer hoben sie eine Grube aus, wie für Sheheru; schleppten den Leichnam in Sinbelaplims Decke an Land und bedeckten ihn zwei Ellen hoch mit Sand und Lehm. Keiner konnte schlafen; sie erhitzten den bitteren Sud vom Vorabend, tranken und tauchten muffiges Fladenbrot in die Brühe. Noch während des Morgengrauens, als Daduschu endlich unter Deck schlief, zogen sie den Ankerstein aus dem schlickigen Grund. Am Backbordruder der *Geliebten* stand Ikashadd, der zweite Steuermann.

Unter der Wintersonne und einem fahlblauem Himmel, an dem dünne Wolken wie Vogelfedern standen, vorbei an neuen Böschungen, Wällen und Rohrgeflecht, segelten die Schiffe auf Uruk zu. Jede Stunde zeigte neue Bilder gewaltiger Arbeiten. Kanalböschungen, die Daduschu wiedererkannte, waren grün, voller Pflanzen, von Schafherden abgeweidet; auf vielen stumpfkegeligen Anhöhen standen weiße Häuser und Ställe. Die hölzernen Trennschieber ragten weit aus dem Niedrigwasser. Große

Vogelschwärme zeichneten schwarze Muster in den Himmel, und aus der westlichen Wüste tanzten braune und gelbe Staubwirbel über den Fluß, die Kanäle und die Ebene.

»Heut abend geben wir das letztemal Shindurruls Kupfer und Silber aus.« Gimilmarduk hauchte seine klammen Finger an. »Ich sehe, daß die schlimme Nacht schon im Sumpf des Vergessens versinkt?«

»Wohl erst dann, Gimil, wenn wir wissen, was Sinbelaplim zu Mord und Raserei trieb. Und welche Rolle spielt der würdige alte Priester…?«

Im Nordwesten ballten sich Gewitterwolken. Unzählige Boote voller Stroh, Erdpech, Steinen und Hölzern kamen den Fluß herunter. Unentwegt winkten die Männer zu den Schiffen herauf, die Seefahrer winkten zurück und brüllten Scherze. Gimilmarduks Blick folgte den Rauchfahnen über Uruk.

»Hammurabi findet's heraus, Usch. Er gibt den Tempelpriestern, was ihnen zusteht, aber ungern läßt er zu, daß sie zu gierig werden. Ist Awelshammash wirklich der Sohn Sinbelaplims? Beschläft Iturashdum die breithüftige Sibit Nigalli? Oder will der Priester, daß sein Sohn an deine Stelle tritt? Sins Raserei – Ungewißheit, Eifersucht und Neid haben sein Herz zerrissen, sage ich.« Er nickte Hashmar zu, der auf die Palmen und die kantigen Häuser der Kanaleinfahrt deutete. »Ich glaube ihn zu kennen. Seit dem Intu hat er seine Krankheit unterdrückt. Wenn er aus dem Hinterhalt morden wollte, dann hat man ihn bestochen, gab ihm einen Auftrag, der angeblich von Marduk selbst kam, was weiß ich.«

Er winkte zum Bug des nachfolgenden Schiffes und deutete nach Steuerbord. Ein schriller Pfiff antwortete.

»Über alles sprechen wir in guter Ruhe, im Haus Shindurruls. Nicht in Uruk. In Babyla.«

»Jawohl, mein Vater.« Daduschu schüttelte sich und steckte eine Hand unter die Achsel. »Heute baden wir im warmen Wasser und essen fetten Braten.«

»Und trinken viel schwarzes Bier; gutes Bier, von Uruk.«

Die Schiffe segelten an der Kanaleinfahrt vorbei, die Rahen fielen, und mit der Strömung, nur mit wenig Hilfe der Ruder, bogen sie in den breiten Kanal. Im stillen Wasser spiegelten sich Mauern, Palmen, Tamarisken und die rissigen Planken der Schiffe. Zum erstenmal seit sieben Monden roch Daduschu die Nähe einer Stadt, ein schwer bestimmbares Gemenge, das ihn an Babyla erinnerte.

27. Siegelträger des Königs

Daduschu stemmte den Fuß gegen das armdicke Tau, zog die Knoten der Sicherungsleine fest und richtete sich auf. Gimilmarduk ächzte, als habe er einen Steinblock auf jeder Schulter. »Vorbei. Aus. Ende der Reise, Sperling. Die größte Menge der Arbeit bleibt jetzt dir.«

Er stolperte über die Planke zum Karum. Vor den Schiffen waren im Halbkreis mehr als zwölf Dutzend Frauen und Männer zusammengelaufen. Daduschus Blicke suchten Tiriqan und Shindurrul. Den Kaufherrn sah er sofort; er schlang seine Arme um Gimilmarduk, dann um Sinischmeani und schwenkte die Männer lachend herum. Tiriqan stand in Shindurruls Nähe und hob die Arme. Sie wirkte verändert: ihr Gesicht sah schmal aus der roten Kapuze des Mantels hervor. Shindurruls Gelächter und das Krachen der zweiten Planke hallten von den Mauern wider. Hashmar und Talqam befestigten das verwitterte Brett, und Daduschu sprang vom Achterdeck und rannte auf Tiriqan zu.

Er nahm ihre Hände. Ihre Finger waren warm. Tiriqan lächelte, aber ihre Augen wurden feucht. Als Daduschu in ihr Gesicht sah, zuckte er zusammen: unter den Augen hatten die Tränen dünne Spuren in zwei Rußstreifen gefurcht. Die Trauerzeichen bedeuteten den Tod eines nahen Verwandten; ein Brauch aus Nippur, ebenso wie die gelben Bänder um die Oberarme.

»Liebste«, sagte er heiser. »Ich bin hier. Ganz lebendig, nur ein paar Narben. Nicht weinen, Tiri!«

Er nahm sie in die Arme und preßte sie an sich. Die Kapuze rutschte in den Nacken. Ihr Haar lag glatt am Kopf, straff in einen Zopf geflochten. Sie sagte halblaut:

»Du darfst nicht mehr weggehen. So viel ist passiert.« Tränen liefen über die Wangen. »Der Kleine ist tot. Ein Fieber, Usch. Vor drei Monden ist Namatum gestorben. Aber Shindurrul hat mir viel geholfen.«

Er wischte die Tränen weg und küßte sie, hielt ihre Hand und ging drei Schritte bis zu Shindurrul. Der aufgeregte Wortschwall Shindurruls riß plötzlich ab, als er Daduschu packte und an den Schultern schüttelte.

»Sibaru! Fast eineinhalb Monde früher. Marduk! Du hast dich verändert – Tiri! Er ist ein Mann geworden auf den Meeren. Mein Sohn, es ist gut, dich, euch alle wiederzusehen. Gimil hat's gesagt: Gold, Reichtum und Erfolg. Ich alter Narr bin ganz gerührt.«

Sie legten die Wangen aneinander und schüttelten die Handgelenke. Shindurrul war nicht verändert und strahlte Gesundheit, Zufriedenheit und aufgeregte Begeisterung aus. Daduschu winkte dem Redûm der Torwache und legte den Arm um Tiriqans Schultern.

»Wir alle, mein Vater«, sagte er und nickte zur *Zwielicht* hinüber, »haben viele unglaubwürdige Dinge gesehen. Ich werd' viel erzählen. Du siehst, daß wir es geschafft haben, daß die Schiffe unbeschädigt sind: die Götter müssen ununterbrochen gelächelt haben. Daß Sinbelaplim sein Leben verloren hat, weißt du schon.« Shindurrul nickte; scharfe Falten bildeten sich um die Lippen. »Alle Waren sind unversehrt und überaus wertvoll. Ich warte, bis alles im Lagerhaus ist – abgesehen von drei Krügen Wein aus Isin. Dann, du reichster aller Handelsherren« – er lachte – »wird es Mittag sein. Spät abends sitzen wir in deinem schönen Haus und reden bis zum Morgen. *Shaduq*?«

»*Malu*, mein Sperling. ›Adler‹ sollte ich sagen. War es hart?«

Daduschu hob die Schultern. Ein Trupp Shupshum näherte sich den Schiffen. »Es gab viel von allem, Shindurrul. Schön und wunderbar, furchtbar und gefährlich, neu und seltsam. Und es dauerte sehr lange.«

»Ja. Mehr als zehneinhalb Monde. Komm, Tiriqan. Richte ihm ein Bad, ich erledige das übrige. Wie immer schnell und zuverlässig.«

Er drängte sich durch die Menge zu den Anführern der Träger. Daduschu zog die Kapuze über Tiriqans Kopf und sagte leise: »Hol uns beiden etwas zu essen. Bald sind die Schiffe leer, Liebste. Dann bin ich bei dir, mit einem großen Krug Wein.«

»Ja, Usch. Wir werden uns lieben, nicht wahr?«

Er küßte ihre Handflächen. »Ruhig und leidenschaftlich. Oft und lange, Tiri.«

Sie lächelte, drückte seine Finger an ihre Brust und rannte mit wehendem Mantel hinter Shindurrul her. Daduschus Blick glitt die Mauern hinauf und hinunter, durch den Hafen und über die Treppen. Dann ging er langsam zum Achterdeck und ließ sich von Hashmar die Truhen voller Täfelchen, die Weinkrüge und seine Habseligkeiten aus dem Laderaum heben. Er zeigte auf den versiegelten Krug und sagte:

»Ihr sechs, mein Freund, und ich, das Siebengestirn – in ein paar Tagen werden wir uns damit herrlich betrinken. Ich lade euch alle zu mir ein.«

Hashmar dehnte seine Schultermuskeln. »Wo? Im Hafen?«

»In meinem Häuschen neben Shindurruls Palast. Und jetzt – lassen wir die Shupshum schleppen.«

Es dauerte sieben Stunden, bis beide Schiffe entladen waren. Die Wasserspur, gut zwei Ellen höher, ragte weit über den Rand der Kaimauer, die Planke stand steil. Daduschu teilte Kupferstücke aus und schickte den Wein in drei verschiedene Häuser. Er übergab Shindurrul die Listen, schob das Beil in den Gürtel und verabschiedete sich von Sinischmeani, Jarimadad und Gimilmarduk, die zwischen Angehörigen oder Freunden und den Schiffen hin und her liefen. Auf der obersten Stufe der Tortreppe drehte sich Daduschu um. Das *Auge des Zwielichts* lag ruhig und sicher; das Deck war geschlossen. Die Schiffe zerrten an den Anlegetauen. Ein seltsames Gefühl ergriff ihn; noch war es ihm nicht möglich, klare Gedanken zu fassen. Sie schwankten wie er selber. Vieles war anders geworden, und plötzlich verstand er, daß die Schiffe in Wirklichkeit klein und verwittert waren und sehr zerbrechlich. Er wechselte die Truhe auf die andere Schulter und lächelte stolz, bis er Tiriqans Laden erreichte.

Tiriqans Zeigefinger tastete über die Narben in Daduschus sonnenbrauner Haut. Er verschränkte die Arme im Nacken und streckte sich aus. Tiriqan faßte ihr Haar über dem Ohr zusammen, machte einen Knoten ins Lederbändchen und nahm die Becher vom Tisch. Sie hatte die Rußlinien abgewaschen. Daduschu holte tief Atem und sagte:
»Die Narben, Fürstin der Leidenschaft, sind aus Dilmun. Nachts überfiel mich ein Mann mit zwei Dolchen. Die hier, das sind Stechmücken gewesen. Und die über den Knien, das war Sinbelaplims Dolch. Hab ich richtig gesehen? Du bist schlanker, Tiri.« Er streichelte ihre Hüfte. »Und noch schöner geworden.«
»Usch«, sagte sie leise, »es waren lange Monde. Ein Lehrer aus der Edubba hat mir Schreiben und Lesen beigebracht. Shindurrul war wie ein Vater zu mir.«
Daduschu lehnte sich gegen die warme Wand und wollte anfangen zu erzählen, aber Tiriqan hob beide Hände und bedeutete ihm, sie ausreden zu lassen.
Tiriqan setzte sich mit untergeschlagenen Beinen vor ihn und legte die Hände auf seine Schultern. »Und dann ist Namatum krank geworden. Er hat nichts mehr gegessen, seine Haut war trocken und heiß, er hat nur geweint und getrunken; Milch, Wasser, Sud. Er ist immer dünner geworden, und am Mittag hat sein Herz nicht mehr geschlagen.«
Ihre Stirn lag schwer auf seiner Schulter. »Ich halte dich fest«, sagte Daduschu. »Ich werde dich trösten, so gut ich es kann.« Er kämmte mit den Fingern durch ihr Haar. »Ich war ein guter Händler. Alle deine Gürtel habe ich verkauft. Mächtige Männer tragen sie, sogar am Intu. Müssen wir schon zu Shindurrul?«
Tiriqans Zunge spielte an seinem Ohrläppchen. »Wir haben genug Zeit, Usch.« Sie seufzte und lehnte sich zurück. »So schön, daß du wieder bei mir bist, Liebster. Wir werden im

Warmen liegen, uns lieben, und du wirst mir alles erzählen, nicht wahr?«

»Nur von den schönen Tagen.« Daduschu küßte ihre Brust.

Er hielt ihren Mantel an der Schulter fest, der feuchtkalte Nachtwind preßte die Kapuze gegen Tiriqans Hals. Der alte Sklave öffnete die Tür und rief:

»Willkommen, Damgar Daduschu. Deine Wohnung haben wir schon vorbereitet.«

»Danke, mein Freund.«

Er nahm ihnen die klammen, kalten Mäntel ab. Daduschu schnupperte; augenblicklich erinnerte er sich wieder an den Geruch von Shindurruls Haus. Die Mädchen waren gewachsen, Maschkani zog ihn an sich und kniff ihn in die Wange. Sie schien keine Stunde gealtert zu sein. Shindurrul schob den Vorhang zur Seite und rief: »Kommt zu Shindurrul, der in guter Stimmung ist. Dank seiner tüchtigen rechten Hand. Der Tisch ist bereit. War Awelninurtas Bote schon bei dir?«

»Nein. Hat man so viel Eile im Palast?«

»Heut abend wird wohl keiner mehr kommen. Setzt euch.«

Daduschu würde morgen vom Boten besucht werden; kam er nicht, mußte er mit dem Suqqalmach sprechen. Ein Dutzend Ölflämmchen rußten zur Decke. Der große Tisch war mit hellem Leinen gedeckt. Shindurrul hob die linke Hand und deutete auf die Fingerkuppen. Die silbernen Tüllen blitzten. »Du wirst morgen oder übermorgen zu Suqqalmach Awelninurta gehen. Deine Wasserbaumeister-Schale sollst du den klugen Deichmännern zeigen. Gib das Siegel unseres Herrschers zurück und denk an die Priesterschaft. Wahrscheinlich wird dich der große Hammurabi in seinen Palast holen.« Er legte die Hände auf Tiriqans und Daduschus Unterarme. »Ich rede zu schnell und zu viel. Ich hab die Listen durchgesehen, flüchtig. Zuerst...«

Er drehte sich herum, griff in ein Fach und stellte einen Beutel vor Tiriqan, zwischen volle Schalen und Krüge. »Der kleine Unterschied.« Er lachte verhalten. »Zwischen etlichen Lederriemen aus deinem Laden, Tiri, und den herrlichen Gürteln, die Usch verkauft hat. Kannst dir ein paar Dutzend Häute kaufen, viele Perlen und Bronzeschnallen.«

»Danke, Shindurrul. Tun wir nichts Unrechtes? Ich meine, weil Hammurabis Diener jedes Stück gezählt haben.«

»Hammurabi ist es gleich. Er weiß, daß jeder Kaufmann gemeinsam mit dem Palast gut verdienen muß. Weil bekanntlich Schiffe und Ruderer Geld verschlingen, von Kapitänen und Rechnungsführern nicht zu reden.«

»Dann ist es gut.« Sie knotete die Schlaufe in den Gürtel. »Was sollst du den Wasserbaumeistern zeigen?«

Während sie aßen und tranken, erzählte Daduschu von den Feldern, Wasserläufen und Kanälen rund um Moensh'tar, vom langen Ritt auf Gur und davon, daß der Rat nach einer größeren Anzahl bronzener Werkzeuge verlangt hatte. Er schilderte die Bauwerke der Oberen Stadt, Brunnen und Abwasserschächte, sprach von seinem Versuch, die Verwendung der drei Gewürze von Bäckern, Köchen und Fleischern im Palast prüfen zu lassen. Shindurrul hob die Schultern und brummte: »Der alte Ingurakschak hat mir nie etwas von Girsa, Qorpher und Zmerisho erzählt, auch nichts von Cauj.«

»Vielleicht wird nie eine Handelsware daraus«, sagte Daduschu. »Und, hast du schon von den Kleidern aus Wolle gelesen, die wie Blüten an den Sträuchern wächst?«

»Ja. Darüber sprechen wir morgen, Usch.«

Der Handelsherr deutete auf die Platte des gemauerten Tisches. Die Täfelchen standen in kleinen Stapeln nebeneinander, von Tonwürfeln und Gewichten abgestützt.

»Ich werde Awelninurta sagen, daß sie am Intu keine besseren Kanäle und Deiche bauen als wir. König Hammurabi braucht also keine Männer von dort zu holen. Aber diese Visierschale wird uns Schwarzköpfen eine große Hilfe sein.«

Shindurrul winkte ab. »Mir schwirrt schon der Kopf. Erzähl das im Palast. Du hast meine Listen geführt, und ich habe mit den Ernten des Weinstockhauses für dich gut verdient. Und jetzt wirst du uns alles vom Überfall in Dilmun erzählen. Der dritte, nicht wahr?«

»Und nicht der letzte.« Daduschu erzählte vom nächtlichen Kampf und Zara Shurris Haussklavin, die ihn gesund gepflegt hatte, vom Orakelpriester in Magan, vom Steinmann und dem vergifteten Bier in Moensh'tar. Schließlich sagte er leise: »Das Orakel sprach die Wahrheit. An einem nebligen Ort im Schilf mußte ich gegen Sinbelaplim kämpfen. Die Ruderer haben versprochen, den Gerüchten über Sibit Nigalli, Awelshammash und Iturashdum nachzuspüren. Ich sage euch, er war von Sinnen, als er plötzlich nackt ins Mondlicht sprang.«

Maschkani zuckte mit den Schultern und machte eine abwehrende Geste. »Wir wissen es von Jarimadad und Gimilmarduk. Freundschaft dauert einen Tag, Haß gilt für immer.«

»Kapitän Gimil ist wirklich dein bester Mann, Shindurrul.« Daduschu goß Tiriqan und sich Bier nach. »Er denkt, sagt und tut immer, was richtig ist. Er hat hundertmal verhindert, daß ich unbesonnen handelte. Nicht nur ich.« Er gähnte. »Kann ich heute in meinem Häuschen schlafen? Mit Tiri?«

Shindurrul nickte. »Selbstverständlich, Usch. Ich geb Gimil reichlich Silber; er ist Gold wert. Erschrick nicht. Es haben sich unter dem Dach einige Veränderungen ergeben. Morgen, nach Mittag, wird wohl der Suqqalmach mit dir sprechen wollen.« Er blinzelte und sagte lauernd: »Nun, Usch, sind deine Träume immer noch arm?«

Daduschu küßte Tiriqans Fingerspitzen und sagte: »Ich bin reicher an Träumen und, glaube ich, an Gefühlen. Und vielleicht auch an Erkenntnissen.«

Die Gasse der Wohlgerüche war ausgestorben. Shindurrul hatte eine neue Tür zimmern und fast jeden Raum vergrößern lassen; wieder hatte er das anliegende schmale Haus dazugekauft. Durch einige Wände führten Luftkanäle, in denen warme Luft vom Kamin summte. Daduschu besaß jetzt ein kleines Arbeitszimmer, einen größeren Wohnraum und ein Bad aus gebrannten Ziegeln, von einigen Bändern glasierter und gemalter

Platten verziert. Unter einem Kupferkessel flackerte eine Ölflamme. Es roch nach Surwa und Wachs. Tiriqan klatschte in die Hände und wirbelte durch die Räume. Daduschu hielt sie am Mantel fest und sagte lachend:

»Fast so warm und schön wie bei dir.« Er nahm das Siegel vom Hals und roch naserümpfend an der schmierigen Lederschnur.

»Ich mach dir eine neue«, flüsterte Tiriqan. »Ich sage: Shindurrul liebt dich. Und weil er dich liebt, liebt er auch mich. So einfach ist das.«

»Jetzt und hier in Babyla, Liebste, scheint vieles einfacher zu sein.« Sie setzte sich aufs Bett, ließ sich nach hinten sinken und bewegte die Zehen, als Daduschu ihr die Stiefel von den Füßen zog. »Ich bin wohl ein bißchen betrunken. Es wird nicht einfach für dich sein, heut nacht, dich gegen meine hungrigen Finger zu wehren.«

Sie streifte kichernd ihr Überkleid ab und sagte: »Ich wehre mich nicht einen Atemzug lang.«

Daduschu tauchte die Dochte einiger Lämpchen ins Öl und blickte, Leintuch und Decke über den Knien, in die Flammen des Kamins. »Ich glaube, ich bin der glücklichste Mann in ganz Babyla. Warum stehe ich eigentlich nicht auf dem Dach und schreie lauter als der Wind?«

Shindurrul blickte Daduschu abwartend an. Der Arbeitstisch war übersät mit Tontäfelchen. Daduschu schloß die Tür und lehnte sich mit dem Rücken dagegen.

»Ich will dich nicht lange stören, Shindurrul«, sagte er. »Bevor ich zu Awelninurta gehe und ihm alles berichte, brauche ich deinen Rat. Was soll ich sagen? Was verschweige ich besser?«

»Was würdest du verschweigen, wenn du die Wahl hättest?«

»Die Götter am Intu sind milde, und die Menschen verkehren lächelnd mit ihnen. Es gibt keinen König in Moensh'tar, dort treffen Niederer und Hoher Rat die Entscheidungen. Es ist also, auf verwirrende Art, die Herrschaft des Volkes, aber nicht aller Menschen dort.« Daduschu zuckte mit den Schultern. »Ich glaube, daß sowohl die Priester als auch der König verschiedene Berichte aufmerksam, aber nicht gern hören werden.«

»Erzähle Awelninurta alles, was du weißt. Sonst sprich mit niemandem. *Shaduq*.«

»*Shaduq*.«

Shindurruls Geste und der Tonfall zeigten Daduschu, daß der Handelsherr seine Antwort als klar genug betrachtete. Er schloß die Tür hinter sich und wunderte sich über seine eigene Sicherheit. Er ging in den Palast, zum Obersten Suqqalmach, aber er fühlte keine Unruhe und wußte, was er zu sagen hatte. Vor einem Jahr noch war er vor Aufregung halb gestorben. Er hatte wirklich viel gelernt und war nicht mehr länger der Edubbaschüler. Das gleiche sagte Tiriqan, auf ihre Art, wenn sie nachts in der Sicherheit dicker Mauern über ihre Zukunft sprachen.

Nachdem Suqqalmach Awelninurta und Daduschu in einer Kammer weit abseits der Säle und Korridore allein lange über fremde Götter, die Fahrt, Intu-Deiche und die Eigenart der fremden Häfen und deren Umgebung gesprochen hatten, ließ der Suqqalmach ihre Mäntel bringen und führte Daduschu zwischen dicken Vorhängen auf eine Rampe. Sie traten blinzelnd ins Freie. Wind zerrte an den Mänteln und wirbelte das Haar und den Bart Awelninurtas durcheinander. Er faßte den Stoff und das Fuchsfell am Hals zusammen und hustete.

»Hier kann uns niemand hören. Und kein Priester erkennt dich an meiner Seite, Daduschu. Sage mir, was du weißt.«

Sie standen hinter der hüfthohen Brustwehr des südöstlichen Palastdaches. Die Rampen, Treppen und Höfe waren leer; Staubwirbel stiegen vor den Mauern in die Höhe. Daduschu drehte sein Gesicht aus dem Wind und rieb Sandkörner aus dem Augenwinkel.

»Alalger aus Dilmun zählt, mein Vater, nicht mehr zu deinen Augen und Ohren. Ich habe mit ihr gesprochen, als sie von einem Schiff abgeholt wurde. Sie ist jetzt Herrin an fremden Ufern. Hier, sieh.«

Er zog ein gehärtetes Tontäfelchen aus der Gürteltasche. Auf der Fläche war ein Siegel abgerollt worden. Schweigend betrachtete der Suqqalmach das Abbild des löwenköpfigen Adlers Imdugud, des Boten der Götter, den zwei Adler flankierten.

»Imdugud. Was bedeutet das Siegel?«

»Es ist das Siegel von einer Frau und sechs Männern. Herr, ich weiß, daß die Anklage schwerer wiegt als alles, was ich mir vorstellen kann.«

»Wenn du den wahnsinnigen Steuermann töten konntest, wirst du wohl um sieben Worte nicht verlegen sein.«

»Alalger erfuhr von den Seeschwalben – so nennt sie die Mädchen am Hafen –, daß sich regelmäßig Priester in Dilmun treffen. Sie kommen aus allen Städten in Hammurabis Reich und versammeln sich im Inzaq-Tempel. Auch eine Naditum, sagt Alalger, gehört zu ihnen.«

»Eine Tempelpriesterin. Aus dem Inanna-Tempel. Das macht deine Nachricht noch bedeutender, Daduschu.«

Awelninurtas Blick richtete sich auf den Tempel der Göttin. Er streckte die Hand aus und wollte Daduschu das Täfelchen zurückgeben, besann sich jedoch und steckte es ein. »Sprich weiter. Ich fange zu frieren an.«

Daduschu schob seine Hände in die Ärmel und umklammerte die Handgelenke.

»Die Namen, Usch!«

Awelninurta bohrte seinen Blick in Daduschus Augen. Tiefe Falten furchten seine Stirn. Die Tränensäcke wirkten unnatürlich groß; er schien hinter Daduschus Hirnschale blicken zu wollen.

»Iturashdum.« Daduschu flüsterte. »Die Frau heißt Ismin-Adasi.«

»Also doch diese Frau! Hilft es, wenn ich dir erkläre, daß du das Leben unseres Königs retten kannst?« Der Suqqalmach atmete schwer. »Sie planen, ihn zu töten. Wenn sie nur versuchen würden, ihn abzusetzen, werden sie von der Palastgarde totgeschlagen. Also, rede endlich, damit wir ins Warme kommen.«

Er packte Daduschu an den Schultern und schüttelte ihn. Daduschu sah zu Boden und sagte: »Nuradad, Shinmagyr, Geshti-Unna, Atamrum.«

»Und der letzte? Sollte es sich um einen Freund handeln?«

»Schwerlich, mein Vater. Es ist der Oberste Priester des Marduk. Tabi'elmatin. Das waren die Namen, die Alalger erfuhr und mir nannte. Sie sagt, sie dankt für deine Belohnung, aber ihr nützt sie nichts mehr.«

Awelninurta nickte. Er war bleich geworden und sah Daduschu wie versteinert an.

»Sie wollen an einem bestimmten Tag den König stürzen. Ich weiß, daß es der Tag der nächsten Sonnenfinsternis sein muß. Schamasch besiegt Marduk, Hammurabis Gott. Aber die Berechnung ist schwer, dauert lange, und oft irren die Sternkundigen. Also wird es der Tag sein, den sie errechnet haben, an dem sich die Sonne verfinstern soll.«

»Tabi'elmatin, Atamrum, Geshti-Unna, Shinmagyr, Nuradad, Iturashdum und die Frau Ismin-Adasi. Könnten das die Verdächtigen in der Priesterschaft sein? Hoffentlich habe ich mir die richtigen Namen gemerkt.«

Daduschu nickte.

»Es ist alles sehr fein gesponnen, unser Spinnennetz.« Der Suqqalmach sprach, als gäbe es Gründe zur Fröhlichkeit. »Es wäre tatsächlich eine schwarze Stunde, wenn sie ihr Ziel erreichten. Ich danke dir, Daduschu, im Namen Hammurabis.« Awelninurta atmete schwer; er blickte an Daduschu vorbei in die Ferne. »Im richtigen Augenblick, den ich bald kennen werde, werden viele unangenehme Dinge geschehen. Schlimmes kommt über Babyla. Halte dich fern von jedem, den du nicht gut kennst, Usch. *Shaduq?* Du weißt nichts, ich habe nichts gehört, nichts gesagt – vergiß alles.«

»Vergessen kann ich nicht.« Daduschu schluckte. »Aber ich spreche niemals darüber. Was wirst du tun, mein Herr?«

Awelninurta schob ihn am Arm auf die lange Rampe zu.

»Nichts, was andere klar erkennen können. Aber ganz Babyla wird es sehen, wenn es so weit ist, verlaß dich drauf.«

Daduschu trottete schweigend neben dem Suqqalmach die Rampe abwärts. Auf halber Höhe hielt Awelninurta an, deutete zum Himmel und sagte: »Ein Omen. Die Wolken teilen sich, und die herrliche Adarrusonne blinzelt uns zu. Geh bis zur Kreuzung der Korridore und warte. Es gibt Wichtigeres als Shindurruls Handelslisten.«

Er ging schnell weiter und verschwand hinter dem schweren Vorhang. Daduschu folgte langsamer und setzte sich in der kleinen Halle auf einen Basaltquader. Die Wand gegenüber zeigte ein Bildwerk, von Ranken umrahmt: Gilgamesch erschlug mit seiner mächtigen Axt unter Inannas Weidenbaum die Große Schlange, und aus den Zweigen beobachtete die Dämonin Lilit den Kampf. Daduschu wartete, nachdem ihm ein Diener seinen Korb gebracht hatte, fast eine halbe Stunde.

Durch eine Öffnung im Dach fiel Sonnenlicht auf die Stelle, an der sich die Korridore teilten. Zwei Palastsoldaten traten ins Licht. Ihre Helme funkelten, als sie sich knapp verbeugten.

»Suqqalmach Awelninurta erwartet dich im Raum der Schreiber.«

»Bringt mich zu ihm. Ich bin selten Gast im Palast.« Daduschu folgte ihnen langsam. Auf dem glänzenden Boden spiegelten sich Wandbilder und bronzene Feuerschalen. Er hörte durch die Wände Wortfetzen und Geräusche. Zwei Sklavinnen polierten mit ölgetränkten Tüchern die Stufen einer Treppe. Unsichtbare Hände zogen schwere Vorhänge auseinander, eine Gruppe bärtiger Soldaten kam Daduschu entgegen; die Männer musterten seine Begleiter und ihn unter den Rändern der Helme und grüßten kurz. Nach hundert Schritten blieben die Bewaffneten stehen. Der Jüngere deutete auf den weißen Vorhang hinter dem Rundbogen.

»Tritt ein.« Er schnippte mit den Fingern, der Vorhang teilte sich. Auch diesen Raum, der sein Licht aus schmalen Öffnungen unter dem Dach und unzähligen Lämpchen erhielt, kannte Daduschu nicht. Hinter der Tischplatte, die von Tontafeln, Körben, Schreibgerät und Statuetten bedeckt war, stand Awelninurta auf, hob die rechte Hand und musterte Daduschu, der Platz für seine Mitbringsel suchte, als sähe er ihn heute zum erstenmal.

»Ich dachte, eure Ladung wäre im Lagerhaus.« Er zeigte auf einen Hocker. »Und nun bringst du die andere Hälfte – für mich?«

Daduschu verbeugte sich und legte die verpackten Kleider auf den Tisch, stellte drei kleine Krüge neben die Visierschale, nahm den Lederbeutel vom Hals und öffnete ihn. Er schüttelte die Perlen in die hohle Hand, zeigte sie dem Suqqalmach und sagte:

»Wir nahmen Steuermann Sinbelaplims Perlen. Du wirst erfahren haben, von mehr als eineinhalb Dutzend Zeugen, daß ich gegen Sinbelaplim gekämpft und ihn getötet habe. Sibit Nigalli soll sie haben.«

Daduschu war bemüht, sich so zu verhalten, wie es der Suqqalmach wollte; die Schreiber hörten aufmerksam zu. Awelninurtas Zeigefinger zeichnete die Maserung der Tischplatte nach. Er hob seine buschigen Brauen. Die Schreiber klapperten mit den Täfelchen. Daduschu schloß den Beutel und reichte ihn über den Tisch.

»Mein Herr Vater«, sagte er und warf einen schnellen Blick auf die Schreiber, die ihn bewegungslos anstarrten. »Es gab wenige ernsthafte Gründe, das Siegel unseres Königs zu gebrauchen. Wo soll ich anfangen? Wir haben eine Anzahl neuer Waren mitgebracht. Die Kanäle, Böschungen, Dämme, Deiche und Durchlässe für das Intu-Wasser sind so gut oder sicher wie unsere. Aber die Intu-Baumeister haben ein Verfahren ersonnen, das viele Arbeiten erleichtert. Wenn du deine Deichmeister zusammenrufst und mir einige Handwerker helfen, kann ich's leicht erklären. Es ist also unnötig, Männer vom Intu zu holen.«

»Du hast ihnen zugesehen?«

Daduschu berichtete, was er bei Meister Nindra-lal gesehen und erlebt hatte, dann schilderte er, daß Schmutzwasser und die Rückstände der Abtritte durch ineinandergesteckte Tonröhren liefen, außerhalb der Häuser in gemauerten Röhren abgeleitet, in Riesenkrügen gesammelt und fortgeschafft wurden, um das gute Wasser der Tiefbrunnen nicht zu verderben. Der Suqqalmach hörte schweigend zu, nickte mehrmals und sagte:

»Ich werde mit unserem Herrn sprechen. Mir scheint, daß diese verzweigenden Tonröhren und die verschlossenen Kanäle unter dem Pflaster der Sauberkeit einer Stadt und der Gesundheit ihrer Bewohner nützen, also auch uns Schwarzköpfen. Du hast noch andere Neuigkeiten?«

»Drei Gewürzproben.« Daduschu öffnete die Verschlüsse der Krüge. »Die Leute von Moensh'tar haben eigene Namen dafür. Das ist Qorpher, den sie für Würste, Schinken und anderes Fleisch gebrauchen. Für süßes Gebäck, Kürbisgerichte und in Honig eingekochte Früchte nehmen sie Girsa. Und Zmerisho verwenden sie, um den Geschmack von Soßen und Gebäck zu verbessern. Gib die Proben den Palastköchen; vielleicht haben wir etwas gefunden, mit dem sich gut handeln läßt. Die Intu-Leute kennen den Wert nicht genau, und Shindurrul hat die Proben günstig bekommen.«

Awelninurta trank aus einer Schale einen Schluck Sud. »Die Priester werden von dir alles über das segensreiche Wirken fremder Götter hören wollen.«

»Ich kann es ihnen sagen.« Daduschu beugte sich vor und zog die Knoten der Verschnürung auf. »Ob es sie weiser macht, bezweifle ich, mein Vater. Wir brachten eine Handvoll Erkenntnisse mit; dies aber sind Geschenke von Bedeutung.« Er legte die Hand auf die gefalteten Kleider. »Am Intu spinnen und weben sie dünne Stoffe aus Pflanzenwolle, die wie Blütenballen wächst. Sie färben, weben wunderschöne Säume und Borten und nähen Hemden und Kleider kunstvoll zusammen. Ein Gewand ist für unseren Herrscher, eines für dich, Herr Awelninurta, und das dritte mag Hammurabi jemandem schenken.«

»Laß sehen. Wahrscheinlich wird sich Narudadja damit schmücken. Du möchtest an viele Reiche in Babyla deine Hemden verkaufen, ja?«

Daduschu nickte, stand auf und zuckte mit den Schultern.

»Wenn unser Herrscher den schönen Stoff vom Intu trägt, wird jeder ein Hemd aus Moensh'tar haben wollen. Es ist kein Sklavengewand. Ich habe noch fünf Dutzend, und wenn ich sie nicht verkaufe...«

Awelninurta lehnte sich zurück, klatschte mit beiden Händen auf die Tischplatte und lachte in Daduschus Gesicht. »Du hast viel gelernt – von Shindurrul und auf der weiten Reise. Ich sorge dafür, daß unser König sich damit... – oh! Es ist wirklich schön, Daduschu.«

Daduschu hielt das verzierte Hemd an den Schultern in die Höhe. Die Schreiber kamen hinter ihren Tischchen hervor und bestaunten den dünnen Stoff. Ein Sonnenstrahl ließ die Farben aufglühen. Awelninurta prüfte die Borte und murmelte: »Hmm. Ich bin sicher, du hast dein Vermögen nicht verloren. Es dauert noch zwei Monde, bis es warm genug für solches Gespinst ist.« Er deutete auf einen Schreiber und sagte: »Ruft die besten Dammbaumeister zusammen. Läßt du die seltsame Schale bei mir, Daduschu? Und brauchst du etwas von den Handwerkern?«

»Nur ein Dutzend Stäbe, ein Hohes Rohr lang, mit einem schwarzen Streifen in der Mitte, und große Tonröhren. Ich zeichne es auf. Aber ich will nicht, daß sich die Baumeister über einen neunmalklugen Jungen ärgern, der ihnen neue Weisheiten verkündet! Am besten, wir treffen uns an einer schwierigen Baustelle.« Daduschu breitete die Arme aus und verbeugte sich. »Und somit, Herr Suqqalmach, weißt du alles Wichtige. Shindurrul wird für die nächste Fahrt dem Palast besondere Vorschläge machen.«

Der Suqqalmach streckte ihm die Hand entgegen. Die Männer packten die Handgelenke und schüttelten sie. Awelninurta begleitete Daduschu zum Ausgang des Saales und sagte: »Ich spreche vorher mit Meister Ipiqadad. Wenn Hammurabi wieder die wichtigen Männer der Stadt zusammenruft, sollten Shindurrul und du in den Palast kommen. Ich sorge dafür.«

»Ich bin sicher, daß Shindurrul dich zur Nacht der Kapitäne

einladen wird«, sagte Daduschu, verbeugte sich noch einmal und ließ sich bis zu den Säulen des Großen Platzes bringen.

Kanalmeister Ipiqadad, die Unterarme tief in die weiten Ärmel geschoben, kniff die Augen zusammen. In den Schläfenwinkeln bildeten sich unzählige Falten. Er zwinkerte, als ein Staubschleier aus dem leeren Kanal zur Deichstraße heraufwirbelte.

»Haben wir, Hammurabis unwissende Baumeister, alles richtig gemacht? So wie am Intu, o weitgereister Mann?«

Er grinste. Seine Zunge spielte in den Zahnlücken. Daduschu nickte. Sie blickten den abziehenden Arbeitern nach und musterten das Viereck, hundert Hohe Rohre breit.

»Ich bin es nicht, der euch, mein Vater, Ratschläge erteilt«, sagte Daduschu ernst. »Hammurabi befahl. Ich sah genau hin, arbeitete mit dem Intu-Meister, merkte mir alles und sage euch, wie sie's machen. Meinst du, ich will dich um Arbeit und Brot bringen? Verzeih mir, wenn es sich so anhörte, als könnte ich es besser. Ich kann's wirklich nicht.«

»Gewißlich nicht. Es hätte uns Dammbaumeister gekränkt, wenn du ein paar Besserwisser vom Intu mitgebracht hättest. Hammurabis Befehl gilt – es geht um die Sicherheit unserer Dämme.«

Die Dämme hatten die gleiche Schräge wie die Deiche nahe Moensh'tar. An zwei Stellen führten Kanäle aus ineinandergesteckten Tonrohren durch den Deich. Gegen den Druck des Wassers waren sie mit Erdpech und gestampftem Lehm-Sand-Gemisch abgedichtet; im Erdreich waren Gräser gesät und Bäume eingesetzt worden. An Stellen, wo das Wasser strömen sollte, fiel die Kanalsohle auf hundert Hohe Rohre Länge um ein Hohes Rohr. Sandgefüllte Ziegenhäute steckten als Verschlüsse in den Durchlässen. Der Baumeister nickte anerkennend. »*Malu.* Es sieht alles sehr gut aus.«

»Dann nimm die Schale, laß viele andere von den Töpfern brennen und öffne, wenn im Nissannu das Hochwasser strömt, den ersten Durchstich. In einem Mond sollte alles grün sein. Besser, sage ich dir, Meister Ipiqadad, können sie's auch am Intu nicht. Und ich weiß auch nicht mehr. Danke, daß ihr mir so geduldig zugehört habt.«

Hammurabis Oberster Kanalmeister war vom Kanalwerk »Hammurabi, des Volkes Reichtum« in das Hinterland Babylas geholt worden, zusammen mit seinen fähigsten Helfern. Daduschu, der halbe Nächte an Zeichnungen gearbeitet hatte, war vor sieben Tagen zum Mittelstück des Kanals zwischen Buranun und Idiglat gegangen; die Baumeister und Aufseher, auf deren zahllose Fragen er geantwortet hatte, bauten zunächst, halb widerwillig, einen Intu-Deich, der kaum anders aussah als jeder andere in Hammurabis Reich.

»Wenn er das nächste Hochwasser aushält«, sagte Ipiqadad und zog Daduschu zum Onagergespann, »wird jeder größere Kanal so gebaut werden.« Zum erstenmal sah ihn Daduschu lachen. »Fahren wir. Du hast eine harte Nacht vor dir?«

»Marduk weiß es.« Daduschu schlug den Mantel zwischen seinen Knien zusammen und schüttelte sich. Der Gespannführer gab die Zügel frei. »Mehr als ein Dutzend Freunde feiern meinen Geburtstag, und da sie auf meine Kosten viel Wein und Bier trinken, möchte ich auch dabei sein.«

»Die Seefahrer?«

»Und einige ihrer Frauen und Geliebten.«

Babylas mächtige Mauern kamen näher. Nicht nur im Basar, wo Tiriqan lauschte, brodelten Gerüchte. Die Schnüre jenes Netzes, das sich zwischen Priester Iturashdum und Sinbelaplim, Awelshammash und Sibit Nigalli spannte, summten und zirpten wie Harfensaiten, und die häßliche Musik würde auch ohne Daduschus Botschaft an Awelninurta durch die Palastmauern bis an Hammurabis Ohr klingen.

Nachdem Ti-Tefnacht und Kapitän Jarimadad als letzte Daduschus kleine Wohnung verlassen hatten, zog Tiriqan alle Vorhänge zurück und öffnete die Türen. Daduschu gähnte; selbst das Fell in Daduschus Rücken verströmte die Gerüche der langen

Nacht: Wein, Bier, Schweiß, Duftwässer, Balsam, Zedernöl, Speisereste und Knochen, die im Kamin verbrannten, trocknende Mäntel. Zwischen den Mauern schienen noch jetzt Worte zu wispern, Erzählungen, Gelächter und Flüche, Liederfetzen und der letzte Triller der Najflöte. Daduschu lehnte an der Wand und blickte in die Flammen. Tiriqan bewegte sich unruhig. Sie schlief, den Kopf auf seinen Knien, und tastete nach seiner Hand. Daduschu zwang seine Gedanken in Bahnen der Ordnung. Er glaubte, etwas Entscheidendes vergessen zu haben.

Das Lehen des Weinstockhauses, ohne Alalger. Alle Kanäle waren sauber, sämtliche Felder eingesät, die Tiere standen gut im Futter. Der Ertrag war, seit der Palast ein Stück Land dem Lehen zugeschlagen hatte, um ein gutes Drittel gestiegen.

Zwei Dutzend Intukleider waren verkauft. Shindurrul und er hatten noch vor der Nacht der Kapitäne sämtliche Waren kontrolliert und auseinandergerechnet, was Shindurrul und dem Palast gehörte. Suqqalmach Awelninurta hatte auf Shindurruls langem und trunkenem Fest berichtet, daß selbst Hammurabi den Wohlgeschmack jener Gerichte gelobt hatte, bei denen die Köche mit Girsa, Qorpher und Zmerisho gewürzt hatten. Die Schiffe standen hoch und trocken im Hafen. Handwerker und Helfer arbeiteten an Rümpfen, Tauwerk, Segeln und Masten. Der Überschuß der Fahrt war groß, Shindurruls Reichtum wog schwerer, und Daduschu dachte daran, daß er seinen Teil des Reichtums sinnvoll anwenden sollte. Die Gerüchte zwischen den Mauern: Der Priester, der nachts zu Sibit Nigalli schlich, Awelshammash, der nicht wußte, wessen Sohn er war, die – glaubwürdigen? – Zeugen von nächtelangem Streit zwischen Sinbelaplim und Sibit. Die wenig verständlichen Erzählungen der Ruderer Tunakasu und Qamuk, die vom seltsamen Verhalten des Steuermannes während der Fahrt berichteten – für Daduschu blieb das Bild trotz allem noch immer dunkel und verworren. Hatte Iturashdum dem Steuermann befohlen, Daduschu zu töten, weil er befürchtete, Daduschu könne in Dilmun etwas vom Spinnennetz erfahren? Undenkbar!

Tiriqan drehte sich herum, stützte sich auf seine Knie und flüsterte: »Was hast du, Usch? Warum schläfst du nicht?«

Sie schlang die Arme um seine Knie und zwinkerte.

»Weil... viele Gedanken.« Er schob das Haar aus ihrer Stirn. »Jede Rechnung meines Lebens scheint ohne Fehler zu sein. Ich zähle zusammen, teile, ziehe eines vom anderen ab: immer ist es richtig. Und trotzdem, kannst du mir sagen, wovor ich mich fürchte, Liebste?«

Sie schob die Arme um seine Schultern, legte ihre Stirn gegen seine und sagte: »Ja. Du hast Angst vor dem Tag, an dem die Rechnung nicht mehr stimmt. Und vor den Priestern. Und davor, daß dich Hammurabi tadelt.«

Sie schliefen aneinandergeschmiegt bis zum Mittag. Uppurkana weckte sie, als sie das gebrauchte Geschirr einsammelte. Sie gab Tiriqan ein Täfelchen. Leise las Tiriqan vor:

»Am fünfzehnten Tag Nissannu, zum Fest des Frühlings, sollst du in den Palast, zum Fest. Mit mir. Usch! Du bist ein mächtiger Mann geworden.«

Er legte den Kopf in den Nacken und starrte die Decke an. Sonnenfinsternis? Ihr Haar kitzelte seine Schultern. »Ein Mann, der Iturashdums Rache fürchtet – ich hab's dir gesagt.«

Die Halle der Säulen war noch fast leer, als Daduschu und Tiriqan eintraten. Durch Öffnungen der Decke strahlte nachmittägliches Sonnenlicht. Man hatte über einigen Löchern Dachteile aus Balken und Palmwedeln entfernt. Ein Dutzend Musiker hantierte auf einer runden Plattform mit Trommeln und Flöten. Shindurrul winkte Sinischmeani und Gimilmarduk und ließ sich von Maschkani zu einer Längswand ziehen, an der Bänke und Tische aufgereiht waren. Stimmengewirr, leises Gelächter und Musik brodelten zwischen dicken Säulen, um die breite Ringe aus Kupfer und Mosaik, von Blattgoldreifen unterbrochen, funkelten und leuchteten. An den Seiten des Thrones standen einige Palastwachen in glänzenden Rüstungen und Helmen. Neben ihnen, in kupfernen Halterungen, waren die dreißig Feldzeichen in Rot und Gold aufgereiht, eines für jedes von Hammurabis Regierungsjahren. Alle Vorhänge waren zur Seite gerafft, und durch die Eingänge strömte Luft, die nach Gras roch, nach Blumen und frischen Palmwedeln. Sie ließ Hunderte Fackeln und Ölflammen zittern und zucken, mengte sich in den Rauch der Kohlebecken und entwich kreiselnd durch die Deckenöffnungen. Harfenklänge, Kürbisrasseln, Handtrommeln und Flötentriller, Schläge von Bronzegongs lärmten von rechts. Kreischen und Kichern drang aus angrenzenden Räumen. Gimilmarduk blieb vor Tiriqan und Daduschu stehen, musterte die Leinengewänder und hob lächelnd beide Hände.

»Sind wir zum Intu zurückgekehrt, Usch? Sollen Hammurabi und seine Frauen neidisch werden?«

»Es sind noch längst nicht alle Kleider verkauft«, flüsterte Daduschu und bemühte sich, ernst zu bleiben. »Ich hoffe, daß unser König im Frühling ungern schwitzt und sich an mein Geschenk erinnert.«

»Tiriqan und Daduschu. Die Schönsten im Saal.« Gimilmarduks Blick wanderte zum erhöhten Kopfteil, zur Seite des leeren Thrones. Breite Rampen führten zu Korridoren, die Palast, Saal, Palasthof und Tempelbezirk miteinander verbanden. »Iturashdum ist der zweite Mann nach Tabi'elmatin, dem Obersten Priester des Schamasch und Marduk. Ich glaube nicht, daß sein Lächeln viel Zuneigung verspricht. Wenn auch der Herrscher deine Intu-Kleider trägt, werden nicht nur die Priester murren – man sieht es nicht gern, wenn das Althergebrachte allzu auffallend verändert wird.«

»Auch für heute abend gilt das Gesetz des Königs«, sagte Sinischmeani. »Ich denke, auch er schwitzt nicht gern.«

»Wir hoffen es«, sagte Tiriqan und drückte Daduschus Hand; die Geste beruhigte ihn nur ein bißchen. Als sie den Kopf drehte, klirrten die Schmucksteine des maskenartigen Netzes über Stirn und Augen. Eine große Dilmunperle schimmerte über der Nasenwurzel.

»Falls Tabi'elmatin lächelt«, murmelte Daduschu. »Ich fühle, daß der oberste Priester uns einen unguten Auftritt verschaffen wird. Und zwar auf meine Kosten.«

Gimils grimmiger Gesichtsausdruck steigerte Daduschus Unruhe. »Wir sind auch noch da, Usch. Genießt das Fest.«

Schüler aus der Edubba stellten Faltstühle und Hocker auf dem Podium der Priesterschaft auf. Die Musiker hielten inne; die großen Trommeln und die bronzenen Gongs dröhnten auf. Zwischen den Schlägen, unter deren Schall die Mauern zu beben schienen, waren die Pausen fast so lang wie ein halber Atemzug. Sechsunddreißig Soldaten mit vergoldeter Helmzier reihten sich im Gleichschritt entlang der Stirnwand auf. Ein steter Strom einzelner Gäste und kleiner Gruppen begann die Halle zu füllen. Reiche oder verdienstvolle Babylaner begrüßten Nachbarn und Freunde und ließen sich Wein oder Bier von Dienern reichen. Tänzerinnen wirbelten über den spiegelnden Boden zu den Musikern und setzten sich vor dem Podium auf Kissen auf dem polierten Boden. Aus einem anderen Eingang schleppten Diener Holzböcke, legten schwere Platten darauf, breiteten Tücher aus und stellten Schalen voll heißem Duftwasser auf die Tische. Andere trugen Körbe voller Brot, Gebäck und Braten herein, Krüge und Näpfe, aus denen schwarzer, grüner und gelber Brei dampfte. Die Musik wurde leiser; die Gäste stellten sich im offenen Viereck auf. Teile gebratener Enten und Gänse, Fische, kunstvoll zerschnittener Braten von Lämmerfleisch, halbe Ochsenlenden, gespickte Hasenkeulen und Gazellenschenkel türmten sich auf den Tischen. Tiriqans Blicke huschten umher. Sie lehnte neben Daduschu an einer der hintersten Säulen und flüsterte:

»Ich kenn viele Leute, Usch. Aber heute? Hier im wunderschönen Palast? Sie tragen Schmuck, schöne Kleider, sehen wie Fürsten aus – ohne dich wäre ich nicht hier.«

»Wir sind genauso teuer angezogen und riechen gut«, sagte Daduschu. »Ohne Shindurrul wären wir beide nicht hier, mein Liebes.«

Die Lichtvierecke wanderten über den Boden, jemand gab ein

Zeichen. Die Gongs dröhnten siebenmal auf. Shindurrul sagte leise:

»Die Diener Marduks, die listigen Mittler zwischen uns und den schwer begreifbaren Göttern.«

Der dumpfe Takt der Gongs und Trommelschläge hielt an, bis siebenundvierzig Männer das Podium erreicht hatten und hinter den Sitzen warteten. Tabi'elmatin und, einen Schritt hinter ihm, Iturashdum betraten mit feierlichem Gesichtsausdruck als letzte die Halle. Sie setzten sich in Stühle mit geschnitzten Armlehnen, über die Felle und kostbare Decken gebreitet waren. Die Trommler wechselten den Takt, die Bewaffneten hoben Schilde und Speere und legten die Arme an die Seiten.

Ein Vorhang bewegte sich zur Seite. Das Dröhnen riß ab, erwartungsvolle Stille breitete sich in der Säulenhalle aus. Schreiber und Diener trugen die Zeichen von Hammurabis Macht und stellten sich im Halbkreis hinter dem Thron auf. Ein Dutzend Männer schritt die Rampe hinauf. Daduschu erkannte den Suqqalmach im faltenwerfenden Intu-Hemd und spürte Shindurruls Ellbogen.

»Sie werden dir morgen die leinenen Mitbringsel aus den Händen reißen, Sibaru.« Der Handelsherr kicherte kaum hörbar. Awelninurta deutete zum Podium und gab ein Handzeichen. Begleitet von schrillen Flötentrillern, ohrenbetäubend laut und in schnellen Takten, ließen Gongs und Trommeln das Dach erzittern. Vierundzwanzig Palastwachen, in prunkvollen Zeremonienrüstungen, marschierten aus dem Palast heran, stellten sich zwischen die Gardisten und Feldzeichen und hämmerten mit den Schwertern gegen die Schilde.

König Hammurabi, an der Spitze des Hofstaates, trug unter einem roten Mantel Daduschus schönstes weißes Kleid; die Säume der Ärmel endeten über den breiten Goldreifen der Oberarme, die Säume öffneten sich über dem Brustschmuck und über den Knien. Hammurabi nickte Awelninurta zu, der Suqqalmach zeigte auf die Versammelten und lächelte. Unruhig drehten die Priester die Köpfe und murmelten. Unruhe breitete sich zwischen ihnen aus. Es schien, als ob sie das neue Gewand des Suqqalmachs bewußt nicht hatten sehen wollen; daß Hammurabi das Intu-Leinen trug, erregte ihr Staunen und ihre Mißbilligung. Das grelle Geschmetter der Gongs hörte auf, die Trommler legten die Schlegel weg und schlugen mit den Fingern auf die Felle. Flöten, Harfen und das Klingeln der Bronzeringe schufen eine heitere Stimmung. Die Gäste nahmen die Hände von den Ohren. Hammurabi hob die Arme, ging auf den Thronsessel zu, schaute sich zufrieden um und setzte sich. Jetzt verteilte sich der Hofstaat auf dem Podium. Hinter der königlichen Familie schritten Mädchen und Frauen. Eine großbrüstige Frau, deren blauschwarzes Haar über den Ohren zwei Schnecken bildete, mit Gold und Perlen durchflochten, war in Daduschus drittes Geschenk gekleidet. Hammurabi hob den Arm.

Augenblicklich schwiegen Musik und Unterhaltungen. Die Stimme des Königs trug bis in den hintersten Winkel.

»Ich habe euch eingeladen, ausgesuchte Männer der Stadt und des Landes. Wir wollen unbeschwert feiern; das Jahr war gut. Kein Feind schadete uns, kein Damm brach, der Handel hat Babyla reicher und schöner gemacht. Ich weiß, daß auch das dreißigste Jahr gut sein wird. Die kurze Finsternis der Sonne, von den Priestern ausgerechnet, wird uns nicht erschrecken.

Der Braten wird rasch kalt, der Schaum im Bierkrug fällt zusammen – freut euch zusammen mit eurem König und den Priestern.«

Begeisterte Rufe, Trommelwirbel und durchdringendes Rattern unterbrachen ihn. Die Bewaffneten schlugen Schwerter, Streitkeulen und Speerschäfte gegen die Schilde. In den abebbenden Lärm hinein rief der König:

»Wer ein Anliegen hat, möge vor den Thron treten und sprechen. Die Schreiber sind bereit. Ich weiß von vielen Fragen, die der Antwort harren. Wir kennen heute keine Eile. Jedermann weiß, daß überall im Land die siebenmal vierzig Abschnitte meines Gesetzes gelten – ohne Ausnahme für jeden, und niemand, der dagegen verstößt, kommt ohne Strafe davon. Gute Ordnung und gerechtes Gesetz herrschen in meinem Land und sichern Frieden und Wohlstand. Und jetzt: trinkt und eßt, ergötzt euch an den Tänzen. Ein langer, heißer Sommer bricht an.«

Er senkte die Arme, nickte Awelninurta und seinem Sohn Samsuiluna zu und winkte den Dienern. Sein Gefolge lagerte sich um den Thron. Die Diener brachten Platten, Tische, Berge von Essen. Die Tänzerinnen, fast nackt und schmucküberät, sprangen auf und drehten sich zwischen Tischreihen und dem Podium Hammurabis, getragene Takte wurden von heiteren Melodien abgelöst. Mehr als vierundzwanzig Dutzend Gäste drängten sich an den überladenen Tischen. Daduschu erkämpfte einen Bierkrug und sagte:

»Ich sah Iturashdums Blicke. Dort hinten steht der Gegenstand des tödlichen Streites, Awelshammash. Ich werde viel weniger trinken als am Fest der Ruderer.«

»Aber mein Magen, Geliebter, murrt unüberhörbar«, sagte Tiriqan und schob sich hinter Shindurruls breitem Rücken auf die knusprigen Stücke gebratener Enten, Gänse und Gazellen zu. Daduschu trank, nachdenklich und unruhig, einen Schluck Bitterbier und blickte, durch die Reigen junger Tänzerinnen, zum Thronsessel. Ein junger Mann in dunkelroten Wollgewändern, der nach Surwabalsam auf warmer Haut und kaltem Schweiß roch, kam hinter einer Säule hervor und stieß eine Tänzerin, die ausgeglitten war und sich bemühte, das Gleichgewicht wiederzufinden, grob zur Seite. Er drehte sich um; sein Gesicht erstarrte in plötzlichem Erkennen. Er kam auf Daduschu zu.

»Auch schlechte Rechner sind in den Palast geladen?« Speicheltropfen trafen Daduschus Unterarm. Schlagartig wich seine Unruhe.

»So ist es, Awelshammash«, sagte Daduschu in kühler Beherrschung. »Meine Freunde schätzen weitaus mehr das kluge Abwägen. Meine Tüchtigkeit brachte mich hierher. Und dich?«

»Ich bin hier« – Awelshammash beherrschte sich mühsam. Er preßte seine Fäuste gegen die Oberschenkel – »um zu sehen, wie der Mörder meines Vaters gerichtet wird.«

»Sprichst du von Iturashdum, Sinbelaplim – oder von wem sonst?«

Daduschus Finger schlossen sich um den Dolchgriff. Awelshammash tat, als spräche ein viel Älterer, Klügerer aus ihm. Sein Gesicht war weiß vor Wut.

»Ich bin so gescheit wie du. Ich kann besser rechnen. Mein Vater, der beste aller Steuermänner, kannte die Länder am Rand des Weltkreises. Du bist sein Mörder. Iturashdum, der mir wie ein Bruder ist, sorgt dafür, daß du ein schlimmes Ende haben wirst, du Liebling fremder Götter. Heute, Daduschu von den Kanälen, endet der Weg deiner Beliebtheit.«

Daduschu zählte bis zwölf, atmete tief ein und aus und sah, über viele Schultern und Köpfe hinweg, daß der Priester neben Tabi'elmatin ihn mit dem gleichen sengenden Blick anstarrte wie sein ehemaliger Mitschüler.

»Ein gutes Wort ist jedermanns Freund«, zitierte er. »Du bist, trotz deines Neides, nicht mein Feind, Awelshammash. Auch Iturashdum, Sinbelaplim oder andere Männer, die Wohltaten deiner Mutter Sibit genossen, zählen nicht dazu. Wenn die Wahrheit zutage tritt, werden viele ehrsame Männer für mich zeugen. Trotz der kranken Wut des Steuermanns lebe ich.« Er zog den Dolch halb aus der Scheide. »Und jetzt schütze ich meinen Rükken. Geh, Awelshammash, in Frieden nach Kish oder Larsa, aber geh mir aus dem Weg.«

Awelshammash öffnete die Fäuste, hob die Hände zum Gürtel und drehte sich ruckartig um. Er verschwand im Gewühl. Daduschu blickte auf seinen Rücken; der Kapitän, Shindurrul, Maschkani und Sinischmeani, wenige Schritte entfernt, waren mitten in der Bewegung erstarrt. Jetzt entspannten sie sich. Shindurrul sagte: »Keine Sorge, Usch. Wir warten nur auf den richtigen Augenblick. Iß und trink; es wird Stunden dauern.«

Tiriqan legte den Arm um seinen Rücken und flüsterte in sein Ohr: »Deine Freunde. Unsere Freunde. Sie helfen uns.«

Daduschu zwang sich zur Ruhe. Er sah den Tänzerinnen zu, hörte wie durch dichten Regen die Musik, blickte in zahllose Gesichter, bewunderte die Malereien der Wände, und Hand in Hand mit Tiriqan, stand er plötzlich neben dem Suqqalmach.

»Drei Dutzend wohlgesonnener Kunden, Daduschu, wissen jetzt, wer diese herrlichen Hemden verkauft.« Awelninurta hob die gefärbten Brauen. »Aber, denke dir, Priester Iturashdum will, daß Hammurabi dich öffentlich für deinen Mord im Schilfmeer bestraft. Also – wir wissen ja, daß du Worte wohl zu gebrauchen weißt.«

»Ich hab's in der Edubba gelernt, elf Jahre lang, mein Herr. Gibt es keinen Ärger wegen der schönen Hemden?«

Awelninurta sah ihn an, als habe er etwas völlig Unverständliches gesagt, und legte vier Finger auf Tiriqans Schulter. Er lächelte. »Du brauchst um deinen Geliebten nicht zu zittern, schönste Gürtelmacherin. Ein Lächeln ziert dich mehr. Nimm dir ein Beispiel an Nuradadja, die lächelnd um Hammurabis leidenschaftliche oder väterliche Zuneigung ringt. Ärger wegen des Leinens? Wenn es selbst der mächtige Herrscher trägt?«

»Ich höre es gern, aber ich weiß nicht, was ich tun soll, Suqqalmach«, sagte Tiriqan mit schwankender Stimme. »Ich verstehe diese seltsamen Spiele nicht.«

»Wir verstehen sie um so besser.« Awelninurta zeigte auf Hammurabi, der mit Tabi'elmatin sprach. »In einer Stunde, Daduschu. Im Saal der Schreiber. Trink nicht zuviel.«

»Gar nichts, mein Vater.«

»Ich gebe dir ein Zeichen, Daduschu. Bring Shindurrul, die Kapitäne und den übriggebliebenen Steuermann mit. Kurzum: deine Freunde.«

Daduschu verbeugte sich tief. »Ja. Danke.« Der Suqqalmach hob die rechte Hand, schließlich nickte er und legte seine Hand fest auf Daduschus Schulter. »Dein Herr will mit dir sprechen, Siegelträger.« Er schob Daduschu zur Rampe und hielt Tiriqan fest. »Du bleibst bei mir, Gürtelmacherin.«

Er deutete auf seinen Bauch. Tiriqan erkannte einen ihrer schönsten Gürtel und eine vergoldete Schnalle vom Intu. Daduschu fühlte Hammurabis Blick, sank auf das rechte Knie und hob langsam den Kopf: Der König wußte alles. Gerüchte und Nachrichten durchdrangen die wuchtigen Palastmauern, hinter denen Hammurabi und Awelninurta die Klinge bereit hielten, die das Spinnennetz zerschnitt.

»Ich gab dir mein Siegel, Wardum Daduschu, Sohn des Utuchengal, des mutigsten meiner Tapfersten. Dein König weiß nicht alles, aber das meiste. Was den Priester, den Sohn der Fragwürdigkeit und den nackten Steuermann mit zwei Dolchen betrifft – dein Gewissen läßt dich schlafen?«

Daduschu fühlte sein Herz schlagen wie die große Tontrommel. Seine Stimme war heiser; er hüstelte dreimal.

»Tief und meistens fest. Ab und zu habe ich Alpträume, mein König. Man hat mich mit einem Stapel Ziegel im Torhafen töten wollen, mit Pfeilen und Dolchen in Babyla, mit Dolchen nachts in Dilmun, mit vergiftetem Bier in Moensh'tar. Zu Sinbelaplim war ich, der Jüngste und Unerfahrene, so ehrerbietig wie zu Shindurrul, Awelninurta oder zu dir, Herr. Und als ich gegen den Steuermann kämpfte, hat unser Kapitän jeden, der mir helfen wollte, zurückgehalten.« Er machte eine Pause und senkte die Stimme. »Von Gefahren weiß ich heute mehr als damals, und ich ahne, daß auch ein König nicht vor ihnen sicher ist. Und vom Netz der sieben giftigen Spinnen weiß ich nur, was ich dem Suqqalmach berichtet habe.«

Hammurabis Lächeln galt nicht ihm, sondern den Gästen. Er wischte ein Rußteilchen aus dem Augenwinkel und betrachtete seinen Mittelfinger. Leise fragte er: »Auch nicht, daß Sibit Nigalli ihre Schenkel jedem öffnet, der ihr genügend Silber, Gold oder Geschenke bringt?«

»Nein, Herr.«

»Auch nicht, daß seit neunzehn Jahren Iturashdum bei ihr lag, wenn Sinbelaplim am Steuer stand?«

»Woher sollte ich das wissen?«

Daduschu schüttelte den Kopf und wagte wieder, Hammurabi in die Augen zu blicken. Sie ähnelten dem klugen Blick Shindurruls oder Gimilmarduks.

433

»Drei Männer starben in dieser Zeit auf rätselhafte Weise. Drei Liebhaber Sibits.«

Daduschu senkte den Kopf. Hammurabi trank Wein aus einem Goldbecher. »Aber – du weißt, daß dein Mitschüler Awelshammash aus Neid und Ehrgeiz alles tat, zusammen mit dem Priester, damit er zum Intu fährt?«

»Davon wußte auch Shindurrul. Er drängte darauf, daß ich fuhr.«

»Wenn Awelshammash sich bewährt, schicke ich ihn nach Borsippa, Kish oder Sippar. Iturashdum neidet dir den Erfolg, denn niemand liebt den Sohn seiner Dirne. Awelshammash wird stets hinter Männern wie dir stehen. Da er dies genau weiß, wird ihn die Wut darüber sein Leben lang nicht verlassen. Der Priester und Sibit wollen Macht haben in Borsippa, Kish oder Sippar. Awelshammash ist klug...«

»Das weiß ich, mein König...«

»Sie sagten Sinbelaplim, er dürfe nicht zu Sibit gehen. Er ist der Frau in rasender Verzweiflung verfallen, verstand nicht, daß er Werkzeug und Spielstein war. Nie würde er, vom Intu zurück, ein mächtiger Mann sein. Er haßte dich, Freund wichtiger Männer. Auch er neidete dir den Erfolg. Und im Zwielicht seiner Krankheit glaubte er, daß er durch deinen Tod geheilt werde.«

Daduschus Schultern sanken nach vorn. Er schüttelte den Kopf und sagte leise: »Jetzt weiß ich, warum mich Sinbelaplim haßte, mein König. Ich dachte, daß es so sein müsse; erst jetzt habe ich Gewißheit.«

Hammurabi faßte nach Daduschus Siegel und wedelte mit schnellen Handbewegungen einige Diener zur Seite.

»Schönes Siegel. Vor langer Zeit spielten wir im Kanalschilf: ich, Awelninurta, Shindurrul, Gimilmarduk, dein Vater und andere. Dir gab ich mein Siegel. Warum? Wenn ich Männer brauche, denen ich auch in bösen Zeiten vertrauen kann... einer von euch wäre es. Hammurabi vertraut keinem Iturashdum, der seinen Verstand zwischen den Beinen trägt. Stürbest du, träte Sibits Sohn unnennbarer Väter an deine Stelle. Der Fels wäre weggeräumt, die Straße frei.« Er lächelte wieder, während seine Augen durch den Saal strichen und alles gleichzeitig zu sehen schienen. »Als ihr zurückkamt, mit Gewändern, Gewürzen, der Visierschale, erfolgreich und gesund, mit vergoldeten Bronzeschnallen und großem Gewinn für den Palast, zahlte Sinbelaplim in einer bösen Nacht für Sibit, Awelshammash und Iturashdum.« Hammurabi deutete auf die Priester. »Tabi'elmatin, übrigens, hat damals auch im Schlamm gespielt. Die Befragung über Intu-Götter hat Zeit. In einer halben Stunde, Siegelträger. Im Tempel. Ich erwarte dich.«

Daduschu glaubte, eine kalte Hand würde über seinen Rücken kratzen. »Herr.« Er flüsterte. »Erspare mir, was du vorhast. Ich begreife, daß ich auf dem Brett der mächtigen Männer ein Stein bin. Muß es sein?«

Hammurabi musterte ihn kühl und nickte.

»Ja. Deine Freunde taten viel für dich. Tu das gleiche für deine Freunde.« Hammurabis Blick richtete sich auf die Rückwand der Halle; für jeden, der ihn beobachtete, mußte es aussehen, als beachte er Daduschu kaum. »Das Spinnennetz zerreißen wir später. Der Tag des zornigen Schammasch« – er flüsterte und bewegte kaum die Lippen – »sie haben ihn errechnet. Siebenmal sieben Tage nach dem Tod des Steuermanns. Geh jetzt.«

Daduschu verstand, daß der König zu lange mit ihm gesprochen hatte. Er verbeugte sich und ging zu seinen Freunden. In vier Dutzend Tagen! Wieder fand er erst zur Sicherheit zurück, als Tiriqan seine Hand nahm.

Priesterschüler zeigten ihm den Weg durch spärlich beleuchtete Gänge. Aus den Nischen funkelten die Edelsteinaugen Marduks, Schamaschs, Inannas, Sins und Amurrus. Im Saal, auf gemauerten Bänken entlang der Wände, saßen etwa zwanzig Priester, ihnen gegenüber hatten Gimilmarduk, Shindurrul, Jarimadad und Sinischmeani Platz genommen. Dutzende Öllämpchen brannten auf niedrigen Säulen. In Helmen, Schilden und Bronzeschuppen der Rüstungen glommen Lichtflächen. Daduschus einziger fester

Halt war die Hand Shindurruls auf seiner Schulter. Sieben Wachen versperrten mit gezogenen Schwertern den Eingang. König Hammurabi schien nicht gesonnen, sich viel Zeit zu nehmen. Seine beringten Finger deuteten auf Tabi'elmatin.

»Ich will, daß alles geklärt und vollzogen wird.« Er stand vor dem Obersten Priester und zeigte auf Daduschu. »Ein halbes dutzendmal sollte mein Siegelträger sterben. Sibit Nigalli, Sinbelaplim und Iturashdum haben ihn benutzt, um ihres Ehrgeizes willen, und weil sie ihn um vieles, was sie nicht haben, beneideten. Sinbelaplim wurde im Kampf getötet. Die Frau richte ich nicht. Die Zeugen: ehrbare Kapitäne, ein Steuermann, ein Handelsherr. Auf die Befragung von elf Ruderern verzichte ich. Du, Iturashdum, hast Sinbelaplim in Raserei und Mordrausch getrieben.«

Vier Palastsoldaten standen hinter dem Priester. Tabi'elmatin blickte schweigend von einem Gesicht ins andere. Die Mauern schluckten den Schall. Iturashdum stand auf und starrte zu Boden; seine Finger verschränkten und lösten sich zitternd. Daduschu fühlte sich, als sei er wieder im Gewittersturm. Hammurabis Stimme wurde hart. »Du kennst meine Gesetze so gut wie ich selbst. Ich klage dich an. Tabi'elmatin kennt die Geständnisse der Meuchler, die von den Stadtwachen gefangen wurden. Sprich, Priester. Warum?«

Alle Gesichter waren bleich und regungslos. Daduschu konnte sein Zittern kaum noch unterdrücken. Iturashdum sprach mit schleppender Stimme und langen Pausen zwischen den Worten; unter den Blicken des Obersten Priesters und des Königs schien er zu schrumpfen. Er deutete auf Daduschu.

»Wenn der da tot wäre, würde ich mit Nigalli in einer deiner Städte, im Haus meines Sohnes Awelshammash, reich und glücklich sein.«

»Du hast die Männer bezahlt, die ihn töten sollten? Du hast den Steuermann dazu gebracht, ihn in Dilmun zu töten und in Moensh'tar vergiften zu lassen?«

»Ja, Herr.«

»Du hast einen kranken Mann, der Nigalli hörig war, durch Verwirrung und Drohung zum Mord getrieben. Ein Unschuldiger sollte getötet werden: Du kennst jedes Gesetz meiner Kudurru?«

Der Priester stieß ein langgezogenes Stöhnen aus. »Jedes Wort, Herr.«

»Dann wirst du das Urteil verstehen.«

»Ja, Herr.«

Hammurabi winkte Tabi'elmatin. Der kahlköpfige Priester mit weißen Brauen und grauem Bart verneigte sich tief. »Sprich das Urteil, das die Götter, ich und du über ihn gefällt haben!«

Tabi'elmatin durchquerte den Raum und stellte sich vor Marduks Körper. Die Arme des Götterbildes schienen ihn zu umgreifen.

»Du wirst in die Wüste des Westens gehen und den Horden der Amurru-Nomaden von der Kraft und Herrlichkeit unserer Götter berichten.«

Iturashdum ließ die Schultern sinken. Das bärtige Gesicht drückte eine Spur Hoffnung aus, überlagert von Todesfurcht.

»Der Weg durch den Sand soll mühsam werden. Mit dem heiligen Messer aus Göttermetall wird die Anzahl deiner Zehen verringert.«

Iturashdum wimmerte; ein gurgelndes Keuchen kam aus seiner Kehle.

»Um zu verhindern, daß du mit zweideutigen Gesten die Aufmerksamkeit der Amurru ablenkst vom eindringlichen Vortrag, wird dein Arm mit der Schneide des Anbarmessers verkürzt.«

Iturashdum starrte wild um sich, mit weit aufgerissenen Augen. Blutiger Speichel floß aus den Mundwinkeln. Soldaten mit Lederbändern und dünnen Seilen schoben sich aus dem Halbdunkel auf ihn zu.

»Die Nomaden verstehen weder die Sprache Sumers noch die Akkads. Der Gebrauch deiner Zunge, die so viel Unheil angerichtet hat, wird durch das scharfe Messer aus Anbar erschwert; man wird ihre hurtige Beweglichkeit einschränken.«

Iturashdum zuckte zusammen und blickte zum Eingang. Dann

brach er zusammen. Die Soldaten griffen zu und fingen ihn auf, bevor seine Arme den Boden berührten. Hammurabi nickte, Tabi'elmatin ließ den Arm sinken und murmelte:

»Bringt ihn in die Kammer der Opfer.«

Die Soldaten hoben Iturashdum auf und zerrten ihn hinaus. Seine Füße schleiften über den Boden. Die Bewaffneten teilten sich in zwei Gruppen, begleiteten die Priester und schlossen sich hinter Hammurabi und Daduschus Freunden zu dichten Dreierreihen zusammen.

Zwei Steinsäulen teilten den kleinen, viereckigen Raum in der Mitte. Die Kammer war fensterlos und überhitzt. Die Soldaten banden Iturashdum an die rechte Säule. Ein Dutzend Dochte, von den Priestern angezündet, brannten blakend. Über einem Kohlebecken stand ein Kessel voll heißem Sesamöl. Iturashdum hing halb besinnungslos in den Fesseln. Daduschus Magen verkrampfte sich, als er sah, wie ihm die Soldaten die Sandalen abrissen und der Oberste Priester aus einer Truhe einen armlangen Dolch heraushob, dessen zwei Finger breite Anbar-Schneide wie Silber glänzte. Hammurabi nickte den zwei ältesten Gardisten zu, grüßte Tabi'elmatin und verließ ohne Eile den Raum.

Daduschu wollte ihm folgen; zwei Bewaffnete versperrten den Ausgang. Er drückte sich neben Shindurrul an die Wand. Ein Priester legte das Obergewand ab und hielt das Messer in beiden Händen. Iturashdum rollte die Augen, würgte und zitterte an allen Gliedern. Ein Soldat packte seine linke Hand und preßte sie auf einen Holzblock. Iturashdum zerrte an den Stricken, und noch während ein anderer den Kessel von der Glut hob, zuckte die Schneide herunter. Das Öl zischte, als der Stumpf eintauchte; Inturashdum kreischte und verlor das Bewußtsein.

Er kam zu sich, als die vorletzte Zehe des linken Fußes abgetrennt war, kreischte wieder und heulte, als das kochende Öl die Fußstümpfe verbrannte.

»Marduk.« Shindurrul schüttelte sich. »Gräßlich. So war es auch bei den Amurru, mit meinen Fingern.« Er hielt die Silbertüllen hoch. Eine Zange bohrte sich in Iturashdums Zunge. Er würgte wimmernd undeutliche Worte hervor und hustete, halb erstickt, als er Blut schluckte. Ein glühender Dolch preßte sich gegen die Schnittfläche; Dampf, der nach verbranntem Fleisch stank, zog zur Decke. Der Priester bäumte sich auf und hing schlaff in den Fesseln. Daduschu spürte einen metallischen Geschmack auf der Zunge. Aus seinem Magen stieg etwas Scharfes, Saures hoch. Mit unnatürlich ruhiger Stimme sagte der Oberste Priester:

»Die Freunde werden uns auf dem Fest vermissen. Wir sollten diesen Ort der Schauerlichkeit verlassen.«

Shindurrul zog Daduschu mit sich. Die halbdunklen Gänge schienen endlos zu sein. Je näher sie der Halle der Säulen kamen, desto heller wurde die Umgebung, und Musik, Stimmen und Gelächter schlugen ihnen entgegen, zusammen mit Gerüchen, die der Wind zwischen den Mauern heranwehte.

Lange nach Mitternacht endete das Fest. Daduschu und Tiriqan betraten, vorbei an Fackeln und Wächtern, den großen Platz. Daduschu zog Tiriqan an sich; er fror und fieberte gleichzeitig. Seine Gedanken schwirrten und brodelten. Mit drei oder vier Schiffen nach Dilmun, Magan, Meluchha und zum Intu? Eine Handelskarawane über Land, im Schutz Bewaffneter, zu den unbekannten Zinnbergwerken? Mit Hammurabis Truppen nach Westen, gegen die Amurru – vielleicht fand er seine Schwester Siachu wieder? Maschkan-Schabrim, Gimilmarduk und Shindurrul hatten, heiter und weinselig, über große Vorhaben gesprochen, an denen sich Daduschu beteiligen sollte. Daß er je Siachu wiederfände – er sagte sich, daß es sinnvoller war, nicht darauf zu hoffen. Die geplanten Handelsreisen machten ihn neugierig. Man würde bald entscheiden müssen, denn die Schiffe schaukelten, gereinigt und ausgebessert, an ihrem Liegeplatz. Daduschus Gedanken beruhigten sich mühsam, als sie den Mittelpunkt des Platzes erreicht hatten.

Maschkani und Shindurrul gingen schneller. Daduschu blieb

stehen und blickte in die Sterne. Tiriqans und sein Schatten lagen ruhig auf den Platten. Weiß schwebte der Dreiviertelmond am klaren Himmel. Fackelflammen in großen Abständen markierten ein riesiges Viereck. Tiriqan zog seinen Kopf an ihre Schulter.

»Komm, Usch.« Sie flüsterte und winkte Maschkani. »Alles ist vorbei, Liebster. Wer so viele Freunde hat, braucht sich nicht zu fürchten.«

Langsamer gingen sie weiter, durch die leere Prunkstraße zum Basar. Daduschu senkte den Kopf und betrachtete die Schatten rechts von sich. Sie begleiteten Tiriqan und ihn durch ausgestorbene Gassen und entstanden neu, als sie sich im Licht des Lämpchens neben der Feuerstelle umarmten.

28. Sonnenfinsternis

Daduschu hatte kein festes Ziel; er ließ sich von der Menge schieben und drängen und stand plötzlich am Ende der Prunkstraße. Sieben Tage und Nächte lang waren Flüstern und Gerüchte durch die Stadt gekrochen: Gott Schamasch, Wahrer des Rechtes und Gott der Sonne, und seine Gemahlin Aja würden furchtbare Rache nehmen an den Großen der Stadt und des Landes, den Mächtigen, die zum Krieg gegen das benachbarte Larsa rüsteten. Daduschu spürte die Unruhe der Menschen. Jeder wußte, daß die Priester schwer zu deutende Prophezeiungen raunten: nichts davon war wirklich faßbar. Heute sollte sich die Sonne verfinstern, wollte Shindurrul vom Suqqalmach und dessen »Augen und Ohren« erfahren haben. Auf halber Höhe der Rampe, die zwischen Mardukstandbildern zum Vorplatz der Zikkurat hinaufführte, erkannte Daduschu einen Bewaffneten. Er winkte zurück und ging über knirschenden Sand bis zu den Palmstämmen.

»Guter Platz.« Er begrüßte den Redûm. »Du siehst von hier aus alles, was sich bewegt.«

Hauptmann Rimutgula schob mit beiden Händen den Helm über das schweißtriefende Haar in die Höhe, spuckte aus und schaute über Daduschus linke Schulter.

»Deswegen stehe ich da. Sie fürchten sich. Alle. Ich auch. Hat sich wohl rumgesprochen, ja.« Seine Stimme war ein heiseres, grobes Flüstern. »Eine Riesenmenge Leute auf der Königsstraße. Mir scheint, sie glauben den Priestern, wie?«

»Auf die Gefahr hin, daß du mich für blöd hältst, Redûm – ich glaube den Priestern. Ich weiß, wie gut sie rechnen können. Und für heute haben sie sich ganz bestimmt nicht verrechnet.«

Daduschu hob den Kopf und sah in den wolkenlosen, strahlend blauen Himmel. Die Sonne spiegelte sich in der polierten Bronze von Rimutgulas Helm und blendete ihn.

»Soso. Aha. Aber: was auch passiert, Seefahrer – wir sorgen dafür, daß nichts passiert, ja? Obwohl ich auch meines Großvaters Vater nicht recht glauben will.«

Knapp fünf Stunden nach Sonnenaufgang war die palmengesäumte Prozessionsstraße voller Menschen, Ochsengespanne und Lastesel. Der übliche Lärm und das dröhnende, echoreiche Dauergeräusch zwischen den Mauern und Torbögen schien leiser als sonst. Daduschu hatte Rimutgula nach der Verstümmelung Iturashdums vor vier Tagen zufällig in der Schenke »Marduk in der Mauer« getroffen und erfahren, daß der Redûm, inzwischen Hundertführer im Palast, an der Seite von Vater Utuchengal drei Städte für Hammurabi erobert hatte. Der Redûm klemmte den Helm unter die linke Achsel und sah sich um; ein scharfes Netzwerk umzog seine halb zusammengekniffenen, dunkelbraunen Augen.

»Es sind fast zweieinhalbtausend Soldaten in der Stadt. Die ältesten, besten, die mit der größten Erfahrung. Und wenn Schamaschs Gestirn für immer verschwindet – Hammurabi wird von nichts und niemandem angetastet. Ja.«

Daduschu senkte den Kopf.

»Nur meinen Vater und dich kenne ich aus dieser Zeit; ihr seid die lebende Mauer vor dem König? Ich glaube... ihr liebt ihn wirklich.«

Einige tausend Menschen schoben sich aus schmalen Gassen, bewegten sich auf der staubigen Straße hin und her, verschwanden in Eingängen, im Schatten wuchtiger Bögen, bildeten Grüppchen und Gruppen, sprachen leise miteinander; die Stimmung war düster, die Ahnung eines schlimmen Schicksals lastete auf den Bewohnern Babylas. Daduschu hatte die Daumen in den breiten Gürtel gehakt, seine Finger lagen auf dem Metall der Doppelschneide seiner Bronzeaxt. Rimutgula hob den zerschrammten Streitkolben, streichelte die eingedellte Bronzekugel und grinste. Im rechten Unterkiefer fehlten zwei Zähne.

»So wie er uns. Ich hab zugesehen, wie er mit dir gesprochen hat. So nahe hat er seit langem niemand an sich herangelassen. Sagst du mir, warum?«

Daduschu schüttelte den Kopf. Im Himmel über der Stadt fehlten Taubenschwärme, die Reihen der Gänse und Enten und der Rauch vieler Feuer. Der Gardist und er standen im dürftigen Schatten einer Palmengruppe. Die Rampe endete vor dem fast leeren Tempelhof. Sie konnten die Prunkstraße, einen Teil der Palastmauern und Esangila, die Schamasch-Marduk-Zikkurat, sowie ein Dutzend Gasseneingänge und Tore überblicken.

»Weil...« – der grauhaarige Soldat zögerte – »du warst doch der Siegelträger? Dein Vater... er hat sich ein paarmal zwischen den Tod und Hammurabi geworfen. Du hast dem König wohl etwas gesagt, das ihn erschreckt hat, ja?«

Daduschu hob die Schultern. »Mag sein.« Er zeigte auf die Marduk-Zikkurat. »Weißt du, was... passiert?«

»Ziemlich genau, Seefahrer. Suqqalmach Awelninurta hat lange mit uns gesprochen.«

Daduschu mußte grinsen. Es war wie bei aufkommendem Sturm auf dem Meer. Noch war kein Wind zu spüren, aber die Schaumkämme der Wellen wurden zahlreicher, weißer und schärfer. Plötzlich, als habe sich sein Blick geschärft, sah er Soldaten an Stellen, wo eben noch Leute aus Babyla und Bauern, Arbeiter und Lehensnehmer von den Kanälen miteinander gesprochen hatten. Die Unruhe hatte den größten Teil der Stadt erfaßt: in der Stadt brodelten Argwohn und Furcht, auf seltsame Art, unverkennbar selbst für abgestumpfte Gemüter.

»Auf der Zikkurat – die Priester?« fragte Daduschu. Er bewunderte Awelninurta, der entlang der Fäden jenes Spinnennetzes unzerreißbare Leinen gespannt zu haben schien. »Viele? Alle?«

»Alle wichtigen Priester.« Rimutgula grunzte. »Niemand außer ihnen weiß, wann Schamasch gegen die Finsternis kämpft. Ich glaube, es wird nicht mehr lange dauern. Der Oberpriester und die schöne, reiche Naditum, sagt man, erklären es dem Volk von der Zikkurat herunter. Die jungen Priester liegen im Tempel auf dem Boden und schwitzen vor Furcht. Sie fürchten Waffen, Kampf und tausend schauerliche Vorzeichen.«

Flirrende Lichtblitze und Spiegelungen von Helmen, Schilden und Waffen zuckten inzwischen über die gesamte Breite und Länge der Prozessionsstraße. Daduschu sah kein einziges Gespann mehr; die Karren waren in den Gassen verschwunden. Die Färbung des Himmels wurde gleichermaßen dunkler und strahlender: das Blau bekam einen metallisch grauen Stich. Die Stille nahm zu. Daduschu lehnte sich gegen den schorfigen Palmenstamm und sah schweigend zu, wie sein Gegenüber jeden Punkt, den seine Augen erreichten, mit scheinbar teilnahmsloser Gründlichkeit studierte. Mittlerweile schienen das Murmeln und Flüstern aus den weißen Mauern und den Spalten dazwischen schärfer und drohender zu werden. Daduschu sah, wie sich die Härchen seiner braunen Arme aufstellten.

»Ich glaube, es passiert um die Mittagsstunde«, sagte der Soldat. Er bewegte sich kaum; alle Muskeln waren gespannt. »Ihr wartet auf etwas, das ich nicht kenne, ja? Aber ich schlage ebenso schnell und hart zu wie in jedem Kampf.«

Daduschu verglich ihn mit dem Kapitän der *Zwielicht* und wußte: Rimutgula war ebenso kaltblütig – oder noch weniger von Gefahren zu beeindrucken als Gimilmarduk.

»Da sind sie, deine Freunde, Seemann!«

Es war, als habe Schamasch Babyla wie einen Ameisenhaufen aufgestört. Die breite Straße war von Soldaten gesäumt. Aus drei oder mehr Toren, Öffnungen, Ausstiegen und Spalten der Zikkurat kamen bärtige, kahlgeschorene Gestalten in roten Gewändern und stiegen langsam die unzähligen Stufen zwischen den umlaufenden Plattformen hinauf, zur Spitze des blaugekachelten Tempels. Mindestens hundert Priester waren zu sehen; sie trugen Fackeln, deren Rauch schwarz und dunkelgrau in den windlosen Himmel stieg. Rechts von Daduschu gab es wirre Bewegungen. Er drehte den Kopf und sah zwischen Palmenstämmen, Mauern und kleinen Gruppen zwei Personen, die er aus

Hunderten heraus erkannte: Shindurrul und Tiriqan. Sie schoben sich durch die Menge und liefen auf die Mardukstele zu. Der Soldat brummte:

»In diesen Augenblicken werden die Stadttore geschlossen. Es geht um unseren König – nicht um die Sonne.«

»Ich verstehe, was vor sich geht...« Daduschu hob den Arm und winkte. »Shindurrul!« schrie er. Der Handelsherr hob die Hand hinters Ohr, schaute um sich und entdeckte Daduschu und Rimutgula. Er ließ die Hand sinken und zog Tiriqan mit sich.

»Ihr habt eure Befehle von Awelninurta, dem Suqqalmach?« sagte Daduschu und holte tief Luft. Rimutgula nickte langsam. Die Menschen auf der Straße starrten in den Himmel, sprachen aufgeregt miteinander, blickten ziellos hierhin und dorthin, ohne zu begreifen. Auch neben den untersten Stufen, dem Ende der mächtigen Treppen der Zikkurat standen, wie ein undurchdringlicher Wall, schwerbewaffnete Soldaten und Palastgardisten. Als Tiriqan und Shindurrul schwer atmend neben Daduschu und dem Soldaten stehenblieben, waren sie schweißüberströmt. Vier oder fünf Schritte um den Anfang der Rampe herum blieb das sandbedeckte Pflaster leer.

»Ja. Er weiß alles von den Plänen der Imdugud-Priester. Der Vater meines Vatersvaters hat mir von der Finsternis erzählt, die Schamasch auffraß.« Shindurruls Schultern sackten nach vorn. Daduschu suchte nach Tiriqans Hand. »Sonnenfinsternis! Jedes lebende Wesen verfällt in starre Furcht. Nach weniger als zwei Stunden ist alles vorbei. Wer sich vor dem Leben fürchtet, dem graut es auch vor einem solchen Geschehen!«

»Halte keine Volksreden, Handelsherr.« Rimutgula setzte sich mit entschlossenen Bewegungen den Helm auf. »Gleich werden wir sehen und erleben, wie's weitergeht. Kaltes Blut!«

»Ich fürchte mich.« Tiriqan zitterte an Daduschus Schulter. Fast gleichzeitig hoben Shindurrul und der Soldat die Hände.

»Wir fühlen uns auch nicht wohl«, sagte Shindurrul. »Vor siebenundneunzig Jahren, wenn ich richtig gerechnet habe, wurde über Babyla der Tag zur Nacht. So wird es in meiner Familie erzählt. Gewaltiger Schrecken, wilde Prophezeiungen des Unterganges. Die Leute wurden halb wahnsinnig vor Furcht. Aber zwei Stunden später war es wieder hell, und alles ging seinen gewohnten Gang.«

»Das haben sie auch bei uns erzählt, ja.« Rimutgula nickte. »Wie werden es die Priester anstellen, Handelsherr? Kannst du's dir vorstellen?«

»Nein. Sie hetzen sicherlich das Volk auf. Meinst du, daß sie selbst kämpfen?«

»Mit Gebeten, Fackeln und Gesängen?«

Es hatte nur Gerüchte gegeben. Weder aus dem Palast, der Edubba oder den Tempeln waren Tag und Stunde genannt worden. Flüstern und Raunen, seit dem Frühlingsfest drängender, beherrschten Basar und Stadt, krochen zu den Toren hinaus, über den Strom und entlang der Kanäle. Der Redûm deutete zu den Hauseingängen. Mütter wickelten Stoffstreifen um die Beine ihrer Kinder; sie waren überzeugt, daß in der Tagesnacht überall giftige Schlangen aus dem Boden kröchen. Daduschu hob den Blick. Entlang der gezackten Mauer der zweiten Terrasse stellten sich schweigende Priester auf. Sechs geschmückte Gestalten standen auf dem Zierpflaster über der letzten Stufe. Durch das Raunen der Menschenmenge drangen dumpfe Trommelschläge, deren Pausen bedrohlicher wirkten als das pochende Dröhnen; als höre man den Herzschlag der großen Stadt. Die Priester begannen zu summen. Zwischen den Säulen der Tempelfassaden drang zwischen Trommelschlag, Gesumm und Gonggedröhn schrilles Trillern aus heiseren Kehlen. Die schauerliche Musik zwang die Menschen, die Köpfe hin und her zu drehen; schließlich sahen sie Trommeln, Gongs und Priester auf den Plattformen der Mardukzikkurat.

»Tabi'elmatin. Dort, neben der Naditum – bei Marduks Zins! Noch vor zwei Monden habe ich mit ihr gute Geschäfte gemacht... Ismin-Adasi!« Shindurrul schüttelte den Kopf. »Ausgerechnet! Unglaubwürdig.« Er schüttelte sich. »Eine kluge Frau, wirklich.«

Eine zweite Gruppe Priester hatte Trommeln, Gongs, Flöten und Fanfaren an den Rand der nächsthöheren Plattform gebracht. Unbeweglich, wie schwarze Stangen, stiegen die Rauchfäden von den glimmenden Fackelköpfen auf. Einige Frauen verschwanden wimmernd in Hauseingängen, andere kauerten sich, das Gesicht in den Händen oder Teile der Kleider über den Köpfen, in dunkle Winkel. Tiriqan drängte sich an Daduschu.

»Das Spinnennetz.« Daduschu schwankte zwischen Furcht und Zuversicht; Shindurrul und Rimutgula standen neben ihm wie wuchtige Pfeiler. »Jetzt begreif ich's endlich. Die sechs Priester mit dem Imdugudsiegel wollen das Volk von Babyla gegen Hammurabi aufhetzen. Das Volk soll für sie die blutige Arbeit tun.«

»Das war's, was uns Awelninurta sagte. Mit euch darf ich darüber sprechen.« Der Redûm schob den Dorn der Bronzeschnalle durchs Kinnband. »Sie stellen's geschickt an, ja.«

»Und König Hammurabi?« Daduschu drehte den Kopf. Langsam leerte sich die breite Straße. Die Stille zitterte unter den Gongschlägen, dem Trommeldonnern, dem dumpfen Gesang von der Zikkurat und dem trillernden Geschrei aus den Tempeln. Rimutgula winkte eine Zehntschaft Soldaten zu sich heran und grinste.

»Sitzt mit ruhigem Herzen im Palast. Wart's ab, Seemann!«

In Daduschus Kopf überschlugen sich die Gedanken: Alalgers Worte, das Gespräch mit Awelninurta und die schauerlichen Szenen in den Tempelgewölben, seine eigene Furcht und Tiriqan, die schweigend, mit weit aufgerissenen Augen, das brodelnde Chaos beobachtete – die Ankunft der Soldaten lenkte ihn ab.

Rimutgula sagte: »Ihr bleibt hier stehen.« Sein Zeigefinger zog eine Linie am Ende der Rampe. »Diese vier sind Freunde des Königs. Niemand sonst überschreitet die Grenze; nicht die Priester, nicht das Volk. Hemutbal?«

»Du befiehlst, Redûm?«

»Lauf zu den Kerlen, die am nördlichen Tor wachen. Wenn die

Menge die Rampe stürmen sollte – was sie wohl nicht tun wird –, greifen zwei Dutzend Mann ohne Rücksicht ein. Ihr denkt daran, daß ihr das Marduktor vom Palast freihalten müßt, ja?«

Der Soldat nickte. Es wurde eine Verbeugung daraus. »Ja, mein Vater.«

»Troll dich und sei bald wieder zurück. Kann nicht mehr lange dauern, ja?«

Der Soldat hastete davon, das Schwert an den Schenkel gepreßt. Der schauerliche Gesang wurde lauter, und Daduschu blickte, während sich seine Finger sinnlos bewegten, ratlos in Shindurruls, Tiriqans und Rimutgulas Gesichter.

»Dieses Warten macht mich verrückt. Ich halt's nicht mehr aus. Ich muß irgendwas tun.«

Shindurruls Hände senkten sich in beschwichtigenden Gesten.

»Wir bleiben. Hier sind wir sicher und sehen alles. Ich sage: es wird aufregend. Du wirst es euren Söhnen erzählen können, Usch.«

Nicht einmal Tiriqan lachte. Die Schatten wurden kürzer; in der stillen, feuchten Luft steigerte die senkrecht brennende Sonne die Hitze. Schweiß lief in Streifen über die Rücken und tropfte unter den Achseln. Ein kochend heißer Windstoß fauchte von Westen heran und sog Staub vom Boden. Langgezogenes Stöhnen kam aus den Kehlen der vielen tausend Menschen. Tiriqan zog Shindurrul tiefer in den Schatten hinein. Daduschu versuchte zu erkennen, was auf der Marduk-Zikkurat vor sich ging. Zur Stadt hin, in die Richtung der Prozessionsstraße, standen die Priester hinter den Brüstungen der Plattformen dicht nebeneinander. Ihre Oberkörper glänzten; sie schwitzten nicht weniger als das Volk zu ihren Füßen. Einige Männer hoben lange Holzflöten an die Lippen. Schrilles Pfeifen mischte sich in den hellen Antwortgesang aus den Tempeln. Ununterbrochen dröhnten Trommeln und Gongs. Die Klänge fuhren über die Stadt hin und verloren sich in den Weiten der Felder zwischen den Kanälen.

Priester stießen ab und zu in die Fanfaren, schlugen in gleichmäßigem Takt die Trommeln und Gongs. Aus dem nächstgelegenen Tempeltor kamen drei Priesterschüler. Einer trug einen kopfgroßen Goldpokal, die anderen beiden hielten silberne Krüge in den Armen. Langsam stiegen sie die Stufen aufwärts, auf die sechs reglosen Gestalten zu, deren Blicke starr über die Stadt hinweggingen.

»Was tun sie?« Tiriqan flüsterte heiser. Die Schatten der Körper näherten sich den Zehenspitzen. Der Himmel loderte, brannte, senkte lastendfeuchte Hitze hinunter.

»Ein Trunk.« Rimutgula blinzelte kaum merklich in Daduschus Augen. »Diese heimtückischen Schurken scheinen genau zu wissen, daß die Finsternis kommt. Und schon seit langem, ja.«

»Wozu der Trunk?« Auch Shindurrul war unruhig. Er hatte sich von der Stimmung anstecken lassen wie von einem fremdartigen Fieber.

»Um die Zungen zu lösen.« Die Grimasse des Redûm verriet, daß er mehr wußte, aber nicht daran dachte, darüber zu sprechen. Daduschu starrte Rimutgulas Finger an, die sich um den Schwertgriff schlossen: Rimutgula hatte ebenso viele Schwierigkeiten, seine Furcht zu unterdrücken und ruhig zu bleiben, wie Tiriqan und er selbst. »Um das Volk, wenn sich die Sonne wirklich verfinstert, mit schnöden, gellenden Worten zum Sturm auf den Palast zu bewegen. Ja.«

Die Menschen kamen aus dem Schatten hervor, bildeten unruhige Gruppen und liefen wieder auseinander. Daduschu glaubte zu begreifen, daß die Priester mit der Furcht des Volkes spielten. Am späten Morgen war der Mond als bleiche Scheibe über den Kanälen zu sehen gewesen; jetzt loderte nur das Gestirn Schamaschs. Die Babylaner deuteten zum Himmel, schienen Zeichen und Hinweise zu suchen. Wieder sog eine Bö einen riesigen Staubwirbel vor die Sonne. Die Tempelzöglinge hatten das oberste Drittel der Stufen erreicht und näherten sich Ismin-Adasi und Tabi'elmatin, als Fanfarensignale den lauten Gesang der Priester unterbrachen. Daduschu blinzelte; neben der Sonne, einer grellen Scheibe hinter rotem Staubvorhang, erschien ein schwarzes Oval.

»Es fängt an!« Daduschu stöhnte auf. »Da, am Rand der Sonne, Shindurrul.«

Der Handelsherr griff in den Beutel und zog dünne Scheiben aus Halbedelstein heraus. Sie waren halb so groß wie sein Handteller. Er hielt sie Daduschu und Tiriqan hin. Daduschu stieß sie an, sie drehte sich um, nahm die Hände von den Augen und schüttelte den Kopf.

»Angeblich kann man, ohne mit Blindheit geschlagen zu werden, damit in die Sonne sehen«, sagte Shindurrul. »Ich weiß nicht... soll mein Großvatersvater gesagt haben.«

Daduschu und der Redûm griffen nach den Scheiben. Sie sahen wie körniges, gefärbtes Glas aus, halb fingerdick an den Rändern. Zwischen den Säulen, Toren und durch die Gassen fauchten trokkenheiße Staubfahnen und drehten sich zwischen raschelnden Palmwedeln in die Höhe.

»Gleich werden sie trinken und laut zu uns sprechen.« Unter dem Helmrand liefen breite Schweißbahnen über Rimutgulas Gesicht. Tiriqan hielt Daduschus Schultern umklammert.

Die Priester füllten aus beiden Krügen den kopfgroßen Pokal. Die Menge starrte zur Zikkurat hinauf und sah, wie zuerst der Oberste Priester des Schamasch und des Marduk trank und wie er das funkelnde Gefäß weiterreichte. Danach tranken die Naditum und die vier Männer, die neben dem Paar standen. Dreimal wurde der Pokal nachgefüllt. Jeder Priester, zuerst rechts von Tabi'elmatin, dann links die Gruppe in prächtigen Gewändern, nahm einen rituell kleinen Schluck aus dem Goldgefäß. Die Jungpriester verschwanden im Dunkel eines Tores. Daduschu spürte seinen Herzschlag, eine kalte Hand schien sich zwischen seine Schultern zu legen. Seine Finger zitterten, als er sein linkes Auge mit der Hand bedeckte und vorsichtig durch die rauchfarbene Steinscheibe und in den Himmel neben der Sonne blickte. Durch die Menge ging ein langgezogenes Stöhnen, als der Wechselgesang und die rhythmischen Schläge aufhörten.

Daduschu drehte langsam den Kopf, bis in das Dunkelgrau des Himmels von rechts das Sonnenlicht hineinglitt. Er sah die glühende Scheibe, aber wurde nicht blind. Fast ein Drittel der Scheibe war angefressen, bestand aus reiner Schwärze. Auf der hellen Fläche breiteten sich, wie Narben oder Schwären, kleine und größere Flecken aus. Daduschu schloß das Auge, drückte die runde Platte fester und sah noch einmal hin. Die Flecken blieben.

»Ruhig«, sagte der Redûm. »Hört zu, was der Oberpriester zu sagen hat.«

Das Murmeln und Summen Tausender von Menschen hatte aufgehört. Nur Staubwind gurgelte und fauchte aus den Gassen. Über den leeren Platz zwischen dem Fuß der Zikkurat und der Tempelmauer zuckten drei Fanfarenstöße. Tabi'elmatin hob die Arme und rief:

»Ihr Götter, ihr Mächtigen, ihr Priester und ihr im Palast! König Hammurabi und ihr Menschen Babylas! Hört, was uns Schamasch sagen will!«

Der Chor der Priester rief laut wieder und wieder: »Die Götter strafen uns! Tag wird zur Nacht!«

Aus der Menschenmenge kamen einzelne Schreckensschreie. Tabi'elmatin reckte die Arme zur Sonne. Ringe und Armreifen blitzten.

»In einer Stunde kommt die Strafe der Götter über uns. Was in Babyla geflüstert wurde, wird zu Unheil. Die Dämonen der Finsternis warten schon viel zu lange auf ein Opfer. Zahlreich und unübersehbar waren die Vorzeichen.«

Tabi'elmatins Stimme und die der anderen Priester waren unnatürlich laut. Echos hallten von den Mauern wider.

Menschen warfen sich zu Boden und schienen sich in den Sand eingraben zu wollen. Der Oberpriester ließ die Arme sinken. Nun rief die schwarzhaarige Tempelpriesterin schrill hinunter zur Prozessionsstraße:

»Die Dämonen der ewigen Nacht fressen Schamaschs Gestirn. Finsternis senkt sich über Hammurabis Land. Was habt ihr getan, ihr Mächtigen, daß die Götter uns so furchtbar strafen?«

Der Chor von den Plattformen, Stufen und Dächern gurgelte

und heulte. »Die Sonne stirbt. Dunkelheit verschlingt uns. Ewige Nacht herrscht, wenn unsere Opfer die Götter nicht versöhnen.«

Jedes Wort des Priesterchores wurde von einem Doppelschlag unterstrichen; Trommel und Gong stachen in die Ohren wie glühende Nadeln. Frauen rannten ziellos hin und her und stolperten durch die Menge. Sie stießen kehlige Schreie aus und wimmerten. Die Soldaten vor Daduschu und Shindurrul rührten sich kaum; sie zogen langsam die Schwerter und krümmten die Schultern. Daduschu wagte das Auge zu öffnen und lauschte den Worten des Mardukpriesters Geshti-Unna, dessen Stimme durch die Staubwirbel kreischte. Mehr als die Hälfte der Sonnenscheibe war von der Schwärze gefressen. Ein gerundeter Schatten schob sich über die narbige Halbscheibe. Noch war das Sonnenlicht hell und heiß; von Westen wälzte sich eine Staubwand heran.

»Wir Priester haben viele Jahre gerechnet, und die Götter haben uns diesen Augenblick gezeigt. Große Opfer verlangen die Götter. Mächtiges muß vergehen. Neues tritt an seine Stelle.«

Rimutgula gab Shindurrul die Scheibe zurück und pfiff scharf durch die Zähne. Inbrünstig riefen die Priester: »Opfert, Volk von Babyla! Opfert das Beste, das ihr habt. Fürchtet den Zorn der mächtigen alten Götter. Denn aus den Trümmern des Alten blüht die neue, gerechte und gottgläubige Zeit.«

Stille trat ein. Einige Dutzend Atemzüge lang schwieg selbst der Wind. Staub fiel aus der Luft und senkte sich auf die wartenden Menschen. Wieder wagte Daduschu einen Blick zur Sonne; er sah die verbliebene Lichtspange nur undeutlich. Tiriqan zitterte und keuchte und klammerte sich an seine Schultern. Als der letzte Rest Sonnenlicht, eine schmale Sichel, binnen weniger Atemzüge verschwand, war der Himmel plötzlich, ein Dutzend Herzschläge lang, von farbigen Linien und langen, lautlosen Blitzen erfüllt – jeder, der zum Himmel blickte, konnte sie sehen. Ein einziger, ohrenbetäubender Schrei gellte aus der Stadt zum Himmel. Überall schrien Tiere in panischer Angst. Vogelschwärme schwirrten in die Höhe, als aus westlicher Richtung sich eine schwarze Wand in rasender Schnelligkeit näherte, die Staubwalze überholte und verdüsterte und den Tag völlig zur Nacht machte. Der Horizont ringsum blieb hell; wie der schmale Streifen unter einer Gewitterwolke von nie erlebter Größe.

Die Priester schwangen die Fackeln. Es dauerte nur ein paar Atemzüge, dann loderten zwölf Dutzend Fackeln auf. Sie waren so verteilt, daß aus der Schwärze die Stufen, Rampen, Mauern und Eingänge des Stufentempels herauswuchsen. Dort, wo die Sonne sein sollte, hing ein unregelmäßiger Kreis hellroter, stechender Punkte in der Schwärze. Gelbliche Sterne blinkten hinter dem Staub; plötzlich erschienen alle Sternbilder des Nachthimmels.

Rimutgula, Daduschu und Shindurrul blickten fast gleichzeitig zur Tempeltreppe. Einige Fackeln schwankten und wirbelten fahrig, die Flammen beschrieben seltsame Zeichen. Undeutlich im zuckenden Licht waren Ismin-Adasi, Tabi'elmatin und Nuradad zu sehen. Panik herrschte ringsum. Sie wankten und stolperten, versuchten geradezustehen und strauchelten. Ihre Knie knickten ein, als sie auf die Stufen traten. Atamrum hielt sich an Shinmagyrs Schulter fest und senkte die Fackel. Zwanzig Schritt von Daduschu entfernt rissen einige Männer Pfeile aus den Köchern und schossen sie auf die verblassenden roten Punkte ab, die rund um die verschwundene Sonne pulsierten. Ohne daß in dem Lärmen und Schreien das Knirschen der Angeln zu hören war, öffneten sich die Torflügel des Palasthofes. Kurze Pfiffe pflanzten sich durch die Reihen der Soldaten fort, als die Staubwolke sich an den Ufermauern brach und die Sterne, die heller als in den Nächten leuchteten, über der Stadt in einem bräunlichen Nebel erstickten.

Ein Dutzend Männer mit lodernden Fackeln drang aus dem Palasthof in die Menge vor. Dahinter kamen jeweils zwei Schwerbewaffnete, in deren Fäusten das Zaumzeug eines schwarz und weiß gefleckten Pferdes und zweier Reitmaultiere klirrte. An beiden Seiten der Reiter hielten Soldaten Schwerter und Fackeln in die Höhe. Hammurabi, in funkelnder Rüstung, in der sich zahllose Lichter spiegelten, saß kerzengerade im Sattel, rechts neben ihm sein Sohn, links Suqqalmach Awelninurta.

»Ihr seht«, sagte Rimutgula, »daß er sich nicht mit abergläubischem Zittern aufgehalten hat.«

Noch standen die Reihen greller Fackelflammen rechts und links der Treppe ruhig. Doch die Priesterin und die fünf Männer taumelten die Stufen hinunter, schwankten und stolperten, und die Flammen versengten ihre Röcke und das Haar. In dem Geschrei, das aus dem langgezogenen Rechteck der Prozessionsstraße ertönte, ging unter, was Hammurabi rief und was aus den aufgerissenen Mündern der sechs Priester kam. Ihre Gesichter waren verzerrt, Speichel tropfte aus den Mundwinkeln.

Der Redûm und Shindurrul blickten die taumelnden Gestalten an. Atamrum verlor die Fackel, stolperte und trat in die Flamme. Feuer züngelte an seinem rechten Bein hoch und erfaßte den Wollrock. Ismin-Adasis Schreie drangen durch das Lärmen. Sie ging hochaufgerichtet Stufe um Stufe hinunter, zerrte an ihrem Haar und zog die Fingernägel durch die Wangen, riß den Schmuck aus den Ohrläppchen und zerfleischte, starr lächelnd, ihre Brüste, zwischen denen das Silbersiegel an der Kette baumelte. Die Gestalt Rimutgulas, der vor seinen Leuten stand und den Ausgang versperrte, schien sie anzuziehen.

Daduschu stöhnte auf. In seinen Ohren schluchzte Tiriqan, als sich nach einem Reigen greller Lichtperlen, einem Funkenring, die Sonnensichel am linken Rand der Scheibe wieder zeigte. Helligkeit flutete über die Plätze und Mauern. Ein erneuter Aufschrei aus Tausenden von Kehlen begrüßte das neue Sonnenlicht. Dort, wo König Hammurabi zwischen seinen Soldaten ritt, riß in der Menschenmenge eine breite Gasse auf. Die Stadtbewohner jubelten ihm zu, als habe er eigenhändig den Schatten der Finsternis von der Sonne gezerrt.

»Offensichtlich ist der Trank den Priestern nicht gut bekommen.« Shindurrul schob die Steinplättchen in den Beutel zurück. »Ihr Verstand hat gelitten – jetzt sehen's alle.«

Nur ein Teil der Menschen erkannte, was sich auf dem unteren

Viertel der Treppe abspielte. Priester Atamrum lag zuckend, ein zusammengekrümmtes schmorendes Bündel, über mehreren Stufen und kreischte sinnlose Worte. Blutüberströmt wankte, fast nackt und mit geschlossenen Augen, die Naditum die Treppe abwärts. Hinter ihr markierte eine Bahn aus Kleiderfetzen, Schmuck und Blutstropfen den Weg. Geshti-Unna knickte in den Hüften ein, ließ sein Wasser unter sich, stemmte sich in die Höhe, schwankte, kippte über die Brüstung und fiel in den Tempelhof, mehr als zehn Mannslängen tief. Daduschu hörte das Brechen der Glieder.

Tabi'elmatin hatte die unterste Stufe erreicht und näherte sich den Soldaten. Er lallte und schrie; aus der Tiefe des Brustkorbs kamen gurgelnde und hustende Laute. Während Ismin-Adasis Krallen tiefe Wunden in ihre langen Schenkel rissen, bewegten sich ihre Lippen, als küsse sie einen unsichtbaren Gott. Sie sang verstümmelte Wörter eines altakkadischen Liedes; Wahnsinn zeichnete ihr Gesicht. Blutige, losgerissene Haarsträhnen klebten an den Wangen, am Hals und an den Unterarmen.

»Marduk!« Shindurrul schlug die Hand vor die Stirn. »Ihr Geist ist ganz von der Finsternis gefressen worden!«

»Es sind alle Träger des Imdugud-Siegels«, sagte Daduschu und streichelte Tiriqans Rücken. »Die Finsternis ist vorbei, Tiri. Es war genauso, wie Shindurrul gesagt hat. Keine zwei Stunden und keine Dämonen, die Babylas Menschen zerfleischen.«

Die Gongs, Trommeln und Fanfaren schwiegen. An den Brüstungen drängten sich Dutzende Priester und starrten in kaltem Schrecken zum Fuß der Treppe und zum Tempelvorhof. Nuradad brach auf den Stufen zusammen, zuckte und lag still. Tabi'elmatin schwankte hinter Ismin-Adasi her und hielt beide Hände auf dem Rücken. Seine Fußsohlen tappten in der Blutspur der Priesterin. Shinmagyr hatte die Säule neben der untersten Stufe umarmt und sank langsam an ihr herunter.

»Geht zur Seite«, sagte der Redûm. »Der König!«

Daduschu und Tiriqan kletterten die schmalen Stufen eines Mäuerchens hinauf. Die Soldaten drängten sich an den Seiten der

Rampe zusammen. Hammurabis gescheckter Hengst schäumte in der Trense und rollte die Augen; das Fell war voll gelber Flocken und Schweiß. Hammurabi warf Daduschu einen kurzen Blick zu. Awelninurta nickte, und Daduschu glaubte den Ansatz eines kalten, wissenden Lächelns zu erkennen.

»Die Finsternis ist vorbei.« Hammurabis Stimme war ruhig. Er holte tief Luft und hob den rechten Arm. »Und jene, die den Sieg der Dämonen herbeirechnen wollten – seht! Marduk hat sie mit Wahnsinn geschlagen.«

Ismin-Adasi breitete die Arme aus. Blutende Kratzer und Schnitte bedeckten jede Stelle ihres Körpers, die ihre Nägel erreichen konnten. Die Frau öffnete die Augen und lächelte zu Hammurabi hinauf, der, zehn Schritte entfernt, den tänzelnden Hengst hart zügelte. Ein Schlag fuhr durch den Körper, die Arme sanken herunter, und Ismin-Adasi brach auf der Stelle zusammen. Sie zog die Knie ans Kinn, umfaßte die Knöchel mit den Fingern und starb.

Tabi'elmatin stolperte und fiel schwer auf Knie und Ellbogen. Er hob den Kopf, seine tränenden Augen suchten von einem Gesicht zum anderen, sein Blick heftete sich auf Shindurrul. Der Oberpriester kam auf die Knie, stand auf und zog aus dem Gürtel in seinem Rücken einen langen Dolch, der einer dicken Nadel glich. Daduschu zerrte an seiner Axt, Rimutgula hob den Streitkolben. Plötzlich ging ein wildes, ununterdrückbares Zucken durch Tabi'elmatins Körper. In einem letzten Aufbäumen sprang er vorwärts, zwischen den Soldaten hindurch und auf Hammurabis Hengst und Samsuilunas Reittier zu. Der Priester streckte den Arm aus und wirbelte halb herum, als er Daduschu auf der Treppe erkannte.

Rimutgulas Waffe beschrieb einen Viertelbogen. Der Redûm war mit blitzschnellen, langen Schritten zwischen König Hammurabi und dem Priester aufgetaucht und traf den Priester über der Nasenwurzel. Tabi'elmatins Knie knickten unter ihm hinweg, die Dolchspitze bohrte sich zwischen zwei Pflasterkacheln.

Aus seinem Mund sickerte blasiges, helles Blut. Breitbeinig

stand der Redûm vor ihm, die Streitkeule schlagbereit. Der Priester röchelte und lallte; die wenigen Worte waren für jeden Umstehenden zu verstehen.

»Dein Gift... Awelninurta... bist doch gerissener als wir... mit dem Siegel Imduguds...«

Seine Schultern krümmten sich. Die blutigen Ellbogen schürften durch den Sand. Der Blick irrte umher und blieb einige Atemzüge später auf Daduschu haften.

»Deine Schwester.« Die Wortfetzen pfiffen aus der Kehle. Tabi'elmatin hustete und würgte. Er spie einen Schwall Blut zwischen Rimutgulas Stiefel. »Die Nomaden. Sie werden beenden, was wir... nicht geschafft... Schamasch hat dich –«

Er sackte zusammen. Rimutgula sprang zur Seite, drehte den Körper halb herum; selbst Hammurabi, der mit dem scheuenden Hengst kämpfte, konnte sehen, daß der Oberpriester tot war.

Als sich die Staubwolke nach Osten verzogen hatte, nachdem sie die Zikkurat kurze Zeit den Blicken entzogen hatte, umgab ein großer, vierfach gestaffelter Ring aus Soldaten die Rampe. Ein Halbkreis Bewaffneter schirmte das Tor gegen den Tempelhof ab. Taubenschwärme flatterten durch das Sonnenlicht, einige weiße Wolken glitten über den Himmel. Die Schatten wuchsen Fingerbreit um Fingerbreit nach Nordost. Hunde kläfften, einige Esel schrien. Unter dem Sockel des Mardukbildnisses kam ein breiter Zug schwarzer Ameisen hervor und bewegte sich auf das trocknende Blut zu. Daduschu tastete sich die schmalen Stufen hinunter; seine Knie zitterten kraftlos. Tiriqan umklammerte seine Hand.

Hammurabi sprach leise mit den Männern, die den Hengst am Zügel hielten. Sie zogen das Tier einige Schritte nach vorn.

»Unsere Götter sind gerecht.« Hammurabi hob den rechten Arm. Binnen weniger Herzschläge hörte jeder Lärm auf. Seine Stimme trug bis zur gegenüberliegenden Straßenseite. »Die Priester haben gewußt, daß Schamasch und Marduk mit Wohlwollen auf Babyla, das Land und meine Herrschaft blicken.«

Seine Worte gingen in Jubelrufen, zustimmendem Gebrüll und gellenden Schreien unter: die Menschen schrien ihre Erleichterung heraus. Shindurrul drehte den Kopf und stieß Daduschu an. Er deutete zur Marduk-Zikkurat. In langen Reihen kamen Priester schweigend von den Plattformen und hoben die toten Oberpriester auf ausgebreitete Mäntel.

»Schamasch, unsere Sonne, hat über die Finsternis gesiegt. Die sechs Verschwörer haben's gewußt und keinen Ausweg gesehen. Sie vergifteten sich selbst mit ihrem Wein. Geht alle wieder an eure Arbeit.«

Wieder übertönten Jubelrufe Hammurabis Worte. Die Soldaten hämmerten die Waffen gegen die Schilde. Als sich Hammurabis gescheckter Hengst tänzelnd in Bewegung setzte und zum weit aufklaffenden Palasttor geführt wurde, verstanden Daduschu, Tiriqan und Shindurul:

»... unser Leben geht weiter. So wie die Herrschaft eures Königs. Ihr kennt mich und wißt, daß ich die Götter ehre, die Tempel schütze und die Priester ernähre. Marduk erhalte euch alle am Leben! Bald ist Larsa besiegt, denn – mich und euch alle – uns schützen die guten Götter und der mächtige Marduk!«

Shindurrul senkte den Kopf und atmete pfeifend aus.

»Dich, König, schützte Awelninurtas Klugheit. Ich will gar nicht wissen, wie das Gift in die heiligen Silberkrüge hineinkam. Der Suqqalmach! Er hat uns sogar eine öffentliche Gerichtsverhandlung erspart. Bewundernswert.«

Die Menschenmenge lief durcheinander und wirbelte Staub auf. Daduschu packte Rimutgulas Handgelenk.

»Dank für deinen Schutz, Redûm.« Er verbeugte sich. »Er hat etwas von meiner Schwester gewußt. Was haben sie mit Siachu gemacht, die Nomaden?«

»Werden wir nie erfahren.« Sechs Priester, deren Gesichter kalkweiß waren und die es vermieden, jemanden anzusehen, wickelten Tabi'elmatins Leiche in einen feuchten, staubbedeckten Prunkmantel. »Ist wahrscheinlich besser so, ja?«

Daduschu hob die Schultern und löste den Griff von Tiriqans

Fingern. Shindurrul packte Daduschus und Tiriqans Oberarme und schob sie die Rampe abwärts.

»Kommt aus der verdammten Sonne.« Seine Stimme war rauh; Schweißtropfen glitzerten in seinem Bart. »Geht mit mir zwischen kühle Mauern. Ich muß erst einmal lange darüber nachdenken, was wir eigentlich erlebt haben. Kaltes Bier wird dabei helfen.«

Daduschu atmete tief ein und aus und blickte den abziehenden Soldaten nach. Hinter den Reitern schloß sich der rechte Torflügel. Daduschu legte den Kopf in den Nacken, straffte den Rücken und versuchte, seine Gedanken zu ordnen. Er ließ sich durch die Menschenmenge schieben, die viel zu lauten Äußerungen wenig echter Fröhlichkeit, die aus Erleichterung kam, wollte er nicht verstehen. Sein Blick traf auf lachende Gesichter, schweißüberströmt und staubig. Kühler Schatten einer Gasse lag auf engstehenden Mauern und war eine Wohltat für die blinzelnden Augen. Als sich die Tür schloß, lehnte er sich dagegen und ließ seine Arme sinken.

»Immer wieder spricht man von Siachu. Ich weiß, daß ich sie niemals finden werde. Siachu... sie ist irgendwo in der Wüste verschwunden... Die Nomaden. Die Priester – sie werden uns hassen. Es fängt wieder von vorn an, Shindurrul.«

Er zog das Beil unter dem feuchten Ledergurt heraus und lehnte es an die Wand. Die Gesichter Tiriqans und Shindurruls blieben ernst, ihre Augen flackerten. Langsam schüttelte der Kaufherr den Kopf.

»Solange Hammurabi und Awelninurta leben, wird es keine Verschwörung mehr geben, glaub's mir. Ein Tag wie heute, solch ein Geschehen, die Finsternis – erst in ein paar Generationen wiederholt es sich.« Er schüttelte sich. »Los! Wascht den Sand von den Gesichtern. Wir trinken viel Bier und reden über Larsa, und wie wir weiter gut verdienen.«

Er zog Tiriqan durch den Korridor und rief nach Mashkani und den Dienerinnen. Daduschu schloß die Augen, spürte die Wohltat des kühlen Halbdunkels. Er hörte Schritte auf der Treppe vom

Dach, ging in die Badekammer und tauchte seinen Kopf in kaltes Wasser. Er starrte in den Silberspiegel und begegnete dem Blinzeln großer Pupillen. Die Augen schienen einem Fremden zu gehören: er hatte in die Sonne geblickt und war nicht erblindet. Er wünschte sich, tief und lange zu schlafen, irgendwo unter fremden Sternen, weit weg von Babyla.

Erläuterungen

Ein Asterisk (*) kennzeichnet erfundene Namen und Begriffe

Amelu: Mensch, Freier, »Bürger, Mitbürger«

Amurrum: kassitische Nomaden, die von Westen ins Reichsgebiet eindrangen

Anreden: »mein Bruder«, »mein Vater«, »Herr«, »Gebieter« statusabhängig, ehrerbietig (auch in dritter Person; »möge er...«)

Antimon: Sadidu

**Arap:* Harappa am Oberlauf des Indus

Auge des Zwielichts und *Geliebte des Adad:* Rahsegler, ca. 20–22 Meter (gut 50–60 Ellen) lang, ca. 7 m breit, zwei Steuerruder im Heck, in Kraweelbauweise aus 2 cm dicken und 25 cm breiten Planken gezimmert, kaum schneller als 3 Knoten, Tragfähigkeit ca. 75 Tonnen, zwei Ankersteine, schwach ausgebildeter (Zedernbalken-)Kiel, mit Flachs, Leinen und Erdpech kalfatert, die im Bug aufgemalten Augen und Kupferblech bis zur Wasserlinie sind unbestätigte, jedoch wahrscheinliche Ausstattung.

(Das »Wrack von Ulu Burun«, 15 m lang, gesunken im 14. Jhd. v. Chr., Fundort Türkei, enthielt u. a. 200 Kupferbarren von je 26 kg (also 5,2 Tonnen), genug für 4000 Speerspitzen, 4000 Schwerter, 300 Panzerharnische, 300 Helme; Kolumbus' »Santa Maria«, 30 m lang, hatte ca. 100 Tonnen Tragfähigkeit.)

Awelninurta: Hammurabis »Suqqalmach« (= Wesir), geschichtliche Gestalt.

Bai'rum: Soldat

Beryll: Aban-buralla

Buranun (altsumerischer Name), auch *Urudu* oder *Uruttu*, »Kupferfluß«, gr. Euphrates: der heutige Euphrat, 2700 km lang, entspringt nahe Erzurum, Türkei, mündete nördlich des heutigen Schatt-el-Arab (im Schilfmeer) ins »Meer des Südens«, heute: Persischer Golf. Um 1700 v. Chr. lagen die vereinigten Mündungen von Euphrat und Tigris etwa 250 km weiter nördlich; Ur und Eridu waren vermutlich Hafenstädte.

* *Cauj:* Reis

* *Daduschu:* (»Usch«) Vita: * 23. Tebutu = 9. Januar im Jahr 11 Hammurabi, ab Jahr 18 Hammurabi in der Edubba, nach Tod der Eltern bis Jahr 29 Hammurabi, Reisebeginn: 19 Jahre alt, im Jahr 30 Hammurabi, Rückkehr: Jahr 31 Hammurabi.

Damgar, Tamakaru: Anrede »Herr«

Dilmun: Das heutige Bahrein, von 32 unbewohnten Inseln umgeben, 1000 Kilometer von Babyla (Babylon) entfernt

Ea: (sum.: *Enki*) Herr der Weisheit und der Orakel, haust im Urozean, Stadtgott Eridus

Edubba: Palastschule

Eisen: Anbar, »Himmelsmetall« (auch im KH erwähnt)

Ekallum: Palast

Enlil: Luftgott, Nippurs Stadtgott

Eridu: Stadt nahe des Großen Meeres

Esangila: Marduktempel der Stadt Babyla

Die Fahrtstrecke der beiden Schiffe *Auge des Zwielichts* und *Geliebte des Adad:* Im allergünstigsten Fall 2 × 1600 km, maximale Geschwindigkeit 3 Knoten; Durchschnitt geringer, wenn gerudert werden mußte. Also: 24 Stunden × 3 Knoten (= 5,55 km/h), Tagesdurchschnitt bei achterlichem Monsun = ca. 130 km. Theoretische Fahrtzeit: (3200 km: 130) = 25 Tage.

Geliebte des Adad: siehe *Auge des Zwielichts*

Girsa: Ingwer

Guffa: Schwimmkorb aus Rindengeflecht und Leder

Gurusch: Anrede »Mann, Freier«

Hammurabi

»Gott Ammu ist groß, Hirte der Völker, Herr der vier Weltgegenden. Shar Kishatim«, König der Gesamtheit, König der Ge-

rechtigkeit. Siebenter Fürst seiner Dynastie. 1754 v. Chr. (?) bis 1686, regierte nachweislich 42/43 Jahre.
Regierungszeit: Je nach wissensch. Schule: − 1848 bis 1806; (Goetze, Sidersky) − 1728 bis 1686; (Albright, Cornelius) − 1792 bis 1750 (Smith, Ungnad). Viele Gründe sprechen für − 1728 bis 1686. Großvater *Apilsins* Regierungszeit war ca. von − 1766 bis 1749, der Vater *Sinmubalit* herrschte von − 1748 bis 1728/29. Wenn Hammurabi im Alter von ca. 25 Jahren die Thronfolge antrat, ist als Geburtsjahr − 1754 sehr wahrscheinlich. Sein Sohn *Samsuiluna*, (− 1686 bis 1649) »die Sonne ist unser Gott«, konnte Hammurabis geeinigtes Reich, rund 34000 Quadratkilometer groß, nicht halten; viele Stadtfürsten, die sein Vater erfolgreich bekämpfte und zu Vasallen machte, brachen aus dem Reichsverband aus.

»Die Stele des Hammurabi« (»Rechtssprüche der gerechten Ordnung«, der sog. KH, Kodex Hammurabi) aus Diorit, heute im Louvre, wurde in Susa ausgegraben. In Keilschrift sind 280 »Paragraphen« einer Talion-(Auge um Auge...-)Gesetzgebung niedergelegt, deren Grundzüge schon von Ur-Nammu (ca. 2100 in Ur) und von Esch-nunna (einige Jahrzehnte älter als der »Kodex Hammurabi«) stammen. Es ist anzunehmen, daß solche Stelen (Kudurru-Tafeln) an vielen wichtigen Stellen in H.s Reich aufgestellt, aber bis heute nicht gefunden wurden.

Wichtige Daten der Regierungszeit Hammurabis:

Jahr 1: Alter Hammurabis ca. 26 Jahre
Jahr 7: Die Städte Uruk und Isin erobert
Jahr 8: Kanal »Hammurabi ist Überfluß« fertiggestellt, Unterwerfung Jamitbals
Jahr 10: Stadt Malgium besiegt und zerstört
Jahr 11: Städte Rapiqum und Schallibi erobert
Jahr 30: Union mit Subartu und Gutium; Ablegen der Schiffe nach Moensh'tar
Jahr 31: Endgültiger Sieg über Larsa; Sonnenfinsternis
Jahr 32: »Länder« Mankisum und Subartu am Idigna/Tigris erobert

Jahr 33: Kanal »Hammurabi ist der Reichtum des Volkes und der Liebling Anus und Enlils« fertiggestellt; Wasser für Eridu, Ur, Larsa, Uruk und Isin (südliche Landeshälfte)
Jahre 37, 38, 39: Feldzüge nach Nordwesten und wirtschaftlicher Erfolg gesichert.
Hammurabis Reich in seiner größten Ausdehnung vereinigte die Städte:
Eridu, Ur, Lagash, Girsu, Zabalam, Larsa, Uruk, Adab, Isin, Nippur, Keshi, Dilbat, Borsippa, Kish, Malgium, Mashkamshapir, Kutar, Sippar, Eshnunna, Mari, Tuttul, Assur und Ninive. Hauptstadt war und blieb Babyla (später gr. »Babylon«).
Sumer wurde die südliche Hälfte, *Akkad* der nördliche Teil des Landes genannt.
Hapi: (äg.) der Nil
Hazannum: Ortsältester
Hiritum: (akk.) Wallgraben
Idiglat (babyl.-assyr.), Idigna (sumerisch) = heutiger Tigris, (»der laufende Fluß«), starke Strömung, daher wenige Städte, 1950 Kilometer lang, entspringt im Taurus als Dicle nahe Elâzig bzw. Erzurum (heutige Türkei), mündet zusammen mit Euphrat im Schatt-el-Arab ins »Große Meer«.
Imdugud: löwenköpfiger Adler, begleitet von zwei Adlern, sumerischer Götterbote
Inanna: Stadtgöttin Uruks, Göttin der Liebe
Inseln:
  Das *Erbärmliche Eiland* = Jazireh-ye Farur
  Die *Einsame Klippe* = Jazireh-ye Tanb-e-Borzorg
  Die *Trostlose Insel* = Jazireh-ye Hengam
  Das *Widerwärtige Kliff* = Jazireh-ye Larak
  Das *Kahle Riff* = Jazireh-ye Hormuz; alle Inseln im Pers. Golf.
  Siehe auch: *Dilmun*
Intu: Indus
Jaspis: Aban-jaspu

Karum: Kai, Ufermauer, später: Flußmarkt, städtische Kaufmannschaft
Kaptara: (keilschriftlich) Kreta
Keleg: flachgehendes Boot aus Geflecht, aus Holz und Leder
Kudurru: jede Art von Stelen, Steintafeln oder beschrifteten Platten
Magan: Vorzustellen am periodischen Fluß Sirrh, in der Gegend um Bandar Abbas/Bandar Chomeini im heutigen Iran (Persien)
Malu: »sieht gut aus«
Marduk: Stadtgott Babylas, später mächtigster Gott in H.s Reich.
Maße
   1 Elle = 24 Finger = 40 cm; 1 Hohes Rohr (6 Ellen) = 2,40 m; 1 Doppelrohr oder Gar (12 Ellen) = 4,80 m; 1 Seil Ashlu (10 Gar) = 48 m; 180 Seile Biru (1800 Gar) = 8600 Meter.
   1 Beet (kleines Sar) = 36 Quadratmeter; 100 Beete (1 Gan) = 3600 Quadratmeter, 5000 Gan (1 Großes Sar) = 1,80 Quadratkilometer.
   1 Qa = 0,4 Liter; 300 Qu (1 Gur) = 120 Liter;
   1 Shiqlu (Sekel) = 180 Körner (»Sche«) oder 8,42 Gramm; 1 Mine (60 Shiqlu) = 500 Gramm; 1 Talent (60 Minen) = 30 Kilogramm;
   1 Shiqlu Gold = 15 Shiqlu Silber
   1 Shiqlu Silber = 10/15 Shiqlu Kupfer;
   1 Shiqlu Eisen = 6 Shiqlu Silber,
   1 Shiqlu Gold = 5 Shiqlu Eisen
   1 Shiqlu Silber = ca. 1 Gur (120 Liter) Getreide
   1 Shiqlu: 50 = 3,5 Sche (0,14 Gramm)
Meluchha: Meluchhaland = legendenhaftes Herkunftsland der »Schwarzköpfe«, im Osten gelegen; »Gedrosien« bei Arrian
**Moensh'tar:* Mohendscho-Daro
Mushkenum: Palastangehöriger
Musikinstrumente:
   Balag-Harfe
   Mesi-Handtrommel

das Naj; Syrinx-Rohrflöte,
Ub-Kokosnuß-Handtrommel,
Leier/Lyra
Trompete
Naditum: zur Ehelosigkeit verpflichtete, meist durch Handel reiche Tempelpriesterin
Nergal: Gemahl Ereschkigals, Göttin der Unterwelt, Inannas Schwester
Ninchursag: Göttin, »Mutter Erde«
Ninisanna: Heilgöttin
Qorpher: Gewürznelken
Rabianum: Bürgermeister
Rauschtrank: Der »Steinmann« verwendet getrocknete Krumen einer Fliegenpilzart, die Halluzinationen hervorruft und vom Körper überaus schwer abbaubar ist und daher im Urin weiterhin wirksam bleibt.
Redûm: »Fänger«, Lehensnehmer des Königs, der im Kriegsfall einberufen wurde
Romêt: Bewohner Ägyptens (Hapiland)
Schamasch: Sonnengott, »Wahrer des Rechtes«
Shaduq: »in Ordnung, geht klar!«
Shub-lugala: Königspächter
Siatias: »für immer und ewig!«
Sila: ca. 1 Liter; Hohlmaß
Sumerische/Akkadische Monate:
Die Dauer eines »Mondes« war 29,5 Tage; das Jahr zählte 354 Tage, um fehlende Tage wurden die Jahre verlängert.

Sabatu	16. Jan.–15. Feb.	
Addaru	16. Feb.–15. März	Frühlingsanfang
Nissannu	16. März–15. April	Frühling, Hochwasser
Ajjaru	16. April–15. Mai	Hochwasser
Simanui	16. Mai–15. Juni	Regenfälle
Du'uzu	16. Juni–15. Juli	Sommerhitze in Mesopotamien, Regen

Abu   16. Juli–15. Aug.   heißester Monat, Regen
                                         möglich
Ululu   16. Aug.–15. Sept.
Tashritu   16. Sept.–15. Okt.
Arachsamnu   16. Okt.–15. Nov.
Kishlimu   16. Nov.–15. Dez.
Tebutu   16. Dez.–15. Jan.

Tebutu, Sabatu, Adarru und Nissannu sind die kältesten Monate, »Monde«, Ende Ajjaru gab es Flußhochwasser an der Buranun-Idiglat-Mündung.

Mitte Taschritu, den Arachsamnu bis Mitte Kishlimu niedrigster Wasserstand im heutigen »Shatt-el-Arab«. Ab Mitte Tashritu, den Arachsamnu und bis Mitte Kishlimu: N.O.-Monsun, beste Zeit für Rückfahrt von Moensh'tar.

Ajjaru, Simanui, Du'uzu: Südwestmonsun, beste Zeit für eine Fahrt mit Rückenwind zum Intu (Indus).

Bis auf Simanui (Westwind) und Tashritu (Nordwind) in Hammurabis Reich meist Südost- und Südwestwinde vorherrschend, weitaus weniger häufig Wind aus Nordwest.

Surwa: Balsam
Tiamat: Urzeitmutter, große, »böse« Göttin
Utu: Sonne/Gerechtigkeit, Inannas Bruder
Wakil amurrim: Obmann, Anführer
Windrose der Sumerer:
  Nordost: kalter Gebirgswind
  Südost: Wind der Wolken, Shi-shamshi = Ostwind
  Südwest: Sturmwind
  Nordwest: »guter« Wind, »Tam-Martu-Wind«
Währung:
  Die Intu-(Indus-)Kulturen kannten (Gold-)gewichte von 80, 100, 2500, 2800, 2900 und 3000 Milligramm, rechneten höchstwahrscheinlich im Dezimal-System, verwendeten Gewichte aus Stein, alle größeren Gewichte waren Vielfache von 16 [(32, 64, 128… 12800), (ein »Talent« zu ca. 22 Kilogramm)], kannten präzise Waagen. Umrechnung: Das * »Tal«

entsprach 0,9 Gramm = 22,5 babylonische Sche.
Ergo: 25 Sche zu 0,04 = 1 Gramm.
Die Sumerer rechneten grundsätzlich im Duodezimalsystem, aber auch im Dezimal-System. (15 bis 30 Sekel: Kaufpreis für 1 Sklaven oder 1 Ochsen)

Zikkurat: riesenhafter Tempelbau, teilweise mit blauen Kacheln verkleidet, aus Lehmziegeln und Erdpech, »Turmbau zu Babel«.

*Zmerisho: Kardamom

Karten

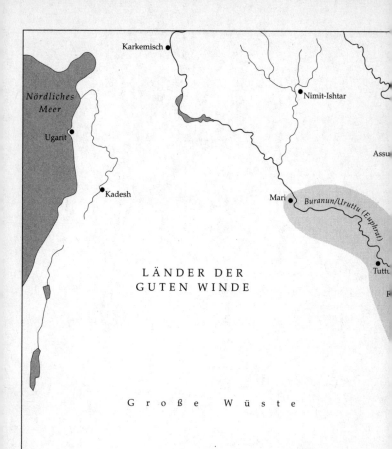

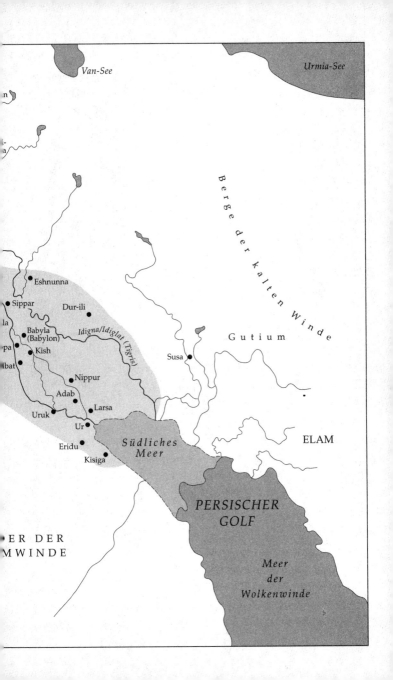

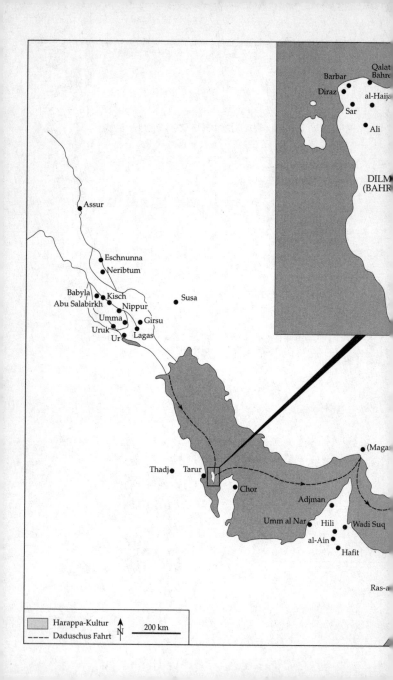

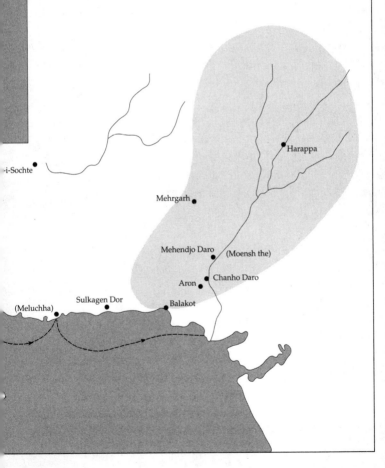

ABENTEUER GESCHICHTE

Hanns Kneifel

Der Bronzehändler

560 Seiten · gebunden

Der historische Abenteuerroman führt ins Reich der Pharaonen, in die erste Blütezeit der ägyptischen Hochkultur. Die Bronzehändler Karidon und Jehaumilq werden von König Chakaura entsandt, um in geheimer Mission die Länder diesseits und jenseits der Reichsgrenzen auszuforschen.

»Ein faszinierend zu lesender Abenteuerroman, der den Leser in die Welt der ägyptischen Pharaonen entführt und das Alltagsleben und die Herrschaftsstrukturen genauestens beschreibt.«

Deutsches Allgemeines Sonntagsblatt

»Hanns Kneifel läßt mit profunder Kenntnis eine vergessene Epoche zum Leben erstehen und schildert die Ereignisse so spannend und lebendig, als sei die ägyptische Hochkultur ein Bestandteil der Neuzeit.«

Fränkische Nachrichten

SCHNEEKLUTH
Der Romanverlag

ERLESENES von GOLDMANN

Elizabeth George
Auf Ehre und Gewissen

Josephine Hart
Verhängnis

Sally Beauman
Engel aus Stein

Ruth Rendell
Die Werbung

Gillian Bradshaw
Die Tochter des Bärenzähmers

Joy Fielding
Lauf, Jane, lauf!

Irina Korschunow
Malenka

Willa Cather
Die Frau, die sich verlor

Ilse Gräfin von Bredow
Glückskinder

Charlotte Link
Sturmzeit

Anne Rivers Siddons
Straße der Pfirsichblüten

Alice Hoffmann
Herzensbrecher

Das besondere Geschenk in exquisiter Ausstattung

ERLESENES von GOLDMANN

Janosch
Polski Blues

Luciano De Crescenzo
Helena, Helena, amore mio

Gabriel Garcia Marquez
Der General in seinem Labyrinth

Tschingis Aitmatow
Der Junge und das Meer

Bryce Courtenay
Der Glanz der Sonne

Michel Folco
Die rechte Hand Gottes

Nelson Demille
In der Kälte der Nacht

E. M. Forster
Wiedersehen in Howards End

Sidney Sheldon
Schatten der Macht

Robert Goddard
Dein Schatten, dem ich folgte

Alexandre Jardin
Hals über Kopf

Walter Kempowski
Tadellöser & Wolff

Das besondere Geschenk in exquisiter Ausstattung

ERLESENES von GOLDMANN

Maria Alice Barroso
Sag mir seinen Namen und ich töte ihn

Emily Brontë
Sturmhöhe

Utta Danella
Meine Freundin Elaine

Anne Delbee
Der Kuß

Elizabeth George
Keiner werfe den ersten Stein

Susan Howatch
Die Erben von Penmarric

Tanja Kinkel
Die Löwin von Aquitanien

Irina Korschunow
Der Eulenruf

Colleen McCullough
Dornenvögel

Ruth Rendell
Das Haus der geheimen Wünsche

Anne Rice
Die Mumie

Danielle Steel
Abschied von St. Petersburg

Das besondere Geschenk in exquisiter Ausstattung

ERLESENES von GOLDMANN

Frank Baer
Die Brücke von Alcántara

Hans Bemmann
Die beschädigte Göttin

Paul Bowles
Das Haus der Spinne

Lionel Davidson
Die Rose von Tibet

Remo Forlani
Die Streunerin

Arthur Hailey
Reporter

Akif Pirinçci
Felidae

Chet Rayno
Die Eule fliegt erst in der Dämmerung

Kurban Said
Ali und Nino

Sidney Sheldon
Die Mühlen Gottes

Alberto Vazques-Figueroa
Tuareg

Gore Vidal
Julian

Das besondere Geschenk in exquisiter Ausstattung

GOLDMANN TASCHENBÜCHER

Das Goldmann Gesamtverzeichnis erhalten Sie im Buchhandel oder direkt beim Verlag.

Literatur · Unterhaltung · Thriller · Frauen heute
Lesetip · FrauenLeben · Filmbücher · Horror
Pop-Biographien · Lesebücher · Krimi · True Life
Piccolo Young Collection · Schicksale · Fantasy
Science-Fiction · Abenteuer · Spielebücher
Bestseller in Großschrift · Cartoon · Werkausgaben
Klassiker mit Erläuterungen

* * * * * * * * * *

Sachbücher und Ratgeber:
Gesellschaft / Politik / Zeitgeschichte
Natur, Wissenschaft und Umwelt
Kirche und Gesellschaft · Psychologie und Lebenshilfe
Recht / Beruf / Geld · Hobby / Freizeit
Gesundheit / Schönheit / Ernährung
Brigitte bei Goldmann · Sexualität und Partnerschaft
Ganzheitlich Heilen · Spiritualität · Esoterik

* * * * * * * * * *

Ein SIEDLER-BUCH bei Goldmann
Magisch Reisen
ErlebnisReisen
Handbücher und Nachschlagewerke

Goldmann Verlag · Neumarkter Str. 18 · 81664 München

Bitte senden Sie mir das neue kostenlose Gesamtverzeichnis

Name: _____

Straße: _____

PLZ / Ort: _____